宋代文学通论（增订本）

主编 王水照

执笔人

王水照 吴河清 吕肖奂 朱 刚 杨庆存 陈 磊

聂安福 蒋安全 史 伟 常德荣 王汝娟

目 录

绪　论　宋型文化与宋代文学 …………………………………… 1
　　一、宋型文化：中国传统文化成熟期的型范　／1
　　二、"祖宗家法"的"近代"指向与文学中的淑世精神　／4
　　三、"天人之际"的睿智思考与文学的重理节情　／16
　　四、文化整合的恢弘气魄与重建文学辉煌、盛极而变　／23
　　五、附论：对外文化交流与宋代士人心态　／29

文 体 篇

第一章　"一代有一代之文学"：宋代各体文学的历史地位 …… 39
　　第一节　"一代有一代之文学"说的来由　／39
　　第二节　宋词的历史定位　／41

第二章　雅、俗之辨 …………………………………………… 45
　　第一节　由雅文学向俗文学的倾斜　／45
　　第二节　忌俗尚雅和以俗为雅、雅俗贯通　／47
　　第三节　宋代的通俗文学　／55

第三章　尊体与破体 …………………………………………… 64
　　第一节　尊体与破体的对立相争　／64
　　第二节　"以文为诗"、"以诗为词"、"以文为赋和以赋
　　　　　　为文"　／69

体 派 篇

第一章 宋诗的"体"和"派" ······ 81
- 第一节 宋初宗唐三派 / 82
- 第二节 宋调的成型 / 91
- 第三节 宋调的反拨和变异 / 114
- 第四节 附论:理学诗、遗民诗派、禅僧诗 / 119

第二章 宋词发展的两大趋势 ······ 141
- 第一节 前人关于宋词分派诸说的检讨 / 141
- 第二节 宋词传统流派的创作成就 / 149
- 第三节 革新词派的前奏和续曲 / 175

第三章 宋文流派绎述 ······ 191
- 第一节 北宋前期:五代派、复古派的并峙与西昆派、古文派的抗衡 / 191
- 第二节 北宋中叶:古文的鼎盛与众多体派的涌现 / 197
- 第三节 南渡前后:文采派和抗战派的并行发展 / 207
- 第四节 中兴时期:理学诸派的兴起 / 209
- 第五节 南宋末期:宋文的终结与爱国派的绝响 / 216

思 想 篇

第一章 宋学与宋代文学 ······ 223
- 第一节 宋学相关概念的辨析与宋学的基本精神 / 224

第二节　宋学对文学观念的影响　/ 240
　　第三节　宋学在文学创作上的表现　/ 258

第二章　佛教与宋代文学 ……………………………… 275
　　第一节　佛教对文学家心灵的影响及其在创作中的
　　　　　　表现　/ 277
　　第二节　佛教文化对文学创作各方面的渗透　/ 295
　　第三节　佛教对文学观念和文学批评方法的影响　/ 312

第三章　道教与宋代文学 ……………………………… 322
　　第一节　道教影响文学家的诸种不同途径　/ 324
　　第二节　道教文化对文学创作各方面的渗透　/ 335
　　第三节　道教对文学创作方法和文学观念的影响　/ 346

题材体裁篇

第一章　从类编诗集看宋诗题材 ……………………… 365
　　第一节　元以前类编诗歌的集部书概况　/ 368
　　第二节　分类中反映的宋诗题材的总体风貌　/ 370
　　第三节　关于宋诗题材总体风貌的初步解释　/ 375

第二章　词的题材演进轨迹与宋词题材的构成 ……… 381
　　第一节　美人与醇酒：享乐之风的记录　/ 387
　　第二节　伤时与节序：生命永恒的呼唤　/ 393
　　第三节　爱国与隐逸：士大夫情怀的写照　/ 400
　　第四节　咏物：多层次的审美结构　/ 407
　　第五节　祝寿与谐谑：走向文学的误区　/ 410

第三章 宋文题材与体裁的继承、改造与开拓、创新 …… 415
　　第一节　记、序的长足发展与文赋的脱颖独立　/416
　　第二节　拓展新领域与创造新体式　/431

学 术 史 篇

第一章 重大历史公案的叙述和梳理 …… 447
　　第一节　关于宋诗的争论：宗唐与尊宋　/447
　　第二节　关于宋词的争论：婉约与豪放　/468
　　第三节　关于宋文的争论：宗秦汉与宗唐宋　/477

第二章 宋代文学文献叙录 …… 483
　　第一节　总集·别集　/485
　　第二节　诗话·词话　/519
　　第三节　话本·志怪·传奇·笔记　/527

结束语 宋代文学与"汉文化圈" …… 535
　　一、诸族接受汉（宋）文化概况　/536
　　二、文学典籍的传播　/547
　　三、文学的交往活动　/555
　　四、文学创作及观念上的影响　/562

参考文献 …… 573

后记 …… 587

增订本出版说明 …… 589

绪 论

宋型文化与宋代文学

一、宋型文化：中国传统文化成熟期的型范

公元960年，后周归德军节度使检校太尉、殿前都点检赵匡胤，"黄袍加身"，即位称帝，揭开了有宋300多年的新的王朝史。赵匡胤虽是承袭了唐末五代武人篡权的故伎，却能运用强干弱枝、权力制衡、文官政府、厚禄养士等多种政治智慧，形成了一整套"祖宗家法"，使纷纷扰扰几十年的混乱分裂局面终告结束，重新建立了与秦、汉、唐相并称的统一王朝，创造了彪炳史册的物质文明和精神文明，宋代文学也以其独具的时代特点和杰出成就成为中国文学史中的辉煌篇章。

文学是一种社会现象，必然受到政治、经济、文化等历史条件的制约；作为文学创作主体的作家，也不可能在完全封闭自足的心理结构中进行创作，必然接受社会环境、时代思潮、文坛风气的深刻影响。在制约和影响文学发展的多种因素和条件中，作为物质文明和精神文明综合成果的文化，无疑是关系最直接、层次最深的因素。从文化的角度探讨文学特点的形成和历史地位的确立，或许是一个较佳的切入点。

在唐宋文化研究中，有所谓"唐型文化"和"宋型文化"对举区

界的说法。据我们有限的见闻,中国台湾学者傅乐成教授可能是此说的首倡者。他在 1972 年发表的《唐型文化和宋型文化》①一文,从"中国本位文化建立"的角度,论证了唐宋文化的"最大的不同点"。他说:"大体说来,唐代文化以接受外来文化为主,其文化精神及动态是复杂而进取的","到宋,各派思想主流如佛、道、儒诸家,已趋融合,渐成一统之局,遂有民族本位文化的理学的产生,其文化精神及动态亦转趋单纯与收敛。南宋时,道统的思想既立,民族本位文化益形强固,其排拒外来文化的成见,也日益加深。"这里提出的从类型上来探究唐宋文化各自特质的命题,甚为精警,尽管在内容的界定上不无可商榷之处,也仍然获得了海峡两岸学者的纷纷回应。

在我们看来,唐代的"安史之乱",不仅是唐王朝由盛世逐渐走向衰微的转折点,也是中国封建社会逐渐由前期转向后期的起点;而从文化上看,唐朝代表了中国封建文化的上升期,宋朝则是由中唐逐渐发展起来的新型文化的定型期、成熟期。因此,类型的划分比单纯的朝代划分,更具有文化史上的意义和价值。

宋代文化的高度成熟与发育定型,已为古今学术名家所公认。著名宋史专家邓广铭先生说:

> 宋代是我国封建社会发展的最高阶段。两宋期内的物质文明和精神文明所达到的高度,在中国整个封建社会历史时期之内,可以说是空前绝后的。②

邓先生这一"空前绝后"的最高级评赞,曾在学术界引起过讨论,但邓先生此说并非无因,实乃秉承师说。我们不妨看看他的两位师辈王国维和陈寅恪的见解:

> 故天水一朝人智之活动与文化之多方面,前之汉唐,后之

---

① 见《"国立编译馆"馆刊》第 1 卷第 4 期,又收入其《汉唐史论集》,台湾联经出版事业公司 1977 年版。
② 邓广铭:《谈谈有关宋史研究的几个问题》,《社会科学战线》1986 年第 2 期。

元明,皆所不逮也。①

华夏民族之文化,历数千载之演进,造极于赵宋之世。②

"前之汉唐","所不逮"、"造极于赵宋"即是"空前","后之元明"云云也就近乎"绝后",而邓先生认为宋朝文明还超迈清代,更是转进一层了。如果再往上追溯,则南宋理学集大成者朱熹有言:

国朝文明之盛,前世莫及。自欧阳文忠公、南丰曾公巩、与公(苏轼)三人,相继迭起,各以其文擅名当世,然皆杰然自为一代之文。③

这几位古今学术大师对宋代文化的一致评价,充分说明中国传统文化发展到宋代,已达到一个全面繁荣和高度成熟的新的质变点。对于"空前绝后"这样不免带有绝对化色彩的赞语,我们后辈学人或许可以提出这样或那样的限制和补充,但也很难达到他们的直觉表达所蕴含的对表述对象的深层把握,然则宋型文化是中国传统文化的一种成熟型的范式,应是没有疑义的。

对"宋型文化"的研究,困难之处不在于一般地确定其作为成熟型的特质,而在于揭示其区别于"唐型文化"的具体特点。在傅乐成教授用"复杂而进取"和"单纯与收敛"来分指两者各自特点以后,不少学者进一步予以发挥,促进了研究的深入,但某些看法,如认为"宋型文化"具有"封闭性"、"单纯性"等,似尚可继续探讨。④

---

① 王国维:《宋代之金石学》,《王国维遗书》第五册《静安文集续编》,第70页,上海书店1983年版。
② 陈寅恪:《邓广铭〈宋史职官志考证〉序》,《金明馆丛稿二编》,第245页,上海古籍出版社1980年版。
③ 朱熹注:《楚辞后语》卷6《服胡麻赋》注,见《楚辞集注》,第300页,上海古籍出版社1979年版。
④ 如罗联添云:"唐代士人勇于进取,宋代士人能收敛形迹,淡泊自甘","宋代文化是属于收敛的一型。"(《从两个观点试释唐宋文化精神差异》,收于《唐代文学论集》,台湾学生书局1980年版)冯天瑜等《中华文化史》(上海人民出版社1990年版)下编第七章,说唐型文化"相对开放、相对外倾、色调热烈",宋型文化"相对封闭、相对内倾、色调淡雅"。

二、"祖宗家法"的"近代"指向与文学中的淑世精神

早在1910年,日本"支那学"创始人之一内藤湖南在《概括的唐宋时代观》一文中提出:"唐代是中世的结束,而宋代则是近世的开始。"对"近世"的含义,内藤氏多从政治体制上着眼,他又说:"中世和近世的文化状态,究竟有什么不同? 从政治上来说,在于贵族政治的式微和君主独裁的出现。"①嗣后,他的学生宫崎市定在《东洋的近世》中则从社会经济、城市、教育普及等方面进一步论证宋代"近世"说:"宋代实现了社会经济的跃进、都市的发达、知识的普及,与欧洲文艺复兴现象比较,应该理解为并行和等值的发展。"②几乎在同时,严复也说:"古人好读前四史,亦以其文字耳! 若研究人心政俗之变,则赵宋一代历史,最宜究心。中国所以成为今日现象者,为善为恶,姑不具论,而为宋人之所造就,什八九可断言也。"③他虽未用"近世"之名,但已敏锐地发现宋代与"今日"(民国初年)在社会文化形态上的种种联结点,"当留心细察古今社会异同之点",指明研究宋代文化的现代意义,则最具慧眼。费正清、赖肖尔《中国:传统与变革》第六章就把"唐代后期与在此之后的宋代",称为"近代早期阶段",因为"这时的文化直至20世纪初都是中国的典型文化。其中许多东西在以后的一千年中证明是中国最典型的东西,至少在唐代后期开始萌芽,而在宋代开始繁荣"。而胡适则径称从"公元一千年(北宋初期)开始,一直到现在",为"现代阶段"或"中国文艺复兴阶段"或"中国的'革新世纪'"④,其论断更为鲜明。

---

① 见刘俊文主编《日本学者研究中国史论著选译》第1卷,第10页,中华书局1992年版。
② 同上书,第217页。
③ 严复:《致熊纯如函》,《学衡杂志》第13期;又见《严复集》第三册,第668页,中华书局1986年版。
④ 《胡适口述自传》,第295页,华文出版社1989年版。

按照目前学术界的流行看法,大抵从两个方面来确定"近代化"的含义:一是从社会制度的性质来界说,即封建制的解体、农耕自然经济结构的崩坏和资本主义因素的萌芽;一是从中西文化的碰撞、交融立论,即以所谓"西学东渐"、接受西洋文化为标志。然而宋代均未达到这样的历史阶段。一般说来,中国封建制的动摇或逐渐解体,是明中叶以后才发生的社会经济现象,宋代城市发展,手工业、商业繁荣,虽给上层建筑带来某些深刻而有意义的变化,但毕竟还处于初级阶段,对于宋代的政治权力结构、主要的社会思潮和文人的基本文化心理等尚无明显的重要影响,"西学东渐"更未提到历史日程。那么,怎样来理解上述诸家之说呢?我们不妨从宋代的"祖宗家法"①即治国纲纪、安邦法度入手,具体考察一下其政治结构、社会思潮、文化心理等特点,看看是否包含一些指向"近代"的新因素。

众所周知,有宋一代是高度中央集权制的时代。正如朱熹所说:"本朝鉴五代藩镇之弊,遂尽夺藩镇之权,兵也收了,财也收了,赏罚刑政一切收了。"②皇权得到空前的加强。然而,赵宋王朝的权力结构又是以广大庶族士人为基础而建立起来的,是一个典型的文官政府。有两个数字很值得注意,一是科举取士。据统计,北宋一代开科69次,共取正奏名进士19 281人,诸科16 331人,合计35 612人,如果包括特奏名及史料缺载者,取士总数约为61 000人,平均每年约为360人。③ 这不仅与唐代每次取士二三十人相比数差悬殊,而且也为元明清所不及,真可谓"空前绝后"。宋代又增设封弥、糊名、誊录等制度,尽可能地实现机会均等的公平竞争,提高了封建政权的开放性。尤可注意的是大批"孤寒"之士进入官吏行列,宋太祖曾说:"向者登科名级,多为势家所取,致塞孤寒之路,甚

---

① "祖宗家法"一语,借用自周煇《清波杂志》卷1"祖宗家法"条。
② 《朱子语类》卷128,第3070页,中华书局1986年版。
③ 参见张希清《北宋贡举登科人数考》,北京大学《国学研究》第2卷。

无谓也。今朕躬亲临试以可否进退,尽革畴昔之弊矣。"①唐太宗在端门"见新进士缀行而出",也说过"天下英雄皆入吾彀中"②的话,反映出对科举制开始取代魏晋以来九品官人法这一历史进步的喜悦。而实际上唐代的取士权并未完全从"势家"大族手中收回,就政权的开放程度而言,亦不及宋代。二是布衣入仕的人数比例。据统计,在《宋史》有传的北宋166年间的1 533人中,以布衣入仕者占55.12%,比例甚高;北宋一至三品官中来自布衣者约占53.67%,且自宋初逐渐上升,至北宋末已达64.44%。③ 另从最高的宰辅大臣的成分来看,唐代虽对魏晋以来的门阀制度作了很大的冲击,但世族仍保持相当的政治势力,仅崔氏十房前后就有23人任相,约占全部唐代宰相369人的1/15。而宋代宰辅中,除了吕夷简、韩琦等少数家族多产相才者外,非名公巨卿子弟占了很大的比重,布衣出身者竟达53.3%,像赵普、寇准、范仲淹、王安石等名相,均出于寒素或低级品官之家,并形成宋代文官政府的核心。

　　赵宋王朝的权力结构引进了多种平衡机制。首先是相权对皇权的牵制。宋朝立国之初,采取了中书主民、枢密院主兵、三司主财各不相涉的建制,对相权予以限制和分割,皇权从制度上得到前所未有的提高。例如在一般情况下,重要官员的任命权统归皇帝,"自两府而下至侍从官,悉禀圣旨然后除授,此中书不敢专也"④。然而,宋代的政治发展史表明,此一"祖宗家法"的初衷并没有完全实现,皇帝在多种场合下不得不听命于掌握实际权力的宰执大臣的意志,这在三百年间的朝廷舞台上可以找到明确的例证。⑤ 其次是台谏对相权的抑阻。北宋之前,谏院并非独立职司,谏官原是宰相衙

---

① 《续资治通鉴长编》卷16,开宝八年二月条,上海古籍出版社1986年影印本。
② 王定保《述进士上篇》,《唐摭言》卷1,第3页,中华书局上海编辑所1959年版。
③ 参见陈义彦《从布衣入仕情形分析北宋布衣阶层的社会流动》,《思与言》第9卷第4期,1971年11月。
④ 《续资治通鉴长编》卷370,元祐元年闰二月条,上海古籍出版社1986年影印本。
⑤ 参见王瑞来《论宋代相权》,《历史研究》1985年第2期。

门的属官,其监督的对象是皇帝;宋仁宗时,谏院成为独立机关,谏官由皇帝亲自除授,监督的对象转以宰执、百官为主,职权范围大大扩大;同时又有谏官"风闻言事"的特许,鼓励"异论相搅",这也成为专制政权中一种有力的自我牵制,助长了政治上自由议论的风气。苏轼对此领悟尤深,他在著名的《上神宗皇帝书》①中把此作为"朝廷纪纲"。他说:"历观秦、汉以及五代,谏诤而死,盖数百人。而自建隆以来,未尝罪一言者,纵有薄责,旋即超升,许以风闻,而无官长,风采所系,不问尊卑。言及乘舆,则天子改容,事关廊庙,则宰相待罪。""台谏固未必皆贤,所言亦未必皆是,然须养其锐气而借之重权者,岂徒然哉!将以折奸臣之萌,而救内重之弊也。"又说:"陛下(宋神宗)得不上念祖宗设此官之意,下为子孙立万世之防,朝廷纪纲,孰大于此?"苏轼此论深中宋朝政治制度的一大关捩,故常为后人引以为据,如南宋楼钥在《缴林大中辞免权吏部侍郎除直宝文阁与郡》②中为曾任言官的林大中辩护,即引苏轼此大段言论,说明这一制度一直施行到南宋。

宋代上层政治中的党争,尤其是围绕庆历、熙宁变法而展开的新旧两党之争,也具有近代政党竞争或斗争的萌芽性质。绵延近四十年的唐代牛李党争,恩怨源自私门,是非出于意气,说不上有什么政治主张的实质性分歧,因而只能成为瓦解封建政治秩序的破坏性因素。北宋前期的党争双方,其主要领袖人物大都是儒家政治理想的忠实信徒,只为各自不同的政治主张的实现,而互不相让、争斗不止。吕夷简为宰相时,范仲淹进《百官图》以弹劾吕氏,指斥他升黜官吏之不当。但后来吕氏竟为范氏出谋献计:范仲淹任陕西、河东宣抚使过郑州时,退居的吕氏提醒他说:"君此行正蹈危机,岂复再入?若欲经制西事,莫如在朝廷为便。"一语竟使范氏"愕然"。果然,在朝的范氏政敌趁他赴边之际加紧攻击,促使"帝心不

---

① 《苏轼文集》卷25,第729页,中华书局1986年版。
② 楼钥:《攻媿集》卷27,《四部丛刊》本。

能无疑矣!"①后来"夷简再入朝,帝谕仲淹使释前憾。仲淹顿首谢曰:'臣向论盖国家事,于夷简无憾也。'"②苏轼与王安石熙宁时互为政敌,形同水火,及至元丰末,两人在金陵诗歌唱酬,对彼此之道德文章互致仰慕,苏轼甚至发出"从公已觉十年迟"之叹③。苏轼与章惇亦复如此,他在晚年给章惇之子章援的信中说:"某与丞相(指章惇)定交四十余年,虽中间出处稍异,交情固无所增损也。"④即使对同一政治集团内部的纷争,也表现出不计私憾的真正政治家的风范。如王安石与吕惠卿:先是欧阳修把吕惠卿推荐给王安石,后王氏倚为变法的主要助手,吕氏继则阴挤王氏,矛盾激化;但事后王安石在《答吕吉甫书》⑤中说:"与公(吕惠卿)同心,以至异意,皆缘国事,岂有它哉? 同朝纷纷,公独助我,则我何憾于公? 人或言公,吾无与焉,则公何尤于我?"宋人信奉的"立朝大节",倡公论而杜私情,公私犁然分明,不容许个人恩怨掺糅其中,把政治行为上升为一种伦理美学,这在早期党争中颇为突出。总之,士大夫们为某种政治主张而组党相争,并从理论上公然亮明"君子有党"的正当和必要,这在中国政治史中具有某种开创性,同时作为政治制衡的一种机制,也有启迪未来的意义。

赵宋王朝权力结构的多种制衡机制互相维系,彼此制约,其出发点原是为了加强皇权,治国安邦,也取得了一定的成效,"本朝之法,上下相维,轻重相制,如身之使臂,臂之使指",因而勉强赢得了"百三十余年,海内晏然"的表面安定。⑥ 然而,这种制衡机制同时又在士大夫中间催生出限制君权思想的萌芽。尤其是宋代士人身受强敌压境、辖地始终未能恢复"汉唐故地"的逼仄情势,看惯了唐

---

① 《宋史纪事本末》卷29,第246页,中华书局1977年版。
② 《范仲淹传》,《宋史》卷314,中华书局1976年版。
③ 《次荆公韵四绝》其三,《苏轼诗集》卷24,第1251页,中华书局1982年版。
④ 《与章致平二首》其一,《苏轼文集》卷55,第1643页,中华书局1986年版。
⑤ 王安石:《临川先生文集》卷73,《四部丛刊》本。
⑥ 参见范祖禹《转对条上四事状》,《范太史集》卷22,《四部丛刊》本。

末五代军阀篡权不断、犹如儿戏的这部"近代史","乱烘烘你方唱罢我登场"的闹剧无情地揭穿了"真命天子"的神话,加上两宋十八位君主以平庸无能者占绝大多数的实际情况,他们在原始儒学"民为邦本"的命题基础上,不断地滋长起限制君权的思想。范仲淹说:"寇莱公澶渊之役,而能左右天子,不动如山,天下谓之大忠。"①"忠"的标准已不是对一家一姓的"愚忠"了。李觏虽然严厉地驳斥孟子所述"伊尹废太甲"之事,主张不能轻言废黜天子,但在《安民策十首》②中开宗明义地指出:"愚观《书》至于'天聪明自我民聪明,天明畏自我民明威',未尝不废书而叹也。……立君者,天也;养民者,君也。非天命之私一人,为亿万人也。"提出"天命"所护佑的乃是"亿万"黎民百姓,而不是君主"一人"。算不得政治思想家的苏轼,在他历经人生磨难的晚年,也发出"我岂犬马哉,从君求盖帷"的独立人格的呼喊,并批判"三良"(奄息、仲行、鍼虎)为秦穆公殉葬的愚忠行为,大胆地提出"事君不以私"的原则:"君为社稷死,我则同其归。顾命有治乱,臣子得从违。"③竟说君命可能有"乱",臣子可以有"违",对"君为臣纲"所规定的君臣关系作了挑战。罗大经后来也说:"至于君,虽得以令臣,而不可违于理而妄作;臣虽所以共君,而不可贰于道而曲从。"④与东坡如出一辙。这种对君权神圣性的怀疑言论,越到宋代后期越为激烈。宋度宗时监察御史刘黻上书"人主":"政事由中书则治,不由中书则乱。天下事当与天下共之,非人主所可得私也。"⑤直可视为代表宰辅向皇帝争权的声明。邓牧进一步说:"所谓君者,非有四目两喙,鳞头羽臂也,状貌咸与人同,则夫人固可为也。"⑥勇敢地抹尽了笼罩在皇帝身上的神秘光

---

① 《宋史全文续资治通鉴》卷5,第237页引,台湾文海出版社1969年版。
② 《李觏集》卷18,第168页,中华书局1981年版。
③ 《和陶〈咏三良〉》,《苏轼诗集》卷40,第2184页,中华书局1982年版。
④ 罗大经:《鹤林玉露》甲编卷3"五教三纲"条,第49页,中华书局1983年版。
⑤ 《刘黻传》,《宋史》卷405,中华书局1976年版。
⑥ 邓牧:《伯牙琴·君道篇》,《知不足斋丛书》本。

圈,还其普通人的本来面目,这不是近代民主思想的前兆么!

　　不少史料表明,宋代君臣之间的谈话和议论,充满着相当民主、自由的气氛。司马光《手录》"吕惠卿讲咸有一德录"条,就生动地记录了司马光与吕惠卿、王珪在神宗面前的争辩过程。① 熙宁二年(1069)十一月,吕、王、司马三人在迩英阁讲读《尚书》《史记》《资治通鉴》。先时吕惠卿进讲"咸有一德",申述"法不可不变"之理,攻击司马光日前讲《通鉴》时言"汉守萧何之法则治,变之则乱"之谬,并指出司马光此语实为借机讥讽"国家近日多更张旧政",斥责"制置三司条例"等变法措施,还咄咄逼人地说:"臣愿陛下深察光言,苟光言为是,则当从之;若光言为非,陛下亦当播告之,修(按:《续资治通鉴长编拾补》卷6作'使',是)不匿厥旨,召光诘问,使议论归一。"俨然对阵叫战。神宗即召司马光,司马光老成持重,引经据典,平心静气而又滴水不漏地作了长篇答辩。吕惠卿似在事理上不占上风,就调换论题道:"司马光备位侍从,见朝廷事有不便,即当论列。……有言责者,不得其言则去,岂可惮己?"他指责司马光未尽"言责",亦当引咎辞职。司马光立即应声道:"前者,诏书责侍从之臣言事,臣曾上疏,指陈当今得失,如制置条例司之类,尽在其中,未审得达圣听否?"机智地请出皇帝作证,神宗自然只得说:"见之。"司马光遂反戈一击:"然则臣不为不言也。至于言不用而不去,此则实是臣之罪也。惠卿责臣,实当其罪,臣不敢逃。"这里表面上主动请罪,实则绵里藏针。有趣的是神宗的表态:"相与讲论是非耳,何至乃尔?"最后还劝慰司马光说:"卿勿以向者吕惠卿之言,遂不慰意。"这场剑拔弩张的舌战就在神宗的圆场中结束。对于坦诚直率的论政之风,这是一个无声的有力鼓励。无独有偶,南宋朱熹在庆元时入侍经筵,曾面奏四事,对宁宗即位以来的独断专权,作了面对面的尖锐批评:"今者陛下即位,未能旬月,而进退宰执,移易台谏,甚者方骤进而忽退之,皆出于陛下之独断,而大臣不与谋,给舍不及

---

① 参见《增广司马温公全集》卷1,汲古书院1993年版。

议。正使实出于陛下之独断,而其事悉当于理,亦非为治之体,以启将来之弊;况中外传闻,无不疑惑,皆谓左右或窃其柄,而其所行,又未能尽允于公议乎?"他提出君主必须接受宰执、台谏及臣下等"公议"的监督,不能一人"独断",即使"独断"正确,也不合"为治之体",表现出强烈的限制君权的思想,且从"治体"即政治体制的高度来维护这一要求。他甚至疾言厉色地责问宁宗:"陛下自视聪明刚断孰与寿皇(指孝宗赵眘)?更练通达孰与寿皇?"①这种勇批逆鳞、迹近"大逆不道"的言论,不是颇有点惊世骇俗么!然而在宋代并没有贾祸遭灾,在通常情况下是被容许的。例如陆游在《家世旧闻》卷上记述他的高祖陆轸任馆职时,曾面对仁宗,"举笏指御榻曰:'天下奸雄睥睨此座者多矣,陛下须好作,乃可长得。'"妙在仁宗不以为忤,次日"以其语告大臣曰:'陆某淳直如此。'"反予以表彰。这除了仁宗宽厚温雅的个人性格外,实与宋代政风特点有关。

明末清初的启蒙主义思想家黄宗羲,在《明夷待访录》中描述了他的未来理想社会,其政治体制是皇帝、宰相、学校三者的权力制衡,与西方君主立宪制的君主、内阁、议会的三者结合,不能说毫无相似之处。宋代的君权、相权、台谏以及颇称发达的学校制度和太学生运动,也是具有若干近代政治色彩的。

我们不惮辞繁地引录上述材料,意在对宋代士人政治活动的具体情景作尽可能真切的历史还原,用以说明宋代士人政治道德人格形成的环境和缘由。宋代士人的人格类型自然是多种多样、异彩纷呈的,从其政治心态而言,则大都富有对政治、社会的关注热情,怀有"以天下为己任"的责任感和使命感,努力于经世济时的功业建树中,实现自我的生命价值。这是宋代士人,尤其是杰出精英们的一致追求。

宋代士人在政治上崇尚气节,高扬人格力量。范仲淹在振兴士风上是一个突出的表率。朱熹一再推重他"大厉名节,振作士气,故

---

① 朱熹:《经筵留身面陈四事札子》,《晦庵先生朱文公文集》卷14,《四部丛刊》本。

振作士大夫之功为多"①,使得政治上的自断、自主、自信成为士大夫们的群体自觉。文莹《湘山野录·续录》"范文正公以言事凡三黜"条,记载范氏三次被贬,僚友们不畏干系三次设宴钱行,誉其为"此行极光"、"此行愈光"、"此行尤光"。其中有王质者,更与范"抵掌极论天下利病,留连惜别"。当有人警告他"将有党锢之事,君乃第一人也"时,王质奋然对云:"果得觍者录某与范公数夕邮亭之论,条进于上,未必不为苍生之幸,岂独质之幸哉!"赢得了"士论"的热烈回应。范仲淹的政治人格魅力来源于他崇高博大的精神境界。具有民本思想的孟轲,也只是一般地提出君主应与百姓同乐同忧的要求:"乐民之乐者,民亦乐其乐;忧民之忧者,民亦忧其忧。乐以天下,忧以天下,然而不王者,未之有也。"②而范仲淹则进一步提出"先天下之忧而忧,后天下之乐而乐"的著名处世规范,境界更高,品格更美,诚如南宋人王十朋《读〈岳阳楼记〉》诗所说:"先忧后乐范文正,此志此言高孟轲。"范仲淹的人格精神,影响了整个宋代乃至久远。《宋史》卷446《忠义传序》云:自范、欧等"诸贤以直言说论倡于朝,于是中外搢绅知以名节相高,廉耻相尚,尽去五季之陋矣。故靖康之变,志士投袂,起而勤王,临难不屈,所在有之。及宋之亡,忠节相望,班班可书,匡直辅翼之功,盖非一日之积也"。对政治品节和高尚人格的尊奉,是中国士人的一个优良传统,但在宋代更为突出和普遍,成为其时士人精神面貌的极为重要的主导方面,其表现也就自然地从政治领域延伸到文学世界。

  宋人对政治伦理理想人格的尊奉,直接导致文学中儒家重教化的文学观的强调和发扬。翻阅宋人诗、文别集,随处可以感受到作者们的从政热情,在反映重大政治、社会题材,表达对国事、民生的关心和意见,以及述说抗击金、元复杂斗争和危殆局势等方面,其广度和深度都有唐人所未及之处。宋代士人普遍养成议政参政的素

---

① 《朱子语类》卷129,第3086页,中华书局1986年版。
② 《孟子·梁惠王下》,《十三经注疏》本,中华书局1980年版。

质,王禹偁《谪居感事》自称"兼磨断佞剑,拟树直言旗",欧阳修《镇阳读书》也以"开口揽时事,论议争煌煌"而自豪。宋代文学具有强烈的政治性格,诗文成为他们干预时事的有力工具。

宋代文学中的淑世情怀是那样深挚,以至各种不同政治倾向、学术背景的人物,在这点上也是完全一致的。王安石和司马光分隶新旧两党,势不两立,但文论思想如出一辙,都强调以治教政令为文。司马光申言:"学者贵于行之,而不贵于知之;贵于有用,而不贵于无用。"并云:"古之所谓文者,乃诗书礼乐之文,升降进退之容,弦歌雅颂之声。"①强调文学的实用性。王安石径直声明:"治教政令,圣人之所谓文也。"②这是政治家论文。欧阳修、苏轼等古文家的文学思想虽对文学的独立审美价值给予更多的关注,其创作更是达到了北宋文学的艺术高峰,但对文学的政治教化功能也在不同的场合作了充分的强调。欧氏云"道胜者文不难而自至"③,"我所谓文,必与道俱"④;苏氏云"诗文皆有为而作","言必中当世之过"⑤,如五谷可充饥,药石可治病,必有实际效用,这是古文家文论。至于道学家更明确打出"文以载道"的旗帜,"为洛学者皆崇性理而抑艺文"⑥,走向了轻视乃至取消文学的独立审美功能的极端。"文道关系"是宋代文学思想中的一个基准,远承《文心雕龙》的"原道"、"征圣"、"宗经"等论题,近袭韩愈文道合一、以道为主的主张,而有新的论述和展开。虽然各种不同类型的人物自有其畸轻畸重的不同,但在总体上都遵行儒家重教化的社会功能,这在作为正统的文学样式诗、文中尤为明显。

宋人颇为强烈的儒家重教化的文学思想,还渗透到了原本与封

---

① 司马光:《答孔司户文仲书》,《司马文正公传家集》卷60,《四部丛刊》本。
② 王安石:《与祖择之书》,《临川先生文集》卷77,《四部丛刊》本。
③ 欧阳修:《答吴充秀才书》,《欧阳文忠公集》卷77,《四部丛刊》本。
④ 《祭欧阳文忠公夫人文》引,《苏轼文集》卷63,第1956页,中华书局1986年版。
⑤ 《凫绎先生诗集叙》,《苏轼文集》卷10,第313页,中华书局1986年版。
⑥ 刘克庄:《黄孝迈长短句跋》,《后村先生大全集》卷106,《四部丛刊》本。

建伦理相违拗的词学领域之中。词的社会功能最初是为了娱乐遣兴，侑酒助觞，它又充当着抒写幽约隐微的个人情愫的载体，这都与儒家"言志"、"载道"的文学要求异辙殊途，其受到正统舆论的指责原非意外。宋仁宗摈斥柳永"且去填词"，王安石不满晏殊"为宰相而作小词"，于是词人们或"自扫其迹，曰谑浪游戏而已"①，或谓仅是"空中语"②，托辞以避责，不少词人竟至于"晚而悔之"③。然而，词一方面受到正统舆论的轻视和排斥，另一方面又容许在一定范围内公开而广泛地流传，士大夫们的婉娈情怀在封建制度眼开眼闭之下，得以半合法地宣泄。柳永公然自称"奉旨填词柳三变"，宋仁宗宴退时赏爱柳词，王安石自己也不免填写与晏殊相类的"小词"，这是词体创作中的矛盾而又复杂的奇特现象。词本来也可以在这种既为上层社会所不容又在某种程度上被默许的夹缝中生存和发展，但在宋词的实际演变中，特别在词学理论和批评方面，却越来越强调"雅正"、"骚雅"的思想。词评家们纷纷努力打通词与《雅》《离骚》的森严壁垒，把词的创作与"诗言志"的儒家传统诗教接榫。黄庭坚《小山词序》称颂晏幾道词"可谓狎邪之大雅，豪士之鼓吹，其合者，《高唐》《洛神》之流"。张耒《贺方回乐府序》评贺铸词为"幽洁如屈、宋，悲壮如苏、李"，比拟容或不当，却是词学批评史中转向崇古复雅思潮的征兆。及至南渡以后，更成为一时风尚。一批以"雅词"命名的词集纷纷出现，如张安国《紫微雅词》、程垓《书舟雅词》、赵彦端《宝文雅词》等，声气标榜，推波助澜。词学批评中这一倾向也愈益发展。曾慥编选《乐府雅词》，把"涉谐谑"之词一律"去之"，"艳曲"亦被"删除"；王灼《碧鸡漫志》卷二就用"时时"得《离骚》遗意来评贺铸、周邦彦词。其实，早于他俩的鲖阳居士，在其所编的《复雅歌词》中以《诗·卫风·考槃》"贤者退而穷处"之义比拟

---

① 胡寅：《向芗林〈酒边集〉后序》，《斐然集》卷19，《四库全书》本。
② 黄庭坚语，《冷斋夜话》卷10引，《津逮秘书》本。
③ 陆游：《长短句序》，《渭南文集》卷14，《四部丛刊》本。

苏轼《卜算子》"缺月挂疏桐",并提出了"骚雅"这一评词的新概念,批评北宋词"其韫骚雅之趣者,百一二而已"①。他的这两条意见都获得后来者的回应。曾丰在淳熙末的《知稼翁(黄公度)词集序》中,也认为苏词"犹有与道德合者。'缺月疏桐'一章,触兴于惊鸿,发乎情性也;收思于冷洲,归乎礼义也"。他评黄公度词云:"凡感发而输写,大抵清而不激,和而不流;要其情性则适,揆之礼义而安。非能为词也,道德之美,腴于根而盎于华,不能不为词也。"这就把"乐而不淫,哀而不伤"②、"发乎情,止乎礼义"③的一套儒家"温柔敦厚"的诗教,从意思到用语都用以评词。后刘克庄《跋刘叔安感秋八词》云:"借花卉以发骚人墨客之豪,托闺怨以寓放臣逐子之感。"④林景熙《胡汲古乐府序》云:"乐府(即词),诗之变也。诗发乎情,止乎礼义,美化厚俗,胥此焉寄?岂一变为乐府,乃遽与诗异哉?"⑤这些议论都与上述意见一脉相承。至张炎,这位宋末的著名词作家兼词评家明确提出:"古之乐章、乐府、乐歌、乐曲,皆出于雅正。"⑥"词欲雅而正,志之所之。一为情所役,则失其雅正之音。"⑦其《词源》卷下中又三次使用"骚雅"这一概念,把词与《诗》《骚》在文体观念上作了进一步的贯通,使鲖阳居士最早提出的这个用语,成为词学批评的重要标准。清代词学中儒家诗教观念的重新高扬,所谓"善言词者,假闺房儿女子之言,通之于《离骚》、变《雅》之义"⑧的主张和做法,其源实可追踪于此。

自然,词学批评领域里的这种呼唤,与词人们的实际创作实践仍有若干距离。尽管不少词评家和词作家合为一身,其创作也并未

---

① 鲖阳居士:《复雅歌词序》,见祝穆《新编古今事文类聚》续编卷24。
② 《论语·八佾》,《十三经注疏》本,中华书局1980年版。
③ 《毛诗序》,《毛诗正义》卷1,《十三经注疏》本,中华书局1980年版。
④ 刘克庄:《后村先生大全集》卷99,《四部丛刊》本。
⑤ 林景熙:《霁山文集》卷5,《四库全书》本。
⑥ 张炎:《词源序》,见夏承焘校注《词源注》,第9页,人民文学出版社1981年版。
⑦ 同上书,第29页。
⑧ 朱彝尊:《陈纬云〈红盐词序〉》,《曝书亭集》卷40,《四部丛刊》本。

完全遵守自己的理论主张。但是,从两宋词的发展大势而言,毕竟"推尊词体"的思潮越来越强烈自觉,苏辛一派乃至姜张一派都有此倾向。这就不仅提高了词的艺术品位,词作的主题意识也日趋明确,扩大了词的境界,促成了词风的多样化。宋代文学中的淑世精神,还表现在词从自娱娱人的功能转向力图有益于世道人心、道德教化,从内心世界的低徊抒写转向对社会世间的一定关注。这也从一个方面说明,把宋代的文化和文学的特点概括为"封闭"和"单纯",至少是不够周延的。

三、"天人之际"的睿智思考与文学的重理节情

宋代是中国思想史上继先秦、汉、魏晋、唐之后的又一高潮所在,儒、释、道三家合流是其时的一个基本趋向。三家合流的交汇点正是在"天人关系"上,即对人在宇宙间的主体地位的确立,对人的精神世界的探索和把握。质言之,就是以人为本位的人文精神的高扬,表现出对吸纳天地、囊括自然的理想人格的追求。

宋学作为一种新儒学,其探究的一个主要命题,是人在自然天地之间、社会人伦关系之中的地位和使命,重视人"与天地参"的自主自觉性。所谓"内圣外王",所谓"圣贤气象",就是要把仁义礼智信的五常之道和治国平天下的帝王之学结合起来,把道德自律与事功建业统一起来,使人人在内省修身中穷天穷地穷人之理,以臻于与天理合而为一,达到个人与人类社会、自然界和谐融汇的美妙境界。这就从本体论上把人的伦理主体性提到一个空前未有的高度。张载有言:"为天地立心,为生民立命,为往圣继绝学,为万世开太平。"①这正是从广阔的宇宙空间和邈远的历史时间中来确认人的社会角色,其气度和眼光,不禁令人肃然起敬。邵雍《乾坤吟》云:

---

① 此据《宋元学案》卷18《横渠学案》下《近思录拾遗》。《张载集》(中华书局1978年版)之《近思录拾遗》"立命"作"立道","往圣"作"去圣";其《语录》中除作"立道"、"去圣"外,"立心"作"立志"。

"道不远于人,乾坤只在身。谁能天地外,别去觅乾坤?"①《自余吟》云:"身生天地后,心在天地前。天地自我出,其余何足言!"②《天人吟》云:"天学修心,人学修身。身安心乐,乃见天人。"③建立起人心与道、太极(乾坤)三位一体的宇宙本体论,表现出天人合一的理想。自然,宋学同时要求把封建伦理道德规范,化为主体的自觉行动方式,作为实现上述最高境界的途径,这又造成对人的主体性的斫伤。因而在他们的理论体系中,人的主体的独立性和依附性是被奇妙地扭结在一起的。

原始儒学偏重于从伦理理性来阐述经世致用之学,对天人之际的形而上方面注重不多,未能从根本上解答人的生命本质等问题,因此也未能有效地与汉末魏晋以来发展起来的佛老之学相抗衡。宋学便积极吸取、整合佛道学说,以儒家学说为本位重建传统文化,给陷入困境的儒家文化注入新的活力,既力求在与佛道鼎足而三的思想格局中维护儒家的正统地位,又力求加强面临外侮内患的宋代社会的凝聚力。而宋代佛道两家的发展取向,恰颇有与儒学一致之处,为儒学的吸取、整合提供了充分的条件。

宋代佛学(禅宗)在哲学思想上未有多大的创造和建树,但有进一步世俗化的倾向,调和了出世和入世的矛盾,并积极向儒学思想靠拢,加强与儒士们的交游接触,甚至出现了佛徒儒士化和文人居士化交互并现的奇观。释智圆说:"儒者饰身之教,故谓之外典也;释者修心之教,故谓之内典也。""故吾修身以儒,治心以释。"④这种处理"身"、"心"问题的原则,也是不少宋代文人的人生观和生死观。至于道教,在宋代的演化过程中,逐渐摆脱符箓鬼神等怪诞诡谲之习和走火入魔的外丹炼养之风,转向内丹炼养的趋势日炽。内丹学更具有哲理的色彩。陈抟《无极图》、张伯端《悟真

---

① 邵雍:《伊川击壤集》卷17,《四部丛刊》本。
② 同上书,卷19。
③ 同上书,卷18。
④ 智圆:《闲居编·中庸子传(上)》,《续藏经》本。

篇》等,都引向了人生课题,即探究生命的起源,关注本体的存亡。精、炁、神等一套内炼成仙的丹法,乃是建基于天人合一论和归根返本论之上的,身内小天地的炼丹,取法于身外大天地的自然法则,以求在与物相忘中向自我本性回归,还虚归元,达到与道合一的最高理想境界。

　　三教合一,在彼此排斥中更重在相互汲取,共同向人类心灵世界的各个领域突进。这一时代的哲学思维特点,必然深刻地影响到宋代文人的宇宙观、人生观乃至思想方法和行为方式。他们在外在的事功世界里可能不及唐人的气魄宏伟、开拓进取,但在内在的精神领域中的独立主体意识可谓超越前人。哲学是社会的大脑,也是一个时代文化的核心。因而,宋型文化可以说是内省的,但不能断为"封闭的"、"单纯的",正确的说法似是"内省而广大",与"开放性"、"复杂性"并非绝对对立。

　　为了进一步说明"内省而广大"的特点,我们且再引述一些理学家们的言论。周敦颐对人生的理解,以立诚为本,去欲为戒。在他那里,"诚"是作为本体而与宇宙相通,"'大哉乾元,万物资始',诚之源也"①。万物之"诚"是从"乾元"而获取,提高理性自觉来涵养德性,即能臻于天人合一,也就是人的最高境界"圣人"。他说:"圣希天,贤希圣,士希贤。"②勾画出希圣追贤逐级升进的实施途径。周敦颐的追贤希圣乃至跃然与天同一之学,在他本人身上形成了"胸中洒落,如光风霁月"③的崇高风范,备受时人仰慕。程颢则从"生生不已"为宇宙根本法则出发,"'天地之大德曰生','天地缊,万物化醇','生之谓性',万物之生意最可观,此元者善之长也,斯所谓仁也。人与天地一物也,而人特自小之,何哉?"④二程说:

---

① 周敦颐:《通书·诚上》第一章,《四部备要》本。
② 周敦颐:《通书·志学》第十章,《四部备要》本。
③ 黄庭坚:《濂溪诗序》,《豫章黄先生文集》卷1,《四部丛刊》本。又见《宋史》卷427《周敦颐传》引。
④ 程颢、程颐:《河南程氏遗书》卷11,《四部备要》本。

"天人本无二,不必言合。"①程颢又说:"天人无间断。"②都认为主体和客体浑然同一,无有间隔,在他俩兄弟这里,"人"是一个大写的字,融入广大悉备的宇宙!张载《西铭》云:"乾称父,坤称母;予兹藐焉,乃混然中处。故天地之塞,吾其体;天地之帅,吾其性。民,吾同胞;物,吾与也。"正是这种"民胞物与",人类与万物同为一体的博大胸襟,使宋人对生死问题具有一种主动从容的超越态度:"存,吾顺事;殁,吾宁也。"活着时对"富贵福泽"、"贫贱忧戚"均以平常心处之,充分实现人生价值;又以平静自然的态度对待死亡,表现出对生命完成的大欢喜。陆九渊"宇宙便是吾心,吾心即是宇宙"③带有夸饰色彩的命题,却也显示出人类精神世界的无比丰富和人格尊严。而事功派的陈亮在《上孝宗皇帝第一书》中自述其学术气概云:"穷天地造化之初,考古今沿革之变,以推极皇帝王伯之道,而得汉、魏、晋、唐长短之由,天人之际,昭昭然可察而知也。"④其襟怀之豁达大度,心理结构之开拓外倾,确非拘拘小儒可比。

宋人遨游于精神领域,习惯于把包括自己在内的人类主体,置于广袤的宇宙之间,寻找生存的价值和生命的意义。他们对于现实乃至日常生活的关注,对历史和人生的思考,就其敏锐、深刻和思维格局而言,唐人是无法望其项背的,正如一位睿智的哲学老人与雄姿勃发的少年英俊相比较时那样。

宋人"内省而广大"的思维特点,不仅表现在对"天人关系"的探索上,而且表现在对不唯经、不唯圣的独立思考精神的崇奉上。宋人普遍具有自主、自断、自信、自豪的文化性格,个以圣贤之说、社会成见来替代自己的思考。苏轼就这样说到自己和友人:《上曾宰相书》自述:"幽居默处而观万物之变,尽其自然之理而断之于中,

---

① 程颢、程颐:《河南程氏遗书》卷11,《四部备要》本。
② 同上书,卷6。
③ 《杂说》,《陆九渊集》卷22,第272页,中华书局1980年版。
④ 《陈亮集》卷1,第8页,中华书局1974年版。

其所不然者,虽古之所谓贤人之说,亦有所不取。"①《乐全先生文集叙》则谓张方平的一生"未尝以言徇物,以色假人。虽对人主,必同而后言。毁誉不动,得丧若一","上不求合于人主,故虽贵而不用、用而不尽;下不求合于士大夫,故悦公者寡、不悦者众。然至言天下伟人,则必以公为首"。② 至于在学术思想上,宋代的疑古批判精神造就了"经学变古时代"。皮锡瑞《经学历史·经学变古时代》云:"经学自汉至宋初未尝大变,至庆历始一大变也。……陆游曰:'唐及国初,学者不敢议孔安国、郑康成,况圣人乎!自庆历后,诸儒发明经旨,非前人所及;然排《系辞》,毁《周礼》,疑《孟子》,讥《书》之《胤征》《顾命》,黜《诗》之序,不难于议经,况传注乎!'案宋儒拨弃传注,遂不难于议经。排《系辞》谓欧阳修,毁《周礼》谓修与苏轼、苏辙,疑《孟子》谓李觏、司马光,讥《书》谓苏轼,黜《诗序》谓晁说之。此皆庆历及庆历稍后人,可见其时风气实然。"其实,庆历时所开创的"不信注疏、驯至疑经"之风,一直风被两宋。朱熹说得更为淋漓尽致:"如《诗》《易》之类,则为先儒穿凿所坏,使人不见当来立言本意,此又是一种工夫,直要人虚心平气,本文之下打迭空空荡荡地,不要留一字先儒旧说,莫问他是何人所说,所尊所亲,所憎所恶,一切莫问,而唯本文本意是求,则圣贤之指得矣。"③怀疑精神是自主人格的反映,其本身就是一种创造精神、开放心态。对于一向奉为神明的经典文献,一切都须经过自己的理性思辨加以鉴别、估量,这是汉唐先儒所不敢想象、望尘莫及的。

  宋代哲学思维"致广大而尽精微,极高明而道中庸"的境界,必然影响到文人生活的各个领域,影响到他们的文学创作和文学批评。人文精神和知性反省的思辨色彩就是宋代文学的基本特征之一,在本书以下章节中已有具体的论述,这里只补充一点,即宋代文

---

① 《苏轼文集》卷48,第1378页,中华书局1986年版。
② 同上书,卷10,第314页。
③ 朱熹:《答吕子约书》,《晦庵先生朱文公文集》卷48,《四部丛刊》本。

人文学中的普遍散文化现象。宋诗从梅尧臣、欧阳修开始,发展了杜甫、韩愈"以文为诗"的倾向,进一步用散文的笔法、章法、句法、字法入诗,逐渐显露出"宋调"的自家面目。词也在苏轼、辛弃疾手中加重了散文成分,从"以诗为词"进而发展到"以文为词"。赋则从楚辞、汉赋、魏晋时的抒情小赋到唐代应举用的律赋,创作已趋衰微,缺乏艺术创造性;宋代赋家却从散文中得到启示而使赋重获艺术生命,形成一种类似散文诗的赋体,欧阳修《秋声赋》、苏轼前后《赤壁赋》等都是历久传诵的名篇。连宋代的骈文也不太追求辞藻和用典,而采用散文的气势和笔调,带来一些新面貌,而被称为"宋骈"。即便是"古文"本身,也增强了议论思理成分,如"记"这种原以记叙为主的文体,到宋代,不少记体名作却成了别一样式的议论文,正如《后山诗话》所云:"退之作记,记其事尔;今之记乃论也。"文学中的普遍散文化倾向,也从一个方面反映出宋人知性反省、重理节情的思维特点。

于是,情与理的关系成为评估宋代文学的一个难点。一般说来,文学作品是以形象来表达作家的思想感情的,重情更是我国韵文文学的特长,"诗缘情而绮靡"①。而"唐诗多以丰神情韵擅长,宋诗多以筋骨思理见胜"②,确是一个显著的分野。由此引发的唐宋诗优劣之争,直至今日,人们仍然可以从各自的审美旨趣出发来参与评说。我们认为:前代的文学作品本身已构成一个相对完整的艺术系统,但它并不是一成不变的,由于后起的新的文学作品源源不断地加入,促使其"完整性"有所调整,价值标准也理应有所修正。也就是说,传统因现在而改变,正如现在为传统所指引一样。传统是一种力量,现时产生的作品也是一种力量,各对对方施与影响,两者的合力倒能产生较为宽容的艺术价值标准。中国诗歌从中唐以来,已在语言、意象、技法、声律、体制等方面日趋规范化乃至程

---

① 陆机:《文赋》,《文选》卷17,《四部丛刊》本。
② 钱锺书:《谈艺录》,第2页,中华书局1984年版。

式化,宋代诗歌学唐融化而自成家数,实质上与唐诗已成两个艺术系统。因而不能用唐诗的重情、重兴象的标准来评价宋诗的重理、重气格,反之亦然。其次,重情本身,对于文学创作来说,也不是超越任何时代背景和条件的绝对要求。英国文学评论家艾略特说:"诗不是放纵感情,而是逃避感情,不是表现个性,而是逃避个性。自然,只有有个性和感情的人才会知道要逃避这种东西是什么意义。"①感情奔放热烈是一种美,含情不露而表现出理性风范也是一种美。宋代士人群体并不缺乏"感情"和"个性",只是在特定的背景和条件下采取了一种变形的方式。他们的诗歌创作从题材上而言,实向两个方面发展:一是社会政治诗,针砭时事,大胆议政,论辩滔滔,即使在写景、状物、怀古、酬答等类诗中,也触处生发议论,表现出显著的尚理特点;另一类是大量的描写日常生活的题材,诸如谈艺说诗、书画鉴赏、饮酒品茗、登山临水和对于文房四宝的赏爱及征歌选舞的享乐等,其写法上的一个特点是不避纤细,不戒凡庸,悉照文人生活的原貌娓娓道来,和盘托出,使感情沉潜而内转,个性的发露则控制到若有似无,但却是文人生活原貌的真实写照,表现了宋代文人的盎然雅趣和丰富情韵。这种诗风的出现,一方面反映了宋代文人重理节情而趋向雅趣的性格追求。苏轼说:"无肉令人瘦,无竹令人俗。人瘦尚可肥,士俗不可医。"②黄庭坚说:"余尝为少年言:士大夫处世可以百为,唯不可俗,俗便不可医也。"③宋代文人的尚"雅",比之魏晋文人之常用"雅"以品评人物,更进一步发展成为在一切精神领域中的成熟、稳定的重要尺度了。另一方面也是处在唐诗巅峰之后,盛极难继而不得不变新变异所采取的一种样态。不与唐诗取异就无法成就宋诗的独立地位,这是诗歌历史昭示给宋代诗人的创作使命。此外,宋代印刷术的发达,也造成诗歌接

---

① [英]托·斯·艾略特:《传统与个人才能》,《二十世纪文学评论》上册,第138页,上海译文出版社1987年版。
② 《於潜僧绿筠轩》,《苏轼诗集》卷9,第448页,中华书局1982年版。
③ 黄庭坚:《书缯卷后》,《豫章黄先生文集》卷29,《四部丛刊》本。

受方式的转变,即由多依传抄转为书册流布,由靠口耳相传变为案头阅读,因而有更充裕的时间反复讽吟涵咏,一种更细腻委曲、更接近生活原生态的、近似说话的诗体,也就易于为文人圈所认可。至于词,一直以言情为主,在演变过程中也引入议论言理的因素,甚至如陈亮所说,"挦撦义理,劫剥经传,而卒归之曲子之律,可以奉百世豪英一笑"①。他的儿子陈沆为他所选的30首词即可为其作词主张作注脚,恰也能副"特表阿翁磊落骨干"②之初衷,在艺术上并非无取。苏辛革新词派的言理之作或词中的议论成分,一般说来常能与情韵相融合,仍保持幽折婉曲、含蕴不尽的词体特质。说理和言情并非绝对互不相容,而且,也不应把"言情"、"个性"作为艺术评价的唯一标准。艺术领域以多元宽容为宜,这样才有利于艺术多样化的发展。

四、文化整合的恢弘气魄与重建文学辉煌、盛极而变

蒋士铨《辩诗》云:"宋人生唐后,开辟真难为。"③这两句讲宋诗的话也可以推广为讲整个宋代文化。宋朝以振兴文教作为"祖宗家法"之一。宋太祖赵匡胤把朝廷正殿命名为"文德殿",即以声明文物之邦为建国目标;礼遇士大夫,优渥有加;扩大科举名额,广开仕进之门;又以"不得杀士大夫及上书言事人"镌为誓碑立于太庙秘室,垂示嗣君。④ 其弟赵光义自幼喜读书、爱藏书,即位后醉心于文化事业的建设。宋真宗《册府元龟序》赞他:"太宗皇帝始则编小说而成《广记》,纂百氏而著《御览》,集章句而制《文苑》,聚方书而撰《神医》,次复刊广疏于九经,较阙疑于三史,修古学于篆籀,总妙言于释老,洪猷丕显,能事毕陈。"⑤宋真宗踵事增华,又修撰了大型政

---

① 《与郑景元提干》,《陈亮集》卷21,第329页,中华书局1974年版。
② 毛晋:《龙川词补跋》,《陈亮集》附录3,第483页。
③ 蒋士铨:《忠雅堂诗集》卷13,清咸丰蒋氏四种本。
④ 旧题陆游《避暑漫钞》引《秘史》,又见《宋稗类钞》卷1《戒碑》(《全宋文》卷7已录)。
⑤ 《全宋文》卷262。

书《册府元龟》,展示了"盛世修典"的宏伟规模。他在《崇儒术论》中云:"儒术污隆,其应实大,国家崇替,何莫由斯。"①奠定了"崇儒尊道"的国策。宋朝的这几位创业垂统的皇帝,其政治倾向影响了两宋三百多年,因而崇尚传统文化,埋头攻读坟典,成为一时的风尚。任何时代对传统的继承都表现了一种选择,一种寻找与时代要求相契合的过程,宋代的重视对传统文化的吸取、整合,所表现出的恢弘气魄,即与时代要求息息相关。

宋代士人的身份有一个与唐代不同的特点,即大都是集官僚、文士、学者三位于一身的复合型人才,其知识结构一般远比唐人淹博融贯,格局宏大。南宋永嘉学派陈傅良曾论及"宋士大夫之学"云:"宋兴,士大夫之学亡虑三变:起建隆至天圣、明道间,一洗五季之陋,知向方矣,而守故蹈常之习未化。范子始与其徒抗之以名节,天下靡然从之,人人耻无以自见也。欧阳子出,而议论、文章,粹然尔雅,轶乎魏晋之上。久而周子出,又落其华,一本于六艺,学者经术遂庶几于三代,何其盛哉!"②他表彰范仲淹的"名节",欧阳修的"议论、文章",周敦颐的"经术",其实,政治家、文章家、经术家三位一体,是宋代"士大夫之学"的有机构成。对传统文化的倾心汲取是当时作为一个士人的起码的也是最重要的要求,因而对文化载体的书籍的研习,特别是凭借印刷术的发达,其所达到的深入普遍的程度,也为前代所罕见。

读书是宋代士人的基本生活方式。读书人的天职是读书,读书是读书人取得自身社会资格的依据。宋代士人读得广博,读得深入,读得认真。对"宋调"形成起了决定作用的王安石、苏轼、黄庭坚就是著例。王安石自称:"某自百家诸子之书,至于《难经》《素问》《本草》、诸小说,无所不读。"③博览群书,"无所不读",使他作

---

① 见《宋史》卷287《陈彭年传》引,中华书局1976年版。
② 陈傅良:《温州淹补学田记》,《止斋先生文集》卷39,《四部丛刊》本。
③ 王安石:《答曾子固书》,《临川先生文集》卷73,《四部丛刊》本。

诗时获得了使事用典的充分自由。苏轼"每一书皆作数过尽之"的"八面受敌"读书法,更是为世所称道,且极易仿效操作:"每次作一意求之。如欲求古今兴亡治乱、圣贤作用,但作此意求之,勿生余念。又别作一次,求事迹故实、典章文物之类,亦如之。他皆仿此。"①黄庭坚不仅谆谆告诫"士大夫三日不读书,则义理不交于胸中,对镜觉面目可憎,向人亦语言无味"②,而且身体力行,读书勤作摘记。清翁方纲《跋山谷手录杂事墨迹》尚亲见这类"手录"凡35幅732行,所录"皆汉、晋间事",并说"尝于《永乐大典》中见山谷所为《建章录》者,散见数十条,正与此册相类。然后知古人一字一句皆有来处"。③ 黄庭坚"铺张学问以为富,点化陈腐以为新"④的诗风,当得益于这类铢积寸累、孜孜矻矻的基本功。在宋代文学作品中,我们也可常常看到士人攻读的具体情景,其亲切、投入,令人动容。王禹偁《清明》诗"昨日邻家乞新火,晓窗分与读书灯",清明有"乞新火"的习俗,乞来新火,首要的是点亮"读书灯"。而读书灯在郭震《纸窗》诗中,则比月色更为可亲可爱,需用纸窗特意护卫:"不是野人嫌月色,免教风弄读书灯。"读书灯既陪伴了王禹偁的晓读,又为郭震的夜读照明,书真成了宋代士人不可须臾离身的人生伴侣。

宋代文化的独辟蹊径,自创新面,首先就是以这种对传统文化的倾心研读、尽情汲取为创造前提的。在宋代文学中,不难时时感到前代文学的深刻影响。宋初诗歌三体,即白体、晚唐体、西昆体,固然是对唐人的心摹手追,仿佛步武,即使是从梅尧臣、苏舜钦、欧阳修"新变派"开始的"宋调"创造者们,在创新欲望的支配下,仍表现出对前代诗歌传统的崇奉,只不过从晚唐诗人转向了李、杜、韩,且从亦步亦趋变而为脱去形迹、融化一如己出罢了。

---

① 《与王庠五首》其五,《苏轼文集》卷60,第1820页,中华书局1986年版。
② 《记黄鲁直语》,《苏轼文集·苏轼佚文汇编》卷5,第2542页,中华书局1986年版。
③ 翁方纲:《复初斋文集》卷29,《四部丛刊》本。
④ 王若虚:《滹南诗话》卷2,《历代诗话续编》本,第518页,中华书局1983年版。

黄庭坚的"领略古法生新奇"①,一语道出了他的"新奇"来自对"古法"的"领略"。崇尚典范始终是宋人一种强烈的创作心理,由此发生的文学的"源"与"流"问题,也曾成为评估宋诗的一个难点。

  自然,文学创作的源泉在于生活,作家们不能仅仅依靠书本来写作。"除却书本子,则更无诗"②,王夫之对宋诗的这个过苛论评,是蕴含文学真理的。现实生活永远是创作生命之源,这一文学原则是没有疑义的。然而,我们也可以改换一个视角来看问题。宋代作家在丰厚的传统文化遗产面前,其创作观念中已积淀着深刻的历史意识。他们在写作时不仅感受到自己时代的风云,而且时时领悟到从远古直到唐五代的文学积存。究其实,"尚友古人"、异代精神沟通的结果,也使他们自己成为传统性的作家。评价文学作品的高低优劣,固然可以从它与传统作品的特异之处着眼,但有时也应以从前辈作家中汲取多寡并是否加以融化点染来衡量,可以而且应该运用双重乃至多重的价值标准。宋人作诗词强调"学"重于"才",黄庭坚云:"诗词高胜,要从学问中来。"③费衮《梁溪漫志》卷7云:"作诗当以学,不当以才。诗非文比,若不曾学,则终不近诗。"宋人又强调"人工"重于"天分",强调创作基本功的锻炼,所谓"日课一诗"的"梅圣俞法"就风行一时。④ 苏轼《答陈传道五首》其二对陈氏学用此法甚表赞许:"知日课一诗,甚善。此技虽高才非甚习不能工也。圣俞昔常如此。"⑤陆游在《家世旧闻》卷上中,对他的六叔祖陆傅"平生喜作诗,日课一首,有故则追补之,至老不废",深致仰慕之忱,也透露出这位南宋大诗人的诗学渊源。由此可知,宋人讲究法

---

① 黄庭坚:《次韵子瞻和子由观韩干马因论伯时画天马》,《山谷内集诗注》卷7,《四部备要》本。
② 王夫之:《姜斋诗话》卷下,《清诗话》本,第17页,上海古籍出版社1978年版。
③ 胡仔:《苕溪渔隐丛话》前集卷47引,第320页,人民文学出版社1962年版。
④ 邵博:《邵氏闻见后录》卷18,第145页,中华书局1983年版。
⑤ 《苏轼文集》卷53,第1574页,中华书局1986年版。

度乃至活法,讲究用事运典,讲究炼字炼句等"功力",学之既至,为之亦勤,都使宋诗充满儒雅深醇的书卷气,获得一种艺术的历史远韵。

总之,从宋代文学与传统的关系,特别是宋诗宋文与唐诗唐文的比较而言,其融化出新之相异点固然应予肯定评价,其潜通暗贯乃至所谓"以故为新"、"脱胎换骨"、"点铁成金"的关联点和共同点,也并非全是艺术的消极面,应在多元的艺术领域中占有一个适当的位置。

还可注意的是宋代文化批评中的"集大成"之说。"集大成"这一概念最早是孟子用以评论孔子的。《孟子·万章下》称"孔子之谓集大成。集大成也者,金声而玉振之也"。这是对孔子儒家理想伦理人格的最高礼赞。而到宋代,却引入文学艺术领域,用以评论杜诗,韩文,颜、柳字,左史,吴道子画等。早在元稹《唐故工部员外郎杜君墓系铭并序》中已说过:"至于子美,盖所谓上薄风、骚,下该沈、宋,古傍苏、李,气夺曹、刘,掩颜、谢之孤高,杂徐、庾之流丽,尽得古今之体势,而兼人人之所独专矣。"[①]说杜甫综兼众美,已有"集大成"的初步含义。第一次以"集大成"评杜的是苏轼,《后山诗话》云:"苏子瞻云:'子美之诗,退之之文,鲁公之书,皆集大成者也。'"又云:"子瞻谓杜诗、韩文、颜书、左史,皆集大成者也。"细析苏轼的这个概念,至少包括三层意蕴:一是从孟子的评论伦理入格,引申到诗、文、书、史、画等文艺领域,而且他又是着眼于从整个文化大背景和文艺历史发展的纵横时空中来立论的。二是其具体含义乃指杜、韩、颜、左均具有奄有众长、吸纳万川的恢宏气势和格局,达到了艺术造诣的极致。苏轼《书唐氏六家书后》云"颜鲁公书雄秀独出,一变古法,如杜子美诗,格力天纵,奄有汉、魏、晋、宋以来风流,后之作者,殆难复措手"[②],即是此意。三是"集大成"这一概念,本身同

---

① 元稹:《元氏长庆集》卷56,《四部丛刊》本。
② 《苏轼文集》卷69,第2206页,中华书局1986年版。

时又包含盛极而变、变而后衰的思想,这是尤为深刻的。苏轼《书黄子思诗集后》提出,唐代颜真卿、柳公权的书法,"始集古今笔法而尽发之,极书之变,天下翕然以为宗师,而钟、王之法益微";李白、杜甫的诗歌,"以英玮绝世之姿,凌跨百代,古今诗人尽废,然魏、晋以来高风绝尘,亦少衰矣"。①任何事物的巅峰状态同时也蕴藏着负面因素,荟萃精华在此,包藏危机亦在此。颜、柳书法,李、杜诗歌,均在巅峰状态中同时丧失了"萧散简远"之趣和"天成"、"自得"、"超然"之妙。苏轼在《书吴道子画后》中更明确地说:"诗至于杜子美,文至于韩退之,书至于颜鲁公,画至于吴道子,而古今之变,天下之能事毕矣。"②同样在一片辉煌中看到了内在的阴影和继续发展的困惑。

这一点也为后人所习察。如清代陈廷焯评论南宋词时已指出:"北宋去温、韦未远,时见古意,至南宋则变态极焉。变态既极,则能事毕。遂令后之为词者,不得不刻意求奇,以至每况愈下,盖有由也。亦犹诗至杜陵,后来无能为继。"③这与苏轼见解一脉相承。钱锺书先生《谈艺录》第30页云:"文章之革故鼎新,道无它,曰以不文为文,以文为诗而已。向所谓不入文之事物,今则取为文料;向所谓不雅之字句,今则组织而斐然成章。谓为诗文境域之扩充,可也;谓为不入诗文名物之侵入,亦可也。"这里也从盛极而变的历史观念来看待宋代文人文学中普遍发生的以文为诗、以诗为词、以文为赋等"破体为文"的现象,这些现象的产生不是偶然的,而是艺术发展链条上必经的一环。因而,宋代文人文学的成就与不足,它的艺术追求与偏颇,如能密切联系这个文学发展的盛而变、变而衰的历史阶段来观察,当可获得合理的解释和全面的评估。

---

① 《苏轼文集》卷67,第2124页。
② 同上书,卷70,第2210页。
③ 陈廷焯:《白雨斋词话》卷3,第59页,人民文学出版社1983年版。

苏轼的"集大成"思想,在当时就有了广泛的社会回应。如秦观的《韩愈论》就指出韩愈的古文,是"钩列、庄之微,挟苏、张之辩,擞班、马之实,猎屈、宋之英,本之以《诗》《书》,折之以孔氏"的"成体之文",杜甫的诗歌,则能"穷(苏武、李陵)高妙之格,极(曹植、刘桢)豪逸之气,包(陶潜、阮籍)冲淡之趣,兼(谢灵运、鲍照)峻洁之姿,备(徐陵、庾信)藻丽之态",因而也认为"杜氏、韩氏,亦集诗文之大成者欤!"①其"集大成"之"集诸家之长"一义,与苏轼的完全相同。但秦观又反复指出:杜诗之所以能"积众家之长,适当其时而已","岂非适当其时故耶?"即认为杜甫震古烁今的伟大诗篇与其说是个人天才、学养、遭际的产物,不如说是盛唐文化全面高涨的结果。清潘德舆对秦观"适当其时"说大肆讥斥,以"假令子美生于六朝,生于宋元,将不能'集众家之长'耶?"②来反诘,其实并不理解秦观这个"时"字所能提供给后人领悟的深刻内涵。而宋人之所以能适时地提出"集大成"的文学思想,从深层意义上讲,也是时代风云际会所酝酿而成的。它一方面折射出宋代文明的高度发展和定型化,才促使像苏轼这样本人就是"百科全书式"的集大成人物,得以概括出这一文艺概念;另一方面也预示着宋代文学已处于中国文学发展中的一个转型时期:传统的诗和文(包括宋代开始兴盛的词)已经高度成熟、定型、完美,达到了再造辉煌和艺术危机并存的境地,文学的重心已在准备转向到别一个方面——小说、戏曲就是今后作家们展示才华的新的领域。对宋代文学的走向作宏观考察时,这应是一个基本的把握。

五、附论:对外文化交流与宋代士人心态

宋代士人对传统文化的吸取和整合,具有颇为恢弘的开放气

---

① 秦观:《淮海集》卷22,《四部丛刊》本。
② 潘德舆:《养一斋李杜诗话》卷2,《清诗话续编》本,第2183页,上海古籍出版社1983年版。

魄,那么,他们对外来文化的心态又是如何呢？这也是研究唐宋文化不同特点时的一个重要问题。主张以"开放"与"封闭"来分指唐型文化与宋型文化的特点,其重要论据之一就是视其对外来文化采取何种态度,就是说,唐型文化"以接受外来文化为主",而宋型文化则具有"排拒外来文化的成见"。对此,也稍加辨析,以作附论。

从宋朝的对外文化交流关系而言,当然不及唐代对外来文化的毫无顾忌的大胆而全面的吸取,这是无需争议的事实。唐时西北的"丝绸之路",为输入西域文明打开了畅通的道路,宗教、音乐、歌舞、诸般技艺乃至衣食习俗等异质文化源源不断地西来,成为建构唐型文化的要素和基础之一;而两宋东南地区的海上交通,其便捷、先进(特别是指南针的发明、应用)也为前代所不及,输出的物品也以丝绸、瓷器为主,堪称海上的"丝绸之路"。从海外贸易的商业角度来看,丝毫不比唐代逊色,但在文化输入方面确实无法与之匹敌了。

宋朝颇称发达的对外交通线之所以限制在贸易商业的功能之内,而没有同时发展为文化输入的通道,其原因是复杂的。大要有二:一是唐宋两朝对外的政治、军事形势不同,因而对外的文化需求也不同。唐代,尤其是盛唐士人,对于强盛的国势怀有自信亦复自傲,便以充分开放的心态去吸纳外族的一切,以满足多方面的文化消费和多姿多态的文化创造的需要。然而,宋朝自建国之时起直至灭亡,历受辽、西夏、金、元诸族的巨大威胁,军事问题自始至终都是政治的首要议题和社会的症结之一,忧患和屈辱伴随着士人的心路历程。二是宋朝与诸族在文化发展水平上的差异。宋朝"积贫积弱",在军事、财政上虽不称强大,却是当时东方文明的大国,其文化水平高高雄踞于周边诸族之上。就东北亚地区汉文化圈而论,辽、金、元等族尚处于向封建化过渡之际,显然不能依赖其原生态的部落文化来完成封建主义的上层建筑,高丽、日本也在进一步完善封建制的过程之中,它们都迫切需要宋朝汉文化的输入,这就自然造成宋朝的文化"出超"现象。

不错,宋朝士人常怀有一种文化优越感。苏颂等人的使辽诗中就有不少辽人慕宋的描写。苏颂《和过打道部落》"汉节经过人竞看,忻忻如有慕华心"①,苏辙《神水馆寄子瞻兄四绝》"虏廷一意向中原,言语绸缪礼亦虔"②,《渡桑乾》"胡人送客不忍去,久安和好依中原"③,都带有以本朝为本位的强烈色彩。苏颂的使辽诗还认为在隆冬的辽境偶遇暖日是宋皇帝的恩惠:"上心固已推恩信,天意从兹变燠旸"④,"穷冬荒景逢温煦,自是皇家覆育仁"。⑤这里既是使臣们有歌颂君主的义务所致,也未尝不是在自我优越的文化意识怂恿下所说的夸饰之词。这种优越感恰恰弥补了因军事懦弱、外交妥协所造成的失意感,因而在他们笔下时有流露。

但是,这绝不等于说,宋朝的文化政策和士人心态是怀有"排拒外来文化的成见"的。恰恰相反,宋朝政府和士人在这种时代社会条件下,还是力求展开和扩大对外的平等的文化交流,并出现了一些颇具历史深远意义的特点。

苏轼对高丽的态度,受到现今一些中、韩学者的非议,以他为例或更可说明问题。元祐四年(1089)和八年(1093),苏轼先后两次向朝廷呈奏六篇札子,反复阐述对高丽禁运书籍的必要。元祐四年十一月,高丽僧人寿介等五人来华,时任杭州知州的苏轼,在《论高丽进奉状》中说:"(高丽)使者所至,图画山川,购买书籍。议者以为所得赐予,大半归之契丹。"⑥元祐八年二月,高丽使臣又至汴京,要求购买《册府元龟》、历代史、太学敕式等,苏轼时任礼部尚书,又在《论高丽买书利害札子》中,指出高丽听命于契丹,"终必为北虏

---

① 苏颂:《苏魏公文集》卷13,《四库全书》本。
② 苏辙:《栾城集》卷16,《四部丛刊》本。
③ 同上。
④ 苏颂:《中京纪事》,《苏魏公文集》卷13,《四库全书》本。
⑤ 苏颂:《离广平》,同上书。
⑥ 《苏轼文集》卷30,第847页。

用。何也？虏足以制其死命,而我不能故也"①。在当时宋、辽、高丽犄角鼎峙的形势下,从地缘政治学的角度来观察,宋、辽和战相继,互为敌国,澶渊之盟后,虽无大战,却仍处于"冷战"对峙状态;而高丽于公元993年被契丹征服,995年以后一直接受辽朝册封,屈居藩国,且地壤相连,与宋却沧海暌隔。苏轼的"必为北虏用"的疑虑,是有道理的。然而,苏轼的禁书外流的奏议,没有为宋朝廷所采纳,并不代表官方的文化政策,更未能在事实上阻止汉籍的传入高丽乃至辽国,苏轼预测的"中国书籍山积于高丽,而云布于契丹"②的景象竟然出现了。他的弟弟苏辙在使辽返宋后的述职报告《北使还论北边事札子》中惊呼:"本朝民间开版印行文字,臣等窃料北界无所不有。"③"无所不有",竟已囊括无遗,不就是"山积"、"云布"了么！这是一。其次,就苏轼本人而言,他对与高丽的正常友好交往和文化交流,并无异议。元丰八年(1085),高丽僧统义天(文宗第四子)使华巡礼,诏令苏轼友人杨杰馆伴,往游钱塘,苏轼作《送杨杰》相赠,中有"三韩王子西求法,凿齿弥天两勍敌"之句④,以"俊辩有高才"的东晋名僧道安喻义天,称他与杨杰(以习凿齿为喻)辩才相当,对他的西来"求法",作了热情肯定,并无民族褊狭之心。宋廷曾拟派遣苏轼出使高丽,因故未能成行。⑤但苏轼在《与林子中》的信中,对林希亦有此差遣誉为"人生一段美事",表达了无限向往之忱:"浮沧海,观日出,使绝域(指高丽)知有林夫子,亦人生一段美事。"⑥对"此本劣弟差遣,遂为老兄所挽",深表遗憾与惋惜。林希因轻信占卜,惧怕出海风浪之险,畏

---

① 《苏轼文集》卷35,第994页。
② 《论高丽买书利害札子》,《苏轼文集》卷35,第994页。
③ 苏辙:《栾城集》卷42,《四部丛刊》本。
④ 《苏轼诗集》卷26,第1374页。
⑤ 参见秦观《客有传朝议欲以子瞻使高丽,大臣有惜其去者,白罢之,作诗以纪其事。与莘老同赋》,《淮海集》卷8,《四部丛刊》本。
⑥ 《苏轼文集》卷55,第1656页。

而辞命。① 相比之下,倒显出苏轼为获取对异国风情的新的人生体验而迈往勇锐的追求,他的文化心态是开拓外倾的。苏轼的奏议却被有的论者指责为"站在一封闭、主观、以华夏自居、不屑与蛮夷小邦往来之立场"②,而事实真相如上所述,说明对宋朝的对外关系亦有深入研究的必要。

综观唐宋两代对外文化交流的走势,大致有一个从西向东、又由东西返回流的过程。在唐代,文化交流的流向呈现出较为单一的形态,即由西域输入佛教及其他文化,再混糅中土的儒家文化,转向朝鲜、日本等周边国家输出。而到了北宋,出现了交流史上的新趋向,以汉籍回流为突破口,缓慢地启动了一个双向交流时代的到来。宋太宗时,日本僧人奝然出使中国,便带来了中土已佚的郑玄注《孝经》等书籍,引起了朝廷上下的极大震动,这无疑会启发中土的士人对海外庋藏乃至一般文化情况给予应有的重视。连思想并不新锐的司马光在《和钱君倚日本刀歌》中也写道:"徐福行时书未焚,逸书百篇今尚存","嗟予乘桴欲往学,沧波浩荡无通津"③。代表了这种刚刚萌露的渴求平等交流的心理和愿望。这种情况也发生在高丽与宋朝之间。高丽重视华夏文化,精心搜集汉籍,庋藏丰富。据《邵氏闻见后录》卷9载,宋神宗曾千方百计地想要搜求《东观汉记》一书,却"久之不得",后来才由"高丽以其本附医官某人来上"。元祐六年(1091),宋朝正式向高丽访求佚书。④ 据郑麟趾等撰《高丽史》卷10云:时高丽使李资义等"还自宋,奏云:'帝(宋哲宗)闻

---

① 龚明之《中吴纪闻》卷2第42页云:"初,林希枢密买卜于京师,孟诊为作卦影,画紫袍金带人对大水而哭,林以为高丽之役涉瀚海,故力辞之。"上海古籍出版社1986年版。
② 陈飞龙:《苏轼高丽观之探讨》,台湾《政治大学学报》第64期,1992年3月。
③ 司马光:《司马文正公传家集》卷5,《四部丛刊》本。此诗又见欧阳修《居士外集》卷4,一般以为乃欧氏所作,似误,参看王宜瑗《〈日本刀歌〉与汉籍回流》一文,载《书与人》1995年第5期。
④ 参见屈万里:《元祐六年宋朝向高丽访求佚书问题》,《东方杂志》复刊第8卷第8期,1975年2月。

我国书籍多好本,命馆伴书所求书目录授之,乃曰:虽有卷第不足者,亦须传写附来。'"这份书目共 128 种,达 4 980 卷。次年,高丽作了积极回应,据秘书省报告:"高丽献书多异本,馆阁所无。诏校正二本,副本藏太清楼天章阁。"①证明在当时高丽藏书中果然有汉籍珍本。作为一个实例,可以举出《黄帝内经》。此书据《汉书·艺文志》著录,应有十八卷,而至宋时仅存九卷。元祐时高丽向宋廷献书中,"内有《黄帝针经》九卷",正可配成完帙,珠联璧合。于是朝臣上言:"此书久经兵火,亡失几尽,偶存于东夷。今此来献,篇帙具存,不可不宣布海内,使学者诵习。"宋廷采纳此议,下诏校订版印,一时传为美谈。② 这也必然影响到宋人对域外的文化观念。又如据清乾隆时来华的韩国学子朴趾源《热河日记》中之《避暑录》所载:宋徽宗时,高丽使臣金富仪(按,即金富辙)来华,将唐玄宗赐赠新罗国王的一首五排"示馆伴学士李邴,邴上之帝(原注:徽宗皇帝),因宣示两府及诸学士讫,传宣曰:'进奉侍郎所上诗,真明皇书。'嘉叹不已"。而此诗却为康熙时所刊《全唐诗》所漏收(后为市川世宁《全唐诗逸》补入),朴趾源不无感叹地说:"此诗既入中国,至经道君(徽宗)睿赏,而后录唐诗者并未见收,始知前代坠文,非耳目所可穷,而海外偏邦之士,反或有阐幽之功。"这位韩国学子正说出了宋代不少士人的心声,文化交流必然起到互补互融的作用。

　　既有书籍的东传西返,当然也不可避免地有文学艺术的你来我往。《高丽史·乐志》就著录从北宋传入的词曲达 74 首之多,其中 15 首为柳永、晏殊、欧阳修、苏轼、李甲、阮逸女、赵企、晁端礼所作,其他 59 首均为中土佚词,弥足珍贵。据吴熊和先生考证,当时中韩两国的音乐交流可谓"广泛而经常",一方面有北宋派遣乐工伶人到高丽传授乐舞词曲,另一方面又有高丽派遣学艺人员到汴京,在

---

① 王应麟:《玉海》卷 52《艺·书目》引,《四库全书》本。
② 参见江少虞《宋朝事实类苑》卷 31,第 397 页,上海古籍出版社 1981 年版。

同文馆聘请中国乐师训练指导。① 这两种方式的结合，使两国音乐交流的水平达到很高的境界，尤以神宗朝为盛。宋代乐舞词曲的大量流布于高丽，也换来了高丽音乐舞蹈的传入宋朝。元丰五年（1082）二月，宋神宗因高丽使者来华，曾云："蛮夷归附中国者固亦不少，如高丽其俗尚文，其国主颇识礼义，虽远在海外，尊事中朝，未尝少懈。朝廷赐予礼遇，皆在诸侯之右。近日进伶人十数辈，且云夷乐无足取者，止欲润色国史尔。"②这十几位高丽伶人随使者崔思齐、李子威到达汴京，曾于元丰五年元夕作过演出，宋神宗君臣咏唱酬和甚为欢洽，王安礼《恭和御制上元观灯》诗有"銮舆清晓出瑶台，羽卫瞻迎扇影开。凤阙张灯天上坐，鸡林献曲海边来"③，为这次献艺留下珍贵的历史一幕，也反映出超越国界的文化认同心理。

　　对外文化交流包括输入和输出，判断宋型文化在这个问题上是否"开放"，就不仅应从其接受、吸纳异质文化的广度和深度来衡量，还应考察它对汉文化圈的影响和渗透的程度。大致说来，日本、高丽等东亚诸国，对唐代文化的接受模仿多于融化、创造，甚至近似全面照搬，且偏重于典章制度方面；而对宋代文化的接受，却着力于融会贯通，尤注重宗教、哲学、文学等精神文化的统摄，如日本其时对朱子学、苏黄文学的悉心研习和运用，镰仓、京都"五山"禅林与宋代五山十刹禅宗的传承和发扬，都是显例，对其民族文化的发展，影响更为深巨。这些在本书的《结束语》中将有进一步的论述。

　　总之，宋代对外来文化的吸取，限于种种时代条件，在规模和对本民族历史的影响深度上，确实无法与唐代并肩，但无论是官方的文化政策，还是宋代士人的态度，都并无"排拒"之意，与封

---

① 参见吴熊和《高丽唐乐与北宋词曲》，《中华文史论丛》第50辑。
② 《续资治通鉴长编》卷323，元丰五年二月丁卯条，上海古籍出版社1986年影印本。
③ 方回：《瀛奎律髓》卷5"升平类"，《四库全书》本。

闭性的文化"锁国"更不相干。在特定的历史容许的范围内,宋人仍渴求与周边诸族的平等的文化交流,渴求了解中土以外的外部世界。这对全面把握宋代作家的文化心态也是有一定意义的。

文 体 篇

◎ 第一章 "一代有一代之文学"：宋代各体文学的历史地位

◎ 第二章 雅、俗之辨

◎ 第三章 尊体与破体

"文体"一词,含义颇广,容纳过各种各样的涵义。我们这里是指文类,即文学样式。就宋代文学而言,主要指诗、词、文、小说、戏曲五大门类。

文体是文学作品最直观的形式,但一种文体的产生、兴盛、嬗变和衰亡的过程,却蕴含着深刻的社会的、政治的、伦理的和审美的原由,它反映着文学创作观念、价值标准的变化。各种文体的体式规范、结构形态、文学特征和不同功能的形成,不是个别作家人为营造的结果,而是长期文学实践的产物,因而具有稳定性;然而,这种稳定性却随时遭到挑战,各种文体的特性总又处在不断变异之中,它们之间还发生互相融摄、渗透和贯通的现象,从而直接影响文学的时代面貌。

在中国文学的长期发展中,体类之繁多,变化之复杂,作家们对辨体之重视和悉心研究,恐为世界历史所罕见,这为建立一门全面、系统的文体学打下坚实的基础。而文体问题在宋代的文学创作和文学思想中尤为突出、特殊和重要。从文体角度研究宋代文学,了解五大文体的不同发展样态,确定其在文学历史中的地位,考察各种文体的具体特点、价值、功能及其变异、换位诸问题,当能从一个侧面对宋代文学获得新的把握。

第一章

"一代有一代之文学":宋代各体文学的历史地位

第一节 "一代有一代之文学"说的来由

宋代文学的主要文体是诗、词、文、小说、戏曲五大类,对此五种文体的成就、价值及在中国文学史上的地位,从"一代有一代之文学"的说法中可以作些探索。

王国维在1912年所写的《宋元戏曲史》自序中说:"凡一代有一代之文学:楚之骚,汉之赋,六代之骈语,唐之诗,宋之词,元之曲,皆所谓一代之文学,而后世莫能继焉者也。"指明了各个朝代文学的重心所在,也表明了王氏自己的一种文学发展史观。王氏自云,此说乃秉承清焦循之说而来。焦循《易余籥录》卷15云:"夫一代有一代之所胜,舍其所胜以就其不胜,皆寄人篱下者耳。余尝欲自楚骚以下至明八股,撰为一集。汉则专取其赋,魏晋六朝至隋则专录其五言诗,唐则专录其律诗,宋专录其词,元专录其曲,明专录其八股,一代还其一代之所胜。"

然而,焦氏并非始倡者,此说尚可寻祖溯源。如:

元罗宗信《〈中原音韵〉序》:"世之共称唐诗、宋词、大元乐府,诚哉!"

明茅一相《题词:评〈曲藻〉后》:"夫一代之兴,必生妙才;一代之才,必有绝艺;春秋之辞命,战国之纵横,以至汉之文,晋之字,唐之诗,宋之词,元之曲,是皆独擅其美而不得相兼,垂之千古而不可泯灭者。"

明息机子《刻〈杂剧选〉序》:"一代之兴,必有鸣乎其间者。汉以文,唐以诗,宋以理学,元以词曲,其鸣有大小,其发于灵窍一也。"

明王骥德《〈古杂剧〉序》:"后三百篇而有楚之骚也,后骚而有汉之五言也,后五言而有唐之律也,后律而有宋之词也,后词而有元之曲也。代擅其至也,亦代相降也,至曲而降斯极矣。"

明沈宠绥《弦索辨讹》:"三百篇后变而为诗,诗变而为词,词变而为曲。诗盛于唐,词盛于宋,曲盛于元之北。"①

清理此说的源流脉络,可以看出:他们都是从推尊"元曲"的立场而提出这一说法的。元人罗宗信固为张扬本朝的文学成就而发,茅一相等明人也大都是热衷并深谙戏曲的曲论家,而清人焦循,作为重要戏曲理论著作《花部农谭》《剧说》《曲考》(已佚)的作者,其说为《宋元戏曲史》作者王国维所认同,也就可以理解了。在元曲以前,我国已有悠长丰富的文学发展的历史,足够后人从文体学角度着眼,把历朝历代最有代表性的文体联成一个有序的谱系。这既能把元曲置于主流文学之列,宗祧正宗,借以提升被人轻视的"元曲"的地位,同时也能对整个文学发展的历史有一个宏观的把握。特别是王国维,他更融贯西方的美学思想,使"一代有一代之文学"的说法更具有理论色彩。他还解释文体代变的原因说:"四言敝而有《楚辞》,《楚辞》敝而有五言,五言敝而有七言,古诗敝而有律绝,律绝

---

① 见李调元《雨村曲话》卷上引,今本《弦索辨讹》无此条。

敝而有词。盖文体通行既久,染指遂多,自成习套。豪杰之士,亦难于其中自出新意,故遁而作他体,以自解脱。一切文体所以始盛终衰者,皆由于此。故谓文学后不如前,余未敢信;但就一体论,则此说固无以易也。"①他认为每一种文体都不可避免地具有发生、发展、鼎盛直至衰亡的过程,无疑是富有历史辩证精神的。他的这一见解应该说是反映了文学发展的一些重要规律的。

第二节　宋词的历史定位

在这一见解中,宋词被指认为宋代文学中最"盛"、最"胜"、最有代表性的文体,被安置在中国文学史上极其重要的地位,足以与楚骚、汉赋、六朝骈文、唐诗、元曲并驾齐驱。这种观点影响深远②,但似需进一步辨析。

"一代有一代之文学"或"一代有一代之所胜"的说法,其含义实是多重的:一是指"盛",即繁荣发达的程度;二是指"佳",即文学成就的高下;三是指"代表性"和"独创性"。这三者当然可能发生交叉,不易截然界划,但大致的区分是存在的。例如王国维在肯定焦循"一代有一代之所胜"为"具眼"后,接着说:"余谓律诗与词,固莫盛于唐、宋,然此二者果为二代文学中最佳之作否,尚属疑问。"他认为宋词可算"盛",但不一定是宋代文学中的"最佳之作",即把"盛"与"佳"作了区别。王国维的这段"但书",是针对焦循下述言论的:"故论宋宜取其词,前则秦柳苏晁,后则周吴姜蒋,足与魏之曹刘,唐之李杜相辉映焉。其诗人之有西昆、江西诸派,不过唐人之绪

---

① 王国维:《人间词话》,第218页,人民文学出版社1982年版。
② 今天有的学者进一步认为,中唐以后的"时代精神已不在马上,而在闺房;不在世间,而在心境"。所以宋词成为"最为成功"的艺术部门,"时代心理终于找到了它的最合适的归宿"(李泽厚:《美的历程》,第193—194页)。

余,不足评其乖合矣。"①他崇尚宋词贬抑宋诗,但论宋诗不及梅、欧、苏、黄、陆、范、杨等大家,仅举西昆、江西相比,明属偏颇,难怪王国维要产生"疑问"了。

其实,单就"盛"而言,也有横向比较和纵向评量的不同。宋代文学的五大文体中,小说、戏曲尚处萌芽时期,固不足比,但是宋文、宋诗亦处于繁盛时期,并不比宋词稍逊;而从今存作品数量来看,还大大超过宋词。据《全宋词》的统计,今存词人1 300多家,作品近2万首(孔凡礼《全宋词补辑》又新补词人100家,增收430多首)。而正在编纂中的《全宋文》(四川大学编)共收作者逾万人(其中95%为无集作者),收文约10万篇,达5 000万字,为《全唐文》的5倍。正在编纂中的《全宋诗》(北京大学编),"所收作者和诗篇,据不完全的初步统计,作者不下9 000人,为《全唐诗》的4倍,诗篇的数量当为更多(按,《全唐诗》所收诗人2 200余家,诗48 900余首)"②。估计《全宋文》和《全宋诗》两部总集编成后,实际数量还将超过这些预测。

再从单个作家诗、词创作的数量来分析。据《全宋词》和《全宋词补辑》的统计,宋代词人中作品数量最多的前十名是:(一)辛弃疾,629首;(二)苏轼,362首;(三)刘辰翁,354首;(四)吴文英,341首;(五)赵长卿,339首;(六)张炎,302首;(七)贺铸,283首;(八)刘克庄,269首;(九)晏幾道,260首;(十)吴潜,256首。③而诗歌创作的数量则成倍地超过。如现存苏轼诗2 700多首,杨万里4 000多首,陆游近万首,不仅远比唐代李白、杜甫为多(李诗近千首,杜诗1 400多首),比之他们的词作,多寡相距亦甚远,说明作者们对诗歌创作的投入和专注远远超过了词的创作。至于文,因其内容庞杂,不宜作数量的比较,但日本学者吉川幸次郎说

---

① 焦循:《易余籥录》卷15,《木犀轩丛书》本。
② 《全宋诗·编纂说明》,北京大学出版社1991年版。
③ 见曹济平《〈全宋词〉计算机检索系统的功能》,《古典文学知识》1992年第1期。

得好:"在中国人的意识里,做文章——即把想用语言表现出来的东西用文字写下来——是人间诸生活中最重要的事情。……文章作为人格的直接象征,在中国人的生活中,至少在已往的生活中,占有着极其重要的位置。"①这在宋代士人中也是如此,作文是比吟诗填词更受重视的。

若从文学成就看,宋词与宋诗、宋文也颇难强分高下,硬作轩轾。如清李渔《闲情偶寄》卷1《词曲部·结构第一》中即言:"历朝文字之盛,其名有所归,汉史、唐诗、宋文、元曲,此世人口头语也。《汉书》《史记》,千古不磨,尚矣,唐则诗人济济,宋有文士跄跄,宜其鼎足文坛,为三代后之'三代'也。"认为"宋文"为宋代文学中之杰出者,与两汉史传、唐代诗歌并为"后三代";他还指明此乃"世人口头语也",并非一己私见而是一般舆论。其实,从宋人开始,已把本朝文章比拟追攀"三代"了。北宋欧阳修《集古录跋尾》卷4《范文度模本兰亭序》云:"圣宋兴,百余年间,雄文硕学之士相继不绝,文章之盛,遂追三代之隆。"②南宋王十朋《策问》云:"我国朝四叶文章最盛,议者皆归功于仁祖文德之治与大宗伯欧阳公救弊之力,沉浸至今,文益粹美,远出乎正(贞)元、元和之上,而进乎成周之郁郁矣。"③陆游《尤延之尚书哀辞》亦云:"吾宋之文抗汉唐而出其上兮,震耀无穷。"④事实上,无论从体裁的完备、流派的众多、艺术技巧的成熟等方面来衡量,宋代散文确处于我国古代散文发展的一个巅峰阶段,是不应该被轻忽的。至于对宋诗艺术质量的评判,见仁见智,褒贬反差悬殊,崇之者誉为"宋诗岂惟不愧于唐,盖过之矣"⑤,抑之者竟谓宋"一代无诗"⑥,形成聚讼纷纭的"唐宋诗之争"。然而,这

---

① 《中国文章论》,王水照编选《日本学者中国文章学论著选》,第259页,上海古籍出版社1992年版。
② 欧阳修:《欧阳文忠公集》卷137,《四部丛刊》本。
③ 王十朋:《梅溪文集·前集》卷14,《四部丛刊》本。
④ 陆游:《渭南文集》卷41,《四部丛刊》本。
⑤ 都穆:《南濠诗话》引刘克庄语,《知不足斋丛书》本。
⑥ 王夫之:《姜斋诗话》卷下,《清诗话》本,第15页,上海古籍出版社1978年版。

一纷争的实质已不在于唐宋诗之孰优孰劣,而是两种不同艺术标准、文学价值观念之争。这一论争久而未决的事实本身,已说明宋诗完全有资格成为与唐诗抗衡的一个具有某种独立性的艺术系统。尽管它有各种各样的缺失并日益陷入无法克服的创作危机,但其变唐入宋、推陈出新的业绩仍足以在中国诗歌史上占据一个重要的地位。

词家千余、词作二万的宋词是中国文学中一丛绚丽夺目的奇葩,将其当作宋代文学的代表,置于"一代有一代之文学"系列,只有在下述意义上是正确的:即从中国文学诸文体发展的角度来看,作为词体文学,宋代无疑已臻顶巅。元、明两代固无更多名家名作可以称述,清代的词学中兴,成就不应低估,但清词之于宋词,略与宋诗之于唐诗相埒,总落第二位。宋词以我国词体文学之冠的资格,凭借这一文体的全部创造性与开拓性,为宋代文学争得与前代并驾齐驱的历史地位。在这一意义上,它与楚骚、汉赋、六朝骈文、唐诗、元曲并列才是当之无愧的。若认为宋词的成就超过同时代的宋诗、宋文,则就不很确当。

第二章

雅、俗之辨

第一节 由雅文学向俗文学的倾斜

雅俗之辨是我国重要的一种文化价值标准,具有丰富的内涵和鲜明的民族特点。"雅"的最初含义是指一种鸟,"俗"则指风俗习惯。《说文解字·隹部》:"雅,楚乌也,一名鸒,一名卑居,秦谓之雅。"《人部》:"俗,习也。"雅、俗对举,最早用于音乐领域。"雅"原指周朝王畿地区的曲调,《毛诗序》云:"雅者,正也。"雅即指"正声",与其时的俗乐郑声相对立,雅郑之分就是雅俗之别。而到魏晋南朝时代,雅俗对举却成为品评人物的整个人格乃至一切精神产品的尺度;到了宋代,"雅俗"作为评价人格及文学艺术方面的标准,更为突出和强调,从而成为成熟恒定的价值观念和审美观念。苏轼《於潜僧绿筠轩》云:"可使食无肉,不可使居无竹。无肉令人瘦,无竹令人俗。人瘦尚可肥,士俗不可医。"①黄庭坚《书缯卷后》亦云:"余尝为少年言:士大夫处世可以百为,唯不可俗,俗便不可医

---

① 《苏轼诗集》卷9,第448页,中华书局1982年版。

也。"① 显与苏轼同一口吻。它们均从士大夫人格美的角度立论,是人们耳熟能详的名言。至于诗歌评论中的"元轻白俗"②等语,则表明在文学创作中同样反映出忌俗尚雅的时代精神指向。

我们说忌俗尚雅是宋代士人的精神指向,然而,雅俗之辨在不同领域、不同层面上又有复杂交叉的情形,雅俗这一对矛盾在宋人观念上又有互摄互融的一面,这都尚需深入论析。

从文体而言,中国文学中的诸种文学样式也存在雅俗的区别。一般说来,雅文学主要指流传于社会中上层的文人文学,如诗、词、文;俗文学则主要指流传于社会下层的通俗文学,如小说、戏曲。前者往往借助于书面记载的形式而流布,后者则更多地通过艺术行为方式而传播。而宋代文学正处于由"雅"向"俗"的倾斜、转变时期,在整个文体盛衰升降过程中,处于一个承前启后的阶段。闻一多《文学的历史动向》中说:

> 我们只觉得明清两代关于诗的那许多运动和争论,都是无味的挣扎。每一度挣扎的失败,无非重新证实一遍那挣扎的徒劳无益而已。本来从西周唱到北宋,足足二千年的工夫也够长的了,可能的调子都已唱完了。到此,中国文学史可能不必再写,假如不是两种外来的文艺形式——小说与戏剧,早在旁边静候着,准备届时上前来"接力"。是的,中国文学史的路线南宋起便转向了,从此以后是小说戏剧的时代。③

闻一多是具有非凡文学感受能力的诗人兼学者,他的宏观把握,往往精警而发人深思,虽然也常常不无小疵。比如这段论述中把"小说和戏剧"当作"两种外来的文艺形式",对元明清诗词文的成就又一笔抹煞,就可能引起异议;但他的"中国文学史的路线南宋起便转向了"的大判断,却颇具卓识。也就是说,小说和戏剧冲破了士人们

---

① 黄庭坚:《豫章黄先生文集》卷29,《四部丛刊》本。
② 《祭柳子玉文》,《苏轼文集》卷63,第1938页,中华书局1986年版。
③ 《闻一多全集》第一册,第201页,生活·读书·新知三联书店1982年版。

忌俗尚雅的审美取向,从南宋勃然兴起,延至元明清时代,逐渐取代了传统诗词文的正统地位,以新的人物、新的文学世界和美学趣味,正式登上了中国文学的神圣殿堂的论断,还是很精辟的。我们应该充分评价元明清诗词文的成就,但其未能超宋越唐,则可断言。如果说,宋代的诗词文(特别是词文)是元明清作家们不断追怀仰慕的昨天,那么,元明清小说、戏曲的大发展就是宋代刚刚发展起来的小说、戏曲的灿烂明天了。宋代文学正体现出这种文化多元综合的特点。

第二节 忌俗尚雅和以俗为雅、雅俗贯通

忌俗尚雅是宋代士人雅俗观念的核心,但它已不同于前辈士人那种远离现实生活的高蹈绝尘之心境。他们的审美追求不仅仅停留在精神性的理想人格的崇奉和内心世界的探索上,而同时进入世俗生活的体验和官能感受的追求,提高和丰富生活的质量和内容。也就是说,在"雅"、"俗"之间,并非只有非此即彼的单一选择,而是打通雅俗、圆融二谛,才是最终的审美目标。因而,从宋代五类文体而言,固然可以大致区分为雅、俗两类文学,并可看出由雅而俗的历史动向;然而在文人文学的诗词文三体中,却又各自呈现出"以俗为雅"、俗中求雅、亦俗亦雅乃至大俗大雅的倾向。

严羽《沧浪诗话·诗法》力主学诗必去五俗:"一曰俗体,二曰俗意,三曰俗句,四曰俗字,五曰俗韵。"这位以魏晋盛唐为师、极诋本朝诗歌的评论家,他的尚"雅"反"俗"与其他宋代诗人的着眼点是不同的。他所指摘的五俗,恰恰是宋诗中大量存在的创作现实。

从现象层来看,曾被前代审美理想视为粗俗而拒之门外的题材、物象、意象、句式、词语等纷纷闯入诗歌王国了。宋诗题材的日常生活化、语言的通俗化和近体诗中对格律声韵的变异(如以古入律),就是异常显著的现象。许多"古未有诗"的题材源源不断地出

现在诗中,引起过巨大的震愕和不解,其实正体现出宋人审美情趣的深刻变化。仅举饮食文学为例,苏轼现存有关饮食的诗文达一百多篇。他总是兴趣盎然地去写肉、鱼、蔬菜、汤羹等家常菜肴和饮酒、喝茶等生活细事,他爱好猪肉,也钟情鱼虾(鲖鱼、鲅鱼、鲫鱼、鲤鱼、通印子鱼、醉鱼、鳊鱼和蟹、蛤等),他写过东坡羹、菊羹、谷董羹、玉叶羹,而笔下的蔬菜更是品类繁多:有春菜(蔓菁、韭菜、荠菜、青蒿)、元修菜、笋、芹、芦菔、芥、菘等。从司空见惯的俗物、俗事中发掘并获取雅韵,尽情地享受生活乐趣,最大限度地满足人类的生存需求,正是苏轼美食经验的最大特点。

汉语史的研究表明,中唐至两宋是汉语俗字滋生最为繁盛的时期。随着社会生活的发展和多姿多彩,表示新事物的名词,表示新活动的动词,描写新现象的形容词,以及谚语、成语、行业语等,纷纷涌入汉语词汇宝库。"寻常言语口头话,便是诗家绝妙词。"语言的这种发展和变化,自然增加了雅文学中的俗化现象。宋祁《九日食糕》中讥笑刘禹锡:"刘郎不敢题糕字,虚负诗中一世豪。"刘禹锡还是努力向民间文学学习,写过著名的《竹枝词》《杨柳枝词》等的诗人,犹不敢在律诗中使用俗字。宋人则完全冲破这个禁令。王琪说:"诗家不妨间用俗语,尤见功夫。……此点瓦砾为黄金手也。"①苏轼更认为:"街谈市语,皆可入诗,但要人熔化耳。"②别人评苏诗也云:"惟东坡全不拣择,入手便用。如街谈巷说,鄙俚之言,一经坡手,似神仙点瓦砾为黄金,自有妙处。"③苏诗中的俗字俚语确也层出不穷,他还特加自注说明,显示其诗歌语言通俗化的自觉态度。如《和蒋夔寄茶》"厨中蒸粟堆饭瓮"④,《除夜大雪留潍州……》"助尔歌饭瓮"⑤之"饭瓮",乃用山东民谣"霜淞打雾淞,

---

① 蔡絛:《西清诗话》引,旧抄本。
② 周紫芝:《竹坡诗话》引,《历代诗话》本,第354页,中华书局1981年版。
③ 朱弁:《风月堂诗话》卷上,《宝颜堂秘笈》本。
④ 《苏轼诗集》卷13,第653页。
⑤ 同上书,卷15,第713页。

贫儿备饭瓮"①;《次韵孙秘丞见赠》"不怕飞蚊如立豹"②之"立豹",苏轼自注为"湖州多蚊蚋,豹脚尤毒",知豹脚乃蚊名;《东坡八首》之四"毛空暗春泽,针水闻好语"③,据苏轼自注为"水"指细雨,"针"指稻毫,皆为蜀语;《发广州》"三杯软饱后,一枕黑甜余"④之"软饱""黑甜",苏轼自注云"浙人谓饮酒为软饱""俗语睡为黑甜"。上述四例,用了今天山东、江苏、四川、浙江等地的俚语,足见地域之广。尤如《被酒独行,遍至子云、威、徽、先觉四黎之舍三首》之一云:"半醒半醉问诸黎,竹刺藤梢步步迷。但寻牛矢觅归路,家在牛栏西复西。"⑤"牛矢"一词,卑俗之极,但在这首绝句中,却奇妙地写出农村中一种朴实的生活经验,充分体现了作者身处逆境而淡泊平和的意趣。我们从"牛矢"中却闻到生活的芳香,真可谓化腐朽为神奇,与刘禹锡的不敢用"糕"字,其间的巨大审美距离,颇有象征意义。

　　超出现象层而进入意蕴层,更能看到宋代士人深刻的雅俗贯通互摄的思想,反映出华夏审美意识已发展到一个较为健全、成熟的阶段。黄庭坚一生向往像周敦颐那样的理想人格风范:"人品甚高,胸中洒落,如光风霁月,好读书,雅意林壑。"⑥但他同时强调,应在普通的日常平凡生活中体现出"光风霁月"的精神境界,而不是追求外表的道貌岸然,峨冠博带。他在解答"不俗人"的标准时说,标准颇为"难言",但有一点是清楚的,那就是"视其平居无以异于俗人,临大节而不可夺",之所以"不可夺",乃是"胸中有道义,又广之以圣哲之学"⑦,即注重于内心"灵府"的实在涵养。这种以俗见雅

---

① 杨慎:《升庵诗话》卷10,《梅溪注东坡诗》条,《历代诗话续编》本,第832页,中华书局1983年版。
② 《苏轼诗集》卷19,第968页。
③ 同上书,卷21,第1079页。
④ 同上书,卷38,第2067页。
⑤ 同上书,卷42,第2322页。
⑥ 黄庭坚:《濂溪诗序》,《豫章黄先生文集》卷1,《四部丛刊》本。
⑦ 黄庭坚:《书缯卷后》,同上书,卷29。

乃至融贯泯同雅俗的思想,在宋人中是有代表性的,都受到佛教思想的普遍影响,尤与大乘中观学派的"真俗二谛说"颇有相通之处。此派学说由鸠摩罗什开始系统介绍进入我国,成为各派佛教立宗的重要根据。"俗谛"又称"世谛"、"世俗谛";"真谛"又称"胜义谛"、"第一义谛"。中观学派认为因缘所生诸法,自性皆空,世人不懂此理,误以为真实。这种世俗以为正确的道理,谓之"俗谛";佛教圣贤发现世俗认识之"颠倒",懂得缘起性空的道理,以此种道理为真实,称为"真谛"。此二谛虽有高下之分,但均是缺一不可的"真理"。龙树《中论》云:"第一义(谛)皆因言说(方得显示);言说是世俗(谛)。是故若不依世俗,第一义则不可说。"即强调"真谛"必依赖于"俗谛"而显示,要从"俗"中求"真"。隋僧吉藏《二谛义》卷上云:"真俗义,何者?俗非真则不俗,真非俗则不真。非真则不俗,俗不碍真;非俗则不真,真不碍俗。俗不碍真,俗以为真义;真不碍俗,真以为俗义也。"这就把真俗二谛彼此依存、互为前提条件的关系发挥得更为淋漓尽致。此派佛教学说旨在借助"二谛"来调和世间和出世间的对立,但也在断定世俗世界和世俗认识的虚幻性的同时,又从另一角度来肯定它们的真实性,为佛教之深入世俗生活提供理论根据。这种思想观念和思维方式深深地为宋代士人所习染。苏轼在评论陶渊明、柳宗元的诗歌时说:

> 诗须要有为而作,当以故为新,以俗为雅。好新务奇,乃诗之病。柳子厚晚年诗,极似陶渊明,知诗病者也。①

> 所贵乎枯澹者,谓其外枯而中膏,似澹而实美,渊明、子厚之流是也。若中边皆枯澹,亦何足道!佛云:"如人食蜜,中边皆甜。"人食五味,知其甘苦者皆是;能分别其中边者,百无一二也。②

---

① 《题柳子厚诗》,《东坡题跋》卷2,"当以故为新"前有"用事"二字。此据《稗海》本《东坡志林》卷9。
② 《评韩柳诗》,《苏轼文集》卷67,第2109页。

其中所引"佛云"之语,出自佛教经典《四十二章经》第三十九章。此书相传为中国第一部汉译佛经,在宋代有真宗、守遂等注本,流传颇广。依照"中边"即"中观"的视点,则俗与雅、故与新、枯与膏、澹与美均为相即相彻的对立统一的概念,也就是说,这些对立概念之间并非只有一种非此即彼的选择,而完全可以并且应该统一为你中有我、我中有你的圆融境界。这些概念都是苏轼在评论同一对象陶、柳诗时使用的,其实都可以统摄在"以俗为雅"上。所谓"以故为新"就是"以俗为雅"的具体内容之一,"故"指陈言,前代的典故、辞语,相沿甚久,便成熟烂陈腐的俗套,也就是"俗"。姜夔《白石道人诗说》云:"人之所易言,我寡言之;人之所难言,我易言之,自不俗。"其中指示了"以故为新"的一种门径,也透露出"以故为新"与"以俗为雅"的内在关联。而"枯澹"的艺术风格,正是"以俗为雅"的最高审美追求。僧肇《鸠摩罗什法师诔并序》形容法师的精神境界说:"融冶常道,尽重玄之妙;闲雅悟俗,穷名教之美。"也正是冥同玄远与世俗的平淡自然之美。

苏轼提出诗歌"以俗为雅"的口号并不是孤立的,在他之前的梅尧臣和之后的黄庭坚,均有此说。《后山诗话》云:"闽士有好诗者,不用陈语常谈,写投梅圣俞。答书曰:'子诗诚工,但未能以故为新,以俗为雅尔。'"梅尧臣是这样告诫别人的,也是这样从事写作的,只是他尚未掌握好由俗变雅的"度",以致"每每一本正经的用些笨重干燥不很像诗的词句来写琐碎丑恶不大入诗的事物",他追求的"平淡",也"'平'得常常没有劲,'淡'得往往没有味"[1]。而黄庭坚则在理论上或写作上成熟得多了。他在《再次韵(杨明叔)·引》中说:"庭坚老懒衰堕,多年不作诗,已忘其体律。因明叔有意于斯文,试举一纲而张万目。盖以俗为雅,以故为新。百战百胜,如孙吴之兵;棘端可以破镞,如甘蝇、飞卫之射,此诗人之奇也。"[2]这里把"以

---

[1] 钱锺书:《宋诗选注》,第14页,人民文学出版社1982年版。
[2] 黄庭坚:《山谷诗内集注》卷12,《四部备要》本。

俗为雅,以故为新"提高为能"张万目"的诗歌创作之"纲",掌握这一纲领,就能百战百胜,势如破竹,获得创作的成功。他又说:"宁律不谐而不使句弱,用字不工不使语俗,此庾开府之所长也;然有意于为诗也。至于渊明则所谓不烦绳削而自合者。……说者曰:若以法眼观,无俗不真;若以世眼观,无真不俗。渊明之诗,要当与一丘一壑者共之耳。"①"法眼"、"世眼",也即是"真谛"、"世谛",他从对佛家中观学派的体认和发挥中,深刻地把握陶诗"与一丘一壑者共之"的真不离俗、即真即俗的自然契合之境,正是这一点,才使陶翁高出庾信,而不是简单地追求"不使语俗"。他还反复强调,此种诗品之极诣,来源于人品,所谓"俗里光尘合,胸中泾渭分"②、"胸次九流清似镜,人间万事醉如泥"③,只要自身保持高雅襟怀,尽可和光同尘,并进而认为只有从卑俗低微的尘世生活中才能寻求真谛雅韵,"雅"与"俗"便在这样的思想基础上走向了融通一致。

除诗歌外,宋代雅文学中的词和文,也有贯通雅俗的现象。词本来源起民间,通俗浅显,生动活泼,迨至文人创作,渐趋雅化。然而,两宋词史中,俗化一脉与复雅一脉始终并行不废,一起走完宋词发展的全程。而同一词人,既作俗词,又作雅词,也是屡见不鲜的,著名的如柳永、欧阳修、黄庭坚等,都是双峰对峙、兼擅雅俗的。至于宋代散文,原以"古文"为正宗,但在语言和体裁方面如语录体、笔记小品等,也有俗化倾向。依照后来文章家的传统见解,"古文"是不容许沾染语录白话等语言成分的,如清李绂《古文词禁八条》之一,就是禁用"儒先语录"④,方苞也主张"古文中忌语录中语"⑤。但程子认为:"以书传道,与口相传,煞不相干。相见而言,因事发明,则并意思一时传了,书虽言多,其实不尽。"肯定了语录体达意传

---

① 黄庭坚:《题意可诗后》,《豫章黄先生文集》卷26,《四部丛刊》本。
② 黄庭坚:《次韵答王眘中》,《山谷诗内集注》卷7,《四部备要》本。
③ 黄庭坚:《戏效禅月作远公咏》,同上书,卷17。
④ 李绂:《穆堂别稿》卷44,道光刊本。
⑤ 方苞:《方望溪先生传》附《自记》,《隐拙轩文钞》卷4。

情之优长,为语录体的盛行护法。对词、文的雅俗问题,我们不再详述,本书有关章节还有所论及。总之,宋代雅文学中所表现出来的雅俗融贯的"民间关怀",应是它的一大特色。

甚至在诗词文的雅文学与小说戏曲的俗文学之间,也发生打破文体畛域进而贯通融会的现象。如黄庭坚论诗云:"作诗正如作杂剧,初时布置,临了须打诨,方是出场。"①参军戏中"参军"和"苍鹘"两个角色之间的"打诨",往往正言若反,戏语显庄,饱含机趣。吕本中《童蒙训》称赞"东坡长句,波澜浩大,变化不测;如作杂剧,打猛诨入,却打猛诨出也。《三马赞》'振鬣长鸣,万马皆喑',此记不传之妙"。叶梦得《石林诗话》卷上举例说:"诗终篇有操纵,不可拘用一律。苏子瞻'林行婆家初闭户,翟夫子舍尚留关',始读殆未测其意;盖下有'娟娟缺月黄昏后,袅袅新居紫翠间。系懑岂无罗带水,割愁还有剑铓山'四句,则入头不怕放行,宁伤于拙也!然'系懑''罗带'、'割愁''剑铓'之语,大是险诨,亦何可屡打?""林行婆"发端二句,缓缓道来,似乎离题万里,即是"打猛诨入";"娟娟"四句遥承,即"打猛诨出",犹如相声的捧哏之于逗哏,诗之于杂剧,脉理暗通。②清翁方纲《石洲诗话》卷3,也从杂剧打诨的角度,评赏苏轼《李思训画长江绝岛图》一诗结句"舟中贾客莫漫狂,小姑前年嫁彭郎"之妙。他说:"……至此首,则'舟中贾客'即上之'棹歌中流声抑扬'者也,'小姑'即上'与船低昂'之山也,不就俚语寻路打诨,何以出场乎?况又极现成,极自然,缭绕萦回,神光离合,假而疑真,所以复而愈妙也。"自宋至清的这些评论,尚不能证实苏轼等宋代诗人已自觉地向杂剧取径效法,但至少说明宋诗和戏剧并没有不可逾越的鸿沟,而具有相通或相似的艺术品位和风味。

就连传统积淀最深、正统观念最强的宋代古文,个别作品也从小说中接受了影响。关于范仲淹名作《岳阳楼记》用"传奇体"的材

---

① 王直方:《王直方诗话》引,《宋诗话辑佚》,第14页,中华书局1980年版。
② 参见王季思《打诨参禅与江西诗派》,《玉轮轩古典文学论集》,中华书局1982年版。

料,便饶有兴味。《后山诗话》云:"范文正为《岳阳楼记》,用对语说时景,世以为奇。尹师鲁读之曰:'《传奇》体尔!'《传奇》,唐裴铏所著小说也。"范氏此作中间"若夫淫雨霏霏"、"至若春和景明"两大段,均用四言排比句,辞采繁缛,颇近唐代传奇的语言风格,实与"古文"的一般崇尚简淡者异趣。尹洙"《传奇》体"一语,是把作为专书的《传奇》扩大而泛指传奇小说文体,同时又仅指传奇的语言风格而言,不指其具有人物、故事、情节的小说体式,因而我们以为是正确的。当然,"用对语说时景"尚可追溯到更早。如后汉张衡《归田赋》"于是仲春令月,时和气清,原隰郁茂,百草滋荣,王雎鼓翼,鸧鹒哀鸣";梁江淹《丽色赋》"若夫红华舒春,黄鸟飞时","故气炎日永,离明火中","至乃西陆始秋,白道月弦","及洹阴涸时,冰泉凝节"等。但在唐传奇中,却成为更为突出的语言特点。裴铏的小说集《传奇》中就比比皆是,如《封陟》中写美景"书堂之畔,景象可窥,泉石清寒,桂兰雅淡","虚籁时吟,纤埃昼阒","薜蔓衣垣,苔茸毯砌";《文箫》中写天色骤变"忽天地黯晦,风雷震怒,摆裂帐帷,倾覆香几"等,颇与范氏之文相埒。唐传奇这一区别于韩柳"古文"的语言特点,殆与当时变文、俗曲等民间文学的影响有关。尹洙是范仲淹的好友,他又是崇尚"简而有法"的纯正古文家,他的"《传奇》体尔"的讥评,反映出他从语言审辨的直觉出发,觉察到《岳阳楼记》的语言风格,并非远沿汉魏晋之赋,而是近承唐传奇的作风,应是可信的。陈振孙《直斋书录解题》卷11在《传奇》条下评尹洙之语云:"尹师鲁初见范文正《岳阳楼记》,曰:'《传奇》体尔!'然文体随时,要之理胜为贵,文正岂可与《传奇》同日语哉!盖一时戏笑之谈耳。"他认为范氏之作含有堂堂正正的义理,不能与传奇之以文为戏者同日而语,这是偷换了论题,但"文体随时"一句,模棱两可,似未完全截断范记与传奇的相涉之处。

还应说明,雅和俗的区别是相对的。小说、戏曲相对于诗、词、文而言,属于俗文学,但其内部也可有雅俗之分。宋代小说中的古体小说和近体小说,均以叙事为基本构成,但在语言上,一则文言,一则白话;在传播手段上,一则书面,一则依赖于说书等艺术行为,其间就有雅俗的不同。一般说来,一种文体的发展,总是经过口传文学到书面文学,或从民间文学到作家文学的嬗变过程,也就是由野而史、由俗而雅的过程,但也有逆向取野取俗的趋势。宋代的"说话"固然汲取文言小说的滋养,"夫小说者,虽为末学,尤务多闻。非庸常浅识之流,有博览该通之理。幼习《太平广记》,长攻历代史书。……《夷坚志》无有不览,《琇莹集》所载皆通"①,另一方面,其时的文言小说也或明或暗地接受白话小说的影响,例如为说话人所"无有不览"的洪迈《夷坚志》,其人物、故事之兼取市井,语言之并采俚俗,就是向"说话"所作的艺术倾斜。雅俗互摄互融的趋势,有利于文学对异质因子的吸收融合,促进宋代文学多元综合这一特征的形成。

第三节 宋代的通俗文学

随着城市的发展、市民阶层的扩大,适应于市民趣味的文艺形式如小说、戏曲等,在宋代获得了空前发展。钱锺书先生尝于中国社科院文学研究所编《中国文学史》专论宋代戏曲、小说,他说宋代民间戏曲虽没有作品流传,"但元代戏剧以它为基础这一点是无可怀疑的。"他称话本小说是"一个比诗、词、'古文'灵活、富于弹性的体裁","这个在宋代最后起的、最不齿于士大夫的文学样式正是一个最有发展前途的样式,它有元、明、清小说美好的将来,不像宋诗、宋文、宋词都只成为元、明、清诗、文、词的美好的过去了。"②于宋代文学"承前启后"地位的总结可谓深切著明。本节即综论宋代"说话"和歌舞杂剧,③不过传世歌舞戏及杂剧之存

---

① 罗烨:《醉翁谈录》之《舌耕叙引·小说开辟》,古典文学出版社1957年版。
② 人民文学出版社1962年初版。
③ 傀儡戏、影戏研究可参阅琳琳《宋代傀儡戏研究》(首都师范大学2007年博士学位论文),但因其无剧本、曲目传世,故置不论。

目者亦有文人创作,不全为俗文学,但与俗文学关系密切,故一并论之。

一、宋代"说话"与"说话四家"

"说话"乃隋唐以来习语,"以故事敷演说唱"之艺术,①宋代"说话"继承唐代"说话"及变文、经讲等,而有重要发展。北宋时期,"说话"已颇为流行,仁宗年间,苏轼《东坡志林》卷一尝转述"涂巷小儿听说三国话"事。②《东京梦华录》卷五"京瓦伎艺"条尤可见崇宁、大观以来讲史、小说演艺之盛,及专业分工程度之高。

南宋"说话"尤为繁盛,"说话"表演场所除都城瓦肆外,遍及茶肆酒楼、露天空地与街道、寺庙、私人府第、宫廷、乡村。③ 合南北宋而论,"说话"艺人可考者达110人之多,特别优秀者往往被召供奉内廷,作为御用艺人。④

宋代"说话"最重要也最为学界关注者为"说话四家",耐得翁《都城纪胜》载:

> 说话有四家:一者小说,谓之银字儿,如烟粉、灵怪、传奇、说公案,皆是朴刀赶棒、及发迹变泰之事。说铁骑儿,谓士马金鼓之事。说经,谓演说佛书。说参请,谓宾主参禅悟道等事。讲史书,讲说前代书史文传、兴废争战之事。最畏小说人,盖小说者,能以一朝一代故事,顷刻间提破。⑤

"说话四家"之分类,历来颇多异说,第一种以胡适《宋人话本八种序》为代表,分为小说、讲史、傀儡、影戏。第二种以鲁迅为代

---

① 孙楷第:《说话考》,见《沧州集》,第67页,中华书局2009年版。
② 苏轼撰、王松龄点校:《东坡志林》,第7页,中华书局1981年版。
③ 胡士莹:《话本小说概论》(上),第64—71页,商务印书馆2011年版。
④ 同上书,第84—85页。
⑤ 《全宋笔记》第八编第五册,第15页。《武林旧事》《梦粱录》《繁胜录》等均有类似记载。

表,分为小说、说经(说参请)、讲史、合生,①孙楷第近之。② 第三种以王国维为代表,分为小说、说经、说参请、讲史。③ 第四种以陈汝衡、李啸仓为代表,分为烟粉、灵怪、传奇、公案、说铁骑儿(此两种为"小说"),说经、参请、讲史。④ 第五种以青木正儿、王古鲁为代表,分为:烟粉、灵怪、传奇、公案,说铁骑儿,说经、参请,⑤第五种以赵景深为代表,分为小说、说经(附说参请)、讲史以及说诨话。⑥

"说经"就是佛教"讲经","经"或承袭自"经变"或"变文"。王重民很早就在《敦煌变文研究》一文中提出"讲经文是变文中最初的形式"。⑦ 李小荣《敦煌变文》一书论"变文之流变"称"讲经文是可以称为变文的","把讲经文称做变文至唐依然"。该书援引宋初张齐贤《洛阳缙绅旧闻录》及《东坡题跋》相关文献,将"讲经"文进一步下延至宋代。⑧ 唐代之"讲经"、"变文"到宋代"讲经"的线索因此建立起来。

"说参请"不同于"说经"。张政烺《〈问答录〉与"说参请"》考出题为"宋东坡苏轼撰"的宋代笔记《问答录》即"南宋瓦舍说话人中'说参请'之话本也",⑨为我们了解何为"宾主参禅悟道等事"提供了重要线索。实际上,宋代笔记中确实颇有"参禅悟道"的记载,

---

① 《中国小说史略》,第73页,上海古籍出版社1998年版。
② 孙楷第:《宋朝说话人的家数问题》,见《沧州集》,第60页。
③ 《宋元戏曲史》,第28页,上海古籍出版社1998年版。
④ 见陈汝衡《宋代说书史》,第53页,上海文艺出版社1979年版;李啸仓《宋代瓦肆伎艺中之说唱艺术与戏曲》,《李啸仓、刘保绵戏曲曲艺论集》,第152页,中国戏剧出版社2017年版。
⑤ 分别见青木正儿著、郭虚中译《中国文学史发凡》,第162页,商务印书馆1936年版;王古鲁《南宋说话人四家的分法》,《王古鲁小说戏曲论集》,第183—188页,中华书局2013年版。
⑥ 《赵景深文存》,第706页,上海古籍出版社2016年版。
⑦ 王重民:《敦煌遗书论文集》,第178页,中华书局1984年版。
⑧ 李小荣:《敦煌变文》,第51、151—152页。有一种看法认为"变文"和"讲经文"并非相同的文体(张涌泉《七十年来变文整理研究的回顾与展望》,《文学遗产》2020年第3期),但此论不影响宋代"讲经"相承于唐代"变文"、"讲经文"的观点成立。
⑨ 张政烺:《〈问答录〉与"说参请"》,见《文史丛考》,中华书局2012年版,第308页。

其中不无与"说参请"关系密切者。如王巩《闻见近录》载"吕洞宾与树神"事。① 此故事虽极简略,但吕洞宾、树神"邪耶?正耶?""若其邪也,安得知真人哉!"的对话,机锋巧制,略加演绎,即近于"说参请"之"宾主参禅悟道"事。《武林旧事》中在"说参请"之后有"说诨经","说诨经"盖亦近于"说参请"。②

"讲史"的特征是史传性或历史化,张政烺《讲史与咏史诗》将晚唐咏史诗与宋代"讲史"勾连起来,拈出"小说史学"一词,揭示了一条极为重要的线索。③

确立了"讲史"的标准,有助于厘清对"小说"的认识。前引《都城纪胜》"小说"除"朴刀赶棒及发迹变泰之事"外,另有说"士马金鼓之事"的"说铁骑儿",这与吴自牧《梦粱录》"盖小说者,能讲一朝一代故事,顷刻间捏合"应为一类内容。此类内容表面看来均近于"讲史",有学者因此将"说铁骑儿"析出"小说"之外,或者将"说铁骑儿"与"讲史"合为一谈,主要原因就在于未能注意到"小说"与"讲史"在故事流传的层次和系统上的分野;而明确了"讲史"的史传或历史化性质,此问题就容易解释:"士马金鼓之事"之"铁骑儿"或"能讲一朝一代故事,顷刻间捏合"之"小说家",虽也涉史实,但其史事恐多为民间演义性质极重之史事,故入于"小说"而不入于"讲史"。

综合以上分析,王国维《宋元戏曲史》"小说、说经、说参请、讲史"的分类方式当最为符合实际情况。

历来学者多有整理、辑录宋元话本者,④但是否有真正宋话本传世仍存争议。⑤ 近年来,许红霞《道济及〈钱塘湖隐济颠禅师语录〉

---

① 顾希佳编:《中国古代民间故事长编》(宋元卷),浙江大学出版社2012年版。
② 参胡士莹:《话本小说概论》(上),第153—154页。
③ 《张政烺文集·文史丛考》,第225页。
④ 突出的如欧阳健、萧相恺编订:《宋元小说话本集》,程毅中《宋元小说家话本集》。
⑤ 参章培恒《关于现存的所谓"宋话本"》(《不京不海集》,复旦大学出版社2012年版,第88—111页)、程毅中〈〈宋元小说家话本集〉前言〉(《程毅中文存》,第235—262页,中华书局2006年版)。

有关问题考辨》、朱刚《宋话本〈钱塘湖隐济颠禅师语录〉考论》在日本学者泽田瑞穗《济颠醉菩提》一文的基础上,对《钱塘湖隐济颠禅师语录》的话本性质续作考辨,朱文并认为隆庆本《钱塘湖隐济颠禅师语录》"虽刊刻于明代,有一些名人改动的痕迹,但其内容接近南宋的原本"。① 若此结论成立,则《钱塘湖隐济颠禅师语录》当为目前唯一可确定或最接近宋话本原貌之话本小说,循此思路,宋话本研究或可在文献上得到巨大拓展。

二、宋代的歌舞戏

宋代歌舞戏作者多为士大夫文人,并非严格意义上的"俗"文学艺术,然如王国维所言:"宋代戏剧,实综合种种之杂戏;而其戏曲,亦综合种种之乐曲。"②大曲等既源起于民间,且关系宋代戏曲者甚巨,故于此略加介绍。

(一)大曲。汉魏以降的清商乐到隋唐燕乐均有大曲,宋代大曲直承唐代燕乐。由于宋大曲与戏曲关联紧密,③无论治音乐史还是治戏曲史者均予以关注。王国维《唐宋大曲考》、阴法鲁《唐宋大曲之来源及其组织》共考得宋大曲52曲,④其曲辞存于今者3套:董颖《道宫薄媚》、曾布《水调歌头》、史浩《采莲》。相较于唐代大曲,唐大曲概为五七言诗或以五七言诗相循环,而宋之大曲,则以词体为主。⑤ 宋大曲已开始集中歌咏故事和人物,《薄媚》以勾践灭吴为本事,《水调》隐括唐沈亚之《冯燕传》。⑥ 此种特点不只直接遗范

---

① 《西南民族大学学报》(人文社会科学版)2013年第12期。
② 《宋元戏曲史》,第51—52页。
③ 阴法鲁在《唐宋大曲之来源及其组织》中说:"大曲盛行于唐宋而为两代音乐中最高之典制。其影响所及,不惟产生若干词调曲调,即宋之杂剧亦莫不沿承其余绪。"刘玉才编:《中国古代音乐与舞蹈》,第69页,北京出版社2018年版。
④ 刘玉才编:《中国古代音乐与舞蹈》,第110页。
⑤ 周贻白:《中国戏剧史长编》,第46页。
⑥ 刘永济:《宋代歌舞剧曲录要·元人散曲选》,第29、33页,武汉大学出版社2013年版。

于诸宫调、唱赚之类,且关乎剧本文辞的发展。①

(二)缠达、缠令。"缠达"即转踏、传踏,盖缠达之音转。缠达由缠令扩充而来。近有刘崇德编《全宋金曲》辑录宋歌舞剧曲甚备。缠达结构为:引子;引子后一般为一诗一词相间反复,诗一般为七言诗,词多用调笑令,诗的最后二字,即词之首二字;终以"放队"词。每歌以一诗一词咏一故事,多首则咏多事,题材多取自乐府词。②

(三)唱赚。唱赚久佚,王国维于《事林广记》(日本翻元泰定本戊集卷二)中发现可推定是南宋的唱赚《圆社市语·中吕宫·圆里圆》,③此曲皆用当时市语,难于索解,大体可知咏蹴鞠,且以蹴鞠喻男女情事。

(四)诸宫调。诸宫调,北宋中期民间艺人孔三传所创,流行于宋金元时期,是由许多不同宫调的歌唱单位而构成的一个文学的说唱体裁。④ 金代诸宫调现存无名氏《刘知幾诸宫调》⑤和董解元《西厢记诸宫调》。⑥ 其曲词较为通俗,多衬字,与元杂剧颇为相类。

三、宋代杂剧

宋代杂剧范围甚广,⑦举凡滑稽杂戏、傀儡戏、影戏及"官本杂剧"、南戏等均可称杂剧,本节所论为"真人所扮演的含有戏剧性的

---

① 周贻白:《中国戏剧史长编》,第58页。
② 参《宋代歌舞剧曲录要·元人散曲选》第85页。除"一诗一词咏一故事"外,传踏亦有单用词体循环,咏一事者,如《九张机》二种,"盖别体也"(同上书,第111页)。王国维认为转踏"至汴之末,则其体渐变"(《宋元戏曲史》,第34页)。
③ 《宋元戏曲史》,第44页。
④ 龙建国:《诸宫调研究》,第1页,江西人民出版社2003年版。
⑤ 龙建国认为诸宫调为北宋人创作、金人改编。同上书,第28页。
⑥ 龙建国认为该剧成书时间在金章宗昌明六年(1195)至泰和五年(1205)之间。同上书,第42页。
⑦ 关于"杂剧"概念及宋杂剧渊源,参胡忌《宋金杂剧考》(订补本),第5—9页,中华书局2008年版。

演出"①、类于"官本杂剧"之狭义杂剧。

见于宋《崇文总目》《宋史·乐志》《梦粱录》等,宋初即有"优人曲辞"、"杂剧词"或"杂剧本子"的记载,②南宋杂剧较北宋为成熟,记载较多。依据这些分散的材料,大致可得到一些基本的认识:其一,宋杂剧演出一般分为三节,即"艳段"、"正杂剧"、"散段";其二,杂剧脚色有末泥色、副净色、副末色、装旦、装孤,"每四人或五人为一场"各有分工。③ 除了分散的记载,《武林旧事》卷十载"官本杂剧段数"280本,令我们在宋杂剧皆佚的情况下,得以窥测宋代戏曲形态:如用乐,杂剧段数用大曲者103本,用法曲者4本,用诸宫调者2本,用普通词调者25本;如时代,杂剧段数虽著录于宋末,但兼南北宋之作。④ 此外,一个重要但多有歧见的问题,即宋代杂剧是否为真正意义上之戏剧的问题,也可参合相关材料和研究,作进一步的推定。

王国维于戏剧有一明确标准,即"合言语、动作、歌唱以演一故事"而出之以代言之体。⑤ 据此标准,宋杂剧综合"言语、动作、歌唱"自不待言;细分脚色,必用代言;剩下唯一的问题就是其是否承担长篇叙事。按,官本杂剧依其题目大致可分为三类:滑稽调笑的剧目、以人名和故事命名的剧目和人名加上乐曲名或者故事名加上乐曲名的剧目,⑥后两者多有本事可寻,据谭正璧考证,官本杂剧中有本事可考者55部,⑦其中相当"段数"应有完整剧曲以供择取。另外,《都城纪胜》一则材料很可值得关注:"凡傀儡敷演烟粉灵怪故事、铁骑公案之类,其话本或如杂剧","大抵多虚少实,如巨灵神

---

① 关于"杂剧"概念及宋杂剧渊源,参胡忌《宋金杂剧考》(订补本),第8页。
② 《宋元戏曲史》,第45页。
③ 参周贻白《中国戏剧史长编》,第75页。
④ 《宋元戏曲史》,第45、52页。
⑤ 同上书,第61、62页。
⑥ 周密著、谢永芳评注:《武林旧事》,第333—334页,中州古籍出版史2019年版。
⑦ 谭正璧著、谭寻补正:《话本与杂剧》,第167—185页,上海古籍出版社2012年版。

朱姬大仙之类是也。"①《都城纪胜》既以傀儡戏与杂剧话本相拟,则此"杂剧"当为民间形态之杂剧。王国维据此已指出宋代傀儡戏"实与戏剧同时发达,其以敷演故事为主,且较胜于滑稽剧",②但王氏未充分考虑到官本杂剧段数之本事及傀儡戏的叙事性特点,故立论较为谨慎,于宋杂剧是否属于现代意义之戏剧亦在依违之间。事实上,据孙楷第《傀儡戏考原》,唐代傀儡戏多有叙事者,作为"中国傀儡戏之黄金时期"的宋代傀儡戏,③在叙事上不应反不及唐代。而且,影戏与傀儡戏关系密切,表演形态互有交叉,④而影戏在搬演故事方面特别突出,宋佚名《百宝总珍集》称影戏内容为"自古史记十七代",其"注语"中有"唐书、三国志、五代史、前后汉"语,⑤正是前引"小说"之所谓"能讲一朝一代故事"者,则民间瓦舍杂剧当已有长篇叙事之剧目。综而言之,宋杂剧可说已经包含了现代意义上的戏剧形态。

四、宋代南戏

南戏,又称温州杂剧、永嘉杂剧、戏文、院本、鹘伶声嗽等。由于文献散佚严重且记载多歧,学者对南戏产生时间、地区等均有异见,但一般看法依据祝允明《猥谈》和徐渭《南词叙录》,多认为南戏起于北宋宣和之后,经历了南宋前期的酝酿,至光宗朝逐步兴盛起来。⑥

目前可以确定的宋代南戏剧目有《赵贞女蔡二郎》、《王魁》(又名《王魁负桂英》)、《王焕》(又名《风流王焕贺怜怜》)》、《乐昌分镜》

---

① 见《全宋笔记》第八编第五册,第14—15页,大象出版社2017年版。
② 《宋元戏曲史》,第30页。
③ 《沧州集》,第149—151页。
④ 刘琳琳:《宋代傀儡戏研究》(第116—121页)即将两者合而论之。
⑤ 佚名著、李因翰、朱学博校点:《百宝总珍集》(外四种),第64页,上海书店出版社2015年版。
⑥ 参苗怀明《二十世纪戏曲文献学述略》,第152—158页,复旦大学出版社2018年版;程千帆、吴新雷《两宋文学史》,第670页,上海古籍出版社1991年版。

(又名《乐昌公主破镜重圆》)、《张协状元》,一般认为《张协状元》为仅存的宋代南戏,[1]作为"舞台记录本",还保留着早期"提纲戏"的痕迹。[2]

较之北杂剧,南戏有其形制上的特点:[3]其一,南戏篇幅数倍于北杂剧。其二,南戏不分折、不分出,而有自然的段落。戏文开头一般列有四句开场诗,称为"题目"。"题目"之后,由副末念两阕词,或泛说戏文主旨或概括剧情,称为"副末开场"。其三,曲调多取自民间歌谣。[4] 一出中可采用不同宫调的数套曲,也可换曲,不但比宋金诸宫调灵活,也比元杂剧灵活。伴奏则以鼓、笛、拍板为主,而不是北杂剧的弦索。直到明传奇兴起,改造了南戏,南戏表演形态才发生巨大变化。

---

[1] 孙崇涛:《〈张协状元〉与"永嘉杂剧"》,《文艺研究》1992年第6期。
[2] 俞为民:《宋元南戏文本考论》,第1—14页,中华书局2014年版。
[3] 参金宁芬《南戏研究变迁》,第131页。
[4] 《南戏研究变迁》附录一"《张协状元》曲名考",第288—214页。

第三章

尊体与破体

第一节　尊体与破体的对立相争

尊体与破体是文体发展过程中又一相反相成的趋向,它根源于每一文体本身所具有的既稳定保守又变革开放的双重性。一种文学样式的体制规范首先由该文体的功能所决定,并在长期的文学实践过程中逐渐形成;它一旦形成以后,就成为一定的文化形态,具有稳固的自足性,不容随意破坏;但又由于文体并不是一种抽象的形式,而是表达特定内容的形式,随着内容的必然变化,文体也会随之发生这样那样的变化。尊体和破体的矛盾运动应是文学发展的一般法则。

文体研究是我国文学理论批评史的一个重要领域,已达到很高的水平。刘勰的《文心雕龙》就分类标准、源流演变、形制风格特点乃至选文示范等方面,建立了颇为严密的文体论体系,其中的一些基本观点对理解尊体和破体的性质、解决有关的学术纷争,甚有助益。

第一,文体是由所需表达的情理决定的。《熔裁》篇说:"是以草创鸿笔,先标三准:履端于始,则设情以位体……"他指出创作的三准则,其优先和首要之点在于根据情理来选择体裁,即体裁是由情理决定的。《定势》篇开端云:"夫情致异区,文变殊术,莫不因情立体,即体成势也。"创作手法的变化依存于情趣的各各不同,但是,依照情理来确定体制,就着体制的要求来形成某种文势,这是一定的规则。

第二,运用文体时应注意"昭体"与"晓变"的结合。《风骨》篇云:"若夫熔铸经典之范,翔集子史之术,洞晓情变,曲昭文体,然后能孚甲新意,雕画奇辞。昭体,故意新而不乱;晓变,故辞奇而不黩。"在他看来,写作应在广泛熔铸、吸收经子史传的基础上,既深切通晓感情的变化,又详细了解文章的体制。只有"昭体"才能意义创新而不违规矩,只有"晓变"才能文辞新奇而不背准绳。《通变》篇更提出了"夫设文之体有常,变文之数无方",确立了文体的有"常"有"变"、相反相成、缺一不可的重要观点;只有两者统一,才能"骋无穷之路,饮不竭之源",保持创作的青春活力。在《论说》篇中,又提出"参体"的概念,用以指称各个文体间的打通现象,也是很有价值的。

第三,文体随时代的变化而变化。《通变》篇末云:"文律运周,日新其业,变则可久,通则不乏。"变通才是保持文学不断发展和日趋丰富的根本动因,这自然也适用于文体的"望今制奇,参古定法",即在继承前代的前提下,根据当前趋势进行创新和变异。

刘勰的这些基本观点,为后世文体学的发展奠定了良好的基础,以后的文评家大体都是发挥和完善他的论点。如宋以前的《文镜秘府论·论体》谓"词人之作也,先看文之大体",即以辨体尊体为创作要务;宋以后的陈绎曾《文筌·古文谱五》论"体制"要"先认本色,次知变化";胡应麟《诗薮·内编》卷1谓"文章自有体裁,凡为某体,务须寻其本色,庶几当行",强调的"本色"即是文体的质的规定性。

然而,在宋代,文体问题无论在创作中还是在理论上都被提到一个显著的突出地位。一方面极力强调"尊体",提倡严守各文体的体制、特性来写作;一方面又主张"破体",大幅度地进行破体为文的种种尝试,乃至影响了宋代文学的整体面貌。两种倾向,互不相让,而又错综纠葛,显示出既激烈又复杂的势态。这类歧见,虽说史不乏例,然而于宋为烈,甚至发展成一桩桩的文学公案,这就有加以论析的必要了。

下面是一些随手拈来的尊体的言论:

> 荆公评文章,常先体制而后文之工拙。盖尝观苏子瞻《醉白堂记》,戏曰:"文词虽极工,然不是《醉白堂记》,乃是《韩白优劣论》耳。"①
> 诗文各有体,韩以文为诗,杜以诗为文,故不工尔。②
> 论诗文当以文体为先,警策为后。③
> 文章以体制为先,精工次之。失其体制,虽浮声切响,抽黄对白,极其精工,不可谓之文矣。④
> (写作)须是本色,须是当行⑤。

从北宋以迄于南宋之末,尊体之声不绝于耳。但这绝不是一家独鸣,毋庸说正因为有相反声音存在,才刺激着尊体之说的反复强调。我们不妨举几场著名的双方对阵论战。

一是沈括和吕惠卿等人关于韩愈诗的争论:

> 沈括存中、吕惠卿吉甫、王存正仲、李常公择,治平中,同在馆下谈诗。存中曰:"韩退之诗,乃押韵之文耳,虽健美富赡,而终不近古。"吉甫曰:"诗正当如是,我谓诗人以来,未有如退之

---

① 黄庭坚:《书王元之〈竹楼记〉后》引,《豫章黄先生文集》卷26,《四部丛刊》本。
② 陈师道:《后山诗话》引,《历代诗话》本,第303页,中华书局1981年版。
③ 张戒:《岁寒堂诗话》卷上,《历代诗话续编》本,第459页,中华书局1983年版。
④ 倪思:《经鉏堂杂志》,见吴讷《文章辨体序说》"诸儒总论作文法"引,第14页,人民文学出版社1962年版。
⑤ 严羽:《沧浪诗话·诗法》,《历代诗话》本,第693页,中华书局1981年版。

也。"正仲是存中,公择是吉甫,四人者交相诘难,久而不决。公择忽正色而谓正仲曰:"君子群而不党,君何党存中也?"正仲勃然曰:"我所见如是耳,顾岂党耶?以我偶同存中,遂谓之党,然则君非吉甫之党乎?"一坐皆大笑。余每评诗亦多与存中合。①

沈括、王存连同魏泰是尊体"党",吕惠卿、李常是破体"党",两厢交锋,始怒后笑,极富喜剧色彩。然而,关于前代韩诗功过的评价,正关涉到当时诗歌的发展走向,透过喜剧色彩,宋诗研究者是会看到严肃内容的,可惜"交相诘难"的具体内容已不得而知。然而,南宋的另一场性质相同的争论就更富论理因素。刘克庄乃属沈括一派,他较早提出"文人之诗"和"诗人之诗"两个概念。在《竹溪诗序》中,他说:"迨本朝,则文人多,诗人少。三百年间虽人各有集,集各有诗,诗各自为体,或尚理致,或负材力,或逞辨博,少者千篇,多至万首,要皆经义策论之有韵者尔,非诗也。自二三巨儒及十数大作家,俱未免此病。"②他主张诗歌应该具有与"文"不同的特性,严守诗、文壁垒,"经义策论之有韵者尔"正是沈括"押韵之文耳"的翻版。同时的刘辰翁就明确表示异议。他在《赵仲仁诗序》中写道:"后村谓文人之诗,与诗人之诗不同,味其言外,似多有所不满,而不知其所乏适在此也。""文人兼诗,诗不兼文也。……韩苏倾竭变化,如雷霆河汉,可惊可快,必无复可憾者,盖以其文人之诗也。诗犹文也,尽如口语,岂不更胜?彼一偏一曲,自擅诗人诗,局局焉,靡靡焉,无所用其四体。"③他认为"文人之诗"有助于奔放奇崛风格的形成,"文人兼诗",文有与诗相通之处,实为"以文为诗"的合理性提供理论根据。

---

① 魏泰:《东轩笔录》卷12,第141页,中华书局1983年版。并见其《临汉隐居诗话》。惠洪《冷斋夜话》卷2亦有此记载。
② 刘克庄:《后村先生大全文集》卷94,《四部丛刊》本。
③ 刘辰翁:《须溪集》卷6,《四部丛刊》本。

在词学领域，则有"苏门"关于苏轼"以诗为词"的争论。从现存材料来看，晁补之、张耒是最早概括出苏词的这个特点的。《王直方诗话》云："东坡尝以所作小词示无咎、文潜曰：'何如少游？'二人皆对云：'少游诗似小词，先生小词似诗。'"①这里所说的"先生小词似诗"，并非褒词。正如《吹剑续录》中"幕士"的"关西大汉执铁板"之喻，也含有戏谑婉讽的意味。因为当时的词，一般是供歌女在酒筵娱乐场合演唱的，常用琵琶等弦乐器伴奏。② 更为直截尖锐的，是传为陈师道所作的《后山诗话》云：苏词"虽极天下之工，要非本色"，批评堪称激烈大胆。当然也有个别为苏词辩护之词，如主张"本色论"的晁补之就说："居士词横放杰出，自是曲子中缚不住者。"③但当时这种见解不占主导。半个世纪以后，南宋绍兴年间，王灼在《碧鸡漫志》卷2中才大声疾呼，对苏词革新作了最充分的肯定："东坡先生以文章余事作诗，溢而作词曲，高处出神入天，平处尚临镜笑春，不顾侪辈。或曰'长短句中诗也'，为此论者，乃是遭柳永野狐涎之毒。""东坡先生非心醉于音律者，偶尔作歌，指出向上一路，新天下耳目，弄笔者始知自振。"明确尊苏词为典范，为词坛立帜。

　　理论上的争论似乎势均力敌，尊体说看来还略占上风；然而在两宋文坛上，"破体为文"的种种尝试，如以文为诗、以赋为诗、以古入律、以诗为词、以文为词、以赋为文、以文为赋、以文为四六等，令人目不暇接，其风气日益炽盛，越来越影响到宋代文学的面貌和发展趋向。这种风气有其必然性。最能说明此点的，是同一作家身上出现尊体和破体的自我矛盾现象。王安石是主张尊体的，他戏称苏轼的《醉白堂记》乃《韩白优劣论》，但他自己的《游褒禅山记》不也是通过记游而进行说理的一篇《治学论》吗？他同样未能避免"今

---

① 胡仔：《苕溪渔隐丛话·前集》卷42，第284页引，人民文学出版社1962年版。
② 宋翔凤《乐府余论》云："北宋所作，多付筝琶，故啴缓繁促而易流。"《词话丛编》本，第2498页，中华书局1986年版。
③ 吴曾：《评本朝乐章》，《能改斋漫录》卷16，第469页，上海古籍出版社1979年版。

之记乃论也"①即"以论为记"的时尚。李清照在苏轼革新词风之后作《词论》,标举词"别是一家",严别诗词之域,重申词体独具的特性,对于防止破体过"度"有一定的约束和警示作用;但她的词作也并未完全遵循传统婉约词风的樊篱。像《渔家傲》"天接云涛连晓雾"的壮怀奇思,笔力挺拔;《永遇乐》"落日熔金"的家国之思,今昔之慨,悲恨盘郁,力透纸背,均有几分阳刚之气。她一再强调合乐歌唱的词体特性,但其作品的歌唱效果也颇令人怀疑。如名作《声声慢》,夏承焘曾指出此词共97字,而舌声15字,齿声42字,共达57字,占全词字数的一半以上②(有人认为,"摘"、"著"两字属"知"母,亦为齿音,则舌、齿声共59字),如此密集的舌齿声字,不怕拗折歌女的嗓子吗?开篇"寻寻觅觅,冷冷清清,凄凄惨惨戚戚"14字中,除"觅觅"、"冷冷"外,全是齿声,在歌唱时也不免涩舌棘喉(吟诵则是另一效果),犹如"乞儿诗"、绕口令一般了。此词并无曾付管弦以歌唱的记载,按情理恐难获得理想的歌唱效果。

总之,破体为文不是个别作家一时的偶尔为之,而是大量的、普遍的现象。它睥睨尊体派的强大舆论压力,甚至违背作家本人的理论主张而勃兴。对其产生原因和是非功过,我们再从"以文为诗""以诗为词""以文为赋和以赋为文"诸端继作探讨。

第二节 "以文为诗"、"以诗为词"、"以文为赋和以赋为文"

一、以文为诗

所谓"以文为诗",主要是指把散文的一些手法、章法、句法、字

---

① 陈师道:《后山诗话》,《历代诗话》本,第309页,中华书局1981年版。
② 参见夏承焘《李清照词的艺术特色》,《文学评论》1961年第4期。

法引入诗中,也指吸取散文的无所不包的、犹如水银泻地般贴近生活的精神和自然、灵动、亲切的笔意笔趣。前者属于诗歌的外在体貌层,笔者在《宋代诗歌的艺术特点和教训》①一文中已有所论列,兹不赘述;后者则属内在素质层了。宋代诗人趋于内省沉思,力求探索天道、人道与天人关系之道的奥秘,而与盛唐诗人的胸怀济世大志、英气勃勃、奋发向上迥异其趣,因而,他们把诗歌当作自己生活天地中一种时时"不可无诗"的精神必需品,没有诗,几乎取消了文化生活的一切。诗歌与文人的日常生活、生命体验、个性人格更紧密地融为一体。袁宏道《雪涛阁集序》评欧、苏诗云:"有宋欧、苏辈出,大变晚习,于物无所不收,于法无所不有,于情无所不畅,于境无所不取,滔滔莽莽,有若江河。"②这种无所不在、无所不包的抒写要求,正是散文之擅长。散文精神之所以在宋诗里得到张扬,是与宋代诗人的诗歌观念密切相连的。胡适曾说过:"我认定了中国诗史上的趋势,由唐诗变到宋诗,无甚玄妙,只是作诗更近于作文!更近于说话。……宋朝的大诗人的绝大贡献,只在打破了六朝以来的声律的束缚,努力造成一种近于说话的诗体。"③这种"近于说话的诗体"虽不能涵盖宋诗的全部,但却是其重要的特征。我们试读苏轼《出城送客,不及,步至溪上二首》:

送客客已去,寻花花未开。未能城里去,且复水边来。父老借问我,使君安在哉? 今年好雨雪,会见麦千堆。

春来六十日,笑口几回开。会作堂堂去,何妨得得来。倦游行老矣,旧隐赋归哉。东望峨眉小,卢山翠作堆。④

两诗款款道来,明白如话,却是一片神行,全然不觉这是原本格律规

---

① 王水照:《唐宋文学论集》,齐鲁书社1984年版。
② 袁宏道:《袁中郎全集》卷1,《有不为斋丛书》本。
③ 胡适:《逼上梁山——文学革命的开始》,《中国新文学大系·建设理论集》,第8页,良友图书印刷公司1935年版。
④ 《苏轼诗集》卷13,第618页,中华书局1982年版。

范严格的五律,而且还是次韵之作。纪昀评云:"二诗皆老笔直写,无根柢人效之,便成浅率。"①再举另一首杨万里的五古《夏夜玩月》,也是"近于说话"的:

  仰头月在天,照我影在地;我行影亦行,我止影亦止。不知我与影,为一定为二?月能写我影,自写却何似?——偶然步溪旁,月却在溪里!上下两轮月,若个是真底?为复水是天?为复天是水?

同样写"步至溪上",笔致更见活泼多姿,转折愈转愈妙。宋诗世界中的情思,经过理性的过滤、梳理、掂量而显得明澈透亮,爽利的语脉洋溢着活力、机趣和智慧,诗歌所呈现的境界似乎与生活的自然形态并无二致,不矫饰,不做作,使诗歌与接受者的距离得以最大限度地缩短。宋诗的这些特色都与对散文精神的吸纳融化有关。

  诗歌必须有诗的形象、诗的感情和诗的语言、韵律,即区别于一般应用文的特性,这是前提,但又应同时承认诗歌风格、写法、体裁的多样化。"以文为诗"只是宋诗的一个特点,它可以成为优点也可以成为缺点,关键在于遵循还是离开诗之所以为诗的特性。具体而言,是弄清"诗"与"文"在哪些方面相通,破体的限度又在何处。陈善《扪虱新话·上集》卷1指出"诗"与"文"自有"相生"的内在机制:"文中要自有诗,诗中要自有文,亦相生法也。文中有诗,则句语精确;诗中有文,则词调流畅。谢玄晖曰'好诗圆美流转如弹丸',此所谓诗中有文也。"说明"以文为诗"便于少受格律拘束,形成流畅圆转、挥洒自如的风格。元好问也认为诗文之间并没有不可逾越的鸿沟:"人心不同如面,其心之声发而为言,言中理谓之文,文而有节为之诗。然则诗者,文之变也,岂有定体哉?故三百篇,什无定章,章无定句,句无定字,字无定音,大小长短,险易轻重,惟意所

---

① 纪昀:《纪批苏诗》卷13,清道光本。

适。"①他总是强调诗、文虽文体有别,但在语言上并无本质的不同,都使用同一种的表达工具:"尝试妄论之:诗与文,特言语之别称耳;有所记述之谓文,吟咏情性之谓诗,其为言语则一也。"②方东树《昭昧詹言》卷8在评论杜诗时说:"洁净、远势、转折、换气、束落、参活语,不使滞笔重笔,一气浑转中留顿挫之势,下语必惊人,务去陈言,力开生面:此数语,通于古文作字。"则对相通点作了细致的分析。刘熙载《游艺约言》则说得简洁而一针见血:"文之理法通于诗,诗之情志通于文。作诗必诗,作文必文,非知诗文者也。"的确,写诗不能不是诗,但也不能死守诗的体制规范而不敢越雷池一步,死于"诗"下。诗可以吸收、整合文的"理法",大致说来,散文的叙述手法、谋篇布局的种种技巧、熔铸词语的经验,确能使诗歌丰富表现手段和艺术风格,但在运用散文式的句法和字法时却往往削弱诗歌语言的精练和韵律美,以致益小于害。如果破体过"度","老笔直写"就变成为"浅率","真味久愈在"的"食橄榄"(欧阳修语)有可能"味同嚼蜡"了。

然而,宋诗的"以文为诗"实在是中国诗歌发展史上一个必然经过的环节,具有历史的必然性。宋诗创作是在唐诗的巨大影响下进行的,唐诗的灿烂辉煌反而激活了宋人自成一家的创新意识。宋祁说:"文章必自名一家,然后可以传不朽。"③苏轼说:"凡造语,贵成就,成就则方能自名一家。"④对唐诗权威都表现出一种挑战姿态,表达出开宗立派的自觉要求,因而必然要从唐诗的阴影中走出来。黄庭坚屡屡说"随人作计终后人"、"文章最忌随人后",胡仔赞为"至论"。⑤直至南宋后期,戴复古《论诗十绝》之四也说:"意匠如神变化生,笔端有力任纵横。须教自我胸中出,切忌随人

---

① 元好问编:《中州集》卷2,第77页,评刘汲语,中华书局上海编辑所1959年版。
② 《杨叔能小亨集引》,《元好问全集》卷36,下册第37页,山西人民出版社1990年版。
③ 宋祁:《宋景文笔记》,《学津讨原》本。
④ 李之仪:《姑溪居士全集·前集》卷40《跋吴师道诗》引,《四部丛刊》本。
⑤ 参见胡仔《苕溪渔隐丛话·前集》卷49,第333页,人民文学出版社1962年版。

脚后行。"①他的诗句不免是黄庭坚诗的"随人后",但所表达的愿望确是两宋诗人的共同呼声。

"以文为诗"正是他们突破唐贤、自成宋调的一大法门。赵翼《瓯北诗话》卷5云:"以文为诗,自昌黎始。至东坡益大放厥词,别开生面,成一代之大观。""以文为诗"还可以追溯得更远,杜诗中已颇显著;但杜、韩诗中,此境尚未尽情开拓,这就为后人留有余地,留有继续发挥的空间。宋人循此入手,学唐以求变唐,是顺理成章之事。钱锺书先生即把它视作文学"革故鼎新"之"道":"文章之革故鼎新,道无它,曰以不文为文,以文为诗而已。向所谓不入文之事物,今则取为文料;向所谓不雅之字句,今则组织而斐然成章。谓为诗文境域之扩充,可也;谓为不入诗文名物之侵入,亦可也。"②在《管锥编》第3册第890页中,他又说:"名家名篇,往往破体,而文体亦因以恢弘焉。"总之,承认文体而又变革文体,才能丰富和发展文体,这可以看作文学演变的一条规律。

"以文为诗"不仅直接影响了宋诗的整体面貌,而且其影响还延伸到"五四"以后的新文学。胡适在《逼上梁山》中提到,他在1915年9月寄友人的诗中说:"诗国革命何自始? 要须作诗如作文。琢镂粉饰丧元气,貌似未必诗之纯……"他还说:"在这短诗里,我特别提出了'诗国革命'的问题,并且提出了一个'要须作诗如作文'的方案。从这个方案上,惹出了后来做白话诗的尝试。"若干年后他对这个主张作了交底:

> 我那时(1915年9月)的主张颇受了读宋诗的影响,所以说"要须作诗如作文",又反对"琢镂粉饰"的诗。

足见"五四"新诗是滥觞于"作诗如作文"的宋诗的,新诗、旧诗原来一脉相承。胡适在1917年《寄陈独秀》一文中说:"钱玄同先生论足下

---

① 戴复古:《石屏诗集》卷6,《四部丛刊续编》本。
② 钱锺书:《谈艺录》第29—30页,中华书局1984年版。

所分中国文学之时期,以为有宋之文学不独承前,尤在启后,此意适以为甚是。"这些新文学开创者对于"以文为诗"和宋代文学的评估,至今还发人深思,启发我们对破体为文应采取全面、辩证和历史的态度。

二、以诗为词

学术界关于"以诗为词"的讨论已取得不少进展,但意见尚未一致。主要是两个问题:一是何谓"以诗为词"?二是如何评价"以诗为词"?

我们认为,"以诗为词"按照最简单的解释,就是把诗的作法、风格引入词中。其前提当然是承认诗与词具有不同的体制特征,即诗之为诗、词之为词的质的规定性。但这不是一下就能辨明的。流行的关于诗、词区别的几条特征(包括王国维《人间词话》的"诗之境阔,词之言长"等),几乎都能找出反例。词体特质应是一个历时性的概念,其内涵随着时代的推移而不断有所变化和变异,因而不能用凝固停滞的观点来看待,只能从动态运动中作适当的概括。

词与诗的界限,在词的初生阶段(隋唐以来)其判别的标准倒是明确的,即词是配合音乐歌唱的歌词,而其时的诗大都是徒诗。在形式上,词多为长短句,而诗则以齐言为主。但这音律和句式两条标准已经有不少例外:诗歌也有部分可供歌唱的"声诗",齐言之词在初期也非罕见。解决这一区分困难就需要寻求更根本的标准,那就是词所配合的音乐系统是特定的燕乐,与唐声诗的音乐系统有别。然而这不同音乐系统的划分,由于资料的限制,在具体操作上也难截然分明,因而早期的有些作品,属诗属词,历有争论。

词体特性的真正确立则在文人词的成熟时期,以《花间集》、南唐词为标志。宋李之仪可说是较早试图探寻词体特性的人,他在《跋吴思道小词》中说:"长短句于遣词中最为难工,自有一种风格,稍不如格,便觉龃龉。"①这里的"风格"、"格",即指词体特性。他还

---

① 李之仪:《姑溪居士全集·前集》卷40,《四部丛刊》本。

明确说,"大抵以《花间集》中所载为宗",即以花间词为依据来概括词体特质的内涵。从他批评柳永"韵终不胜",批评张先"才不足",而赞扬晏殊、欧阳修、宋祁词"语尽而意不尽,意尽而情不尽"来看,他是把深婉曲折、含情不尽、有"韵"有"才"等作为词区别于诗的"风格"的,这是基本正确的。后人的探讨更为精深,此类材料甚丰,不再细说。要言之,词之为体,题材上侧重男欢女爱、伤时惜别、人生迟暮;风格上崇尚细美幽约,"以清切婉丽为宗";基调上则多感伤哀怨、回肠荡气;境界上又表现出狭深的特点。这些都是与它合乐应歌、娱宾遣兴的基本功能息息相关的。

到了苏轼时代,词逐渐脱离音乐歌唱而变为"不歌而诵",这在词体发展上具有划时代的意义。歌唱的词是依附于音乐的文学,在歌唱时,音乐因素是第一位的,文学因素是第二位的。人们听歌,总是首先注重动听,其次才是文辞。吟诵的词,则是纯粹的文学,决定作品高下的,仅仅依据于文学本身的标准和功能。正如楚辞的"不歌而诵"造就了摛藻铺陈之体的"赋"一样,曲子词的"不歌而诵",自然也会产生不同于原生态词的种种特点。首先是韵律的作用发生了重大变化。原先配合音乐旋律节奏的韵律,乃是作用于听觉,而与视觉基本无关;变成书面文学以后,部分音乐功能的地位被文学的修辞功能所代替,推动着对词的内容和形式的纯文学的追求。其次,词脱离与女声歌唱的联系,造就了专属文人士子的接受圈,也必然要适应这一接受圈对思想感情、审美情趣和欣赏口味的要求,这又促成词的整体面貌的改变。苏轼对词的革新就是这样应运而生的。

苏轼对词的革新,主要集中在三个方面,即内容、题材的扩大,意境、风格的创新和形式、音律的突破,而其革新的方法就是"以诗为词"。词体改革不是苏轼个人随心所欲的行为,在他以前已有此端倪;但就当时而言,苏轼最具备充当文体改革家的个人条件。他最善于打通各种文体的壁垒,以此作为发展文体的方法:"东坡之文妙天下,然皆非本色,与其他文人之文、诗人之诗不同。文非欧曾之文,诗非山谷之诗,四六非荆公之四六,然皆自极其妙。"①苏轼以诗为词、以文为诗、以古诗为近体、以文为赋、以文为四六等等,"皆非本色"。破体为文,出位之思,在他已成习惯,他人实无须大惊小怪了。

如何评价"以诗为词"的功过是非呢?第一,这首先需从两种不同的词学观来考察。照我们看来,词体特性自然是词之所以为词的本质规定性;但这种本质属性并不是某些凝固因素的集合体,而是不断嬗变演化着的多种艺术因素的动态平衡体。在多种因素中起核心作用的,也不是一成不变的,即大致由音律方面逐渐向体性方面倾斜,于是词也从以娱乐功能为主而日益兼重审美功能和认识劝惩功能。只用政治的、道德的、伦理的眼光去衡量五彩缤纷的人性世界,贬抑传统词的婉变情思,这是思想的偏执;无视词体(特别是长调)原本就蕴含着反映重大社会生活的较大容量及抒发人的各种类型感情心绪的可能性(即便是早期文人词中,既多柔情的倾诉,也不乏豪情迸发之作),一味倡言"文体独立"、"尊重词体",而严拒"非词之物的侵入",否定"以诗为词"的努力,恐是不妥的。第二,"以诗为词"在艺术上能否成功,关键仍在一个"度"字,即是否仍然保持词的婉曲多折的审美特性。苏辛一派,乃至姜张一派,其成功之作,大抵是词的适度范围内的诗化,但绝不是与诗同化或"合流"。对诗歌艺术因素的吸收、整合、变换等必须仍在以词体为本位的基础上,破体为文但不能摧毁其体,出位之思但不能完全脱离本位。正如梅兰芳的青衣融合了刀马旦、花旦的技法而仍为青衣,李多奎的老旦改用真嗓演唱而依旧是老旦一样。善乎清沈祥龙在《论词随笔》中所言:"词于古文、诗赋,体制各异。然不明古文法度,体格不大;不具诗人旨趣,吐属不雅;不备赋家才华,文采不富。"他既开门见山地以"体制各异"为大前提,但又毫不含糊地主张"以诗为词"乃至"以古文为

---

① 曾季狸:《艇斋诗话》,《历代诗话续编》本,第323页,中华书局1983年版。

词"、"以赋为词",表现出吸纳万汇的"贵兼通"的艺术态度,信哉斯言!至于苏辛派末流的叫嚣粗率既损害了词体特性,也并非诗体的固有良好风范。

三、以文为赋和以赋为文

在宋代散文领域,也发生了文与赋之间互相对撞、彼此吸纳的现象。一方面是"以文为赋",改造赋体而重获艺术生命。我们知道,赋是一种介于诗、文之间的两栖性文学样式。它最初起源于形制短小的徒歌,中经骚赋,至汉代,辞赋的形式才正式定型。六朝以来又演变为骈赋,唐代变为律赋,形制板滞,内容枯燥,创作已趋绝境。到了宋代,在散文繁荣发达的影响下,古文家们发展了辞赋中的散文化倾向(如荀子《礼》《智》等赋,楚辞《卜居》《渔父》等篇,已肇其端,杜牧《阿房宫赋》更是文赋的先声),完成了文赋的创造,为赋的继续发展开辟了道路。文赋在内容上仍然保持铺叙、文采、抒情写景述志的特点,但在形体上多用散句,押韵也较随便,它吸取散文的笔势笔法,清新流畅,别开生面。欧阳修的《秋声赋》,苏轼的前后《赤壁赋》就是典范性的成功之作。

另一方面又有"以赋为文"的逆向"破体"。朱弁《曲洧旧闻》卷3云:"《醉翁亭记》初成,天下莫不传诵。家至户到,当时为之纸贵。宋子京得其本,读之数过曰:'只目为《醉翁亭赋》,有何不可!'"《后山诗话》亦云:"少游谓《醉翁亭记》亦用赋体。"宋祁、秦观二人先后从欧氏这篇名作中,觉察其参用了赋体"铺采摛文,体物写志"[①]之法,这是不错的。

赋是一种亦诗亦文的文体,本来就含有"文"的成分,所以对于赋与文的文体联姻,文评史上争论的材料就不像"以文为诗"、"以诗为词"那样众多。但明人孙鑛的一份"辩词"还是颇为精彩的。他说:

---

① 刘勰:《文心雕龙·诠赋》,《四部丛刊》本。

《醉翁亭记》《赤壁赋》自是千古绝作,即废记、赋法何伤?且体从何起?长卿《子虚》,已乖屈、宋;苏、李五言,宁规四《诗》?《屈原传》不类序乎?《货殖传》不类志乎?《扬子云赞》非传乎?《昔昔盐》非排律乎?……故能废前法者乃为雄。①

这位万历状元的言辞犀利,而在传承和开拓之间容有所偏,但他列举种种破体为文的实例,颇为雄辩地证明此乃屡见不鲜的文学现象,也是文学创新、发展的一条正当途径。对于处在盛极求变的宋代诗词文正统文学而言,更是绝处求生之道。

　　总之,宋代作家一方面"尊体",要求遵守各类文体的审美特性、形制规范,维护其"本色"、"当行";同时又不断地进行"破体"的种种试验,这对于深入发掘各种文体的表现潜能,丰富艺术技巧,创造独具一格的文学面貌,都是有促进作用的。当然,也存在破体过"度"的负面影响,且在宋诗宋词中,负面影响之严重亦不可低估。钱锺书先生说"文章之体可辨别而不堪执着"②,承认文体"艺术换位"的合理性、正当性和必然性,又审慎掌握其"临界点",这应是评价"破体为文"成败优劣的尺度。

---

① 孙鑛:《与余君房论文书》,《孙月峰先生全集》卷9,清刊本。
② 钱锺书:《管锥编》第三册,第889页,中华书局1984年版。

体 派 篇

◎ 第一章 宋诗的"体"和"派"

◎ 第二章 宋词发展的两大趋势

◎ 第三章 宋文流派绎述

严羽《沧浪诗话·诗法》云:"辨家数如辨苍白,方可言诗。"他在《诗体》中即具体详辨"以时"、"以人"等诸体。这种论诗辨体的风气,正反映了宋诗创作中"体"和"派"的繁多兴盛,标志着宋诗的成熟和丰富。在中国文学史上,正式具有"宗派"之名,并有明确的创作主张,形成大体相同的艺术风格,又成为一定时期的特殊诗风的,即始于宋代的江西诗派,命名者为《江西诗社宗派图》的作者吕本中。他所说的"宗派",含有"宗主"和"派别"两义,近似于今天"文学流派"的观念。有些创造了特殊风格的文学大家,其周围尚未形成足够人数的风格相同的创作群体,还不宜遽以"流派"视之,只可称为"体",如严羽所列"东坡体"、"王荆公体"之类。一部宋代诗歌史,从一定意义上而言,也是不同诗派和诗体的嬗变推衍的历史。从"体"和"派"来研究宋诗,或许更能看清"宋调"从酝酿、发生、成熟、变化乃至衰微的真实面貌。在宋词、宋文中,也同样存在"体"、"派"发展的现象,只是前人或歧说纷纭,或研究未能展开,我们在本篇中提出了自己的初步看法,以期对宋代文学的发展脉络有一个整体的把握。

第一章

宋诗的"体"和"派"

宋人诗论诗话中,有关宋诗体派的说法很多,不少体派已有确称、详论,如西昆体、江西诗派、四灵体等。南宋末严羽《沧浪诗话》更以历史线索勾勒出宋诗体派大致情况;到宋末元初,方回对宋诗体派的划分已经十分详尽系统,他在《送罗寿可诗序》中说:"宋划五代旧习,诗有白体、昆体、晚唐体。白体如李文正、徐常侍昆仲、王元之、王汉谋;昆体则有杨、刘《西昆集》传世,二宋、张乖崖、钱僖公、丁崖州皆是;晚唐体则九僧最逼真,寇莱公、鲁三交、林和靖、魏仲先父子、潘逍遥、赵清献之父,凡数十家,深涵茂育,气极势盛。欧阳公出焉,一变为李太白、韩昌黎之诗,苏子美二难相为颉颃;梅圣俞则唐体之出类者也,晚唐于是退舍。苏长公踵欧阳公而起;王半山备众体,精绝句、古五言或二谢。独黄双井专尚少陵,秦、晁莫窥其藩;张文潜自然有唐风,别成一宗,惟吕居仁克肖。陈后山弃所学学双井,黄致广大,陈极精微,天下诗人北面矣,立为江西派之说者,铨取或不尽然,胡致堂诋之。乃后陈简斋、曾文清为渡江之巨擘;乾淳以来,尤、范、杨、陆、萧,其尤也。道学宗师于书无所不通,于文无所不能,诗其余事,而高古清劲,尽扫余子,又有一朱文公。嘉定而降,稍厌江西,永嘉四灵复为九僧旧晚唐体,非始于此四人也,后生晚进不知颠末,靡然宗之,涉其波而不究其源,日浅日下;然尚有余杭二赵,上饶二泉,典刑未泯。"①他在《瀛奎律髓》中反复以例证阐明这一观点。元明清至今,许多人曾在方回划分的基础上论证、修改,使宋诗体派的范围、关系、演进过程更加明确。参酌方回说法,汲取历代研究成果,特分宋诗为白体、晚唐体、昆体、新变派、荆公体、东坡体、江西诗派、四灵体、江湖派、道学体和遗民诗派等。

第一节　宋初宗唐三派

一、白体

五代十国五六十年间,干戈动荡,诗坛寂寞,被晚唐人尊为诗坛"广大教化主"②的白居易,以其浅易流畅的诗风,影响了南北众多诗人,因此"国初沿袭五代之余,士大夫皆宗白乐天诗,故王黄州主盟一时"③。在王禹偁之前,李昉(925—996)以后周旧臣身份随宋代周而入宋(960),徐铉(917—992)以南唐旧臣身份随宋灭南唐而入宋(975),直接将五代十国的诗风,带入宋初外表承平宽松、内里动荡不安的政治环境,沿袭下来并发扬光大。

徐铉《江州新建尚书白公祠堂之记》说:"观乐天之文,主讽刺、垂教化、穷理本、达物情,后之学者服膺研精,则去圣何远!"④表明了他对白居易的认识。但他的诗却没有学白居易诗丰富的内容,而注重学其平易浅近的语言、流畅自然的风格。他的诗多是应酬唱和

---

① 方回:《桐江续集》卷32,《四库全书》本。
② 张为:《诗人主客图》,《历代诗话续编》,第70页,中华书局1983年版。
③ 蔡居厚:《蔡宽夫诗话》,胡仔《苕溪渔隐丛话·前集》,第144页引,人民文学出版社1962年版。
④ 徐铉:《江州新建尚书白公祠堂之记》,《徐骑省集》卷27,《四部丛刊》本。"江州"原误作"洪州",据目录改正。

之作，但比起李昉现存的作品来，徐铉诗内容形式都要广泛一些。入宋前，他的一些诗如《贬官泰州出城作》忧虑国家命运，悲叹个人遭遇，情真意切；归宋后，多表达主辱臣忧的难堪处境及无法诉说的家国之思，即便是闲适意味的诗如《病题二首》，也流露出满腹牢骚，与李昉志得意满的闲适不太相同，而比较接近王禹偁。除近体外，他的古体《月真歌》有明显仿学《长恨歌》的痕迹。"江南宰相冯延巳常语人曰：'凡人为文，皆事奇语，不尔则不足观。惟徐公不然，率意而成，自造精极。'"①可知徐诗多"率意而成"，有的"精极"，大多则流易有余而深警不足。

徐铉与李昉曾于太平兴国二年（977）至七年（982）同纂《太平御览》《太平广记》《文苑英华》，二人与其他馆阁人员有《翰林酬唱集》一卷，开宋初馆阁酬唱之风，但此书已佚。李昉现存作品是他与徐铉的门生李至酬唱的《二李唱和集》。李至（947—1001）与王禹偁（954—1001）年岁相近，但他仕途平坦，诗风与王不同。端拱元年（988）至淳化二年（991），二李"朝谒之暇，颇得自适，而篇章和答，仅无虚日"②。李昉因"南宫师长之任，官重而身闲"③，李至因"内府图书之司，地清而务简"④，二人效刘白唱和，学白居易的闲适诗，诗歌充满闲适意味。"爱闲"、"闲吟"、"闲门"、"闲情"、"优闲"、"闲宴"，是《二李唱和集》中最常见的用语，闲适中充满对富贵荣华生活的自矜自伐、自得自足，显露出官僚文人的浅薄庸俗。即便是"午睡爱茶鱼眼细，春餐费笋锦皮疏"⑤，"满架诗书满炷香，琴棋为乐是寻常"⑥这样的诗句，也没有后来诗人的清淡

---

① 李昉：《大宋故静难军节度行军司马检校工部尚书东海徐公墓志铭序》，《全宋文》第2册，第32页，巴蜀书社1988年版。
② 李昉：《二李唱和集序》，《全宋文》第2册，第18页。
③ 同上。
④ 同上。
⑤ 李昉：《将就十章更献三首……》之三，《全宋诗》，第176页，北京大学出版社1991年。
⑥ 李昉：《更述荒芜自咏闲适》，同上书，第184页。

高雅之趣。

正当二李在清要之地高吟闲适时,王禹偁在商州谪居地与知州冯伉往来酬唱(淳化二年至三年),淳化三年王将其唱和诗编成《商於唱和集》。淳化年间,是白体唱和诗的高潮,除《商於唱和集》《二李唱和集》外,李昉、苏易简等人的《禁林宴会集》也在淳化二年编成。从现存的这些集中诗看,缘情遣兴、流连光景是其主要内容;浅俗平易、圆熟流利是其风格特点。王禹偁也不例外。但也就在这期间,王禹偁的诗风发生了重要变化,他将白体的内容扩大,将白体的语言稍加约束锻造而显得较为深沉含蓄。淳化二年至三年(991—992)王禹偁写作了大量讽喻诗:《感流亡》《畲田词》《金吾》《竹𪃹》《乌啄疮驴歌》,使当时的白体恢复了白居易诗反映时政民瘼的内容,同时增加了古体诗的数量,并在当时引起了强烈反响。在此前后,张咏(946—1015)有《悼蜀》《愍农》《劝学》等一些学习白居易的古调歌诗,田锡(940—1004)也有不少古风、歌行,加上柳开(947—1000)的复古宣传,淳化、咸平间掀起了宋诗第一次复古高潮。王禹偁以其文学实绩"主盟一时",影响了大批后学如孙何(961—1004)、丁谓(966—1037)、杨亿(974—1020)等。淳化年间,王禹偁由学白进而学杜甫,不仅学杜甫的古体长篇,如《怀贤诗三首》《五哀诗五首》《甘菊冷淘》及《谪居感事》皆明显模仿杜甫,而且学杜甫的凝练含蓄,以修正白体诗的松散、直露、率易,他的《新秋即事》《村行》《杏花》等近体诗,在字句的锤炼,章法的结撰和意象、意境的经营方面都超过了前期作品,也超过了徐、李等白体先辈。但这类作品为数不多。

二、西昆体

就在白体发生变化、出现转机时,西昆体的突然出现,改变了宋诗的复古进程。咸平四年(1001),王禹偁去世,景德二年(1005)至大中祥符元年(1008),杨亿等人编纂《册府元龟》,再次进行馆阁唱和时,改变了以往唱和风气,而以"雕章丽句"①为其主要宗旨,诗风为之大变。参加这次酬唱的17人,年龄相差很大,情况颇不相同。许多诗人在酬唱前都受白体诗风熏陶,如舒雅(？—1009)、刁衎(945—1013)皆由南唐入宋,参加过淳化五年(994)王禹偁等人《题义门胡氏华林书院》的集体题诗,其诗纯为白体;张咏除写古风外,许多诗都很粗率,无昆体的华丽精细之风;晁迥(951—1034)以"拟白乐天诗"为题的诗极多,主要学白说理谈道的悟道诗;晁迥的友人李维(961—1031),曾辑录白居易的"遣怀之作","名曰《养恬集》"②;张秉(952—1016)常误作刘秉,曾在郑州与王禹偁有联句之谊,其诗句也是白体;李宗锷(965—1013)是李昉之子,当王禹偁谪居商州时,他曾劝王"看书除庄、老外,乐天诗最宜枕藉"③,可见其欣赏趣味;丁谓是王禹偁得意门生,王称其早作"类杜甫"④。一些诗人如薛映(951—1024)、陈越(973—1012)分别与晚唐体诗人林逋、魏野往来密切。

　　杨亿11岁即以文才步入仕途,咸平元年至三年(998—1000)知处州时其诗风仍为白体,《狱多重囚》《民牛多疫死》《闻北师克捷喜而成咏》等诗都为第一次复古思潮增色;咸平四年(1001)他的《故蕲州王刑部阁老挽歌五首》仍表现出白体的平易,却对王禹偁的诗风诗才不置一词;到景德二年(1005),他便倡导西昆体。《韵语阳秋》卷2说"故杨文公在至道(995—997)中,得义山诗百余篇,至于爱慕而不能释手"⑤。由此可知杨亿倡导学李商隐是酝酿已久的事。《儒林公议》言"杨亿在两禁,变文章之体,刘筠(971—1031)、钱惟演(977—1034)辈皆从而效之,时号杨刘。三公以新诗更相属

---

① 杨亿:《〈西昆酬唱集〉序》,《全宋文》第7册,第727页。
② 晁迥:《法藏碎金录》卷5,《四库全书》本。
③ 王禹偁:《得昭文李学士书报以二绝》自序,《全宋诗》,第720页。
④ 王禹偁:《荐丁谓与薛太保书》,《全宋文》第4册,第348页。
⑤ 葛立方:《韵语阳秋》卷2,《历代诗话》,第499页,中华书局1981年版。

和,极一时之丽"①。刘、钱比杨亿晚登仕途,深受杨亿影响,是西昆体最有力的推波助澜者。

"凡昆体,必于一物之上,入故事、人名、年代及金、玉、锦、绣等以实之。"②用华丽辞藻刻意修饰,常用典故,这便是昆体最显著的特点。这一点颇招后人评议,"丰富藻丽,不作枯瘠语"③,是赞扬;"侈靡滋甚,浮艳相高……竞雕刻之小巧"④,则批评其过于秾丽;"盖其雄文博学,笔力有余,故无施而不可"⑤,赞其博学;"务积故实,而语意轻浅"⑥,"多用故事,至于语僻难晓"⑦,则批评其堆垛。这实际上是文学批评标准问题。《珊瑚钩诗话》言:"篇章以含蓄天成为上,破碎雕镂为下。如杨大年西昆体,非不佳也,而弄斤操斧太甚,所谓七日而混沌死也。"⑧此最能代表传统审美趣味对昆体的审视。从诗史看,昆体是对五代宋初以来诗风的革新,"虽颇伤于雕摘,然五代以来芜鄙之气,由兹尽矣"⑨。西昆体正以其华丽、丰富、雕饰改变了白体的浅俗、鄙俚、平易,这也是许多白体诗人转向昆体,"时人争效之"⑩的主要原因。《西昆酬唱集》中的诗多是显示才学的游戏之作,所以题材狭窄,以咏史、咏物为主。咏史的如《南朝》《宣曲》《汉武》《旧将》等镶嵌大量典故成语,包含一定借古鉴今意义,但其意义多被华丽词藻、繁多故实所淹没;咏物的如《禁中庭树》《柳絮》《樱桃》《馆中新蝉》等虽以堆积故实为主,但尚不乏佳

---

① 田况:《儒林公议》,《四库全书》本。
② 方回:《瀛奎律髓》卷18,李庆甲《汇评》,第717页,上海古籍出版社1986年版。
③ 葛立方:《韵语阳秋》卷2,《历代诗话》,第499页。
④ 石介:《祥符诏书记》引宋真宗诏中语,《徂徕石先生文集》,第219页,中华书局1984年版。
⑤ 欧阳修:《六一诗话》,《历代诗话》,第270页。
⑥ 魏泰:《临汉隐居诗话》,《丛书集成初编》本。
⑦ 欧阳修:《六一诗话》,《历代诗话》,第270页。
⑧ 张表臣:《珊瑚钩诗话》卷1,同上书,第455页。
⑨ 田况:《儒林公议》,《四库全书》本。
⑩ 欧阳修:《六一诗话》,《历代诗话》,第270页。

句。杨亿曾亲选钱、刘"丽句"七十五联①,以表明西昆体的审美观点。

在昆体众多的"后进学者"中,晏殊(991—1055)、宋庠(996—1066)、宋祁(998—1061)比较杰出。晏殊15岁被赐同进士出身,登上文坛时正值西昆酬唱开始,所以刘攽《中山诗话》就以晏殊与杨、钱、刘并称。晏诗多遗失,现存的诗较其他昆体诗人活泼轻快,是昆体中比较清丽的典型。他的诗以不常用金玉锦绣之类藻饰语,而能表现富贵气象著称。宋庠、宋祁兄弟于仁宗天圣二年(1024)同时登第,并受到座主刘筠赏识及"深加训奖"②,又"俱为晏元献殊门下士"③,诗风秾丽。宋祁最早认识到杨亿"以雄浑奥衍革五代之弊"④,而且到晚年还坚持认为"石延年、苏舜钦、梅尧臣皆自谓好为诗,不能自名矣"⑤而不肯接受新变派诗文新变带来的新诗风,他的追随昆体算是前后一贯了。文彦博(1006—1097)早年曾追随昆体,后来却渐渐摆脱昆体影响,晚年则参加"洛阳耆英会",诗风回归到白体。还有不少昆体诗人像文彦博一样,在新变派兴起之后,也改变了诗风。

三、晚唐体

晚唐体差不多与白体一样,从五代流行到宋初。"唐末五代,流俗以诗自名者……大抵皆宗贾岛辈,谓之贾岛格。"⑥晚唐体即以"贾岛格"为主体,因其多在僧人、隐士及下层官僚、潦倒文人阶层流行,不像白体那样引人注目,事实上在白体大盛时,晚唐体已有一

---

① 杨亿:《杨文公谈苑》,第86页,上海古籍出版社1993年版。
② 宋庠:《缇巾集记》自注,《全宋文》第10册,第748页。
③ 蔡絛:《西清诗话》,胡仔《苕溪渔隐丛话·前集》,第178页引,人民文学出版社1962年版。
④ 宋祁:《石少傅墓志铭》,《全宋文》第13册,第122页。
⑤ 宋祁:《宋景文公笔记》卷上,《丛书集成初编》。
⑥ 蔡居厚:《蔡宽夫诗话》,《苕溪渔隐丛话·前集》,第375页引,人民文学出版社1962年版。

些诗人形成了个人特色。如杨朴(生卒年不详)、赵湘(959—994?)、潘阆(?—1009)等人。

　　杨朴与王禹偁的长辈毕士安(938—1005)是同学,他"每欲作诗,即伏草中冥搜,或得之则跃而出,适遇之者无不惊"①,是著名的隐士,其《莎衣》诗有白体的平易,更有晚唐体的清苦意味。他以苦吟态度及清苦意味被视为早期晚唐体代表之一。赵湘五律多写景,不用典,意境清幽纤细,"清"、"冷"、"寒"、"瘦"、"幽"是其常用诗语,雨、月、鹤、僧、砚、竹、菊是其诗常见意象,这些词语意象是晚唐体最典型的特征。他在淳化四年(993)写的《王象支使甬上诗集序》提出诗当"温而正,峭而容,淡而味,贞而润,美而不淫,刺而不怒"②,代表了晚唐体诗人的审美追求。潘阆因王禹偁等人的延誉而扬名,王的座主宋白称"宋朝归圣主,潘阆是诗人"③,王禹偁说"天生潘阆,以诗为名"④。潘阆与柳开、魏野、寇准、林逋等人均有诗歌往来,当时极负盛名。他在白体大盛时,称赞贾岛"人虽终百岁,君合寿千年。……不知天地内,谁为读遗编"⑤。王禹偁在《潘阆咏潮图赞序》里列举了潘阆的许多诗句后,评论道:"寒苦清奇,多此类也。"⑥尽管潘阆作诗自律很严,"发任茎茎白,诗须字字清"⑦,但《四库全书总目提要》卷152《逍遥集》提要仍然认为:"阆在宋初,去五代余风未远,其诗如《秋夕旅舍书怀》一篇,《喜腊雪》一篇,间有五代粗犷之习;而其他风格孤峭,亦尚有晚唐作者之遗。"这实际上是对早期晚唐体尚未摆脱时风而独立存在的一种评价。

　　魏野(960—1020)、寇准(962—1023)、林逋(967—1028)及九僧(生卒年皆不详)是晚唐体后期代表。《四库全书总目提要》卷

---

① 郑景望:《蒙斋笔谈》,《稗海》本。
② 赵湘:《王象支使甬上诗集序》,《南阳集》卷4,《四库全书》本。
③ 王禹偁:《潘阆咏潮图赞》,《全宋文》第4册,第503页。
④ 同上。
⑤ 潘阆:《忆贾阆仙》,《全宋诗》卷56。
⑥ 王禹偁:《潘阆咏潮图赞》,《全宋文》第4册,第503页。
⑦ 潘阆:《忆贾阆仙》,《全宋诗》卷56。

152 魏野《东观集》提要有一段与评潘阆相似的话:"野在宋初,其诗尚仍五代旧格,未能及林逋之超诣,而胸次不俗,故究无龌龊凡鄙之气。"魏野早期受白体诗风影响很大,司马光说他"效白乐天体"①,尤其是他的七言诗,终其一生变化不大,多学白体的平易浅俗;但他的五言诗,早年如《赠孙何状元》,平铺直叙个人经历,语言滑熟,犹是白体,而后来则渐入晚唐体,如"门冷僧长住,官清道更孤"(《赠岐贵推度》)、"闲闻啄木鸟,疑是打门僧"(《冬日书事》)、"砧隔寒溪捣,钟随晓吹过"(《暮秋闲望》)等。他生前诗名曾高于林逋。寇准是晚唐体诗人中唯一一位高官。晚唐体诗人多因个人境遇而接受了贾岛、姚合等人的诗风,寇准却是一个例外。他早年即表现出对寂静清幽意境的爱好,并将诗送给潘阆指正,潘阆亦有《寇员外准见示诗卷》诗。景德间,他与魏野交往,使魏声名大振。作为能决澶渊之策的宰相,寇诗有"赴义忘白刃,奋节凌秋霜"(《述怀》)、"终期直道扶元化,敢为虚名役此心"(《春日书怀》)的壮志凌云;作为官僚文人,他的诗有"有时扼腕生忧端,儒书读尽犹饥寒"(《感兴》)的慷慨不平;但更多的却如诗僧、诗隐一样,写羁旅穷愁、感春伤秋、怀乡念友,情调意境清苦寒俭。"发白犹搜句"(《秦中感怀寄江外知己》)、"万事不关虑,孤吟役此生。风骚中旨趣,山水里心情"(《书怀寄韦山人》)、"江城秋雨歇,孤坐役吟身"(《秋雨怀友生》)都是晚唐体诗人情事之作。他的七绝如《书河上亭壁四首》《夏日》《虚堂》等柔软轻盈,诗思凄惋,为人称道。林逋的诗"在咸平景德间已大有闻"②,景德后他"居西湖二十年,未尝入城市"③,其诗名更显。他现存的诗没有潘、魏的五代旧习、白体印痕,也少些九僧的"蔬笋气",最有隐士风味。晚唐体诗人一般以五律见特色,而林逋五、七言俱佳。他的咏物诗占现存作品十分之一二,但其中咏梅诗却篇篇

---

① 司马光:《温公续诗话》,《历代诗话》,第 276 页。
② 梅尧臣:《林和靖先生诗集序》,《林和靖诗集》卷首,浙江古籍出版社 1986 年版。
③ 同上。

受人赞赏,以至于"梅"成了林逋品行节操的象征。他一生"鏖兵景物"①,归隐后咏遍西湖风景,苏轼称其"遗篇妙字处处有,步绕西湖看不足"②,惠洪说其"句句皆西湖写生,特天姿自然,不施铅华耳"③。林逋擅长"用一种细碎小巧的笔法来写清苦而又幽静的隐居生涯"④,同其他晚唐体诗人一样显得诗境狭小,缺乏气势。方回说:"有九僧体,即晚唐体也。"⑤九僧体最能体现晚唐体特色。景德元年(1004)陈充序《九僧诗集》成,九僧体便已广为流传。欧阳修(1007—1072)说:"余少时,闻人多称之。"⑥而到他晚年时则"多不知有所谓九僧者矣"⑦,可知其流行时间之短暂。"所谓九诗僧者,剑南希昼、金华保暹、南越文兆、天台行肇、沃州简长、贵城惟凤、淮南惠崇、江南宇昭、峨眉怀古也。"⑧虽然九僧寺非一岳,但他们行游往来,有不少诗歌唱和。从"吟会失秋期"(宇昭《寄保暹师》)、"病起辞吟社"(宇昭《送从律师》)、"几想林间社"(惟凤《寄希昼》)这些诗句看,九僧组成过"吟社",这种"吟社"人数、时间不定,但常分题作诗,"分题秋阁迥,对坐夜堂寒"(文兆《寄行肇上人》)、"四释分题处,年来一榻虚"(文兆《寄保暹师》)、"几为分题客,殷勤扫石床"(希昼《书惠崇师房》)。相同的生活及经常的吟会,使九僧诗共性大于个性。胡应麟言:"(九僧)诸人盖皆与寇平仲、杨大年同时,其诗律精工莹洁,一扫唐末五代鄙倍之态,几于升贾岛之堂,入周贺之室。佳句甚多……第自五言律外,诸体一无可观,而五言绝句亦绝不能出草木虫鱼之外。"⑨最能道出九僧特点。惠崇在九僧中最为

---

① 林逋:《深居杂兴六首序》,《林和靖诗集》,第66页。
② 《书林逋诗后》,《苏轼诗集》,第1344页,中华书局1982年版。
③ 惠洪:《冷斋夜话》,《诗话总龟》前集卷16,第192页引,人民文学出版社1987年版。
④ 钱锺书:《宋诗选注》,第11页,人民文学出版社1958年版。
⑤ 方回:《瀛奎律髓》卷1,李庆甲《汇评》,第18页。
⑥ 欧阳修:《六一诗话》,《历代诗话》,第266页。
⑦ 同上。
⑧ 司马光:《温公续诗话》,同上书,第280页。
⑨ 胡应麟:《诗薮》,第303页,中华书局上海编辑所1958年版。

著名,除佳句较多外,也没有特别个性。九僧诗无论题材、风格都显得狭小细碎,比起潘、魏、寇、林来则更见其窘迫。

晚唐体在宋初三体中绵延时间最长,以其清幽意境在白体之浅俗、昆体之秾丽中显示出独特风格。与白体相比,昆体、晚唐体都更加注意艺术上的锤炼,而忽视了在内容上的开拓。

第二节　宋调的成型

一、新变派

当昆体、晚唐体一时大盛时,山东、汴京、西京几乎同时出现了三个文人小团体。天圣、明道年间,"山东人范讽、石延年、刘潜之徒,喜豪放剧饮,不循礼法,后生多慕之"①。他们"或作概量歌,无非市井辞;或作薤露唱,发声令人悲"②,被目之为"东州逸党",其中石延年(994—1041)"诗格奇峭"③、"气雄而奇"④,石介(1005—1045)作《三豪诗送杜默师雄》,将他与欧阳修、杜默并称,认为石延年豪于诗。石介、杜默(生卒年不详)都熏染此风气,在山东泰山一带形成了一个从生活方式到创作风格都放荡不羁的文人团体,石介更以其《怪说》等文猛烈抨击西昆体而著名。几乎与此同时,在汴京,"子美独与其兄才翁及穆参军伯长,作为古歌诗杂文,时人颇共非笑之,而子美不顾也"⑤。穆修(979—1032)与杨亿年龄相仿,却能在昆体大盛时倡学韩、柳,延续第一次复古高潮风气,尽管他的诗文不足以名家,但其逆世独立的勇气行为无疑影响了二苏兄弟。苏舜元(1006—1054)和苏舜钦(1008—1049)在天圣、明道间作了不

---

① 《宋史》,第13087页,中华书局1976年版。
② 颜太初:《东州逸党》,《全宋诗》,第2648页。
③ 欧阳修:《六一诗话》,《历代诗话》,第271页。
④ 范仲淹:《祭石学士文》,《范文正公集》卷10,《四部丛刊》本。
⑤ 欧阳修:《苏氏文集序》,《欧阳文忠公集》卷41,《四部丛刊》本。

少五言长篇联句,以其"古歌诗"改变近体诗流行的局面,虽不像东州逸党那样惊世骇俗,也引起时人非议。稍晚,梅尧臣(1002—1060)、欧阳修(1007—1072)等一批人,在昆体主将之一钱惟演的西京幕府中诗文唱和,尝试写作古体歌诗。他们的行为使"山东腐儒漫侧目,洛下才子争归趋"①,他们的诗歌既不同于昆体的雕章丽句,也不同于东州逸党的狂放甚而粗豪,而以温和自然的形式出现,外表气势虽然不像石延年、石介们那么凶猛,但内在诗风却发生着巨大而深刻的变化。欧、梅在"好今以荡"、"好古以戾"②之间取舍别裁,开辟诗歌新路。三个文人小团体出现时彼此相对独立,各具特点,而精神实质却有相通之处:不满诗坛现状,寻求诗歌新变。正由于这种相通,庆历年间,三个小团体经过了各自十多年的探索,终于自觉地联合起来,融汇成一个声势浩大的流派。在融汇过程中,欧阳修起了很大作用,他多次自比为韩愈,比梅尧臣为孟郊,"石君、苏君比卢籍"③,表现出建立诗歌流派的自觉意识。欧阳修对梅尧臣、苏舜钦、石延年的评论、赞扬,对石介、杜默的委婉批评,更能表现出新变派乃至宋诗的发展走向。新变派在融汇过程中借鉴吸收,扬弃取舍,发展成以欧、梅为主体,以苏、石为辅翼的诗歌流派。

"变出不得已,运会实迫之"④,不满于宋初三派沿袭晚唐五代余习,并有志于在唐人天地外别开一体,新变派走上了寻求宋诗新变之路。但是,"若夫宋诗,则迟更二三百年,天地之精英,风月之态度,山川之气象,物类之神致,俱已为唐贤占尽"⑤。新变派面对的

---

① 《四月二十七日与王正仲饮》,《梅尧臣集编年校注》,第561页,上海古籍出版社1980年版。
② 张咏:《答友生问文书》,《乖崖集》卷7,《四库全书》本。
③ 梅尧臣:《依韵和永叔澄心堂纸答刘原甫》,《梅尧臣集编年校注》,第801页,上海古籍出版社1980年版。
④ 蒋士铨:《辩诗》,《忠雅堂诗集》卷13,咸丰本。
⑤ 翁方纲:《石洲诗话》,第122页,人民文学出版社1981年版。

是"唐贤占尽"后的诗坛,真可谓"开辟真难为"①,"即有能者,不过次第翻新,无中生有。而其精诣,则固别有在者"②。在诗歌题材内容上,新变派只是"能者":将传统题材翻出新意,从前人不大留意处拓展。例如关于社会现实时政民瘼这一传统题材,欧、梅、苏都曾大量写作并融入强烈的参与意识,使之更具现实感与主体使命感,反映出宋代文人以天下为己任的责任心。苏舜钦诗中这类题材最多,如《庆州败》《吾闻》《闻京尹范希文谪鄱阳尹十二师鲁以党人贬郓中欧阳九永叔移书责谏官不论救而谪夷陵令因成此诗以寄且宽其远迈也》《望秦陵》《己卯大寒有感》《吴越大旱》等皆批评朝政,指责时弊。梅尧臣《田家》《陶者》《田家语》《汝坟贫女》,欧阳修《食糟民》《边户》等反映民生疾苦,深刻犀利。许多不直接表现时政民瘼的诗题也写这一类内容,如梅尧臣的《梦登河汉》《东城送运判马察院》,苏舜钦《代人上申公祝寿》。欧阳修在晏殊置酒赏雪时咏"须怜铁甲冷彻骨,四十余万屯边兵"③,反映出新变派普遍而浓厚的社会政治意识。中唐韩孟诗派及李贺诸人喜欢在诗里描绘奇幻丑怪的事物现象及日常生活中琐屑不雅的情事,晚唐宋初诗人都忽略了这一题材,欧、梅、苏诸人则将这片唐贤未及占尽的疆域大大拓展了一番。梅尧臣这类诗最多,如《聚蚊》《余居御桥南夜闻袄鸟鸣效昌黎体》《八月九日晨兴如厕有鸦啄蛆》《四月十八日记与王正仲及舍弟饮》《秀叔头虱》《扪虱得蚤》《次韵和永叔尝茶》《师厚云虱古未有诗邀予赋之》等,写蚊、虱、蚤、袄鸟、鸦啄蛆等丑陋的事物,写喝茶打呼噜、聚餐后害霍乱一类不雅的个人经历。梅尧臣对"古未有诗"的任何事情都有尝试创新的欲望,因此他在诗歌题材上细大不捐,美丑不遗,雅俗不弃。欧阳修受梅尧臣影响,写过《憎蚊》《和圣俞〈聚蚊〉》《汝瘿答仲仪》一些诗,但他的生活环境、个人情趣毕

---

① 蒋士铨:《辩诗》,《忠雅堂诗集》卷13,咸丰本。
② 翁方纲:《石洲诗话》,第122页。
③ 魏泰:《东轩笔录》,第127页,中华书局1983年版。

竟与梅不同,他写日常生活中细小的事物,却将士人的文化情趣注入其中,将俗物雅化,如《尝新茶》《初食车螯》《菱溪大石》《紫石屏歌》等。苏舜钦善写阔大、奇特的景象,如《淮中风浪》《月石砚屏歌》等。几乎所有的题材都可以谈理寓道,这是欧、梅、苏的一大拓展,也是翁方纲所谓宋诗"精诣"所在。写景,状物,咏史,言情,触处即生议论,表现出宋人理性深思的特点。欧、梅、苏所处时代,是理学萌生并发展的时代,理性主义思潮开始蔓延,宋人的观念和思维方式都发生了很大变化,他们的诗因此而打上了时代烙印。欧、梅、苏开宋诗大量"以议论为诗"的风气,他们的议论有的颇为新警,有的则迂腐生硬。

"文章之革故鼎新,道无它,曰以不文为文,以文为诗而已。向所谓不入文之事物,今则取为文料;向所谓不雅之字句,今则组织而斐然成章。谓为诗文境域之扩充,可也;谓为不入诗文名物之侵入,亦可也。"[1]欧、梅、苏通过"以文为诗"而"革故鼎新",引起了宋诗从内容到形式的巨变。古体诗是欧、梅、苏新变的武器,而古体诗从一开始就有古拙的散文化句法,杜甫、韩愈增加了它在诗中的比重,欧、梅、苏则更将它扩充,使之成为宋诗一大特点。明道元年(1032),梅尧臣将谢绛的一封记游信改写成记游诗《希深惠书言与师鲁永叔子聪幾道游嵩因诵而韵之》,开始了打通古文与古体诗的尝试。此后庆历年间,欧、梅、苏在这一方面所作更多,这种打通诗文的做法,使诗文写作手法技巧的相互借鉴成为可能。"学欧公作诗,全在用古文章法。"[2]作为古文大家的欧阳修,不仅在诗里大量使用古文句法,而且"章法剪裁,纯以古文之法行之"[3],使诗歌具有散文般流动的气韵与品格,梅、苏诗中也普遍存在散文句法。由于他们的共同努力,打破了唐代三百年形成的诗歌传统、审美情趣及

---

[1] 钱锺书:《谈艺录》,第29—30页,中华书局1984年版。
[2] 方东树:《昭昧詹言》,第275页,人民文学出版社1961年版。
[3] 同上书,第232页。

观念,宋诗由此进入变唐成宋时期。

梅尧臣早年深受晚唐体诗风影响,他一生苦吟以及以平淡为主调的诗风、细密的观察力都留下了早年学晚唐体的印痕。梅诗风大变在天圣九年(1031)到明道二年(1033)与欧阳修等人洛阳唱和时期,有诗为证:"还思三十居洛阳,公侯接迹论文章,文章自此日怪奇,每出一篇争诵之。"(《依韵答吴安勖太祝》)欧阳修对梅诗有极公允的评价,他对梅诗演变曾多次概括:"其初喜为清丽、闲肆、平淡,久则涵演深远,间亦琢刻以出怪巧,然气完力余,益老以劲。"①"梅翁事清切,石齿漱寒濑。……近诗尤古硬,咀嚼苦难嘬,初如食橄榄,真味久愈在。"②指出梅诗初期是"石齿漱寒濑"般的"清切"、"清丽、闲肆、平淡",后期(庆历以后)则如"橄榄"般"古硬"、"涵演深远",并时出"怪巧",而且"益老以劲"。欧阳修还从横断面论述梅诗"辞非一体"③,"变态百出"④。梅古诗学韩孟诗派,五律由晚唐体上溯王孟,古体苦硬怪巧,五律则平淡清切。梅尧臣"刻意向诗笔,行将三十年"(《谢晏相公》),自觉追求"意新语工"⑤,对新变派求新变贡献极大。

苏舜钦比欧、梅更早作"古歌诗",开风气之先。他早期诗风与石延年颇接近,欧阳修庆历二年(1042)《答苏子美离京见寄》说:"是以子美辞,吐出人辄惊。其于诗最豪,奔放何纵横!……间以险绝句,非时震雷霆。两耳不及掩,百痾为之醒。"庆历四年(1044)欧再次描述苏诗:"子美气尤雄,万窍号一噫。……苏豪以气轹,举世徒惊骇。"⑥晚年欧仍认为:"子美笔力豪隽,以超迈横绝为奇。"⑦这

---

① 欧阳修:《梅圣俞墓志铭》,《欧阳文忠公集》卷33,《四部丛刊》本。
② 欧阳修:《水谷夜行寄子美圣俞》,同上书,卷2。
③ 欧阳修:《梅圣俞墓志铭》,《欧阳文忠公集》卷33,《四部丛刊》本。
④ 欧阳修:《书梅圣俞稿后》,同上书,卷73。
⑤ 欧阳修:《六一诗话》,《历代诗话》,第267页。
⑥ 欧阳修:《水谷夜行寄子美圣俞》,《欧阳文忠公集》卷2,《四部丛刊》本。
⑦ 欧阳修:《六一诗话》,《历代诗话》,第267页。

些评语与欧庆历元年(1041)评石延年"其为文章,劲健称其意气"①,"作诗几百篇,锦组联琼琚。时时出险语,意外研精粗。穷奇变云烟,搜怪蟠蛟鱼"②十分相似。但苏诗内容比石诗充实,所以诗风不像石那样空洞粗豪,因而得到欧阳修更多赏爱。欧阳修庆历前对苏、石"好古以戾"的诗风不很欣赏,庆历间则容纳吸收了"豪隽"、"奔放"的成分。苏古体诗尤其是七古,以豪放雄奇贯穿始终,但前期俊快爽直,后期沉郁悲壮。苏舜钦庆历四年(1044)被废职为民退居吴中后,诗风"趋古淡"③,尤其是近体诗,有回归唐风倾向,但从他的《淮中晚泊犊头》《夏意》等诗看,则是以宋人之法——技巧、成语典故——达到唐诗意境,这一点颇开王安石及江西诗派近体新变先河。方回云:"惜乎子美早卒,使老寿,山谷当并立也。"④正是从此处着眼。

欧阳修"以文章道德为一世学者宗师"⑤,在当时不以诗名。洛阳交游期间,他向梅尧臣学诗,直到庆历间,他的诗一直步趋梅后,被称为"梅欧体"。皇祐三年(1051)欧45岁作《庐山高赠同年刘中允归南康》,有明显学李白《庐山谣》的痕迹,欧"自以为得意"⑥;梅尧臣此前很少称赞欧诗,对此诗却"击节叹赏曰:'使吾更作诗三十年,亦不能道其中一句。'"⑦欧以此诗为契机,逐渐摆脱了梅诗影响,形成自己的特色。"欧公古诗不尽学昌黎,亦显仿太白,五律往往似梅宛陵,夷陵咏风物排律又逼香山,七律开阖动荡,沉着顿挫,不特杨、刘、苏、梅所未有,即半山、东坡、山谷亦每不及也。"⑧此是欧诗各体特点。从总体上看,"楚老云:'欧诗如玉烛。'叶致远曰:

---

① 欧阳修:《石曼卿墓表》,《欧阳文忠公集》卷24,《四部丛刊》本。
② 欧阳修:《哭曼卿》,同上书,卷1。
③ 《诗僧则晖求诗》,《苏舜钦集》,第91页,上海古籍出版社1981年版。
④ 方回:《瀛奎律髓》卷22,李庆甲《汇评》,第923页。
⑤ 吴充:《欧阳修行状》,《欧阳文忠公集》附录,《四部丛刊》本。
⑥ 《王直方诗话》,胡仔《苕溪渔隐丛话·前集》,第200页引。
⑦ 同上。
⑧ 钱锺书:《谈艺录》,第214页,中华书局1984年版。

'得非四时皆是和气,满幅俱同流水乎?'"①"欧公如四瑚八琏,止可施之宗庙。"②这些比喻形象地描绘出欧诗风格:既不同于苏舜钦的豪气逼人,也不同于梅尧臣的苦涩怨悱,而是雍容平和,雅致流畅。

新变派在当时影响巨大,与他们唱和及追随他们的人极多,如李觏(1009—1059)、陶弼(1015—1078)、韩维(1017—1098)、文同(1018—1079)、郑獬(1022—1072)、刘攽(1022—1088)、王令(1032—1059)、吕南公(生卒年不详)等人,或因与欧、梅、苏唱和而诗风与之相似,或受时风影响,使新变派声势更加浩大,促使宋诗发生了比较普遍而彻底的改观。后来的王安石(1021—1086)、苏轼(1037—1101)亦在新变派的扶持影响下成长起来,使"宋调"趋于定型。

二、荆公体

严羽《沧浪诗话》在"以人而论"时特列"王荆公体",并加注"公绝句最高,其得意处高出苏、黄、陈之上"③。王安石绝句及其晚年近体诗受到诗评家一致赞赏:"山谷曰:荆公暮年作小诗,雅丽精绝,脱去俗流,每讽味之,便觉沉濽生牙颊间。"④"荆公定林后诗精深华妙,非少作之比。"⑤狭义的荆公体是指王安石晚年的近体诗,但王安石的风格并非只限于此。

《石林诗话》云:"王荆公少以意气自许,故诗语惟其所向,不复更为涵蓄,如……皆直道其胸中事。后为群牧判官,从宋次道尽假唐人诗集,博观而约取。晚年始尽深婉不迫之趣。"⑥将王安石诗分

---

① 《陈辅之诗话》,《宋诗话辑佚》,第291页,中华书局1980年版。
② 敖陶孙:《诗评》,《天都阁藏书》本。
③ 郭绍虞:《沧浪诗话校释》,第59页,人民文学出版社1983年版。
④ 惠洪:《冷斋夜话》,《苕溪渔隐丛话》,第234页引,人民文学出版社1962年版。
⑤ 《漫叟诗话》,《苕溪渔隐丛话·前集》第222页引。
⑥ 叶梦得:《石林诗话》卷中,《历代诗话》,第419页。

为三期,对其诗风变化论述甚详。但王安石"从宋次道尽假唐人诗集"不在为群牧判官的至和二年到嘉祐元年(1055—1056)时,而在他"与宋次道同为三司判官"①的嘉祐四年到五年初(1059—1060)。《宾退录》言王荆公诗"至知制诰(嘉祐六年至八年)乃尽善,归蒋山乃造精绝,其后……比少作如天渊相绝矣"②,亦分三期。参酌三说,可分王安石诗作为步趋新变派期(景祐三年至嘉祐中)、创意期(嘉祐中至熙宁十年)、精工期(熙宁十年至元祐元年)。

  王安石开始诗歌创作时,正值新变初起;庆历二年(1042)他进士及第时,正是新变派声势浩大之时;庆历三年(1043)王作《张刑部诗序》批评"杨刘以其文词染当世,学者迷其端原,靡靡然穷日力以摹之,粉墨青朱,颠错丛庞,无文章黼黻之序,其属情藉事,不可考据也",而赞赏张保雍诗"明而不华,喜讽道而不刻切"③。这种态度代表了王安石早期的创作主张,也与新变派的主张相吻合,尤其对待西昆体的态度近乎新变派中的激进人士。王早期诗风非常接近苏舜钦与石延年,与他这种主张有关。从庆历四年(1044)起,曾巩一直是王安石与欧阳修联系的纽带。梅尧臣庆历七年(1047)有《送鄞宰王殿丞》,刘敞、刘攽也有同题诗。王安石一直在新变派周围创作,诗风深受其影响,多写作古体诗,诗中反映时政民瘼。尤其是皇祐年间在鄞县、舒州任上,王写了一系列关注社会现实的诗,如《省兵》《收盐》《发廪》《兼并》《感事》《寓言十五首》《舒州七月十七日雨》《慎县修路者》等,把诗歌作为议事议政的工具,毫不隐晦地表达个人见解,将新变派的以议论为诗发展为押韵之文件,枯燥乏味,但其爽辣明白的表达已颇显特色。"盖公初年古体虽亦不恶,终不过如欧阳一派能道人所不及道,章法开合,笔意纵横而已,谓之绝妙,似有未可。"④王很多近体诗也直露粗糙,但《葛溪驿》《登飞来

---

① 王安石:《唐百家诗选序》,《唐百家诗选》卷首,《四库全书》本。
② 赵与时:《宾退录》卷6,《学海类编》本。
③ 王安石:《张刑部诗序》,《王文公文集》,第431页,上海人民出版社1974年版。
④ 梁昆:《宋诗派别论》,第60页,商务印书馆1938年版。

峰》《题舒州山谷寺石牛洞泉穴》已见艺术造诣,是晚期近体"精绝"先兆。

皇祐间,王安石"文辞政事,已著闻于时"①。嘉祐中到熙宁十年(1077),王安石声名更著。嘉祐四年(1059)王安石《明妃曲二首》引起轰动,欧阳修、梅尧臣、刘敞、司马光等名流纷纷赓和,王安石从中得到启发,进入自觉创意时期。"意新"是新变派的一个追求,王安石以其特立的个性、政治家的革新意识使这个追求变得更有意义。嘉祐、熙宁间,王安石大量咏史诗以勇于翻案、见解新颖而著称。"荆公咏史诗,最于义理精深,如《留侯》诗,伊川谓说得留侯极是;予谓《武侯》诗,说得武侯亦出。又如《范增》诗云:……咏史诗有如此等议论,他人所不能及。"②"其咏史绝句,极有笔力,当别用一具眼观之。"③这一时期,他的诗歌观念没有彻底变化,仍"求其根柢济用"④,他的咏史诗,多是政治革新思想的一种宣传,重心在创意上,并不过多注重艺术技巧,但其古体、近体都有为人称道处。"东湖言:荆公画虎行(即《阴山画虎图》)用老杜《画鹘行》,夺胎换骨。"⑤"七言律一篇中必有剩语,一句中必有剩字。如'草草杯盘供笑语,昏昏灯火话平生'(《示长安君》),如此句无剩字。"⑥还有《思王逢原三首》《题西太一宫壁二首》等都是脍炙人口的名篇。这些都标志着王安石诗歌艺术的进步。他常以古体笔力写近体,又引近体排偶入古体,使古、近体的写法沟通而产生新的美感,而且古、近体都有大量用典倾向。

熙宁十年(1077),王安石再次罢相后退居江宁,他的文学思想、创作实践都随人生的转折而发生了巨变。由撰写《三经新义》《字

---

① 陈襄:《与两浙安抚陈舍人书》,《古灵集》卷14,《四库全书》本。
② 曾季貍:《艇斋诗话》,《历代诗话续编》,第320页,中华书局1983年版。
③ 李东阳:《麓堂诗话》,同上书,第1396页。
④ 王安石:《上邵学士书》,《王文公文集》,第38页。
⑤ 曾季貍:《艇斋诗话》,《历代诗话续编》,第283页。
⑥ 吴可:《藏海诗话》,同上书,第335页。

说》到疏解《楞严经》,儒法思想越来越让位给禅宗精义,重教化之文学观也随之转化为审美文学观,他把对政治的执着精神应用到艺术方面,诗歌趋向精工。禅宗的直觉体悟和宁静观照方式改变了王安石早、中期诗歌的思辨色彩和议论化特点,使他有了回归重兴象、意境的唐风倾向。他的古体减少而近体增多,关心社会现实的诗减少而观照自然山水的诗增多,自然山水诗风颇近唐人风神。他晚年的回归唐风曾引起了很大争议,尊唐的人认为他"百首不如晚唐人一首"①,"然不脱宋人习气"②;尊宋的人则认为他未能跳出唐人天地。事实上王安石回归唐风而"不脱宋人习气"的创作正是近体诗新变的一个重要环节。新变派注重古体诗的新变,对近体诗如何新变探讨不多。苏舜钦晚年近体颇有新变意味,王安石则将其发展为"宋人习气":讲求技巧、法度,以才学为诗,即以人工匠心独运而臻唐人天然浑成境地。王安石"暮年诗益工,用意益苦"③,"晚年诗律尤精严"④,正是这种重工巧的表现。王安石解诗字云:"诗,从言从寺。寺者法度之所在也。"⑤表明了他对诗歌的认识。他晚年诗"法度甚严"⑥,"用法甚严"⑦,正基于此种认识,他对对偶、用事都有严格的要求,认为对偶当"工"而有力⑧,用事应"多"而"自出己意"⑨。后人评他的诗"尤精于对偶"⑩,"论用事之工,半山为胜也"⑪,"造语用字,间不容发"⑫。他的创作实现了他的诗歌理想。他在"对

---

① 曾季狸:《艇斋诗话》,《历代诗话续编》,第293页。
② 李东阳:《麓堂诗话》,同上书,第1396页。
③ 陈师道:《后山诗话》,《历代诗话》,第304页。
④ 叶梦得:《石林诗话》,同上书,第406页。
⑤ 李之仪:《杂题跋》,《姑溪居士全集·后集》卷15,《粤雅堂丛书》本。
⑥ 曾季狸:《艇斋诗话》,《历代诗话续编》,第310页。
⑦ 叶梦得:《石林诗话》,《历代诗话》,第422页。
⑧ 参考《王直方诗话》载王安石评欧阳修诗语,见《苕溪渔隐丛话·前集》,第210页。
⑨ 蔡居厚:《蔡宽夫诗话》,《苕溪渔隐丛话·后集》,第179页引。
⑩ 叶梦得:《石林诗话》,《历代诗话》,第422页。
⑪ 吴聿:《观林诗话》,《历代诗话续编》,第130页。
⑫ 叶梦得:《石林诗话》,《历代诗话》,第406页。

偶"、"用事"、"造语用字"上的谨严精工,影响了江西诗派,因此江西诗派每每溯源到王安石。

清人王士禛称曾巩(1019—1083)诗为"荆公之亚"①,姚莹也说曾诗"亚欧王"②,钱锺书先生认为曾巩七绝"更有王安石的风致"③。曾王交往颇早,早年意气相投,后因政见不同而关系疏远,但诗风颇为接近。与王安石诗文往来的诗人,一般能学到王的古体,如王令;能在近体上与王相似的人较少,曾巩近体"平实清健"④,颇近"荆公体"。宋代诗人中追随荆公体的人为数不多。

三、东坡体

杨万里《诚斋诗话》云:"'明月易低人易散,归来呼酒更重看。'又'当其下笔风雨快,笔所未到气已吞'。又'醉中不觉度千山,夜闻梅香失醉眠'。又李白画像(《书丹元子所示李太白真》)'西望太白横峨岷,眼高四海空无人。大儿汾阳中令君,小儿天台坐忘身。平生不识高将军,手污吾足乃敢嗔'……此东坡诗体也。"他最早提出东坡体概念,并以具体诗句为例,将苏轼豪放、清旷等多种风格概括其中。

嘉祐年间苏轼登上诗坛时,欧、梅、苏的新诗风已风靡诗坛,新的审美情趣、观念已为更多的人所接受,苏轼没有像王安石那样长时间地步趋新变派,而是很快在新变派的实绩的基础上求发展。新变派以议论为诗,以文为诗,广泛的诗材、阔大的体势及欧阳修的平易流畅,苏舜钦的豪放健迈,梅尧臣的细密平淡,都在苏轼的诗里迅速被继承并得到发展。比起苏舜钦、梅尧臣时期那种质朴而带生硬的风格来,苏轼要纯熟自然得多。即以议论为例,从时政民瘼到人生现实,从山川物理到艺术之道,苏轼触处即议,而且常常见解深刻,议论新警。对熙宁新法,他嬉笑怒骂,冷嘲热讽,如《八月十五日

---

① 王士禛:《带经堂诗话》,第 45 页,人民文学出版社 1963 年版。
② 姚莹:《论诗绝句六十首》第 28 首,《后湘诗集》卷 9,同治刊本。
③ 钱锺书:《宋诗选注》,第 46 页。
④ 方回:《瀛奎律髓》卷 16,李庆甲《汇评》,第 620 页。

看潮五绝》《雨中游天竺灵感观音院》《山村五绝》等,不只用新变派的平铺直叙,也不只用王安石的借古喻今。对人生,他有不平凡的阅历,有十分深刻的体悟,他挥洒自如地在各种题材里表达他的人生感受,将儒道释融汇成的人生哲理诗歌化,并塑造成中国文人的理想品格。对山水自然的执着热爱、细心观察,使苏轼从中悟道,写出不少蕴含哲理、充满理趣的诗,如《题西林壁》《泗州僧伽寺塔》等。苏轼的论诗诗、题画诗,眼光独到,细评入微,表现出对诗、画艺术的精深理解,如《书林逋诗后》《读孟郊诗》《高邮陈直躬处士画雁二首》《书鄢陵王主簿所画折枝二首》等。这些题材新变派都有议论,但像苏轼这样能熟练自然地表达,并受人赏爱的却不多。苏轼从禅宗偈颂、公案的机锋中领悟到句不停机、八面翻滚、口舌伶俐等极具流动性和随机性的说理方式,从道家尤其是庄子那里学到了辩驳无碍、纵横捭阖、睿智聪明的思辨手段,因此他的诗虽"直涉理路,而有挥洒自如之妙,遂不以理路病之"①,宋代诗人很少能做到这一点。在以文为诗方面,苏轼将欧阳修古体诗的古文章法进一步运用,纵横开阖,跌宕起伏,收放自如,最大限度地发挥了古体诗的自由度。"子瞻作诗,亦用其作文之意,匠心纵笔而出之。"②苏轼是文体革新大家,他以诗为词,以文为诗,以古体写近体,最善于打通各种文体,因此常使坚持各体本色说的诗评家迷惑:"东坡之文妙天下,然皆非本色,与其他文人之文、诗人之诗不同。文非欧曾之文,诗非山谷之诗,四六非荆公之四六,然皆自极其妙。"③这正道出了新变派对其创作的影响所在。

苏轼与王安石皆出自欧阳修门下,在嘉祐中到元丰年间共同蜚声诗坛,因此他们在讲求技巧、法度,以才学为诗方面颇为一致,不少诗评家将他们在这些方面相提并论。如:"用事琢句,妙在言其

---

① 纪昀批注:《苏文忠公诗集》卷17,《苏轼资料汇编》,第1906页,中华书局1994年版。
② 吴乔:《围炉诗话》卷5,《清诗话续编》,第608页,上海古籍出版社1983年版。
③ 曾季狸:《艇斋诗话》,《历代诗话续编》,第323页。

用,不言其名耳,此法唯荆公、东坡、山谷三老知之。"①"造语之工,至于荆公、东坡、山谷,尽古今之变。"②"及荆公、苏、黄辈出,然后诗格遂极于高古。"③苏轼在技巧、法度、才学方面,用功颇深,张戒认为"苏端明诗,专以刻意为工"④。苏轼用韵、用事的精工也屡为人称道:"其和人诗,用韵妥贴圆成,无一字不平稳。"⑤"作诗押韵是一奇,荆公、东坡、鲁直押韵最工,而东坡尤精于次韵,往返数四,愈出愈奇。"⑥"坡集有全篇用事者,如贺人生子……句句用事,曷尝不流便哉!"⑦"东坡最善用事,既显而易读,又切当。"⑧但苏轼论述创作时总强调"信手拈得俱天成"(《次韵孔毅父集古人句见赠》),"好诗冲口谁能择"(《重寄孙侔》);即便讲法度,也注重"出新意于法度之中"(《书吴道子画后》),"冲口出常言,法度去前轨"(《竹坡诗话》载苏赠明上人诗)。而且他的诗无论是豪放还是清旷,语言都自然流便,似不经意冲口而出,因此他的技巧、法度、学力常被其"天成"及才情掩盖,多数人所看到的正是他的天才奔放:"其笔之超旷,等于天马脱羁,飞仙游戏,穷极变幻,而适如意中所欲出。"⑨"才思横溢,触处生春。"⑩"东坡,文中龙也,理妙万物,气吞九州,纵横奔放,若游戏然,莫可测其端倪。"⑪东坡体正指其"随物赋形,信笔挥洒,不拘一格,故虽澜翻不穷,而不见有矜心作意之处"⑫的诗作。

苏轼嘉祐六年(1061)所作《王维吴道子画》一诗,对吴道子"雄

---

① 惠洪:《冷斋夜话》,第37页,中华书局1988年版。
② 同上书,第43页。
③ 陈善:《扪虱新话》下集卷3,《儒学警悟》木。
④ 张戒:《岁寒堂诗话》,《历代诗话续编》,第464页。
⑤ 朱弁:《风月堂诗话》卷下,《宝颜堂秘笈》本。
⑥ 费衮:《梁溪漫志》,第74页,上海古籍出版社1985年版。
⑦ 黄彻:《䂬溪诗话》,第183页,人民文学出版社1986年版。
⑧ 《漫叟诗话》,《苕溪渔隐丛话·前集》,第257页引。
⑨ 沈德潜:《说诗晬语》卷下,《清诗话》,第544页,上海古籍出版社1978年版。
⑩ 赵翼:《瓯北诗话》,《清诗话续编》,第1195页,上海古籍出版社1983年版。
⑪ 王若虚:《滹南诗话》卷中2,《历代诗话续编》,第517页。
⑫ 赵翼:《瓯北诗话》,《清诗话续编》,第1331页。

放"的画风和王维"清且敦"的画风作过一番描述,说更欣赏王维的画风及诗风,这表明了苏轼的艺术审美情趣。苏轼的诗风也可以归结到这两种不同的风格上来。早年苏诗偏于"雄放",贬黄州、岭南时则偏于"清且敦",苏轼晚年的诗风恰恰实现了他早年的审美理想。

刘克庄认为:"元祐后,诗人迭起,一种则波澜富而句律疏,一种则锻炼精而情性远,要之不出苏、黄二体而已。"① 吴坰指出北宋末"师坡者萃于浙右,师谷者萃于江右"②,明确说明苏、黄影响的范围与特点。苏、黄在当时影响力几乎同样巨大,但由于"东坡体"的"天成"境界难以企及,所以没有出现像江西诗派那样的东坡诗派。苏门六君子中的黄庭坚(1045—1105)、陈师道(1053—1102)被归为江西诗派,秦观(1049—1100)、张耒(1052—1112)、晁补之(1053—1110)诗风亦不相似,李廌(1059—1109)不以诗名,而无法归于"东坡体"。从几位诗人的互评中,可知他们非常强调各自的不同风格,这是后人将他们分而论之的根据。事实上五位诗人都深受苏轼影响,黄庭坚在不少方面都与苏轼并称,"苏、黄、陈诸公"在《沧浪诗话》中被列为"元祐体",他们经常有意互效对方,但他们的主体诗风颇为不同。秦观诗被称为"女郎诗",与苏轼"丈夫诗"相对,但苏轼认为"秦得吾工"③,秦观近体工丽精致,颇得苏诗讲技巧、法度的一面,他的古体纵横流利,力摹苏诗流动奔放风格。张耒、晁补之诗风相近,以平易自然见长,"晁、张得苏之隽爽,而不得其雄骏"④,苏轼认为"张得吾易"⑤。晁、张注重学习苏轼挥洒自如,逞才使气一面,但他们对艺术规律的掌握不像苏轼那样熟练,也不像苏轼那样天才宏放,因而只学到苏轼的平易自然,而没学到他的锻造谨严,使不少诗作流于粗糙。苏门之外,学苏轼的尚有"清江三

---

① 刘克庄:《后村诗话前集》卷2,《后村先生大全集》卷174,《四部丛刊》本。
② 吴坰:《五总志》,《读画斋丛书》本。
③ 马端临:《文献通考》卷237,"张文潜《柯山集》"条下引,《万有文库》本。
④ 陈衍:《宋诗精华录》,第356页,巴蜀书社1992年版。
⑤ 马端临:《文献通考》卷237,"张文潜《柯山集》"条下引,《万有文库》本。

孔",其中孔平仲(生卒年不详)很接近苏轼风格。张舜民(生卒年不详)近晁、张,贺铸(1063—1120)有些诗近秦观,唐庚(1071—1121)被称为"小东坡"①。在江西诗派大盛时,学"东坡体"也尚不乏人,但罕有出类拔萃者。

新变派以议论为诗,以文为诗,开创了宋诗新局面,荆公体、东坡体在此基础上,又发展了以技巧、法度为诗及以才学为诗,使"宋调"成型,从此唐音、宋调判然有别。

四、江西诗派

作为"元祐体"的一部分,"山谷体"、"后山体"②与"东坡体"一样具有元祐时代的特色,即在创作上具有以技巧、法度为诗,以才学为诗的特点。黄庭坚在作诗技巧、法度方面用力最深,他"荟萃百家句律之长,究极历代体制之变,搜猎奇书,穿穴异闻,作为古律,自成一家,虽只字半句不轻出,遂为本朝诗家宗祖"③。晚唐五代以来讨论诗的体制、技巧、修辞、作诗法则方面的书籍层出不穷,如齐己《风骚旨格》、文彧《诗格》、保暹《外囊诀》等,这些技巧总结或创作指导手册都流于琐细而缺少实践品格。当时更多的诗人面对着庞大的诗歌遗产,探讨继承这些遗产的方法。新变派从唐人不留意处拓展了宋诗的天地,但对唐诗精华部分如何继承创新并未提出可行的办法;王安石、苏轼以技巧、法度、才学为诗实际上是开始正面解决这一问题;黄庭坚则使之成为一门学问。"换骨夺胎法"④、"点铁成金"⑤、"无一字无来处"⑥、"以俗为雅,以故为新"⑦、"翻着

---

① 参见马端临《文献通考》卷237,"唐子西集"条下引李壁语,《万有文库》本。
② 严羽:《沧浪诗话·诗体》,郭绍虞《校释》,第59页,人民文学出版社1983年版。
③ 刘克庄:《江西诗派序·黄山谷》,《后村先生大全集》卷95,《四部丛刊》本。此本文字有残缺,据《四库全书》本《后村集》卷24校补。
④ 惠洪:《冷斋夜话》,第15页,中华书局1988年版。
⑤ 黄庭坚:《答洪驹父书三首》之三,《豫章黄先生文集》卷19,《四部丛刊》本。
⑥ 同上。
⑦ 黄庭坚:《庭坚老懒衰惰……今以此事相付》诗题,同上书,卷6。

袜法"①等命题,都着眼于在定型化、圆熟化的诗歌语言、构思、意象、意境方面继承发展,这些理论无疑是黄庭坚个人创作实践的总结,因而不同于晚唐诗评家的琐屑理论,而具有更多的实践意义,江西诗派便遵循这些理论进行实践。在具体创作方面,黄庭坚从唐诗尤其是杜甫诗里总结出许多具体的技巧经验,运用到创作中去,并作为体验后的理论形成法度,将神秘的创作过程经验化、技巧化、具体化,以指导更多人的创作。在诗歌结构方面,他注重"行布"②,强调"文章必谨布置"③,不仅接受新变派以文之章法入诗的办法,而且从杂剧受到启发,认为"作诗正如作杂剧,初时布置,临了须打诨方是出场"④。他的《和答元明黔南留别》《池口风雨留三日》等,章法错落有致,颇见其安排精心;他的《王充道送水仙花五十枝欣然会心为之作咏》《子瞻诗句妙一世,乃云效庭坚体……》等,打诨出场,有草蛇灰线之妙,给人以启发、联想。他最讲求诗歌的"句法"。"句法"是他诗歌理论的核心,他的"句法"不仅仅指句子的结构,而且指运用语言的法则,包括与诗歌字句相关联的"句中有眼",平仄、用韵等。这些法则不是个人的杜撰,而是存在于前人的作品中,需大量阅读才可能熟练掌握,才能够做到"领略古法生新奇"⑤。黄庭坚的创作即建立在这个理论基础上。针对"自中唐以后,律诗盛行,竞讲声病,故多音节和谐,风调圆美"⑥的状况,黄庭坚对"句法"要求不仅是能"古",即如"句法窥鲍谢"⑦,"得老杜句法"⑧;而且要能"生新奇",即如"句法俊逸清新"⑨,"句法刻厉而有

---

① 黄庭坚:《书梵志翻着袜诗》,《豫章黄先生文集》卷30,《四部丛刊》本。
② 黄庭坚:《次韵答高子勉十首》之二,同上书,卷10。
③ 范温:《潜溪诗眼》,《宋诗话辑佚》,第323页,中华书局1980年版。
④ 《王直方诗话》,同上书,第14页。
⑤ 黄庭坚:《次韵子瞻和子由观韩干马因论伯时画天马》,《豫章黄先生文集》卷2,《四部丛刊》本。
⑥ 赵翼:《瓯北诗话》卷11,《清诗话续编》,第1331页。
⑦ 黄庭坚:《寄陈适用》,《山谷外集诗注》卷7,《四部丛刊》本。
⑧ 黄庭坚:《答王子飞书》,《豫章黄先生文集》卷19,《四部丛刊》本。
⑨ 黄庭坚:《再用前韵赠子勉四首》之三,同上书,卷12。

和气"①。黄庭坚尝试了前人的各种常用和少用的句法,从而创造出他自己特有的句法。他个人比较得意的诗句是"蜂房各自开户牖,蚁穴或梦封侯王"②,"黄尘不解涴明月,碧树为我生凉秋"③,"人得交游是风月,天开画图即江山"④,"世上岂无千里马,人间难得九方皋"⑤,"石吾甚爱之,勿使牛砺角,牛砺角尚可,牛斗残我竹"⑥等。这种句法或声调拗峭,或结构少见,或用语生新,或有单行之气,或修辞奇巧,与唐人流转圆美的句法颇不相同,都是黄庭坚刻意为之。江西诗派诗人们用力仿效,从而成为江西诗派特有的句法。黄庭坚在句法方面尤其是近体诗的句法方面所作的努力,完成了新变派以来未竟的新变。他将苏舜钦、王安石以来近体诗以"宋人习气"达到唐人风格意境的尝试继承下来并加以改造,不仅使近体诗的创作技巧、法度更加多样,而且使其意境风格不再向唐风回归,从而具有了宋人气象。他将唐诗以丰神情韵取胜,圆熟浑成的风格意境,改变成了宋人以筋骨思理为主,拗峭锻炼的风格意境。从这个意义上说,黄庭坚完成了宋调的创造。在以才学为诗方面,黄庭坚接近于王安石,偏重于"学";在法度、技巧与自由、浑成方面,黄庭坚力图调和,他的审美理想仍是传统的"自然"、"入神"、"不烦绳削而自合",但认为达到这种理想则要遵循法度,讲究技巧,"妙在和光同尘,事须钩深入神"⑦。但如果"和光同尘"的代价是入俗,那么宁可"钩深入神"而不入俗。黄庭坚的审美趣味在诗歌方面是"宁律不谐,而不使句弱;用字不工,不使句俗"⑧;在书法

---

① 黄庭坚:《跋雷太简梅圣俞诗》,《豫章黄先生文集》卷26,《四部丛刊》本。
② 详载《王直方诗话》,《宋诗话辑佚》,第54页,中华书局1980年版。
③ 同上。
④ 详载叶梦得《石林诗话》卷上,《历代诗话》,第410页。
⑤ 详载刘炎《潜夫诗话》,《宋诗话辑佚》,第533页,中华书局1980年版。
⑥ 详载吕本中《童蒙诗训》,同上书,第590页。
⑦ 黄庭坚:《赠高子勉四首》之三,《豫章黄先生文集》卷12,《四部丛刊》本。
⑧ 黄庭坚:《题意可诗后》,同上书,卷26。

方面是"凡书要拙多于巧"①;在为人处世方面,他曾说:"道人壁立千仞,方不入俗;至于和光同尘,又和本折却。与其和本折却,不如壁立千仞。"②可以看出,在审美理想与诗歌实践的两难选择问题上,黄庭坚的取舍态度非常明显,并不调和折中,所以他在法度、技巧与自由、浑成方面的调和也不成功,仍偏于法度、技巧。江西诗派遵循他的技巧、法度而进入诗歌的殿堂,尽管诗派里的人作诗题材不同,风格变化,但他们的技巧、法度仍从黄庭坚处来。

新变派诗歌中普遍而强烈的政治社会意识,到黄庭坚这里大大减弱了,而新变派对于个人日常生活的关注,尤其是欧阳修为之注入的士人文化审美意识却大大加强了。这种强弱消长从元丰年间开始。当时,王安石因退居金陵而在诗里表现超脱名利的追求,苏轼也因乌台诗案的惊悸而收敛了对时事的嘲讽态度,黄庭坚从小接受儒道释各种思想教育,在政治形势日渐严酷的情况下,他的诗比王、苏更加内敛而趋于个人文化生活感觉的表达,更多显示出士人的审美情趣、价值取向,加上对技巧、法度、学力的重视,消释了诗人的激情,他将"文人之诗"改变成"学人之诗",即所谓"锻炼精而情性远"的诗。

陈师道"及一见黄豫章,尽焚其稿而学焉"③,是有感于他以前作诗"初无诗法"④,他学黄庭坚即着眼于黄的"诗法",因此他创作的技巧、法度步趋黄庭坚,但他的个性、生活经历、环境、审美趣味都与黄不相同,所以他的诗风朴拙生涩,并不同于黄的奇峭瘦硬,然而由于诗法的相近,他们的诗都有骨格力度,即所谓"筋骨"。

陈师道被方回尊为"一祖三宗"之一宗,主要因为他最早学黄庭坚而能得之于似与不似之间,为众多的江西派诗人树立了榜样。

---

① 黄庭坚:《李致尧乞书书卷后》,《山谷题跋》卷7,《津逮秘书》本。
② 黄庭坚:《答崇胜密老书》,《山谷别集》卷20,《四库全书》本。
③ 陈师道:《答秦觏书》,《后山居士文集》,第542页,上海古籍出版社1984年版。
④ 同上。

"元祐末,有苏黄之称"①,"山谷体"在元祐年间业已形成②,不少人像陈师道一样由学苏转学黄,或同师苏黄,如潘大临(?—1109)、李彭(生卒年不详)、韩驹(?—1135)、王直方(1069—1109)等。孙觌说:"元祐中,豫章黄鲁直独以诗鸣,当是时,江右之学诗者皆自黄氏。"③大批诗人学黄庭坚,经黄亲自指导的学生有三洪(洪朋、洪刍、洪炎)、徐俯(?—1140)、高荷(生卒年不详)等人,更多的人虽未亲炙黄庭坚,也通过种种方式学到黄的诗法,如晁冲之(生卒年不详)师从陈师道,饶节(生卒年不详)、谢逸(生卒年不详)、李錞(生卒年不详)等人都通过与王直方、徐俯交游,组成不定期的诗社探讨诗法。直到崇宁四年(1105)黄庭坚逝世,黄门已非常壮大了。吕本中(1084—1145)根据个人的交游及耳闻目见,将陈师道、潘大临、谢逸等25人列入《江西诗社宗派图》,基本概括了北宋末学黄状况,从此江西诗派名声大噪。在靖康之难(1126—1127)之前,诗坛几乎成了江西诗派的天下,除25人外,还有不少学黄、陈的诗人,如吴则礼、张扩等人。这是江西诗派的鼎盛期,也是模仿学习黄、陈的墨守期。这25人,皆以学黄庭坚诗法为主,受黄影响时间有长有短,程度有浅有深,所得亦各有不同。除陈师道外,徐俯、韩驹、洪炎、江端友比较优秀,谢逸、谢薖、潘大临、饶节、晁冲之也时有佳作,其余大多数人比较平庸,没有特色。这一时期的诗人规矩于"山谷体"、"后山体"之内,题材境界较黄、陈更为狭窄,才情学识也不及黄陈,创作技巧、句法及审美情趣都未能超越黄陈,风格虽有不同,但不足以创新自立,正处于"弟子之墨守者累其师"④的阶段。元好问"论诗宁下涪翁拜,未作江西社里人"⑤即有鉴于此。由于众多诗人墨

---

① 晁说之:《题鲁直尝新柑帖》,《嵩山文集》卷18,《四部丛刊》本。
② 元祐二年,苏轼有"效庭坚体"诗,见黄庭坚《子瞻诗句妙一世,乃云效庭坚体……》,《豫章黄先生文集》卷2,《四部丛刊》本。
③ 孙觌:《西山老文集序》,《鸿庆居士集》卷30,《常州先哲遗书》本。
④ 钱锺书:《谈艺录》,第517页,中华书局1984年版。
⑤ 元好问:《论诗三十首》之二十八,施国祁《元遗山诗集笺注》,第533页,人民文学出版社1958年版。

守"黄"规,江西诗派的缺点在黄庭坚生前已显露出来了。黄庭坚元符三年(1100)《与王观复书》指出后学王观复作诗"语生硬不谐律吕,或词气不逮初造意时","好作奇语,自是文章病","所寄诗多佳句,犹恨雕琢功多耳"。事实上,"生硬"、"好作奇语"、"雕琢功多"是学黄诗法的通病。黄庭坚提出解决方法是读书"精博"①,尤其要"熟观杜子美到夔州后古律诗"②,从中学到"句法简易而大巧出焉,平淡而山高水深"③,"无斧凿痕"④。但江西诗派的弊病在南渡前并未能引起更多人的注意,也没能得到矫正。

建炎(1127—1130)后,多数人都经历了国破家亡的苦难,江西诗派不少诗人都从元丰以来愈趋内敛自省的士人生活中走了出来,正视惨痛现实。墨守期比较年轻的诗人如吕本中、陈与义(1090—1138)、曾几(1084—1166)都开始扩大题材,描述个人在国难中的经历及悲愤与辛酸,谴责统治阶级上层的无能与误国,抒发家国之思。如吕本中《兵乱后杂诗》二十九首(一部分已佚)、《怀京师》《还韩城》;曾几《寓居吴兴》《雪中陆务观数来问讯用其韵奉赠》。尤其是陈与义,靖康之难改变了他的生活态度,他在颠沛流离中重新认识了杜甫乱离诗的价值,写了大量的抒发家国之痛的诗,如《伤春》《雨中再赋海山楼诗》《雷雨行》《题继祖蟠室》等,诗风也变得沉郁顿挫。国家的大变动不仅带来了江西诗派题材内容的变化,而且使不少有识之士开始反思江西诗派形式方面的利弊。徐俯、韩驹都公开表示对黄庭坚的不满。徐俯竟说:"涪翁之妙天下,君其问诸水滨。"⑤韩驹认为:"学古人尚恐不至,况学今人哉!"⑥吕本中则后悔作了《江西诗社宗派图》,并说"鲁直诗有太尖新,太巧处"⑦,又指出

---

① 黄庭坚:《与王观复书三首》,《豫章黄先生文集》卷19,《四部丛刊》本。
② 同上。
③ 同上。
④ 同上。
⑤ 周煇:《清波杂志》卷5,《知不足斋丛书》本。
⑥ 同上书,卷8。
⑦ 吕本中:《童蒙诗训》,《宋诗话辑佚》,第591页,中华书局1980年版。

"近世江西之学者,虽左规右矩,不遗余力,而往往不知出此,故百尺竿头,不能更进一步,亦失山谷之旨也"①。基于以上认识,吕本中于绍兴二年(1133)写的《夏均父集序》中提出了矫正江西诗派弊病的"活法":"学诗当识活法。所谓活法者,规矩备具,而能出于规矩之外;变化不测,而亦不背于规矩也。"这是黄庭坚"不可守绳墨令俭陋"②及苏轼"出新意于法度之中,寄妙理于豪放之外"③的综合翻版。吕本中再次提出了"规矩"与"变化"的关系,这事实上是王、苏、黄法度与自由探讨的继续。江西诗派从黄、陈到南渡前都比较强调"法度",走王、黄"法度"说一路,至此吕本中将苏轼的天成、自由引入,以矫正"法度"带来的弊病,从理论上讲很有意义。吕本中的"活法"使他的诗变得"最为流动而不滞"④。与他同龄并有姻亲的曾幾,对他的"活法"深表敬佩并屡加申述:"居仁说活法,大意欲人悟"⑤,"学诗如参禅,慎勿参死句"⑥,并在领悟此说的基础上发展了清新活泼的诗风。"活法"针对"句法"及"句法"带来的生硬僻涩诗风而发,因而好诗"圆美如弹丸"⑦,成为"真活法"⑧,江西诗派的诗风由此发生了深刻变化。与吕本中相较,陈与义也从创作实践上对江西弊端进行了一番改造。南渡前,陈与义深受黄、陈影响,杨万里说:"太上时,如陈与义、吕本中,皆宗师道者。"⑨南渡后,随着思想认识的深刻,他的诗风也"以简严扫繁缛,以雄浑代尖巧"⑩,发生了变化。刘辰翁认为陈与义"以后山体用后山,望之苍然,而光景明

---

① 胡仔:《苕溪渔隐丛话·前集》,第333页引。
② 黄庭坚.《答洪驹父书二首》,《豫章黄先生文集》卷19,《四部丛刊》本。
③ 《书吴道子画后》,《苏轼文集》,第2210页,中华书局1986年版。
④ 方回:《瀛奎律髓》卷17,李庆甲《汇评》,第702页。
⑤ 曾幾:《读吕居仁旧诗有怀其本人作诗寄之》,栾贵明《四库辑本别集拾遗》,第94页,中华书局1983年版。
⑥ 同上。
⑦ 吕本中:《夏均父集序》,见刘克庄《后村先生大全集》卷95引,《四部丛刊》本。
⑧ 同上。
⑨ 杨万里:《胡铨行状》,《诚斋集》卷118,《四部丛刊》本。
⑩ 刘克庄:《后村诗话》前集卷2,《后村先生大全集》卷174,《四部丛刊》本。

丽,肌骨匀称"①。在创作上,陈与义比吕本中、曾幾成就高些,代表了北南宋之交江西诗派变化期的水平,被方回尊为江西派"三宗"之又一宗。建炎至绍兴(1131—1162)末,是江西诗派的自觉修正期,也是始变期。

陆游(1125—1210)、范成大(1126—1193)、尤袤(1127—1194)、杨万里(1127—1206)、萧德藻(生卒年不详)都在绍兴年间江西诗派修正期间登上诗坛,领略到变动中的时代风气。他们都从学江西诗法入手,陆游18岁时拜曾幾为师,萧德藻也曾师事曾幾;尤袤学诗于汪应辰,而汪是吕本中的学生;杨万里师王庭珪(1079—1171),而王深服黄庭坚,杨万里自言"予之诗始学江西诸君子"②;范成大一生都没有改变律诗用拗格,喜用冷僻典、释氏语的江西派初期习气。他们在学江西诗法过程中,也从先辈那里学到了纠正江西弊病的手段,尤其是被称作"中兴四大家"的杨、范、陆、尤,比萧都更多地背离了江西诗派早期诗风。杨万里和陆游都在乾道六年(1170)开始摆脱江西诗派影响,而探索各自的出路,这些出路也是吕本中、曾幾、陈与义探索的延伸。杨万里在学习过江西诗法及晚唐诗后,于淳熙五年(1178)"忽若有悟,……口占数首,则浏浏焉无复前日之轧轧矣"③。他所悟到的即是吕本中、曾幾的"活法",他将这种"活法"贯穿到他的创作实践中,创造出语言鲜活流动、意象生新谐趣的"诚斋体"。陆游言:"我得茶山一转语,文章切忌参死句。"④"忆在茶山听说诗,亲从夜半得玄机……律令合时方贴妥,工夫深处却平夷。"⑤他学到的也是曾幾的"活法",尤其是"平夷","陆放翁学于茶山,而青于蓝"⑥。陆游比曾幾更圆活熟练,他还从

---

① 刘辰翁:《陈与义集序》,《陈与义集》卷首,中华书局1982年版。
② 杨万里:《诚斋荆溪集序》,《诚斋集》卷80,《四部丛刊》本。
③ 同上。
④ 《赠应秀才》,《陆游集》,第834页,中华书局1976年版。
⑤ 《追怀曾文清公呈赵教授赵近尝示诗》,同上书,第63页。
⑥ 刘克庄:《茶山诚斋诗选序》,《后村先生大全集》卷97,《四部丛刊》本。

曾几那里接受了爱国思想教育,"略无三日不进见,见必闻忧国之言"①,爱国题材成为陆游一生创作的主题。范成大"自官新安掾(绍兴二十四年中进士不久)以后,骨力乃以渐而遒,盖追溯苏、黄遗法,而约以婉峭,自为一家"②。这种自出己意对待"苏黄遗法"的作法也是"活法"的一种。比起杨、陆来,范成大更有江西诗派初期风气。尤袤诗平淡圆熟,也是江西诗派施用"活法"以来的新诗风。萧德藻因早卒,其诗风还未改变早期江西诗派的苦硬新奇,但他已认识到了"诗,不读书不可为;然以书为诗,不可也"③,对江西诗派资书以为诗的做法有了异议。

对江西派诗风的修正,杨、范、陆、尤比吕、曾、陈贡献更大,他们的创新远远超过了他们的继承。从题材上看,他们比黄、陈,乃至比吕、曾、陈都更为广泛。杨的自然写生,陆的爱国激情,范的田园写实都各成特色,不再拘泥于个人情怀,这是时代生活引起的激变,也是寻求超越的文学内部机制的调节。从诗歌理论上讲,黄、陈要求法度谨严,无一字无来处;而杨、范、陆、尤则追求活法,力求"直寻"。从诗风上看,黄、陈的奇峭瘦硬、朴拙生涩,变成了杨、范、陆、尤的流巧平滑,轻巧工致,完全是两种不同的风格、境界。这些截然不同的方方面面,使人无法将他们归为一类,但仔细考察黄、陈等25人到吕、曾、陈,再到尤、杨、范、陆、萧,其演变的轨迹却昭然可见。江西诗派从初创到墨守再到修正,然后到大变,最能揭示文学自身的发展规律。杨、陆、范、尤基本上在乾淳年间(1165—1189)逐渐摆脱江西诗法而自成一家,诗名大振,直到嘉定二年(1209)陆游最后一个去世,这段时间可以称作江西诗派的变异期。这一时期除了尤、杨、范、陆、萧外,还有与这几位诗人唱和、或多或少保留江西派风味的诗人,如陈造(1133—1203)、章甫(生卒年不详)等。

---

① 《跋曾文清公奏议稿》,《陆游集》,第2279页。
② 《四库全书总目·范成大〈石湖诗集〉提要》,中华书局1965年版。
③ 范晞文:《对床夜语》卷2,《历代诗话续编》,第415页。

自杨、范、陆、尤、萧后,大多数诗人都力求摆脱早期江西派的影响,"四灵"、"江湖派"也以反对江西诗派的姿态登上诗坛,但江西诗派的影响却并未因此而断绝,一直绵延到宋末元初。除方回所说的"二赵"、"二泉"外,尚有稍晚于尤、杨、范、陆、萧的姜夔(1155—1221),他与尤、杨、范酬唱颇多,"古体黄陈家格律"①,"近体里还遗留着些黄、陈的习气,七律却又受了杨万里的熏陶"②。还有想摆脱江西诗派影响而又不能的裘万顷(?—1222),受杨万里影响的洪咨夔(1176—1235)、方岳(1199—1262)等。直到宋末的刘辰翁(1232—1297)及方回(1227—1302),仍延续着江西诗派的血脉,方回还为江西诗派作了理论上的叙述总结。从嘉定到宋末元初,是江西诗派的绵延期,诗人减少了,诗风都有背离初创期、墨守期的迹象,杨万里、四灵及江湖派引进的晚唐诗风亦时时侵袭,江西诗派已不复鼎盛。

从初创到衰延,江西诗派历时二百余年,几经变化修正,但是黄庭坚所开创的诗法却没有改变,求新求变的精神没有改变,基本的审美理想保持了一致性,新变派、王、苏、黄以来的"宋人习气"也一直延续下来,江西诗派因此而被看作宋诗的代表。

第三节　宋调发展的两大趋势

一、四灵体

南渡以来,对江西诗派的批评不绝于耳,除了江西诗派内部的不满与自我完善外,派外的人指责批评的态度则更为激烈。"江西诗一成了宗派,李格非(生卒年不详)、叶梦得(1077—1148)等人就

---

① 项安世:《谢姜夔秀才示诗卷从千岩萧东甫学诗》,《平庵悔稿》卷3,《宛委别藏》本。
② 钱锺书:《宋诗选注》,第241页,人民文学出版社1958年版。

讨厌它'腐熟窃袭'、'死声活气'、'以艰深之词文之'、'字字剽窃'。"①张戒《岁寒堂诗话》更对江西弊端大加讨伐,但革除这些弊端比发现它其实要困难得多。杨万里、陆游、范成大在矫正、革除江西弊端时,引进了晚唐体。杨万里在厌弃"江西诸君子"、"后山五字律"、"半山老人七字绝句"后,"晚乃学绝句于唐人"②,他的"唐人"即晚唐人;陆游也像杨万里一样规橅晚唐,但他"时时作乔坐衙态,诃斥晚唐"③;范成大"初年吟咏,实沿溯中唐以下……《嘲里人新婚诗》《春晚三首》《隆师四图》诸作,则全为晚唐五代之音"④。钱锺书先生认为"南宋诗流之不墨守江西派者,莫不濡染晚唐"⑤。江西诗派的内部调节中已透露出变革的契机,永嘉四灵则正从此契机入手打出了反江西诗派的旗号。

四灵比杨、范、陆革除江西弊端的态度与作风更为彻底,却不免矫枉过正。徐照(?—1211)、徐玑(1162—1214)稍晚于陆游去世,赵师秀(1170—1220)、翁卷(?—1243后)则更晚一些。新变派不满"唐季二三子,区区物象磨穷年"⑥,立意开拓宋诗新境,但至此新弊复起,晚唐体又被用来校正江西弊端了。叶适(1150—1223)最早认识到这一点:"庆历、嘉祐以来,天下以杜甫为师,始黜唐人之学,而江西宗派章焉。……故近岁学者,已复稍趋于唐而有获焉。"⑦这是以"唐"校"宋"的开始。与宋初晚唐体颇为近似,四灵风格很少差异,但他们的方针、宗旨、措施比晚唐体更有针对性,他们舍杜甫而尊姚合、贾岛,忌用事而贵白描,重景联而轻意联,立意抛弃"宋调"的议论、用典、以文为诗,但却不丢弃以技巧为诗,只是他们的

---

① 钱锺书:《宋诗选注》,第177页,人民文学出版社1958年版。
② 杨万里:《诚斋荆溪集序》,《诚斋集》卷80,《四部丛刊》本。
③ 钱锺书:《谈艺录》,第125页,中华书局1984年版。
④ 《四库全书总目·范成大〈石湖诗集〉提要》,中华书局1965年版。
⑤ 钱锺书:《谈艺录》,第124页,中华书局1984年版。
⑥ 梅尧臣:《答裴送序意》,《梅尧臣集编年校注》,第300页,上海古籍出版社1980年版。
⑦ 《徐斯远文集序》,《叶适集》,第214页,中华书局1961年版。

技巧与江西诗派有些不同,只在字句上下功夫,气魄更加狭小罢了。与江西诗派相比,他们的题材更加狭窄,只限于细碎小巧的自然风景,意境也过于清寒单调;他们的体裁远没有江西诗派广泛,尽管江西诗派重点在近体但也兼顾古体,而四灵只限于五律及小部分七律,篇幅短小,语言拘谨,更无宏放可言;他们无法抛弃用典,但典故的取材范围较江西诗派甚至宋初晚唐体都狭小得多;他们的师法对象只有"二妙",不像江西诗派除杜甫外,尚能转益多师;他们"敛情约性,因狭出奇"①,"虽镂心铽肾,刻意雕琢,而取径太狭,终不免破碎尖酸之病"②,无法与江西诗派相抗衡。"四灵体"出现不久,即遭批评,连最初宣扬、鼓吹他们的叶适也很快指责他们。后世对四灵的评价也是赞扬少于批评,但四灵在当时却影响极广,尤其在永嘉地区十分风行,至于"永嘉视昔之江西几似矣,岂不盛哉!"③这说明江西诗派到南宋中期时已深受厌恶,只要有一线革新的生机,就会赢得众多诗人响应,永嘉四灵遂应运而生,功不可没。

二、江湖诗派

南渡以来流落江湖的诗人包括沉吟下僚的诗人,从广义上讲都可以称作江湖诗人,但这些江湖诗人并不全属江湖诗派。江湖诗派的成立以宝庆元年(1225)陈起(?—1256?)刻印《江湖集》为标志,而《江湖集》所刻颇杂,不仅包括"中兴以来江湖之士以诗驰誉者"④,而且还有北宋的方惟深及南宋初名流晁公武的诗集,后来的《江湖后集》《江湖续集》所收诗集也很复杂。江湖诗派虽然是一个没有组织、比较松散自由的创作群体,但实际意义上的江湖诗派并不包括《江湖》三集内出现的所有诗人,而仅指创作主旨、风格比较

---

① 《题刘潜夫〈南岳诗稿〉》,《叶适集》,第611页。
② 《四库全书总目·〈芳兰轩集〉提要》,中华书局1965年版。
③ 薛师石:《瓜庐集》附王绰《薛瓜庐墓志铭》,《南宋群贤小集》本。
④ 陈振孙:《直斋书录解题》,第452页,上海古籍出版社1987年版。

近似的江湖诗人,这些诗人多是在嘉定年间受四灵体的影响风格渐趋于一致的。

江湖诗派大多数诗人既不满于江西诗派,认为它"资书以为诗失之腐",也不满于四灵"捐书以为诗失之野"①,却无法超越它们。于是只能在四灵体和江西诗派间徘徊,实际上是在"唐音"与"宋调"之间摸索;但偏重或倾向于四灵的成分多些,也就是更多侧重"唐音"。他们的审美理想又恢复到唐人兴象玲珑、浑然天成、韵味无穷的审美境界,但在试图达到这一境界时,往往不自觉地将唐人和宋人的不同习气——天工与人巧——调和起来,即将四灵与江西结合起来。他们常常在主观意念里用四灵的白描,而不时在创作中滑到江西派的修饰上去。与四灵相较,江湖诗派无论是师法对象、诗作题材和风格,还是诗人数量都要广泛、广博、广大得多。江湖派的诗人如赵汝鐩(生卒年不详)、刘克庄(1187—1269)、许棐(生卒年不详)、王迈(1184—1248)、周密(1232—1298)、罗与之(生卒年不详)等人都在学"二妙"之外学其他晚唐诗人,或学许浑、方干,或学王建、张籍、李贺、杜牧,或学较早接受晚唐诗风的杨万里、范成大、陆游等人。因为师法广泛,他们的诗风并不仅限于姚、贾、四灵的清苦寒幽,题材也不仅仅局限在自然风景。他们对待江西诗派的态度,不像四灵那样强烈排斥。譬如戴复古(1167—1248?)、刘克庄早期都深受四灵影响,晚期又都吸取江西诗风,并都有调停二派的企图。戴复古"贾岛形模原自瘦,杜陵言语不妨村"②,将四灵的尊师与江西诗派的祖师并列在一起;刘克庄则认为"诗自姚合、贾岛达之于李、杜"③,他的诗表面轻快灵活,但内里镶嵌了不少典故成语,非常注重技巧,造成"饱满'四灵',用事冗塞"④的效果,这是他调和二派的结果。方回"学姚合诗……必进而至于贾岛……又

---

① 刘克庄:《韩隐君诗序》,《后村先生大全集》卷96,《四部丛刊》本。
② 戴复古:《望江南》"石屏老",《石屏诗集》卷8,《四部丛刊》本。
③ 刘克庄:《跋姚镛县尉文稿》,《后村先生大全集》卷99,《四部丛刊》本。
④ 方回:《瀛奎律髓》卷42,李庆甲《汇评》,第1501页。

进而至老杜"①,正是在戴、刘等人的基础上发展而成的。这可以说是南宋末年力图超越困境的诗人在"唐音"与"宋调"间彷徨、尝试之后,寻找出的一种折中的改良诗体的方法。

　　江湖诗派中有一部分诗人诗风颇为豪放雄健,如戴复古,吴子良说他一些诗"豪健而不役于粗,闳放而不流于漫"②;刘过(1190—1224)"多粗豪抗厉,不甚协于雅音,特以跌宕纵横,才气坌溢,要非龌龊者所及"③;与他并称"庐陵二刘"的刘仙伦(生卒年不详)也同样粗豪使气;赵汝鐩学李白、卢仝,也极豪放;高翥(生卒年不详)颇有才情,诗歌多亢率之气;刘克庄的一些乐府诗如《国殇行》《军中乐》,也极有气势。这些诗人多受陆游影响,如戴复古曾师事陆游,刘过与陆游颇多往来酬唱,刘克庄自言:"初,余由放翁入。"④乾淳以来,中兴四大家影响颇大,写爱国、时政一类题材的诗人多从陆游处学些手法,因而风格劲健;写自然风景、田园风光的诗人则在学晚唐时掺杂杨万里、范成大的手法,于清苦中透露出灵活和阔大。同一诗人写不同题材时风格便不同,即便江湖派的代表诗人戴复古、刘克庄也难得统一。吴子良讲到戴复古"豪健"、"闳放"时还说他"清苦而不困于瘦,丰融而不豢于俗,……古淡而不死于枯,工巧而不露于研"⑤。刘克庄大多数诗清疏简淡,灵活流动,因为他自己认为"繁浓不如简淡,直肆不如微婉,重而浊不如轻而清,实而晦不如虚而明,不易之论也"⑥。戴的风格偏于豪健闳放,他的时事民生题材诗作较多;刘的主导风格则是清淡流动,他的日常生活题材诗作较多:他们分别代表了江湖诗派的两种风格倾向。江湖诗派不少诗人贪多务得,诗作动辄万首,多率意粗滥之作,戴、刘也是如此。

---

① 方回:《瀛奎律髓》卷23,第960页。
② 吴子良:《石屏诗后集序》,《石屏诗集》卷首,《四部丛刊》本。
③ 《四库全书总目·〈龙洲集〉提要》,中华书局1965年版。
④ 刘克庄:《刻楮集序》,《后村先生大全集》卷96,《四部丛刊》本。
⑤ 吴子良:《石屏诗后集序》,《石屏诗集》卷首,《四部丛刊》本。
⑥ 刘克庄:《跋真仁夫诗卷》,《后村先生大全集》卷99,《四部丛刊》本。

江湖诗派在南宋后期声势浩大,大大削弱了江西诗派势力,但江湖诗派没有黄、陈、尤、杨、范、陆那样的大作家,而以大量的中小作家壮其声威。除戴复古、刘过外,赵汝鐩、高翥、罗与之、许棐、利登、叶绍翁、乐雷发、周密以及要以盛唐代替晚唐的严羽,各有所长,是江湖派中较有特色的诗人。江湖诗派的整体风格偏于工致细巧,不脱四灵、晚唐之习,稍能开阔灵活一些,便出成就,但更多的诗人局限其中,这是诗人生活、眼界所致,也是诗道衰靡,诗坛处于迷惘而无所措状况的反映。与江西诗派一样,江湖诗派风气也由宋入元,不少遗民诗人如汪元量、真山民都未能摆脱其影响。

第四节 附论:理学诗、遗民诗派、禅僧诗

一、理学诗

理学(当时又称道学)由北宋中期周敦颐、张载、邵雍、程颢、程颐所开创,至南宋中期,朱熹、张栻、吕祖谦、陆九渊等将理学推向高峰,在随后的十余年中,理学取得官方正统地位,由思想外延至文化生活的方方面面。理学形成之初,便与诗歌发生千丝万缕的联系。虽然理学家多有贬斥诗歌的言论,但实际情况是理学家不仅作诗,有的甚至还善于作诗。由此,伴随理学的发展,理学诗成为宋诗中的一个独特派别。

(一) 诗、道关系及派别兴起

综观理学文献中的涉诗材料,可以看到:就理学家个体而言,多存在言论前后不一、言行不符的情况,如周敦颐虽在《通书》中指斥文艺,然而其在袁州卢溪为官时,却与当地士人谈论江左律诗之创作[①],

---

① 参周敦颐:《吉州彭推官诗序》,陈克明点校《周敦颐集》,第53—54页,中华书局1990年版。

平日之中稍有闲暇,或与宾客相会,"每会即作诗"①;就理学内部不同宗派而言,其对诗歌的态度并不完全一致,如与洛学颇有渊源的林光朝,其创立的艾轩学派以"德艺双修"为重要特征,与程朱一系很不相同;将理学视为一个整体,其对诗歌的认识和定位非一成不变,而是有一发展过程,到南宋后期,其与诗的隔阂终被冲破,理学家着眼于积极引导诗歌写作。透过这些错综复杂甚或相互龃龉的资料,可以理出"文辞技艺与道"、"情欲与性理"、"诗与理气"三组关系,以此为线索,可从逻辑上把握理学诗的兴起。

  理学对诗歌的贬斥,是其文道分裂观念的自然延伸。周敦颐标举"文以载道",认为:"不知务道德而第以文辞为能者,艺焉而已。噫,弊也久矣。"②以此为开端,理学家多将诗视为文辞技艺,甚至有云"作文害道"③,将"一意于词章藻绘之美,以悦人之耳目"的文士视为俳优④。然而,不能据此认为理学完全否定、排斥诗歌。程颐虽说"某素不作诗",但又紧接着补充道"亦非是禁止不作"⑤。乾道三年(1167),朱熹、张栻、林用中等人论学之后同游南岳,期间三人往复唱和,得诗百余首,辑成《南岳唱酬集》。张栻记:当游览接近尾声时,三人"中夜凛然拨残火相对",忽觉"是数日间亦荒于诗矣",一致认为"大抵事无大小美恶,流而不返皆足以丧志"⑥;朱熹也有相似记录:"诗之作本非有不善也,而吾人之所以深惩而痛绝之者,惧其流而生患耳,初亦岂有咎于诗哉!"⑦可见,他们所担心和反对的是"流而不返"、"流而生患",准确地说是"溺诗害道"而非"作诗害道"。其批判的不是诗歌本身,是以文辞技艺解诗、学诗、作诗;是

---

① 参周敦颐:《与傅秀才书》,《周敦颐集》,第58—59页。
② 周敦颐:《通书》,同上书,第36页。
③ 程颢、程颐:《河南程氏遗书》卷18,王孝鱼点校《二程集》,第239页,中华书局1981年版。
④ 杨时:《二程粹言》卷上,《丛书集成初编》本。
⑤ 程颢、程颐:《河南程氏遗书》卷18,《二程集》,第239页。
⑥ 张栻:《南岳唱酬序》,《新刊张南轩先生文集》卷15,明嘉靖刻本。
⑦ 朱熹:《南岳唱酬集序》,《南岳唱酬集》卷首,《四库全书》本。

过分注重文辞、沉浸于文辞,以致本末倒置,以诗文为事业,而不以性理为重。

除了从文辞技艺角度评判诗歌,理学家还从情感方面规正诗歌。邵雍云:"近世诗人,穷戚则职于怨怼,荣达则专于淫佚,身之休戚发于喜怒,时之否泰出于爱恶,殊不以天下大义而为言者,故其诗大率溺于情好也。"①反映、疏导人的情感是诗歌的主要功用和意义,而理学往往将情欲和性理对立起来,所谓"理之与欲不能两立"②云云,似乎理(性)与欲(情)完全不可调和,不过这绝非理学情欲观的全部。朱熹说:"情不是反于性,乃性之发处。性如水,情如水之流。"③陈淳(1159—1223)进而解释:

> 情者,性之动也。在心里面未发动底是性,事物触着便发动出来是情。寂然不动是性,感而遂通是情。这动底只是就性中发出来,不是别物,其大目则为喜、怒、哀、惧、爱、恶、欲七者。……大概心是个物,贮此性,发出底便是情。④

将情感统一于性理,这也即理学思想中的"已发未发"论。情本身虽无善恶,但已发之后,便会受到各种外在事物的感染,诱导其肆意生变,失去节制,因生私欲、淫情,由此害其性、伤其本。程颐云:"情既炽而益荡,其性凿矣。是故觉者约其情使合于中,正其心,养其性,故曰性其情。愚者则不知制之,纵其情而至于邪僻,梏其性而亡之,故曰情其性。"⑤要时刻以性约情,正心养性,如此才能克制情欲,使其合于中。透过中正之情,可把握性,而性即为理⑥,所以"私欲既去"之后,便可"天理自明"。性理修养越精微,恻隐、善恶、辞

---
① 邵雍:《伊川击壤集序》,《伊川击壤集》卷首,元刻本。
② 真德秀:《问志于道》,《西山先生真文忠公文集》卷31,明正德刻本。
③ 黎靖德编、王星贤点校:《朱子语类》卷59,第1381页,中华书局1986年版。
④ 陈淳著、熊国桢、高流水点校:《北溪字义》卷上,第14页,中华书局1983年版。
⑤ 程颐:《颜子所好何学论》,《程氏文集》卷8,《二程集》,第577页。
⑥ 陈淳《北溪字义》卷上:"性即理也。何以不谓之理而谓之性?盖理是泛言天地间人物公共之理,性是在我之理。只这道理受于天而为我所有,故谓之性。"

让、是非之情也就越明确,人的七情六欲就愈加中正合节,发而为诗也自然深醇高远。所谓"理明义精,则肆笔脱口之余,文从字顺,不烦绳削而合"①;所谓"主于道则欲消,而艺亦可进。主于艺则欲炽而道亡,艺亦不进"②。也就是说,性理修养是有裨于诗歌写作的。

其实理学文献中并不乏正面肯定诗歌者,如陈渊(1067—1145)说"今之诗,风雅之苗裔也"③,不过我们可将此类观念视为传统解经思路的延伸。到南宋后期,随着理学世俗化的推进,其诗学观发生重大突破。谢枋得(1226—1289)说:"诗于道最大,与宇宙气数相关。"④从"作文害道"到"诗于道最大",转变可谓有如霄壤。这种对诗歌的高度肯定,源自理学之特定诗气观,而此诗气观又由理气论所生发。理与气的关系为:气是性理之形骸;气随理而生,理又不离乎气;气有偏正,得气之正、之精者,则具理之正、之全,得气之偏者,所具之理亦有偏失。以气论文是中国文学批评中的固有之义,理学家也将其理气论引之入文。王柏(1197—1274)云:"文以气为主,古有是言也。文以理为主,近世儒者尝言之。……夫道者,形而上者也;气者,形而下者也。形而上者不可见,必有形而下者为之体焉,故气亦道也。如是之文,始有正气。"⑤将传统文论之文以气为主,扭转为文以理为主。性理水平的提升,可使气趋于完善,而由气所成之文,亦会臻于佳境,所谓"饰语言不若养其气,求工笔札不若励于学。气完而学粹,则虽崇德广业,亦自此进,况其外之文乎"⑥。反之,由诗中之气,即可窥知诗人之性理修养,观诗坛之风貌可查时代之理气。这正是谢枋得标举"诗于道最大,与宇宙气数相关"的内在根据。

---

① 魏了翁:《跋康节诗》,《重刻鹤山先生大全文集》卷62,明嘉靖铜活字印本。
② 陆九渊:《杂说》,钟哲点校《陆九渊集》,第272页,中华书局1980年版。
③ 陈渊:《答邓天启》,《默堂集》卷19,《四库全书》本。
④ 谢枋得:《与刘秀岩论诗》,《新刊重订叠山谢先生文集》卷2,明嘉靖刻本。
⑤ 王柏:《跋碧霞山人五公文集后》,《鲁斋王宪公文集》,《续金华丛书》本。
⑥ 真德秀:《日湖文集序》,《西山先生真文忠公文集》卷28。

从反映性理、关乎气数这个角度来说,诗歌的意义不容忽视。吟咏作诗,也就由原来的于道无益,变成穷理尽性的一部分。理学家开始主动对诗歌施加影响,试图使诗合于正轨,其诗歌派别观念也因此明晰。真德秀深感"世变所趋,大抵自厚而薄,自简质而浮华,自庄重而巧媚。凡文章技艺以至器用之末,何莫不然"①,"欲学者识其源流之正"②,编选《文章正宗》;林希逸裒辑林光朝、林亦之诗作为《吾宗诗法》,由书名即可知其宗派意识;金履祥编《濂洛风雅》,"以风雅存濂洛,以濂洛广教学"③。随着这种观念的流布,宋代诗坛长期存在的理学诗,由此获得鲜明而自主的派别性。

(二) 学思与德音

理学诗与其他体派的最大不同,是其或外溢或隐寓的性理色彩。以其性理传达方式的不同,大致可分为两类:一是宣扬性理而落言筌者,此类诗歌因充溢理学词汇,缺少形象性,都可看作是理学思想的直白展现,刘克庄批其为"语录讲义之押韵者"④;二是表现性理而不落言筌者,此类作品将学思形象化,或将性理修养以感悟的方式表达之,谈理言性不留痕迹,是"以诗人比兴之体,发圣门义理之秘"⑤。

北宋理学家中,邵雍是唯一大量作诗者,严羽称其诗为"击壤体",人或以此借称理学诗,可见其影响。邵雍思想中,"观物"是一大特色,其学术著作《皇极经世书》,即以"观物"名书中之篇。其诗集《击壤集》,则可视为"以物观物"思想的实践。朱熹说邵雍之学,"其骨髓在《皇极经世》,其花草便是诗"⑥。"观物"理论的发扬者

---

① 真德秀:《赠篆字余焕序》,《西山先生真文忠公文集》卷27。
② 真德秀:《文章正宗纲目》,《文章正宗》卷首,《四库全书》本。
③ 王崇炳:《濂洛风雅序》,金履祥编《濂洛风雅》卷首,光绪退补斋本。
④ 刘克庄:《恕斋诗存稿》,《后村先生大全集》卷111,《四部丛刊》本。
⑤ 真德秀:《咏古诗序》,《西山先生真文忠公文集》卷27。
⑥ 《朱子语类》卷100,第2553页。

张行成(约生活于南宋中前期)指出:"处心不可著,著则偏;作事不可尽,尽则穷。先生(邵雍)之学,止是此二语,天之道也。"①王应麟(1223—1296)则从《击壤集》中读出了邵雍学术的这一要义:"邵子诗'夏去休言暑,冬来始讲寒',则心不著矣;'美酒饮教微醉后,好花看到半开时',则事不尽矣。"②邵雍之外,北宋理学家写诗而有意趣者当属程颢,其《秋日偶成二首》之二有云"道通天地有形外,思入风云变态中",自是直言理道而不失文辞之美;其《偶成》:"云淡风轻近午天,望花随柳过前川。旁人不识予心乐,将谓偷闲学少年。"虽只字未提性理,但依然可从中品出"借物形容阳胜阴消,生意春融"之意③。理学话语中,"四德"之仁与四季之春同具浑然温和之气、生物之心,故"说仁为春"。《偶成》诗所呈现的"生意春融"气象,恰与程颢为学"以识仁为主"④的特点相表里。理学诗中,颇多描述春物、春景、春象者,了解理学话语之"说仁为春",便不难揭示此类作品"以诗人比兴之体"所寄寓的"圣门义理之秘"。

  解读不落言筌的理学诗,需对理学家学思有所理解,如此方可感知文辞之下的性理;落言筌的理学诗,则可借其来认知性理,了解理学思想。张载《圣心》云:"圣心难用浅心求,圣学须专礼法修。千五百年无孔子,尽因通变老优游。"强调循礼于圣贤之学的重要性。张载之学"以《礼》为体",每语人"知礼成性、变化气质之道",⑤通过此诗正可对张载的这一学术主张有所体认。乾道九年(1173),朱熹作《斋居感兴》二十首,较为全面地总结了其在寒泉精舍的论学活动。此组诗影响甚巨,目前所知,南宋即有十二家为之注解⑥。淳熙二年(1175),朱熹与吕祖谦编辑《近思录》,分"道

---

① 张行成:《易通变》卷11,《四库全书》本。
② 王应麟:《困学纪闻》卷18,《四部丛刊》本。
③ 熊节编、熊刚大注:《性理群书句解》卷4,《四库全书》本。
④ 黄宗羲著,全祖望补修,陈金生、梁连华点校:《宋元学案》,第542页,中华书局1986年版。
⑤ 吕大临:《横渠先生行状》,朱熹《伊洛渊源录》卷6,《丛书集成新编》本。
⑥ 束景南《朱子大传》统计为十家,似未包括熊刚大、金履祥二氏。

体"、"为学"、"致知"等十四类。《斋居感兴》二十首所言,虽不能与《近思录》类目一一牵强比附,但大致应和。也即是说,《斋居感兴》包含了当时朱熹理学的基本思想。如其一有云"浑然一理贯,昭晰非象罔",乃"论天地阴阳寒暑运行之气,有理融贯其间以为之主";其二有云"吾观阴阳化,升降八纮中",乃"论阴阳一太极"。① 因此之故,南宋时《斋居感兴》即成为理学要籍而为人单独编刻成册②,理学汇编类典籍也多将其选录,又或引其诗句以证性理。

学思是理学诗性理内质的一面,其另一面则是德音。传统儒学之宗旨有所谓"内圣外王",理学则更多地倾向"内圣",指示人们在平常日用之中"道问学",以穷理尽性,实现内在精神的超越,故特重"持敬"、"立诚"。而敬、诚、仁、义等理学关键概念,无不与道德修养相关。性理之真正觉得,不仅需形而上的思辨,更需道德人格上的践行。吟咏性理与涵养德性,很多时候是相互重叠的。如邵雍《仁者吟》有云:"争先径路机关恶,近后语言滋味长。爽口物多须作疾,快心事过必为殃。"劝人莫急于近利,要谦退自守,诗歌本身具有强烈的道德教示性。

理学对先秦儒家经典再诠释过程中,形成"孔颜之乐"这一重要命题。颜子"一箪食,一瓢饮",在陋巷而处之泰然的人生态度,被特别凸显出来。安贫乐道这一朴素精神,为理学家所共同推崇,成为其调节心性、循道穷理所应达之境。理学诗中,安贫乐道的形象反复出现,这并非一个空泛的符号,而多有具体的现实指向。李侗(1093—1163)《柘轩》三首之一:"耕桑本是吾儒事,不免饥寒智者非。出处自然皆有据,不应感念泣牛衣。"言辞朴拙,读来平淡无奇,甚至可能会有论者判之为酸腐。孟子云"知人论世",李侗的生命历程是:谢绝世故,屏居四十余年,箪瓢屡空,却怡然有以自适。

---

① 熊节编、熊刚大注:《性理群书句解》卷3。
② 周应合《景定建康志》卷33"文籍志"专辟"理学书之目",即将《朱文公感兴诗》与《朱文公语录》《濂溪集》等同列为"理学书"。

《柘轩》诗所反映的,正是李侗的生活常态,诗中"贫贱不能移"的有德者形象,王柏识之,故评云"只看首句已超绝世俗"①。如此之类诗作,可谓老实人说实在话,诗中之"道貌岸然",若径直以酸腐视之,则未免对古人有失"了解之同情"。

"理学者,所以学为人。"②其吟咏性情之诗,无轻佻之态,鲜一己之悲;根于性理,发于道德,"言有教,而篇有感"③;寄托着理学家成贤趋圣的人生诉求,和敦厚中正的道德理想,因之具有德音悠悠的醇厚意蕴。

(三) 理趣与平易澹泊

从以学论诗的角度分析,理学诗独具浓郁学思与纯正德音。从以诗论诗的角度衡量,理学诗的性理内涵则呈现出理趣的诗艺特点。性理的探求,不只是枯燥干瘪的苦苦求知,更是充满精神愉悦的体验过程。所谓"思虑有得,中心悦豫,沛然有裕者,实得也。思虑有得,心气耗劳者,实未得也,强揣度耳"④。理学家教示学者要寻孔颜之乐,要有"浴乎沂,风乎舞"的曾点气象。在他们看来,这两者都是一种明晓性理后,精神无所羁绊的自得自适境界。姚勉说:

> 昔濂溪周夫子语河南二程先生,以求孔颜之乐处。点之乐即孔颜之乐欤!斯乐何乐也?与天为徒,与道为一。虚室白而纤尘去,太空澄而万境融;华衮列鼎不足以为荣,肥马轻裘不足以为安。托言乎浴,至洁存也;托言乎风,至和畅也;舞以动其机籁,咏以陶其性情,归而造其闾域。斯乐其饮水曲肱,视富贵如浮云;心斋坐忘,适箪瓢于陋巷之乐欤!此孔子、颜、曾之乐,

---

① 金履祥编:《濂洛风雅》卷5引。
② 钱穆:《理学六家诗钞》,《钱宾四先生全集》第46册,序第3页,联经出版事业公司1998年版。
③ 唐良瑞:《濂洛风雅序》,金履祥编《濂洛风雅》卷首。
④ 程颢、程颐:《河南程氏遗书》卷2上,《二程集》,第16页。

而周、程亦乐之。吟光风,弄霁月,玩庭之草,爱沼之莲,望川之花柳,此乐有异乎? 否也。①

"光风霁月",乃黄庭坚评周敦颐之学者气象;"玩庭之草",指周氏"窗前草不除",借以观生生自得之性理;"爱沼之莲",指周氏《爱莲说》所寄寓的君子之德;"望川之花柳",指上引程颢《偶成》诗所体现的仁者情怀。此处所说诸种"乐事",均含比兴之义,给人丰富的文学想象。但同一般文士文学审美所不同的是,此种"乐事"实是神游于理窟而心志澄润的思想境界,是个人情感与性理的泰然合一。在这一境界下所进行的文辞写作,便将性理审美化、形象化、趣味化,由此创作的诗歌,自然具有盎然理趣。朱熹有诗云:"半亩方塘一鉴开,天光云影共徘徊。问渠那得清如许,为有源头活水来。"很富兴味,然其题为《观书》,则知此诗并非写景,而是借物以明理:首句乃"状吾心之体";次句乃"言万理之涵具";第三句乃"喻吾心之静定昭明";尾句乃说"人之一心,能敬以养之,则天理流行"。② 如此落实,诗之兴味,也就一变为理趣。

理学思想认为万物各具一理,万理同出一源;日用之间,无非天理流行之妙。陈淳《道学体统》开篇云:

> 圣贤所谓道学者,初非有至幽难穷之理,甚高难能之事也,亦不外乎人生日用之常尔。盖道原于天命之奥,而实行乎日用之间。……自一本而万殊,而体用一原也。合万殊而一统,而显微无间也。③

指示人们从人生日用之间识察性理。与周敦颐"玩庭之草"相似,程颢也不芟书窗前茂草,又"置盆池,畜小鱼数尾,时时观之"④。借生活中此类轻微之事物,其所观者,正是万物所具之理。钱锺书先

---

① 姚勉:《周沂叟沂斋记》,《雪坡集》卷34,《四库全书》本。
② 熊节编、熊刚大注:《性理群书句解》卷4。
③ 陈淳:《道学体统》,《北溪字义》,第75页。
④ 朱熹、李幼武:《宋名臣言行录·外集》卷2,《四库全书》本。

生说:"举万殊之一殊,以见一贯之五贯,所谓理趣者,此也。"①在人生日用中洞照性理,用诗歌比兴的方式形容之,其旨趣不在描摹物态,而在以一物之理见天地之理,诗之理趣随此而生。朱熹《春日》云:"胜日寻芳泗水滨,无边光景一时新。等闲识得东风面,万紫千红总是春。"这是一首颇为著名的理趣诗,是触物言理之作。一般认为,其洒落诗句所表现的是"一以贯之"之义。

理趣是理学诗风格上的天然呈现,至于其源自理学思想的主观风格倾向,则可概之以平易澹泊,或人们通常所说的平淡。就理学诗而言,此风格之内涵是:性情中正、文辞自然、涤除利欲、澹泊冲和。像蔡元定(1135—1198)《林居》:"富贵良非愿,林泉毕此生。酒因随量饮,诗或偶然成。秋水和烟钓,春田带雨耕。顽然无缝塔,且不费经营。"胸襟纯朴,意态和缓,文辞随性而明了。

朱熹说"文皆是从道中流出",重点虽在指明文、道关系,但也隐含对诗文写作上的规范,即:文是"流出"来的,并非雕饰而成。其实"流出"是理学时常使用的一个术语,借以说明思想、言语、诗文等自然而然、不加增饰的生成过程。如称《论语》等经典是从圣贤胸中流出;说"古之德人,言句皆自胸襟流出,非从颔颊拾来。如人平居谈话,不虑而发"②。这种从胸中"流出"的诗歌作品,与绮丽之类雕饰美相去甚远,而更易表现出平易澹泊这样的"天然风格"。王柏即说何基(1188—1268)之诗"从容闲雅,皆自胸中流出,殊无雕琢辛苦之态"③。

从本质上看,平易澹泊与理学对人性的基本判断相一致。周敦颐《太极图说》立论云,人得阴阳五行之秀而最灵,五性感动而善恶分、万事出,"圣人定之以中正仁义,而主静,立人极焉"④。即是说,其理想的人格品性是中正静定的。此品性与言语文辞相联系,有谓

---

① 钱锺书:《谈艺录》,第653页,生活·读书·新知三联书店2001年版。
② 《性理大全》卷48引李侗语,《四库全书》本。
③ 王柏:《河北山先生行状》,何基《河北山遗集》卷4,光绪退补斋本。
④ 周敦颐:《太极图说》,《周敦颐集》,第6页。

"心平气和,则能言","平易其心而后语"①;认为"圣人之言,冲和之气也,贯彻上下"②。以之审文,则有云:"古人文章,大率平说而意自长。"③以之论诗,则有云:"求《诗》者,贵平易,不要崎岖。"④可见这种源于中正静定之品性的文辞,其风格范畴,正可用平易澹泊涵括之。

与唐诗相比,宋诗表现出"以才学为诗,以议论为诗"等特点。理学诗的学思与德音、理趣与平易澹泊,对宋诗特点起到了强化作用。同时,理学诗言理过甚而至理障,平易不成而至枯淡,此种与诗歌审美不相符的负面特征,则放大了宋诗的某些缺陷。南渡以后,理学诗对诗坛的影响越来越大。无论江西诗派,还是江湖诗派,均与理学有着难解难分的复杂联系。理学及理学诗,是形塑南宋诗学不容忽视的因素。

二、遗民诗派

"宋之亡也,其诗称盛。"⑤咸淳七年(1271)起,元军大肆攻宋,偏安一隅百余年的南宋岌岌可危,南渡以来的爱国情绪再次高涨,江湖诗派、江西诗派的不少诗人纷纷放弃艺术之争,而投入天翻地覆般的易代现实。遗民诗派以其共同的爱国题材、思想而形成,一直沿袭到元成宗、武宗时期,以宋遗民诗人陆续去世而告一段落。

遗民诗派在咸淳七年前情况颇不同,但在此后至宋亡(1279)几年,诗歌内容趋于一致:表达抗击侵略、保家卫国的热情和勇气,批评统治者的昏庸无能,谴责侵略者的残暴,描写战乱给老百姓带来的苦难,其风格雄浑激昂,慷慨悲壮,这种格调以文天祥(1236—

---

① 朱熹:《答刘平甫》,《朱子全书》第22册,第1797页,上海古籍出版社、安徽教育出版社2002年版。
② 程颢、程颐:《河南程氏遗书》卷11,《二程集》,第129页。
③ 《西山读书记》卷25引朱熹语。
④ 辅广:《诗童子问》卷首引张载语,《四库全书》本。
⑤ 钱谦益:《胡致果诗序》,《牧斋有学集》,第800页,上海古籍出版社1996年版。

1283)为代表。作为亲自参加抗元斗争的英雄,文天祥的《指南录》《指南后录》《吟啸录》记载了他的经历与情绪,如史诗一般,反映了那个时代。他的《正气歌》《过零丁洋》《扬子江》颇为人称道,这些诗一反抗元前的恬淡闲适和平庸无聊,一改前期雕琢苦吟的江湖派习气,直抒胸臆,不加修饰地表达个人爱憎忧愤。谢翱(1249—1295)和林景熙(1242—1310)的《读文山集》都有此风格,此外郑思肖(1241—1318)的《春日偶成》、汪元量(生卒年不详)的《越州歌》20首及《湖州歌》98首中的一部分诗也极为激越沉痛。

  宋亡后,随着元代统治者越来越严酷的镇压,更多的诗人面对惨痛的现实,无力回天而且性命难保,只能委婉隐晦地表达压抑着的愤恨与家国之思、黍离之悲,这是遗民诗派的主调。月泉吟社、杭清吟社、孤山社、汐社等纷纷成立,集中了大批遗民诗人,北宋以来的文人群体意识至此更加高涨、自觉。文天祥被囚在元人监狱时就有不少抒写故国之思的诗作如《还狱》《夜》等,谢翱、谢枋得(1226—1289)、林景熙、郑思肖、萧立之(生卒年不详)、汪元量、方凤(1241—1322)等人的这类诗更是俯拾皆是。

  从艺术上讲,遗民诗派并没有超越江湖诗派与江西诗派而有更多创新,只是延续了两派的手法技巧。尽管他们面对的是别样的山水,但他们的笔调却时时滑入原来惯用的模山范水手法,只为其中注入了悲哀沉重的色调,如真山民、汪元量仍有江湖诗派的印记,文天祥后期诗有人称之为"南宋江西之劲"[1],谢翱的精致中增加了一些江西诗派的奇峭、奇崛。遗民诗派激励后人,给后人留下深刻印象的是他们诗里的民族气节与爱国忠诚,更多的人从这些方面领会他们诗歌的精神所在。如吴之振《宋诗钞·文山诗钞序》评文天祥诗云:"去今几五百年,读其诗,其面如生,其事如在眼者,此岂求之声调字句间哉!"[2]

---

[1] 梁昆:《宋诗派别论》,第168页引《乡诗撷谈》,商务印书馆1938年版。
[2] 吴之振等:《宋诗钞》,第2873页,中华书局1986年版。

遗民诗派直接将江湖派、江西诗派的诗风带入元代，对元诗影响深远。

从以上这些流派的演变传承中，我们可以体味到"宋调"产生、发展、衰落的整个过程及其最显著特点，并有助于了解传统诗歌的走向及元、明、清三代"唐宋诗之争"的缘起。

三、禅僧诗

南宋时期，一大批诗僧登上文学舞台，成为一时之风尚。其核心力量，是所谓"五山"（径山寺、净慈寺、灵隐寺、天童寺、阿育王寺）的禅僧。他们不仅在创作数量上占据了宋代僧人著述的绝对比例，在创作水平上也是当之无愧的翘楚。以下将以南宋五山禅僧所作诗歌为对象，借此管窥宋代禅僧文学之一斑。

（一）创作概况

从《全宋诗》等辑录的宋代禅僧诗来看，虽然一言蔽之曰"诗歌"，实际上具体情况颇为复杂。《宋代禅僧诗辑考》对其作了大致的分类：第一类与士大夫所作之"诗"无别，如写景咏物、唱酬之作，以及山居诗、乐道歌等；第二类是表达佛理禅解的偈颂；第三类是禅家特有的创作体制，即针对前代某一公案发表见解、体会，撰成一诗（以七言绝句为多，亦不避白话），名曰"颂古"；第四类就是通常所说的"韵文"，如"赞"、"铭"之类；第五类是与严格的"诗歌创作"距离最远的、几乎不能视为"作品"的文本，姑且称为"有韵法语"。[①] 这五个种类当中，对于某些类别的文体界定存有一定的争议，譬如第四、第五类作品究竟是属于"诗"还是属于"文"，颇难下定论，《全宋诗》中收录的这类作品有不少亦见于《全宋文》。从创作机制上说，第二、第三、第五类作品有相当一部分是从禅僧语录中抽离出来的，也就是说它们并非禅僧有意写作的"诗歌"，而只是口

---

① 参朱刚、陈珏：《宋代禅僧诗辑考》前言，复旦大学出版社2012年版。

头说法语录的组成部分,体貌也和真正书面写作的诗歌大相径庭,若将这些作品置于"诗歌"的范畴加以探讨,未免有些牵强。故以下的考察将主要着眼于第一个种类。

与唐代和北宋诗僧作品较为零散的状态不同,南宋五山僧人大多在生前就有意识地将自己所作的诗歌编成了集子并请人作序、跋等。这首先当然是因为他们对文学创作相当重视,操觚弄翰之风甚为流行;其次也能说明南宋杭州一带的文化气息非常浓厚,私人刻书业发达,不仅有众多士大夫文人活跃于此、出版自己的作品集,而且空门中人也"近朱者赤"了。其中杰出者如北磵居简、物初大观、淮海元肇、觉庵梦真等,几乎成了"职业"诗僧,本是禅僧本职的参禅反而成了"余事"。这一方面是因为在当时,以诗会友是他们结交士大夫的重要途径,例如淮海元肇就因写得一手好诗而见赏于叶适:"方游东嘉日,水心叶侍郎当世儒先,罕有畦衣登其门者。公袖韵语谒,深见赏识。"①无文道璨亦有自述:"士大夫多相知,然所知者不过谓其读书也,能文也。"②另一方面是因为五山住持常由士大夫推荐,所以那些能诗善文者凭借与士大夫的交游,在宗门内地位很高,往往能住持名山大刹,受到众多参学者的追随,这也当是他们热衷于诗歌创作的主要推动力之一。

南宋五山禅僧所创作的诗歌,体裁上以七律、七绝、五律为主。题材上大致主要有如下三类:一是写景咏物诗,描写所见风景或器物等;二是咏怀诗,表现怀古、幽思、思念、乐道等情怀;三是交游诗,即与佛门同道或士大夫、江湖文人的唱酬之作。这三类题材,也正是唐代以来禅僧诗的主流。但是南宋五山僧人的诗笔下,除了这三类较传统的题材外,还出现了一些新的开拓,即有不少反思和批判社会、忧国忧民等内容的作品,体现出强烈的现实关怀精神,入世色

---

① 释大观:《淮海禅师行状》,《物初賸语》卷24,许红霞辑著《珍本宋集五种:日藏宋僧诗文集整理研究》(下),第1003—1004页,北京大学出版社2013年版。
② 释道璨:《与知无闻书》,《无文印》卷19,《全宋文》第349册,第276页。

彩颇为浓厚。譬如北磵居简,其《北磵诗集》中有若干关注下层劳动人民疾苦的诗歌;再如觉庵梦真的《籁鸣集》《籁鸣续集》,其对昏君奸臣导致亡国的赤裸裸的猛烈抨击、对普通百姓在王朝鼎革中所受苦难的深切同情,是我们在唐代和北宋的禅僧诗中无法看到的。物初大观则盛赞藏叟善珍之诗云:"托物引兴,出《风》入《雅》,有以厚人伦、美教化、移风俗,非左右逢原不足进乎此。"①可见五山禅僧此类具有淑世精神的诗歌,在同侪中颇受褒誉和推崇。

从禅僧诗的写作技巧方面看,唐代基本为不事雕琢的白话诗,宋初九僧则模拟晚唐的"苦吟"之风,至北宋中后期的惠洪、道潜等大家,又进一步注重修饰和辞采。总体上来说,禅僧诗自产生之初到之后的不断发展,呈现出非常鲜明的越来越着意于修饰和辞采的趋向。南宋五山禅僧则把这种倾向推向了顶峰,在他们笔下,诗歌的文学性得到了充分的发挥,优美的辞藻、工巧的对仗、丰富的用典等,无不体现出他们对于诗歌文学性的自觉追求和字斟句酌的"苦吟"之功。譬如物初大观就曾记述藏叟善珍"用唐人机杼,斥凡振奇,一语不浪发,发必破的。当吟酣思苦时,视听为不行。句活篇圆,汰炼详稳,人肯之,二叟不自肯也"②,足可见其为寻辞觅句而呕心沥血。

(二) 对"蔬笋气"、"酸馅气"、"香火气"的自觉反省与脱离

禅僧常年居住于大山古刹,日与幽林清溪、青灯黄卷为伴,生活环境和生活方式十分单调。当然他们与士大夫、江湖文人等有许多交往,但其身份又限制了他们不可能去参与干涉时事政治,不可能去秦楼楚馆流连光景。反映在他们的诗歌创作上,便是语词、意象、意境、主题等的单一和僵化,古人形象地称之为"蔬笋气"或"酸馅气"。翻阅宋人的作品,僧诗之"蔬笋气"、"酸馅气"被频频论及,似

---

① 释大观:《藏叟诗序》,《物初賸语》卷13,许红霞辑著《珍本宋集五种:日藏宋僧诗文集整理研究》(下),第781页。
② 同上。

乎已经成为僧诗的固定标签。如叶梦得《石林诗话》云：

> 近世僧学诗者极多，皆无超然自得之气，往往反拾掇模仿士大夫所残弃，又自作一种体格律，尤凡俗，世谓之酸馅气。子瞻赠惠通诗云："语带烟霞从古少，气含蔬笋到公无。"尝语人曰："颇解蔬笋语否？为无酸馅气也。"闻者无不皆笑。①

上述《石林诗话》中引东坡赠僧惠通诗云"语带烟霞从古少，气含蔬笋到公无"，许顗《许彦周诗话》亦曰惠洪"颇似文章巨公所作，殊不类衲子。又善作小词，情思婉约似秦少游"②。《直斋书录解题》评惠洪《石门文字禅》曰："其文俊伟，不类浮屠语。"③《郡斋读书志》评道潜《参寥集》曰："其言清丽，不类浮屠语。"④似乎有无"蔬笋气"、"酸馅气"成了历来评判僧人文学水平高下的一个重要衡量标准。若僧人作诗皆含此二气，则作品不免千人一面、枯燥乏味，成为一片弥望的"黄茅白苇"。

除了如上引这些时人论宋僧诗屡屡谈及的"蔬笋气"、"酸馅气"，人们对僧诗的印象，还有一种说法——"香火气"。譬如，王士禛评价禅僧正岩之诗"皆无香火气，唐《弘秀集》中所少"⑤，言下之意，是宋人李龏所编《唐僧弘秀集》中所录僧诗，皆有香火之气；明代女诗人孟淑卿，在论朱淑真诗时则认为："作诗贵脱胎化质，僧诗无香火气乃佳。"⑥很显然，"香火气"与"蔬笋气"、"酸馅气"一样，是僧人诗歌的一个特有的、"类型化"的反面标签。此说传至日本，日本诗坛亦有人持同样看法，江户时代的《日本诗史》中即记载了一段关于僧诗"香火气"的论辩：

---

① 魏庆之：《诗人玉屑》卷20"酸馅气"条，《四库全书》本。
② 同上书"惠洪"条。
③ 陈振孙：《直斋书录解题》卷17，徐小蛮、顾美华点校本，上海古籍出版社1987年版。
④ 晁公武：《郡斋读书志》卷4，孙猛校证本，上海古籍出版社1990年版。
⑤ 王士禛：《池北偶谈》卷12"豁堂诗"条，《四库全书》本。
⑥ 陈继儒：《岩栖幽事》，《宝颜堂秘笈》本。

僧惠仁诗,《昆玉集》载之殊多。其《京馆杂诗》中云:"晚来比屋弦歌起,疑是诸天赞我声。"可谓狂妄。又曰:"此中无不有,唯少天女侍。"虽用维摩事,亦复甚矣。近时学者动曰:"僧诗不可有香火气。"余则曰:"僧诗不可有香火气也,又不可无也。"盖有香火气,以法害诗;无香火气,以诗累德。僧家学诗者,宜了得此义。①

所谓的僧诗"香火气",简而言之即江村北海所言及的"法",也就是佛法禅理。翻阅中唐及之前的诗僧所作之诗,我们可以发现,它们多是以直白、单调、缺乏文学性的语言来表达佛理禅解——他们作诗的目的,在于阐明"法",至于诗歌本身的文学性、艺术性,是他们基本不予关注的。这与一些道学家写的枯燥干瘪、索然无味的说理诗歌极为相似。在这类诗歌中,诗这种文学样式只是作为载"道"之器存在,而其自身理应所具有的美学特质被湮没遮蔽。

世人对僧诗"蔬笋气"、"酸馅气"、"香火气"的定评当给南宋五山禅僧造成了很大的心理压力。云卧晓莹在笔记《云卧纪谭》中,就屡屡有意识地倡导推崇无"蔬笋气"、"香火气"的人格与文学:

(惟正禅师)雅富于学,作诗有陶谢趣。临羲献书,益尚简淳,至于吐论卓荦,推为辩博之雄。②

杨(杨杰)以偈调之(中际可遵禅师)曰:"无孔铁锤太重,堕在野轩诗颂。酸馅气息全无,一向扑入斋瓮。"遵即继其韵曰:"无为不甚尊重,到处吟诗作颂。直饶百发百中,未免唤钟作瓮。"③

---

① [日]江村北海:《日本诗史》卷5,蔡镇楚编《域外诗话珍本丛书》第5册,第553—554页,北京图书馆出版社2006年版。
② 释晓莹:《云卧纪谭》卷下"惟正禅师"条,《续藏经》本。
③ 同上书"野轩诗颂"条。

> 西蜀政书记居百丈山最久，而内外典坟，靡不该洽。至于诗词，虽不雅丽，尤多德言。珪禅师早从之游，政以诗赠之曰："少年诗律如春雨，点染万物发佳处。时复一篇出新意，澜锦轻纱脱机杼。自知文意费雕刻，日益巧伪蔽心腑。……谪仙人在一尘中，一一尘中有杜甫。根尘界处皆腹稿，八万四千无数句。意句圆美若弹丸，咏歌不足欲起舞。"①

以上三条记述，说明当时的禅僧推崇类似于陶渊明、谢灵运、杜甫等士大夫全无蔬笋气、香火气的僧诗。他对此津津乐道，不无夸赏之意。而北磵居简则非常钦慕诗人杜甫，尝作《少陵画像》，赞美杜甫"新诗一洗涤，天地皆清明"②，并总结道：

> 少陵得三百篇之旨归，鼓吹汉魏六朝之作，遂集大成。离骚大雅，铿然盈耳，晚唐声益宏，和益众，复还正始，厥后为之弹压，未见气力宏厚如此。骎骎末流，着工夫于风烟草木，争研取奇，自负能事尽矣。③

刘震孙评价北磵居简"其为文章，奇伟峭拔，甚似柳柳州"④，《四库全书总目提要》评其《北磵集》曰："居简此集，不摭拾宗门语录，而格意清拔，自无蔬笋之气。"⑤看来他挣脱了"蔬笋气"，其努力取得了效果。淮海元肇诗云："橘洲骨冷不容呼，正始遗音扫地无。一代风流今北磵，十年梵语落西湖。"⑥可见元肇推崇正始之音，并认为北磵是一代文学之翘楚。橘洲宝昙《请德和尚住象田诸山疏山门疏茶汤榜》云："烟霞痼疾，或惯姜盐；云月肺肝，不含蔬笋。"⑦这是兼而论人格。无文道璨祭云太虚曰："其发而为文，则浑而厚；变而为

---

① 释晓莹：《云卧纪谭》卷下"政书记诗"条。
② 释居简：《少陵画像》，《北磵诗集》卷1，《全宋诗》第53册，第33038页。
③ 释居简：《送高九万菊硐游吴门序》，《北磵文集》卷5，《全宋文》第298册，第236页。
④ 刘震孙：《北磵居简禅师语录序》，《北磵居简禅师语录》卷首附，《续藏经》本。
⑤ 《四库全书总目·〈北磵集〉提要》。
⑥ 释元肇：《见北磵》，《淮海挐音》卷下，《全宋诗》第59册，第36913页。
⑦ 释宝昙：《请德和尚住象田诸山疏》，《橘洲文集》卷8，《全宋文》第241册，第202页。

诗,则雅而正;溢而为骈俪,则华而滋。"①反映了道璨接近于儒家的文学审美观念。

从五山禅僧的这些言论,可以看出他们对于"蔬笋气"、"酸馅气"、"香火气"的主动远离和对有个性的文学风格的自觉追求。而禅僧由于生活环境、生活方式的趋同,又由于身份上的一些局限,其诗歌的内容、形式就往往比较单一。如何把文学从这种千篇一律中解放出来,那就只有首先突破佛理的内容,书写个人化的情感经历、生命体验、心海波澜。于是我们看到,在北磵居简、无文道璨、淮海元肇、物初大观、觉庵梦真等人的诗集中,有亭台楼阁、花鸟虫鱼的吟咏,有离愁别绪、喜怒哀乐的倾诉,有与佛门内外友人的往来酬酢,有国破家亡之际的山河凋敝、民不聊生,等等。北磵居简有诗曰"犹将三万轴,清夜答弦歌"②,文学从承载佛理的负荷下解脱出来,成了个人化情感的表达载体。黄启江先生认为北磵是这个转折过程中的关键性人物:"他与官僚、文士多方面及多层面之互动,象征了佛教界,尤其是禅宗丛林成长与发展的一个新方向。此后的禅宗不再坚持文字与禅的对立,而逐渐以文士禅的面貌拓展其存在的空间。"③

（三）从"晚唐体"到"江湖体"

回顾以往的诸种"中国文学史"著作,在论及宋代诗歌发展时,均会突出以下几个重要坐标点:宋初三体(白体、晚唐体、西昆体)、江西诗派、中兴四大诗人、江湖诗派。"宋初三体"中的晚唐体从字面上来看是晚唐时期的唯美诗风,包括小李杜的缠绵悱恻以及姚、贾等人的清苦、苦吟两种。而实际上宋初流行的晚唐体主要是师法贾岛的推敲苦吟之风,写作者多为僧人、隐士,代表人物是宋初"九

---

① 释道璨:《江湖祭云太虚》,《无文印》卷13,《全宋文》第349册,第429页。
② 释居简:《谢疏寮高秘书同常博王省元见过》,《北磵诗集》卷5,《全宋诗》第53册,第33143页。
③ 黄启江:《一味禅与江湖诗》,第208页,台湾商务印书馆2010年版。

僧"、林逋等。随着北宋中期以来苏轼等士大夫诗人以及江西诗派的崛起,"晚唐体"后继乏人,似乎这一条脉络已经中断了。一直到南宋中晚期江湖诗人纷纷登上舞台,"江湖体"(即晚唐体)成为他们共同所采用的诗体,似乎它是在沉眠一个多世纪后在毫无铺垫的情况下又遽然复苏。这样的文学史描述不免给我们造成一种错觉:在两宋三百年间,晚唐体经历了"流行—消亡—流行"这一断裂的过程。

南宋五山禅僧的诗集,大部分在中土已经失传而仅存于东瀛等异域,前人难有机会获睹。近年来,随着中外学术交流的加强、域外汉籍的搜寻整理、禅宗文献的清理研究,我们终于有机会看到越来越多的南宋五山禅僧的诗歌作品。当我们把他们的诗歌置于文学史上来考虑,那么关于晚唐体在宋代的消长情况的既往描述或许便很值得推敲。如前文所述,南宋五山禅僧诗歌体裁上以七律、七绝、五律为主,内容上以写景咏物、咏怀、唱酬等为主的相对趋同性,艺术上字斟句酌的"苦吟"风格,正是宋初"晚唐体"的继续。由此我们不难得出另一种印象:宋初的"晚唐体"并没有因为梅、苏等士大夫文人的崛起而中断,其命脉一直存在着,至少有很多禅僧都在进行着"晚唐体"的写作。而由于南宋后期诗坛上的"江湖体"实际就是"晚唐体"之流亚,故而这些五山诗僧的创作,具有联结"晚唐体"和"江湖体"的文学史意义。

值得注意的是,南宋五山禅僧之诗总体上是承续"晚唐体"一脉而来,但也有一些新变。第一,晚唐体的重要特征之一正如杨慎在《升庵诗话》之"晚唐两诗派"条中所述:"又忌用事,谓之点鬼簿,惟搜眼前景而深刻思之,所谓'吟成五个字,拈断数茎须'也。"[①]即晚唐体较少使事用典,而着意于当前现实情境的描写。这固然可以避免匠气过重、艰深晦涩等弊端,但也会带来另外一些不足:"晚唐诗虽然有着丰富的风格内涵,但浅切平俗确实是其重要特色之一。

---

① 杨慎:《升庵诗话》卷11"晚唐两诗派"条,《升庵集》卷60,《四库全书》本。

一方面表现为语意直露,缺乏含蓄委婉之致,另一方面甚至表现为大量使用俗语。"①而南宋五山禅僧的诗作,较好地矫正了这一弊病。如诗僧藏叟善珍就虽学晚唐,但又避免了"俗":

> 学陶谢不及则失之放,学李杜不及则失之巧,学晚唐不及则失之俗。泉南珍藏叟学晚唐,吾未见其失,亦未见其止,骎骎不已,庸不与姚、贾方轨。"薄霭遮西日,归雁带北云",题金山也。永嘉诗人刘荆山抵掌而作曰:"应是我辈语。"②

他们规避晚唐体弊端的方法,在于既写"眼前景",也不刻意回避使用各种历史典故,将"古典今情"融合在一起,丰富了诗歌的美学层次,避免了诗歌过于平白直露。试以淮海元肇的《洞庭用白乐天韵》二首为例:

> 两丸跳掷几升沉,谁识仙源洞府深。月在波间明片玉,舟从水口出横金。夫差醉后无吴舞,范蠡来时有越吟。千古烟波兴废事,白鸥渔叟是知心。
>
> 西绷东峨日未沉,洞庭山水更幽深。微茫雪浪疑浮玉,杳霭烟霞似紫金。坛上绿毛遗灶冷,橘中皓首采芝吟。桃花洞口年年发,自是寻人不尽心。③

这两首诗的主题是写洞庭湖。它既表现出了现实中洞庭湖的景致特点,又思接千载,融入了吴越之争、女娲遗灶、麻姑采芝、桃源寻人等历史、民间传说及文学典故,脱离了写景诗常有的平面、单调的窠臼,带给读者多层次的含蓄隽永的美学享受。

第二,南宋五山禅僧对于宋初"晚唐体"单一、狭窄的诗歌题材和艺术境界有较大的开拓。他们首先在主观理念上对中唐以降的诗歌之弊病就有清醒的认识:"诗至于唐,风雅已不竞。元和以后,

---

① 张宏生:《关于江湖诗派学晚唐的若干问题》,《唐代文学研究》,1994 年。
② 释居简:《书泉南珍书记行卷》,《北磵文集》卷 7,《全宋文》第 298 册,第 287 页。
③ 释元肇:《洞庭用白乐天韵》,《淮海挐音》卷下,《全宋诗》第 59 册,第 36918 页。

体弱而徘,气惫而索,声浮而淫,诗道几亡矣。"①"杜少陵读破万卷,续三百篇之绝响。自兹而降,以风雅名家者,未有不策博约之勋,而后能古今众作、浅深疏密皆可考。沾沾晚生,单庸撇荜,组织风云月露,较工拙于片言只字间,偎轻浮薄,媚俗而已。以望夫风雅之垣,奚啻天渊相邈哉!"②宋初以"九僧"、隐士等为主要创作者的"晚唐体"单一、狭窄的诗歌题材和艺术境界,其实大致就是上文已提及的"蔬笋气"、"酸馅气"。南宋五山禅僧通过诗歌题材的扩展、艺术境界的拓宽来努力挣脱晚唐体通常所沾染的"蔬笋气"、"酸馅气"。许红霞先生就指出觉庵梦真诗歌的重要特点在于:"总体来看,梦真的诗歌与'晚唐体'诗风不尽相同,他的诗思不像晚唐体诗人那样狭窄,而是比较开阔的,诗歌体裁、题材也比较广泛。他也不像晚唐体诗人那样追求苦吟,雕琢字句,虽然他也十分注意遣词用句,但更倾向于自然天成。"③

总而言之,南宋五山禅僧的诗歌纠正了传统僧诗惯有的"蔬笋气"、"酸馅气"、"香火气"之弊病,客观上具有联结宋初"晚唐体"和南宋中后期"江湖体"的文学史意义,值得我们予以关注。同时,晚唐体在他们笔下并非被一味承续,而是产生了一些新变,题材内容得以大大拓展,艺术技巧更加丰富成熟。凡此种种,造就了唐代以来禅僧诗的崭新风貌。

---

① 释道璨:《周衡屋诗集序》,《柳塘外集》卷3,《全宋文》第349册,第300页。
② 释大观:《藏叟诗序》,《物初膡语》卷13,许红霞辑《珍本宋集五种:日藏宋僧诗文集整理研究》(下),第781页。
③ 许红霞辑著:《珍本宋集五种:日藏宋僧诗文集整理研究》(上),第122页。

第二章

宋词发展的两大趋势

第一节　前人关于宋词分派诸说的检讨

词兴起于隋唐而极盛于两宋。明确划分宋词流派始于明人王世贞、张綖。至清代词学复兴，有关宋词流派之论，诸说纷呈，主要有以下四类。

一、婉约、豪放之分及其繁衍

明代张綖首创婉约、豪放之说：

> 按词体大略有二：一体婉约，一体豪放。婉约者欲其辞情蕴藉，豪放者欲其气象恢弘。盖亦存乎其人，如秦少游之作多是婉约，苏子瞻之作多是豪放。①

张綖着眼于词作风格，同时联系词人（"婉约者"、"豪放者"）创作趣味，以及各体代表词人来界说"婉约"与"豪放"，因而使"婉约"、"豪

---

① 张綖：《诗余图谱·凡例》"按语"，见明刊本及万历二十九年游元泾校刊《增正诗余图谱》本。按通行之汲古阁《词苑英华》本《诗余图谱》无"凡例"及"按语"。

放"二体具备了派别含义。清初王士禛在《花草蒙拾》中引述时即说:"张南湖论词派有二:一曰婉约,一曰豪放。"张綖此说一出,后人多所称引,如明代徐师曾《文体明辨序说·诗余》、清代王又华《古今词论》、徐釚《词苑丛谈》卷1、张宗橚《词林纪事》卷6、沈雄《古今词话·词品》上、江顺诒《词学集成》卷5、陈廷焯《白雨斋词话》卷1、沈祥龙《论词随笔》、蒋兆兰《词说》等。

平实而论,张綖的着眼点限于词作风格,所及词人也仅限于北宋。因此,张綖所说的"婉约"、"豪放"二体不能概括宋词全貌,清人在此基础上颇有增衍或补充。

其一,偏重南宋或总两宋而分为二派。厉鹗《张今涪红螺词序》仿画坛南北宗而论词派:"稼轩、后村诸人,词之北宗也;清真、白石诸人,词之南宗也。"①凌廷堪以禅喻词,谓南宋词:"一派为白石,以清空为主,……犹禅之南宗也。一派为稼轩,以豪迈为主,……犹禅之北宗也。"②此外又有刘熙载的"西江"、"西昆"之分③,都着眼于南宋或偏重于南宋而论。而周大枢《调香词自序》分词家为秦、柳与苏、辛二派④,冯煦《东坡乐府序》分词为刚、柔二派,则总括两宋词而论。

其二,三派说。邹祗谟《远志斋词衷》在婉约、豪放之外列出闲适派,近人刘麟生承之⑤。谢章铤在"婉丽"、"豪宕"之外增"醇雅"

---

① 厉鹗:《樊榭山房集·文集》卷4,第753页,上海古籍出版社1992年版。
② 谢章铤:《赌棋山庄词话续编》三引张其锦《梅边吹笛谱跋后》,见唐圭璋编《词话丛编》第3510页,中华书局1986年版。
③ 《艺概·词曲概》,见《刘熙载论艺六种》第116页,巴蜀书社1990年版。按词论中"西江"词派内涵不一。刘熙载所言指"清空"一派,而沈祥龙所言指苏轼一派,此就风格而言。又有以词人占籍而论,如厉鹗《论词绝句》:"不读凤林书院体,岂知词派有江西",指元代庐陵凤林书院所辑《精选名儒草堂诗余》多录江西词人。冯煦《蒿庵论词》所说"西江一派"指宋初晏殊、欧阳修等江西词人承南唐冯延巳词风。朱祖谋《映庵词序》所说"西江诗派,卓绝千古,唯词亦然",则合两宋江西词人而言。
④ 谢章铤:《词话纪余》引,《稗贩杂录》卷3,见《近代中国史料丛刊》本《赌棋山庄全集》。
⑤ 参见刘麟生《中国文学八论》,北京市中国书店1985年版。

一派①。又有人针对词作气格、情韵等风格因素而分宋词为三派：蔡宗茂《拜石山房词钞序》云："词盛于宋代，自姜、张以格胜，苏、辛以气胜，秦、柳以情胜，而其派乃分。"②陈廷焯《白雨斋词话》卷6谓："周、秦词以理法胜；姜、张词以骨韵胜；碧山词以意境胜。"

其三，四派说。郭麐《灵芬馆词话》卷1分宋词为"风流华美，浑然天成"（"花间"诸人及晏、欧等）、"含情幽艳"（秦、周、贺、晁诸人）、"一洗华靡，独标清绮"（姜、张等）和"雄词高唱"（苏、辛等）四派。周济则分宋词为碧山、梦窗、稼轩、清真四派③。近人陈衍又分北宋词为婉约、豪放二派，分南宋词为清空、质实二派，也为四派说④。

上述三说虽分法各异，但同承张綖风格派别说观念，着眼于宋词风格，正如南宋黄昇所说："人各有词，词各有体。"⑤仅从风格角度论宋词流派，是无法全面反映宋词风格的多样性的。

二、正变说

词论中的正变说也创自明人。王世贞《艺苑卮言》说：

> 之诗而词，非词也；之词而诗，非诗也。言其业，李氏、晏氏父子、耆卿、子野、美成、少游、易安，至也，词之正宗也。温、韦艳而促，黄九精而险，长公丽而壮，幼安辨而奇，又其次也，词之变体也。

张綖的二分说也隐含正变之义："大抵词体以婉约为正。"⑥徐师曾

---

① 参见谢章铤《赌棋山庄词话》卷9，见唐圭璋编《词话丛编》，第1643页，中华书局1986年版。
② 施蛰存编：《词集序跋萃编》，第579页，中国社会科学出版社1994年版。
③ 参见周济《宋四家词选目录序论》，见唐圭璋编《词话丛编》，第3443页，中华书局1986年版。
④ 陈衍：《石遗室诗话》卷20，商务印书馆1935年版。
⑤ 黄昇：《中兴以来绝妙词选序》，见《四部丛刊》本卷首。
⑥ 张綖：《诗余图谱·凡例》"按语"，明刊本。

承袭张綖,谓词"要当以婉约为正。否则虽极精工,终乖本色"①。三人都以词体传统本色风格为准则来界分正变,并非以雅为正,王世贞就说:"作则宁为大雅罪人,勿儒冠而胡服也。"②明人所谓"正宗"与"婉约"、"变体"与"豪放"实为同一风格内涵的不同说法而已。

清人论宋词之正变与明人不同。清代词学的突出观念是尊体,以诗骚之比兴寄托为旨归。田同之就曾驳斥王世贞说:"王元美论词云'宁为大雅罪人',予以为不然。文人之才,何所不寓,大抵比物流连,寄托居多。"③词论界的正变说也附属于这种尊体观念而有别于明人。这主要体现在以"比兴寄托"言词的常州派词论中。

张惠言将词比诸"《诗》之比兴,变风之义,骚人之歌",将苏轼、辛弃疾并入张先、秦观、周邦彦、姜夔、王沂孙、张炎而合评为"渊渊乎文有其质焉"④。其后,陈廷焯《白雨斋词话》卷1、刘熙载《艺概·词曲概》承张惠言之说,立足于词作"寓意"、词人"温柔敦厚"之情,将苏、辛"运笔空灵"、"潇洒卓荦"、"气魄雄大"词作归入正声。正变划分标准转归儒家诗教,明人"以婉约为正"之说便受到驳难:

> 张綖云:"少游多婉约,子瞻多豪放,当以婉约为主(正)。"此亦似是而非、不关痛痒语也。诚能本诸忠厚,而出以沉郁,豪放亦可,婉约亦可。⑤

陈氏并不否认苏、秦风格上有豪放、婉约之别,而是认为正变之分当"本诸忠厚"。据此,苏、辛与周、秦同宗风雅,貌变而神不变,自然同属正声。而以诗骚比兴寄托(不变之"神")为大前提,并从风格意义

---

① 徐师曾:《文体明辨序说·诗余》,人民文学出版社1962年版。
② 王世贞:《艺苑卮言》,见唐圭璋编《词话丛编》,第385页。
③ 田同之:《西圃词说》,同上书,第1452页。
④ 张惠言:《词选词序》,同上书,第1617页。
⑤ 陈廷焯:《白雨斋词话》卷1,同上书,第1643页。

上穷词体正变(即"貌变")的是常州派理论最重要的代表人物周济。

周济在《介存斋论词杂著》中说："向次《词辨》十卷,一卷起飞卿为正,二卷起南唐后主为变。"而《词辨自序》称列入变体的李煜、范仲淹、苏轼、辛弃疾、姜夔、陆游、刘过、蒋捷等为"正声之次",即处于"正声"中的风格品位稍次的地位,但不可谓之非"正声"。所以谭献说："予固心知周氏之意,而持论小异。大抵周氏之所谓变,亦予所谓正也,而折衷柔厚则同。"①周济晚年编《宋四家词选》就不分正变,原《词辨》中"变"体诸家多附于辛弃疾而与"正"体相通："问途碧山,历梦窗、稼轩以还清真之浑化。"②这样,周济的正变说仍归结于风格论。

明、清词论中的正变说因其词学宗旨不同而各具内涵。明人所谓正变说与其婉约、豪放说为同一内涵,是立足于词体传统本色风格的宋词派别说;清人所谓正变说是尊体观念统摄下的宋词风格派别说,归结到流派划分的标准,仍未出风格范畴。

三、南、北宋之说

清代词论中的南、北宋之分最先反映在云间、阳羡、浙西三派宗尚的风格中,并非对宋词的历史分期,而是三派词学宗尚的体现,因而具有宋词派别论意义。云间派宗尚北宋小令所沿袭的唐五代词风③,严格说来,不可谓之宗北宋;阳羡派所宗北宋是指"骎骎乎如杜甫之歌行与西京之乐府"的苏、辛词风④;浙西派所宗南宋指以姜夔为代表的"醇雅"词风⑤。可见所谓南、北宋之分,实为浙西、阳羡二派宗旨之别,也就是姜夔与苏轼代表的两种词风之别。然而浙西派所列姜派词人风格也有差异,所以陈廷焯《白雨斋词话》卷8、陈

---

① 谭献:《复堂词话》,见唐圭璋编《词话丛编》,第3988页,中华书局1986年版。
② 周济:《宋四家词选目录序论》,同上书,第3785页。
③ 参见田同之《西圃词说》,沈亿年《支机集·凡例》。
④ 参见陈维崧《词选序》,《迦陵文集》卷二,《四部丛刊》本。
⑤ 参见朱彝尊《词综·发凡》《黑蝶斋诗余序》、汪森《词综序》。

洵《海绡说词·通论》均对此有异议。

浙西、阳羡二派之后,常州派的周济论词以北宋周邦彦为宗,也提出了南、北宋之分。他所说的北宋是指周邦彦、吴文英代表的以"浑化"、"秾挚"为特色的词风;南宋则指辛弃疾、姜夔所代表的以"雄健驰骤"、"清刚疏宕"为特色的词风。① 其后词论家也多论及南、北宋之分,如刘熙载、王国维、况周颐、夏敬观等,虽各有所据,但因宗尚风格不同,各言其南、北宋之别,难免偏颇。

诚如赵尊岳《填词丛话》所说:"实则但以作法门径之不同,而始有南、北宋界限之说,非真断代有以限之也。"清人南、北宋之说对宋词艺术风格及创作手法上的承转关系有较精当的分析,但在宋词流派说上仍属风格派别说。周济的"正变"说、"四家"说、南北宋之说实为同一类型的宋词流派论。

四、初盛中晚说

明代俞彦仿高棅以初盛中晚论唐诗,而创宋词初盛中晚说:

> 唐诗三变愈下,宋词殊不然。欧、苏、秦、黄,足当高、岑、王、李。南渡以后,矫矫陡健,即不得称中宋、晚宋也。惟辛稼轩自度梁肉不胜前哲,特出奇险为珍错供,与刘后村辈俱曹洞旁出。学者正可钦佩,不必反唇并捧心也。②

俞彦所论显示出两个特点:其一,以宋词品格立论,所以说"矫矫陡健"的南宋词"不得称中宋、晚宋也";其二,视辛弃疾、刘克庄等人为别派,存而不论。清人论宋词之初盛中晚基本承袭着这两个特点,且多因词学宗尚不同而各有偏赏。尤侗、刘体仁推尊周邦彦,以周邦彦为盛,姜夔为中③;而奉姜夔为宗的江顺诒、凌廷堪则以

---

① 参见周济《介存斋论词杂著》《宋四家词选目录序论》。
② 俞彦:《爰园词话》,见唐圭璋编《词话丛编》,第401页,中华书局1986年版。
③ 参见尤侗《词苑丛谈序》(徐钪《词苑丛谈》卷首,上海古籍出版社1981年版)、刘体仁《七颂堂词绎》。

姜夔为盛①。较客观地评析宋词发展变迁的是清末张祥龄的"春、夏、秋、冬"说:"小山、耆卿,而春矣;清真、白石,而夏矣;梦窗、碧山,已秋矣;至白云,万宝告成,无可推徙,元故以曲继之。此天运之终也。"②但他在追究词风变迁根源时说:"词至白石,疏宕极矣。梦窗辈起,以密丽争之。至梦窗而密丽又尽矣,白云以疏宕争之。三王之道若循环,皆图自树之方,非有优劣。况人之才质限于天,能疏宕者不能密丽,能密丽者不能疏宕。"③则流为风格循环论和才质决定论。因而张祥龄虽无主观上的崇抑偏见,但并没有把握宋词流变的根本原因。从宋词流派角度说,他的"春、夏、秋、冬"说并未揭示出宋词发展的不同倾向。

历代宋词流派诸说略如上述,其中有一点最值得注意,即明、清词论家虽大都从艺术风格及创作手法着眼对宋词进行析派辨体,且众说不一,但几乎一致视苏、辛为变体别派。这一共识并非偶然巧合,其真正内涵亦并非止于风格上的认同。

以苏、辛为变体说虽成于明人王世贞、张綖,但根源于北宋苏门词评,所以张綖提出"词体以婉约为正"便引:"东坡称少游为(今)之词手;后山评东坡词虽极天下之工,要非本色。"④孟称舜《古今词统序》也说:"宋伶人所评《雨霖铃》《酹江月》之优劣,遂为后世填词者定律矣。"苏轼及其门人的词评明显反映出当时词坛上以苏轼与柳永、秦观所代表的不同创作流派,如苏轼自称小词"虽无柳七郎风味,亦自是一家"⑤,而谓秦观词学柳永⑥。苏门之后,周邦彦前承柳

---

① 参见江顺诒《词学集成》卷1,凌廷堪《赌棋山庄词话续编》三引张其锦《梅边吹笛谱目录跋后》。
② 张祥龄:《词论》,见唐圭璋编《词话丛编》,第4212页。
③ 同上书,第4211页。
④ 评秦观、苏轼语均出自《后山诗话》。张綖跋《淮海集》:"陈后山云:'今之词手,惟有秦七、黄九。'谓淮海、山谷也。"(见徐培均校注《淮海居士长短句》附录三,第268页,上海古籍出版社1985年版)此称苏轼评秦观为"(今)之词手",当属误记。
⑤ 《与鲜于子骏》,《苏轼文集》卷53,第1559页,中华书局1986年版。
⑥ 参见曾慥《高斋诗话》,见唐圭璋编《词话丛编》,第1186页。

永、秦观而后启南宋姜夔、吴文英;张孝祥、张元幹、辛弃疾等沿承苏轼词风。这是两宋词风流变的基本脉络。明人宋词流派二分说滥觞于宋人词评,与宋词发展历程基本相符。但明人仅以风格界说正变或"婉约"、"豪放",则与宋人评词本义不尽相符。

宋人评苏词"豪放"主要指苏轼放笔快意、挥洒自如、摆脱束缚的创作个性,体现在词作风格上并不限于豪放一格。如朱弁评苏轼《水龙吟》"似花还似非花""若豪放不入律吕,徐而视之,声韵谐婉",此"豪放"就不是针对该词的风格,而是指作者的创作个性。联系苏轼本人词学观来看,"豪放"这一创作个性与其"以诗为词"观念互为表里,包含着在题材内容、风格手法、形式格律等方面突破传统藩篱的革新因素。只有在这个意义上理解"豪放"的内涵,才能反映出苏、辛代表的创作流派①。

再说宋人评秦观词为"婉约"。胡仔说:"少游词虽婉美,然格力失之弱。"②许彦周称僧觉范"善作小词,情思婉约似秦少游"③。张继以"辞情蕴藉"释"婉约"与宋人同义,也符合秦观词作风格。然而,"婉约"作为与"豪放"相对的宋词流派概念,其内涵不应限指秦观的词作风格。历代评秦观词者多合以张先、晏殊、欧阳修、晏幾道、周邦彦、李清照、高观国、姜夔、史达祖、吴文英、陈允平、王沂孙、张炎等,从多种角度指出其相通之处。从流派意义上说,秦观代表的"婉约"词风当指晏殊、欧阳修直到张炎、王沂孙等人这一创作流派。

清末蒋兆兰说:"宋代词家,源出于唐五代,皆以婉约为宗。自东坡以浩翰之气行之,遂开豪迈一派。南宋辛稼轩运深沉之思于雄杰之中,遂以苏辛并称。"④宋代词人面对唐五代词的传统,而呈现出或继承或革新两种基本倾向,我们据此将宋词分为传统、革新二

---

① 参见王水照先生《苏轼豪放词派的涵义和评价问题》,《中华文史论丛》1984年第2辑。
② 胡仔:《苕溪渔隐丛话》后集卷33,第253页,人民文学出版社1981年版。
③ 同上书,卷37,第296页。
④ 蒋兆兰:《词说》,见唐圭璋编《词话丛编》,第4632页。

派,前者在承袭传统词学观念的基础上发展,后者在革新传统词学观念的前提下发展。同时,派内词人风格多姿多态,且二派在创作上也互有交融,从而构成了宋词这一复杂的文学实体。

第二节　宋词传统流派的创作成就

本书《文体篇》第三章已指出,词在唐五代的生成时期,已初步形成其言情、审美、协律的总体特征,即题材上侧重于男欢女爱、伤时惜别、人生迟暮,风格上崇尚细美幽约,以清切婉丽为宗,基调则大都感伤哀怨、回肠荡气,境界上又表现出狭深的特点,而这又与其合乐应歌、娱宾遣兴的基本功能息息相关。宋词传统流派在继承和发展唐五代词风中也相应地表现出这些总体特征。

一、南唐词风嗣响及新变

宋代传统词派是以承袭南唐幽约婉雅词风为其发展基点的。晏殊、欧阳修、张先、晏幾道、秦观等令曲代表词人的创作,总体上可称为南唐词风的嗣响,同时又透出某些新的演变因素。

(一) 晏殊、欧阳修"同出南唐"

晏殊(991—1055)、欧阳修(1007—1072)并为宋词传统流派开山始祖,词作大都为酒筵歌席间娱宾遣兴之作,多言男女情事[①],在创作艺术上主要师承冯延巳。清人冯煦《蒿庵论词》中的评断颇为切当:

---

① 晏、欧词言男女情事者在三分之二以上,虽以婉雅者为多,但也有轻艳之作。时人及后人多为之辩护,尤其是欧阳修的艳词,或谓小人所作而嫁名于欧阳修,宋人多持此说。或为深求词中寓意,如宋翔凤《乐府余论》评《望江南》(江南柳):"此词极佳,当别有寄托。"又有断为欧阳修"年少时笔墨"而加以指责(陈廷焯《词坛丛话》《白雨斋词话》卷1)。前述诸家皆本于儒家正统诗教,不足为训。

> 宋初大臣之为词者,……独文忠与元献,学之既至,为之亦勤,翔双鹄于交衢,驭二龙于天路。且文忠家庐陵,而元献家临川,词家遂有西江一派。其词与元献同出南唐,而深致则过之。

他又说:

> 晏同叔去五代未远,馨烈所扇,得之最先,故左宫右徵,和婉而明丽,为北宋倚声家初祖。

晏殊好冯延巳词早见载于宋人之笔。北宋刘攽《中山诗话》说:"晏元献尤喜冯延巳歌词。"南宋罗愿《新安志》卷 10 载冯氏子孙冯璪以《阳春录》"示晏元献公,公以为真赏"。又引元丰间崔公度跋《阳春录》谓"近时所镂欧阳永叔词亦多有之,皆失其本也"。据唐圭璋《宋词互见考》,冯、晏、欧三家词多有互见①,而词句上的承袭更能说明晏、欧二人对冯词的着意:

> 可惜旧欢携手地。思量一夕成憔悴。(冯延巳《鹊踏枝》"萧索清秋珠泪坠")
>
> 可惜良辰好景,欢娱地,只恁成憔悴。(晏殊《凤衔杯》"青蘋昨夜秋风起")
>
> 金剪刀,青丝发,香墨蛮笺亲札。和粉泪,一时封,此情千万重。(冯延巳《更漏子》"金剪刀")
>
> 多少襟怀言不尽,写向蛮笺曲调中,此情千万重。(晏殊《破阵子》"燕子归来时节")
>
> 独立小楼风满袖,平林新月人归后。(冯延巳《鹊踏枝》"谁道闲情抛掷久")
>
> 风满袖。西池月上人归后。(晏殊《渔家傲》"楚国细腰元自瘦")
>
> 独倚危楼风细细。(欧阳修《蝶恋花》"独倚危楼风细细")

---

① 据该文统计,欧、冯互见词 15 首,欧、晏互见词 11 首(见《词学论丛》,上海古籍出版社 1986 年版)。

柳外秋千出画墙。(冯延巳《上行杯》"落梅著雨消残粉")

绿杨楼外出秋千。(欧阳修《浣溪沙》"堤上游人逐画船")

日暮疏钟。双燕归来画阁中。(冯延巳《采桑子》"小堂深静无人到")

垂下帘栊。双燕归来细雨中。(欧阳修《采桑子》"群芳过后西湖好")

笙歌放散人归去,独宿江楼。(冯延巳《采桑子》"笙歌放散人归去")

笙歌散尽游人去,始觉春空。(欧阳修《采桑子》"群芳过后西湖好")

冯延巳对晏、欧的影响主要体现在幽约深婉词境的创造上,而晏、欧在接受这一影响的同时也显示出各自的特色,这就是刘熙载所说的"冯延巳词,晏同叔得其俊,欧阳永叔得其深"①。"富贵优游五十年,始终明哲保身全"②的晏殊所怅叹的是一种弥漫于人生之中的闲愁怨绪,永恒而无奈,缠绵而淡雅,隐含着某种思致和哲理。因而晏殊在词境创造上倾向于表现那种超出于具体情事的"气象"、情韵③,舍形取神,舍事取情,情融思致,情景交映。如名作《浣溪沙》:

一曲新词酒一杯。去年天气旧亭台。夕阳西下几时回。无可奈何花落去,似曾相识燕归来。小园香径独徘徊。

参读作者的《破阵子》"忆得去年今日",知此词为怀人之作。但通首无一字着实所怀之人,而以景物渲染出作者心中无限的旧欢新怨。"无可奈何花落去"一联,情、景、理融于一体,将作者惜春怀人

---

① 《艺概·词曲概》,《刘熙载论艺六种》,第104页,巴蜀书社1990年版。
② 欧阳修:《晏元献公挽辞》,《欧阳文忠公集》卷56,《四部丛刊》本。
③ 胡仔《苕溪渔隐丛话》前集卷26谓晏殊:"每言富贵,不及金玉锦绣,惟悦气象。"又欧阳修《归田录》卷下:"晏元献公善评诗,尝曰:'老觉腰金重,慵便枕玉凉。'未是富贵语,不如'笙歌归院落,灯火下楼台',此善言富贵者也。人皆以为知言。"

之情升华为具有永恒意味的人生感触,既为作者本人所激赏,也赢得后人的共鸣。① 而这类词句在晏殊词集中不乏其例,如"满目山河空念远,落花风雨更伤春。不如怜取眼前人"(《浣溪沙》)、"春风不解禁杨花,濛濛乱扑行人面"(《踏莎行》)、"明月不谙离恨苦,斜光到晓穿朱户"(《蝶恋花》)等。

与晏殊不同,欧阳修一生"仕宦四十年,上下往复,感世路之崎岖"②。用世之志与仕途多蹇所造成的矛盾、抑郁心理必然深化了欧阳修对人生的感触。自然,我们不应把欧阳修的闺怨之词附会于具体政事来探求其中寓意。但是,从情感品味角度来说,欧阳修因仕途失意而更深切领悟了人生的不如意(包括闺情别怨等同类情感),当非牵强之论。《圣无忧》"世路风波险"就是一个明证:"为公一醉花前倒,红袖莫来扶",同样可谓"豪放之中有沉着之致"③,与辛弃疾"倩何人、唤取红巾翠袖,揾英雄泪"极为相似。欧阳修词作的深挚情韵往往出以豪宕笔致,这是他与晏殊的区别所在,比较下列两首《蝶恋花》词,可以看出:

帘幕风轻双语燕。午醉醒来,柳絮飞撩乱。心事一春犹未见。余花落尽青苔院。　百尺朱楼闲倚遍。薄雨浓云,抵死遮人面。消息未知归早晚。斜阳只送平波远。(晏殊)

独倚危楼风细细。望极离愁,黯黯生天际。草色山光残照里。无人会得凭栏意。　也拟疏狂图一醉。对酒当歌,强饮还无味。衣带渐宽都不悔,况伊销得人憔悴。(欧阳修)

二词均为伤春怀人,情、景及人物举止都相类似,词境都可谓蕴藉深永,但笔致手法各异:晏殊运笔轻淡柔和,融情于景,仅以"心

---

① 胡仔《苕溪渔隐丛话》后集卷20引《复斋漫录》载:晏殊得"无可奈何花落去"一句,久未能对。王琪以"似曾相识燕归来"为对,大得晏殊称赏,将王琪"辟置馆职"。欧阳修《归田录》卷上谓王在晏殊幕下"最为上客"。按,此联又见于晏殊《示张寺丞王校勘》诗中,可见晏殊对此二句爱赏之深。

② 王安石:《祭欧阳文忠公文》,《临川先生文集》卷86,《四部丛刊》本。

③ 王国维:《人间词话》,见唐圭璋编《词话丛编》,第4245页。

事"、"消息"二句稍点题意,上、下片都以景作结,通体平缓和婉,情韵悠然;欧阳修则用笔沉挚跌宕,以情驭景,上下片均结以悲寂语,情韵抑郁。

欧阳修以豪宕笔致抒发沉郁之情,其词之艺术个性是其沉挚的人生悲慨与其人生遣赏意兴相摩相荡的结果。欧阳修的文学活动是以任西京留守推官时那段诗酒放达的"漫浪"生活为起点的。① 对于以词"聊佐清欢"的欧阳修,这段生活既是他词作的重要内容,也助长了他对人生、自然的遣赏意兴,奠定了他词作的风格基调:或疏放中含沉郁之致,如《朝中措》"平山栏槛倚晴空";或深婉中透出跌宕之势,如《浪淘沙》"把酒祝东风"。而作者晚年退居颍州,自放于山水之间,崎岖仕途已成往事,不再有置身其中的抑郁,同时也不复存有未历世路风波之前的那腔青春豪兴,所作《采桑子》十首便是这种清旷淡泊心境的写照。冯煦所谓"疏隽开子瞻"者,当指此类词作,显示出宋词传统流派与革新流派在创作风格上的融通现象。

晏、欧承袭南唐词风而形成了词情蕴藉的基本创作特征,同时又开启了两种发展趋向:一种是以深入细微或刻挚跌宕之笔抒发沉郁之情,可称为"入于其中",词境以"情"胜;一种是以闲雅、和婉、淡泊之笔抒发恬适之情,可称为"出于其外",词境以"韵"胜。晏、欧之后的晏幾道、秦观主要发展前一创作倾向;而与晏、欧同时的张先则更多地采取后一种创作手法,在宋初词坛较突出地显示了宋人审美尚韵的新趋向。

---

① 欧阳修于天圣九年(1031)入西京留守钱惟演幕府任推官,与尹洙、梅尧臣等诗酒唱和,放达无拘,有"逸老"之称。是年作《七交诗》七首,《自叙》云:"余本漫浪者,兹亦漫为官。……平日罢军檄,文酒聊相欢。"次年《与梅圣俞书》云:"前承以'逸'名之,自量素行少岸检,直欲使当此称。然伏内思,平日脱冠散发,傲卧笑谈,乃是交情已照,外遗形骸而然尔。"(《欧阳文忠公集·书简》卷6,《四部丛刊》本)按,欧阳修词中如《玉楼春》"春山敛黛低歌扇"、"尊前拟把归期说"、"洛阳正值芳菲节"、"常忆洛阳风景媚",《夜行船》"忆昔西都欢纵"等都是写这段生活的。某些艳词很可能作于此时,其明道二年(1033)所作《拟玉台体》七首似可参证。

(二) 张先"韵高"

张先(990—1078)现存词作165首,标明宫调,题材多为歌酒宴游情事,但60余首词作的题序表现了词作题材的日常具体化,如僚友间的赠答、和韵、次韵等,均为时人少有,为宋词题材的丰富开辟了道路。而在词作的艺术成就上,张先是以"韵高"取胜的。晁补之说:

> 张子野与柳耆卿齐名,而时以子野不及耆卿。然子野韵高,是耆卿所乏处。①

晁氏所说的"韵"可假苏轼评陶渊明、韦应物、柳宗元等人诗作语"寄至味于澹泊"②、"外枯而中膏,似澹而实美"③为释。晁氏《题陶渊明诗后》载苏轼评陶诗"采菊东篱下,悠然见南山"云:"本自采菊,无意望山,适举首而见之,故悠然忘情,趣闲而累远。"④"无意望山",则诗人与外物(山)不存有情感上的利害关系,因而偶然相遇便能达到物我相契、"悠然忘情"的淡泊境界,正如晁氏所说:"陶渊明泊然物外,故其语言多物外意。"⑤陶诗的"物外意"即苏轼所谓"至味",亦即韵味。⑥它根源于陶渊明超然物外(即超脱物我间的利害关系)的恬淡心境。

同样,张先词境中的韵味也根源于他对具体情事的超然淡泊心境。以冷静的笔调着意描绘具体情事过后的闲雅情境,是张先词作艺术的重要特色。如《天仙子》:

> 水调数声持酒听,午醉醒来愁未醒。送春春去几时回?临晚镜,伤流景,往事后期空记省。　　沙上并禽池上暝,云破月

---

① 吴曾:《能改斋漫录》卷16引述,见唐圭璋编《词话丛编》,第125页。
② 《书黄子思诗集后》,《苏轼文集》卷67,第2124页,中华书局1986年版。
③ 《评韩柳诗》,同上书,第2109页。
④ 晁补之:《鸡肋集》卷33,《四部丛刊》本。
⑤ 晁补之:《书鲁直〈题求父杨清亭诗〉后》,同上书,卷23。
⑥ 参见陈善《扪虱新语》:"乍读渊明诗,颇似枯淡,久而有味。东坡晚年酷好之,谓李、杜不及也。此无他,韵胜而已。"见涵芬楼百卷本《说郛》卷8。

来花弄影。重重帘幕密遮灯,风不定,人初静,明日落红应满径。

通首透出一个"静"字,尤其是下片景语中透露出作者超脱伤春、惜别情怀之后的至闲至静心境。王国维《人间词话》评"云破月来花弄影"曰:"著一'弄'字,而境界全出矣。"所说"境界"当属"人唯于静中得之"的"无我之境"。而类似词句在张先词集中颇多,如"柔柳摇摇,坠轻絮无影"(《剪牡丹》)、"日长风静,花影闲相照"(《谢池春慢》)、"中庭月色正清明,无数杨花过无影"(《木兰花》)、"蓬莱犹有花上月,清影徘徊"(《宴春台慢》)等。周曾锦《卧庐词话》说:"此公(张先)专好绘影,亦是一癖。"而人非于至闲至静的心境下是不能观"影"、绘"影"的。舍情取景、舍物取影,都是对所写情事物象的超脱。苏轼《祭张子野文》评张先诗词曰"清诗绝俗"、"微词宛转",其实,张先词作中清妙绝俗似其诗风者,更能代表其词的创作特色。苏轼所爱赏的"浮萍破处见山影,小艇归时闻草声"、"愁似鳏鱼知夜永,懒同胡蝶为春忙"[①],就与上述词句相类。前人评张先词"清出处,生脆处,味极隽永"[②],刘熙载謦张先词品为韦应物诗品[③],是很有见地的。

(三) 晏幾道、秦观:"古之伤心人也"

晏幾道(1030?—1106?)、秦观(1049—1100)继晏殊、欧阳修之后,在词作中进一步融入身世哀怨之感,被冯煦称为"古之伤心人也"。而在艺术手法上,二人兼承晏殊、欧阳修,并各有偏重、各具特色。

晏幾道词风虽有受其父晏殊影响的迹象,如"酒筵歌席莫辞频"(《浣溪沙》)、"花不尽,柳无穷"(《鹧鸪天》)、"霜丛如旧芳菲"(《临江仙》)、"南楼杨柳多情绪,不系行人住"(《梁州令》)等词句

---

① 《题张子野诗集后》,《苏轼文集》卷68,第2146页,中华书局1986年版。
② 周济:《宋四家词选目录序论》,见唐圭璋编《词话丛编》,第1643页。
③ 参见刘熙载《艺概·词曲概》。

都袭用晏殊之作,又如名作《临江仙》"梦后楼台高锁"和婉圆融,极似晏殊笔调,但他受欧阳修跌宕刻挚词风的影响更多。《小山词自序》自述:"往者浮沉酒中,病世之歌词,不足以析酲解愠,试续南部诸贤绪余,作五、七字语,期以自娱。"可见他"浮沉酒中"是别有苦衷的。黄庭坚对此体味颇为深切,认为"有临淄公之风"的评语,不足为晏幾道知音,他在《小山词序》中说:

> 晏叔原,临淄公之暮子也。磊隗权奇,疏于顾忌,文章翰墨,自立规摹,常欲轩轾人,而不受世之轻重。诸公虽称爱之,而又以小谨望之,遂陆沉下位。平生潜心六艺,玩思百家,持论甚高,未尝以沽世。余尝怪而问焉。曰:"我磐跚勃窣①,犹获罪于诸公,愤而吐之,是唾人面也。"乃独嬉弄于乐府之余,而寓以诗人句法,清壮顿挫,能动摇人心。士大夫传之,以为有临淄公之风耳。罕能味其言也。

以"磊隗权奇,疏于顾忌"之个性及"陆沉下位"之身世悲慨托诸"乐府之余",是晏幾道词作"动摇人心"的根源所在,也导致了他创作风格上的跌宕盘旋,如"欲尽此情书尺素,浮雁沉鱼,终了无凭据。却倚缓弦歌别绪,断肠移破秦筝柱"(《蝶恋花》)和"天涯岂是无归意?争奈归期未有期"(《鹧鸪天》)以及"梦魂纵有也成虚,那堪和梦无"(《阮郎归》)等,都以回环曲折的词笔写尽心中刻挚无奈之情。

再则,晏幾道"常欲轩轾人","病世之歌词,不足以析酲解愠",因而在创作上有刻意争胜意识,在艺术上有着意修饰之迹,如"溅酒滴残歌扇字"、"一春弹泪说凄凉"(《浣溪沙》)、"醉拍春衫惜旧香。天将离恨恼疏狂"(《鹧鸪天》)、"啼红正恨清明雨"(《蝶恋花》)、"觉来何处放思量"(《临江仙》)等词句都显示出生新峭拔之味。而下面这首写伤春之情的《归田乐》,在结构上极盘旋往复之致,有似

---

① 见司马相如《子虚赋》,韦昭注:"磐跚勃窣,匍匐上也。"又晏幾道有诗《题司马相如画像》云:"犊鼻生涯一酒垆,当年嗤笑欲何如。穷通不属儿曹意,自有真人爱子虚。"晏幾道填词与司马相如作赋似有共鸣之处。

周邦彦之长调①：

> 试把花期数,便早有、感春情绪。看即梅花吐。愿花更不谢,春且长住。只恐花飞又春去。　花开还不语。问此意、年年春还会否? 绛唇青鬓,渐少花前语。对花又记得、旧曾游处。门外垂杨未飘絮。

晏幾道在兼融晏殊、欧阳修词风时,偏重于欧阳修的跌宕沉挚,且着意追求下字用语上的生新、峭拔及境界上的盘旋吞吐。而秦观则偏重于晏殊的和缓浑融,且着意追求下字用语上的深微、轻淡及境界上的自然婉约。例如:

> 落红铺径水平池。弄晴小雨霏霏。杏园憔悴杜鹃啼,无奈春归!　柳外画楼独上,凭栏手捻花枝。放花无语对斜晖,此恨谁知?(《画堂春》)

> 漠漠轻寒上小楼,晓阴无赖似穷秋,淡烟流水画屏幽。自在飞花轻似梦,无边丝雨细如愁,宝帘闲挂小银钩。(《浣溪沙》)

词境与晏殊《浣溪沙》"一曲新词酒一杯"、《清平乐》"红笺小字"下片"斜阳独倚西楼,遥山恰对帘钩。人面不知何处,绿波依旧东流"相类似,但下字用语较晏殊细微轻柔,在深微细腻的景物及人物举止刻画中透露出作者的伤春幽怨。这类词作诚如前人所评"如花含苞,故不甚见其力量"②,"形容处殊无刻肌入骨之言"③,但秦观后期词作因身遭迁谪而转入凄婉,也有"刻肌入骨之言","甚见力量",

---

① 近人杨铁夫《清真词选笺释序》、蔡嵩云《柯亭词论》都说周邦彦小令出于晏幾道。其实,周邦彦慢词也受晏幾道令曲艺术的启发,鲍幼文《读词札记》说:"幾道深稳,无率尔之作,似突过其父矣。厥后周美成,盖从幾道入手,而发扬光大之者也。"(《凤山集·饫闻文存》,学林出版社 1987 年版)刘永济《唐五代两宋词简析》亦谓晏幾道"能于小令之中,有长调之气格"。
② 周济:《介存斋论词杂著》引董士锡语,见唐圭璋编《词话丛编》,第 1632 页。
③ 贺裳:《皱水轩词筌》,同上书,第 696 页。

不过仍见之于情景的自然交融之中,如《千秋岁》"水边沙外"词中,作者飘零异乡,孤寂无依,伤春怀人,感慨身世,自然逼出"春去也!飞红万点愁如海"这一浩叹,词中并无跌宕之势。冯煦谓欧阳修"深婉开少游"①,此就词情而言。若论创作特色,倒是樊志厚《人间词序》(二)②说欧阳修"以意胜"、秦观"以境胜",颇为中肯,且此评亦可用以说明晏幾道与秦观的艺术个性。

上述晏殊、欧阳修、张先、晏幾道、秦观诸家代表了北宋传统词派在令曲创作上对南唐词风的继承和发展,反映了士大夫阶层的雅赏娱乐生活,并在题材及创作艺术上都有所拓新,对宋词代表形式——慢词的创作繁荣有一定的促进作用。但慢词的发展首先当归功于这一词体形式的奠基词人柳永。

二、柳永词风及其嗣响、衍变

(一) 柳永词风

清人宋翔凤《乐府余论》说:

> 按词自南唐以后,但有小令。其慢词盖起于宋仁宗朝。中原息兵,汴京繁庶,歌台舞席,竞赌新声。耆卿失意无俚,流连坊曲,遂尽收俚俗语言,编入词中,以便伎人传习。一时动听,散播四方。其后东坡、少游、山谷辈相继有作,慢词遂盛。……余谓慢词,当始耆卿矣。

严格说来,慢词并非创始于柳永,但慢词的奠基者,则非柳永莫属。柳永的词作成就、词史地位都取决于《乐章集》中六分之五左右的慢词。柳永以一失意文人,流连坊曲,"变旧声作新声",大量填制俚曲慢调,一方面迎合市民审美趣味,另一方面又抒发失意文人漂泊宦海的人生感触,或为"闺门淫媟之语",或为"羁旅穷愁

---

① 冯煦:《蒿庵论词》,见《词话丛编》,第3585页。
② 王国维:《人间词话》附录二,同上书,第4277页。

之词"①,其格调因而相应地显出雅、俗之分。近人夏敬观说:

> 耆卿词当分雅、俚二类。雅词用六朝小品文赋作法,层层铺叙,情景兼融,一笔到底,始终不懈。俚词袭五代淫哇之风气,开金、元曲子之先声。②

然而,从创作手法上看,柳永的雅、俗两类词作是相通的,主要表现为铺叙句式的运用及结构上的程式化。下面这首被时人媲美《离骚》的《戚氏》③,可谓代表作品:

> 晚秋天。一霎微雨洒庭轩。槛菊萧疏,井梧零乱惹残烟。凄然。望江关,飞云黯淡夕阳间。当时宋玉悲感,向此临水与登山。远道迢递,行人凄楚,倦听陇水潺湲。正蝉吟败叶,蛩响衰草,相应喧喧。　　孤馆度日如年。风露渐变,悄悄至更阑。长天净,绛河清浅,皓月婵娟。思绵绵。夜永对景,那堪屈指,暗想从前。未名未禄,绮陌红楼,往往经岁迁延。　　帝里风光好,当年少日,暮宴朝欢。况有狂朋怪侣,遇当歌、对酒竞流连。别来迅景如梭,旧游似梦,烟水程何限。念利名、憔悴长萦绊。追往事、空惨愁颜。漏箭移、稍觉轻寒。渐呜咽、画角数声残。对闲窗畔,停灯向晓,抱影无眠。

此词为柳永创调,三片212字,层层铺叙,情景兼融,淋漓尽致地抒发了词人孤馆秋怀中的无限人生感慨,几乎可视为词人生平及其心灵历程的缩影,而其艺术手法也基本体现了柳永慢词的创作特色:

其一,铺叙句式。一是并列式四言句式的大量使用,如"未名未禄"、"绮陌红楼"、"暮宴朝欢"等。二是对偶句的大量使用,而以四

---

① 严有翼:《艺苑雌黄》,见胡仔《苕溪渔隐丛话》后集卷39,第319页,人民文学出版社1981年版。
② 夏敬观:《手批〈乐章集〉》,见龙榆生《唐宋名家词选》,第87页,上海古籍出版社1980年版。
③ 王灼:《碧鸡漫志》卷2:"前辈云:'《离骚》寂寞千年后,《戚氏》凄凉一曲终。'《戚氏》,柳所作也。"见唐圭璋编《词话丛编》,第84页,中华书局1986年版。

言对句为多,如"槛菊萧疏,井梧零乱"等。三是连贯式句群的使用,或以虚字、短句领下数句,如"正蝉吟败叶"领下三句,"长天净"领下二句等;或以数字、短句结上数句,如"惹残烟"结上二句。上述三类铺叙句式也基本代表了宋人慢词句法特征。①

其二,结构程式化。此词铺叙以时间为线索:黄昏("飞云黯淡夕阳间")——深夜("悄悄至更阑")——破晓("停灯向晓"),而在情景内容上呈明显的程式化:第一、二片主要写今日悲秋,第三片追忆年少宴欢。柳永其他名作如《八声甘州》"对潇潇暮雨洒江天"、《夜半乐》"冻云黯淡天气"、《安公子》"远岸收残雨"、《玉蝴蝶》"望处雨收云断"等,都表现出结构上程式化的特色。周曾锦《卧庐词话》谓柳词"大率前遍铺叙景物,或写羁旅行役,后遍则追忆旧欢,伤离惜别,几于千篇一律,绝少变换,不能自脱窠臼",是道着了柳词结构特色的。

其三,融情入景,清劲高浑。以肃疏高旷秋景映衬羁旅穷愁是柳永羁旅行役词作的重要特征。除前面所举的词作外,还有《雨霖铃》"寒蝉凄切"、《倾杯》"鹜落霜州"、《满江红》"暮雨初收"等均以暮秋为抒情背景,而"景中人自有无限凄异之致"②。

柳永词作浅俗直率,音律谐美,借助于当时"竞赌新声"之风,"散播四方"③。面临词坛盛行的柳永风味,以苏轼为代表的革新词派从词乐关系、诗词关系等词学观念上革新了柳永词风,乃至传统词学观念及创作倾向。而传统词派内部则呈现出两种趋势:一种承袭了柳永的浅近俚俗词风,如王灼所说的李甲、沈唐、晁端礼、万俟咏等④;一种则继承了柳永在题材、形式方面的拓展之风,同时在下字用语、章法结构等方面加以变革,去俗求雅,如贺铸、周邦彦、李

---

① 参见吴世昌《论词的读法》中对慢词句法的例析分类(《罗音室学术论著》第2卷,中国文联出版公司1991年版)。
② 郑文焯:《大鹤山人词话·附录》,见唐圭璋编《词话丛编》,第4348页。
③ 宋翔凤:《乐府余论》,同上书,第2499页。
④ 参见王灼《碧鸡漫志》卷2。

清照等。前者因悖于词坛渐盛的复雅风尚而未能流行,后者则代表了传统词派慢词创作的主流。

(二) 柳永词风的嗣响及衍变

王灼《碧鸡漫志》卷2云:

> 前辈云:"《离骚》寂寞千年后,《戚氏》凄凉一曲终。"《戚氏》,柳所作也。柳何敢知世间有《离骚》,惟贺方回、周美成时时得之。贺《六州歌头》《望湘人》《吴音子》诸曲,周《大酺》《兰陵王》诸曲最奇崛。

其实,《戚氏》确有志士悲慨,譬诸《离骚》不为无见,与晁补之所谓"真唐人语,不减高处"的《八声甘州》正可代表柳词的高雅情调,而贺铸、周邦彦等人便承袭了柳永这类词作在题材上的拓新成就,并在创作艺术上进行变革,形成了独具特色的创作风格。

贺铸(1052—1125)在变革柳永词风中或吸取苏轼揽诗入词、运化典事之法,以救柳词浅俗之弊;或摄取前人丽情藻采,尤其是晚唐诗语遗意,寄托其幽怨情怀;或运化前人激壮类典事,以铿锵盘硬词语发其悲慨情怀。张耒《东山词序》评曰:"盛丽如游金、张之堂,而妖冶如揽嫱、施之袪,幽洁如屈、宋,悲壮如苏、李。"以秾丽词笔寓"幽洁"词情者以令曲为多,如名作《青玉案》"凌波不过横塘路"[1],点化曹植《洛神赋》及李商隐《锦瑟》之遗意丽语,虚实交融,情怀凄怨。他如《思越人》"重过阊门万事非"、《踏莎行》"杨柳回塘"、《石州引》"薄雨收寒"等词作,都"另有一种伤心说不出处"[2]。而这种"伤心说不出处"隐然潜伏着奇崛之气,如"断无蜂蝶慕幽香,红衣

---

[1] 此词和者颇多,据钟振振校注《东山词》附录(上海古籍出版社1989年版),宋金人和韵者有25人28首。又,词中歇拍三句尤为著称,贺因之有"贺梅子"之称(见周紫芝《竹坡老人诗话》卷1)。按,贺铸诗《子规行》有云:"蚕初眠起风日暖,梅弄黄时烟雨多。"词作《感皇恩》"兰芷满芳洲"歇拍:"半黄梅子,向晚一帘疏雨。断魂分付与,春将去。"可见贺铸似偏爱此类境界。

[2] 陈廷焯:《白雨斋词话》卷1,见唐圭璋编《词话丛编》,第3786页。

脱尽芳心苦"、"当年不肯嫁东风,无端却被秋风误"(《踏莎行》)、"望处定无千里眼,断来能有几回肠"(《减字浣溪沙》)、"欲知方寸,共有几许新愁? 芭蕉不展丁香结。憔悴一天涯,两厌厌风月"(《石州引》)等,下字用语断无丝毫柔媚味。

在慢词创作上,贺铸尤能展现"悲壮"情怀,如《小梅花》"城下路"、《小梅花》"缚虎手"、《天宁乐》"铜人捧露盘引"、《水调歌头》"南国本潇洒"等,其中《六州歌头》"少年侠气"最称悲壮:上片追忆"少年侠气",在短韵促节中迸发出雄壮豪迈气势,为下片壮志难展之悲作铺垫;下片转入悲愤,歇拍以苍茫浩叹为结,更增雄浑之致。词中化用前代豪杰悲壮类典事成句,调度以入音律,挥洒自如地抒发了抑郁心怀的慷慨怨愤之情,显露出苏轼开创的革新词派创作观念对传统流派创作风格的某种影响。

贺铸对柳永俚俗词风的变革主要体现在下字用语方面,而周邦彦(1057—1121)则从语言、结构等创作手法上对柳词作了较全面的改造和发展,成为传统词派慢词之宗主,[①]这除了音律严谨外,主要表现在章法"缜密"、语言"典丽"[②]两个方面。

夏敬观说:

> 耆卿多平铺直叙,清真特变其法,一篇之中,回环往复,一唱三叹。故慢词始盛于耆卿,大成于清真。[③]

在周邦彦之前,秦观的慢词创作已开始融合传统令曲的含蓄笔法,

[①] 周邦彦作为传统词派的宗主,盖由沈义父首次明确提出:"凡作词当以清真为主。盖清真最为知音,且无一点市井气,下字运意皆有法度,往往自唐宋诸贤诗句中来,而不用经史中生硬字面,此所以为冠绝也。"(《乐府指迷》)至清代周济奉周为"集大成者"(《宋四家词选目录序论》)。其后陈廷焯(《白雨斋词话》卷1)、戈载(《宋七家词选序》)、蒋兆兰(《词说》)、陈洵(《海绡说词·通论》)、王国维(《清真先生遗事》)等人均承此说。诸家所论,都不出沈义父词法、词律之说。

[②] 刘肃《陈元龙集注〈片玉集〉序》评周词"缜密典丽",见吴则虞校点本《清真集》附录,中华书局1981年版。

[③] 夏敬观:《手批〈乐章集〉》,见龙榆生《唐宋名家词选》,第87页,上海古籍出版社1980年版。

变柳永一气贯注、直率发越为婉曲回环。如《满庭芳》"山抹微云"一词与柳永《雨霖铃》"寒蝉凄切"都写离别情事，但柳词上片实写临别凄楚之情，下片虚写别后凄凉境况，下语刻挚、发越，秦词则上、下片都虚实结合，把过去、现在、将来融为一体，情景交炼，语言和婉。所以陈廷焯说柳永"全失温、韦忠厚之意"，斥为"词人变古，耆卿首作俑也"，而谓秦观"变而不失其正"。① 周邦彦继秦观之后对柳永的铺叙手法再作变革，往往于关节处以一二句点明旨意，突出骨力，余则往复勾勒，条贯错综，浑厚之中不乏深劲之力。例如《六丑》：

> 正单衣试酒，恨客里、光阴虚掷。愿春暂留，春归如过翼，一去无迹。为问花何在？夜来风雨，葬楚宫倾国。钗钿堕处遗香泽。乱点桃蹊，轻翻柳陌。多情为谁追惜？但蜂媒蝶使，时叩窗隔。　　东园岑寂。渐蒙笼暗碧。静绕珍丛底，成叹息。长条故惹行客。似牵衣待话，别情无极。残英小、强簪巾帻。终不似一朵，钗头颤袅，向人欹侧。漂流处、莫趁潮汐。恐断红、尚有相思字，何由见得？

此词写花谢春去后的追惜情怀。起二句为全词主旨，接下三句以跌宕笔致补足"恨"字。再以"为问花何在"、"多情为谁追惜"二问句引出风雨葬花、蜂蝶惜花情事，上承"愿春暂留"，运虚于实，曲笔抒发惜春之情。换头二句遥承"春归"二句，"静绕"二句遥承起拍"恨"字，均为实笔。"成叹息"结上启下，由实转虚。"长条"三句侧笔上承"愿春暂留"，"残英小"一句结"留"字，"终不似"二句结"春归"（似化用晏殊《睿恩新》中"待佳人、插向钗头，更袅袅、低临凤髻"），"漂流处"至歇拍逆挽"愿春暂留"三句，归结"恨"字，回肠荡气，意余言外。通首虚实结合，或断或续，承转错落，总不离起拍数句内蕴，结构圆浑，章法缜密。

---

① 参见陈廷焯《白雨斋词话》卷1，见唐圭璋编《词话丛编》，第3783、3785页。

周邦彦词作的又一艺术特色是语言典丽精工。一是状物言情,炼字精当。如:"重门闭、败壁秋虫叹"(《拜星月慢》)、"地卑山近,衣润费炉烟"(《满庭芳》)、"乱叶翻鸦,惊风破雁,天际孤云缥缈"(《氐州第一》)、"衰柳啼鸦,惊风驱雁,动人一片秋声"(《庆春宫》)等。二是着色浓丽而不俗艳。如:"斜阳冉冉春无极"(《兰陵王》)①、"兔葵燕麦,向残阳、影与人齐"(《夜飞鹊》)、"梅飞地溽,虹雨苔滋,一架舞红都变"(《过秦楼》)②等词句均以浓丽景语寓沉厚之情。三是用典及化用前人诗句。周词用典多以人名对使,构成铺排、对偶句式,如"谁信无聊,为伊才减江淹,情伤荀倩"(《过秦楼》)、"重慕想、东陵晦迹,彭泽归来"(《西平乐》)等。这基本袭用柳永"宋玉悲感"、"宋玉悲凉"句法,尚不能体现周词特色。而融化前人成句如同己出,则是周邦彦琢句炼字之一大特色,为南宋以来大多数评论周词者之共识。陈廷焯说:"美成词,熔化成句,工炼无比,然不借此见长。此老自有真面目,不以缀拾为能也。"③周词成功之处就在于"熔化成句"且更显"自有真面目"。如《西河》"佳丽地"一词虽用前人诗句,但自成高境:三片皆承起二句"佳丽地。南朝盛事谁记"而来。第一片总写江山依旧,"盛事"不再;第二片特写"断崖""旧迹","犹"、"曾"二字化实为虚,自然逼出"空余"之叹,接下寓情于景;第三片特写酒市感触,托燕子而发兴亡之慨叹。"南朝盛事谁记?"唯有江山、断崖树、夜月、燕子而已!正如王国维所说:"非自有境界,古人亦不为我用。"④周邦彦能运化前人成句就在于"自有境界"。

周邦彦融合秦观、贺铸变革柳永俚俗词风的艺术成就,以典丽语言救柳词之鄙俗,以缜密回环的章法救柳词之平直发越,形成其

---

① 梁启超《饮冰室评词》评此句:"绮丽中带悲壮。"见唐圭璋编《词话丛编》,第4306页,中华书局1986年版。
② 周济评此三句:"意味深厚。"同上书,第1649页。
③ 陈廷焯:《词坛丛话》,见唐圭璋编《词话丛编》,第3723页,中华书局1986年版。
④ 王国维:《人间词话》删稿,同上书,第4258页。

沉郁顿挫、典雅浑成的词风，同时也开启了传统词派内部浓丽质实的创作倾向。而两宋之交的李清照(1084—1155?)则在变革柳永词风中，"以寻常语度入音律"①，"用浅俗之语，发清新之思"②，成为传统词派中疏宕清空创作倾向的先导。

沈曾植《菌阁琐谈》说：

> 易安跌宕昭彰，气度极类少游，刻挚且兼山谷，篇章惜少，不过窥豹一斑，闺房之秀，固文士之豪也。才锋太露，被谤殆亦因此。自明以来，堕情者醉其芬馨，飞想者赏其神骏。易安有灵，后者当许为知己。

李清照词风大致可以靖康之变为界，分为前后两期：前期多"芬馨"之作，于绵婉中见"神骏"；后期多凄楚之作，于沉郁中见"神骏"。而浅近自然则是李清照词作语言的基本特色，"神骏"则是其创作风格的基调。《渔家傲》一词最能体现李清照的"神骏"本色：

> 天接云涛连晓雾，星河欲转千帆舞。仿佛梦魂归帝所。闻天语，殷勤问我归何处？　我报路长嗟日暮，学诗谩有惊人句。九万里风鹏正举。风休住，蓬舟吹取三山去。

这首诗将作者神驰天宇、疏宕豪放的性情一展无遗。由此去品味作者闺情愁怀、漂泊伤离之词，更易窥出其中隐伏的"神骏"之气。如《醉花阴》"薄雾浓云愁永昼"写重阳节的愁闷情怀，笔致灵动，结尾三句"莫道不销魂，帘卷西风，人似黄花瘦"跌宕生姿，语言则平易自然。在《一剪梅》"红藕香残玉簟秋"、《凤凰台上忆吹箫》"香冷金猊"等词作中则写闺情别怨，于浅近词句中透出"神骏"之思，如"花自飘零水自流。一种相思，两处闲愁。此情无计可消除，才下眉头，却上心头"、"今年瘦，非干病酒，不是悲秋"。

---

① 张端义《贵耳集》卷上评李清照《永遇乐》("落日熔金")语。南宋侯寘《眼儿媚·效易安体》、辛弃疾《丑奴儿·博山道中效李易安体》，都以浅近语入律。
② 彭孙遹：《金粟词话》，见唐圭璋编《词话丛编》，第 721 页，中华书局 1986 年版。

靖康难后,作者漂泊流离,国仇家恨抑郁心怀,词情转入凄楚悲凉,但笔致仍不失其疏宕流转之势,如《声声慢》:

> 寻寻觅觅,冷冷清清,凄凄惨惨戚戚。乍暖还寒时候,最难将息。三杯两盏淡酒,怎敌他、晚来风急!雁过也,正伤心,却是旧时相识。　　满地黄花堆积,憔悴损,如今有谁堪摘!守着窗儿,独自怎生得黑!梧桐更兼细雨,到黄昏、点点滴滴。这次第,怎一个、愁字了得!

此词写深秋傍晚情景。起三句连用七组叠字,于沉咽之中透出作者怅然、凄凉的情怀,总冠全词。① 接下则多端渲染,层折层进,顿挫有致,尤其是"怎敌他、晚来风急"、"如今有谁堪摘"、"独自怎生得黑"、"怎一个、愁字了得"等词句,于豪宕中见沉郁,而语言浅近寻常。

周邦彦、李清照作为传统词派中变革柳永词风的两位代表词人,在两宋传统词派发展中具有承前启后的枢纽作用。沈义父谓"梦窗(吴文英)深得清真之妙"②;陈廷焯说"李易安词,风神气格,冠绝一时,直欲与白石老仙(姜夔)相鼓吹"③。诚然,南宋传统词派主要沿袭周邦彦、李清照分别开创的丽密和清疏的两种创作趋向发展。

三、清空和质实两种创作倾向

宋末词人兼词论家张炎谓高观国、姜夔、史达祖、吴文英等"俱

---

① 李清照词中叠句叠字屡见,其中《声声慢》最享盛誉。张端义喻为"公孙大娘舞剑手"(《贵耳集》卷上)、徐釚比作"大珠小珠落玉盘"(《词苑丛谈》卷3),皆赏其造语奇隽而无斧凿痕。多数词评者同此观点。但陈廷焯认为"此不过奇笔耳,并非高调"(《白雨斋词话》卷1),蔡嵩云说:"叠字句法,创自易安。以《声声慢》系叠字调名,故当时涉笔成趣。一起连叠十四字,后人以为绝唱。究之非填词正轨,易流于纤巧一路,只可让弄才女子偶一为之。"(《柯亭词论》)按,评价叠字叠句当本诸词情。李清照词中叠字叠句契合词人情感,陈氏谓"不过奇笔耳",蔡氏谓"弄才女子偶一为之",似有所偏颇。
② 沈义父:《乐府指迷》,见唐圭璋编《词话丛编》,第278页,中华书局1986年版。
③ 陈廷焯:《词坛丛话》,同上书,第3724页。

能特立清新之意,削靡曼之词,自成一家,各名于世"①。"特立清新之意,削靡曼之词",是南宋偏安时代文人阶层崇尚清雅高韵这一审美风尚在词坛上的反映。但从词作语言风格上说,诸家各具特色,大体说来,张炎以姜夔、吴文英分别作为清空、质实两种基本风格的代表,是符合词坛创作基本风貌的。

(一)清空创作倾向

张炎《词源》卷下说:

> 词要清空,不要质实。清空则古雅峭拔,质实则凝涩晦昧。姜白石如野云孤飞,去留无迹。

"古雅峭拔"、"如野云孤飞,去留无迹",准确地道出了姜夔词作笔致冷峭、情韵幽远的艺术特色。姜夔(1155?—1221?)一生旅食江湖,依附萧德藻、范成大、张鉴等人为清客雅士,"翰墨人品,皆似晋、宋之雅士"②,为当时名公俊士所共赏,可谓崇尚清雅高韵这一时代审美风尚的典范人物。③ 而在文学修养上,姜夔曾深受江西派诗法的影响,在炼字琢句上有追求冷峭瘦硬的倾向,在词的创作上则融合江西诗派笔法来抒发幽情远韵。姜夔的词法,具体地说,可从意象境界及字句锻炼两个方面来探讨。

第一,意象清冷,境界幽邃。姜夔情怀孤洁,词中多取清冷意象。其咏物以梅为最,还常出现冷月、幽香、烟云、幽梦一类意象,如"月下空相忆"(《蓦山溪》)、"淮南皓月冷千山,冥冥归去无人管"(《踏莎行》)、"冷香飞上诗句"(《念奴娇》)、"嫩约无凭,幽梦又杳"(《秋宵吟》)。在意象组合上具有较大的时空跨度,着色冷、艳相

---

① 张炎:《词源》卷下,见《词话丛编》,第255页。
② 周密:《齐东野语》卷12载姜夔自述范成大评语,第211页,中华书局1983年版。
③ 同上书,姜夔自述当时名公俊士"或爱其人,或爱其诗,或爱其文,或爱其字,或折节交之"者,"不可悉数"。又,陆友仁《砚北杂志》卷下:"近世以笔墨为事者,无如姜尧章、赵子固二公,人品高故所录皆绝俗。"其中当有时代审美趣味这一契机。

糅,以突出清幽氛围(词中用红、绿、青、碧、紫、翠等艳色词语共七八十次,幽、清、冷、寒、暗、疏、空等状词约五六十次),于空灵幽韵中寄寓着作者的身世之感及怀人之情,所谓"感慨全在虚处,无迹可寻"①。如名作《扬州慢》"淮左名都"于荒凉空寂词境中隐寓伤今追惜之情,其"波心荡、冷月无声",真可谓"幽韵冷香,令人挹之无尽"②。

第二,"句琢字炼,归于醇雅"③。姜夔在《白石道人诗说》中提出的"句意欲深、欲远,句调欲清、欲古、欲和"、"短章蕴藉,大篇有开阖,乃妙"、"体物不欲寒乞"、"僻事实用,熟事虚用"等创作主张,正可作为他词作艺术技巧的自我剖析,而在咏物词中体现尤为突出,可从其以下两首代表作见之。

> 旧时月色,算几番照我,梅边吹笛。唤起玉人,不管清寒与攀摘。何逊而今渐老,都忘却、春风词笔。但怪得、竹外疏花,香冷入瑶席。 江国,正寂寂。叹寄与路遥,夜雪初积。翠尊易泣。红萼无言耿相忆。长记曾携手处,千树压、西湖寒碧。又片片、吹尽也,几时见得?(《暗香》)

> 苔枝缀玉。有翠禽小小,枝上同宿。客里相逢,篱角黄昏,无言自倚修竹。昭君不惯胡沙远,但暗忆、江南江北。想佩环、月夜归来,化作此花幽独。 犹记深宫旧事,那人正睡里,飞近蛾绿。莫似春风,不管盈盈,早与安排金屋。还教一片随波去,又却怨、玉龙哀曲。等恁时、重觅幽香,已入小窗横幅。(《疏影》)

沈雄《古今词话·词评》上卷引姜夔评牛峤两首《望江南》:"一咏燕,一咏鸳鸯,是咏物而不滞于物者也,词家当法此。"④《暗香》《疏

---

① 陈廷焯:《白雨斋词话》卷2,见唐圭璋编《词话丛编》,第3797页。
② 《艺概·词曲概》,《刘熙载论艺六种》,第107页,巴蜀书社1990年版。
③ 汪森:《词综序》,《词综》卷首,中华书局1975年版。
④ 又见王弈清等辑《历代词话》卷3、冯金伯辑《词苑萃编》卷3"品藻"。

影》二词咏梅而托寓怀人之情①,也可谓"咏物而不滞于物者也"。前者伤今追昔,以空灵跌宕之笔曲达怀人之情;后者通首运化有关梅花的典事诗句,于或虚或实(起三句为"避事实用"②,其余用杜甫诗而神情飞越、想象幽渺,用梅花妆、金屋藏娇典事以及唐代崔橹《梅花》诗句则以虚字调度,为"熟事虚用")之中隐伏幽情怨怀。而在炼句上,二词都可谓寄深远之意于清峭和雅之句。

黄昇称姜夔:"中兴诗家名流,词极精妙,不减清真乐府,其间高处,有美成所不能及。"③在词作艺术上,姜、周二人都"极精妙",但姜词于清疏之中寓幽情远致的"高处",则为周词"所不能及",因而在传统词派中又标一格,所以陈模《怀古录》卷中说"近时作词者,只说周邦彦、姜尧章等"。

大约与姜夔同时的高观国、史达祖词风亦以"清峭"为特色。④ 如高词的"香惊楚驿寒,瘦倚湘筠暮。一笛已黄昏,片月尤清楚"(《生查子·梅次韵》)、"冷香梦,吹上南枝"(《金人捧露盘·梅花》),"古驿烟寒,幽垣梦冷,应念秦楼十二"(《齐天乐·中秋夜怀梅溪》)等,史词的"谁会见,罗袜去时,点点波间冷云积"(《兰陵王》)、"烟溪上、采绿人归,定应愁沁花骨"(《万年欢》)、"一笛当楼,谢娘悬泪立风前"(《玉蝴蝶》)等。因此凌廷堪说姜夔"以清空为主,高、史辅之"⑤,是很恰当的。但高、史词作多有尖巧生新之弊,此或过求字句之清峭所致。

如果说高、史二人辅佐姜夔,侧重于冷峭之字句方面,那么宋末明确宗主姜夔词风的张炎(1248—?)则主要承继姜夔清幽之意趣及流转之笔致。张炎致力词学四十年所总结出的"词要清空,不要质

---

① 历来评论二词,众说不一。此从夏承焘说。
② 旧题柳宗元《龙城录》卷上载隋开皇中赵师雄迁罗浮,一日醉憩松林间酒肆旁,遇梅花神女,醒后"乃在大梅花树下,上有翠羽啾嘈相顾,月落参横,但惆怅而尔"。
③ 黄昇:《中兴以来绝妙词选》卷6,《四部丛刊》本。
④ 高观国《东风第一枝·为梅溪寿》称史词"似妙句、何逊扬州,最惜细吟清峭",见唐圭璋编《全宋词》,第2356页,中华书局1979年版。
⑤ 谢章铤:《赌棋山庄词话续编》三引,见唐圭璋编《词话丛编》,第3510页。

实"这一词体本色观念,主要指字面妥溜、句法平妥精粹、虚字呼应得当、过片不断曲意等,并由这些因素综合成轻俊流转的风格。但这一风格内涵并不能全面概括姜夔词风,倒是基本反映了张炎的词风特色,也即张炎所承袭的姜夔词风。张炎词作或咏物寓情,或纪游感怀,都能流转自如。咏物名作如《解连环·孤雁》"楚江空晚",咏孤雁而寓孤旅之愁,语语双关,极尽离合之致,意韵清婉,虚字呼应,流转自然。又如纪游名作《高阳台·西湖春感》"接叶巢莺",寄托家国破亡之恨,情景交融,运化典事,虚字调度,幽情怨怀,流转笔端。

张炎虽落魄偃蹇,但不失其贵公子风流潇洒情性①,词作师承姜夔而无姜词清峭之气,一味追求语言上的流转、轻灵,注重虚字呼应、叠字叠句的使用,难免失之空滑。如"听雁听风雨,更听过,数声柔橹"(《探春》)、"断肠草,伴几摺眉痕,几点啼痕"(《忆旧游》)、"蝴蝶一生花里活,似花还却似非花"(《满江红》)等词句都显滑易之弊。高观国、史达祖与张炎确实可谓"皆具夔之一体"②,而各有所短。

(二) 质实创作倾向

张炎以吴文英(1200?—1260?)为质实派的代表词人,这和他评姜夔的词风一样,也着眼于词作语言特色。吴文英的友人尹焕、沈义父谓吴词源自周邦彦③,亦就语言风格而论。沈氏说:壬寅

---

① 郑思肖《张玉田白云词叙》云:"吾识张循王孙玉田先辈,喜其三十年汗漫南北数千里,一片空狂怀抱,日日化雨为醉。自仰扳姜尧章、史邦卿、卢蒲江、吴梦窗诸名胜,互相鼓吹春声于繁华世界,飘飘徵情,节节弄拍,嘲明月以谑乐,卖落花而陪笑。能令后三十年西湖锦绣山水,犹生清响,不容半点新愁飞到游人眉睫之上,自生一种欢喜痛快。"见《郑思肖集》,上海古籍出版社1991年版。
② 朱彝尊:《黑蝶斋诗余序》,《曝书亭集》卷40;汪森:《词综序》,《词综》卷首,中华书局1975年版。
③ 黄昇《中兴以来绝妙词选》卷10引尹焕《梦窗词叙》:"求词于吾宋者,前有清真,后有梦窗。此非焕之言,四海之公言也。"又,沈义父《乐府指迷》云:"梦窗深得清真之妙,其失在用事下语太晦处,人不可晓。"按,吴氏得之于周词者即"用事下语",所谓"清真之妙"与"用事下语太晦"实可贯通。

(1242)、癸卯(1243)分别与吴文英伯仲相识,"暇日相与唱酬,率多填词,因讲论作词之法",后"以得之所闻"条列而成《乐府指迷》①。则沈氏所说的"凡作词,当以清真为主",当也是吴氏伯仲的观点。然而据吴词《踏莎行·敬赋草窗绝妙词》中"杨柳风流,蕙花清润。藐□未数张三影"、"鲛室裁绡",及周密《玉漏迟·题吴梦窗霜花腴词集》中"锦鲸仙去,紫霞声杳"、"惊俊语、香红围绕"等语,则吴文英的艺术趣味仍与清雅高韵这一时代风尚相通,其词作之浓丽质实字面中,仍隐伏着清空神骏之势。吴文英盖欲借周邦彦典丽字面救姜夔词风末流生硬尖巧之弊,而其神理仍与姜词相契,这便形成了他形实而神空的独特风格,清代周济的评断堪称深中肯綮:

<blockquote>梦窗奇思壮采,腾天潜渊,返南宋之清泚,为北宋之秾挚。②</blockquote>

"南宋之清泚",当指姜夔词风;"北宋之秾挚",当指周邦彦词风。吴文英的词风似可谓姜、周两种词风的融合。它具体表现在以下三方面:

第一,意象密集而神情飞潜。写景状物,想象奇幻,如写落梅曰:"宫粉雕痕,仙云堕影。"(《高阳台》)游灵岩曰:"幻苍崖云树,名娃金屋,残霸宫城。箭径酸风射眼,腻水染花腥。时靸双鸳响,廊叶秋声。"(《八声甘州》)真可谓"实处皆空"③。如果说写景奇幻体现出作者词笔之"腾天",那么言情幽隐则显示出作者词笔之"潜渊",如"离魂难倩招清些,梦缟衣、解佩溪边"(《高阳台》)、"黄蜂频扑秋千索,有当时、纤手香凝"(《风入松》)、"旧尊俎,玉纤曾擘黄柑,柔香系幽素"(《祝英台近》)等可谓情深语痴。王国维曾拈出其词中

---

① 吴文英现存词作中署年者12首,有11首在1242—1246年间。集中与翁元龙、沈义父酬唱之作有《解语花·立春风雨中饯处静》《一剪梅·赋处静以梅花枝见赠》《声声慢·和沈时斋八日登高韵》《永遇乐·探梅次时斋韵》。
② 周济:《宋四家词选目录序论》,见唐圭璋编《词话丛编》,第1643页。又,今人夏承焘《天风阁学词日记(二)》(浙江古籍出版社1992年版)第214页说:"梦窗以清空为骨,而以辞藻掩饰之。"
③ 陈洵:《海绡说词·通论》,见唐圭璋编《词话丛编》,第4841页。

之一语"映梦窗,零乱碧"(《秋思》)以评吴文英词,是极有见地的。①

第二,"空际转身",不用虚字调度。如《瑞鹤仙》"晴丝牵绪乱"下片:"凄断。流红千浪,缺月孤楼,总难留燕。歌尘凝扇。待凭信,拚分钿。试挑灯欲写,还依不忍,笺幅偷和泪卷。寄残云、剩雨蓬莱,也应梦见。"刘永济《微睇室说词》评曰:"愈转愈深,红流矣,燕难留矣,已无可奈何矣,想诉此情,又不忍诉,于是又幻想再续坠欢于梦中。"但词中无虚字呼应。这是吴词章法上区别于姜夔、张炎的显著特色。

第三,下语用事,典丽凝涩。张炎曾指出吴文英《声声慢》中"檀栾金碧,婀娜蓬莱"八字"太涩",而谓《唐多令》"何处合成愁,离人心上秋"一词"疏快,却不质实"②。其实,前者用代字法("檀栾"代竹、"金碧"代楼台,"婀娜"代柳,"蓬莱"代池沼),后者用拆字法(拆"愁"字为"心上秋"),都反映出作者下字用语求奇求涩的心理。代字法是吴文英词作造语的一大特色。③再则,化用前人成句典事,生新冷僻晦涩。如"梦凝白栏干,化为飞雪"(《齐天乐》)用李贺《李凭箜篌引》"空白凝云颓不流"(宋本),"漏瑟侵琼管"(《塞垣春》)用温庭筠《织锦词》"丁东细漏侵琼瑟","门横皱碧"(《解语花》)用冯延巳《谒金门》"风乍起,吹皱一池春水",都翻新求奇,未免凝涩。而用典之频繁、冷僻更是吴文英词作晦涩的重要原因。如《高阳台》"宫粉雕痕"中"寿阳空理愁鸾。问谁调玉髓,暗补香瘢"三句糅合两个典事:南朝宋武帝女寿阳公主人日卧于含章殿,梅花落于额上,拂之不去;孙和舞水精如意伤邓夫人面颊,太医以玉屑和药治之无瘢痕。按寿阳之愁当因"拂之不去"而生,作者将梅落难返旧枝

---

① 参见王国维《人间词话》。按,吴文英生平居苏、杭最久,于二地各纳一妾,一遣一亡,集中怀人之作大都寄寓此情,且好托以梦幻之境,陶尔夫、刘敬圻《南宋词史》(黑龙江人民出版社1992年版)统计出吴词出现"梦"字一百七十多次。

② 张炎:《词源》卷下,见唐圭璋编《词话丛编》,第259页。

③ 参见刘永济《微睇室说词》,上海古籍出版社1987年版。

比作人之伤瘢,把两个典事融合一体,则成了寿阳也因梅落难返旧枝、香瘢无补而愁,实为作者以己意运化而致,这便使词意显得晦涩。

上述简析可以见出,吴文英兼融周邦彦、姜夔两种词风,以飞沉起伏之情思运转秾丽凝涩之藻采,又于姜夔词风之外独辟新格。其后的周密、王沂孙也前承吴文英而有所发展。

周密(1232—1298)、王沂孙(生卒年不详)①和张炎为宋元之交的三位传统流派代表词人。张炎词出姜夔;周密、王沂孙词作远则上承周邦彦,近则兼师姜夔、吴文英。首先从词句的承袭上就可看出其中迹象,如:

$\begin{cases} 周邦彦:楼阁淡春姿。(《少年游》) \\ 吴文英:碧淡春姿。(《烛影摇红》) \\ 周\quad 密:碧淡春姿。(《一枝春》) \end{cases}$

$\begin{cases} 周邦彦:终不似、照水一枝清瘦。(《玉烛新》) \\ 周\quad 密:瘦倚数枝清绝。(《疏影》) \\ 王沂孙:不似一枝清绝。(《疏影》) \end{cases}$

$\begin{cases} 周邦彦:香篝熏素被。(《花犯》) \\ 周\quad 密:素被琼篝夜悄。(《天香》) \\ 王沂孙:谩惜余薰,空篝素被。(《天香》) \end{cases}$

$\begin{cases} 姜\quad 夔:嫣然摇动,冷香飞上诗句。(《念奴娇》) \\ 周\quad 密:涧底孤芳,苒苒吹诗句。(《凤栖梧》) \end{cases}$

$\begin{cases} 姜\quad 夔:重相见、依依故人情味。(《徵招》) \\ 周\quad 密:依依故人情味,歌舞试春娇。(《忆旧游》) \end{cases}$

$\begin{cases} 吴文英:怕一夕西风,镜心红变。(《齐天乐》) \\ 周\quad 密:怕一夕西风,井梧吹碧。(《齐天乐》) \end{cases}$

---

① 王沂孙《淡黄柳》序称周密为"丈",年辈当晚于周密。又,张炎《一萼红》序称周密为"翁",有《琐窗寒·吊碧山玉笥山》,则王沂孙与张炎年相若而卒于张炎之前。

> 吴文英：旋剪露痕，移得春娇栽琼苑。(《绛都春》)
> 周　密：自剪露痕，移取春归华屋。(《楚宫春》)

> 姜　夔：端正窥户。(《玲珑四犯》)
> 吴文英：新弯画眉未稳。(《声声慢》)
> 王沂孙：画眉未稳，……试待他、窥户端正。(《眉妩》)

> 吴文英：一镜万妆争妒。(《过秦楼》)
> 王沂孙：绣蓉一镜晚妆妒。(《绮罗春》)

> 姜　夔：为玉尊、起舞回雪。(《琵琶仙》)
> 王沂孙：莫辞玉尊起舞。(《声声慢》)

可见周密、王沂孙对三家词各有所取。大体说来，意度超妙处取之姜夔，而章法之幽折、辞藻之秾挚则取之周邦彦、吴文英。张炎谓王沂孙词"有白石意度"①，而谭献并称"中仙、梦窗深处"②，周密自谓时人评其词"似陈去非、姜尧章"③，而戈载《宋七家词选》谓周密"与梦窗旨趣相侔"，陈廷焯《白雨斋词话》卷2说："周公谨词，刻意学清真，句法字法，居然合拍。"品评各异，但都不失为一得之见。

周密词作以纪游、咏物为多，前者见出其意度超妙近姜夔者，如"夜深浪静，任烟寒、自载月明归"(《木兰花慢》)、"荡归心、已过江南岸。清宵梦、远逐飞花乱"(《拜星月慢》)；后者多承周邦彦法门，同时兼取姜夔，能勾勒而不及周邦彦之浑厚，能提空而不及姜夔之清峭，如《齐天乐·蝉》《疏影·梅影》《忆旧游·落梅赋》《声声慢·柳花咏》等作，可谓之丽密谐婉。而以咏物著称的王沂孙，笔调则较周密为沉郁，邓廷桢《双砚斋词话》评其《天香·龙涎香》《南浦·春水》二词"皆态浓意远，如曳五铢"，正是王沂孙咏物词的基本风格。如《花犯》咏苔梅：

---

① 张炎：《琐窗寒》"断碧分山"序，见唐圭璋编《全宋词》，第3466页，中华书局1979年版。
② 谭献：《复堂词话》，见唐圭璋编《词话丛编》，第3999页。
③ 朱存理：《弁阳老人自铭》，《珊瑚木难》卷5，《四库全书》本。

古蝉娟,苍鬓素靥,盈盈瞰流水。断魂十里。叹绀缕飘零,难系离思。故山岁晚谁堪寄,琅玕聊自倚。谩记我、绿蓑冲雪,孤舟寒浪里。　　三花两蕊破蒙茸,依依似有恨,明珠轻委。云卧稳,蓝衣正、护春憔悴。罗浮梦、半蟾挂晓,幺凤冷、山中人乍起。又唤取、玉奴归去,余香空翠被。

上片写苔,下片写花,托情幽索深隐,周济评曰:"能将人景情思一齐融入",谓下片"不减白石风流"①。但此词显然用周邦彦《花犯》"粉墙低"之韵,且词句也颇多类似者。而在笔法上,王沂孙吸取姜夔提空手段,如同以佳人喻梅,王词起三句为提空笔调,周词"疑净洗铅华,无限佳丽"则为着实之笔。"罗浮梦"以下连用三典事,似梦窗法门,但以"又"字调度,则无凝涩之嫌。

周密、王沂孙、张炎作为宋词传统流派的终结,在创作上沿袭派内不同的风格倾向,在一定程度上展露了宋元之交这一特定时代的文人心态,在宋代传统词派发展史上写下了重要的最后一页。

第三节　革新词派的前奏和续曲

在本书《文体篇》第三章中已指出,宋词革新流派的基本倾向就是对词在唐五代生成期所定型的创作模式及风格基调进行改革。在创作观念上揽诗入词,革新传统合乐应歌、娱宾遣兴观念;在题材上突破"艳科"藩篱;在情调上突破婉媚格局;在境界上趋向于深而广。因此在很大程度上拓展了词的创作范围,丰富了词的功能价值和艺术风格。而这一切都具体表现在革新词派的创作实绩之中。

一、苏轼词风及其嗣响

苏轼(1037—1101)现存三百四十余首词作,其"新天下耳目"

---

① 周济:《宋四家词选》眉批,见唐圭璋编《词话丛编》,第1656页。

之处是多方面的。清人刘熙载《艺概·词曲概》说:

> 东坡词颇似老杜诗,以其无意不可入,无事不可言也。若其豪放之致,则时与太白为近。

说苏轼词作"无意不可入,无事不可言",或许有些言过其实,以李白式的"豪放"(《艺概·诗概》评李白诗有云"言在口头,想出天外"、"凿空而道,归趣难穷"、"升天乘云,无所不之"等)评苏轼词作,确实只能说"时与太白为近"而已,但其词作题材及风格上的特色,最能鲜明突出地反映出苏轼改革词风的创作实绩。

从创作题材上说,苏词除少数言男女情事、为歌女侍妾而作之外,大多数为僚友间的酬赠、咏物题画、纪游咏古、说理谈玄之作,与其诗作题材每每相通①,显示出题材上的诗化倾向(苏词往往伴有同一题材的诗作,如《瑞鹧鸪·观潮》与《八月十五日看潮五绝》,《江城子·密州出猎》与《祭常山回小猎》,《殢人娇·戏邦直》与《答李邦直》,《临江仙·送李公恕》与《送李公恕赴阙》等②),调下附题,其诗作题材的日常生活化特色在词作中也有相应的体现。此外,苏词中的议论、用典等手法以及次(和)韵、回文、集句、檃括等体式都是揽诗入词的表现。这些诗化因素或者并不创自苏轼,如张先词作就显出题材日常生活化趋势,有七十余首词作调下附题,其中不少为次韵酬赠之作。但自觉而全面地揽诗入词、改革传统词风则始于苏轼,其实质是词学观念、创作意识的更新,即从反映作者日常生活及人生感触这一角度视诗词为一家。为此,苏词抒写作者性情,在艺术风格上呈现出鲜明的个性特征。

苏轼以诗为词,拓展题材,抒发性情。那么,题材的丰富、作者性情的变化就必然会导致词作风格的多样化。因此历来评论苏词

---

① 据王十朋《集注分类东坡先生诗》(《四部丛刊》本),苏诗中常见的题材如酬答寄赠、纪行游赏、宴饮送别、咏物题画等,在苏词中也较多。
② 参见[日]保苅佳昭《试论词对于苏东坡的意义》,见业师王水照先生编选《日本学者中国词学论文集》,上海古籍出版社1991年版。

风格者莫衷一是：或谓之"豪放"（曾慥《跋东坡词拾遗》、张綖《诗余图谱·凡例》按语），或谓之"清丽舒徐"、"精妙"（张炎《词源》卷下"余论"），或谓之"韶秀"（周济《介存斋论词杂著》），或谓之"超旷"（陈廷焯《白雨斋词话》卷6、王国维《人间词话》），或谓之"清雄"（王鹏运《半塘未刊稿》），或谓之"轩骁"（张德瀛《词征》卷5）等等。诸说各有所据，均不失其真，而未得其全。下面试以苏轼生平经历及其性情变化看其词风发展①：早期任杭州通判时与前辈词人张先等人交游唱和，词作风格就与张先词风相近，清丽潇洒，如《江城子》"凤凰山下雨初晴"、《虞美人》"湖山信是东南美"。中期自任密州知州至离开黄州之前，词风于超旷中间寓悲郁之情。如《水调歌头》"明月几时有"凿空而来，一片神行，"直觉有仙气缥渺于毫端"②，而"不应有恨，何事长向别时圆？"则别离之悲溢于言表；《念奴娇》"大江东去""滔滔莽莽，其来无端，大笔摩天"③，而"故国神游，多情应笑我，早生华发"则为身世感慨。晚期词风淡泊，间有谈玄说理，如《减字木兰花》"春牛春杖"、《如梦令》"水垢何曾相受"。再从题材因素看苏词风格的变化：《江城子》"十年生死两茫茫"悼念亡妻，哀婉悲郁；《江城子》"老夫聊发少年狂"写密州出猎，感慨身世，壮怀激烈；《水龙吟》"似花还似非花"咏杨花，缠绵幽怨；《水龙吟》"楚山修竹如云"咏笛，清丽舒徐；《永遇乐》"明月如霜"题咏燕子楼，清妙超旷；"徐门石潭谢雨道上作"五首《浣溪沙》，则恬淡闲适，等等。

尽管苏轼词作在语言风格上姿态横生，但有两个基本特征统贯其中：一是作者放笔趁意的创作个性，一是作者的高妙襟怀。就创作个性说，苏轼不同时期、不同题材的词作在辞、意关系上都呈现出挥洒自如的风度：如《水龙吟》"似花还似非花""和韵而似元（原）唱"④；

---

① 参见龙沐勋《东坡乐府综论》，《词学季刊》第二卷第三号，上海书店1985年影印本。
② 李佳：《左庵词话》卷下，见唐圭璋编《词话丛编》，第3173页，中华书局1986年版。
③ 陈廷焯：《词则·大雅集》卷2，上海古籍出版社1984年影印本。
④ 王国维：《人间词话》，见唐圭璋编《词话丛编》，第4247页，中华书局1986年版。

《醉翁操》"琅然"似其文"如万斛泉源,不择地皆可出"①;《戚氏》"玉龟山"檃括周穆王会西王母事,"随声随写,歌竟篇就,才点定五、六字尔"②。三词或次他人词韵,或随声就谱而制词,都有所拘束而仍不失其放笔快意之势,似最能表现苏轼的创作个性,宋人评苏词"豪放"也多就此而言。苏轼这一创作个性固然离不开他那横放杰出的文学才气,但更重要的还在于他以写诗作文时那种"行于所当行,止于所不可不止"的创作态度对待填词,同样是他"以诗为词"、革新传统词学观念的体现。

再看苏词中的高妙襟怀。元好问说:"自东坡一出,情性之外不知有文字。"③关于苏词所透露出的情性品格,历代词评者多有共识:王灼谓苏词"高处出神入天,平处尚临镜笑春,不顾侪辈"、"指出向上一路,新天下耳目"④;胡寅说苏词"使人登高望远,举首高歌,而逸怀浩气,超然乎尘垢之外"⑤;俞彦说苏词"无一语着人间烟火,此自大罗天上一种"⑥;刘熙载评苏词"雄姿逸气,高轶古人"、"具神仙出世之姿"⑦;陈廷焯谓"东坡神品也,亦仙品也"⑧;王国维说:"读东坡、稼轩词,须观其雅量高致,有伯夷、柳下惠之风。"⑨这些评论都可溯源到黄庭坚对苏轼《卜算子》"缺月挂疏桐"一词的评语:

> 语意高妙,似非吃烟火食人语,非胸中有数万卷书,笔下无一点尘俗气,孰能至此?⑩

---

① 许昂霄:《词综偶评》,见《词话丛编》,第 1575 页。
② 李之仪:《跋戚氏》,《姑溪居士全集》前集卷 38,《粤雅堂丛书》本。
③ 《新轩乐府引》,《元好问全集》(下)卷 36,第 39 页,山西人民出版社 1990 年版。
④ 王灼:《碧鸡漫志》卷 2,见唐圭璋编《词话丛编》,第 83、85 页。
⑤ 胡寅:《酒边集序》,见施蛰存编《词籍序跋萃编》,第 168 页,中国社会科学出版社 1994 年版。
⑥ 俞彦:《爰园词话》,见唐圭璋编《词话丛编》,第 402 页。
⑦ 《艺概·词曲概》,《刘熙载论艺六种》,第 105 页,巴蜀书社 1990 年版。
⑧ 陈廷焯:《白雨斋词话》卷 8,见唐圭璋编《词话丛编》,第 3961 页。
⑨ 王国维:《人间词话》,同上书,第 4250 页。
⑩ 胡仔:《苕溪渔隐丛话》前集卷 39 引,第 268 页,人民文学出版社 1981 年版。

"语意高妙"、"无一点尘俗气"的根源在作者的学养襟怀之高妙,即"胸中有数万卷书",正如沈祥龙所说:"胸无书卷,襟怀必不高妙,意趣必不古雅。"①学养何以能使襟怀高妙? 苏轼在《江子静字序》中有简明的论述:"故君子学以辨道,道以求性,正则静,静则定,定则虚,虚则明。物之来也,吾无所增;物之去也,吾无所亏。岂复为之欣喜爱恶而累其真欤?"苏轼在学养上立足现实人生,以儒学思想为本而兼融佛老的"静而达"②,从而形成其独特的人生修养境界:"寓意于物"(对外物自然地作出情感反应,不介入丝毫物我利害关系)而不"留意于物"③(不系心于外物,不为外物所累,能静守所养之道)的高妙襟怀。而当苏轼处于逆境时,这种人生境界的高妙,表现尤为鲜明突出。苏轼词作绝大部分(尤其是代表性作品)写于外任和贬谪时期,因而较充分地展现了苏轼的高妙情怀。《卜算子》一词就是谪居黄州时的作品:

  缺月挂疏桐,漏断人初静。谁见幽人独往来? 缥渺孤鸿影。

  惊起却回头,有恨无人省。拣尽寒枝不肯栖,寂寞沙洲冷。

刘熙载《艺概·词曲概》引述黄庭坚评语后说:"余案词之大要,不外厚而清。厚,包诸所有;清,空诸所有也。"词中"幽人"(作者自称)和"孤鸿"合二为一,以超脱于尘世的心境(缺月疏桐、漏断人静映衬出这种心境)观照着人间的无限遗恨,寓意深广而词境(心境的外化)清空,确属"厚而清",既"包诸所有"又"空诸所有",也即"寓意于物"而不"留意于物"。苏轼作于同一年(元丰五年)的《临江仙》"夜饮东坡醒复醉",词境极为相似。词中"长恨此身非我有,

---

① 沈祥龙:《论词随笔》,见唐圭璋编《词话丛编》,第4058页。
② 《答毕仲举书》:"学佛老者,本期于静而达。静似懒,达似放。学者或未至其所期,而先得其所似,不为无害。仆常以此自疑。"见《苏轼文集》卷56,第1671页,中华书局1986年版。
③ 《宝绘堂记》,《苏轼文集》卷11,第356页,中华书局1986年版。

何时忘却营营"二句,实可作为《卜算子》中"有恨无人省"的注脚。此词同样是以超然心境对人生愁恨的观照。苏词对身世的感慨大都类此,清空中亦寓沉厚。

上述二词见出苏轼感慨身世时的高妙襟怀,而《念奴娇·赤壁怀古》一词则可见出苏轼感慨历史时的高妙襟怀:起二句("大江东去,浪淘尽、千古风流人物")与结二句("人间如梦,一尊还酹江月")表现出作者洞达历史的超然心境。词中描绘赤壁景色,遥想当年战场,笔致雄健豪迈。俯仰身世,也不无感慨。而就作者怀古之襟怀来说,不可不谓之高妙,胡仔所谓"语意高妙"①,当指作者襟怀,并非论词作语言风格。同属怀古的《永遇乐》"明月如霜"在语言风格上有别于《念奴娇》,但词中透露出的对历史的超然心境却是一致的:"古今如梦,何曾梦觉?但有旧欢新怨。异时对、黄楼夜景,为余浩叹。"词中月夜清景便是作者超旷心境的物化。月、梦是苏词中最为常见的意象,约出现一百三四十次。如果说"月"象征着苏轼观照万物而无所芥蒂的明澈心境,那么"梦"便象征着苏轼对历史、人生的洞达超然心境。若比较一下前人词作中的"梦",我们便可发现苏轼之前词人写的梦,大都是相思梦,是男女情爱的升华,是"入",所以深婉;而苏轼笔下的"梦"多为睿智的达观,是"出",所以超旷,如"世事一场大梦"(《西江月》)、"十五年间真梦里"(《定风波》)、"君臣一梦,今古空明"(《菩萨蛮》)、"梦里栩然蝴蝶,一身轻"(《南歌子》)等。苏轼的前辈词人张先好绘"影",表现出对男女情事的超脱;苏轼则好写"梦"、"月",表现出对历史、人生的超脱。这便是张先词风对苏轼的影响。

在以写景为主的纪游、题咏楼阁类词作中,苏轼的高妙襟怀则体现为对自然的遣赏。如谪居黄州时为张偓佺所建快哉亭而作的《水调歌头》"落日绣帘卷"一词,苏辙在《黄州快哉亭》一文中说:"清河张君梦得,谪居齐安(黄州),即其庐之西南为亭,以览观江流

---

① 胡仔:《苕溪渔隐丛话》前集卷59,第411页,人民文学出版社1981年版。

之胜,而余兄子瞻名之曰'快哉'。"苏轼命名的寓意就是苏辙文中所说:"士生于世,使其中不自得,将何往而非病?使其中坦然,不以物伤性,将何适而非快?"词中结二句"一点浩然气,千里快哉风"便是此意。苏轼其他纪游词作如《定风波》"莫听穿林打叶声"、《浣溪沙》"山下兰芽短浸溪"、《鹧鸪天》"林断山明竹隐墙"、《浣溪沙》"细雨斜风作小寒"等,在语言风格上都不同于《水调歌头》"落日绣帘卷",但其中透露出的"任天而动"的"坦荡之怀"则是相通的。① 苏轼对自然的遣赏本于其高妙自得之襟怀,而从词学发展上看,受欧阳修的影响也是不可忽视的,上面所引《水调歌头》中的"认得醉翁语,山色有无中",即透出个中消息。此外,如《西江月》中的"十年不见老仙翁,壁上龙蛇飞动"、《木兰花令》中的"佳人犹唱醉翁词,四十三年如电抹",也是如此。

苏轼以诗为词,全面改革词坛传统风尚,并取得重大实绩。这在很大程度上取决于他的高妙性情,他能"一洗绮罗香泽之态,摆脱绸缪宛转之度",根源主要在他的"逸怀浩气,超然乎尘垢之外"。苏轼的高妙襟怀自是时人及后人难以企及的,但他在词学创作上突破传统"艳科"及婉媚樊笼,在题材和风格方面的开拓之功,对词坛创作影响颇大。后继者中,以南宋词坛巨擘辛弃疾为最。而在苏、辛之间尚有一批承袭苏轼词风的词人群,我们姑且称之为苏轼词风嗣响。他们在创作观念上师承苏轼以词抒写性情,而在艺术风格上大体呈现出两种倾向:一种倾向于山水遣赏中寄托情怀,词作风格趋向于清旷;一种倾向于直抒忧国情怀及身世之感,词作风格趋向于悲慨。

第一种风格倾向主要体现在黄庭坚(1045—1105)、晁补之(1053—1110)、叶梦得(1077—1148)、朱敦儒(1081—1159)、张孝祥(1132—1169)等人的代表性词作中。黄、晁二人为苏轼门人,学

---

① 参见郑文焯评《定风波》"莫听穿林打叶声",转引自龙榆生《唐宋名家词选》,第109页,上海古籍出版社1980年版。

养、性情受苏轼影响较大;苏轼称黄庭坚"超逸绝尘,独立万物之表,驭风骑气,以与造物者游"①;晁补之"坦易之怀,磊落之气"亦与苏轼"差堪骖靳"②。但黄庭坚词作在旷放之中有"侮弄世俗"③之味,如《鹧鸪天》:"黄菊枝头生晓寒,人生莫放酒杯干。风前横笛斜吹雨,醉里簪花倒着冠。 身健在,且加餐,舞裙歌板尽清欢。黄花白发相牵挽,付与时人冷眼看。"其少时词作亦多作艳语"以使酒玩世"④。而晁补之"不作绮艳语"⑤,山水遣赏之中寄寓身世之慨,如晚年退居金乡所作的《摸鱼儿》"买陂塘",于放达语中托沉郁之情,因而被刘熙载断为辛弃疾《摸鱼儿》"更能消几番风雨"所本⑥。冯煦《蒿庵论词》评晁补之"无子瞻之高华,而沉咽则过之",正说明了晁补之在承袭苏轼词风中所显示出的创作个性特色。黄、晁之后的叶梦得、朱敦儒、张孝祥等都以山水词作著称:或"能于简淡时出雄杰,合处不减靖节、东坡之妙"⑦;或自称为"清都山水郎"而作"留云借月章"⑧;或着意追慕苏轼而以"潇散出尘之姿、自在如神之笔、迈往凌云之气"为世所赏⑨。但他们同时也都有少数感慨时事之作,如叶梦得《水调歌头》有云:"却恨悲风时起,冉冉云间新雁,边马怨胡笳。谁似东山老,谈笑静胡沙。"朱敦儒《相见欢》有云:"中原乱,簪缨散,几时收?试倩悲风吹泪过扬州。"张孝祥的《六州歌头》"长淮望断"词情更为悲愤。而在这方面的词作代表,当属张元幹(1091—1161)和陆游(1125—1210)的创作。

张元幹、陆游的词作成就主要体现在感怀时事,风格呈现出悲

---

① 《答黄鲁直书》,《苏轼文集》卷52,第1531页,中华书局1986年版。
② 《艺概·词曲概》,《刘熙载论艺六种》,第106页。
③ 同上书,第105页。
④ 黄庭坚:《小山词序》,见《彊村丛书》本《小山词》。
⑤ 毛晋:《跋琴趣外篇》,见汲古阁本《琴趣外篇》。
⑥ 刘熙载:《艺概·词曲概》,《刘熙载论艺六种》,第106页,巴蜀书社1990年版。
⑦ 关注:《题石林词》,见汲古阁本《石林词》。
⑧ 朱敦儒:《鹧鸪天》"我本清都山水郎",见唐圭璋编《词话丛编》,第843页,中华书局1979年版。
⑨ 陈应行:《于湖词序》,见汲古阁本《于湖词》。

慨倾向,代表了苏轼词风嗣响中另一种风貌。张元幹《水调歌头》"袖手看飞雪"中有云:"挟取笔端风雨,快写胸中丘壑,不肯下樊笼。"雄放是他词作的语言特色,如"心折。长庚光怒,群盗纵横,逆胡猖獗。欲挽天河,一洗中原膏血"(《石州慢》)、"百二山河空壮。底事中原尘涨。丧乱几时休。泽畔行吟处,天地一沙鸥"(《水调歌头》)、"犹有壮心在,付与百川流"(《水调歌头》)等。尤其是历来被推为压卷之作的《贺新郎·寄李伯纪丞相》和《贺新郎·送胡邦衡谪新州》,慷慨悲凉之中透出雄放之势。而陆游词作中虽也有愤激者,如《诉衷情》"当年万里觅封侯",但更倾向于沉郁一格,气势不如张元幹词作激壮,如"江海轻舟今已具。一卷兵书,叹息无人付。早信此生终不遇,当年悔草长杨赋"(《蝶恋花》)、"功名梦断,却泛扁舟吴楚。漫悲歌、伤怀吊古。烟波无际,望秦关何处?叹流年、又成虚度"(《谢池春》)、"睡觉寒灯里,漏声断、月斜窗纸。自许封侯在万里。有谁知,鬓虽残,心未死"(《夜游宫》)等。《四库全书总目》卷198评曰:"诗人之言,终为近雅。"冯煦《蒿庵论词》谓:"其遒峭沉郁之概,求之有宋诸家,无可比方。"所谓"近雅"、"遒峭沉郁",都指陆游词笔摧刚为柔而归于温厚的特色。而这种温厚词风及张元幹代表的激壮词风在爱国词人巨擘辛弃疾的创作中相得益彰,遂促成了宋词革新流派创作上的又一高峰的出现。

二、辛弃疾及其同调词人

辛弃疾(1140—1207)是宋词革新流派中继苏轼之后最重要的代表词人,其门人范开在辛氏退居带湖期间编刊《稼轩词》并作序云:

> 世言稼轩居士辛公之词似东坡,非有意于学坡也,自其发于所蓄者言之,则不能不坡若也。坡公尝自言与其弟子由为文□(至)多而未尝敢有作文之意,且以为得于谈笑之间而非勉强之所为。公之于词亦然:苟不得之于嬉笑,则得之于行乐;

不得之于行乐,则得之醉墨淋漓之际。……是亦未尝有作之之意,其于坡也,是以似之。虽然,公一世之豪,以气节自负,以功业自许,方将敛藏其用以事清旷,果何意于歌词哉!直陶写之具耳,故其词之为体,如张乐洞庭之野,无首无尾,不主故常;又如春云浮空,卷舒起灭,随所变态,无非可观。无他,意不在于作词,而其气之所充,蓄之所发,词自不能不尔也。其间固有清而丽、婉而妩媚,此又坡公之所无而公词之所独也。①

此序盖为辛氏所认同,也可视为辛弃疾的词论。苏、辛二人都以词作为性情志趣的"陶写之具":"意不在于作词,而其气之所充,蓄之所发,词自不能不尔也。"创作意识上的契合导致了二人词作风格本质上的相通:相题发挥,随所变态,能刚能柔,不主故常。而性情志趣及其相关的身世阅历方面的差异也使苏、辛二人词风同中有异。陈廷焯的一段话说得颇为中肯:

> 东坡心地光明磊落,忠爱根于性生,故词极超旷,而意极和平。稼轩有吞吐八荒之概,而机会不来。正则可以为郭、李,为岳、韩,变则即桓温之流亚。故词极豪雄,而意极悲郁。苏、辛两家,各自不同。后人无东坡胸襟,又无稼轩气概,漫为规模,适形粗鄙耳。②

苏、辛词作都可谓以气胜,鲜明地展现出作者的襟怀学养。但苏轼所养之气及其词作所透露出的气象是根基于对人生、历史的达观而孕育的超旷气韵,是"寓意于物"而不"留意于物"的人生风度;辛弃疾所强烈崇尚的是民族正气和勇武之气,如其《九议》中所说:"以气为智勇,是真足办天下之事而不肯以身就人者。"志图恢复的英雄气概是辛词风格的基调:

---

① 范开:《稼轩词序》,见邓广铭《稼轩词编年笺注》附录二,第596页,上海古籍出版社1993年版。
② 陈廷焯:《白雨斋词话》卷6,见唐圭璋编《词话丛编》,第3925页,中华书局1986年版。

> 算平戎万里,功名本是,真儒事、君知否?(《水龙吟》)
> 袖里珍奇光五色,他年要补天西北。(《满江红》)
> 夜半狂歌悲风起,听铮铮、阵马檐间铁。南共北,正分裂。(《贺新郎》)
> 醉里挑灯看剑,梦回吹角连营。八百里分麾下炙,五十弦翻塞外声。沙场秋点兵。(《破阵子》)

类似充满报国杀敌斗志的词句很多,而下面这首闲居上饶灵山时所作的《沁园春》尤能见出作者内心志趣:

> 叠嶂西驰,万马回旋,众山欲东。正惊湍直下,跳珠倒溅,小桥横截,缺月初弓。老合投闲,天教多事,检校长身十万松。吾庐小,在龙蛇影外,风雨声中。　争先见面重重。看爽气朝来三数峰。似谢家子弟,衣冠磊落;相如庭户,车骑雍容。我觉其间,雄深雅健,如对文章太史公。新堤路,问偃湖何日,烟水濛濛?

词人南归前曾是位跃马横鞭的抗金义军将领,其《鹧鸪天》词追忆云:"壮岁旌旗拥万夫,锦襜突骑渡江初。燕兵夜娖银胡䩮,汉箭朝飞金仆姑。"青年时代那段横槊马上的抗敌生涯,在词人心灵深处形成重要的英雄情结,支配着词人观山临水的独特视角:视群山如万马驰骋,临松林如检阅兵马,充斥着排宕腾跃的战场气氛。

然而,辛弃疾南归四十余年中闲居二十年,出仕也不得其位,不得尽其才,逸摈销沮,"故其悲歌慷慨,抑郁无聊之气,一寄之于其词"①。摧刚为柔的沉郁词笔便成了辛词语言风格的主要特色:或登临述怀,如《水龙吟》"楚天千里清秋",满怀恢复大志无法施展,一腔爱国挚情无人理会,只能在忧愁终日、流年虚度中挥洒英雄失志之泪;或感怀古代豪杰,如"却忆安石风流,东山岁晚,泪落哀筝

---

① 冯金伯辑:《词苑萃编》卷5引梨庄语,见唐圭璋编《词话丛编》,第1870页,中华书局1986年版。

曲。儿辈功名都付与,长日惟消棋局"(《念奴娇》)、"吴楚地,东南坼。英雄事,曹刘敌"(《满江红》)、"射虎山横一骑,裂石响惊弦。落魄封侯事,岁晚田园"(《八声甘州》)等。而下面这首作于词人去世前二年(1205)的登临怀古之作《永遇乐》颇能见出词人终生不渝的报国壮志及其烈士暮年的悲慨:

> 千古江山,英雄无觅、孙仲谋处。舞榭歌台,风流总被、雨打风吹去。斜阳草树,寻常巷陌,人道寄奴曾住。想当年,金戈铁马,气吞万里如虎。　元嘉草草,封狼居胥,赢得仓皇北顾。四十三年,望中犹记、烽火扬州路。可堪回首,佛狸祠下,一片神鸦社鼓。凭谁问:廉颇老矣,尚能饭否?

他在对孙权、刘裕的追慕中,慨叹当时无人堪当抗金复国之任;在对刘义隆草率出兵、仓皇败北的追惜中,规劝北伐主将韩侂胄要准备从容;在对青年时代抗金豪举的追忆和对国土沦陷的痛惜中,悲慨暮年壮志无以施展。全词沉郁悲凉,可谓词人悲剧性一生的归结。

"以气节自负,以功业自许"的辛弃疾投闲置散二十年,只好"敛藏其用以事清旷",盟鸥亲鱼,沉酣诗书,使其英雄失志之悲获得某种程度的慰藉和解脱。如他从《论语》《孟子》等儒家经典中体味出了与天地并参的坦荡和至乐:"屏去佛经与道书,只将《语》《孟》味真腴。出门俯仰见天地,日月光中行坦途"(《读语孟》)、"我识箪瓢真乐处,《诗》《书》执《礼》《易》《春秋》"、"此身果欲参天地,且读《中庸》尽至诚"(《偶作》)。前人诗文如渊明诗、《北山移文》《盘谷序》《辋川集》《伊川击壤集》等均能给词人以一定的精神慰藉。因而词人闲居二十年间所作四百多首词中也不乏清旷、恬适之作:

> 茅檐低小,溪上青青草。醉里吴音相媚好,白发谁家翁媪?
> 大儿锄豆溪东。中儿正织鸡笼。最喜小儿亡赖,溪头卧剥莲蓬。(《清平乐》)

> 明月别枝惊鹊,清风半夜鸣蝉。稻花香里说丰年,听取蛙

声一片。　　七八个星天外,两三点雨山前。旧时茅店社林边,路转溪桥忽见。(《西江月》)

凡我同盟鸥鹭,今日既盟之后,来往莫相猜。白鹤在何处,尝试与偕来。(《水调歌头·盟鸥》)

青山意气峥嵘,似为我归来妩媚生。解频教花鸟,前歌后舞;更催云水,暮送朝迎。酒圣诗豪,可能无势,我乃而今驾驭卿。清溪上,被山灵却笑:白发归耕。(《沁园春·再到期思卜筑》)

或田园村居,或笑傲林泉,与苏轼对自然的遣赏意兴颇为相似。但山水田园之趣对辛弃疾来说只是一种失志后的外在寄托,并不能真正占据他的心灵,泯灭他的穷途之悲,如"近来愁似天来大,谁解相怜?谁解相怜?又把愁来做个天"(《丑奴儿》)、"我亦卜居者,岁晚望三间。昂昂千里,泛泛不作水中凫"(《水调歌头》)、"吾道悠悠,忧心悄悄,最无聊处秋光到"(《踏莎行》)、"说剑论诗余事,醉舞狂歌欲倒,老子颇堪哀。白发宁有种,一一醒时栽"(《水调歌头》)等词句都透露出作者无法"敛藏"的用世之志和抑郁之悲。

在抚时感事、登临怀古、山水遣赏中抒写志趣情怀是辛弃疾词作的主要内容。此外,辛词中也有范开所说的"婉而妩媚"之作,但"绝不作妮子态"(毛晋语)。如见于范开所编《稼轩词》中的《摸鱼儿》"更能消几番风雨"、《祝英台近》"宝钗分"二词:前者以比兴手法寄寓作者"孤危一身"、"不为众人所容"[①]、壮志难酬、空度年华的深沉愁怨之情,其寓意是众所公认的;后者题曰"晚春",似为作者借闺怨来抒发惜春之情,深切悲郁,谓其寄托身世之感,未尝不可。总之,二词绝非搔首傅粉之作。

辛弃疾承沿苏轼开启的创作趋向发展,形成独特的"稼轩体",其题材内容、风格情调上的特色已略如上述,而其遣词用语方面的

---

① 辛弃疾:《论盗贼札子》,辛更儒《辛稼轩诗文笺注》上卷,第106页,上海古籍出版社1995年版。此文与本词同作于淳熙己亥(1179)。

主要特征就是以文为词。一是用典广博。辛派词人刘辰翁谓之"横竖烂熳,乃如禅宗棒喝,头头皆是"①。清人吴衡照说得更具体:"辛稼轩别开天地,横绝古今。《论》《孟》《诗小序》《左氏春秋》《南华》《离骚》《史》《汉》《世说》、选学、李杜诗,拉杂运用,弥见其笔力之峭。"②据有的辛词研究者统计:辛词仅四分之一左右的词作未用典,其余四分之三左右的词作用典约一千五百个,以出自《史记》、杜诗、《世说新语》者最多。③ 辛词用典虽偶有如《六幺令·用陆氏事,送玉山令陆德隆侍亲东归吴中》一类堆砌典事的无谓之作,但大多"行间笔下,驱斥如意"④。如《贺新郎·赋琵琶》"凤尾龙香拨""用事最多,然圆转流丽,不为事所使"⑤,《永遇乐》"千古江山""拉杂使事,而以浩气行之"⑥。其次是揽辞赋古文章法、句法入词。如《沁园春》"杯汝前来"、《鹊桥仙》"溪边白鹭"、《西江月》"醉里且贪欢笑"、《永遇乐》"烈日秋霜"等都以议论、对话入词;《水龙吟》"听兮清珮琼瑶些"、《柳梢青》"莫炼丹难"、《木兰花慢》"可怜今夕月"、《汉宫春》"春已归来"、《贺新郎》"绿树听鹈鴂"等都取辞赋古文章法入词。

辛弃疾以其"稼轩体"在南宋词坛"屹然别立一宗"⑦,同时及其后的词人如陈亮(1143—1194)、刘过(1154—1206)、刘克庄(1187—1269)、刘辰翁(1232—1297)、文天祥(1236—1282)等,都属辛氏同调。陈亮、刘过与辛氏交游,词风之豪壮激烈与辛词相近,但无辛词沉郁之致。陈亮以词抒写"平生经济之怀"⑧,自谓其词

---

① 刘辰翁:《辛稼轩词序》,见邓广铭《稼轩词编年笺注》附录二,第597页,上海古籍出版社1993年版。
② 吴衡照:《莲子居词话》卷1,见唐圭璋编《词话丛编》,第2408页,中华书局1986年版。
③ 马兴荣:《稼轩词艺术探微》,《词学》第十辑,华东师大出版社。
④ 邹祗谟:《远志斋词衷》,见唐圭璋编《词话丛编》,第652页,中华书局1986年版。
⑤ 陈霆:《渚山堂词话》卷2,同上书,第363页。
⑥ 陈廷焯:《词则·放歌集》卷1,上海古籍出版社1984年影印本。
⑦ 永瑢等:《稼轩词》提要,《四库全书总目》卷198,中华书局1965年版。
⑧ 《书龙川集后》,《叶适集》卷29,第596页,中华书局1961年版。

"本之以方言俚语,杂之以街谈巷歌,抟搦义理,劫剥经传,而卒归之曲子之律,可以奉百世豪英一笑"①。其子陈沆所选"特表阿翁磊落骨干"②的三十首词作,最能体现这一创作观念,风格磊落恣肆。其与辛弃疾唱和的三首《贺新郎》,杂糅俚语,劫剥经传,有力地表现出其抗金爱国之志和傲岸品格。刘过亦极赏豪语壮词,如《水龙吟·寄陆放翁》云:"想见鸾飞,如椽健笔,檄书亲草。"《沁园春·赠王禹锡》云:"如椽健笔鸾飞,还为写春风陌上词。"冯煦说:"龙洲自是稼轩附庸,然得其豪放,未得其宛转。"③其《沁园春·寄辛稼轩》《沁园春·寄稼轩承旨》《念奴娇·留别辛稼轩》三词尤能见出其师承"稼轩体"的迹象,如第二首以对话方式将前代诗人白居易、林逋、苏轼揽入词中,借三人盛情挽留以释不能及时应邀之由,明显受到辛词《沁园春》"杯汝前来"的影响。

如果说辛弃疾、陈亮、刘过所处的孝宗时代尚存些许恢复气象的话,那么孝宗之后的南宋王朝便一蹶不振,覆灭在即,爱国志士的匡复襟抱徒然化为满腔悲郁。刘克庄、刘辰翁、文天祥的词作便是这一时局的产物,可谓辛弃疾沉郁词风的延续。感时伤世是他们词作的主要内容,沉痛悲郁是他们词作的基本情调:

> 怅燕然未勒,南归草草;长安不见,北望迢迢。老去胸中,有些磊块,歌罢犹须酒浇。(刘克庄《沁园春·答九华叶贤良》)

> 国脉微如缕。问长缨、何时入手,缚将戎主?(刘克庄《贺新郎》)

> 白发书生神州泪,尽凄凉不向牛山滴。追往事,去无迹。(刘克庄《贺新郎·九日》)

> 水天空阔,恨东风、不借世间英物。蜀鸟吴花残照里,忍见

---

① 《与郑景元提干》,《陈亮集》卷 21,第 328 页,中华书局 1974 年版。
② 毛晋:《龙川词补跋》,见汲古阁本《龙川词》。
③ 冯煦:《蒿庵论词》,见唐圭璋编《词话丛编》,第 3592 页,中华书局 1986 年版。

> 荒城颓壁。铜雀春情,金人秋泪,此恨凭谁雪?(文天祥《酹江月》)
>
> 曲池合,高台灭。人间事,何堪说!向南阳阡上,满襟清血。(文天祥《满江红》)
>
> 那堪独坐青灯,想故国高台月明!辇下风光,山中岁月,海上心情。(刘辰翁《柳梢青》)
>
> 江南无路,廊州今夜,此苦又谁知否?空相对、残釭无寐,满村社鼓。(刘辰翁《永遇乐》)
>
> 袅袅余怀何许!听尊前、呜呜似诉。近年潮信,万里阴晴,和天无据。(刘辰翁《烛影摇红》)

刘克庄、文天祥的沉郁词笔中隐含着悲壮之势,而刘辰翁的重要词作大都写于宋亡之后,情调归于凄凉悲伤。在他的词作中,有和李煜、苏轼、辛弃疾、李清照、陈与义、刘克庄等人词韵者,也略可见其词学宗尚。况周颐《蕙风词话》卷2说:"须溪词,风格遒上似稼轩,情辞跌宕似遗山。有时意笔俱化,纯任天倪,竟能略似坡公。往往独到处,能以中锋达意,以中声赴节。"从创作观念到创作实绩,刘辰翁都堪视作宋词革新流派发展史的终结。

上述传统词派、革新词派的创作倾向、发展历史及创作成就,基本反映出了宋词的真实面目。在宋代文学体系中,宋词是以言情为创作手段来显示其艺术个性的,在反映宋代社会生活的广度上不及宋文、宋诗,而在揭示宋代社会心理、文人心态的深度上则胜于宋文、宋诗。这或许就是它被后人誉为宋代文学之代表的原因,也是后世词人宗宋的根据。而宋词内部在言情上又呈现出不同创作流派和风格倾向,这又导致了后世词坛宗宋上的派别分立局面,或许这就是宋词在中国文学史上的意义所在。

第三章

宋文流派绎述

宋代散文"抗汉唐而出其上"①,成就卓异。其间流派层出,群体蜂起,他们各树一帜,竞辟新境,共同构成了宋文发展的繁荣景观。然而,对于宋文的流派与发展,学界尚无较为全面、系统和明晰的梳理。这里以时间为序,结合宋文发展的史实与分期,予以初步考察绎绎。其流派的确立与名称,除据客观史实外,主要参酌成说,多角度,多层次,不拘一格;然其必须是具有大体一致的创作倾向性和成就突出的代表作家,在散文史上产生过一定影响,并得到学术界的承认。

第一节 北宋前期:五代派、复古派的并峙 与西昆派、古文派的抗衡

自赵宋立国(960)至欧阳修及第(1030)是宋文发展的第一时期。其间又以柳开谢世(1000)界为两段。宋初40年,由于前代散文发展的惯性与当时特定文化环境的结合,五代派与复古派的相继

---

① 陆游:《尤延之尚书哀辞》,《陆放翁全集》卷41,中国书店1986年版。

产生,其后西昆派崛起,古文派抗衡,从而构成了宋文前期多派并峙、相映生辉的局面。

五代派是宋文最早的一个流派。它以南唐降臣徐铉为核心,陶谷、张昭、张洎、李昉、李至、宗白、吴淑等一大批作家为先后羽翼,形成了一个蔚为壮观的创作群体。这些作家多是五代入宋的硕学鸿儒,博学多识而尤擅骈体,为文主张文道并重,讲究辞采,风格以典丽俊伟、博雅自然著称。代表作家徐铉素负重名,他在强调文章内容与社会功用的同时,充分肯定音韵、辞采的自然合理性,指出"格高气逸,词约义微,音韵调畅,华采繁缛",乃作者之"余力"①,是才力学养的自然流露。他主张文章"丽而有气,富而体要,学深而不僻,调律而不浮"②,"词赡而理胜"③。其《骑省集》中散文贵理尚实,自然典雅,雄丽淹博,皆率意而成,自造精极。《君臣论》《持权论》《师臣论》以有补时政、见解精深而为人称道;《复方纳书》用偶对讲自己的个性、志向和抱负,自然坦率,典雅得体。传播最广的《重修说文序》以奉诏校定《说文》破题,继以缕述文字发展衍变及重修意义,最后说明修撰准则与学术处理。全文融知识性、趣味性、学术性于一体,气势充沛,博雅雄赡,文采斐然。时人谓徐文"虽丝篁金石无以均其雅,黼黻玄黄不足方其丽"④,良非虚语。五代派其他作家如陶谷强记嗜学,博通经史,文章典丽;张昭家藏万卷,精熟典章,为文骈丽自然;张洎精于道释,兼通禅理,文采清丽。徐铉门生如自幼即承训导的陈彭年、于场屋获造门墙的胡克顺、以辞华典赡驰名的李至、文思敏捷的吴淑等,均文名显著,卓有成就。

由于五代派审美情趣、艺术追求和宗尚习惯诸方面的原因而喜用骈语,长期以来一直被目为"卑弱"、"丽靡",其实,五代派并不忽视文章的内容,何况正是他们的创作活跃了宋初文坛,而对后进学

---

① 徐铉:《故兵部侍郎王公集序》,《骑省集》卷23,《四库全书》本。
② 同上。
③ 徐铉:《广陵刘生赋集序》,同上书。
④ 陈彭年:《徐公文集序》,《徐公文集》,《四部丛刊》本。

子的培育,更是功不可没。南宋周必大《宋文鉴序》称"建隆、雍熙(960—987)之间其文伟",可谓独具慧眼,在肯定五代派创作的同时,又看到了宋文已呈现的新面貌。

与五代派双峰并峙的复古派以宗经尊韩相号召,倡导文风复古而力涤排偶,反对浮丽,强调文章济世致用,关注现实,主张贵实尚散,传道明心,要求语言自然平易。孙复《上孔给事书》论宋初散文谓柳开、王禹偁、孙何等能继承古代文章的传统,说的就是复古派。

柳开首倡复古,终生以此自任。他十六七岁习学韩文,二十六岁前即写出了一批为世注目的古文。柳开倡导文风复古,旨在兴儒传道,垂教于民,以提高全社会的道德文明素养,促进社会的安定和发展,故有"防乱"[1]之说。由此他力主文道并重,要求为文须"有意于圣人之道"[2]、"务将教化于民"[3]、"咸然使至于善"[4],要求"实而有华"[5]。其《应责》还明确界定了"古文"的特质、内涵和要求,批评"辞涩言苦",强调"古其理,高其意,随言短长,应变作制"。柳开散文以朴实流畅见长,前人或指责"奇僻"[6]、"艰涩"[7],则失于详察。如《东郊野夫传》自叙资质、性格、行事与修养,语势如注,自然平实;《上言时政表》议论国事近于对面而语;《代王昭君谢汉帝疏》借古讽今,切言时事;《来贤亭记》写愿与天下同道者相识相知的理想:无不平易自然。柳开的努力赢得了有识之士的赞誉和推重,"髦俊率从"[8],名士争交,如高锡、梁周翰、范杲均与柳开齐名;柳开的门生张景,古文风格绝似其师。

---

[1] 柳开:《默书》,《河东先生集》卷1,《四部丛刊》本。
[2] 柳开:《再与韩洎书》,《河东先生集》卷9,《四部丛刊》本。
[3] 柳开:《答臧丙第三书》,同上书,卷6。
[4] 柳开:《上王学士第四书》,《河东先生集》卷5,《四部丛刊》本。
[5] 柳开:《答臧丙第二书》,同上书,卷6。
[6] 《四库全书总目·〈小畜集〉提要》,中华书局1965年版。
[7] 《四库全书总目·〈河东先生集〉提要》,中华书局1965年版。
[8] 范仲淹:《尹师鲁河南集序》,《范文正公集》卷6,《四部丛刊》本。

复古派的另一位代表作家王禹偁小柳开七岁。他以雄文直道独立当世,曾主盟一时,作文主张"远师六经,近师吏部,使句之易道,义之易晓,又辅之以学,助之以气","有言"、"有文","传道而明心"①。其《小畜集》《外集》中的散文,具有强烈的现实性和深刻的社会性,体现出鲜明的弘扬儒学和重教致化思想,风格古雅简淡、自然明快。《待漏院记》描摹贤、奸、庸三类宰相上朝前的心态思绪,褒贬规讽,理正言明,脍炙人口。《唐河店妪传》写边境老妇机智杀虏,进而议论边政,建言御戎方略,紧密联系现实,文字简明生动。《黄州新建小竹楼记》表现谪居情趣心绪,意境清幽深邃,语言流走如珠,情韵优美,王安石以为胜于《醉翁亭记》②。《录海人书》述海上奇遇,文字尤其凝练警精,古雅明洁。王氏也精骈体,应制文字宏丽典赡,尤喜以赋明心,如《三黜赋》。王禹偁的门生孙何、丁谓,同年罗处约,乡谊柴成务等,也都力主文风复古,是复古派的重要作家。

柳开、王禹偁相继谢世后,宋文又开始了新的发展阶段。宋真宗祥符、天禧(1008—1021)间,西昆派崛起于文坛。这是一个以杨亿、钱惟演、刘筠、晏殊等为主要代表的庞大的作家群体。"西昆体"虽以诗歌名世,然亦包括文。他们为文也宗法李商隐,贵骈尚丽,讲究辞采声韵,风格富丽精工,宏博典雅,尤以气势为胜。该派也强调文章的内容与功用,但更偏重文学的艺术与审美,追求语言的形态美、色彩美、声韵美。

西昆领袖杨亿"以斯文为己任"③,11岁以神童入仕,终生不离翰墨,他曾自称"励精为学,抗心希古"④,为文强调辞华、内容与艺术的整体统一,要求"文采焕发,五色以相宣;理道贯通,有条而不

---

① 王禹偁:《答张扶书》,《王黄州小畜集》卷18,《四部丛刊》本。
② 黄庭坚:《书王元之竹楼记后》,《豫章先生文集》卷26,《四部丛刊》本。
③ 范仲淹:《杨文公写真赞》,《范文正公集》卷5,《四部丛刊》本。
④ 杨亿:《武夷新集自序》,《武夷新集》,《四库全书》本。

紊"①，主张文章"鸿丽""自然"②。其《武夷新集》四分之三是骈体散文，气势雄伟，博雅典赡，瑰丽自然，"无唐末五代衰飒之气"③。《天禧观礼赋》《议灵州事宜状》都是气势恢宏的长篇巨制。其短札便笺，也是气势充沛，典赡富丽。如《答集贤丁、孙二寺丞启》"学士岬电奇恣，天球遗韵。翔而后集，同威凤之得时；声必成文，类洪钟之待扣"，《答京东转运史馆姚起居启》"学士气冲斗极，名震京师，学通亡箧之书，理胜论都之赋"。杨亿虽有"雕章丽句"之说，作文却不事雕琢，以自然流畅为胜。欧阳修《归田录》说杨亿作文时，与宾客"语笑喧哗"而"挥翰如飞，文不加点"，顷刻千言。杨亿今存唯一的古文作品《殇子述》是为两岁的独子夭亡而撰，情深意切，生动感人，且文字朴实质直，简练形象，无愧大家手笔。毋庸讳言，其碑志文也用骈体，如《文简毕公墓志铭》等，虽运意措辞贴切自然，终乏肃穆。杨亿文风曾受到一些古文家责难。《宋史》"列传"第64说："宋一海内，文治日起，杨亿首以辞章擅天下，为时所宗，盖其清忠鲠亮之气，未卒大使，悉发于言，宜乎雄伟而浩博也。……至于文体今古，时习使然，遑暇议是哉！"此用历史眼光，结合时代环境、个人素质境遇和风俗时尚立论，甚为允当。

与杨亿齐名的西昆中坚钱惟演、刘筠"并负懿文，尤精雅道，雕章丽句，脍炙人口"④。钱氏文辞清丽，其《春雪赋》描述春天愆时降雪情景，骈丽博雅，意境阴冷瑰奇；刘氏词标典丽，其《大酺赋》颂圣德、咏升平，气势雄伟。13岁即与杨亿为忘年交的晏殊，文风富丽典赡，简洁自然。其《中园赋》藻丽典雅，气势磅礴；《傀儡赋》不仅形象精妙，且暗寓机趣，意味深长。

在西昆派崛起的同时，也产生了一个以穆修为核心的古文派，苏舜钦《石曼卿诗集序》、朱熹《名臣言行录》《宋史·文苑传》均有

---

① 杨亿：《答并州王太保书》，《武夷新集》卷18，《四库全书》本。
② 杨亿：《武夷新集自序》，《武夷新集》，《四库全书》本。
③ 《四库全书总目·〈武夷新集〉提要》，中华书局1965年版。
④ 杨亿：《西昆酬唱集序》，《西昆酬唱集》，《四部丛刊》本。

论述。古文派沿着柳开、王禹偁开创的道路,继续倡导宗经尊韩,反骈尚散,努力创作古文,俨然与西昆派分庭抗礼。

穆修曾花了近三十年时间校订整理并募资刻印韩、柳文集,广为流传,成为倡导文风复古的一大力举。穆氏"以古文相高,而不为骈丽之语"①,《穆参军集》中诸作,沿溯韩、柳,风格简古自然,明白晓畅,不用涩语奇字。写于晚年的《唐柳先生集后序》高度评价韩、柳古文并讲述自己研读整理的经过,文字朴实无华,凝练自然。《法相院中记》《静胜亭记》《上刘侍郎书》诸篇,无不文从字顺,说理明确。李慈铭说穆修"生昆体极盛之世,独矫割裂排比之习"②,功不可没。

与穆修齐名的尹洙曾"名重当世"③,主张"立言矫当时以法后世"④,反对为文而文,为功名而文,表现出较高层次的文章致用观。其《河南集》有散文一百八十余篇,大都关涉国计民生,而论兵最多,《兵制》《叙燕》《备北狄论》等,都是为人称道的名篇。尹文简而有法,辞约而理精,语言古峭劲洁,范仲淹、欧阳修都给予了很高评价。其兄尹源也以古文称,语言古雅质朴,自然流畅,《唐说》《叙兵》诸篇,至今流传。

与穆修交谊笃厚的苏舜钦,创作古文,始终不渝。他提出为文须"原于古,致于用","泽于物"⑤。其《苏学士文集》散文七十八篇,论时事、言民瘼、写景抒愤,慷慨切直,瑰奇豪迈,论议颇近韩愈,写景大似柳宗元,语言劲质明洁,简古自然。《乞纳谏书》《火疏》《论西事状》直言警劝朝廷,无所顾忌;晚年所作《沧浪亭记》尤足代表其创作水平,作者将优美的景色与悲愤的心情融铸为深沉悲壮、雄奇瑰丽的意境,表达对现实的不满与抗争,笔法奇绝。

---

① 《变文格》,《陈亮集》,第134页,中华书局1987年版。
② 李慈铭:《孟学斋日记》乙集,《越缦堂日记》六册,北京浙江公会1920年印行。
③ 欧阳修:《尹师鲁墓志铭》,《欧阳文忠公集·居士集》卷28,《四部丛刊》本。
④ 尹洙:《志古堂记》,《河南集》卷4,《四库全书》本。
⑤ 《石曼卿诗集序》,《苏舜钦集》,第192页,中华书局1961年版。

第二节　北宋中叶：古文的鼎盛与众多体派的涌现

自欧阳修释褐(1030)至苏轼逝世(1101)，这80年间是宋文发展的第二时期。① 这一时期不仅涌现出一系列的流派与创作群体，而且出现了像欧阳修、苏轼这样的散文巨擘，成为宋文发展的鼎盛时期。其间又以神宗熙宁四年(1071)欧阳修致仕归颍和苏轼出知杭州界为两段，欧、苏分别主盟文坛。②

宋前期诸派均有建树而各有偏执，气局似窄，故不能一统天下。至中叶，欧、苏古文派出，始顿改前观。《宋史·文苑传》说："庐陵欧阳修出，以古文倡，临川王安石、眉山苏轼、南丰曾巩起而和之，宋文日趋于古矣。"所言即指欧、苏古文派。南宋陈宗礼《南丰先贤祠记》、叶适《习学记言序目》卷47都有类似说法，知宋人已将欧、苏、曾、王视为一派。这是一个自然形成、无严格结构关系和明确组织纲领的松散的作家群体，同时又是宋代品位最高、成就最大、影响最广且具有多元化倾向和开放性特征的散文流派。它兴起于景祐(1034—1037)前后，极盛于嘉祐(1056—1063)年间，绵延至元符(1098—1100)之末。以欧阳修为领袖，初期有尹洙、苏舜钦等鼓行倡导，而范仲淹、石介、孙复、李觏等重要作家交唱于前，继有曾、王、苏氏壮大声势，掀起高潮，而苏门弟子殿军丁后。该派初起，正值朝廷于天圣七年(1029)、明道二年(1033)两次下诏申戒浮华，提倡古文，其后又与政治改革如庆历新政、熙宁变法相配合；因有最高统治者的支持与众多作家的努力，故顺时应运振兴于文坛。

---

① 参见周必大《宋文鉴序》、陈振孙《浮溪集说》、吴渊《鹤山先生文集序》《宋史·文苑传序》、宋濂《罗鄂州小集题辞》、朱彝尊《格斋四六跋》等。
② 参见《朱子语类》卷139、朱彝尊《与李武曾论文书》。

欧苏古文派与宋前期的复古派、古文派已有很大不同。首先，作家的整体素质高，成就卓异，地位显赫，具有极强的号召力和深广的影响力。柳开、穆修均"志欲变古而力弗逮"①，虽"以古道兴起之，学者卒不从"②，至有"及身而止"③之说。而欧、苏、王都是通才、全才、天才，资质天赋很高，又勤奋善学，博闻广识，学赡才富，造诣精深，不只创作数量惊人（欧逾二千篇，苏达四千篇，王也有八百篇），而且尤多脍炙人口的名篇。且欧、王都位至宰辅，苏轼也官至翰林学士知制诰、礼部尚书。这种种条件综合而成的影响力，在宋代散文史上是空前绝后的。

其次是创作理论的深入和系统化。欧苏古文派发扬了前期古文家文道自任的传统和宗经尊韩、重道致用、联系现实、传道明心、自然平易诸方面的主张，同时在为文宗旨、文道关系、文辞关系以及对骈体散文态度等方面，又有新的认识。如该派强调"不为空言，而期于有用"④，显然比"以文传道"说深入一步。对于"道"的认识，前期古文家多囿于儒家之道，偏重伦理纲常，而欧苏派则以"百事"、"万物"为道，以"事实"为道，以"理"为道，涵延深广。对于文道关系，虽然都主张并重，而前期古文家不无轻文之嫌，作品卫道味浓，欧派明确要求文"必与道俱"⑤、"文贯乎道，仁恩义色，表里相济"⑥、"有道有艺"⑦。尤其在文与辞关系的认识和要求上，苏轼提出"务令文字华实相副"⑧；王安石《上人书》将辞采喻为器之刻镂绘画，以为"亦未可已也，勿先之可也"；曾巩《答李沿书》也说"不已乎辞者，非得已也"，都见出对辞采的重视。对于骈体散文，则一反前

---

① 《文苑传》，《宋史》卷315，中华书局1977年版。
② 韩琦：《欧阳公墓志铭》，《安阳集》卷50，《四库全书》本。
③ 《四库全书总目·〈穆参军集〉提要》，中华书局1965年版。
④ 欧阳修：《荐布衣苏洵状》，《欧阳文忠公集·奏议集》卷14，《四部丛刊》本。
⑤ 《祭欧阳文忠公夫人文》，《苏轼文集》，第1956页，中华书局1986年版。
⑥ 王安石：《上邵学士书》，《王文公文集》，第38页，上海古籍出版社1974年版。
⑦ 《书李伯时山庄图后》，《苏轼文集》，第2211页，中华书局1986年版。
⑧ 《与侄孙元老四首》，同上书，第1842页。

期古文家的排斥而予以积极的改造。欧阳修认为,"偶丽之文苟合于理,未必为非"①,"其为言也,质而不文,则不足以行远而昭圣谟,丽而不典,则不足以示后而为世法"②。骈体散文"至欧苏,始以博学富文为大篇长句,叙事达意无艰难牵强之态,而王荆公尤深厚尔雅,俪语之工,昔所未有"③。另外,在文章风格方面,前期古文家虽主平易自然,而作品不无粗率之弊,欧苏一派则进一步提出在精心锤炼中求得平易和自然,故作品一归于纯粹。总之,欧苏古文派的创作理论大大超越了前期古文家而显示出博大精深的特点。至于其作品高度的文学性、艺术性,更是前期古文家所难以相比的。

欧苏派领袖欧阳修是一位在文化的诸多领域都卓有建树的通才作家,尤以散文超然独骛。他儿时即爱韩愈文章,17岁立志追步,入仕后始创作古文,后名冠天下,成为一代宗主而被视为"今之韩愈"④。欧阳修对宋文发展作出了巨大贡献。首先,他团结联合起一大批志欲复古者,并识拔培育了一批新秀与精英,由此形成了一支前后相继、阵容强大严整的散文创作队伍,为宋文的脱颖独立和长期的稳定繁荣奠定了坚实的基础。尹洙、石介、范仲淹、苏舜钦等,都与欧公迭相师友,而曾巩、王安石、苏洵父子皆为欧公所识拔,故苏轼序《居士集》说:"嘉祐末号称多士,欧阳子之功为多。"其次是确立了宋代散文平易自然、婉转流畅的风格和骈散兼行的语言模式。朱熹说"欧公文章及三苏文好说,只是平易说道理"⑤;《宋史》载欧公嘉祐二年知贡举痛抑险怪奇涩的"太学体",嗣后文风大变;欧公以此确立了自入宋以来即为许多散文家所提倡的平易自然的发展方向,促使了宋文的健康发展。欧公还矫正了部分古文家对骈体文的偏激,在古文创作中积极地改造和运用骈句,彻底改变了骈

---

① 欧阳修:《论尹师鲁墓志铭》,《欧阳文忠公集·居士外集》卷23,《四部丛刊》本。
② 欧阳修:《谢知制诰表》,《欧阳文忠公集·表奏书启四六集》卷1,《四部丛刊》本。
③ 陈振孙:《浮溪集说》,《直斋书录解题》,第526页,上海古籍出版社1987年版。
④ 苏轼:《六一居士文集叙》,《苏轼文集》,第315页,中华书局1986年版。
⑤ 黎靖德编:《朱子语类》,第3309页,中华书局1986年版。

散对立的状态,充分发挥和利用汉语言声韵节奏的变化以增添散文的声韵美和艺术美,"于是文风一变,时人竞为模范"①。第三是创作了大量优秀的散文作品。周必大编定的《欧阳文忠公文集》收散文二千多篇,内容"皆人事之切于世者"②而折之于至理,具有深刻的现实性和丰富的意蕴内涵。在艺术上则"文备众体,变化开阖,因物命意,各极其工"③,语言简洁明快,妙丽古雅,既平易自然又委婉曲折,条达疏畅,容与闲易。诸如《朋党论》《与高司谏书》都是当时政治斗争的产物,而寓道其中;前者反复曲畅,婉切近人,后者虽激于义愤,而气盛言宜。《泷冈阡表》以墓志写仁人孝子之心,语语入情,真挚感人。至如《醉翁亭记》以山水之乐寓进退穷通之理,《秋声赋》议论自然与人生,皆运骈于散,错落有致,情韵丰饶,更是盛传不衰,有口皆碑。

如前所述,欧苏古文派是一个庞大、松散的作家群体,它在发展过程中还形成了多元分化而又整体统一的特点,呈现出多姿多彩的艺术风格。这里,我们仅将最有代表性的唐宋八大家中的宋六家,依据风格予以分类,并姑且称之为欧曾体、大苏体和荆公体,分述如下。

在欧苏古文派中,欧阳修、曾巩、苏辙三人的风格最为相近,我们姑且称为"欧曾体"、"欧曾派"。该派的突出特点是提倡认真严肃的创作态度,注意文章的反复修改和精心锤炼,从而达到委婉条畅、一波三折、简洁凝练、韵味醇厚、自然精妙的境界,努力提高文章的艺术性和美学价值。朱熹说"欧公文亦多是修改到妙处"④,周必大《欧阳永叔集跋》说欧公作文"揭之壁间,朝夕改定",而欧阳修作文多在"马上、枕上、厕上"属思和取"多看、多做、多商量"⑤的方法,

---

① 朱熹:《三朝名臣言行录》卷2,《四部丛刊》本。
② 《答李翊第二书》,《欧阳文忠公集·居士集》卷47,《四部丛刊》本。
③ 吴充:《欧阳公行状》,《欧阳文忠公集》附录1,《四部丛刊》本。
④ 黎靖德编:《朱子语类》,第3308页,中华书局1986年版。
⑤ 陈师道:《后山诗话》,《历代诗话》,第304页,中华书局1981年版。

更为人们所熟知。至晚年还亲自审定平生文章，用思良苦。人谓欧曾之文"几经烹炼，几经洗伐，始得此不可移易之言"①。

欧阳修文已如前述。而曾巩最得欧氏真法，故向来论宋代散文者无不将欧、曾并称。欧公在遇王安石、苏轼前曾说，过其门者百千人，独于得巩为喜。曾巩以儒学为本，经世务实，体道扶教，写作古文本原于六经，斟酌于司马迁、韩愈，纪事言理，自成一家。《元丰类稿》各体散文近七百篇，大率皆有关社稷民生、吏治臣节，被誉为"六经之羽翼，人治之元龟"②。《越州赵公救灾记》以事示仁天下而传法后世；《宜黄县县学记》以古代学校的兴废为鉴，勉励学子修身治国：都是久传不衰的名篇。曾文尤擅纪事言理，纡徐委备，简古质朴，严正雅重，不事辞采。诸如《战国策目录序》人谓"从容和缓，且有条理"③；《墨池记》借王羲之习书遗迹言理，一唱三叹，委备自然；《上欧阳舍人书》论历代治乱得失，纡徐百折，博大幽深而不晦：都可见出曾巩散文风格。

苏辙一向被作为"三苏"之一而并论，其实，他的散文风格更贴近欧、曾，而有别于其父、兄，如其自言"子瞻之文奇，吾文但稳耳"④。苏轼也以"汪洋淡泊，有一唱三叹之声"⑤推评，茅坤则称颂苏辙散文"冲和淡泊，遒逸疏宕"⑥。苏辙擅长政论与史论。其《上皇帝书》说"今世之患，莫急于无财"；《三国论》批评刘备"智短而勇不足"：都议论精确，深中肯綮。名作《黄州快哉亭记》议论眼前景与古时事，提出"不以物伤性"。至其修辞简严则更近欧、曾。

王安石晚年的诗歌被称为"荆公体"，其实，他的散文更是自具特色。梁启超《王安石评传》说王氏与欧阳修"同学韩，而皆能尽韩

---

① 林纾：《春觉斋论文》，都门印书局1916年铅印本。
② 宁瑞理：《重刻曾南丰先生文集序》，《曾巩集》附录，第819页，中华书局1984年版。
③ 吕祖谦：《古文关键》卷下，《四库全书》本。
④ 苏籀：《栾城先生遗言》，《栾城集》，第1839页，上海古籍出版社1987年版。
⑤ 《答张文潜县丞书》，《苏轼文集》，第1427页，中华书局1986年版。
⑥ 茅坤：《颍滨文钞引》，《唐宋八大家文钞》，《四库全书》本。

之技而自成一家",诚为知言。王安石由文风的宗经复古推进到取法经术,提出"通经致用"①。其《答曾公立书》说"一部《周礼》,理财居其半";《上五事札子》称新法渊自"师古",免役出于《周官》,市易起自周朝等,从而把宗经复古实用化。王氏"文章发于经术,雄伟精深,长雄一代"②,又自制《三经新义》,熙宁八年(1075)颁于学官,朝廷遂以经义取士,故北宋散文"至于熙宁元丰,以经术相高,以才能相尚"③,作者蔚为大宗,遂成一派。元丰八年(1085)苏轼曾慨叹说:"文字之衰未有如今日者也,其源实出于王氏。王氏之文,未必不善也,而患在于好使人同己。"④

王安石是政治家,治国主张"择术为先",作文强调"济世"、"适用","务为有补于世",视文以"礼教治政"。《王文公文集》散文近八百篇,大都关涉政令教化,言事明理,适于世用,词简而精,义深而明,笔力刚健,章法谨严。《上仁宗皇帝书》分析朝廷面临的困境,提出陶冶人才以更革法度,见解深刻而出论精警,极长篇之能事。《本朝百年无事札子》在回顾立国以来的历史状况后,着重分析潜伏的危机,阐明改革的紧迫性,笔锋犀利,切中时弊。《游褒禅山记》即事明理,穷工极妙,委婉丰厚,启迪心扉。至如《读孟尝君传》借"士"之概念内涵和标准的不同,驳俗反常,推倒旧案,笔势峭拔,辞气凌厉,雄迈英爽,尺幅中有万里波涛之势,可称短篇之极则。总之,王安石以政治家的气魄与识度为文,重经术,切世用,自然精悍,博深净洁,独为一体。

苏洵、苏轼父子的散文最突出的特征就是善于议论,诵说古今,考论是非,明理以达用。苏辙说"父兄之学,皆以古今成败得失为议

---

① 王安石:《答姚辟书》,《王文公文集》卷8,第94页,上海人民出版社1974年版。
② 陈九川:《王临川文集后序》,《王临川全集》,光绪九年听香馆藏本。
③ 周必大:《苏魏公文集后序》,《苏魏公文集》,中华书局1988年版。
④ 《答张文潜县丞书》,《苏轼文集》,第1427页,中华书局1986年版。

论之要"①;苏轼也自称"妄论利害,搀说得失"②:都说明了其好议善论的特点。陈善《扪虱新话》卷5将苏轼视为自立门户的议论派是不无道理的。苏洵、苏轼父子以文议政、议史、议事、议人、议物、议理、议道、议艺,卓识博辩,通达古今,而精于理,适于用,不为空言。苏洵学本申、韩而出入于荀、孟及《战国策》诸家,文章大率议论兵谋权利和机变,"以雄迈之气,坚老之笔,而发为汪洋恣肆之文,上之究际天人,次之修明经术,而其于国家盛衰之故,尤往往淋漓感慨"③。如《权书》《衡论》《几策》均"辞辩宏伟,博于古而宜于今,实有用之言"④;《六国论》议六国破灭"弊在赂秦";《审敌》与《心术》论"天下之势"同用兵之术:皆如自言"施之于今,无所不可"。

苏轼是继欧阳修之后又一位杰出的文坛领袖。这位多才多艺的文化巨人在文学的各个领域都取得了举世瞩目的成就。他的散文代表着宋文的最高成就而与欧阳修并称。苏轼的创作对促进宋文平易自然、流畅婉转主体风格的成熟与定型,起了决定性作用。苏文突出的特点之一是视野雄阔,哲思深邃,议论精辟,纵横驰骋。尤其是中年后作品,涵纳儒、释、道诸家精华,将事、理、情、景、意、趣融为一体,变化视角,发为议论,出而成文,既博大精深,新警绝人,又境界高远,豁达通脱,其睿思妙笔和独特的视角,令人不时拍案叫绝。如《超然台记》以"凡物皆有可观"肇端,引发议论,而收笔于"游于物之外"。《前赤壁赋》通过记叙进行议论,以言理为旨归,探讨时空与人生,而熔叙事、抒情、写景、议论于一炉,纵横六合,通达古今,出入仙佛,悠然旷然,充满诗情画意和至理奇趣,意境美妙幽邃。至如《潮州韩文公庙碑》在议论中评述韩愈对儒学和文学的贡献,《日喻》借议论"盲人识日"和"北人学没"指导后进务学求道,也

---

① 苏辙:《历代论·引》,《栾城集》,第1212页,上海古籍出版社1987年版。
② 《答李端叔》,《苏轼文集》,第1432页,中华书局1986年版。
③ 邵仁泓:《苏老泉先生全集序》,见清康熙刊本《苏老泉先生集》。
④ 《荐布衣苏洵状》,《欧阳修全集》,第868页,中国书店1986年版。

都精深博洽,纵横挥洒。人称苏轼"以文点化人,如佛家参禅妙解"①,正点出了苏文议论富于哲理思辨而启悟人心的特点。苏文广备众体,姿态横生,雄健奔放,挥洒自如,圆熟流美,新意不穷。南宋孝宗赵昚《苏轼文集序》说苏轼"力斡造化,元气淋漓,穷理尽性,贯通天人。山川风云,草木花实,千汇万状,可喜可愕,有感于中,一寓之于文,雄视百代,自作一家,浑涵光芒,至是而大成矣",可为确论。

在欧苏古文派兴起后不久,还出现了一个太学派。该派是因在太学通经学古而产生的一个散文流派,其作品以险怪奇涩为主要特征,自庆历中形成至嘉祐初消亡,实际上只存在了十几年时间。求深务奇是太学派最突出的特点。苏轼《监试呈诸试官》曾以"千金碎全璧,百衲收寸锦。调和椒桂醯,咀嚼沙砾碜。广眉成半额,学步归踯躅"这样的诗句讥刺太学派怪诞僻涩的文风和丑陋失态的面目。在《谢欧阳内翰书》中说文风复古"用意过当,求深者或至于迂,务奇者怪僻而不可读",也是指太学派。其次,太学派述古道而不切时务,侈言高论而鲜有事实。刘幾是该派的代表人物。沈括《梦溪笔谈》卷9说:"嘉祐中(疑为'初'),士人刘幾累为国学第一人,骤为怪险之语,学者歆然效之,遂成风俗。"他在嘉祐二年(1057)考进士时,卷中有"天地轧,万物茁,圣人发"之语,欧阳修以红笔横抹,黜落不中。另外,石介的得意门生何群、孙复的弟子姜潜贤、胡瑗的高足徐积等,都曾是太学派的重要作家。

太学派的出现并非偶然。北宋前期已有过以艰涩深奥为古文的现象。太学的建立本为复古劝学,培养人才,当时太学生考进士中榜率极高,太学中最有影响的学官如石介、孙复、胡瑗都是通经尚古的古文家,但他们往往"迂阔矫诞"②,太学生受其影响,喜尚标新立异,高谈虚论,为文追求险怪奇涩,内容流于迂阔诡激,骤成风气。

---

① 茅坤:《东坡文钞》卷28,《唐宋八大家文钞》,《四库全书》本。
② 《议学校贡举状》,《苏轼文集》,第723页,中华书局1986年版。

庆历六年(1046),张方平知贡举曾摈斥太学体,并上书朝廷请加诫谕,直到嘉祐二年(1057)欧阳修知贡举,痛加惩抑,凡为太学体者即行黜落,方一举摧垮该派,稳固了平易自然的文风。

苏轼主盟文坛后,曾先后识拔和培养了一大批古文作家,其中尤以黄庭坚、秦观、晁补之、张耒、陈师道、李廌最为著名,世称苏门六君子。这些苏门后学都接受了苏轼的指导和影响,依据才力,各有擅长,而在散文方面参差不齐地高扬了其座师的文艺思想或创作特点,我们姑且称之为苏门后学派。该派有三大特点:一是都十分注意领悟、体验和总结座师为文妙谛,并运用于创作中,形成自己的特色。比如黄、秦、张都多次说文章当"以理为主",实际上就是对苏文立意与境界的共识。黄氏《答洪驹父书》说作文"皆须有宗有趣,终始关键,有开有阖",张耒《贺方回乐府序》称"文章之于人,有满心而发,肆口而成,不待思虑而工,不待雕琢而丽者",李廌《答赵士舞》《陈省副集序》对文章的体、志、气、韵、辞、理、意、法的论述等,都可说是对苏文构思布局、为文特点和创作经验的总结。二是都保持并弘扬了座师为文自然平易的特点,尤善题跋和书札。三是兼擅古文与骈文。

黄庭坚于赋最得其妙。其《江西道院赋》以高古之文变艳丽之格,《苏李画枯木道士赋》深得庄、列旨趣,《毁璧》辞极悲哀而不暇雕琢,都是为人称道的名篇。黄氏题跋尤为精妙。如《李致尧乞书卷后》"凡书要拙多于巧。近世少年作字如新归子妆梳,百种点缀,终无烈妇态也",《书草老杜诗后与黄斌老》"今来年老懒作此书,如老病人扶杖,随意倾倒,不复能工",都以妙喻善述而意趣丰饶。黄氏有史笔名,记叙文字功力深厚。如《宜州家乘》中记游集真洞,文字优美凝练。秦观善赋而长于议论,文丽而思深。他的《黄楼赋》深受苏轼称赏;《淮海集》中《进策》30篇深究古今治乱得失,议论时政,灼见利害,苏轼以为卓然可用;《进论》20篇为史论,见解卓异,辞采焕发。吕本中的《童蒙诗训》说秦氏"终身从东坡步骤次第",堪为有据。晁补之、张耒并称。晁氏喜好议论,博辩俊伟,《四库全书总目·〈鸡肋集〉提要》称其"古文波澜壮阔,与苏氏父子相驰骤",此虽过誉,而大体近之。《上皇帝论北事书》洋洋万言,征古论今,雄辩滔滔,建言平辽大策;《安南罪言》谈安南用兵,纵横考辨,典雅奇丽。记叙文《新城游北山记》文字优美,风格劲峭峻洁,广为传诵。张氏文近苏辙汪洋淡泊,有一唱三叹之声,大率以平易自然、明白条畅见长。叶梦得《张文潜集序》称其"雍容而不迫,纡裕而有余","触物遇变,起伏敛纵,恣态百出"。其议论多宏篇巨制,题跋书序,挥洒自如,《贺方回乐府序》《答李推官书》都为人称道。陈师道早年曾师事曾巩,后得苏轼荐拔,其文长于论事,救首救尾,简严密栗,《正统论》《取守论》《上曾枢密书》等都是其代表作。他的书信散文尤以笃于友情著称。李廌"喜论古今治乱,条畅曲折,辩而中理"[1],略似苏轼。其《兵法奇正》《将材》《将心》议论奇伟,笔势雄健,可为代表。

北宋中叶还出现了以周敦颐、张载、程颢、程颐为代表的道学派散文作家群。他们都是北宋著名的思想家,为新儒学的创立和宋学的形成作出了积极贡献,同时又都是讲学家,传道授徒,影响深广。该派强调"文以载道",时而重道轻文,甚至说"文能害道",反对"专务章句",要求"摅发胸中所蕴自成文耳"[2]。在创作实践中,道学派也表现出相当的艺术功力,说理论事,质实自然,文辞古朴简洁,逻辑严密,思想博大精深,自成一派。刘子澄从道学家角度称"本朝只有四篇文字好:《太极图》《西铭》《易传序》《春秋传序》"[3]。四文都是道学派的代表作。道学派开山周敦颐的散文言约而道大,文质而义精。《太极图·易说》不足三百字,从宇宙本源讲到人性善恶,论述了一个完整的思想体系。《爱莲说》援佛入儒,文字生动优美,更是脍炙人口的名篇。张载《西铭》推理存义,扩前圣所未发,将

---

[1] 《李廌传》,《宋史》卷444,第13116页,中华书局1977年版。
[2] 程颢、程颐:《二程集》,第239页,中华书局1981年版。
[3] 黎靖德编:《朱子语类》卷139,第3307页,中华书局1986年版。

"天道"与"人道"联系起来,论证封建社会秩序的合理性,意旨精深高远,文辞古朴自然。程颢、程颐少年时即受业于周敦颐,他们的作品只讲事实,不用典故,浅易自然,明白晓畅。程颢《论王霸札子》《谏新法疏》《论十事札子》都密切联系现实,直率而意实,且骈散并用,笔势流畅。程颐的《易传序》《春秋传序》讲"开物成务之道"与"经世之大法",文字雅洁,语如贯珠;《上仁宗皇帝书》左右盘桓,一波三折;《养鱼记》寓道于事,优美而富有深趣,都不失为宋代散文中的佳作。至于道学派的语录著作,并非其本人以笔结撰,不在散文创作之列,故不在此论述。

第三节　南渡前后:文采派和抗战派的并行发展

自苏轼逝世(1101)至李清照逝世(1155)为宋文发展的第三时期,其间以南宋建国(1127)界为两段。陆游《尤延之尚书哀辞》说"虽宣和之蛊弊与建炎之军戎,文不少衰兮,殷殷窿窿",指出了南渡前后并没有因政局变化与社会动荡而影响阻碍宋文的发展。这一时期,文采派和抗战派是成就最为突出的两大流派。

宋文"及宣、政间(1111—1125),则穷极华丽"[①],"五季之文靡然遂行于世"[②],而文采派遂脱颖而出。该派继承发展了欧苏改造骈文的传统,精于四六骈体散文,杂以古体散句,属对精切,义采斐然,语言自然流畅。其代表作家主要有王安中、汪藻、孙觌、綦崇礼、李清照等。王安中有《初寮集》。他早年师事苏轼,为文丰润敏拔,典雅凝重,"体大而义严,事核而旨深,奇而不失正,雄而不为夸"[③],

---

① 黎靖德编:《朱子语类》卷139,第3307页,中华书局1986年版。
② 《书欧阳文粹后》,《陈亮集》,第245页,中华书局1987年版。
③ 李邴:《初寮集序略》,《四库全书》本。

被推为徽宗时期擅制诰的第一人。孙觌有文无行,宋史无传,独擅为赋,制诰表奏,名章俊语,人争传颂,词采绚烂,有《鸿庆居士集》传世。綦崇礼覃心辞章,议论风生,文简意明,楼钥序其文集,以为精于辞采而气格浑然天成。

汪藻和李清照是文采派中成就较高的作家。汪氏以擅长骈语名世,时称大手笔。其文熔铸六经诸史以成对偶,推原天地道德之旨及古今理乱兴废得失之迹,大有综合欧苏诸派与道学派之长的势头,宏丽精深而又文从字顺,体质浑然。《隆祐太后手书》《建炎德音》诸作,"皆明白洞达,曲当情事,诏令所被,无不凄愤激发,天下传诵"[①]。被推为"文采第一"的李清照,其文抒写性情,广寓识见,含纳丰富,意蕴丰厚,尤以典赡博雅、精秀清婉著称。众口皆碑的《金石录后序》通过介绍成书经过,叙述从适赵至为序"三十四年之间"的"忧患得失",倾吐对亡夫刻骨镂心的深切怀念和国破家亡的沉痛之情,备极凄惨,而词华流溢,清丽婉绝。《打马赋》《贺人孪生启》《投翰林学士綦崇礼启》等,用典精切明当,措辞委婉含蓄,错玉编珠,词采飞扬,都是至今传诵的名篇。

南渡前后,随着女真贵族的入侵,部分积极主张抗金卫国、收复中原的志士仁人,以慷慨激昂的文字表达着他们的主张和情绪,于是形成了一个影响颇大的散文流派:抗战派。该派成员既有儒士、武将,也有朝廷命臣,其作品都具有一个共同的特征:坚决主张抗战,反对妥协投降,忠义激愤,疾恶如仇,直言无畏,正气凛然,表现出强烈的爱国主义精神和民族忧患意识。李纲《道乡邹公文集序》说:"文以气为主,……士之养气,刚大塞乎天壤,忘利害而外生死,胸中超然,则发为文章,自其胸襟流出,虽与日月争光可也。"正可视为该派散文的自我评价。

抗战派主要代表作家有宗泽、李纲、陈东、胡铨、岳飞等,宗泽《上乞毋割地与金人疏》指责朝廷"惟敌言是听,惟敌求是应",表示

[①] 《四库全书总目·〈浮溪集〉提要》,中华书局1965年版。

欲捐躯报国,文辞感愤激切,人称"虽单言半字,无非从忠义中流出"①。李纲之文雄深雅健,磊落光明,又非寻常文士所及。建炎初上《十议》,认为"和、战、守三者一理也","以守则固,以战则胜,然后其和可保。不务战守之计,唯信讲和之说,则国势益卑,制命于敌,无以自立矣",可见其析理精微辩证,深刻婉转。民族英雄岳飞其文忠愤激烈,议论持正,其《乞出师札》《谢讲和赦表》天下传诵。《五岳祠盟》叙述抗金"历二百余战"与"北踰沙漠,蹀血疆场"的雄心壮志,气吞山河,笔势雄劲。《题广德军金沙寺题壁记》表达"拥铁骑千余,长驱而往"灭虏兴宋的理想愿望,豪情激荡,鼓舞人心。太学生陈东靖康初曾率众伏阙上书,其《上高宗第一书》提出兴衰拨乱、再造王室须用李纲为相,语意切直,凛然正气。胡铨《上高宗封事》极力反对议和,请求将秦桧等人斩首"竿之藁街",讨伐金兵,辞意激切。杨万里《澹庵文集序》推评胡铨"其议论宏以远,其记序古以驯,其代言曲而实,其书事约而悉",可知胡铨诸体散文皆有造诣。

第四节　中兴时期:理学诸派的兴起

　　李清照悄然离世后(1155),南宋培育出来的人才已蔚然兴起,从而进入了宋文发展以理学诸派为中心内容的第四时期。事功派、理学"正统"派、永嘉派、道学辞章派,或联袂而出,或鼎足而立,或前后继踵,一直持续到真德秀谢世(1235),经历了80年时间,形成了宋文发展的又一繁荣期。其间又以陈亮的逝世(1194)划为两段,各为40年。

　　事功派又称功利派。其核心代表人物是陈亮,并以其哲学思想作为散文创作的理论基础。陈氏"修皇帝王霸之学而以事功为可

---

① 楼昉:《宗忠简集原序》,《宗忠简集》,《四库全书》本。

为"①,主张"义利双行,王霸并用"②,倡导实事实功,反对空谈性理而以应用为本,认为"道在事中"。这些都成为事功派散文的指导思想。该派重要作家尚有辛弃疾、陆游、周必大、范成大、杨万里等。他们都是诗词巨擘,才情奔放雄赡,文学修养精深,而在政治上坚决主张抗金复国,反对妥协投降,关心国计民生,正视社会现实,由此形成了该派散文务实事而切世用、辞采灿烂的重要特征。

陈亮和辛弃疾是事功派的核心代表。二人雄才壮志,横弩杰出,健论纵横,气盖一世,旗鼓相当,而且交谊笃厚,曾同憩鹅湖,共饮瓢泉,长歌互答,极论世事,又都具有杰出的军事才能,力主恢复中原,终生不渝。陈亮小辛氏三岁。他弱冠即慨然有经略四方之志,一生独好王霸大略、兵机利害,励志雪耻复国,曾批评理学家"低头拱手以谈性命","皆风痹不知痛痒之人"③,就连朱熹、吕祖谦、陆九渊等名儒也都说他"是实有经济之学"④。辛弃疾二十二岁即组织抗金义军,事迹轰动朝野,成为一位民族英雄和抗战实践家,且以气节自负,以功业自许,陈亮《辛稼轩画像赞》推称"足以照映一世之豪"。陈、辛都深受苏洵、苏轼父子影响,文风相近。陈文智略横生,议论风凛,纵横驰骋,兼有兵家与纵横家气韵;辛文气势浩荡,议论英伟磊落,多兼承《权书》《衡论》遗风。陈文俊丽雄伟,珠明玉坚,芒彩烂然,透出纸外;而辛文雅健精美,凝练遒丽,妙语连珠,辞采焕发。陈亮《酌古论》《中兴论》《上孝宗皇帝书》等最为著名。其文针砭时弊,指画形势,气象雄伟。如《戊申再上孝宗皇帝书》"京口连冈三面,而大江横陈,江傍极目千里,其势大略如虎之出穴",可谓大笔如椽,生动奇绝。辛弃疾《美芹十论》《九议》和《跋绍兴辛巳亲征诏草》影响最广。前两篇都是全面论述和筹划恢复大计的宏文巨制,析理精微,震撼人心,语言精彩,如"一人醒而九人醉,则醉者

---

① 王祎:《宋景濂文集序》,《王忠文公集》卷5,《四库全书》本。
② 《又甲辰秋书》,《陈亮集》第340页,中华书局1987年版。
③ 《上皇帝第一书》,《陈亮集》卷1,第8页,中华书局1987年版。
④ 乔行简:《奏请谥陈龙川札子》,《陈亮集》附录,第546页,中华书局1987年版。

为醒而醒者为醉;十人愚而一人智,则智者为愚而愚者为智矣",警拔深刻,近乎格言。后者为短篇,意蕴丰厚,沉痛执着。

陆游、范成大、杨万里、周必大都是事功派中坚作家。陆游既工骈体又精古文,语类欧、曾,修洁有余,雅健凝练,而章法承继元祐诸公,尺寸不失,善于变化,巧于安排。议政奏疏如《上殿札子》极见务实精神,志铭记序皆深造三昧。晚年所撰《阅古泉记》一度曾被人指为晚节有污的证据,但就文章本身讲,几可与《醉翁亭记》媲美。他的《老学庵笔记》载轶闻、评时事、论人物,平允谨严;《入蜀记》叙述长江两岸山川景物、文化古迹与风土人情,生动雅洁:都是有口皆碑的名作。范成大奏疏简朴尔雅,赋辞深刻幽婉,记叙山水类柳宗元,碑传多用司马迁笔法,题跋尤其简峭可读。其《三高祠记》世称"天下奇笔",广为传诵;《吴船录》记长江沿岸名胜古迹,文字优美,其中叙述峨眉佛光的一段文字,至今脍炙人口。

杨万里也是古文、骈文兼胜。其《海䲡赋》《浯溪赋》一写采石之役,一讽高宗皇帝,均运散入骈,由凭吊古迹而言及现实,为人乐道。其议政论事极言时事,析陈利弊,精辟周详,《千虑策》三十篇曾使虞允文惊呼"东南乃有如此人物"。其记序碑状,圆活灵动,自然条畅,思致幽邃。《义方堂记》理胜而文雄;《景延楼》构思颖异,意境优美而饱含哲思。周必大散文明白浅易,骈散兼融,多近口语。名作如《岳飞叙复元官制》词婉义正,《皇朝文鉴序》典雅优美。

与事功派并起的理学"正统"派是以朱熹、吕祖谦和张栻为核心而逐渐形成的一个散文流派。该派作家均以理学名世,文名渐为所掩。其实,他们均有深厚的学养,作品的气势、章法、语言诸方面,明显地接受了欧、苏、曾、王诸家影响而呈现出鲜明的艺术个性。该派虽致力于哲学理论的探研,同时也强调其实践性,故均有一种务实精神,表现在创作中则与功利派一样关心国计民生,主张抗战,反映现实。该派强调"文以载道"、"文道统一"、"华实相符",并不忽视文章的艺术性。由于他们又是讲学家,其对作品的分析评点,无疑有利于散文理论的探研。

　　朱熹是理学大师,也是散文圣手。其各体散文皆有精造,要之以意实、艺精为胜。他认为"作文字须是靠实说得有条理乃好,不可架空细巧"①,故所作"皆为实语",而"其文词之工,虽左、史、韩、柳之徒无以过"②。这样评价朱子散文,不无过誉,但细读朱氏作品,确乎是词章近于欧、曾,笔势类似苏、王。或明净晓畅,文从字顺,有从容自适之致,或"如长江大河,滔滔汩汩"③,而思绎之熟,改定之精,令人叹服。其议政论事之文如《庚子应诏封事》言事推理,逻辑严密,敷陈剀切,指画详明。他的记、序、状、跋诸体尤见艺术涵养。如《读书之要》提出"循序而渐近,熟读而精思",可谓至理名言;《百丈山记》写游山胜景,状瀑布、云雾,意境奇妙,措辞用语,生动有趣;《送郭拱辰序》以议论、事实逐层渲染郭氏画技超凡入圣,构思精妙,章法谨严,语言隽秀凝练。其《记孙觌事》《云谷记》《祭吕伯恭著作文》《诗集传序》等,都是散文中的精品。

　　吕祖谦散文"波流云涌,珠辉玉洁"④,向以"衔华佩实"著称。他最擅议论,宏肆博辨,凌厉壮阔。《东莱左氏博议》流传最广,虽为课生而作,而"胸中所存、所操、所识、所习,毫衍发谬,随笔呈露,举无留藏"⑤,故条理井然,法度分明,"精言奥旨,往往动人"⑥。记叙文如《入越记》《入闽录》等描述会稽、武夷之游和鹅湖之会,清丽优美,引人入胜。吕祖谦还开南宋文章评点学先河。其《古文关键》卷上论作文法、论看文字法、论文字病,都从方法论角度总结了散文创作与鉴赏的理论,简洁细致而警策切实;所选诸家散文均标举命意布局,昭示精旨奥妙,"于体格源流,俱有心解"⑦,广为学子

---

① 黎靖德编:《朱子语类》卷139,第3320页,中华书局1986年版。
② 周大樟:《朱子古文读本序》,道光二十八年长沙小琅嬛山馆重校本。
③ 李耆卿:《文章精义》,《四库全书》本。
④ 王崇炳:《重刊东莱先生文集序》。
⑤ 吕祖谦:《左氏博议原序》,《左氏博议》,《四库全书》本。
⑥ [日]细川润:《评注东莱博议》。
⑦ 《四库全书总目·〈东莱集〉提要》,中华书局1965年版。

传诵。楼昉《迂斋标注崇古文诀》、真德秀《文章正宗》、李塗《文章精义》、谢枋得《文章轨范》等，均受其启发。吕氏奉旨编选而成《宋文鉴》一百五十卷，从北宋诸贤八百多部文集中汰选精校，流传至今，有功于学林。

张栻为文尚理务实，有《张南轩先生文集》传世。朱熹作序称栻文"无一毫功利之杂"，奏状多言"民间利病"，所撰文字"始皆极于高远，而卒反就于平实"。如《尧山漓江二坛记》叙次简严有法度，《题长沙开福寺》文笔洒落可喜。

与事功派、理学"正统"派相辅而行的永嘉派，兴自薛季宣及其弟子陈傅良，而大振于叶适。《四库全书总目·〈浪语集〉提要》说薛氏与朱子相往来，"然朱子喜谈心性，而季宣则兼重事功，所见微异。其后陈傅良、叶适等递相祖述，而永嘉之学遂别为一派"。该派为文，薛氏渊雅，陈氏醇粹而叶氏宏博，虽各有特点，要之皆能博通古今，以求实用，崇尚意趣高远，词藻佳丽，主张"不为奇险而瑰富精切，自然新美"①。

薛季宣以"实学实理"称，著有《浪语集》。其文"精确趣实，可以济世"②，持论明晰，考古详赅，立说严谨，精深宏肆。《上张魏公书》陈说抗金方略，《与汪参政明远论岳侯恩数》颂扬爱国英雄岳飞，都精审切实，自然条畅。其《雁荡山赋》运散于骈，句法自然灵活，流畅优美，而意境清新雄阔，有欧、苏遗风，脍炙人口。陈傅良曾受业于薛氏，尤以能文擅名当世。楼钥《陈公神道碑》说他"研精经史，贯穿百氏，以斯文为己任，综理当世之务，考核旧闻，于治道可以兴滞补弊"。陈氏作文自出机杼，大抵"雄伟而不放，精深而不晦，驰轶而不迫，起伏敛纵，愈出愈骏，引古质今，涤冗为新，错综万务，体悉人情，而归宿于至理，盖不独绳矩之具而精粗隐显，皆可以适天

---

① 叶适：《沈子寿文集序》，《水心先生文集》卷12，《四部丛刊》本。
② 陈傅良：《薛公行状》，《止斋先生文集》卷51，《四部丛刊》本。

下之用"①。他的《六经论》,当时几乎家家有此书;《守令策》《民论》议论政治、军事,联系实际,指斥时弊,建议切实可行,章法严谨明晰;《怒蛙传》学柳宗元笔法,以日乌、月蛙、羲和、飞廉等的显威示势,用寓言的形式揭露统治阶级内部的竞争给人民和社会带来的严重灾难,深刻而精警。

叶适向被推为南宋凌跨一代的散文大家,为文强调独创,"片辞半简必独出肺腑"②,所作文备众体,藻思英发,熔铸古今,且构思往往精妙独到,千变万化,而文辞宏丽雄博,语势流畅。其议论文"忠君爱国之诚,蔼然溢于言意之表"③。《水心先生别集》堪称一部全面、系统、规模宏大的治国要略和实施指南,论宋代时政弊病与疗治之法,至为详备,而笔力雄放,文思瑰玮。其碑志文一反南宋冗长拖沓劣习,独以峻洁称胜。《水心先生文集》碑状占其半,往往数百字即成一篇,而重点突出,事迹生动,光彩照人,如《陈公墓志铭》《徐文渊墓志铭》等。叶适的记、序散文最见大家腕力,《播芳集序》《龙川集序》《宗记序》都为人称颂。至如《烟霏楼记》《醉乐亭记》《湖州胜赏楼记》诸文的思致、意趣与辞采,更是令人回味叹美。

南宋中后期,部分散文作家取道学家与文章家两派之长,以"程、张之问学而发于欧、苏之体法"④创作散文,从而形成了道学辞章派。该派以真德秀、魏了翁、林希逸等为主要代表,为文强调穷理致用,华实相副,长于议论政事,尤精奏疏。该派还对散文理论进行了多方面探究。真德秀编《文章正宗》,着意于文体的流变;魏了翁从辞章与性情、志气、学识、道理等方面的复杂关系着眼,从新的视角来研究,并试图用道学家的哲学理论来论文:"动静互根而阴阳生,阳变阴合而五行具,天下之至文,实始诸此。"⑤

---

① 王瓒:《止斋先生文集序》,《止斋先生文集》,《四部丛刊》本。
② 叶适:《归愚翁文梁序》,《水心先生文集》卷12,《四部丛刊》本。
③ 黎谅:《黎刻水心文集跋》,《水心先生文集》,《四部丛刊》本。
④ 吴渊:《鹤山先生文集序》,《重校鹤山先生大全文集》,《四部丛刊》本。
⑤ 魏了翁:《大邑县学振文堂记》,同上书,卷40。

真德秀为理学名臣而慨然以文道自任,为文力倡"明义理、切事用"①,有《西山先生真文忠公文集》。《宋史》卷437称其"立朝不满十年,奏疏无虑数十万言,皆切当世要务,直声震朝廷。四方人士诵其文,想见其风采",可见影响之广。《戊辰四月上殿奏札》提出"以宽弘博大养士气,以廉耻节礼激人心",文字平实精粹;《进大学衍义表》典丽雅重,如转珠丸;《代外舅谢丞相转官启》《跋东坡归去来辞》诸文熨帖流转,文情俱佳,意趣丰饶;尤以《文章正宗》影响最大。该书旨在辨识文体源流正变,精选《左传》至唐末作品,持论甚严。编者将文体分为辞命、议论、叙事、诗歌四类,虽不尽合理,而以简驭繁,纲举目张,明晰易记。入选作品以明义理、切世用为主,兼顾文采,"其文卓然为世脍炙者"、"叙事尤可喜者,与后世记序传志之典则简严者"②,均在入选之列,可见编者相当注意文章的艺术性。自然,书中议论也有偏激之处。

魏了翁艺术功底深厚,15岁作《韩愈论》,抑扬顿挫,有所论者之风。中年后覃思经术,造诣益深,所作醇正有法,而纡徐宕折,出乎自然。吴渊序其文集推称魏氏根柢学问,枝叶文章,落陈启新,翼华哲实,天出神入,不可羁控,"千态万变,卒归于正"。《鹤山先生文集》中的散文深衍宏畅,豪赡雅健,长于议论,尤善序跋。奏疏皆当时急务,而章法曲折盘旋。如嘉定十五年(1222)应召入对疏首论人与天地一本,并及人才、风俗,明白切实;嘉定十七年(1224)入奏疏极言事变倚伏,人心向背,疆场安危,邻寇动静,深刻剀切。其《代南叔兄上费参政》《茂州军营记》也都是为人称颂的篇章。魏氏序跋以议论平允,富有文采见长,人谓有周秦诸子遗风。

林希逸以道学名世,有《竹溪十一稿》,散文以精于锻炼著称,"槁干中见华滋,萧散中见严密,窘狭中见纡徐"③。

---

① 真德秀:《文章正宗·纲目》,《四库全书》本。
② 同上。
③ 《四库全书总目·〈竹溪十一稿〉提要》,中华书局1965年版。

第五节　南宋末期：宋文的终结与爱国派的绝响

自真德秀谢世（1235）至南宋灭亡（1279）后文天祥从容就义（1283）为止，是宋文发展的最后一个时期。该期散文，前人多有訾议。周密《癸辛杂识后集》说"淳祐甲辰（1244）""全尚理性"，而咸淳之末（1274）"奇诡浮艳"风行。宋濂的《剡源集序》析述尤详："辞章至于宋季，其弊甚矣"，"俳谐以为体，偶丽以为奇"，"穿凿经义，檃括声律"，"摽掠前修语录，佐以方言"，"骋宏博则精粗杂糅而略绳墨，摹古奥则删去语助之辞而不可句"。可知当时确有部分作家曾误入歧途，故此期鲜见大家巨笔。至如朱夏《答程伯大书》称"宋之季年，文章败坏极矣"，邵长蘅《钞古文载序》说宋季文道两失，"谓之无文可也"①，则皆持论偏激。南宋末期虽无中兴繁荣景象，而散文亦自树立，尤其宋亡前后，爱国派的散文创作，把宋文的发展推向了最后一个高潮，以慷慨激昂、悲壮雄劲的旋律结束了宋文发展的历程，其成就是不容忽视和抹煞的。黄宗羲说"文章之盛，莫盛于亡宋之日"②，立论不为无据。而代表南宋末期散文最高成就的，当推以文天祥为核心的民族爱国派。

民族爱国派是南宋末期在抗元斗争中形成的一个散文流派。南宋后期，崛起于北方的蒙元贵族与南宋联合灭金（1234）后，毁盟南侵，至1276年攻陷临安，民族矛盾达到了空前激烈的状态；1279年进而灭亡南宋。宋末具有爱国精神和民族气节的文人士大夫，一面积极参与抗元救亡斗争，一面创作了大量优秀的散文，反映历史巨变，描述悲壮激烈的反民族侵略和救国运动，表现严酷现实强烈

---

① 叶元垲：《睿吾楼文话》卷5引，道光鹤皋叶氏本。
② 黄宗羲：《谢皋羽年谱录注序》，见《谢皋羽晞发全集》附录，清光绪本。

冲击下的失衡心态与民族情绪,以血与泪谱写出雄壮的时代悲歌,从而形成一派。文天祥、谢枋得、刘辰翁、郑思肖、林景熙、邓牧、谢翱、王炎午等,都是该派的重要作家。他们都身历巨变,作品以反映强烈的爱国精神和崇高的民族气节为主要特征,记叙艰苦卓绝的抗元历程,歌颂不屈的民族英雄,称扬赵宋的忠义贞操之士,笔伐投降误国的失节行为,痛惜宋朝的倾覆,对故国表示深沉的眷恋与哀思,风格或慷慨悲壮,或深沉凄婉,雄劲苍凉,沉痛感人。

民族爱国派的核心代表文天祥起兵抗元,百折不挠,精忠报国,从容就义,平生大节照耀古今,人所共知。其散文法韩宗苏,雄赡遒劲,《四库全书总目提要》称"如长江大河,浩瀚无际",可谓大手笔。《文文山先生全集》中诸体皆善,尤长于议论。其廷试对策及上理宗诸书,皆持论剀直,忠肝义胆,志如铁石,涵养深厚,气魄雄伟。有口皆碑的《指南录后序》自叙在抗元斗争中出使敌营和出生入死、备极艰险的经历,表达"生无以救国难,死犹为厉鬼以击贼"的壮怀宏愿,笔势奔放,慷慨昂扬,雄壮感愤而无凄伤;《正气歌序》以狱中的恶劣环境反衬其崇高的民族气节和坚毅顽强的斗争意志,语言凝练劲健,声韵铿锵:都是广为传诵的名篇。

谢枋得坚持民族气节,拒绝仕元,绝食而亡,其《叠山集》刘克庄作序称"一字一语悉忠者之所发",而文章伟丽,高迈奇绝,汪洋衍迤,自成一家。《却聘书》拒绝元统治者征聘,凛然正气,文字雄壮典赡,脍炙人口。其他作品也大都博雅深厚,俱有法度,如《与李养吾书》称扬李氏"洁身全节于深山密林间,屹然如黄河之有砥柱",《宋辛稼轩先生墓记》表彰辛弃疾精忠爱国之孤愤,都独运匠心。谢氏尊韩柳而崇欧苏,所编《文章轨范》选汉晋唐宋散文69篇,类为"放胆文"、"小心文",精心批点,韩文竟达31篇、欧苏文也占16篇。

刘辰翁与文天祥同出于欧阳巽斋之门[①],又曾入文天祥幕府抗

---

① 胡思敬:《须溪集校勘续记》,《豫章丛书》本。

元,宋亡不仕,"托方外以自诡"①,曾撰《古心文山赞》《文文山先生像赞》,备极称扬忠义爱国,志节、文章皆卓然自立。他推崇欧、苏之文,主张自然流畅,在创作中专学其气势章法,直溯庄子,其《须溪集》散文多奇诡纵横,深入蒙庄化境,惝恍迷离,间有意趣,而眷恋故国之忠爱,寄托遥深。刘氏最擅作记,集中记体散文达 105 篇,如《善寂大城记》谈佛老、《核山堂记》谈性理、《岂畦记》谈事变,都堪称佳作。刘氏为南宋评点大家,论鉴精妙,信笔点评,抒写灵灏,鼓吹风雅,令人折服。他的多种评点著述如《班马异同评》等,被当时人视为"枕珍帐秘"。

富有传奇色彩的郑思肖尤以忠义孤愤名世,其散文"拳拳反正,恋恋故君,热血时抛,忠肝欲碎,靡不足泣鬼神而动天地"②。《心史》旨意深远,作者自称"实国事、世事、家事、身世、心事系焉"。《文丞相叙》记述文天祥爱国言行,《大义略述》乃是一篇惨痛的宋亡史。其他如《一愚说》《一是居士传》,或以理趣胜,或以性情称,无不简洁凝练,寓意深刻。以抗节遁迹著称的邓牧"读庄列悟文法,下笔追古作者"③,散文与刘辰翁相近,最擅记事。其独特处在多取"大音希声"、"至哀无语"的表达方式宣泄忠义爱国之情,故文集《伯牙琴》中"惟《寓屋壁记》《逆旅壁记》二篇,稍露繁华消歇之感,余无一词言及兴亡,而实佗傺幽忧不能自释,故发而为世外放旷之谈,古初荒远之论,宗旨多涉于二氏"④。《君道》《吏道》也一反宋人传统的儒家观,而近乎许行并耕说与老子剖斗折衡之旨,深寓激愤,耐人寻味。

谢翱与王炎午都曾追随文天祥一起抗元。文天祥起兵,谢氏"倾家赀率乡兵数百人赴难"⑤,转战闽广间;而王氏则为文天祥谋

---

① 万斯同:《刘辰翁传》,《宋季忠义录》卷 16,《四明丛书》本。
② 张国维:《宋郑所南先生心史序》,《郑思肖集》附录 1,上海古籍出版社 1991 年版。
③ 邓牧:《邓文行先生》,《洞霄图志》卷 5,《知不足斋丛书》本。
④ 《四库全书总目·〈伯牙琴〉》提要,中华书局 1965 年版。
⑤ 胡翰:《谢翱传》,《胡仲子集》卷 9,《四库全书》本。

划策略,被目为"小范老子"。谢翱有《晞发集》,散文规范韩、柳,奇古可法,风格斩拔峭劲,尤善叙事作记。其《登西台恸哭记》最著名,文为哭祭文天祥,也是哀痛南宋之亡,慷慨悲愤,感人至深。王炎午《吾汶稿》将其"孤忠劲节,悲壮激烈之气"[①]悉发于文,所作奇气横溢,高古超迈,醇粹精练,《生祭文丞相》《望祭文丞相》两文激昂奋发,大义凛然,忠烈豪气,溢于笔端,尤为世人称道。

① 郑元:《忠义录序》。

思 想 篇

◎ 第一章 宋学与宋代文学

◎ 第二章 佛教与宋代文学

◎ 第三章 道教与宋代文学

有宋一代在中国文化思想史上出现了又一个高潮。儒学从完全的治国平天下的哲学进而注意到对人的精神世界的探索,形成了所谓"宋学"的理论体系。佛学(禅宗)则进一步世俗化,将出世与入世的精神作了一定的融通。道教一方面极力张扬道家的人生哲学,一方面逐渐摈弃形而下的外丹之学。要之,儒、释、道三家都已进一步深入到人类心灵世界之每一领域,它们在相互排斥中更相互吸取菁华,趋向了所谓"三教合一"。因此,这三种思想影响到文人生活的各个领域,并通过文学家心灵的折射,表现于他们的文学创作之中。严羽《沧浪诗话·诗评》曰:"诗有词、理、意兴","本朝人尚理"。宋人的诗文皆有尚理性、重思想的倾向。而词本是纯粹娱乐性的文学,但是,一旦进入宋代士大夫们的精神生活之中,便很快成了各种思想的载体之一。并且,儒、释、道作为三种哲学思想,不仅会影响到作家的人生态度,也必然作为方法论影响到作家的创作方法和批评家的批评理论。长期以来人们注意到了这个时期文化思想的成熟与定型,而忽视了这个时期的文学,特别是雅文学的成熟与定型。所以,有必要在这二者之间架设一道桥梁。

第一章

宋学与宋代文学

"宋学"概念历来大体有三种含义：其一，儒学史上的宋代儒学。此义用例盖始于明人唐枢的《宋学商求》，清人黄宗羲、全祖望的《宋元学案》(本名《宋元儒学案》)、近人贾丰臻的《宋学》亦为评述宋代儒学之作。其二，清儒中的宗宋派。《四库全书总目》卷1《经部总叙》谓清初儒学"要其归宿，则不过汉学、宋学两家"。江藩所著《国朝汉学师承记》《国朝宋学渊源记》即阐述二派源流。其三，中国文化史上的宋代文化。如陈寅恪先生在《邓广铭〈宋史职官志考证〉序》中说："吾国近年之学术，如考古、历史、文艺及思想史等，以世局激荡及外缘熏习之故，咸有显著之变迁。将来所止之境，今固未敢断论。惟可一言蔽之曰：宋代学术之复兴，或新宋学之建立是已。华夏民族之文化，历数千载之演进，造极于赵宋之世。后渐衰微，终必复振。"[1]所谓"宋学"即指"宋代学术"，华夏民族文化之造极。

伍崇曜跋江藩《国朝宋学渊源记》说："汉儒专言训诂，宋儒专言义理。"以"专言义理"作为宋儒的基本特征而区别于"专言训诂"

---

[1] 陈寅恪：《金明馆丛稿二编》，第245页，上海古籍出版社1980年版。

的汉儒,是从治学风格上对宋代儒学进行的精当概括,也是对"宋学"概念的抽象发展。陈寅恪先生则从更深广的文化精神角度将"宋学"概念拓展为宋代文化之总称。我们考察宋学与文学的关系时所说的"宋学"自非陈先生所指,而是指宋代儒学。但我们的探讨不止于宋代儒学思想,而更侧重于"宋儒专言义理"时所表现出的文化精神对文学的渗透。因此,我们仍沿用"宋学"概念,而不称"宋代儒学"。

第一节 宋学相关概念的辨析与宋学的基本精神

理学、道学、新儒学这三个与"宋学"相关的概念,现在看来都指程朱之学。作为宋学的核心流派,程朱之学凝聚着深厚的宋代文化内涵,而这正是理学、道学及新儒学之所以成为程朱之学不同代名词的根源所在。因此,对这三种概念的具体蕴义及其演变略作辨析,有利于把握宋学的主要精神实质,从而确定宋学与文学交融的基点。

一、道学

"道学"一名并非始于宋代。东汉王充《论衡·量知篇》较论儒生、文吏优劣时就用"道学"指称儒生所具备的"先王之道"、"经传之学"。宋儒承中唐韩愈倡明道统之后复兴儒学。柳开为宋初大儒,"先倡古道"①,其功绩就是继韩愈之后重整道统:"吾之道,孔子、孟轲、扬雄、韩愈之道。"②又称誉王通"务继孔子,以续六经,大

---

① 李觏:《答李观书》,《李觏集》卷 28,第 320 页,中华书局 1981 年版。又,韩琦《文忠欧阳公墓志铭》谓五代文体卑弱,"国初柳公仲涂一时大儒,以古道兴起之"。见《欧阳文忠公集》附录卷 2,《四部丛刊》本。

② 柳开:《应责》,见《全宋文》第 3 册,第 662 页,巴蜀书社 1989 年版。

出于世,实为圣人矣"①。其后孙复《信道堂记》、石介《尊韩》等便将王通列入道统谱系。以拟经继圣自任的扬雄、王通未被韩愈归入道统而被宋学先驱们补进道统,则反映出宋学初兴时即已具有强烈的传道继统意识。尽管欧阳修对扬雄、王通有非议,程颐、朱熹等人对韩愈有微辞,但对孔、孟之道的尊重和承传则是宋儒倡明道学的出发点,因而"道学"概念在宋代具有重道、尚统双重内涵。南宋俞文豹在《吹剑录外集》中追述"道学党禁"后有一段总结性的话颇为中肯:

> 夫道学者,学士大夫所当讲明,岂以时尚为兴废。由体认而践履,由践履而设施,如韩、范、欧、马、张、吕诸公,无道学之名,有道学之实,而人无间言。今伊川、晦庵二先生,言为世法,行为世师,道非不弘,学非不粹,而动辄得咎,何也?盖人心不同,所见各异,虽圣人不能律天下之人尽弃其学而学焉。此孔子所以毋固毋必,无可无不可。……今二先生以道统自任,以师严自居,别白是否,分毫不贷,与安定角,与东坡争,与龙川、象山辩,必胜而后已。

俞氏是从重道角度为"道学"正名的,而对程、朱"以道统自任,以师严自居"则"寓劝戒之意"②。诚然,北宋范仲淹、欧阳修、司马光等都身兼名儒重臣,堪称"有道学之实"。欧阳修就曾说:"君子之于学也务为道……其道,周公、孔子、孟轲之徒常履而行之者是也。"③苏轼谓"其学推韩愈、孟子以达于孔氏"④。他们为学重道,维护孔、孟道统,但并不"以道统自任,以师严自居"而攻斥他学。而程颐则屡屡以得圣人不传之学自诩,以明圣人之道自尊,如《上太皇太后书》云:"臣窃内思,儒者得以道学辅人主,盖非常之遇。……

---

① 柳开:《补亡先生传》,见《全宋文》第3册,第689页,巴蜀书社1989年版。
② 俞文豹:《吹剑录外集序》,《四库全书》本。
③ 欧阳修:《与张秀才第二书》,《欧阳文忠公集·居士外集》卷16,《四部丛刊》本。
④ 《六一居士集叙》,《苏轼文集》卷10,第315页,中华书局1986年版。

窃以圣人之学不传久矣,臣幸得之于遗经,不自度量,以身任道。"《明道先生墓表》云:"周公没,圣人之道不行;孟轲死,圣人之学不传。……先生生千四百年之后,得不传之学于遗经,志将以斯道觉斯民。"《祭李端明文》云:"自予兄弟倡明道学,世方惊疑。"朱熹亦称"二先生倡明道学于孔、孟既没千载不传之后,可谓盛矣"①,并著《伊洛渊源录》严立门户。这便将孔、孟道统归结于程、朱之学的一统,北宋本指孔、孟传统儒学的"道学"一名也随之衍变为伊洛学派的专称;"道学"概念所隐含的重道尚统意蕴渐变为程、朱之学的独尊意识,"道学"党名因此而兴。

周密《志雅堂杂钞》卷上引沈子固语:"'道学'之党名,起于元祐,盛于淳熙。"此乃将"道学党禁"溯源到元祐间的洛蜀党争。但道学之盛实始于宋高宗绍兴元年(1131)诏赠程颐直龙图阁之后,其唯我独尊学风渐流于矫狂虚伪之习。绍兴六年(1136)左司谏陈公辅上疏请禁程氏学云:"今世取程颐之说,谓之伊川之学,相率从之,倡为大言,谓:'尧、舜、文、武之道传之仲尼,仲尼传之孟轲,孟轲传之颐,颐死遂无传焉。'狂言怪语,淫说鄙论,曰:'此伊川之文也。'幅巾大袖,高视阔步,曰:'此伊川之行也。''师伊川之文,行伊川之行,则为贤士大夫,舍此者非也。'诚恐士习从此大坏,乞禁止之。"高宗诏曰:"士大夫之学,一以孔、孟为师,庶几言行相称,可济时用。"此盖南宋"道学党禁"之初兴,而综观"道学崇黜"历程,其根本准则在孔、孟之道:崇道学者立足于程、朱之学承传圣人之道,黜道学者亦据孔、孟之道而攻斥程、朱之伪。这在高宗崇黜程氏学之诏书中即已见出,前诏赠程颐直龙图阁,谓其潜心圣人之道,"高明自得之学,可信不疑";后黜程氏学则针对其末流虚伪之风,旨归同在"以孔、孟为师"。其后胡安国、尤袤、叶适等人为程、朱之学辩护,郑丙、陈贾、林栗、何澹等人攻斥程、朱之学,其依据都在孔、孟之道。胡安国谓:"孔、孟之道不传久矣,自颐兄弟始发明之,然后知其可学

---

① 朱熹:《程氏遗书后序》,《朱文公文集》卷75,《四部丛刊》本。

而至。今使学者师孔、孟而禁从颐学,是入室而不由户也。"尤袤则重正道学之名:"道学者,尧、舜所以帝,禹、汤、文、武所以王,周公、孔、孟所以设教。"郑丙、陈贾等指斥道学之士"欺世盗名"、"言行相违"、"假其名以济其伪"。因而孝宗指出道学有真伪之别:"'道学'岂不美之名,正恐假托为奸,真伪相乱耳。"宁宗庆元元年(1195)右正言刘德秀请考核道学真伪,韩侂胄遂易"道学之禁"为"伪学之禁"。① 这一切正深刻反映出"道学"概念所蕴含的以孔、孟之道为旨归的重道尚统观念在宋代文化精神中所占据的重要地位。

《宋史》本朱熹《伊洛渊源录》而设《道学传》,确立"道学"为程、朱之学的特称。但从《道学传序》可见其依据在程、朱等人为"宋儒之学所以度越诸子,而上接孟氏者",因此与"道学"指称孔、孟之学这一本义相贯通。而"道学"概念衍变中的这种一贯性正是宋学重道尚统精神的体现,也是"道学"作为程朱学派代名词的历史内涵。

二、理学

"理学"本为佛教名词,指佛门义理、性理之学。② 宋儒借以自称本朝儒学而区别于汉唐训诂章句之学,南宋尤常见,如《朱子语类》卷62说:"理学最难。可惜许多印行文字,其间无道底甚多。"陆九渊《与李省干书》(二):"秦汉以来,学绝道丧,世不复有师。……惟本朝理学,远过汉唐,始复有师道。"③陈谦《儒志学业传》称王开祖"独能研精覃思,发明经蕴。……此永嘉理学开山祖也"④。而后世以"理学"特指程、朱之学,似源于宋末黄震:"本朝理学,阐幽于周子,集成于晦翁。"⑤"本朝理学,虽至伊洛而精,实自三

---

① 上所引均见《宋史纪事本末》卷80"道学崇黜",第867页,中华书局1977年版。
② 宗炳《明佛论》称慧远"理学精妙",见僧祐辑《弘明集》卷2,《四部丛刊》本。
③ 陆九渊:《陆九渊集》卷1,第14页,中华书局1981年版。
④ 王开祖:《儒志编》,《四库全书》本。
⑤ 黄震:《黄氏日钞》卷33,《四库全书》本。

先生而始。"①但黄氏着眼点并不止于程、朱之"天理"说,而更侧重于其治学方法上摆落训诂,研味义理,如谓"汉唐老师宿儒泥于训诂,多不精义理"②、"自本朝讲明理学,脱去训诂"③等可以见出。其实,在两宋,所谓"理学"、"义理之学"、"性理之学"等除去内容上的某些差异,都可说是对宋学"专言义理"这一风格特色的概括,因而大多情况下可以换称。如果说"道学"概念从历史承传角度反映了宋学的重道尚统精神,那么"理学"概念则从治学方法及内容上揭示了宋学的基本特征。具体说来有以下三种精神倾向:

(一) 疑古精神

宋学特色之形成是以对汉唐传疏乃至先秦经书的怀疑为起点的。《朱子语类》卷80说:

> 理义大本复明于世,固自周、程,然先此诸儒亦多有助。旧来儒者不越注疏而已,至永叔、原父(刘敞)、孙明复诸公,始自出议论,如李泰伯(觏)文字亦自好,此是运数将开,理义渐复明于世故也。

所举诸家堪为宋学初兴时的疑古代表人物:孙复"治《春秋》不惑传注,不为曲说以乱经"④;刘敞治经"不尽从传"⑤;李觏疑《孟子》;欧阳修则几乎对所有儒家经典持怀疑眼光,自谓"篇章异句读,解诂及笺传。是非自相攻,去取在勇断"⑥,如《易或问三首》《易童子问》否定《系辞》《文言》《说卦》等为孔子所撰,《诗本义》发宋人疑《诗序》之先声,《泰誓论》斥"西伯受命称王十年者"为妄说,而《居士集》卷48所收先后作于庆历、嘉祐年间的"策问十二首"大都以疑经为题,

---

① 黄震:《黄氏日钞》卷45,《四库全书》本。
② 同上书,卷82。
③ 同上书,卷2。
④ 欧阳修:《孙明复先生墓志铭》,《欧阳文忠公集·居士集》卷27,《四部丛刊》本。
⑤ 《四库全书总目·〈春秋传〉提要》,中华书局1965年版。
⑥ 欧阳修:《读书》,《欧阳文忠公集·居士集》卷9,《四部丛刊》本。

对学风当有极大影响。南宋陆游说:"唐及国初,学者不敢议孔安国、郑康成,况圣人乎！自庆历后,诸儒发明经旨,非前人所及,然排《系辞》,毁《周礼》,疑《孟子》,讥《书》之《胤征》《顾命》,黜《诗》之序,不难于议经,况传注乎！"①主持"庆历新政"的范仲淹早在天圣年间掌南京应天府学时即"病注说之乱经,六经之未明"②,"四方从学者辐凑,其后以文学有声名于场屋、朝廷者,多其所教也"③,可谓开时风之先。欧阳修辅佐庆历改革,将疑古学风引入科场,因而"自庆历后,诸儒发明经旨,非前人所及"。尤其是他主持的嘉祐二年(1057)贡举考试在宋代文化史上具有重要地位,洛学代表程颢及其门人朱光庭,关学巨子张载及其高弟吕大钧,蜀学代表苏轼、苏辙等并于此年进士及第。这些宋学不同流派在治经上都具怀疑精神。程颐说:"学者要先会疑。"④张载的《经学理窟》亦多献疑之见。苏轼疑经实绩虽不显著,但他主张以常人之言视儒家经典⑤、不迷信"古所谓贤人之说"⑥,同样是疑古精神的张扬。而对北宋后期学风具有主导作用的荆公之学在疑经方面也极为突出,如王安石所撰《策问十道》多疑《诗》《书》《礼》《易》等经典中记事或议论之谬,《答韩求仁书》谓"《春秋三传》既不足信,故于诸经尤为难知"⑦。

上述宋学初兴及繁荣期所风行的疑古思潮延及南宋,鼎足而三的朱学、陆学与永嘉(叶适为代表)之学都强调怀疑学风。朱熹的主张在前面所引对欧阳修、孙复、李觏等人的评价中即可见出,而他本人治学亦重怀疑,即使对程颐的见解也不尽拘守,如谓"程先生《诗传》取义太多。诗人平易,恐不如此",又谓"六义自郑氏以来失

---

① 王应麟:《困学纪闻》卷8"经说"引,《四部丛刊》本。
② 孙复:《寄范天章书》(二),见《全宋文》第10册,第247页,巴蜀书社1990年版。
③ 范仲淹:《范文正公集》卷末所附《范文正公年谱》,《四部丛刊》本。
④ 程颐:《河南程氏外书》卷11。
⑤ 《春秋论》,《苏轼文集》卷2,第58页,中华书局1986年版。
⑥ 《上曾丞相书》,同上书,卷48,第1378页。
⑦ 王安石:《答韩求仁书》,《王文公文集》卷7,第77页,上海人民出版社1974年版。

之,后妃自程先生以来失之"①。陆九渊在学术思想上与朱熹颇多争辩,但对怀疑精神的推重却是一致的,说:"为学患无疑,疑则有进。"②"小疑则小进,大疑则大进。"③永嘉之学偏好事功,与朱、陆二派异趣,而在疑古学风上则与二派相通,叶适所著《习学记言》脱弃先儒旧说,清人黄体芳称"其说经不同于汉人,而其于宋亦苏子瞻之流"④,诚为知言。

宋儒治学着意于儒经义理,在义理内容上多有分歧,因此衍出不同学派,然而以疑古为基础进而自出议论、独抒己见,则是不同学派所共有的特征,反映了一代文化的精神倾向。

(二) 议论精神

汉儒注经,恪守师说,唐人作疏,疏不破注,均不敢自出议论。宋儒摆落汉唐训诂章句之学,研味儒经义理,它的一个基本表达手段就是议论,正如王安石门人陈祥道《论语全解序》所说:"言理则谓之论,言义则谓之议。"因而"议论"、"义理"在宋儒文中常为同值概念,如朱熹所谓"议论"大都可换称"义理"。但"议论"二字分而言之,则各有侧重。上引陈氏文接下去说:

> 庄子曰:"六合之外,圣人存而勿论;六合之内,圣人论而不议;《春秋》经世,先王之志也,圣人议而勿辨。"盖夫论则及理耳,所亏者道;议则及义耳,所亏者理。圣人岂不欲废去应问,体道以自冥哉。……然则孔子虽欲忘言,岂可得哉? 不得已而言理以答学者之问而已。夫是之谓《论语》。然而王者之迹熄,圣人虽言理以答学者之问,犹未可以已也,故其义则存乎《春秋》,言理则存乎《论语》。而《春秋》之作,是是以劝善,非

---

① 黎靖德编:《朱子语类》卷80,第2089、2070页,中华书局1986年版。
② 《陆九渊集》卷35,《语录》(下),第472页,中华书局1980年版。
③ 同上书,卷36,《年谱》,第482页。
④ 叶适:《习学记言序目》附录一"黄体芳序",第760页,中华书局1977年版。

非以惩恶。善恶之判犹在权衡之上。轻重或差,予夺弗明,其赏不足以为荣,其罚不足以为辱矣,不得不议。若夫《论语》之言则答学者之问而已,何事乎此。尝谓希微者道,易简者理,君子以理明道,以义明理,言至于义,去道远矣。

陈氏为王安石门徒,所谓"希微者道"盖相当于王氏的"性命之理"①,具有道德本体意味,是言语所不可及的万物之源,故有"圣人存而不论"、"体道以自冥"之说,与程、朱所谓"天理"、"太极"同一层次;"理"则为道德伦理之当然,是"道"的显现,故可"明道",但可论而不可议;"义"则是"理"之见于行事,故可议其是非得失。程颐对理、义有过简明的界定:"在物为理,处物为义,体用之谓也。"②陈氏所论道、理、义三层次可借以概括宋儒所言义理的具体内涵:对儒经本义的发明(言理之论),从事功实用角度发挥儒经本义(言义之议)以及从性命本体角度发展儒学(体道以自冥)。后者突出体现了宋学的内省精神,将于后文论及。这里所谈的议论精神与前二者相关,且侧重于事功实用性的"议"。

赵宋王朝重振儒学的出发点在于加强和巩固中央集权,稳定封建伦理秩序。自宋太祖始以儒臣知州事,立《戒碑》,规定"不得杀士大夫及上书言事人"③,历太宗、真宗至仁宗朝,台谏制度的加强、太学的兴建、宫廷侍读制的完备及科举内容的改革(注重策论)等一系列崇儒右文措施促成了早期宋学对言事议政、通经致用的重视。一个明显的倾向就是最能体现"圣人之用"④的《春秋》之学的兴盛。《宋史·艺文志》经类中《春秋》类载刘敞(1019—1068)之前有宋人传注17种184卷。全祖望说:"晦翁(朱熹)推原学术,安

---

① 王安石《虔州学记》云:"先王所谓道德者,性命之理而已。"《王文公文集》卷34,第401页,上海人民出版社1974年版。
② 朱熹:《孟子集注·告子章句上》引,《四书集注》,第417页,岳麓书社1985年版。
③ 《全宋文》卷7,第一册,第187页,巴蜀书社1988年版。
④ 程颢、程颐:《二程集·河南程氏遗书》卷2上,第19页,中华书局1981年版。

定(胡瑗)、泰山(孙复)而外,高平范魏公(范仲淹)其一也。"①孙复以《春秋尊王发微》著称,而此书借对《春秋》义理的发微反证儒家伦理纲常的重要,提出"孔子之作《春秋》也,以天下无王而作也,非为隐公而作也"(卷一)。此书与其说是一部经学著述,不如说是一部政论书,不免因政教功利意识而导致主观偏见,《四库全书总目》卷26说:"使二百四十二年中无人非乱臣贼子,则复之说当矣;如不尽乱臣贼子,则圣人亦必有所节取,亦何至由天王以及诸侯大夫,无一人一事不加诛绝者乎?"而同时代的欧阳修则颇能体味出孙复的寓意所在,誉其"明于诸侯大夫功罪,以考时之盛衰,而推见王道之治乱,得于经之本义为多"②。其实,孙复的《儒辱》、欧阳修的《本论》即可参证二人的《春秋》学观点,旨在针砭唐五代纲常败乱现象以讽劝赵宋王朝。与孙复学术旨趣不尽投合的胡瑗以讲学显于世,亦重通经致用,分经义、治事二斋,"以明体达用之学授诸生"③,施行"以类群居,相与讲习","时召之使论其所说,为定其理,或自出一义使人以对,为可否之;当时政事,俾之折衷"④。他任太学教授,以讲《易》享誉朝野⑤,王得臣在《麈史》卷上"忠谠"条中载其亲聆胡氏引赵普强谏宋太祖之事例释《易·小畜》,谓:"畜,止也,以刚止君也。"这种以政事折中经义的治学方法与议事论政几无分别。

  孙、胡二人的主要功绩在学术方面,范仲淹则以政绩名世,在治政中实现其通经致用思想,但在精神实质上与孙、胡二人契合,欧阳修称其"大通六经之旨"⑥,朱熹亦谓"自范文正以来已有好议

---

① 《宋元学案》卷3"高平学案",《四部备要》本。
② 欧阳修:《孙明复先生墓志铭》,《欧阳文忠公集·居士集》卷27,《四部丛刊》本。
③ 《宋元学案》卷1"安定学案"引胡瑗高弟刘彝语,《四部备要》本。
④ 朱熹:《五朝名臣言行录》卷10引李觏记,《四部丛刊》本。
⑤ 程颐《回礼部取问状》:"往年胡博士复讲《易》,常有外来请听者,多或至数千人;孙殿丞复说《春秋》,初讲旬日间,来者莫知其数。……至今数十年,传为美事。"《二程集·河南程氏文集》卷7,第568页,中华书局1981年版。
⑥ 欧阳修:《资政殿户部侍郎文正范公神道碑铭》,《欧阳文忠公集·居士集》卷20,《四部丛刊》本。

论"①。所谓"好议论"、"六经之旨"即范仲淹《上时相议制举书》中说的"圣人法度之言"、"安危之几"、"得失之鉴"、"是非之辨"、"天下之制"、"万物之情",而归结于"辅成王道"。这种以探究儒经政教功用义理为宗旨的实用性议论是早期宋学的主导风尚。

北宋仁宗朝之后,宋学诸派繁荣,总体上呈重事功与重性理两大趋势。至南宋,"当乾道、淳熙间,朱(熹)张(栻)吕(祖谦)陆(九渊)四君子皆谈性命而辟功利。学者各守其师说,截然不可犯。陈同甫(亮)崛起其旁,独以为不然。且谓性命之微,子贡不得而闻,吾夫子所罕言,后生小子与之谈之不置,殆多乎哉!禹无功,何以成六府?《乾》无利,何以具四德?如之何其可废也!于是推寻孔、孟之志,《六经》之旨,诸子百家分析聚散之故,然后知圣贤经理世故,与三才并立而不费者,皆皇帝王霸之大略,明白简大,坦然易行。"②陈亮为永康学派代表,与其知友永嘉学派巨子叶适虽在学术观点上不无分歧,但在重视功利方面则结为同调而与朱、陆等专谈性命者相抗衡,故朱熹有言曰:"陆氏之学虽是偏,尚是要去做个人。若永嘉、永康之说,大不成学问!不知何故如此。"③宋学初兴期所奠定的实用性议论精神便在叶、陈代表的功利之学中得到弘扬。叶适所著《习学记言》五十卷,博览经史子集,议论古今盛衰得失,而归旨于世道教化,汪纲《跋》谓叶氏门人林居安所传《习学记言》"前后两帙:一自《书》《诗》《春秋》三经、历代史记讫《五代史》,大抵备史法之醇疵,集时政之得失,所关乎世道者甚大;一自《易》《礼》《孟》五经、诸子讫吕氏《文鉴》,大抵究物理之显微,著文理之盛衰,所关于世教者尤切"④。陈亮治学亦类此,自述"穷天地造化之初,考古今沿革之变,以推极皇帝王伯(霸)之道,而得汉、魏、晋、唐长

---

① 黎靖德编:《朱子语类》卷129,第3089页,中华书局1986年版。
② 《宋元学案》卷56"龙川学案",《四部备要》本。
③ 黎靖德编:《朱子语类》卷122,第2957页,中华书局1986年版。
④ 叶适:《习学记言序目》附录一,第762页,中华书局1977年版。

短之由"①而成其王霸并用、义利兼行之道,即所谓"揽金银铜铁熔作一器,要以适用为主耳"②,作《六经发题》《语孟发题》以究圣人垂世之训及其开物成务之道。

叶、陈二人治学,经史结合,偏好事功,与宋初学风遥相呼应。其声势虽不及性命之学,但反映了宋学精神的一个层面。

(三) 内省精神

宋学发展传统儒学的独特成就主要是性命(理)之学,即立足于天人合一观念,从性、理角度追溯儒家伦理道德本源,建立儒家道德本体论,并由此衍生出以正心诚意、格物穷理为内容的道德知行论,而这一学说的形成及其观点都与内省精神密切相关。

首先,性理之学的建立就是以内省为途径,以对心性义理的探寻为出发点和归宿,在时间上大致始于宋仁宗嘉祐前后。欧阳修在《答李诩第二书》中说:"修患世之学者多言性,故常为之说曰:夫性,非学者之所急,而圣人之所罕言也。""为君子者,修身治人而已,性之善恶不必究也。"③由此可见出当时学风趋向。欧阳修治学立足于现实人生,执着于儒家道德伦理之当然律则,对其所以然之形而上者存而不论,但"言性"者则对儒家道德伦理探本求源。刘敞弟子曾记下欧阳修与刘敞关于"性"的讨论:

> 永叔曰:"以人性为善,道不可废;以人性为恶,道不可废;以人性为善恶混,道不可废;以人性为上者善、下者恶、中者善恶混,道不可废。然则学者虽毋言性可也。"刘子曰:"仁、义,性也;礼、乐,情也。……性者,仁义之本;情者,礼乐之本也。圣人惟欲道之达于天下,是以贵本。今本在性而勿言,是欲导其流而塞其源,食其实而伐其根也。夫不以道之不明为言,而

---

① 《上孝宗皇帝第一书》,《陈亮集》卷1,第1页,中华书局1974年版。
② 《乙巳春与朱元晦书之一》,《陈亮集》卷20,第282页,中华书局1974年版。
③ 欧阳修:《欧阳文忠公集·居士集》卷47,《四部丛刊》本。

以言之不及为说,此不可以明道而惑于言道,不可以无言迷于有言者也。"①

朱熹说过:"性是心之体,情是心之用。"②从心性角度追溯儒家仁义道德本源即是一种内省工夫。正是这种内省思维导致宋学家们由人性而推及天理,再返至儒家道德伦理,建立起以天理为最高主宰的道德本体论。《河南程氏遗书》卷2 上录二程语曰:"昔受学于周茂叔,每令寻颜子、仲尼乐处,所乐何事。"周敦颐的解释是:孔、颜"见其大则心泰"③。所谓"大",即与天之道(阴阳)、地之道(刚柔)同本于太极的人之道(仁义);"心泰",即"主静"("无欲故静")④。可见,孔、颜之乐源于"心泰","心泰"根于明仁义之道,仁义之道本于"太极"。这种内省思维所形成的理论构架奠定了程、朱等人所代表的性理之学的基础。邵雍、张载、二程、朱熹、陆九渊等人对太极(理)、人心、性、情等范畴的内涵及其相互关系都有阐述,或同或异,但以天理为道德本体的观点是一致的;且所谓"天地之性"(张载)、"天命之性"、"道心"(二程、朱熹)、"本心"(陆九渊)等都源于孟子性善观,为纯粹至善之天理的显现,为人所固有之本性。这也就导致了诸家在道德知行观上对反省内求工夫的看重。

其实,宋学家们对心性义理的转向就是由于看到人之心性在道德修养中处于关键地位,因而在言性之风始兴时就强调反省内求学风。周敦颐教二程探寻孔、颜所乐何事,就是提倡摒弃物欲、正心诚意以保有先天赋予之"诚"。程颐秉承师说,在其首篇学术论文《颜子所好何学论》中提出"凡学之道,正其心,养其性而已"。而人体同时的其他宋学家,如邵雍提出"观之以心"、"观之以理"的"反观"说⑤,

---

① 《宋元学案》卷4"庐陵学案",《四部备要》本。
② 黎靖德编:《朱子语类》卷119,第2867页,中华书局1986年版。
③ 周敦颐:《通书》第二十三章,《四部备要》本。
④ 周敦颐:《太极图说》,《周子全书》,商务印书馆1937年版。
⑤ 邵雍:《皇极经世书》卷12,《四库全书》本。

张载提出"学者先须变化气质"以"反归其天理"①,王安石认为"先王之道德,出于性命之理,而性命之理,出于人心"②,主张"内求":"圣人内求,世人外求,内求者乐得其性,外求者乐得其欲。"③均认为内省精神与性理之学是息息相关的。二程、朱、陆等人在发展性理之学的同时也发展了内省论,于是呈现出程颐、朱熹与程颢、陆九渊分别代表的两种倾向。

程颢说:"吾学虽有所受,天理二字却是自家体贴出来。"④又谓"心是理,理是心"⑤,"只心便是天,尽之便知性,知性便知天,当处便认取,更不可外求"⑥。可见他所说"自家体贴出来"的天理即心,也即性。同样,在道德知行观上,他的主张也就是"自家体贴":"学者须先识仁。仁者,浑然与物同体。义、礼、智、信,皆仁也。识得此理,以诚敬存之而已,不须防检,不须穷索。"⑦"学者不必远求,近取诸身,只明人理,敬而已矣,便是约处。"⑧陆九渊继承并发展了程颢的诚敬易简修养观,强调切己反身、主体"本心"的自我体验,指出为学格物的出发点和归宿就在于体认"本心",所谓"学苟知本,《六经》皆我注脚"、"先立乎其大者"、"既不知尊德性,焉有所谓道问学"。⑨ "知本"、"立大"、"尊德性"都指存心、明心,为道德修养的根本途径,而读书格物("道问学")只是一种辅助巩固的手段。这就是陆九渊自称的"易简工夫"。

程颐认为:"性即理也,所谓理,性是也。天下之理,原其所自,未有不善。喜怒哀乐未发,何尝不善?发而中节,则无往而不善,凡

---

① 张载:《经学理窟·义理》,《张载集》,第274、273页,中华书局1978年版。
② 王安石:《虔州学记》,《王文公文集》卷34,第401页,上海人民出版社1974年版。
③ 王安石:《礼乐论》,同上书,卷29,第333页。
④ 程颢、程颐:《二程集·河南程氏外书》卷12,第424页,中华书局1981年版。
⑤ 程颢、程颐:《二程集·河南程氏遗书》卷13,第139页,中华书局1981年版。
⑥ 同上书,卷2上,第15页。
⑦ 同上书,卷2上,第16页。
⑧ 同上书,卷2上,第20页。
⑨ 《陆九渊集·语录上》,第395、400页,中华书局1980年版。

言善恶,皆先善而后恶。"①"心本善,发于思虑,则有善有不善。若既发,则可谓之情,不可谓之心。"②朱熹师承程颐"性即理"说,又吸取张载"心统性情"而分为"道心"、"人心",因而他们在道德知行观上的根本主张是"性其情","存天理,灭人欲";因为"心本善",则居敬涵养本心自是不可或缺的修养途径。尤其是程颐,多次提到"反躬"、"取诸身"、"察己"等,但程颐所谓"反躬"是格心中与万物同源之理,仍为格物穷理。他说:"随事观理,而天下之理得矣。天下之理得,然后可以至于圣人。君子之学,将以反躬而已矣,反躬在致知,致知在格物。""'致知在格物',非由外铄我也,我固有之也。因物有迁,迷而不知,则天理灭矣,故圣人欲格之。"③程颐的格物旨在破迷而致其固有天理,带有穷其所以然的理性主义色彩,与程颢、陆九渊的内向直观、良心呈现之"反躬"不同。另一方面,既然万物同本一理,因此观物、察己可相辅相成,无先后主次之别。程颐说:"观物理以察己,既能烛理,则无往而不识。""物我一理,才明彼即晓此,合内外之道也。"④而"烛理"指穷其本源:"物理须是要穷,若言天地之所以高深,鬼神之所以幽显。"⑤这种理性意识就是程颐所说的"穷至物理无他,唯思而已矣"⑥、"格物亦须积累涵养"⑦。朱熹发展了程颐的格物致知观,建立了严密系统的道德知行论:格物致知为明善(道德知识)的根本途径,其方法是从积累到贯通再到推类,对力行(道德践履)有理性规范作用;涵养居敬(切己涵养身心、收敛敦笃)与致知力行交相互进。

上述性理之学的形成发展及其关于道德认识、实践的理论,反映出宋学体系本身的内向特色和它对反躬内省精神的重视。

---

① 程颢、程颐:《二程集·河南程氏遗书》卷22上,第292页,中华书局1981年版。
② 同上书,卷18,第204页。
③ 同上书,卷25,第316页。
④ 同上书,卷18,第193页。
⑤ 同上书,卷15,第157页。
⑥ 程颢、程颐:《二程集·河南程氏外书》卷4,第372页,中华书局1981年版。
⑦ 程颢、程颐:《二程集·河南程氏遗书》卷15,第164页。

三、新儒学

以"新儒学"指称程、朱之学盖始于近人陈寅恪先生,其《冯友兰〈中国哲学史〉下册审查报告》云:

> 中国自秦以后,迄于今日,其思想之演变历程,至繁至久。要之,只为一大事因缘,即新儒学之产生及其传衍而已。此书于朱子之学,多所发明。……然新儒家之产生,关于道教之方面,如新安之学说,其所受影响甚深且远。……六朝以后之道教,包罗至广,演变至繁,不似儒教之偏重政治社会制度,故思想上尤易融贯吸收。凡新儒家之学说,几无不有道教,或与道教有关之佛教为之先导。……至道教对输入之思想,如佛教摩尼教等,无不尽量吸收,然仍不忘其本来民族之地位。既融成一家之说以后,则坚持夷夏之论,以排斥外来之教义。此种思想上之态度,自六朝时亦已如此。虽似相反,而实足以相成。从来新儒家即继承此种遗业而能大成者。①

陈先生所谓"新儒学"乃着眼于程、朱学派兼融佛道异质思想以拓新传统儒学,从而结束了南北朝以还逐渐形成的儒、释、道三教并行局面,使儒学重居统治地位。因此,新儒学作为程、朱之学的代称,揭示了程、朱之学乃至宋学的兼融整合精神。

程、朱之学对佛、道的融释大体说来主要表现在宇宙生成论和心性论,其创始之作,周敦颐的《太极图说》《通书》、邵雍的《皇极经世书》都是融合儒、释、道的产物。《太极图说》吸收道家"有生于无"的思想,发挥《周易·系辞上传》,而建立无极→太极→阴阳→五行→男女→万物这一宇宙生成理论②;《通书》《皇极经世书》则将

---

① 陈寅恪:《金明馆丛稿二编》,第250页,上海古籍出版社1980年版。
② 按,今传朱熹定本《太极图说》首句为"无极而太极",而当时所修《国史·濂溪传》作"自无极而为太极"(见《记濂溪传》,《朱文公文集》卷11);又有九江旧本作"无极而生太极"(见《延平本跋》,载《周子全书》卷11)。又参《说》中"太极本无极"句,则周子本义似当谓太极生于无极,乃仿道家"有生于无"之说。

佛门心性之理授入《易》学,谓"大哉《易》也,性命之源乎"①,倡"天下之物,莫不有理焉,莫不有性焉,莫不有命焉"之说,提出观心理论②。而在宋学心性论上具奠基作用的张载的"天地之性"、"气质之性"即从道教借取:

> 形而后有气质之性,善反之则天地之性存焉。故气质之性,君子有弗性者焉。
> ——《正蒙·诚明》

> 形而后有气质之性,善反之则天地之性存焉。自为气质之性所蔽后,如云掩月,气质之性虽定,先天之性则无有。
> ——张伯端《炼丹诀》

从道德涵养论说,周敦颐的"主静(自注:无欲故静)"说就受佛、道心性修养法的影响;程颢的"内外两忘"、"澄然无事"的"定性"观③,极似慧能所说的"心地无非自性戒,心地无痴自性慧,心地无乱自性定"④。至南宋陆九渊创"心学",与禅宗思想更多契合之处:

> 若识自心见性,皆成佛道。
> ——《六祖坛经·般若品第二》

> 苟此心之存,则此理自明。
> ——《陆九渊集》卷34《语录》

> 菩提般若之智,世人本自有之,只缘心迷,不能自悟,须假大善知识,示导见性。
> ——《六祖坛经·般若品第二》

> (心)有所蒙蔽,有所陷溺,则此心为之不灵,此理为之不

---

① 周敦颐:《通书》第一章,《四部备要》本。
② 邵雍:《皇极经世书》卷12,《四库全书》本。
③ 程颢:《答横渠张子厚先生书》,《二程集·河南程氏文集》卷2,第460页,中华书局1981年版。
④ 《六祖坛经·顿渐品》,上海医学书局1943年版。

明……一溺于此,不由讲学,无自而复。

——《陆九渊集》卷11,《与李宰》之二

《宋元学案》的编著者之一全祖望说:"两宋诸儒,门庭径路,半出入于佛老。"①宋儒融合释老主要着眼于"门庭径路",即思维方法、理论结构方面,借以发展、完善儒学理论体系,而对释老灭弃纲常伦理一类思想内容是严厉攻斥的。从整个宋学背景上看,程、朱、陆等代表的心性之学对释老之学的融合最能体现宋学的兼融精神,同时,程朱学派内部以及宋学其他流派也不同程度地表现出这种治学风格,如朱熹对北宋关(张载)、洛(二程)之学的集成,蜀学对释、老及纵横家之学的兼容,永嘉、永康之学对墨家功利思想的摄取等。可以说,兼融并蓄中独具格调,是宋学繁荣发展的基础,也是宋学翻新传统儒学的基本手段。

宋学基本精神风尚已略述如上。在宋代思想文化中,宋学无疑占据了主导地位,并以不同方式在不同程度上影响了其他文化层面。同时,宋学摆落汉唐、复兴先秦儒学,也在某种意义上恢复了儒学对文学艺术的包容统摄作用,因而在宋代,儒学思想及其学术精神对文学的渗透就成了势所必然。

第二节 宋学对文学观念的影响

宋代文学独特风貌的形成是以北宋前期儒学复兴背景下的诗文复古运动为起点的。复古运动的初步功绩是借助于儒学复兴思潮破除了宋初沿袭的五代卑弱余习及稍后的西昆浮华文风,重振道统附属下的文统及诗教观念。而复古运动的成功则在于创新意识的张扬,在于建立一种符合文学艺术发展规律、充分体现时代文化精神的创作观念,其标志可归属文坛上的欧阳修和诗苑中的梅尧

---

① 全祖望:《题真西山集》,《鲒埼亭集外编》卷31,《四部丛刊》本。

臣。正如欧阳修宝元二年(1039)在《答梅圣俞寺丞见寄》诗中所说:"文会忝予盟,诗坛推子将。"①刘克庄《后村诗话·前集》卷2说:"欧公诗如昌黎,不当以诗论。本朝诗,惟宛陵为开山祖师。"纵观宋代诗、文的独特发展状况,刘克庄的评价是很中肯的。因此,诗文复古运动依附于儒学而奠定的文统、诗教观念也随之表现出不同的文学理论内涵,反映了宋学对文学观念渗透的复杂性。

一、宋学与古文创作观念的衍化

宋文的独特成就主要在古文。从创作观念上说,以重道宗经为内容的文统意识确立于北宋古文运动时期。韩琦在《文忠欧阳公墓志铭》中对北宋古文运动的历程作了简要的勾勒:

> 自唐室之衰,文体随而不振。陵夷至于五代,气益卑弱。国初柳公仲涂一时大儒,以古道兴起之,学者卒不从。景祐初,公与尹师鲁专以古文相尚。而公得之自然,非学所至。……于是文风一变,时人竞为模范。……嘉祐初,权知贡举,时举者务为险怪之语,号"太学体"。公一切黜去,取其平澹造理者,……而文格终以复古,公之力也。

从柳开(948—1001)以"古道"振兴卑弱文风到欧阳修嘉祐二年(1057)知贡举罢黜"太学体",标示了北宋古文运动由创始到成功的过程,也透露出重道轻文和文道并重两种古文观念,反映了文统内涵的演变。柳开首创宋人文统说,以道统文:"吾之道,孔子、孟轲、扬雄、韩愈之道;吾之文,孔子、孟轲、扬雄、韩愈之文也。"②韩愈文、道并重,且有学文以明道的倾向,曾从学文角度指出《书》经"佶屈聱牙",谓"下逮《庄》《骚》,太史所录;子云、相如,同工异曲"③,

---

① 欧阳修:《欧阳文忠公集·居士外集》卷3,《四部丛刊》本。
② 柳开:《应责》,见《全宋文》第3册,第662页。
③ 韩愈:《进学解》,《韩昌黎全集》卷12,世界书局1935年版。

确实是"广开以辞"①。柳开则认为"圣人不以好广于辞而为事也,在乎化天下,传来世,用道德而已。若以辞广而为事也,则百子之纷然竞起异说,皆可先于夫子矣"②。因此,他早年"志之于文"而自名"肩愈",后来以"开古人之道于时"自任,"遂易曰开"③。柳开的易名即显示出其后古文运动发展中的两种文道观念:孙复、石介等人承袭柳开,重道轻文,并在道的内涵上侧重于仁义名教,在文统上以董仲舒、扬雄、王通等人上承孔、孟,下接韩愈;王禹偁、穆修、欧阳修等人则文、道并重,在道的内涵上注重现实人事,在文统上由韩愈直承孔、孟。前者反映了宋学家的文道观,后者体现了古文家的文道观。二者的分歧导致了宋学与古文运动的分立,促成了古文运动的胜利,其标志就是欧阳修对石介、孙复教授太学时倡行的僻涩怪异的"太学体"的黜斥。同时,性理之学的兴盛又使早期宋学家开启的重道轻文观念分化为重治政教化与重心性涵养两种倾向,加之古文家的文道并重观,便形成了统贯两宋古文创作的三种基本观念。

(一)"文者,礼教治政云尔"

从教化功利角度界定古文概念的代表是王安石,而其先驱可追溯到范仲淹、孙复、李觏等人。范仲淹《奏上时务书》云:"臣闻国之文章,应乎教化;风化厚薄,见乎文章。……故圣人之理天下也,文弊则救之以质,质弊则救之以文。"主张文(文章)质(教化)相辅相成,在评价人才上也兼及经术("治国治人之道"、"经济之才"④)、文章,谓孙复"素负词业,深明经术"⑤,称李觏"于经术文章,实能兼富"⑥。

---

① 柳开:《答臧丙第一书》,见《全宋文》第 3 册,第 592 页。
② 柳开:《昌黎集后序》,同上书,第 651 页。
③ 柳开:《答梁拾遗改名书》,同上书,第 587 页。
④ 范仲淹:《答手诏条陈十事》,见《全宋文》第 9 册,第 483 页。
⑤ 范仲淹:《举张问孙复状》,同上书,第 465 页。
⑥ 范仲淹:《荐李觏并录进〈礼论〉等状》,同上书,第 473 页。

孙复、李觏诚如范仲淹所评,在古文观念上与范氏同一声调,或谓"夫文者,道之用也;道者,教之本也"①,或谓"文者,岂徒笔札章句而已,诚治物之器焉。……大抵天下治则文教盛,而贤人达;天下乱则文教衰,而贤人穷"②。立足于教化而论文,他们并无轻视之意,如李觏甚至说:"贤人之业,莫先乎文。"③但对"文"的创作艺术(辞)则不屑论及。王安石继而对"辞"作出了定位:

> 尝谓文者,礼教治政云尔。其书诸策而传之人,大体归然而已。而曰"言之不文行之不远"云者,徒谓辞之不可以已也,非圣人作文之本意也……且所谓文者,务为有补于世而已矣;所谓辞者,犹器之有刻镂绘画也。诚使巧且华,不必适用;诚使适用,亦不必巧且华。要之以适用为本,以刻镂绘画为之容而已。不适用,非所以为器也;不为之容,其亦若是乎?否也。然容亦未可已也,勿先之其可也。④

以"有补于世"、"适用"为作文之本意,视辞章之美为容饰,因而对"徒语人以其辞耳"⑤的韩愈颇有微辞:"力去陈言夸末俗,可怜无补费精神。"⑥

王安石的知交曾巩论文旨归亦重在教化,其《王子直文集序》云:

> 至治之极,教化既成,道德同而风俗一,言理者虽异人殊世,未尝不同其指。何则?理当无二也。……由汉以来,益远于治。……士之生于是时,其言能当于理者,亦可谓难矣。由是观之,则文章之得失,岂不系于治乱哉!

---

① 孙复:《答张洞书》,《全宋文》第 10 册,第 250 页。
② 《上李舍人书》,《李觏集》卷 27,第 288 页,中华书局 1981 年版。
③ 同上。
④ 王安石:《上人书》,《王文公文集》卷 3,第 44 页,上海人民出版社 1974 年版。
⑤ 同上。
⑥ 王安石:《韩子》,同上书,卷 73,第 776 页。

所谓"理"系指儒道在治政、人事中的体现,如其《战国策目录序》所说:"盖法者所以适变也,不必尽同;道者所以立本也,不可不一:此理之不易者也。"曾巩在他文中或称"道理",或称"事理",或称"政理",都指儒学治政教化义理。① 王安石所注重的是"有补于世"的书、序、原、说等杂文②;曾巩所论及的也以"言理"类为主,如他首次向欧阳修自荐的就是"杂文时务策两编"③。他重视史传文章,认为史之所作"将以是非得失兴坏理乱之故而为法戒"④,"义近于史"⑤的铭志褒扬功德亦有助于教化。论文旨趣上的相通也致使二人相互称赏对方的创作:曾巩多次誉王安石"文甚古,行甚称文"⑥,王安石亦谓"巩文学论议,在某交游中,不见可敌"⑦。二人创作风格虽不尽相同,但都以说理谨严、简洁无华为基调。这一切主要应归根于他们在古文创作观念上的共识。

毋庸讳言,曾巩比王安石较为看重古文的创作艺术,在上文曾引及的《南齐书目录序》《寄欧阳舍人书》中提出"其文必足以发难显之情"是"良史"的必备条件,撰铭志者须"畜道德而能文章"。这也就是曾巩近似于欧阳修的地方。在欧阳修、王安石之间,曾巩似起着某种过渡作用。然而,曾巩对王安石的古文极为欣赏,并推荐给欧阳修,欧阳修则劝王安石"少开廓其文,勿用造语及模拟前人"⑧。再从欧阳修为文坛选择后继盟主时由初选曾巩、王安石到选定苏轼看来,能真正继承和发展欧阳修所开创的古文精神的不是曾巩或王安石,而是苏轼。

---

① 参见《张文叔文集序》《赠黎安二生序》《筠州学记》,《曾巩集》卷13、17,中华书局1984年版。
② 王安石:《与祖择之书》,《王文公文集》卷5,第62页,上海人民出版社1974年版。
③ 《上欧阳学士第一书》,《曾巩集》卷15,第231页。
④ 《南齐书目录序》,同上书,卷11,第187页。
⑤ 《寄欧阳舍人书》,同上书,卷16,第253页。
⑥ 《上欧阳舍人书》《上蔡学士书》《再与欧阳舍人书》,同上书,卷15、14。
⑦ 王安石:《答段缝书》,《王文公文集》卷8,第101页,上海人民出版社1974年版。
⑧ 《与王介甫第一书》,《曾巩集》卷16,第254页。

(二) "词至于能达,则文不可胜用矣"

以政教功用为本旨的古文创作观念,一则限制了创作视野,二则轻视了创作艺术要求,因而不可能促进古文创作的繁荣发展。苏轼在《答张文潜县丞书》中说:"文字之衰未有如今日者也,其源实出于王氏。王氏之文未必不善也,而患在于好使人同己。"①又在《送人序》中指责:"王氏之学,正如脱筴,按其形模而出之,不待修饰而成器耳。求为桓璧彝器其可乎?"②这些论评虽属针对王安石主持编纂作为科举经义考试标准的《三经新义》而言,但同样适用于王安石所代表的古文创作观念。正如欧阳修针对王安石"模拟前人"所说:"孟、韩文虽高,不必似之也,取其自然耳。"③苏轼的古文创作观念就是自然达意:

> 孔子曰:"言之不文,行而不远。"又曰:"词达而已矣。"夫言止于达意,即疑若不文,是大不然。求物之妙,如系风捕影,能使是物了然于心者,盖千万人而不一遇也,而况能使了然于口与手者乎?是之谓词达。词至于能达,则文不可胜用矣。④

苏轼在《与王庠书》《答虔倅俞括》等文中都有类似表述,在辞、意关系上主张以意逮辞、以辞述意,臻于自然之妙境:"如万斛泉源,不择地而出,在平地滔滔汩汩,虽一日千里无难,及其与山石曲折,随物赋形而不可知也;所可知者,常行于所当行,止于不可不止,如是而已矣。"⑤

然而,从苏轼对孔子"言之不文"等言论的体味可以看出,他的古文创作观念的形成与他对儒经所蕴含的作文之道的独特理解相

---

① 《苏轼文集》卷49,第1427页,中华书局1986年版。
② 《送人序》,《苏轼文集》卷10,第325页。
③ 《与王介甫第一书》,《曾巩集》卷16,第254页。
④ 《与谢民师推官书》,《苏轼文集》卷48,第1418页。
⑤ 《自评文》,《苏轼文集》卷66,第2069页。

关。如其《子思论》云:"昔者夫子之文章,非有意于为文,是以未尝立论也。所可得而言者,惟其归于至当,斯以为圣人而已矣。"《南行前集叙》自谓以"古之圣人有所不能自已而作者"为师,"未尝敢有作文之意"。黄庭坚《与王观复书》载苏轼谈及"作文章之法"时说:"但熟读《礼记·檀弓》当得之。"①种种言论都说明苏轼所着意的是儒经中的作文之道。但这并不始于苏轼,而是古文家研治儒经的一个普遍倾向,如王禹偁的《答张扶书》、欧阳修的《论尹师鲁墓志》《代人上王枢密求先集序书》《与乐秀才第一书》《答吴充秀才书》等都曾着眼于儒经之遣辞述意特色。而对苏轼具有直接影响的当是苏洵《仲兄字文甫说》对《易·涣卦》之《象》辞("风行水上,涣")的发挥:

> 今夫风水之相遭乎大泽之陂也,……而风水之极观备矣。故曰"风行水上,涣"。此亦天下之至文也。然此二物者,岂有求乎文哉?无意乎相求,不期而相遭,而文生焉。是其为文也,非水之文也,非风之文也;二物者非能为文而不能不为文也。物之相使而文出于其间也,故此天下之至文也。

苏轼《南行前集叙》说:"自少闻家君之论文,以为古之圣人有所不能自已而作者。故轼与弟辙为文至多,而未尝敢有作文之意。"苏辙《上枢密韩太尉书》本孟子"我善养吾浩然之气",提出"文者气之所形","其气充乎其中,而溢乎其貌,动乎其言,而见乎其文,而不自知也"。三苏在古文创作观念上与欧阳修一脉相承,都主张自然达意,而其中亦体现了他们对儒经作文之道的独特领会与宋学发挥儒经义理的议论精神相通。

作为两宋古文的奠基者和主要代表,欧、苏所建立的辞意相称、畅达自如这一创作观念,借助于苏氏门人的承传和发挥,对南宋古文创作理论产生了相当的影响。如黄庭坚提出的"理得而辞顺,文

---

① 黄庭坚:《豫章黄先生文集》卷19,《四部丛刊》本。

章自然出群拔萃"①、张耒所说的"理胜者文不期工而工,理诎者巧为粉泽而隙间百出"②,都承袭苏轼《答虔倅俞括》中"物固有是理,患不知;知之患不能达之于口与手。所谓文者,能达而已矣"。南宋陈亮即秉承此法:"大凡论不必作好语言,意与理胜则文字自然超众。……山谷云:好作奇语,自是文章一病;但当以理为主。理得而辞顺,文章自然出群拔萃。"③即使对苏氏学术多所攻斥的朱熹论及古文也曾说:"欧公文章及三苏文好说,只是平易说道理,初不曾使差异底字换却那寻常底字。""文字到欧、曾、苏,道理到二程,方是畅。"④朱熹对欧、苏古文某种程度上的肯定又当归根于理学家们古文创作观念的发展衍变。

(三)"文以载道"说的发展衍变

宋代理学宗祖周敦颐在其道德哲学著作《通书》中提出"文以载道"说,为理学家的古文观念定下了基调:

> 文所以载道也,轮辕饰而人弗庸,徒饰也。况虚车乎?文辞,艺也;道德,实也。笃其实而艺者书之;美则爱,爱则传焉,贤者得以学而至之,是为教。故曰:"言之无文,行之不远。"然不贤者,虽父兄临之,师保勉之,不学也;强之,不从也。不知务道德而第以文辞为能者,艺焉而已。⑤

《通书·陋》又云:"圣人之道,入乎耳,存乎心,蕴之为德行,行之为事业,彼以文辞而已者,陋矣。"所谓"圣人之道"即指"中正仁义",也就是"义"所应载之"道"。必须指出的是,周氏所说的"道"具有本源意义:"立天之道曰阴与阳,立地之道曰柔与刚,立人之道曰仁

---

① 黄庭坚:《与王观复书》,《豫章黄先生文集》卷19,《四部丛刊》本。
② 《答李推官书》,《张耒集》卷55,第828页,中华书局1993年版。
③ 《书作论法后》,《陈亮集》卷16,第203页,中华书局1974年版。
④ 黎靖德编:《朱子语类》卷139,第3309页,中华书局1986年版。
⑤ 周敦颐:《通书》第二十八章,《四部备要》本。

与义"①,"天以阳生万物,以阴成万物。生,仁也;成,义也"②。因而"道"实则为生"文"之源。就"文"而言,周氏已隐约分别出"载道"之文与"第以文辞为能者"之文,明确表示提倡前者而鄙薄后者,但周氏并未废绝文辞。其弟子程颐则严格区别"圣人之文"与"词章之文",并从创作角度指出二者的特征,提出"作文害道"以严斥"词章之文":

> 问:作文害道否?
>
> 曰:害也。凡为文,不专意则不工,若专意则志局于此,又安能与天地同其大。《书》曰:"玩物丧志。"为文亦玩物也。……人见《六经》,便以为圣人亦作文,不知圣人亦摅发胸中所蕴,自成文耳。所谓"有德者必有言"也。曰:游、夏称文学,何也?曰:游、夏亦何尝秉笔学为词章也?且如"观乎天文以察时变,观乎人文以化成天下",此岂词章之文也?③

程氏将其师所谓"载道"之文归结到"圣人之文"而作为文章典范,禁绝"学为词章"。但他并未认识到"摅发胸中所蕴"的"自成文"亦须"学为词章"。南宋朱熹对此就有深刻的理解,他在周、程的基础上建立起较完整的理论体系:一方面承袭周、程,鄙视徒为词章之美者,谓"今执笔以习研钻华采之文,务悦人者,外而已,可耻也矣"④;另一方面则从道德本体角度对"载道"之文的创作及其艺术风格等进行了论述。

从创作本源角度出发,朱熹承周敦颐所说"圣人之道""存乎心"及程颐的"圣人亦摅发胸中所蕴,自成文耳",明确提出"这文皆是从道中流出",驳斥古文家的"文以贯道"、"文与道俱"诸说:

> 这文皆是从道中流出,岂有文反能贯道之理?文是文,道

---

① 周敦颐:《太极图说》,《周子全书》,商务印书馆1937年版。
② 周敦颐:《通书》第十一章,《四部备要》本。
③ 程颢、程颐:《二程集·河南程氏遗书》卷18,第239页,中华书局1981年版。
④ 黎靖德编:《朱子语类》卷139,第3319页。

是道,文只如吃饭时下饭耳;若以文贯道,却是把本为末,以末为本,可乎?①

又云:

> 道者,文之根本;文者,道之枝叶。惟其根本于道,所以发之于文皆道也。三代圣贤文章皆从此心写出,文便是道。今东坡之言曰"吾所谓文,必与道俱",则是文自文,道自道,待作文时旋去讨个道来入放里面,此是他大病处。②

"文以贯道"、"文与道俱"说分别出自唐代李汉《昌黎先生集序》和苏轼《祭欧阳文忠公文》,都立足于"文"而言"道",在"文"对"道"的相对独立前提下强调"道"对"文"的重要作用,朱熹释为"文自文,道自道"是切合原义的。而朱熹本人则立足于"道"而言"文",以"道"为"文"之本源,因而反对"文以贯道"说:"文"既生于"道",因而不可独立于"道"之外,也就不可谓"文与道俱"。从本末主次关系上说,道为本,文为末,二者不可等同,所以说"文是文,道是道";从"文"之本质上说,文从道中流出,体现着道,因而又不能说"文自文,道自道"。

朱熹的文道关系说实质上是他本体论中"理气"说在文学观念上的反映。朱熹在本体论上综合发挥周、程之说,从天人合一角度并太极、理、性为一体,视作万物本源:"太极,理也"③,"理也者,形而上之道也,生物之本也。……是以人物之生,必禀此理,然后有性"④。但"理不可见,因阴阳而后知"⑤,"理"只有通过阴阳之气才能生成万物,所谓"气也者,形而下之器也,生物之具也"⑥。理、气

---

① 黎靖德编:《朱子语类》卷139,第3305页。
② 同上书,第3319页。
③ 黎靖德编:《朱子语类》卷94,第2376页。
④ 朱熹:《答黄道夫》,《朱文公文集》卷58,《四部丛刊》本。
⑤ 黎靖德编:《朱子语类》卷94,第2374页。
⑥ 朱熹:《答黄道夫》,《朱文公文集》卷58,《四部丛刊》本。

对应到道德论上便是性(天命之性)与仁义之道。"性是太极浑然之体,本不可以名言,但其中含具万理,而纲理之大者有四,故命之曰仁义礼智。……又须知四者之中,仁义是个对立底关键。……故曰:立天之道曰阴与阳,立地之道曰柔与刚,立人之道曰仁与义。"①因此,就宇宙而言,由理(太极)生气再化生万物,为自然生成过程;就道德本体而说,由天命之性生发仁义之道而见诸言行,也是个自然流行过程。这就是朱熹"文从道中流出"观念的道德哲学基础。然而,若撇开朱熹所说"道"的具体内涵及其根源,仅就"文从道中流出"一语所显露出的辞、意关系及作品的语言风格而论,朱熹的文学观念又不无合理因素。而这正是朱熹对欧、苏古文创作有所肯定的根源,若说朱熹的文学创作理论受到欧、苏自然达意观念的某些影响,似亦无不可。

在创作风格上,朱熹崇尚平易、自然、天成:"古人文章,大率只是平说而意自长。""前辈云:'文章自有稳当底字,只是始者思之不精。'又曰:'文字自有一个天生成腔子,古人文字自贴这天生成腔子。'""要之,做文字下字实是难,不知圣人说出来底也只是这几个字,如何铺排得恁地安稳。"②这些言论与其"文从道中流出"之说互为表里,也是他天理本体论的体现。从创作本源角度说,朱熹反对文字上的模拟,谓"不必着意学如此文章,但须明理,理精后,文字自典实"③。而落实到创作方法上,他又主张以"前辈"、"古人"、"圣人"为典范,说:"大率古人文章皆是行正路。""而今只是依正底路脉做将去,少间文章自会高人。""前辈作文者,古人有名文字,皆模拟作一篇,故后有所用时,左右逢源。"④这些说法看似矛盾,实则是一致的,因为明理也就是明圣人之道,而"行正路"的"古人文章"、"古人有名文字"就是从圣人之道中流出,学这类文章也就是明理。

---

① 朱熹:《答陈器之》,《朱文公文集》卷58,《四部丛刊》本。
② 黎靖德编:《朱子语类》卷139,第3299、3322、3301页。
③ 同上书,卷139,第3320页。
④ 同上书,卷139,第3301、3321页。

但这毕竟属于作文方法论,因而正文章之源流、论文章之作法的风气便在理学家古文创作观念影响下盛行起来,如吕祖谦所编《古文关键》、楼昉的《崇古文诀》、真德秀的《文章正宗》、李塗的《文章精义》、谢枋得的《文章轨范》等都是这一文坛风尚的产物。

宋学对文学的渗透,在古文创作观念上主要表现于上述文以治政、文以达意、文以载道三种理论中,而在诗词创作观念上则主要是诗教理论的复兴和发展。

二、宋学与诗教观念的复兴及发展

宋儒在研味、翻新儒经义理中形成和完备宋学体系,对六经之一的《诗经》之义理的阐释,即传统诗教观念的复兴和发展,集中体现出宋学对两宋诗学理论的影响。与宋学发展中所呈现出的实用性教化义理和心性义理两种倾向相应,两宋诗教观念的发展也表现出两种基本趋势。

(一)美刺观念的复兴与发展

被欧阳修誉为诗坛"双凤凰"①的梅尧臣、苏舜钦作为宋诗开山祖师,在创作风格上虽各具特色,而创作观念上的复古意识对传统诗教美刺思想的复兴和张扬则是一致的。这一点正是欧、梅、苏三人在诗学观念上的共识,也是宋人发展传统诗教的基本趋向之一。

欧阳修的《诗本义》是早期宋学中《诗》学的代表作,既体现了宋儒专言义理的学风,更反映了他倡导诗坛复古运动的理论纲领:

> 诗之作也,触事感物,文之以言,善者美之,恶者刺之,以发其揄扬怨愤于口,道其哀乐喜怒于心。此诗人之意也。……孔子生于周末,方修礼乐之坏,于是正《雅》《颂》,删其繁重,列于六经,着其善恶以为劝戒。此圣人之志也。……作此诗,述此事,善则美,恶则刺,所谓诗人之意者,本也。……察其美刺,知

---

① 欧阳修:《读蟠桃诗寄子美》,《欧阳文忠公集·居士集》卷2,《四部丛刊》本。

其善恶以为劝戒,所谓圣人之志者,本也。①

梅尧臣、苏舜钦都有类似诗学主张:

> 圣人于诗言,曾不专其中。因事有所激,因物兴以通。自下而磨上,是之谓《国风》。《雅》章及《颂》篇,刺美亦道同。②

> 诗之作,与人生偕者也。人函愉乐悲郁之气,必舒于言。……古之有天下者,欲知风教之感,气俗之变,乃设官采掇而监听之,由是弛张其务,以足其所思,故能长治久安,弊乱无由而生。③

他们在诗歌创作价值上的美刺教化论只能说是一种复古观念,而这也正是当时文化风尚的体现,如宋初开风气的第一位领导人物范仲淹在《唐异诗序》中就将"诗之为意"归旨于"羽翰乎教化之声,献酬乎仁义之醇。上以德于君,下以风于民"。就诗坛而言,对诗教美刺观念的复兴,目的在攻斥五代延及宋初的浮华诗风,即梅尧臣所说的"迩来道颇丧,有作皆空言。烟云写形象,葩卉咏青红。人事极诙诡,引古称辨雄。经营唯切偶,荣利因被蒙"④。因此,复古的功绩在"破"。在"破"的基础上开启宋诗发展趋向,则取决于创作艺术观上的创新意识,而这一点正反映了欧、梅对传统诗教的发展:从"触事感物"、状景言情角度深化诗教的艺术内涵。《六一诗话》称引梅尧臣语云:

> 诗家虽率意,而造语亦难。若意新语工,得前人所未道者,斯为善也。必能状难写之景如在目前,含不尽之意见于言外,

---

① 欧阳修:《本末论》,《诗本义》卷14,《四部丛刊》本。
② 《答韩三子华、韩五持国、韩六玉汝见赠述诗》,朱东润《梅尧臣集编年校注》卷16,第336页,上海古籍出版社1980年版。
③ 《石曼卿诗集序》,傅平骧、胡问陶《苏舜钦集编年校注》附录一。按,此文又题石介作,见陈植锷校点本《徂徕石先生文集》,卷18(中华书局1984年版),"故能长治久安"作"乃能享世长久"。
④ 《答韩三子华、韩五持国、韩六玉汝见赠述诗》,朱东润《梅尧臣集编年校注》卷16,第336页,上海古籍出版社1980年版。

> 然后为至矣。
>
> 诗句义理虽通,语涉浅俗而可笑者,亦其病也。

所谓"状难写之景如在目前,含不尽之意见于言外"也就是梅尧臣从《诗经》中体味出的"平淡"之境,其《读邵不疑学士诗卷》说:"作诗无古今,唯造平淡难。譬身有两目,瞭然瞻视端。《邵南》有遗风,源流应未殚。"强调艺术锻炼而复归自然平淡也是欧阳修论诗的主要倾向,如《六一诗话》中称慕杜诗"身轻一鸟过"之"过"字,赞许晚唐周朴"构思尤艰"、"务以精意相高",推赏韩愈"工于用韵"等,同时反对学白居易而流入"容易",学西昆体而溺于"多用故事,至于语僻难晓","贪求好句,而理有不通"等。

郭绍虞先生在《宋诗话考》中说:"宋人论诗每偏于艺术而复崇尚自然,其意实自欧氏发之。"在新巧中求平易自然是宋代诗学的显著风气。如大体可代表宋诗风尚的苏、黄二人:苏轼尚自然而有言"用事当以故为新,以俗为雅。好奇务新,乃诗之病"①;黄庭坚讲法度而有言"不烦绳削而自合","句法简易,而大巧出焉"②。同时,二人也都受传统诗教影响,苏轼主张"诗须要有为而作"③,"缘诗人之义,托事以讽,庶几有补于国"④;黄庭坚也曾称赏杜甫《北征》"书一代之事,以与《国风》《雅》《颂》相表里"⑤。可见,苏、黄诗学观念与欧、梅对诗教精神的拓展是相通的,同时也渗透着宋学的疑古创新精神,欧、苏、黄都被列名《宋元学案》正反映出个中关系。而黄庭坚本人及其所开创的江西诗派因受理学影响,渐趋强调"温柔敦厚"气象,与理学家的诗教观取得某种程度上的一致,如黄庭坚与理

---

① 《题柳子厚诗》,《苏轼文集》卷67,第2109页,中华书局1986年版。按,《后山诗话》载梅圣俞答一闽士所寄诗曰:"子诗诚工,但未能以故为新,以俗为雅尔。"
② 黄庭坚:《与王复观书三首》之一、二,《豫章黄先生文集》卷19,《四部丛刊》本。
③ 《题柳子厚诗》,《苏轼文集》卷67,第2109页,中华书局1986年版。
④ 《亡兄子瞻端明墓志铭》,《苏辙集·栾城后集》卷22,第1115页,中华书局1990年版。
⑤ 范温:《诗眼》,见胡仔《苕溪渔隐丛话》前集卷12,第78页,人民文学出版社1981年版。

学家杨时都指责苏轼诗"好骂"①,"讥诮朝廷,殊无温柔敦厚之气"②。可见黄庭坚从创作艺术角度提倡"温柔敦厚"风格,理学家则从心性涵养着眼阐发"温柔敦厚"之义,他们代表着宋代诗教观念发展的另一种基本趋势。

(二)诗教观念的性理阐释

本章第一节曾谈及宋学的主要流派——程朱所代表的性命之学的立足点在涵养道德,基本精神是内省。理学家对传统诗教的阐述也着眼于性情涵养,其奠基人是理学宗祖之一邵雍(1011—1077)。他以其道德哲学为指导,对诗教所谓言志抒情须"乐而不淫,哀而不伤"这一创作观念的根源进行发微,提出"以物观物"说:

> 伊川翁曰:子夏谓"诗者,志之所之也。在心为志,发言为诗。情动于中而形于言,声成其文而谓之音"。是知怀其时则谓之志,感其物则谓之情……且情有七,其要在二,二谓身也、时也。谓身则一身之休戚也,谓时则一时之否泰也。一身之休戚,则不过贫富贵贱而已;一时之否泰,则在夫兴废治乱者焉。……近世诗人,穷戚则职于怨憝,荣达则专于淫佚。身之休戚,发于喜怒;时之否泰,出于爱恶。殊不以天下大义而为言,故其诗大率溺于情好也。……予自壮岁,业于儒术,谓人世之乐,何尝有万之一二,而谓名教之乐,固有万万焉。况观物之乐,复有万万者焉。虽死生荣辱,转战于前,曾未入于胸中,则何异四时风花雪月,一过乎眼也。诚为能以物观物,而两不相伤者焉。盖其间情累都忘去尔。……其或经道之余,因闲观诗,因静照物,因时起志,因物寓言,因志发咏,因言成诗,因咏成声,因诗成音。是故哀而未尝伤,乐而未尝淫。虽曰吟咏情

---

① 黄庭坚:《答洪驹父书》,《豫章黄先生文集》卷19,《四部丛刊》本。
② 杨时:《龟山先生语录》卷1,《四部丛刊》本。

性,曾何累于性情哉?①

邵氏所谓"以物观物"并非对现实自然的观察体验,而是本于其"先天学"道德本体论的"反观"之"心法"。他认为"道为天地之本",而"天地万物之道,尽之于人矣"②,所以说"圣人之所以能一万物之情者,谓其圣人之能反观也。所以谓之反观者,不以我观物也。不以我观物者,以物观物之谓也"③。观物就是"观之以心"、"观之以理"④,所谓"心"、"理"也就是"道",而在人即指名教。"以物观物"也就是涵养名教,这便是圣人"善事于心者也"⑤。如此便能忘去情累,观时照物、起志寓言、发咏成诗"如鉴之应形,如钟之应声","吟咏情性"而合"天下大义","哀而未尝伤,乐而未尝淫"。邵雍的这一套理论就从心性涵养角度将"诗言志"归结于"以天下大义为言"、"以名教为乐"。因此,他主张写诗,说:"诗者人之志,非诗志莫传。人和心尽见,天与意相连。"⑥

然而邵雍自谓"所作异乎人之所作"、"所作不限声律"⑦,言外之意即不主张作"限声律"而不合名教之诗。程颐就发明此意,认为学诗"须是用功方合诗人格,既用功,甚妨事。古人诗云:'吟成五个字,用破一生心。'又谓'可惜一生心,用在五字上'。此言甚当。……某素不作诗,亦非是禁止不作,但不欲为此闲言语"⑧。可见,邵、程二人同本于儒家道德涵养。前者从创作角度阐发涵养性情与诗教之"乐而不淫,哀而不伤"的本末关系,后者则从欣赏角度张扬《诗》之道德功能。《河南程氏遗书》卷2上说:"夫子言'兴于《诗》',观其言是兴起人善意,汪洋浩大,皆是此意。"二程得意门

---

① 邵雍:《伊川击壤集序》,《伊川击壤集》卷首,《四部丛刊》本。
② 邵雍:《皇极经世书》卷11,《四库全书》本。
③ 同上书,卷12,《四库全书》本。
④ 同上。
⑤ 同上。
⑥ 邵雍:《谈诗吟》,《伊川击壤集》卷18,《四部丛刊》本。
⑦ 邵雍:《伊川击壤集序》,《伊川击壤集》卷首,《四部丛刊》本。
⑧ 程颢、程颐:《二程集·河南程氏遗书》卷18,第239页,中华书局1981年版。

生、南宋理学主要传人杨时对"兴发善意"再作发挥:"学诗者不在语言文字,当想其气味,则诗之意得矣。"①朱熹也有类似说法:"平心和气,从容讽咏,以求之性情之中耳。"②自然,欣赏中的"兴发善意"与《诗》之艺术表现密不可分,因此程、朱等人谈《诗》之"兴善"功能时也不能不涉及创作,如《伊川经说·诗解》释比、兴曰:"比者,以物相比,'狼跋其胡,载疐其尾。公孙硕肤,赤舄几几'是也;兴者,兴起其义,'采采卷耳,不盈倾筐。嗟我怀人,寘彼周行'是也。"朱熹进而将"兴"等诸《易》以言不尽意而立象以尽意"③。撇开他们发论的立足点而言,这些观点都触及诗歌创作规律,有一定的合理性,为理学诗教观念对诗学乃至词学的渗透起了理论上的媒介作用。

就诗学而言,前文已提及黄庭坚论诗之风格倾向于"温柔敦厚"。他在《书王知载〈朐山杂咏〉后》说:"诗者,人之情性也,非强谏争于廷,怨忿诟于道,怒邻骂坐之为也。"要求诗人"忠信笃敬,抱道而居"④。而南宋前期张戒的《岁寒堂诗话》及黄彻的《䂬溪诗话》受理学影响尤为明显。张戒指斥"苏、黄用事押韵之工,乃诗人中一害",谓"子瞻以议论为诗,鲁直又专以补缀奇字,学者未得其所长,而先得其所短,诗人之意扫地矣"。黄庭坚指出苏轼"短处在好骂",张戒则兼及"用事"、"押韵"、"补缀奇字"而并黄庭坚本人一同予以针砭。但张戒所谓"诗人之意"即"言志"而"无邪",与黄庭坚所说的诗人"忠信笃敬"之情性并无二致。与张戒大约同时的黄彻撰《䂬溪诗话》,自序谓所记为"心声所底,有诚于君亲,厚于兄弟朋友,嗟念于黎元休戚,及近讽谏而辅名教者","至于嘲风雪、弄草木而无与于比兴者,皆略之",可见其诗学旨归。在具体的诗评中,黄彻与张戒也有分歧,如称赏苏轼《贺人生子》《戏张子野买妾》二诗

---

① 杨时:《龟山先生语录》卷1,《四部丛刊》本。
② 朱熹:《答陈体仁》,《朱文公文集》卷37,《四部丛刊》本。
③ 朱熹:《答何叔京》,同上书,卷40。
④ 黄庭坚:《豫章黄先生集》卷26,《四部丛刊》本。

用事之妙①,但这只是同一创作观念下对艺术表现的不同看法而已。从本旨上说,张戒"始明言志之义,而终之以无邪之旨",黄彻"以风教为本,不尚雕华"②,都是理学家诗论的张本。

诗论中的理学因素在苏轼革新柳永浅俗软媚词风之后,随着词坛尊体意识的渐兴而渗入词学领域,导致了词坛的复雅思潮。两宋之交的许𫖮《彦周诗话》(序成于1128年)已在评词中揽入诗教观念。如谓张先长短句"眼力不知人,远上溪桥去"③远绍《诗·邶风·燕燕》,又评晁补之《满江红》"华鬓春风"曰:"善怨似《离骚》。"晁词感叹贤人薄命,词境与苏轼《卜算子》"缺月挂疏桐"相近。鮦阳居士谓东坡此词似《诗·卫风·考槃》,亦与许𫖮同着眼于善寓怨意。至淳熙末曾丰《知稼翁词序》则一本"发乎情,止乎礼义"论词,谓东坡《卜算子》"触兴于惊鸿,发乎情性也。收思于冷洲,归乎礼义也",将黄公度词之"清而不激,和而不流,要其情性则适,揆之礼义则安"归根于"道德之美"。这与理学家从道德涵养上发挥诗教、追溯创作本源同一声调。南宋后期对性情雅正、不淫不怨词风的推崇成为词坛主流。沈义父《乐府指迷》、张炎《词源》在雅正词学观念基础上进而对词之创作艺术提出一系列雅化要求,如主张用意平和、下字用语浑雅精妥,倡导化用唐人诗句以求词之雅淡蕴藉,等等。作为宋代词学理论的归结,沈、张二家词论也正反映了理学诗教观念对词学的一定影响。

总括地说,宋学对文学观念的影响主要在于重道宗经,上述种种倾向的分歧只是重道前提下的重文、轻文之别以及对道的不同理解所致。与文学观念密切相联的创作实践也在一定程度上表现出相应的倾向。

---

① 参见黄彻《䂬溪诗话》卷10,第183页,人民文学出版社1986年版。
② 《四库全书总目》卷195,《岁寒堂诗话》提要、《䂬溪诗话》提要。
③ 张先《虞美人·述古移南郡》中云:"眼力不知人远、上江桥。"《全宋词》,第82页,中华书局1979年版。

第三节　宋学在文学创作上的表现

一、"道"的文学表现

明代李梦阳说：

> 夫诗，比兴错杂，假物以神变者也。……宋人主理，作理语。……诗何尝无理，若专作理语，何不作文而诗为邪。①

就文学体裁的艺术特性而言，文便于议论说理，诗则不宜作理语。宋学重义理，"宋人主理"，宋代文学，尤其是与儒学有着密切关系的传统体裁诗、文，都染有明显的"主理"色彩。

（一）载道

载道，即叶适门人赵汝谠所说的"以理为经，以言为纬"②，最为直接而突出地标识着宋学对文学创作实践的影响。李塗《文章精义》称周敦颐的《太极图说》《通书》、程颢的《定性书》、程颐的《易传序》《春秋传序》、张载的《西铭》等为"圣贤之文，与《四书》诸经相表里"。这无疑是局限于程、朱学派而言。从整个两宋文坛看，如北宋欧阳修的《春秋论》、苏轼的《中庸论》、王安石的《性情》《原性》《性说》《礼乐论》，南宋张栻、朱熹、吕祖谦、叶适、陈亮、陆九渊等人的论学之文及其相互间的论辩书札等，都属于载道之文。此外，与宋学密切相关的"学记"在宋文中占一定比例，立意往往在明道而不在"记"，如欧阳修的《吉州学记》、曾巩的《宜黄县学记》、王安石的《虔州学记》、苏轼的《南安军学记》以及南宋朱熹、陆九渊、叶适等人所作的"学记"，都可谓旨在论学。自然，作为一种语言样

---

① 李梦阳：《缶音序》，《空同子集》卷52，《四库全书》本。
② 赵汝谠：《水心集序》，见《叶适集》卷首，中华书局1961年版。

式,"文"(古文)本具有载道功能。宋学的发展繁荣则致使古文的这一表现功能得到充分发挥,增大了宋文中的学术性文章的比重。诗则不同于古文,诗的艺术特质决定了理语不宜入诗,所以钟嵘指斥孙绰、许询等人的玄言诗"理过其辞,淡乎寡味","平典似《道德论》"①。然而,玄言诗的出现显示出玄学对诗学的影响。同样,宋诗中"专作理语"的载道诗的产生也鲜明反映出宋学对诗学的渗透,而对诗歌传统比兴手法的背离则更体现出这种影响和渗透的深入。

  与宋学核心理论,即二程、朱熹、陆九渊等人所代表的性理之学相一致,宋代载道诗主要涉及这一学说的两个基本层面:本体论和道德修养论。如邵雍的《伊川击壤集》与其《皇极经世》相照应,言其太极、道、心三而一的本体观,有云:"道不远于人,乾坤只在身。谁能天地外,别去觅乾坤。"(《乾坤吟》)"身生天地后,心在天地前。天地自我出,自余何足言!"(《自余吟》)"一物原来有一身,一身还有一乾坤。能知万物备于我,肯把三才别立根。天向一中分造化,人于心上起经纶。天人焉有两般义,道不虚行只在人。"(《观易吟》)言其道德修养论中的"反观"说,有云:"物有声色气味,人有耳目口鼻,万物于人一身,反观莫不全备。"(《乐物吟》)"天听寂无音,苍苍何处寻。非高亦非远,都只在人心。"(《天听吟》)"天学修心,人学修身。身安心乐,乃见天人。"(《天人吟》)这种以诗载道论学之风自邵雍倡行后,渐为理学家所认同而盛行于学坛,如吕大临《送刘户曹》一诗言治学心法:"学如元凯方成癖,文到相如始类俳。独立孔门无一事,只输颜子得心斋。"认为"作文害道"、"作诗妨事"的程颐则对此诗颇为称赏,谓"此诗甚好"②。这对理学家的诗歌创作无疑具有较大的导向作用,促进了载道言理诗风的流行。金履祥的《濂洛风雅》"以风雅谱婺学"③,反映了这一诗坛支流的创作实绩,

---

① 钟嵘:《诗品序》,见何文焕辑《历代诗话》,第 2 页,中华书局 1981 年版。
② 程颢、程颐:《二程集·河南程氏遗书》卷 18,第 239 页,中华书局 1981 年版。
③ 王崇炳:《濂洛风雅序》,《金华丛书》本卷首。

所录朱熹《斋居感兴二十首》尤具代表性,所附朱熹再传弟子何基的评释即可说明这一组诗作的主旨:一、二两章"说阴阳造化,一经一纬",三、四两章"说人心一善一恶",五、六、七三章"及于经世之事",八章"言人身与天地同运,而常欲扶阳抑阴",九章"言人心与辰极同体,而常欲以静制动",十章"明列圣相传心学之妙,惟在一敬",十四章"大旨只是《太极图说》定之以中正仁义而主静之意",等等。可见,朱熹这二十首诗实为其道德哲学思想的诗体演绎。而同样具有典型意义的也许还可举与著名的鹅湖之辩相关的三首诗为例,陆九渊《语录上》载:

> 吕伯恭(祖谦)为鹅湖之集,先兄复斋(陆九龄)谓某曰:"伯恭约元晦(朱熹)为此集,正为学术异同,某兄弟先自不同,何以望鹅湖之同。"先兄遂与某议论致辩,又令某自说,至晚罢。先兄云:"子静(陆九渊)之说是。"次早,某请先兄说,先兄云:"某无说,夜来思之,子静之说极是。方得一诗云:'孩提知爱长知钦,古圣相传只此心。大抵有基方筑室,未闻无址忽成岑。留情传注翻塞,着意精微转陆沉。珍重友朋相切琢,须知至乐在于今。'"①

陆九渊谓此诗"第二句微有未安",和云:"墟墓兴衰宗庙钦,斯人千古不磨心。涓流积至沧溟水,拳石崇成泰华岑。易简工夫终久大,支离事业竟浮沉。欲知自下升高处,真伪先须辨只今。"鹅湖之辩的焦点就是陆九渊所说的修养方法上的"易简工夫"与"支离事业"之争。双方各执己见,不欢而散。但后来陆九渊转服朱熹之说,淳熙六年(1179)二人相会于铅山,"极论而无猜"②。朱熹追和陆九渊鹅湖诗:"德义风流夙所钦,别离三载更关心。偶扶藜杖出寒谷,又枉蓝舆度远岑。旧学商量加邃密,新知培养转深沉。只愁说到无言

---

① 《陆九渊集》卷34,第427页,中华书局1980年版。
② 朱熹:《祭陆子寿教授文》,《朱文公文集》卷87,《四部丛刊》本。

处,不信人间有古今。"①同时,陆九渊也有所改变,"说人须是读书讲论"②,淳熙八年(1181)访朱熹于南康,应邀登白鹿洞书院讲"君子喻于义,小人喻于利",朱熹称誉,曰:"熹当与诸生共守,以无忘陆先生之训。"③从鹅湖之辩到铅山之晤、南康再会,反映出朱、陆学术分歧渐趋调和,这一转变也体现在他们上述三首唱和诗之中。

(二) 用道

通经致用是宋学初兴的本质精神,本章第一节已谈及早期宋学探求儒经义理的实用性议论风尚。其与早期宋学贯融一体的古文运动同样为宋代古文奠定了议事论政之风,并波及诗词创作。早期宋学的主要代表之一孙复所说的"夫文者,道之用也"④,似可借以概括宋代文学创作中的这一精神倾向。

自然,宋学发展传统儒学中所形成的不同思想理论倾向,也将在文人的言事论政中得到表现。陈亮《书欧阳文粹后》谓欧阳修之文"根乎仁义而达之政理","先王之法度犹将望之"⑤,即就其策论之类而言。欧阳修论政事"根乎仁义而达之政理"代表了仁宗朝之前的主要风尚,侧重于礼义教化。欧阳修在《本论》中提出修明礼义之教为治国之本。庆历新政的主持者范仲淹的变革宗旨在修明王道,如《答手诏条陈十事》多引《诗》《书》为据。李觏被范仲淹誉为"经术文章,实能兼富"⑥,以政论著称,有《富国策十首》,主张富国"在乎强本节用",《强兵策十首》提出"仁义者,兵之本也;诈力者,兵之末也",《安民策十首》谓"安者,非徒饮之、食之、治之、令之

---

① 朱熹题为《鹅湖寺和陆子寿》,似当为《和陆子寿鹅湖诗》,《朱文公文集》卷4,《四部丛刊》本。
② 朱熹:《答吕伯恭》,《朱文公文集》卷34,《四部丛刊》本。
③ 《陆九渊集》卷36,第492页,中华书局1980年版。
④ 孙复:《答张洞书》,《全宋文》卷401,第十册,第250页,巴蜀书社1990年版。
⑤ 《陈亮集》卷16,第194页,中华书局1974年版。
⑥ 范仲淹:《荐李觏并录进礼论等状》,《全宋文》卷371,第九册,第472页,巴蜀书社1990年版。

而已也,必先于教化焉",颇能反映出当时言事论政的思想基础。欧阳修之后,宋学发展在理论上大体呈现出性理与事功两种偏向,文学中的言事论政也有相应的表现,陈善《扪虱新话》卷5说:

> 唐文章三变,本朝文章亦三变矣。荆公以经术,东坡以议论,程氏以性理。三者要各立门户,不相蹈袭。

其实,所谓"议论"、"经术"都重在政教功用,王安石《取材》中的一段话可以参证:

> 所谓文吏者,不徒苟尚文辞而已,必也通古今,习礼法,天文人事,政教更张,然后施之职事,则以详平政体,有大议论使以古今参之是也。所谓诸生者,不独取训习句读而已,必也习典礼,明制度,臣主威仪,时政沿袭,然后施之职事,则以缘饰治道,有大议论则以经术断之是也。以今准古,今之进士,古之文吏也;今之经学,古之儒生也。①

苏轼自谓"少时好议论古人"②,实则与政理相通,陈寅恪先生评为"北宋之政论"③,是深中肯綮的。陈善所说的"经术"、"议论"即相当于王安石所说的当时的"经学"("以经术断之"者)、"进士"("以古今参之"者),都以治政事功为本(所谓"详平政体"、"缘饰治道")。从王安石、苏轼的政论看,二人不乏共识,如苏轼《应诏集》中的策论与王安石《上皇帝万言书》等奏议多有一致处。苏轼亦称"王氏之文未必不善也"④,当兼指言事论政之文。熙宁四年(1071),苏轼针对新法弊端,提出"愿陛下结人心,厚风俗,存纪纲"⑤,似也可作为对其先前策论的某种补充和修正。如《策略四》

---

① 王安石:《王文公文集》卷32,第374页,上海人民出版社1974年版。
② 《与王庠书》,《苏轼文集》卷49,第1422页,中华书局1986年版。
③ 陈寅恪:《冯友兰〈中国哲学史〉上册审查报告》,《金明馆丛稿二编》,第147页,上海古籍出版社1980年版。
④ 《答张文潜县丞书》,《苏轼文集》卷49,第1427页,中华书局1986年版。
⑤ 《上神宗皇帝书》,《苏轼文集》卷25,第729页,中华书局1986年版。

谓"当今所宜先者,莫如破庸人之论,以开功名之门,而后天下可为也",《策别》中有"厚货财"、"训兵旅"之论,而《上神宗皇帝书》说:"臣愿陛下务崇道德而厚风俗,不愿陛下急于有功而贪富强。"但这主要还是对王安石任用"巧进之士"导致道德败坏、风俗浇薄、人心怨愤局面的针砭。从总体上看,苏轼对王安石变法的某些具体措施及其人格上的"刚果自用"存有异议,但二人政论的思想倾向是基本一致的,讲礼义教化而兼重事功。南宋陈亮、辛弃疾、叶适等人承沿这一言事论政趋向,主张王霸并用、义利兼行,以图恢复大业。陈亮《上孝宗皇帝第一书》自述"穷天地造化之初,考古今沿革之变,以推极皇帝王伯(霸)之道,而得汉、魏、晋、唐长短之由,天人之际,昭昭然可察而知也。始悟今世之儒士自以为得正心诚意之学者,皆风痹不知痛痒之人也",慨叹:"举一世安于君父之雠,而方低头拱手以谈性命,不知何者谓之性命乎!"《戊申再上孝宗皇帝书》指出"本朝以儒道治天下"之流弊:"至于艰难变故之际,书生之智,知议论之当正而不知事功之为何物,知节义之当守而不知形势之为何用。"他的《酌古论》《中兴论》,辛弃疾的《美芹十论》《九议》,叶适的《治势》《民事》《财计》《兵权》等都畅论事功之道,与朱熹代表的理学家的政论相抗衡。

  理学家论政重在格君心。北宋程颢《上殿札子》就提出:"君道之大,在乎稽古正学,明善恶之归,辨忠邪之分,晓然趋道之正,故在乎君志先定。……所谓定志者,一心诚意,择善而固执之也。……惟在以圣人之训为必当从,先土之治为必可法。"[1]程颐在《上仁宗皇帝书》中大讲"王道",其本为"仁",以孟子、董仲舒、王通自许,希望仁宗"以王道为心"[2]。这些都是他们道德涵养论的体现。南宋朱熹亦主恢复,而以讲学为首,《壬午应诏封事》提出三件要务:"夫讲学所以明理,而导之于前;定计所以养气,而督之于后;任贤所以

---

[1] 程颢、程颐:《二程集·河南程氏文集》卷1,第447页,中华书局1981年版。
[2] 同上书卷5,第510页。

修政,而经纬乎其中。""讲学"即讲求尧舜周孔所传"至精至一"之道:"臣闻之尧舜禹之相授也,其言曰:'人心惟危,道心惟微,惟精惟一,允执厥中。'……盖格物致知者,尧舜所谓精一也;正心诚意者,尧舜所谓执中也。自古圣人口授心传而见于行事者惟此而已。至于孔子集厥大成,进而不得其位以施之天下,故退而笔之以为《六经》,以示后世之为天下国家者,于其间语其本末终始先后之序尤详且明者,则今见于戴氏之《记》所谓《大学》篇者是也。……臣愚伏愿陛下……少留圣意于此遗经,延访真儒深明厥旨者置诸左右,以备顾问,研究充扩,务于至精至一之地,而知天下国家之所以治者不出乎此。""定计"即"修政事攘夷狄"之"一定不易之计"①。可见朱熹与陈亮等事功论者虽同主恢复,但在策略上各有偏重。这当归根于他们学术思想上的分歧。

言事论政是宋代古文创作的重要内容,体现了宋学的实用性议论精神及其理论思想对古文创作的影响。这在诗词创作中也有某些反映,如范仲淹的《四民诗》,石介的《庆历圣德诗》,欧阳修的《食糟民》,王安石的《兼并》《省兵》等,以及南宋陈亮"抟搦义理,劫剥经传"②以发"平生经济之怀"③的词作,都与宋学精神、思想不无相通之处。但政论诗词并不多见,因为纯粹的说理议论毕竟不宜于诗词。

(三)忧道、乐道

柳开首倡"古道"时就宣扬唯道独尊、不以身死为忧的精神:"纵吾穷饿而死,死即死矣,吾之道岂能穷饿而死之哉!"(《应责》)王禹偁则在《东观集序》中谈及道、位、文之间的关系:

士君子者,道也;行道者,位也。道与位并,则敷而为业,

---

① 朱熹:《朱文公文集》卷11,《四部丛刊》本。
② 《与郑景元提干》,《陈亮集》卷29,第328页,中华书局1974年版。
③ 《书龙川集后》,《叶适集·水心集》卷29,第596页,中华书局1961年版。

《皋陶》《益稷谟》《伊训》之类是也;道高位下,则垂之于文章,仲尼经籍,荀、孟、扬雄之书之类是也。①

作为北宋诗文革新运动的重要实践者及宋代忠节风尚的倡行者②,王禹偁的观点是极具代表性的。他对"位"的理解就摈弃了关涉个人穷通荣辱这层含义,而以"道"为中心。这便反映了宋人所崇尚的挟道自任、不畏权势、忧乐不系于身之穷达的人格精神。其后范仲淹的"不以物喜,不以己悲。居庙堂之高,则忧其民;处江湖之远,则忧其君"③,欧阳修对贬谪之士作"戚戚之文"的鄙视④,苏轼对杜甫颠沛流离而未尝忘君的称赏⑤等,都体现出与王禹偁一脉相承的人生志趣。而王禹偁所分辨出的文道关系在"道与位并""道高位下"两种情况下的不同表现则预示了宋学思想渗入文学创作的基本方式。我们所论及的用道之文就相当于他所列举的《皋陶》等行道之文,载道之文则可归属他所列举的孔、孟之文一类。"道高位下"也就是君子处穷守道。"垂之于文章"则不限于"以理为经,以言为纬"的载道之文,还可以抒写情志而为忧道、乐道之文。王禹偁创作上师承白居易的讽谕精神,多忧道之作,如其诗《吾志》所言:"吾生非不辰,吾志复不卑。致君望尧舜,学业根孔姬。"而忧道、乐道与儒家处穷之道息息相关,尹洙《送浮图迥光》中列举的屈原、贾谊之忧与颜回之乐就概括了儒家处穷之道的两种基本表现方式:

> 屈原、贾生为放逐之辞,皇皇焉切以深,所不忘者君也,彼岂以身之荣辱能累其心邪?先圣称颜予"箪食瓢饮,人不堪其忧,回也不改其乐"。盖夫乐古圣人之道者,未始有忧也,尚何

---

① 王禹偁:《小畜集》卷19,《四部丛刊》本。
② 参见顾炎武《日知录》卷13"宋世风俗"条,花山文艺出版社1990年版。
③ 范仲淹:《岳阳楼记》,见《全宋文》卷386,第九册,第775页,巴蜀书社1990年版。
④ 欧阳修:《读李翱文》《与尹师鲁书》,《欧阳文忠集·居士外集》卷23、17,《四部丛刊》本。
⑤ 《王定国诗集叙》,《苏轼文集》卷10,第318页,中华书局1986年版。

荣辱穷通之有乎?①

尹洙此文旨在驳斥时论"废放之臣,病其身之穷,乃趋浮图氏之说,齐其身之荣辱穷通,然后能平其心"②。文中所举出的屈、贾"皇皇焉切以深"的"放逐之辞"并不能驳倒对方,而是受当时排佛趋势的影响,针对佛教灭弃纲常伦理而发的。③ 所论颜回之乐,则是抗衡佛学的心性理论。从某种角度上说,宋学对传统儒学的发展也就体现在宋儒由排佛到援佛入儒、实现儒佛融合这一过程之中,即在坚守儒家纲常伦理的基础上,从探寻孔、颜之乐入手,汲取佛学心性义理以补充和完善儒家性命之学。而宋学中的事功倾向则是对传统儒学用世之志的弘扬,与屈、贾之忧相通。因此,尹洙所发掘出的儒家处穷之道也顺应了宋学发展的两种基本趋向,体现儒家处穷之道的忧道之文与乐道之文,在宋学影响下也有相应的发展。然而宋学的独特成就是性理之学而不是事功之学,同样,能反映出宋学对文学创作的独特影响的是乐道之文而不是忧道之文。

乐道本于孔、颜之乐,《论语·雍也》:"子曰:'贤哉回也!一箪食,一瓢饮,在陋巷,人不堪其忧,回也不改其乐。贤哉回也!'"《述而》:"子曰:'饭疏食,饮水,曲肱而枕之,乐亦在其中矣。不义而富且贵,于我如浮云。'"孔、颜所乐在"道",即《里仁》所谓"士志于道,而耻恶衣恶食者,未足与议也",而所乐之"道"指仁义等人伦之道。程、朱所代表的性理之学则将人伦之道归根于天理,并贯通于自然物理,因而"玩物"可以得道。叶适《习学记言序目》卷47云:

> 邵雍诗以玩物为道,非是。孔氏之门,惟曾晳直云"浴乎沂,风乎舞雩,咏而归",孔子与之。若言偃观蜡,樊迟从游,仲由揮观射者,皆因物以讲德,指意不在物也。此亦山人隐士所

---

① 尹洙:《河南先生文集》卷5,《四部丛刊》本。
② 同上。
③ 宋儒斥佛矛头主要指向佛教之灭绝纲常伦理。参见孙复《儒辱》、石介《怪说》、欧阳修《本论》等。

以自乐,而儒者信之,故有"云淡风轻"、"傍花随柳"之趣,其与"穿花蛱蝶"、"点水蜻蜓"何以较重轻,而谓道在此不在彼乎!

《论语·先进》载孔子听了曾皙所言之志后"喟然叹曰:'吾与点也。'"朱熹本其性理之学予以解释:"曾点之学,盖有以见夫人欲尽处,天理流行,随处充满,无少欠阙。故其动静之际,从容如此。……而其胸次悠然,直与天地万物,上下同流,各得其所之妙,隐然自见于言外。"①这种发微是否符合原义,姑置勿论,然而理学家所乐之道在"天理",对"天理流行,万物各得其所"这一妙境的体悟和默契便是得道、乐道,即所谓有"曾点气象"。理学家的乐道诗所展现的就是这种意境,如程颢下面两首诗就分别被谢良佐、朱熹誉为"与曾点底事一般"②:

> 云淡风轻近午天,傍花随柳过前川。时人不识余心乐,将谓偷闲学少年。
>
> ——《春日偶成》
>
> 闲来无事不从容,睡觉东窗日已红。万物静观皆自得,四时佳兴与人同。道通天地有形外,思入风云变态中。富贵不淫贫贱乐,男儿到此是豪雄。
>
> ——《秋日偶成》

诚如叶适所说,"云淡风轻"、"傍花随柳"一联,同被程颐视为"闲言语"的杜甫诗句"穿花蛱蝶深深见,点水蜻蜓款款飞"意趣极相仿佛。从性理角度看,杜诗未尝不寓有"天理流行,万物各得其所"之妙趣。罗大经《鹤林玉露》卷8说:"杜少陵绝句云:'迟日江山丽,春风花草香。泥融飞燕子,沙暖睡鸳鸯。'……上两句见两间莫非生意,下二句见万物莫不适性。……大抵古人好诗,在人如何看,在人把做什么用。如'水流心不竞,云在意俱迟'……只把做景

---

① 朱熹:《论语集注》卷6,《四书集注》,第161页,岳麓书社1985年版。
② 金履祥:《濂洛风雅》引,《金华丛书》本。按,程颢《春日偶成》一诗,《二程集·河南程氏文集》卷3题作《偶成》,"傍花"作"望花","时人"作"旁人"。

物看亦可,把做道理看,其中亦尽有可玩索处。"程颐评杜诗就是"只把做景物看"。而"把做道理看",即从景物中悟出天理,才能创作和欣赏乐道诗。叶适不能欣赏邵雍、程颢的乐道诗也是因为他"只把做景物看"。邵雍自称其诗为"自乐之诗也,非唯自乐,又能乐时与万物之自得也"①。"自乐"即程颢所说的"予心乐",同为对"天理流行"、"时与万物之自得"之境的心领神会,所以朱熹谓邵雍诗"玩侮一世,只是一个'四时行焉,百物生焉'之意"②。

孔、颜处穷之乐源于心存仁义之道,自得其乐,不为物欲所累,是心对物的超脱。宋代理学家则从其天理本体论出发,使心中仁义之道与万物之理融会一体,其目的虽在涵养仁义道德,但在客观上却是心物交融。玩物得道、格物穷理致知既是涵养道德,也是心物感应,因而与艺术创作具有相通之处。理学家所作乐道诗的艺术魅力也就根源于此。

载道、用道之作以说理、议事、论政为主,忧道、乐道之作以抒情为主而兼融叙事、写景,都以不同方式不同程度地反映出宋学思想对文学创作的渗透。宋学既是宋代文化精神活动的成果,也是这一创造活动本身,体现着文化思维的时代特色,对文学创作的艺术技巧也有较大影响。

二、理性化的创作思维及其表现

宋学在形成和发展过程中怀疑汉唐传疏,发挥和翻新儒经义理,融合佛老思想,显示出独特的学术思维风格,即本章第一节所谈的疑古、议论、内省、兼容等基本精神。这些都反映出宋人文化心理的某些趋向,也相应地体现在文学创作思维之中。

(一) 疑古与翻案

翻案是宋代文学创作中的显著现象,其原因自然是多方面的,

---

① 邵雍:《伊川击壤集序》,《四部丛刊》本卷首。
② 黎靖德编:《朱子语类》卷100,第2553页,中华书局1986年版。

而宋学思潮中的疑古创新意识对文人心态的影响却是个不可轻视的重要因素。欧阳修、王安石、苏轼等人在宋学发展中都占有一定地位,为早期宋学疑古思潮的积极倡行者,而文学创作中的翻案之风也由他们倡导。

清人沈德潜在《唐宋八大家古文叙》中指斥曾巩、王安石"于扬雄之仕莽,一以为合于箕子之明夷,一以为得乎圣人无可无不可之至意。此尤缪戾之显然者"①。沈氏自是恪守儒家正统忠君观念而没有看到当时的疑古创新学风。其实,这类史论中的翻案文章在宋代著名古文家创作中不乏其例。如王安石又有《读孟尝君传》一文,驳斥"世皆称孟尝君能得士"的观点,谓:"孟尝君特鸡鸣狗盗之雄耳,岂足以言得士?"欧阳修《正统论》斥五行相胜说为"昧者之论",创绝统之说,又有《纵囚论》谓唐太宗纵囚非"施恩德与夫知信义者"。苏洵《管仲论》将"齐之治"归功于鲍叔牙,将齐之乱归罪于管仲。这些都可谓独创新见,而苏轼尤以善作翻案文章著称。如《贾谊论》谓贾谊"不能自用其才";《荀卿论》认为"李斯之所以事秦者,皆出于荀卿而不足怪也";《子思论》指出孟子开启儒家异说之争;《韩愈论》说"韩愈之于圣人之道,盖亦知好其名矣,而未能乐其实也"。

与古文中的史论相类似,诗歌创作中的咏史类也多有翻案之作。如王昭君和亲一事,宋代之前的题咏者多归咎于画师毛延寿,而王安石的《明妃曲》则作翻新之论:"意态由来画不成,当时枉杀毛延寿。"欧阳修《明妃曲和王介甫》则直斥汉元帝的昏庸:"虽能杀画工,于事竟何益。耳目所及尚如此,万里岂能制夷狄。"苏轼《昭君村》又归于达观:"古来人事尽如此,反复纵横安可知。"苏轼的翻案之作多为史论文章,而王安石则常在咏史诗中推陈出新。《王文公文集》卷38、73两卷所载54首咏史诗作中颇多此例:"今人未可

---

① 沈德潜编:《唐宋八大家古文》卷首,中国书店1987年版。按,曾、王之论见曾巩《答王深甫论扬雄书》,《曾巩集》卷16,第265页,中华书局1984年版。

非商鞅,商鞅能令政必行。"(《商鞅》)"一时谋议略施行,谁道君王薄贾生。"(《贾生》)"谢公才业自超群,误长清谈助世纷。"(《谢安》)"纷纷易尽百年身,举世何人识道真?力去陈言夸末俗,可怜无补费精神。"(《韩子》)

南宋曾季狸在《艇斋诗话》中称赏王安石咏史诗"最于义理精深"。欧阳修、苏轼、王安石等人的论史、咏史都是他们学术思想的具体表现,其中的翻案之作,自然最直接而明显地反映了宋学疑古创新精神对文学创作的影响。而更为重要的是王安石、苏轼将翻案一法引入诗坛,为宋人继唐诗之后别出新调开辟了门径。王安石曾说:"世间好言语,已被老杜道尽;世间俗言语,已被乐天道尽。"①他便转从义理上翻新,在"言语"上并不以沿袭为嫌。苏轼及其门人黄庭坚则针对唐人乃至唐以前的"好言语"而大行"以故为新"的翻案法。杨万里的《诚斋诗话》对苏、黄二人的翻案诗法有段总结性的话说:

> 诗家用古人语,而不用其意,最为妙法。……《左传》云:"深山大泽,实生龙蛇。"而山谷《中秋月》诗云:"寒藤老木被光景,深山大泽皆龙蛇。"《周礼·考工记》云:"车人盖圜以象天,轸方以象地。"而山谷云:"丈夫要宏毅,天地为盖轸。"《孟子》云:"《武成》取二三策。"而山谷称东坡云:"平生五车书,未吐二三策。"孔子、程子相见倾盖,邹阳云:"倾盖如故。"孙侔与东坡不相识,乃以诗寄坡,坡和云:"与君盖亦不须倾。"刘宽责吏,以蒲为鞭,宽厚至矣。东坡诗云:"有鞭不使安用蒲?"老杜有诗云:"忽忆往时秋井塌,古人白骨生苍苔,如何不饮令心哀。"东坡则云:"何须更待秋井塌,见人白骨方衔杯。"此皆翻案法也。

黄庭坚为江西诗派创始人,"以故为新"的翻案法作为重要的表现

---

① 胡仔:《苕溪渔隐丛话》前集卷14引《陈辅之诗话》,第90页,人民文学出版社1981年版。

技巧而被江西派诗人奉守、倡行,遂成为宋诗的一大艺术特色。这一诗法的形成和发展无疑也受到佛道法门的启迪,如所谓"点铁成金"、"夺胎换骨"就是借用佛、道术语。然而佛、道对文学的影响并非始于宋代,其"点铁成金"、"夺胎换骨"之法未能对唐代诗人有所启发,而为宋代诗人所着意,这只能归根于宋人所面临的诗坛境况及其创作思维倾向。宋人居唐诗之后,如王禹偁所慨叹的"惜哉幽胜事,尽落唐贤手"①,拓新诚非易事,但创新之路决非只有"以故为新"(即"点铁成金"、"夺胎换骨")可行。宋人之所以选择这种陈言翻新之法来摆脱诗坛困境,恐怕得从宋学疑古思潮对诗人创作思维的导向中寻找原因。苏轼史论中的翻案文章与其翻案诗法当为同种创作思维的产物。如果说苏轼史论中的翻案文章直接体现了宋学的疑古创新精神,那么也就无法否认翻案诗法根源于宋学疑古创新精神,而佛、道的影响则在于发展和完善了这种诗法理论。

诗文之外,也许还可提一下词作的翻案之法,如王安石的《浪淘沙令》:"伊吕两衰翁。历遍穷通。一为钓叟一耕佣。若使当时身不遇,老了英雄。"苏轼的《水调歌头》:"堪笑兰台公子,未解庄生天籁,刚道有雌雄。"辛弃疾的《水龙吟》:"休说鲈鱼堪脍,尽西风,季鹰归未?"姜夔的《扬州慢》:"纵豆蔻词工,青楼梦好,难赋深情。"宋代词学家主张点化唐人诗句入词,提出用事不为事所使,与诗坛盛行的江西派翻案诗法不能说毫无关系。

(二) 内省与议论

前文谈及的载道、用道、乐道诗文即鲜明体现出内省、议论特色。这里着重从宋代"记"体文的创作来看看宋学内省、议论精神对文学创作的渗透。《后山诗话》说:

> 退之作记,记其事尔;今之记乃论也。

---

① 王禹偁:《明月溪》,《小畜集》卷5,《四部丛刊》本。

明代吴讷《文章辨体序说》"以韩退之《画记》、柳子厚游山诸记为体之正",以欧、苏等人之作为"体之变"。而对韩愈的《画记》,苏轼则有一段评论曰:

> 永叔作《醉翁亭记》,其辞玩易,盖戏云耳,又不自以为奇特也,而妄庸者亦作永叔语,云:"平生为此最得意。"又云:"吾不能为退之《画记》,退之又不能为吾《醉翁亭记》。"此又大妄也。仆尝谓退之《画记》近似甲乙帐耳,了无可观。世人识真者少,可叹亦可愍也。①

苏轼本人所作杂记几乎每篇都以议论申发旨趣,他对韩愈的《画记》、欧阳修的《醉翁亭记》作出上述评断自不足为奇。韩愈长于记叙,柳宗元善于写景,代表了唐代"记"体文的成就。宋人则多于杂记中夹以议论,即使是苏轼视为欧阳修戏作的《醉翁亭记》也不例外,其篇末"然而禽鸟知山林之乐,而不知人之乐;人知从太守游而乐,而不知太守之乐其乐也"即为议论。而这类亭台楼阁等的题记在宋文中颇多,大都因题名而引发议论。较早者如王禹偁的《待漏院记》因待漏院之功用而议论宰相之政事;范仲淹的《岳阳楼记》超脱情、景变化,引发出人生志趣:"不以物喜,不以己悲","先天下之忧而忧,后天下之乐而乐"。欧、苏等古文代表作家都写有许多此类作品,如欧阳修的《游儵亭记》云:"夫视富贵而不动,处卑困而浩然其心者,真勇者也。然则水波之涟漪,游鱼之上下,其为适也,与夫庄周所谓惠施游于濠梁之乐何以异?乌用蛟龙变怪之为壮哉!故名其亭曰'游儵亭'。"又如《画舫斋记》《非非堂记》,曾巩的《思政堂记》《墨池记》,苏轼的《清风阁记》《超然台记》《思堂记》《宝绘堂记》,苏辙的《黄州快哉亭记》等都因其题名而发挥议论,与韩愈的《燕喜亭记》《兰田县丞厅壁记》以叙事为主截然不同。其他题材的杂记如欧阳修的《浮槎山水记》、王安石的《游褒禅山记》、苏轼的

---

① 苏轼:《东坡志林》卷2,《稗海》本。

《石钟山记》等山水游记也与柳宗元的《永州八记》等迥然有别。还有欧阳修的《伐树记》、苏洵的《木假山记》、苏轼的《文与可画筼筜谷偃竹记》等也是借题发挥议论,用意不在"记"。

如果说上述楼台题记、山水游记等反映了宋人之变唐,那么寓言性的杂说小品在宋代文坛的流行则体现出宋人之学唐。如苏轼的《日喻》《稼说》(一作《杂说》)、《河豚鱼说》《乌贼鱼说》,王安石的《伤仲永》,刘敞的《说犬马》,南宋郑刚中的《人面竹说》、罗大经的《论菜》等,都因事或借物引发某种义理,显然受到韩愈《杂说》、柳宗元《三戒》的影响,苏轼在《又读柳子厚〈三戒〉》中就自谓"读柳子厚《三戒》而爱之"。宋人"记"体文创作中的变唐与学唐,苏轼贬斥韩愈的《画记》而称赏柳宗元的《三戒》,这些正说明了宋代文学创作的议论化倾向。

若从上述"记"体文中追溯作者的创作思维倾向,我们又可体味出宋人的内省思辨精神。这里不妨具体看看苏轼的《思堂记》。章粢筑室取名"思堂",寓意"思而后行",请苏轼写篇题记。苏轼则独创新见:

> 嗟夫,余天下之无思虑者也。遇事则发,不暇思也。未发而思之则未至,已发而思之则无及。……君子之于善也,如好好色;其于不善也,如恶恶臭,岂复临事而后思,计议其美恶而避就之哉。是故临义而思利,则义必不果;临战而思生,则战必不力。若夫穷达得丧,死生祸福,则吾有命矣。……且夫不思之乐,不可名也。虚而明,一而通,安而不懈,不处而静,不饮酒而醉,不闭目而睡。将以是记思堂,不亦缪乎。虽然,言各有当也。万物并育而不相害,道并行而不相悖。以质夫章粢之贤,其所谓思者,岂世俗之营营于思虑者乎。《易》曰:"无思也,无为也。"我愿学焉。《诗》曰:"思无邪。"质夫以之。

苏轼把"思"区分为道义之思和利欲之思(即"世俗之营营于思虑者")。章粢寓意"思而后行"而取室名为"思堂",是本着道义之思对道德实践的支配作用而言。苏轼将这种思而合道义的理性实践升华为不思而合道义的意志自由行为,因此能"遇事则发",自然合道。苏轼的"无思虑"实为思虑修养的最高境界。对"思"作出如此深刻的辨析,自非"无思虑者"所能为,而是作者创作思维内向化的结果。再如苏轼等人的杂说小品虽承韩、柳,但更具思辨性;王安石的诗作《登飞来峰》《北陂杏花》、苏轼的诗作《题西林壁》《和子由渑池怀旧》等寓理趣于感兴之中,都体现出同一创作思维倾向。

  翻案法与议论化是宋人拓展唐代诗文表现手法的重要途径,与宋学所倡行的疑古创新、思辨性内省精神对作家创作思维的导向密切相关,同时又反映了宋人以文为诗、以诗为词的某些特定内涵。而以文为诗、以诗为词则透露出诗词作者从不同体裁间的艺术兼融中求得创新的思维倾向,与宋儒揽佛、道入儒建立独特的宋学思想体系,在文化创造思维趋向上是一致的。作为一代文化精神的集中体现,宋学对文学创作艺术的渗透就主要表现在上述翻案法、议论化以及不同体裁的艺术兼融等方面。

第二章

佛教与宋代文学

佛教经典中有维摩诘那样其身在家而道行高隆的居士,有波斯匿王那样时有烦恼侵扰的俗家弟子,这些皆可视为佛法西来几百年后唐代佛教世俗化的基因。唐代寺院文化与士大夫文化的融合,在文学上则表现为出现了李白、王维、柳宗元、白居易等受到佛教(禅宗)影响的大作家;同时,又出现了唐五代的许多著名诗僧:寒山、拾得、皎然、齐己、贯休。

宋代佛教对文学的影响,正是在此基础上发生的。虽然五代时北周世宗曾给予佛教一定程度的打击,但宋朝建立政权之后,"就一反前代北周的政策,给佛教以适当的保护"①,因为最高统治者认为"佛氏之教,有裨政理,普利群生"②。政府大量普度童行,并停止了对寺院的废毁。当然也正是因为统治者认识到了佛教对于政治的巨大作用,于是加强了对佛教的控制。首先,官刻《大藏经》虽是佛教盛事,但此书也具有"御定"的意思。宋太宗就旗帜鲜明地指出:

---

① 吕澂:《宋代佛教》,《中国佛学源流略讲》附录,见《吕澂佛学论著选集》卷5,第2991页,齐鲁书社1991年版。
② 明河:《补续高僧传》卷1,《宋天息灾法天施护三师传》,《高僧传合集》,第609页,上海古籍出版社1991年版。

"如梁武舍身为奴,此小乘偏见,非后代所宜法也。"他诏谕译经者将《大乘祝藏经》焚弃,"以绝后惑"①。由于皇帝直接关注着佛教事业,所以,参与译经、润文、监护的官员,在宋初往往是由名儒重臣担任。其次,宋朝建立了完整的僧官制度,从左右街僧录、各州僧正到各寺院的住持,无不染上了世俗的"官"的色彩。因此,不少逃避住持之职的高僧也被称为"隐"了。其三,宋代的文官政治也在一定程度上促使了各阶层官员重视宗教,特别是佛教。这样,佛教承袭唐代进一步世俗化就具有了外在条件。从佛教自身看,在会昌法难和北周世宗排佛的事件中,佛徒们也更清楚地认识到寻求统治者的保护的必要性。而禅宗所显示出的顽强生命力正是在于其植根于中华本土,以世俗的琼浆沃灌佛教的莲花。

不过,佛教与世俗同化及被同化的关系并不是单向的,而是双向地、对流式地互相渗透,特别是禅宗对于世俗的影响是相当重大的。林科棠说:"吾人可谓宋代之儒、释、道三教统于佛教,而谓佛教统于禅宗,亦无不可。"②这或许夸大了佛教(禅宗)的影响,但是他提醒人们重视对宋代佛教(禅宗)的研究,却不是没有道理的。如果说唐宋之前的佛教与世俗的关系还是油与水的关系,那么,唐宋的佛教与世俗则已进化为乳与水的关系,特别是宋代三教合一的趋势,使得佛教(禅宗)得到了颇为合理的待遇。佛教由外来的化为民族的,由宗教的化为世俗的,在这一过程中,它在民族文化史上的地位明显地提高了,因此,它对文学家及其文学创作的影响也更为显著了。

为了论述的方便,我们尝试将佛教在宋代的发展分为四个时期:其一,在最高统治者提倡和保护之下的恢复期;其二,以释契嵩《辅教篇》《孝论》《非韩》为代表的改造期;其三,由宗杲"看话禅"带来的中兴期;其四,在理学冲击下的作为宗教意义上的佛教衰竭

---

① 明河:《补续高僧传》卷1,《宋天息灾法天施护三师传》,《高僧传合集》,第609页,上海古籍出版社1991年版。
② 林科棠:《宋儒与佛教》第五章,第50页,商务印书馆1933年版。

期。在佛教恢复期,以杨亿为代表的宋初文学家关心佛教事业,写作了不少佛教题材的诗文;以九僧为主体的江东、西蜀僧人以其创作丰富了宋初文坛。但是,佛教恢复带来的诸多问题,使不少文学家对佛教表现出既排斥又接受的矛盾态度。随着改造期的到来,各种矛盾得以解决,文学家学佛成了一时的风尚。王安石、苏轼、黄庭坚等杰出文学家不仅与诗僧道潜等相互唱和,也同高僧们切磋佛(禅)学。他们的人生态度、创作方法都在一定程度上受到佛(禅)影响。到了南北宋之交,禅宗的公案禅逐渐变成了文字禅,禅僧生活公式化,禅门问答形式化。宗杲起而拯之,创立了"看话禅"的新禅派,实现了禅宗中兴。在宗杲周围吸引了一大批参禅的士大夫,著名诗人吕本中、曾幾、韩驹都与宗杲有密切交往,这对江西诗派创作体系和创作理论的形成是有一定影响的。在吕本中、曾幾等影响下成长起来的中兴四大诗人,在接受了他们的诗歌理论的同时也接受了他们的禅学。但是,由于南宋理学的兴盛,佛教(禅宗)在三教合一的理学面前失去了其往日的光芒。一方面,吕祖谦、陈亮等人公开援佛入儒;另一方面,随着理学自身的成熟,理学的集大成者朱熹于后期对佛教(禅宗)大加挞伐。作为宗教意义上的佛教,走向了衰竭。不过,这个时期的永嘉四灵和江湖诗人,由于他们社会地位低微,常出入于寺院僧寮,写作了不少寺院题材的作品;著名文学理论家严羽则在诗歌理论上把以禅论诗推向了高潮。

第一节　佛教对文学家心灵的影响及其在创作中的表现

从时间上看,周世宗庆顺三年(953)灭法到宋太祖赵匡胤黄袍加身,前后不过七年;从空间上看,后周的周边国家,特别是南唐、西蜀、吴越的佛教事业仍然十分炽盛,宋初佛教的恢复并不是一件费力的事。太祖建隆元年(960)就普度童行8 000人;接着,又派沙门行勤等157人去印度求法;派遣内官张从信在益州雕刻《大藏经》版。至太宗太平兴国元年(976)普度天下童行达17万人。宋初的译经事业也很发达,太宗太平兴国五年(980)诏令于太平兴国寺西建译经传法院,先后有天息灾(北天竺人)、法天(中天竺人)、施护(乌填曩国人)、法护(中天竺人)、惟净(中国人)参与译经,"弘阐之盛,古所未有"①。

　　随着佛教事业的恢复,文人学佛(禅)者越来越多。南唐入宋的徐铉,入宋前就与僧人有很多交往。入宋后,有赠送文懿净公、明德、赞宁等大师的诗歌。他常常面对这些高僧"自惭丘壑志,皓首不知还","羡师从此去,当暑叩云房"②。对他这样一个降臣来说,惭愧身不由己、羡慕归隐修佛是很容易理解的。宋初西昆体的代表作家杨亿,是禅宗临济宗传人广慧元琏禅师的法嗣。禅宗到宋代,有临济宗风遍于天下之说。临济宗创始人是黄檗希运的弟子临济义玄,临济义玄传兴化存奖,兴化存奖传南院慧颙,南院慧颙传风穴延昭,风穴延昭传首山省念。元琏禅师就是首山省念的弟子。但是杨亿接触佛教,并非始自他为汝州守参谒元琏之时,《五灯会元》说他:"及壮,负才名而未知有佛,一日过同僚,见读《金刚经》……因阅数板,憬然始少敬信。后会翰林李公维,勉令参问。"③可见,这是其心灵的需要,也是文人学佛(禅)的风气使然。杨亿有不少诗记载了当时官与僧之间的亲密关系。《可久道人之翕州兼简知郡李学士》云:"宰官多结空门友,外护须依守土官。"④《文慧大师归蜀》云:"谁结香灯社,金门贵近臣。"⑤《赠文照大师》则云:"公卿半是空门

---

① 明河:《补续高僧传》卷1,《高僧传合集》,第609页,上海古籍出版社1991年版。
② 徐铉:《送元道人还水西寺》《送清道人归西山》,《徐骑省集》卷22,《四部丛刊》本。
③ 普济:《五灯会元》,第726页,中华书局1984年版。
④ 杨亿:《武夷新集》卷3,《四库全书》本。
⑤ 同上。

友,瓶锡因循寄上都。"①如此交游过从,他必然早已受到佛教的熏陶。

详细论及杨亿学佛治心情况的诗歌是他的《表玄师归缙云有怀故雄阇黎成转韵六十四句》,诗云:

> 括苍古名郡,生齿三万家。我昔自仙殿,捧诏临军牙。清心治期月,讼息民无哗。雄公真大士,宴坐绵岁华。……坐闻师子吼,归恨骏乌斜。……别师黄金园,赠我碧云句。……弹指知苦空,观心得降住。藏识惭宿薰,轮回悲晚悟。折简问南宗,寄言满缃素。绝念契真如,忘筌离文字。劫烧虽洞然,龙华决同遇。……遗我方石枕,斑文剪霞绮。谕我求菩提,心坚当如此。②

杨亿闻道虽晚,但他一心"绝念契真如,忘筌离文字",使他在临济宗中有很高的地位。《五灯会元》卷12云:慈明楚圆"依唐明嵩禅师。嵩谓师曰:'杨大年(亿)内翰知见高,入道稳实,子不可不见。'"慈明楚圆乃是后来黄龙派创立者黄龙慧南的老师,汾阳善昭的法嗣。按辈分,慈明楚圆是和杨亿同辈,皆为首山省念的再传弟子,可知杨亿在当时的影响。

杨亿作为一个参禅的士大夫,他与"不立文字"的禅师当然是不同的。他说:"予素服能仁之教,尤钦开土之风。"③他认为"西方之言有益于化;大雄之教不虚其传"④。这些正是以一个官员的口吻说话的。他多次参加译经润文工作,还曾受命负责审订《景德传灯录》,这些往往是习教、习律者所为。《湘山野录》中还说到杨亿慕明州天台知礼法师之道。⑤《武夷新集》中亦有《与礼法师书》。

---

① 杨亿:《武夷新集》卷4,《四库全书》本。
② 同上书,卷4。
③ 杨亿:《故河中府开元寺坛长赐紫僧重宣塔记》,同上书,卷6。
④ 杨亿:《处州龙泉县金沙塔院记》,同上书,卷6。
⑤ 文莹:《湘山野录》,第58页,中华书局1984年版。

礼法师即四明知礼,是以其义解闻名于世的。总之,杨亿和后来的王安石、苏轼一样,学佛修禅并不拘于一宗一派,在判教研究中也只能取其主流而已。

以"先天下之忧而忧,后天下之乐而乐"的人生理想为后世称颂的范仲淹,虽然常常从国家和民众的角度思考佛教问题,如《送虎丘长老》云:"琼台肯便长栖去,无限人间未度人。"①《送湛公归四明讲席》云:"自言此去云林下,惟讲《华严》报太平。"②前者是赞扬一心度人出苦海的高僧,后者则嘉许以佛学维护天下太平的经师。但是,他也曾有过"愿结虎溪社,休休老此身"③的出世之想。其《留题常熟顶山僧居》诗记录了一位"结茅三十年,不道日月深"的僧人"笑我名未已,来问无端理",最后,这位高人还"却指岭边云,'斯焉赠君子'"④。大概范仲淹也有过个人的烦恼与苦痛,并且求助于空门。文学史上的宋祁以其追求诗文语言的新巧而被论及,但他也曾和一般文学家一样,对人生问题同佛学大师一起作过讨论。他渴望能常常"几夕飞谈辨劫灰"。在《悼怍禅师》诗中他写道:"双林今奄忽,泪目送风幡","导师宁怛化,缁侣自销魂"⑤。正是因为怍禅师是人们的人生导师,给予过人们无数启迪,所以,宋祁也和大家一起深切地悼念他。

佛教的恢复固然有裨政理,但是,其一,佛教不仅自身不能为社会创造财富,而且其耗费之巨实在惊人。到真宗即位的时候,单是译经院就"久费供亿"⑥。所以,有人本于财用而力主排佛。其二,儒家思想毕竟是历来统治集团用以治国平天下的主导思想,而佛与儒必然有不少冲突之处。因此,又有人从政教伦理等方面排佛。不

---

① 范仲淹:《范文正集》卷4,《四部丛刊》本。
② 同上书,卷3。
③ 同上书,卷2。
④ 同上书,卷3。
⑤ 宋祁:《景文集》卷11,《四库全书》本。
⑥ 明河:《补续高僧传》卷1,《宋天息灾法天施护三师传》,《高僧传合集》,第609页,上海古籍出版社1991年版。

过,一般说来,真正文学家的排佛往往是不彻底的,他们的创作中往往会露出一些矛盾的端倪。

出生于周世宗显德元年(954)的王禹偁,大约是受到他出生的那块土地上曾有过的排佛势力的惯性作用,在其《应诏言事疏》中较早地弹出了与恢复佛教事业相左的"别调"。但是,这并没有妨碍他与禅僧的往来。在他为长洲县令时,雪堂净禅师以诗僧通名谒之。王禹偁说:"诗僧焉敢谒王侯?"净禅师立即答道:"大海终须纳细流。昨夜虎丘山上望,一轮明月照苏州。"王禹偁十分高兴,于是相与交好。① 王禹偁《小畜集》中有《赠赞宁大师》诗,对赞宁备极赞赏。又在《赠草庵禅师》中云:"阳山山下草庵深,寂寂香灯对远岑。莫怪相看总无语,坐禅为政一般心。"他把参禅与为政等同起来,颇通悟参禅三昧。另外,他的诗句如"向晓儿童喜,溪僧遗晚瓜"、"僧到烹秋菌,儿啼索草虫"②,证明了他贬谪期间与佛门中人的交往是密切的。王禹偁在为长洲令时曾经分析过人们皈依佛教的原因:由于统治者"奢淫昏乱"、"以威刑取天下",所以,君子之道穷者往往藏身其中。③ 另一方面,王禹偁坎坷的人生经历决定了他不可能不接受佛教的熏染。

《玉壶清话》卷二有宋太宗对"儒人多薄佛典"的感叹。文学侍臣苏易简竟然在有关佛教的碑文中"鄙佛为夷人",使得太宗"甚不喜"。④ 可见,在大张旗鼓地恢复佛教的时候就隐藏了一股排佛的潜流。而一旦社会危机出现,儒人排佛就形成了浪潮:孙复《儒辱》、石介《怪说》、李觏《富国策十首》之五、曾巩《说非异》等文章皆力主排佛,著名文学家欧阳修就是在这种浪潮的背景下写作了《本论》。

---

① 周叔迦:《中国佛学史》第七章,《周叔迦佛学论著集》上集,第101页,中华书局1991年版。
② 王禹偁:《秋居幽兴三首》,《小畜集》卷9,《四部丛刊》本。
③ 参见王禹偁《酬处才上人》,同上书,卷12。
④ 文莹:《玉壶清话》,第13页,中华书局1984年版。

当然,欧阳修也不是真正的反佛卫道士。他晚年自号六一居士,居士(kulapati)即在家志佛道者。庆历新政失败之后,佛教曾是他寻求摆脱苦闷的有效武器。南宋志磐《佛祖统记》卷45、明觉岸《释氏稽古略》卷4、《五灯会元》卷12,都记载了欧阳修这个时期习禅的事迹。事实上,他接触佛教思想还可以追溯到更早的时候。谢绛在《游嵩山寄梅殿丞书》中叙述了谢绛、欧阳修、尹洙等游嵩山时,向诵说《法华经注》的僧人叩问真旨一事。文章说:"叩厥真旨,则软语善答,神色晬正,法道谛实,至论多矣,不可具道。所切当云:'古之人念念在定、慧,何由杂?今之人念念在散乱,何由定?'师鲁(尹洙)、永叔(欧阳修)扶道贬异,最为辩士,不觉心醉色怍,钦叹忘返。"[1]这件事发生在明道元年九月(1032),欧阳修时年26岁。那么,为什么长期以来人们只注意到他诋佛的一面呢?谢绛《又答梅圣俞书》多少揭示了这一秘密:

　　　　绛白:前自嵩岭回,即致书左右,本为与足下不得同此胜事,诸君所共叹恨。自入山至还府,凡一登临、一谈话、一饮食间,必广记而备言之,欲使足下览见本末,与夫方驾连襟之不若间,可以助发一笑。勤勤在此尔……虽讽阅郑重,然秘不外示,何则?非诸君本意,恐传之而惑。方欲道此以干聪明而未敢也。[2]

这段文字显然是针对梅尧臣把谢绛《游嵩山寄梅殿丞书》"诵而韵之"加以流传而写的。谢绛在这段文字中提示梅尧臣要维护诸公的"隐私"权。不过,谢绛的《游嵩山寄梅殿丞书》中,除了记述诸公对诵说《法华经注》僧人的看法的言语,似乎不再有什么不可外示、"恐传之而惑"的。由此可以推知,作为年轻政治家的欧阳修,即使是为佛理所"心醉色怍,钦叹忘返",也不欲与外人道。政治家对于佛教的排斥与作为个体的人的心灵对于佛学的接受,在欧阳修身上

---

[1] 欧阳修:《欧阳文忠公集》附录卷5,《四部丛刊》本。
[2] 同上。

是可以共存的,只不过前者可以公之于众,而后者则不足与外人道而已。如果我们进一步寻绎:欧阳修曾在钱惟演幕府中,而钱氏与佛教有很深的因缘;欧阳修的朋友石延年、苏舜钦都与僧人有密切的往来,欧阳修曾因之给两位诗僧的诗集作序。但是,这一切都被他排佛的政治主张所掩盖,使与欧阳修差不多同时代的僧人文莹也对他的矛盾感到很奇怪:"公尤不喜浮图,文莹顷持苏子美(舜钦)书荐谒之。迨还吴,蒙诗见送,有'孤闲竺乾格,平淡少陵才',及有'林间著书就,应寄日边来'之句,人皆怪之。"①"竺乾",印度的别称,因佛法来自印度,故此处指代僧人。"尤不喜浮图"的欧阳修把僧人的"孤闲"情性与杜甫的"平淡"诗风并提,甚至还明确提出希望读到文莹的著作,难怪"人皆怪之"了。

佛教恢复过程中的强大阻力,使得佛门的有识之士不得不起来进行必要的改革。首先,由于经济上的考虑,高僧们主动提出停罢译院。景祐年间,主持译院工作的惟净上书说:"西土进经,新旧万轴,鸿胪之设有费廪禄,欲乞停罢。"这时,"中丞孔道辅亦以为言,上出净疏示之。谕以'先朝盛典,不可辄废'"。但是,从此"译虽不废","势亦少缓"②。其次,出于政治、伦理的考虑,智圆、契嵩等对佛教进行了一系列的改革。智圆(976—1022),字无外,自号中庸子,是天台宗奉先清公的传人。宋初天台宗分裂为两大派:一是"山家派",上面谈杨亿时提到的四明知礼是其代表;一是"山外派",其承传为慈光晤恩(或作悟恩)传志因,志因传源清,奉先清公就是源清。智圆《中庸子传》(下)自言:"三藏典诰,洎周、孔、荀、孟、扬雄、王通之书,往往行披坐拥。"所以,他大胆地援儒入释,他说:"夫儒释者,言异而理贯也。……儒者饰身之教,故谓之外典也;释者修心之教,故谓之内典也。惟身与心则内外别矣。……儒乎释乎,其共为表里乎!……故吾修身以儒,治心以

---

① 文莹:《湘山野录》,第5页,中华书局1984年版。
② 明河:《补续高僧传》卷1,《高僧传合集》,第609页,上海古籍出版社1991年版。

释。……好儒以恶释,贵释以贱儒,岂能庶中庸乎?……释之言中庸者,龙树所谓'中道'义也。"① 显然,他要以中庸调和儒释。这种以学儒自誉,企图通过儒的地位争取释的合法席位的做法是明智的。

系统地提出改革主张,并得到最高统治者支持的是契嵩(1007—1072)。契嵩是禅宗云门宗传人晓聪的弟子。云门宗的创始人是云门文偃,文偃的弟子有缘密、师宽、澄远。缘密传应真,应真传晓聪。(师宽的传人怀琏,澄远的传人重显在宋代也有重要影响。)从契嵩的《镡津文集》中,我们发现他的改革可具体分为以下几个方面:(一)维护世俗间正常的伦理关系。他著有《孝论》(并叙共 13 篇),其中《孝行》一篇列举道纪、慧能的事母,道丕的事父,智藏的事师,说明孝行是佛家一贯提倡并为诸大德身体力行的。②《西山移文》则更进一步谈到"君臣父子"之常不可舍弃,他说:"与其道在山林,曷若道在天下? 与其乐与猿猱麋鹿,曷若乐与君臣父子?"③(二)寻找到了佛教在国家政治中的恰当位置。嘉祐六年(1061)奏呈的《万言书上仁宗皇帝》,即著名的《正宗辅教篇》,明确地指出佛教的"辅教"作用,自觉地不与儒家争正统。在《上曾参政书》说:"某闻佛教也,尝与乎政治而关乎教化者也。""与乎"和"关乎"不过是"辅教"的另一种说法。(三)强调佛学的治心作用。他说:"某佛氏也,其法业能与人正心,洗濯其烦乱,持本而宁中。""复能使人去恶而为善。"④此可谓扬佛之长,避佛之短。(四)针对古文家以韩愈为旗帜的排佛势力,主张非韩。他以儒家经典《中庸》为武器,批判韩愈云:"韩子读书不求其文意如何耳,乃辄勘其语,遂以为言。夫仁义五常,善人情者也,而韩子不审知,乃曰'所以为情者五',彼徒见五常者出于性,而遂以为性,殊不知性之所出者

---

① 智圆:《闲居编·中庸子传(下)》,《续藏经》本。
② 参见契嵩《镡津文集》卷1,《四部丛刊》本。
③ 同上书,卷8。
④ 契嵩:《上富相公书》,同上书,卷9。

皆情也。"①这真是以子之矛攻子之盾。（五）对于当世排佛者采取了宽容和诱导的态度。《文说》肯定"欧氏之文大率在仁信礼义之本也，诸子慕永叔之根本可也"②。《上田枢密书》则曰："某尝以今文人之文，排佛殊甚，是亦世之君子者，不窥深理，不究远体，不考其善天下弘益之验，徒以目接其浅近之事与儒不同，乃辄非之。"③他对章表民等非佛者给予过批判，但是又赠之以诗，谆谆诱导。（六）为了证明其理论的正宗地位从而改造经典，他将《坛经》重新编定为《六祖法宝记》三卷，又作《禅宗定祖图》《传法正宗记》等确立其在禅宗中的正统地位。

契嵩的一系列改革措施，很快得到了仁宗的嘉许。《正宗辅教篇》于1062年编入《大藏经》，而契嵩本人也"朝中自韩丞相而下莫不延见"④。欧阳修也"引之与语，温然乃以其读书为文而见问"。契嵩趁机劝欧阳修"大政之余，游思于清闲之域"。⑤ 这里的"清闲之域"指的正是佛学。契嵩改革的根本措施在于援儒入释，在释与儒之间找到一条互通的桥梁，所以，在这种努力成功之后，士大夫学佛修禅就不会再有什么顾忌了。

北宋中后期是中国文学家学佛的高峰期，杰出的文学家几乎无一例外地公开自己学佛（禅）的经历。司马光所谓"近来朝野客，无座不谈禅"⑥，就是当时情形的写照。苏轼推荐秦观给王安石时说秦观"博综史传，通晓佛书"⑦，学佛似乎也成了一种学问的资本。

苏辙说："夫多病则与学道者宜，多难则与学禅者宜。"⑧北宋中

---

① 契嵩：《非韩》，《镡津文集》卷18，《四部丛刊》本。
② 同上书，卷8。
③ 同上书，卷10。
④ 《镡津明教大师行业记》，同上书，附录。
⑤ 契嵩：《上欧阳侍郎书》，同上书，卷10。
⑥ 司马光：《戏呈尧夫》，《温国文正司马公文集》卷15，《四部丛刊》本。
⑦ 《与王荆公二首》，《苏轼文集》，第1444页，中华书局1986年版。
⑧ 苏辙：《筠州圣寿院法堂记》，《栾城集》，第503页，上海古籍出版社1987年版。

后期激烈的党争是士大夫们"多难"的客观原因。司马光在《戏呈尧夫》诗中说自己不通禅学："顾我何为者,逢人独憪然。"所以,羡慕朋友不仅诗作得好,而且"说佛众谁先"。但是,其集中有《解禅偈》(6篇)、《题传灯录》等,足以证明他也受到士大夫说禅风气的影响而修过禅学。他的《华严真师以诗见贶,聊成二章纪其趣尚》一诗写道："知足随缘处处安,一身温饱不为难。禅房窄小才容榻,此外从他世界宽。"①这种随缘自适、以心灵为宇宙的出世态度虽是说的那位高僧,但也多少有他自己的影子。其《瞑目》诗云："瞑目思千古,飘然一烘尘。山川宛如旧,多少未来人。"②诗中的"瞑目"不过是禅定的代名词。他在瞑目中思接千古,然后再思考自我的存在只不过是大千世界中的一点劫灰而已,而念念之间又在自我心性中找到了永恒的慰藉,这就是对过去生、现在生、未来生的禅悟。与司马光自言"逢人独憪然"不同,苏辙自称"老去在家同出家,《楞伽》四卷即生涯"③。《五灯会元》卷 18 列其为上蓝顺禅师法嗣,说他因顺禅师"搐鼻因缘"而开悟。他的《题李公麟山庄图》诗 20 首多写禅境,以为"继摩诘(王维)辋川之作云"④,最能代表他学禅的心得。

　　这个时期最重要的学佛(禅)文学家是王安石、苏轼、黄庭坚。汪应辰云："荆公赠太傅,其制云:'少学孔孟,晚师瞿聃。'世或以为有所讥,然公自谓'余幼习孔孟,长闻佛老之风而悦之',则制词盖公之志也。"⑤《王安石赠太傅制》乃苏轼所作,今存于《苏轼文集》卷38。《宋史·艺文志四》有王安石著《维摩诘经注》三卷,晁公武《郡斋读书志》卷 5 有王安石《楞严经解》十卷,《苏轼文集》卷 66 有《跋

---

① 司马光:《温国文正司马公文集》卷 154,《四部丛刊》本。
② 同上书,卷 14。
③ 苏辙:《试院唱酬十一首·次前韵三首》,《栾城集》,第 259 页,上海古籍出版社 1987年版。
④ 苏辙:《栾城集》,第 386 页。
⑤ 汪应辰:《文定集》卷 11,《四库全书》本。

王氏〈华严经解〉》。除了精研义解,王安石还与许多僧人交游。其《扬州龙兴寺十方讲院记》云:"予少时客金陵,浮屠慧礼者,从予游。"①特别是瑞新、怀琏、克文等更是他学佛修禅的知己。《涟水军淳化院经藏记》云:"若通之瑞新、闽之怀琏,皆今之为佛而超然,吾所谓贤而与之游者也。此二人者,既以其所学自脱于淫浊,而又皆有聪明辩智之才,故吾乐以其所得者间语焉。与之游,忘日月之多也。"②他在劝曾巩读佛书时说过:"善学者读其书,惟理之求,有合吾心者,则樵牧之言犹不废。"③因为他只是以"合吾心"为标准,所以,对各宗各派(宝峰克文是临济宗传人,大觉怀琏则是云门宗高僧)兼收并蓄。黄庭坚评其学佛以为"龙又无角"、"蛇又有足"④,显然是贬抑其学博杂,不成体系,但是,王安石能借助于他自己所理解的佛理思考人生,实现自我超越的目的,并且常常能将自己的修悟所得自然圆转地以文学的形式表现出来,正是其杂而能化的结果。

王安石的诗有不少是说佛论禅的。《读维摩诘经有感》云:"身如泡沫亦如风,刀割香涂共一空。"⑤把现世的我身看作性本无体的泡沫与风。《维摩诘经》有云:"是身如聚沫,不可撮摩;……是身不实,四大为家;是身为空,离我我所;是身无知,如草木瓦砾;是身无作(作,主也),风力所转。"⑥诸佛有智者往往以譬喻开悟,但诗人在这里则不仅仅是对佛典譬喻的借用,而是寓含了他对人类有限生命的思索,既然我身如泡沫亦如风,动静不常、性本无体,那么,任你以刀割、以香涂,而我性湛然,无苦无乐。我身尚且是虚幻不实的,不能超越时空而存在,身外的功名利禄更是不在话下了。他说:"百年夸夸终一丘,世上满眼真悠悠。"(《寄育王长老常坦》)"是身犹梦

---

① 王安石:《王文公文集》,第420页,上海人民出版社1974年版。
② 同上书,第422页。
③ 惠洪:《冷斋夜话》,第47页,中华书局1988年版。
④ 黄庭坚:《跋荆公禅简》,《豫章黄先生文集》卷30,《四部丛刊》本。
⑤ 王安石:《王文公文集》,第786页,上海人民出版社1974年版。
⑥ 鸠摩罗什译、僧肇注:《注维摩诘所说经·方便品第二》,第34页,上海古籍出版社1990年版。

幻，何物可攀缘？"(《宿北山示行详上人》)其《梦》诗则云："知世如梦无所求，无所求心普空寂。还是梦中随梦境，成就河沙梦功德。"既然肉体的人终归寂灭，那么就不必加入世人苦心经营的行列；既然人生如梦，那么就随梦之缘，在这梦中修成无量功德。这种随缘自适的思想再前进一步就是以平等观世间善恶。其《白鹤吟示觉海元公》借北山道人之口说出一段话："美者自美，吾何为而喜？恶者自恶，吾何为而怒？去自去耳，吾何阙而追？来自来尔，吾何妨而拒？吾岂厌喧而求静？吾岂好丹而非素？"可谓不以物喜，不以物怒，是是非非、善物恶物皆为平等。

苏轼对佛学的接受更是中国文化史上一个奇特的现象。他将儒、释、道融合为一体寓藏于他精美的文学创作之中，有时人们很难对他的作品之思想作出精细准确的判别。但是，秦观说："苏氏之道，最深于性命自得之际。"①宋代性命之学离不开佛(禅)学的思维方法。从地域上看，苏轼的故乡眉山离成都不远，而成都又是西南的大都会，佛事最胜。从家庭看，其父散文家苏洵曾问法于庐山居讷禅师，其母程氏也笃信佛教。苏轼赠其弟苏辙的诗说："君少与我师皇坟，旁资老聃释伽文。"从他一生的交游看，苏轼受到过居士王大年、张方平的影响②，又与高僧契嵩、怀琏、常总有接触，《五灯会元》卷17把他列为东林常总禅师法嗣。

苏轼与王安石一样，取佛(禅)学之精华为己所用，他反对为了读佛书而读佛书。《答毕仲举书》云其于佛书"独时取其粗浅假说以自洗濯"，且喻之为"食猪肉实美而饱"③。在苏轼一生的宦海浮沉中，佛(禅)学对他的精神助益是不可忽视的。他甚至常常能于山水的静观默照中获得清静圆融的体悟。其《赠东林总长老》就是代表："溪声便是广长舌，山色岂非清净身。夜来八万四千偈，他日

---

① 秦观：《答傅彬老简》，《淮海集》卷30，《四部丛刊》本。
② 《王大年哀词》，《苏轼文集》，第1965页，中华书局1986年版。
③ 《答毕仲举二首》，同上书，第1671页。

如何举似人?"①据说这是他在庐山东林寺得照觉禅师开悟后所说的佛偈。山河大地无非佛身,溪声浪语无非佛法。法轮常转,岂分昼夜? 佛在空间、时间上的无限,正是诗人心灵无限广阔、无所滞碍的表现。

学佛的根本在于出生死、超三乘,所以,对生、老、病、死的看法最能体现一个人学佛体悟的境界。"乌台诗案"之后,苏轼在其早年已有的佛学思想基因的作用下,"归诚佛僧",这一时期他的文学创作的艺术与思想也开始成熟。其代表作品《赤壁赋》《念奴娇·赤壁怀古》皆以不变之性观有限之生命,由此获得无限的慰藉,明显受到了《楞严经》的影响。

黄庭坚开诗歌史上江西一派,与苏轼的诗歌创作相颉颃。在禅宗史上,他又与苏轼同被列为黄龙慧南的再传弟子,黄龙慧南传黄龙死心,黄庭坚是死心的俗家弟子。②《释氏稽古录》卷4说他"丁家艰,馆黄龙山晦堂祖师心游,与死心新、草堂清尤笃方外交契"(死心悟新、草堂善清,《五灯会元》均有传)。

纵观黄庭坚的一生,佛教(禅学)给他的精神滋养是多方面的。不过,最为重要的大约是所谓"和光同尘"的人生态度。其《次韵王荆公题西太一宫壁二首》其一云:"真是真非安在,人间北看成南。"③《楞严经》上说:"如人以表表为中时,东看则西,南观成北。表体既混,心应杂乱。"④明白了世俗人心杂乱、是非颠倒的事实,就不必像苏轼那样好骂,而要像王维那样"胸中有佳处,泾渭看同流"。心中自有真如佛性在,又何妨与"泾渭相将流,世不名清浊"的尘俗随其波而逐其流呢?《五灯会元》卷3百丈怀海说"大乘顿悟法要"云:"善恶是非俱不运用,亦不爱一法,亦不舍一法,名为大乘人。不被一切善恶、空有、垢净、有为无为、世出世间、福德智慧之

---

① 《苏轼诗集》,第1218页,中华书局1982年版。
② 参见普济《五灯会元》,第1139页,中华书局1984年版。
③ 黄庭坚:《豫章黄先生文集》卷12,《四部丛刊》本。
④ 般剌密谛译:《楞严经》,第13页,上海古籍出版社1991年版。

所拘系,名为佛慧。"在百丈怀海看来,只有"心如木石,无所辨别。心无所行,心地若空",不执一见,才会有"慧日"出现。然而,印月于黄流,月自明净莹洁,水自污秽浑浊。"胸次九流清似镜,人间万事醉如泥。"①"俗里光尘合,胸中泾渭分。"②这正是禅宗诸大德往往混迹尘俗的原因。《维摩诘经》中文殊菩萨论"佛种"云:"一切烦恼,为如来种。譬如不下巨海,终不能得无价宝珠。如是,不入烦恼大海,终不能得一切智宝。"③诗人心中的"明"本身也是来自俗尘之中,离开人世间的是是非非,又何"明"之有? 黄庭坚《自题画像》说自己"似僧有发,似俗无尘;作梦中梦,见身外身"。在给胡少汲的信中又说:"照破生死之根,则忧怒无处安脚。"禅宗的根本在于彻底的空无,"本来无一物,何处惹尘埃?"一切皆归为空无,又哪来是非、善恶、清浊之分别? 连生死都能勘破,"忧怒"又何从而起呢?《坛经·疑问品第三》有云:"菩提只向心觅,何劳向外求玄?"黄庭坚就是以求之于心的方法修禅,进入了和光同尘的人生境界。黄庭坚是曾经勘破了"黄龙三关"的居士,黄龙宗创始人黄龙慧南说"已过关者"可"掉臂径去"。过了"三关",也就是真正领悟了禅的真谛,也因此获得了心灵的自由。

佛教改革以后,僧人与士子的交流、文学与禅学的结合得到了进一步的发展,其结果是文字禅喧嚣一时,使得唐五代禅宗所具的独特个性丧失殆尽。黄龙慧南是反对"但逞华丽言句"④的,但是,他的传人也同样有"举其令而不能行"的。而临济宗的另一派杨岐派⑤传人圆悟克勤(1063—1135)则引用禅宗语录、灯录中文字华美、颇具诗味的禅师偈颂写成《碧岩录》。禅宗由"不立文字"而走

---

① 黄庭坚:《戏效禅月作远公咏》,《豫章黄先生文集》卷11,《四部丛刊》本。
② 黄庭坚:《次韵答王眘中》,同上书,卷2。
③ 僧肇注:《注维摩诘所说经》,第140页,上海古籍出版社1990年版。
④ 惠泉集:《黄龙慧南禅师语录·黄龙山语录》,《禅宗语录辑要》,第140页,上海古籍出版社1992年版。
⑤ 杨岐派乃石霜楚圆的弟子杨岐方会所创立。

向文字禅,甚至克勤以《华严经》旨要来具体阐释禅宗思想,这是北宋中期以来士大夫禅学的必然要求。但是,文字禅往往满足于对公案的记诵,禅的问答或者沦为形式化,或者使学者误落言筌,不能自拔。所以,圆悟克勤的弟子大慧宗杲(1089—1163)焚毁其师《碧岩录》刻板,创立了"看话禅",实现了"不立文字"的禅学与"文字禅"的融通。"看话禅"的本质就是给学者以话头提示,让学者在此基础上直观、内省,从而自悟。因此,南北宋之交时期的禅学的特点,也就是从文字禅走向"看话禅"。禅宗的危机得到了拯救,出现了中兴的气象。

南北宋之交危机四起,动乱与战争,使更多文人到佛学中去找寻精神家园。政和(1111—1117)间进士郭印《闲看佛书》诗云:"……《楞严》明根尘,《金刚》了色空;《圆觉》祛禅病,《维摩》现神通。四书皆其教,真可发愚蒙。我常日寓目,清晨课其功。油然会心处,喜乐浩无穷。"① 北宋中期以来的士大夫没有读过这四部大乘经典的很少,而郭印加以具体概括,既说明其发人愚蒙的功用,又写出自己读经之欢喜。除了这四部经外,《华严经》在文人中的影响也很大。文人参禅往往由读经开始,禅师们当然也必须精研这些经典。所以,像克勤与无尽居士张商英的对话中,以《华严》要旨阐释禅宗也是可以理解的。文人读经往往要在自己的会心处加以阐发,形成文字。人品经济彪炳史册的大英雄李纲,也是喜谈佛理的文学家,他写《莲花赋》乃是要阐明释氏所理解的莲花之性。他在其序中说:"释氏以莲花喻性,盖以其植根淤泥而能不染,发生清净殊妙香色,非他草木之华可比,故以为喻。"② 佛经中的"莲喻"使这位爱国将领找到了在人格上保持自己高洁品性的依据。

不过,真正代表这个时期文学家受佛(禅)学思想影响的是与宗杲有过密切交往的吕本中、曾幾、韩驹等人。吕本中回忆同宗杲

① 郭印:《云溪集》卷5,《四库全书》本。
② 李纲:《梁溪集》卷1,《四库全书》本。

分别时的情境曰："隋堤河畔别支公,目断霜天数去鸿。"①诗中把宗杲看成东晋著名佛学家支遁,而"目断霜天"极道出与其交契之深。宋释蕴闻所编《大慧普觉禅师语录》中有《答吕舍人居仁》三篇。第一篇言:"又方寸若闹,但只举狗子无佛性话。"第二篇则言:"士大夫读得书多底无明多,读得书少底无明少。做得官小底人我小,做得官大底人我大。自道'我聪明灵利',及乎临秋毫利害,'聪明'也不见,'灵利'也不见,平生所读底书一字也使不着。盖从'上大人丘乙己'时便错了也。只欲取富贵耳。"第三篇明确指示其要在"工夫熟"的基础上,"自信、自肯、自见、自悟"②。这里虽然都是有关修禅入悟的指导,但是,说到底还是谈的人生态度。吕本中《静轩》诗云:"纷纷逐人行,扰扰与事竞。不知一世间,能得几人静?公今默无语,种种以静胜。人来漫相接,事至卿复应。"写的是别人,实则暗隐了他自己要以佛(禅)学世界的"静",抗拒尘世的纷纷扰扰,筑起诗人心灵上的防空洞,宗杲所指示的在吕本中这首诗中都得到了反映。

宗杲示人狗子无佛性话,认为若透得此话,"若得囚地一下了,儒即释,释即儒;僧即俗,俗即僧;凡即圣,圣即凡;我即尔,尔即我;天即地,地即天;波即水,水即波。酥酪醍醐搅成一味,瓶盘钗钏熔成一金。在我不在人。得到这个田地,由我指挥"③。悟就是刹那间的自我超越,就是超越一切有无、一切得失是非,获得大自在。所以,曾幾(1084—1166)得宗杲之示后,有诗赞之曰:"向来参底语,不堕有无间。"④而韩驹(?—1135)回忆自己宰分宁时与宗杲"深禅得细论"曰:"幻世吾方梦,迷津子作舟。"⑤这都证明了宗杲早期以

---

① 吕本中:《寄云门山僧宗杲》,《东莱诗词集》,第 319 页,黄山书社 1991 年版。
② 以上所引皆见于蕴闻编《大慧普觉禅师语录》卷 28,《禅宗语录辑要》,第 436、437 页,上海古籍出版社 1992 年版。
③ 《答汪状圣锡元》,同上书,第 438 页。
④ 曾幾:《谒径山佛日杲师于虎丘》,《茶山集》卷 4,《四库全书》本。
⑤ 韩驹:《送云门妙喜游雪峰》,《陵阳集》卷 4,《四库全书》本。

顿悟法门示人之成效。当然,宗杲并不完全是消极出世的人生导师,他所谓"若得囚地一下了,儒即释,释即儒"云云,实际上已暗寓了"予虽学佛者,但爱君忧国之心,与忠义士大夫等"①的精神,所以,他在民族危机深重的南宋初年受到士大夫的欢迎是必然的。

南宋相对稳定之后出现的中兴四大诗人和萧德藻都不同程度地受到佛(禅)学的熏陶。首先,陆游、杨万里、萧德藻的诗学根底得之于吕本中、曾幾,而吕、曾的诗学思想皆是在宗杲禅学理论影响下建立起来的。其次,陆游虽主要受道教影响,但也曾问心传之学于松源崇岳禅师。尤袤与宗杲的弟子净全禅师为方外交。杨万里自谦"白头初得扣禅关"②,但他对佛学理解颇深。《妙净庵》诗云:"韩子不肯佛,饶操苦出家。何如妙净老,紫橐碧莲花。"这不正是禅宗所谓平常心即道的意思么?

范成大则是这个时期在寺院文化中成长起来的大诗人。他15岁就常往来于临安桐扣山中与佛日净慈寺举上人游。其父亡故后的十年间(1143—1152)读书于昆山荐严寺,自号此山居士。诗句"老禅挽我游,高论方轩眉"③乃是这个时期的生活实录,而"划破虚空一剑间,六根同转上头关。如今宴坐庵中事,政在凡夫道法间"④则道出了此时他参禅学佛的心得。尽管他自1153年出山之后仕途较为顺利,但是,由于他从小生活于这样一种文化环境,加上一生体弱多病,佛学一直是他解脱病痛的精神武器。下面是他晚年的一篇重要作品:

> 家山随处可行楸,荷锸携壶似醉刘。纵有千年铁门限,终须一个土馒头。三轮世界犹灰劫,四大形骸强首丘。蝼蚁乌鸢

---

① 《示成机宜》,《大慧普觉禅师语录》卷24,《禅宗语录辑要》,第418页,上海古籍出版社1992年版。
② 杨万里:《督诸军求盗梅川宿曹溪》,《诚斋集》卷17,《四部丛刊》本。
③ 范成大:《与时叙现老纳凉池上时叙诵新词甚工》,《范石湖集》,第11页,中华书局上海编辑所1962年版。
④ 范成大:《题记事册》,同上书,第27页。

何厚薄,临风拊掌菊花秋。①

能在生死关头豁达洒脱,像刘伶那样超然于生死之外,但又不同于名士的虚言与佯狂,也不同于庸人的无可奈何的叹息,而是基于对"三轮世界"、"四大形骸"的哲学思考产生的理性花朵。

　　在佛教援儒入佛以弥补其政治伦理上的不足时,宋儒也开始吸收佛学心性方面的理论。吕大临《横渠先生行状》说到张载"访诸释老之书"。程颐《明道先生行状》则言程颢"出入于老释几十年"。钱锺书先生在《宋诗选注》中称道的理学家诗人刘子翚是朱熹的老师之一,其禅学得自天童正觉派的默照禅。王士禛《池北偶谈》论及他《屏山集》中的诗"往往多禅语"。王士禛又引刘子翚对朱熹讲过的话说:"'吾少官莆田,以疾病,时接佛老之徒,闻其所谓清静寂灭者,而心悦之。比归,读儒书,而后知吾道之大。'其体用之全乃如此,故文公讲学,初亦由禅入。"②相传朱熹"十八岁请举"时,箧中"只《大慧语录》一帙尔"③。甚至,他还有过"江湖此去随沤鸟,粥饭何时共木鱼"④的隐于佛禅的愿望。所以,朱熹自己说:"今之不为禅学者,只是未曾到那深处。才到那深处,定走入禅去也。"⑤一方面,佛学的精髓已被理学所吸收,失去了其自身的优越性,致使佛教事业相对衰竭;另一方面,成熟的理学家们都曾出入于佛禅,一旦其不满于强大的禅学势力,其攻击力远远大于过去的以捍卫儒家道统为己任的古文家。正是朱熹这样一个"平生深知禅学骨髓,透脱关键"⑥的理学家于隆兴二年(1164)开始排斥佛教禅学,他不仅批判吕本中的《大学解》中的顿悟说,而且把矛头直接指向苏轼的文章。

---

① 范成大:《重九日行营寿藏之地》,《范石湖集》,第390页,中华书局上海编辑所1962年版。
② 王士禛:《屏山诗禅》,《池北偶谈》,第406页,中华书局1982年版。
③ 念常:《佛祖历代通载》卷20引尤焴《题大慧语录》,《四库全书》本。
④ 朱熹:《桐庐舟中见山寺》,《晦庵先生朱文公文集》卷10,《四部丛刊》本。
⑤ 黎靖德编:《朱子语类》,第378页,中华书局1986年版。
⑥ 念常:《佛祖历代通载》卷20,《四库全书》本。

他说:"夫学者之求道,固不同于苏氏之文矣,然既取其文,则文之所述有邪有正,有是有非,是亦皆有道焉,固求道者之所不可不讲也。"①可见理学家排佛的全面与彻底。

尽管在朱熹排佛斥禅之后,儒者"于佛之学不敢言","于佛之书不敢观"②;但是,理学家叶适亦曾折节问道于北磵居简禅师。③ 在他的影响下的"四灵"多与僧人往还,特别是被誉为永嘉四灵之冠的赵师秀与居简为方外交。《北磵集》卷10《祭上元长官赵紫芝》云:"君死不作,我恨弗掩。"正是失去知己的沉痛。赵师秀《岩居僧》诗末句云:"吾亦逃名者,何因似此僧。"极其向往僧人逃于虚空、避世而居的生活。

江湖派著名诗人刘克庄对于宋末佛教事业的衰竭极为关注,其《后村先生大全集》卷16《石塘感旧》十绝句之八,曾感叹"禅学年来亦自衰,大丛林属小阇黎"。卷10《题李龙眠十八尊者》又感喟"书生往往谈性命,怵以祸福犹儿童。"士大夫对佛禅的隔膜造成了许多误解,昔日繁盛的士大夫禅学一去不复返了。但在刘克庄的诗集中我们读到许多他与僧人交往的诗,甚至有对瞿昙、维摩、善财和禅宗诸祖的礼赞。④《后村别调》中的词作也有不少表现佛(禅)学思想的作品:《解连环》"悬弧之旦"颇似《发愿文》,《沁园春》"有个头陀"又像《赞佛文》。

第二节　佛教文化对文学创作各方面的渗透

其一,诗僧创作对宋代文学的丰富。唐五代以来出现的不少诗

---

① 朱熹:《与汪尚书》,《晦庵先生朱文公文集》卷30,《四部丛刊》本。
② 叶适:《宗记序》,《水心文集》卷12,《叶适集》,第223页,中华书局1961年版。
③ 参见明河《补续高僧传》卷24《北磵简禅师传》,《高僧传合集》,第753页,上海古籍出版社1991年版。
④ 参见刘克庄《后村先生大全集》卷14,《四部丛刊》本。

僧之创作受到宋代文学家的重视。王安石有《拟寒山拾得诗十九首》①。陆游自云："掩关未必浑无事，拟遍寒山百首诗。"②黄庭坚《山谷诗·内集》卷17有《戏效禅月作远公咏》(五代诗僧贯休署号禅月)。上面提到的范成大诗中"纵有千年铁门限，终须一个土馒头"就是借用的唐代诗僧王梵志的两句诗。这两句诗在范成大移用之前，又有黄庭坚、陈师道、曹组的引用或称赞。宋代丛林对前代诗僧也给予了一定的重视，宋初高僧赞宁在所撰写的《宋高僧传》中，有《杂科声德篇》一目，五代诗僧齐己、贯休等皆被列入。

宋代诗僧的创作活动与宋代文学发展的全过程相始终。宋初的"九僧"代表了当时诗坛的山野诗派，受到文人们重视。这九位诗僧是：剑南希昼、金华保暹、南越文兆、天台行肇、沃洲简长、青城惟凤、江东宇昭、峨眉怀古、淮南惠崇。景德(1004—1007)初年直昭文馆陈充编成《九僧诗》行世。可惜到欧阳修时已见不到这本诗集，后来司马光于元丰元年(1078)得之于民间，现在可以看到的《九僧诗》就是南宋书贾陈起据之编刻的。九僧活动的时间大约在960到1020年间，他们皆为江南或西蜀人。其诗学中晚唐，受到大历十才子及贾岛、周贺的影响。"九僧诗人有唐中叶钱(起)、刘(长卿)、韦(应物)、柳(宗元)之室，而浸淫辋川(王维)、襄阳(孟浩然)间，其视白莲(齐己)、杼山(皎然)有过之而无不及。"③这或许言过其实，但是宋初文学家杨亿对九僧诗亦曾予以高度赞扬，可见其实在不可不引起今天宋诗研究者的注意。九僧中以惠崇最为杰出，惠崇又是画家，有著名的"惠崇小景"传世，其诗写景亦能曲尽其妙。下面这首《访杨云卿淮上别墅》曾是一时名篇：

地近得频到，相携向野亭。河分冈势断，春入烧痕青。望

---

① 王安石：《王文公文集》，第565页，上海人民出版社1974年版。
② 陆游：《次韵范参政书怀十首其二》，《剑南诗稿校注》，第1750页，上海古籍出版社1985年版。
③ 宜秋馆以影宋抄本校刊《九僧诗》，古农余萧客《跋》。

久人收钓,吟余鹤振翎。不愁归路绝,明月上前汀。

《湘山野录》(卷中)说惠崇"河分冈势"一联令"余缁寂寥无闻"。九僧之一文兆批评他是盗用司空曙、刘长卿的诗句。但是,这种化用前人成句的做法在宋人诗词中举不胜举,不足讥之为病。这首诗中间两联雕琢之工完全能够代表九僧苦吟的风格。同时,全诗从整体的画面设计到人物、色调都达到了高度的和谐统一,实在不是那些有句无篇之作可比。

与九僧同时代的孤山智圆有诗文集《闲居编》,其诗与林逋唱和,风格也与之接近。文章则出入儒释,议论风发,亦时有可采。云门宗传人重显(980—1052)有诗《祖英集》一卷,"其诗多语涉禅宗,与惠洪之专事嘲风弄月者蹊径稍别"①。《补续高僧传》云:"师盛年工翰墨,作为法句,追慕禅月休公(贯休)。"②集中《风幡竞辨三首》《送道成禅者》《颂药山师子话送僧》等篇,对宋代禅者颂古和诗人大量引禅宗语录入诗的风气有很重要的影响,其《拟寒山送僧》也早于王安石的组诗《拟寒山拾得》。他的诗歌,句式古奥奇峭,对后来黄庭坚等追求奇险峭拔也有一定影响。李之鼎跋其集云:"宋代释子以诗鸣者九僧之外,四库著录七人,重显其一也,其诗间出新意,迥出尘表,为当世士大夫所称道。"③这是颇为中肯的评价。另外,宋初高僧赞宁的诗文在当时也有一定的影响,特别是他及其弟子智轮撰写的《宋高僧传》(成书于982—988,996年重加修订)用古文笔法,文风质朴。其《大宋天台山智者禅院行满传》中有曰:

……先是,居房槛外有巨松,横枝上寄生小树,每遇满出坐也,其寄生"木"必袅袅而侧,时谓此树作礼茶头也。或不信者,专伺满出,则纷纷然。满去,则屹立亭亭,更无动摇。

---

① 《四库全书总目·〈祖英集〉提要》,中华书局1965年版。
② 明河:《补续高僧传》卷7,《雪窦显禅师传》,《高僧传合集》,第653页,上海古籍出版社1991年版。
③ 李之鼎:《跋》,重显《祖英集》,《四库全书》本。

此乃宋初不多见的清新可爱的文字。又如同卷《大宋魏府卯离院法圆传》中写法圆死而复生的一段,实得之于司马迁《史记》的笔法。

梅尧臣诗云:"江东释子多能诗,窗前树下如蝉嘶。"①这固然写出了佛教恢复以来僧人们对文学的浓厚兴趣,但也客观地道出了诗僧创作题材的相对狭窄(写"窗前树下")和审美趣味的清、寒、酸、贫(如餐风饮露的"蝉嘶")。所以,随着佛教自身的改造和士大夫与僧人进一步加强联系,以笔墨为佛事的诗僧们在人们对所谓"酸馅气"、"蔬笋气"的批评中,逐步趋近世俗的审美好尚。

道潜(1034—?)是苏轼的诗友。《冷斋夜话》记载:"东坡馔客罢,与俱来,而红妆拥随之。东坡遣一妓前乞诗,潜援笔而成曰:'寄语巫山窈窕娘,好将魂梦恼襄王。禅心已作沾泥絮,不逐春风上下狂。'"②这是在朋友寻开心下的不狂而狂,虽然是忸忸怩怩的,但确实没有了"酸馅气",难怪其因此诗而"一座大惊,自是名闻海内"了(同上引)。

欧阳修曾肯定大觉怀琏的诗"作肝脏馒头",并对王安石解释说"是中无一点菜气"③。然而《增广圣宋高僧诗选》中不录怀琏诗作,清厉鹗《宋诗纪事》卷91据《冷斋夜话》辑得《上仁宗皇帝乞还山》一首,却是官样文字、"踪迹上语"④。同时上面说到的道潜诗的主要特色还是在于"诗句清绝"⑤。而惠洪(1071—1128)才是名副其实的卖人肉包子的和尚。惠洪有《石门文字禅》30卷,为其门人觉慈所编。卷10有《元夕读书罢假寐》诗云:"灯下文章已倦看,欲凭诗苦洗辛酸。"这与那些以文章为事业、以文字自娱的文士已无分别。又如《寒岩上元怀京师》云:

上元独宿寒岩寺,卧看青灯映薄纱。夜久雪猿啼岳顶,梦

---

① 《答新长老诗编》,《梅尧臣集编年校注》,第216页,上海古籍出版社1980年版。
② 惠洪:《冷斋夜话》卷6,《津逮秘书》本。
③ 同上。
④ 惠洪:《林间录》卷上,《四库全书》本。
⑤ 《与文与可书》,《苏轼文集·佚文汇编》卷2,中华书局1986年版。

回清月上梅花。十分春瘦缘何事,一掬归心未到家。却忆少年行乐处,软红香雾喷东华。

据说王安石的女儿读到"十分春瘦"一联,评之曰:"此浪子和尚耳。"①此诗语及绮艳处已无一丝忸怩作态了。惠洪在其自传《寂音自序》中说他本是一个可怜的孤儿,从小依一禅师为童子。后又由于出身孤寒,受尽人间种种磨难,而他在磨难中"因祸而得尽窥佛祖意"②,所以,随缘放旷,离诸色相,以平常心修禅,故无所不可入其诗。

半路出家的僧挥工于词,本有词集《宝月集》7卷,今不传,《全宋词》收其词46首,断句7。其《踏莎行》在当时颇为人知,词云:

浓润侵衣,暗香飘砌。雨中花色添憔悴。凤鞋湿透立多时,不言不语恹恹地。　　眉上新愁,手中文字。因何不倩鳞鸿寄?想伊只诉薄情人,官中谁管闲公事。

《中吴纪闻》敷衍这首词的本事说:"一日,(僧挥)造郡中,接坐之间,见庭下一妇人投牒立于雨中,守命挥咏之,口就一词云……(如上引)"③僧挥本是因婚姻中的重大变故而投于空门的,但他并没有由此而得到解脱,其自缢于枇杷树的结局就是证明。并且,他的词才虽足以与苏轼游,而词的题材本身就决定了作者不能真正做到四大皆空。至于这首词,不过是传统的闺怨主题——从"眉上新愁,手中文字。因何不倩鳞鸿寄"数语看,这不当是弃妇。所谓"投牒于官"云云,不过是由"官中谁管闲公事"推衍而来,而词中之"想"字已明确表明"诉薄情人"只是词人的想象。正是这个奇特的想象使这个传统题材写出了新意。当然,这首词的上片,将妇人放到雨中写其哀怨之美也很有特色。

禅宗中兴的主要人物宗杲是反对文字禅的,所以诗僧们受其影

---

① 吴曾:《能改斋漫录》,第318页,上海古籍出版社1979年版。
② 惠洪:《石门文字禅》卷24,《四库全书》本。
③ 龚明之:《中吴纪闻》卷4,《四库全书》本。

响不大。南北宋之交的诗僧可分为两部分：一是以颂古传灯,如宗杲的老师圆悟克勤的《碧岩录》；一是沿着士子化、世俗化的方向发展,除了惠洪之外,还有刘克庄在《江西诗派小序》中提到的三僧："轻快似谢无逸(谢逸)"的如璧,"僧中一角麟"的祖可,"与(祖)可相上下"的善权。①

姚勉《题直上人诗稿》云："前辈言僧患有蔬笋气,由是僧人作诗惟恐其味之类此。僧诗味不蔬笋,非僧诗也。"②这完全不同于北宋末年蔡絛既承认无蔬笋气为"诗人龟鉴",又赞扬诗僧之作有非肉食者可到之处的前后矛盾③,可见佛教衰竭期诗僧们的审美趣味,已逐渐由世俗化向着僧诗的本色回归。

居简有《北磵集》19卷,凡文10卷、诗9卷。张自明序其集曰："读其文,宗密未知其伯仲；诵其诗,合参寥(道潜)、觉范(惠洪)为一人不能当也。"④此实誉之过当,但是,其集中赋、辞、记、传、序跋、祭文,乃至于杂文小品、诗歌,诸体毕备。卷5《顽石序》之类的短文,议论严谨缜密,不枝不蔓。卷6《管城子》《扑满子》《戒鼠》等小品文,读之则趣味横生。当然,其诗的文学价值更高。叶适评其诗曰："简师诗语特惊人,六反掀腾不动身。说与东家小儿女,涂红染绿未禁春。"⑤居简的诗的确给人真纯、自然的美。其《忆雪》诗云：

> 梦忆湖州旧,楼台画不如。舟从城里过,人在水中居。闭户防惊鹭,开窗便钓鱼。鱼沉犹有雁,不寄一行书。

诗中抓住湖州水上城市的特色,反复出现相关意象,将回忆的碎片组接起来,呈现给读者,最后以沉鱼落雁反衬湖州之美,不仅能像九

---

① 参见刘克庄《后村先生大全集》卷24,《四部丛刊》本。
② 姚勉：《雪坡文集》卷41,《四库全书》本。
③ 魏庆之：《诗人玉屑》,第443页引,上海古籍出版社1978年版。
④ 张自明：《北磵集序》,居简《北磵集》,《四库全书》本。
⑤ 叶适：《奉酬般若长老》,《水心文集》卷8,《叶适集》,第127页,中华书局1961年版。

僧那样工于锻炼中间两联,而且起承转合,自然圆转,"不摭拾宗门语录,而格意清拔"①。

道璨的诗在当时并不著名,《四库全书》编者据日本版本编为《柳塘外集》,凡诗一卷、铭记一卷、序文疏书一卷、塔铭一卷。其诗如"青青岸草绿于袍,雨后江流数尺高"②之类,以精致的短章取胜。与道璨的沉寂无闻不同,文珦与当时的文人高士如周密等相唱和。其自述作诗经验说:"兴到即有言,长短信所施。尽忘工与拙,往往不修词。唯觉意颇真,亦复无邪思。"③从形式到内容两方面概括了他的诗歌,可视为崇尚自然、重视灵感的诗歌宣言,与贾岛以来诗僧之以苦吟自鸣迥异。

其二,寺院题材丰富了宋代文学的题材。元方回《瀛奎律髓》卷47将"凡寺、院、庵、寮题咏"汇为一卷,并且说:"释氏炽于中国久矣,士大夫靡然从之。适其居,友其徒。或乐其说,且深好之而研其所谓学,此一流也。诗家者流,又能精述其趣味之奥,使人玩之而不能释,亦岂可谓无补于身心哉?"需要补充说明的是:首先,寺院文化作为一种客观存在,早已超出了人们对佛教是否感兴趣的畛域。因为不少文人走上仕途前,总是活动于寺院这一民间文化的传播中心。及至释褐为官之后,或出任外职,或谪迁僻壤,或休沐出游,都少不了以清净雅适的寺院为驿站,借僧榻以栖息。所闻之清磬远钟,所见之幽人贝叶,往往令他们感慨系之。其次,寺院体裁并不止于诗,还有诸如塔铭、碑铭、塔记、院记、游记,等等。

南北朝时期的《洛阳伽蓝记》是以都市的佛教建筑为题材的优秀文学创作,而后来的名山巨刹的位置一般都远离都市尘嚣。特别是随着禅宗的影响越来越大,适合于禅慧修证的山林不仅吸引了大

---

① 《四库全书总目·〈北磵集〉提要》,中华书局1965年版。
② 道璨:《柳塘外集》卷1,《四库全书》本。
③ 文珦:《衷集诗稿一篇》,《潜山集》卷4,《四库全书》本。

量的僧人,也吸引了厌倦尘世喧嚣的士子和落魄无依的江湖清客。因此,宋代寺院题材文学的美学特质也必然受到了影响。

苏辙说苏轼在杭州"三百六十寺,处处题清诗"①。"清"是寺院题材的文学作品的一般规定性。一方面,由于建寺者的精心选择,寺院的环境往往清净幽寂,寺院的主人寺僧的生活也是清心寡欲的。另一方面,游栖于寺院的士子、清客往往在心灵上要寻求一种超越,他们需要在那种清净无滓的文学环境里得到休憩。由于客观与主观合拍,一切皆"清"。无论是诗、词,还是文,往往力求超出尘俗的意境以与寺院题材相和谐。北宋古文家曾巩曾极力排佛,诗歌又非其所长,但他出守的时候,常游于鹄山禅院。他写的《甘露寺多景楼》诗云:

> 欲收嘉景此楼中,徙倚阑干四望通。云乱水光浮紫翠,天含山气入青红。一川钟呗淮南月,万里帆樯海外风。老去衣襟尘土在,只将心目羡冥鸿。②

诗人选取的物象:乱云、水光、天、山、月、风帆、冥鸿。运用的色彩:紫、青红、白(月色)。描摹的声音:钟声、颂呗声。诗人自己的形象:外在的"衣襟尘土",内在的"羡冥鸿"。这些无疑可用"清"来概括。

辛弃疾《浪淘沙》"身世酒杯中"词写"山寺夜半闻钟",在"卷地西风"中追念"古来三五个英雄",追忆自己少年时的"歌舞匆匆";又在夜半警世钟中惊醒,悟得个"万事皆空"。这位英雄词人在词中也创造了凄清的意境。

"清"与"凉"是相互联系着的,佛经中往往把清凉世界看成理想的境界。潘阆《夏日宿西禅》云:"此地绝炎蒸,深疑到不能。"杨万里《晓出净慈寺送林子方》之一:"红香世界清凉国,行了南山又

---

① 苏辙:《偶游大愚见余杭明雅照师旧识子瞻,能言西湖旧游,将行赋诗送之》,《栾城集》,第307页,上海古籍出版社1987年版。
② 《曾巩集》,第118页,中华书局1984年版。

北山。"这里不仅净慈寺内是清凉的,其周围的南山北山也成了清凉国。遗民诗人谢翱《逃暑崇法寺》云:"城南古寺凉生处。"为什么寺院是清凉的去处呢?陆游的《城西接待院后竹下作》回答了这个问题。诗云:

> 水边小丘因古城,上有巨竹数百个。一径蛇蟠不容脚,平处乃可十客坐。裊裊共看风姿舞,萧萧时听春箨堕。古佛不妆香火冷,瘦僧如腊袈裟破。门前西去长安路,日夜车轴衔尾过。老夫本乏台省姿,且就清阴曲肱卧。

从物质的角度看,这里除了百竿竹之外,没有什么让人清凉的东西。佛是不妆的佛,香是久已熄灭了,僧是清瘦如干肉,连袈裟也是破敝的。但是,门外的车马之喧与寺内的清凉之境,对比是如此强烈。由此可以发现寺院清凉的审美内质在于:哪怕就是一墙之隔,也可以将尘俗拒之门外。

"清"的境界构成与"闲"也是紧密相关的。苏轼的《记承天寺夜游》云:"元丰六年十月十二日夜,解衣欲睡。月色入户,欣然起行,念无与为乐者,遂至承天寺,寻张怀民。怀民亦未寝,相与步于中庭。庭下如积水空明,水中藻荇交横,盖竹柏影也。何夜无月,何处无竹柏?但少闲人如吾两人耳。"这里用心灵的"闲"去观照"玉宇琼楼、高寒澄澈"的境界,并以其"闲"投射于此境,用平淡、质朴的语言将其复制出来,则非"闲"不能见其"清"。佛教主张清净,要求一尘不染、一念不生,这本身就暗隐了身似岭云闲的审美趣味。这种审美趣味在以寺院为题材的诗词作品中不胜枚举。黄庭坚《题净因壁二首》云:

> 瞑倚团蒲挂钵囊,半窗疏箔度微凉。蕉心不展待时雨,葵叶为谁倾太阳。(其一)

> 门外黄尘不见山,此中草木亦常闲。履声如度薄冰过,催粥华鲸吼夜阑。(其二)

这两首诗似乎只是将自然形态的一切胪列出来,但是,正是其如此自然的非有俗人的机心渗入的一切,无论是暝倚团蒲的僧人,还是待雨的芭蕉、朝阳的葵叶;哪怕就是黄尘,哪怕就是轻轻的脚步声、催粥的钟声,都因为统一于诗人审美心境的"闲",而愈显得淳真净洁。这正如陶潜"悠然见南山"一样,是"天下熙熙皆为利来,天下攘攘皆为利往"的红尘中人无法体验到的。

其三,佛经和禅宗语录对宋代文学的表现形式的影响。《杨文公谈苑》"学士草文"一条说:"学士之职,所草文辞,名目浸广。"除了制、敕、诏等,还有斋文、赞佛文等。学士之职在宋代是颇为诱人的位置,所以,文人以通晓佛经为自豪也就不足为奇了。宋太宗对苏易简所写有关佛教的碑文"甚不喜",而对有"小万卷"之称的朱昂撰写的塔记"深加叹奖"[①]。上有所好,下必甚焉,对佛经和禅宗语录的研读成为文人读书取仕的一个组成部分也是必然的。从佛教自身看,不管是习经、习律、习论或是学禅,在宋代要得到剃度,一般都得试经。北宋以《法华经》,南宋以《大般若经》考试僧童或尼童。所以,即使是"不立文字"、"不诵经书"的习禅者,在童行时也必须诵读佛经。宋代的禅师又往往以前代尊宿的公案作为参悟的话头,这样,禅宗语录也就有了经典的意义。总之,从僧俗双方看,佛经和禅宗语录在宋代对于文学家或诗僧来说都不会陌生,在创作上受到影响也就很正常了。

佛经传入中国,先以语录格言的形式翻译,继而则有"辨而不华,质而不野"的直译。佛经以散文传播,理所当然对散文的影响更为直截。黄宗羲赞叹说:"彼佛经祖录皆极文章之变化。"[②]刘熙载也说:"文章蹊径好尚,自《庄》《列》出而一变,佛书入中国又一变。"[③]宋初杨亿的《发愿文》《赞佛文》完全就是佛经的语言和句法。

---

① 文莹:《玉壶清话》,第13页,中华书局1984年版。
② 黄宗羲:《山翁禅师文集序》,《南雷文定后集》卷1,《四部备要》排印本。
③ 刘熙载:《艺概·文概》,第9页,上海古籍出版社1978年版。

钱仲联先生说:"著名文学家如王安石、苏轼、黄庭坚、陆游等人的文章里,这类文章为数也不少。"①

文章上受到佛经影响最大的是苏轼。《苏轼文集》中《胜相院经藏记》《〈金刚经〉跋尾》《书〈金光明经〉》《记佛语》等多用佛经笔法。《文集》中的《颂》《赞》又常常摹仿佛经中的颂。特别是《鱼枕冠颂》与《华严经》卷49《普贤行品》36 相对照,"菩萨是一切众生现形说法,令其开悟,而说颂言",自"诸佛甚深智,如日出世间"至"三世至相见,一一皆明了",其主题、句式都极其相似。

苏轼对佛经用功多、造诣深,所以,他的一些著名散文篇章也难以摆脱佛经的影子。黄宗羲说其《司马温公神道碑》"学《华严》之随地涌出"②。钱谦益是对佛学颇有研究的文学家,他的评价更为明晰:"吾读子瞻《司马温公行状》《富郑公神道碑》之类,平铺直叙,如万斛水银,随地涌出,以为古今未有此体,茫然莫得涯涘也。晚读《华严》,称性而谈,浩如烟海,无气不有,无所不尽。乃喟然而叹曰:子瞻之文其有得于此乎! 文而有得于《华严》,则事理法界,开遮涌现,无门庭、无墙壁、无差择拟议。世谛文字因已荡无纤尘,又何自而窥其浅深、议其工拙乎?"③苏辙早已论述过苏轼的文章与佛学的关系,他说苏轼在贬谪黄州以后,读释氏书,"深悟实相,参之孔老,博辩无碍,浩然不见其涯也"④。不过,苏辙是从意而及言,钱谦益之论则从言而及意,并且具体落实到《华严经》与《司马温公神道碑》等篇的关系上。我们认为,《司马温公神道碑》的叙说句法、语气和《华严经》卷63《入法界品》中善财童子至海潮处见普庄严园一段的描述极其相似。事实上,除此之外,人们也早已发现了苏轼的《日喻》

---

① 钱仲联:《佛教与中国古代文学的关系》,《梦苕盦论集》,第 472 页,中华书局1993 年版。
② 黄宗羲:《山翁禅师文集序》,《南雷文定后集》卷 1,《四部备要》排印本。
③ 钱谦益:《读苏长公文》,《牧斋初学集》卷 83,《四部丛刊》本。
④ 苏辙:《亡兄子瞻端明墓志铭》,《栾城后集》卷 22,见《栾城集》,第 1410 页,上海古籍出版社 1987 年版。

与《大般涅槃经》卷30《师子吼菩萨品》中的象喻之间亦有借鉴关系。苏轼又将象喻的说理手法用于其晚年完成的《东坡易传》中。

不过,长期以来人们忽视了前《赤壁赋》中的"变"与"不变"的对话与《楞严经》卷2的文字有更直接、更明显的关系。《楞严经》卷2载,波斯匿王有感于他生命将要枯竭,苦痛油然而生。于是他向世尊诉说,其孩孺时"肤腠润泽"、少年时"血气充满",到而今则"颓龄衰耄"、"形容枯悴"、"精神昏昧"、"发白面皱"。由此,他认为世间变化"宁唯一纪二纪,实为年变;岂唯年变,实兼月化;何直月化,兼又日迁。沉思谛观,刹那刹那,念念之间不得停住"。他担心随着时间的推移,其身"终从变灭"。世尊引导他发现了3岁时、13岁时,直至而今(62岁时)观恒河之水"宛然无异"的真理,帮助他洗涤"尘垢",重新寻找到他遗失了的"真性",并由此获得"不生灭性"。世尊最后告诉他:"汝面虽皱,而此见精性未曾皱。皱者为变,不皱非变。变者受灭,彼不变者元无生灭,云何于中受汝生死?"《赤壁赋》与此段文字在结构上极为相似:赋中客人叹"哀吾生之须臾",主人则示其观水与月而解脱。佛经中波斯匿王的人生短暂的倾诉,亦是在世尊的示观水之性中获得慧悟。其结论也有惊人的相似之处:佛经中是大众"踊跃欢喜,得未曾有",赋中则"客喜而笑"。并且,所谓"变"与"不变"在以前的文学、哲学著作中,也未有合而论之者。总之,这是意与言同时受到佛经影响的典型例证。

朱维之《基督教与文学》一书开篇说:"释迦和耶稣就是两位亘古未有的、超凡入圣的大诗人。释迦在我们东方人心目中,早已成为灵感底泉源了。无数的诗人——印度的、中国的、日本的——曾从他那里得到了诗的感兴,从他那里进入诗底三昧。"所以,佛经及禅宗语录对诗词的影响虽不如散文那么直接,但其程度远远超过了散文。首先,佛经和禅宗语录中的偈颂与诗歌形式极相近。其次,佛经中的大量比喻、夸张及禅宗语录中反逻辑的思维方式都非常适合于诗歌。其三,中国诗歌喜用典,佛典能以简单的字面形式蕴含丰富的意义。其四,宋代文人思维内省化,传统的儒家诗教观指导下的创作模式显然不再适合,所以有必要向佛教借鉴。

佛经及禅宗语录对于诗歌创作的外在影响,首先表现在用佛典、用经、论和禅宗语录中的语词。王安石的《望江南·归依三宝赞》四首,赞众(僧)、赞法、赞佛各一首,第四首则是总赞。赞三宝当然不是自王安石始,《祖英集》卷下有《三宝赞》,其序云:"予天禧(1017—1021)中寓迹灵隐,与宝真禅者友,……一日,真公谓予曰:'近偶作《三宝赞》三十韵,宜请赓唱。'"可见,《三宝赞》是禅者常做的题目。王安石还有《诉衷情》三首、《雨霖铃》二首、《南乡子》一首,皆是咏佛经内容或禅宗语录。

钱锺书先生说:"词章家隽句,每本禅人话头。"他具体分析秦观与苏轼赠陶心儿的词和诗云:"如《五灯会元》卷三忠国师云:'三点如流水,曲似刈禾镰';卷五大同禅师云:'依稀似半月,仿佛若三星';皆模状心字也。秦少游《南歌子》云:'天外一钩斜月带三星',《高斋诗话》谓是为妓陶心儿作;《泊宅编》卷上极称东坡赠陶心儿词:'缺月向人舒窈窕,三星当户照绸缪',以为善状物;盖不知有所本也。"①宋代的文学家们多精通佛经和禅宗语录,而在诗词中运用自如,因此,阅读他们的作品有时特别需要注重文化阐释。像辛弃疾的《浣溪沙·别成上人并送性禅师》中"梅子熟时到几回,桃花开后不须猜",皆是从禅师机锋中化出。苏轼《南歌子》"师唱谁家曲",人们注意到其"师唱谁家曲,宗风嗣阿谁"出自禅师之语,却忽视了苏轼携妓谒大通禅师本身就是斗机锋,所以,一般认为这是苏轼的恶作剧。《维摩诘经·菩萨品第四》持世菩萨自言遭魔波旬携一万二千天女骚扰而不知所措,这时维摩诘居士却以大乘法将计就计,反而使魔波旬惊惶失措。由此观之,苏轼此词乃是以大乘法自诩,由此亦可以更好地理解僧挥闻此所作的和词。②

诗歌中佛典的运用在宋代是非常普遍的。陈与义《闻葛工部写

---

① 钱锺书:《谈艺录》,第 226 页,中华书局 1984 年版。
② 僧挥和词乃《南柯子》"解舞《清平乐》"。

〈华严经〉成随喜赋诗》一诗中就用了"如来性海"、"画沙累土"、"居尘念不起"、"法中龙象人师子"等①。但是,黄庭坚、范成大在诗中所用佛典(包括禅宗语录)就更为引人注目,他们不仅写得多,而且用得圆转无痕迹。

黄庭坚主张"无一字无来处",又说要"点铁成金",他精心研究过的佛经和禅宗语录自然成了他写诗的重要语言武库。他的诗中用到过《楞伽经》《楞严经》《圆觉经》《维摩诘经》《法华经》《大智度论》等经书,又用到过《坛经》《神会语录》《景德传灯录》等当时流行的禅宗典籍。例如,他在《次韵文潜》中用到"欢喜"、"诸妄"、"经行"、"秘密藏"等语汇,在《寄黄龙清老》之三用到"骑驴觅驴"、"风流只自知"等禅师语录。

至于范成大,钱锺书先生《宋诗选注》中有精辟的论述:"他就喜欢用冷僻的故事成语,而且有江西派那种'用释氏语'的通病,也许是黄庭坚以后、钱谦益以前用佛典最多、最内行的诗人。"②范成大自幼多病,而佛家所谓"四苦"就有"四大增损"的病苦,因此,以佛说病虽无助于解除肉体的苦痛,却可以舒缓其精神的烦躁。《夜中绝句》之一用维摩诘因病说法(《文殊师利问疾品第五》)和丈室中天女散花(《观众生品第七》)来消解"蒲团软暖无时节,夜听蛟雷晓听鸦"的养病中的寂寞与无聊。其《病中三偈》之三云:

> 莫把无言绝病根,病根深处是无言。丈夫解却维摩缚,八字轰开不二门。

"无言"乃空却事相,依于义而不依于文字。"根"即根尘烦恼。"不二门"是佛教所谓八万四千法门之上的趣入圣道的途径。《维摩诘经·入不二法门品第九》在诸大弟子说不二法门之后,维摩诘以"默然无言"说,文殊菩萨叹曰:"善哉善哉!乃至无有文字语言,是真不二法门。"这里范成大以"病根"为"无言"之因,则解开维摩诘

---

① 《陈与义集》,第89页,中华书局1982年版。
② 钱锺书:《宋诗选注》,第218页,人民文学出版社1982年版。

以无言说不二法门长期以来对人们的束缚。禅者最忌拾人余唾、蹈袭他人。又《涅槃经·圣行品》有"生灭灭已,寂灭为乐"的雪山八字,范成大在病中因病苦故能以雪山八字轰开不二法门,乃是故意要以这种语言游戏出维摩头地。钱锺书先生在《宋诗选注》中说其用僻典使人们"对他的痛苦不免减少同情",但是,范成大用佛典作这些诗正是期于自娱,是为了用佛经中语言的魔力减轻痛苦,其本意就未尝要人同情。

　　诗词受佛经和禅宗语录的影响,并非只表现为用佛语,也表现在表达方式等方面。方东树就认为苏轼的《百步洪》"全从《华严》中来"①。翁方纲则以为此等连用比拟,"盖出自《金刚经》偈子耳"②。试比较《华严经》卷63,休舍婆夷以九喻为善财童子说"离忧安隐幢"(即解脱之名),与苏轼以一连串的比喻描绘百步洪水流的湍急,真是如出一辙。相对而言,禅宗语录的表达方式对宋诗的影响更大。例如打猛诨入、打猛诨出,不犯正位、切忌死语,参活句莫参死句等。

　　"打诨"本是唐宋参军戏中参军与苍鹘两个角色的滑稽可笑的对话与动作。禅师示人,往往有似参军戏的打猛诨入,使人于此而参悟;然后,打猛诨出,下一转语,出人意料。宋代诗人以此作为诗歌结构布局的一种方法。吕本中说:"东坡长句,波澜浩大,变化不测,如作杂剧,打猛诨入,却打猛诨出也。"③翁方纲则具体将苏轼的题画诗《李思训画长江绝岛图》与其《出颍口初见淮山是日至寿州》对看,以为前者"其妙毕出矣"。他认为,后者"初无故事可以打诨",而前者"则'舟中贾客',即上文'棹歌中流声抑扬'者也,'小姑',即上之'与船低昂'之山也,不就俚语寻路打诨,何以出场乎?

---

① 方东树:《昭昧詹言》,第299页,人民文学出版社1961年版。
② 翁方纲:《石洲诗话》卷3,《谈龙录　石洲诗话》,第99页,人民文学出版社1981年版。
③ 吕本中:《童蒙诗训》,见胡仔《苕溪渔隐丛话》前集,第285页,人民文学出版社1962年版。

况又极现成,极自然,缭绕萦回,神光离合,假而疑真,所以复而愈妙也"①。又叶梦得曾指出苏轼《白鹤峰新居欲成,夜过西邻翟秀才》诗中结句"系戆""罗带"、"割愁""剑铓"之语,"大是险诨"②。但是,最早从理论上提出以"打诨"安排诗歌结构的是黄庭坚,他说"作诗正如作杂剧,初时布置,临了须打诨,方是出场"③。黄庭坚的创作实践也屡次出现这样的布局,王起先生认为:"山谷《题伯时顿尘马》诗'竹头枪地风不举,文书堆案睡自语'是打猛诨入;'忽看高马顿风尘,亦思归家洗袍袴'则打猛诨出矣。"④而其著名的《子瞻诗句妙一世乃云效庭坚体……》一诗,先说自己的诗不如苏轼,然后,以"小儿未可知,客或许敦厐。诚堪婿阿巽,买红缠酒缸"为结句,以己之子配苏轼孙,正言谐说,乃是说其诗亦当在苏轼之下。这正是打猛诨出的又一典型例子。

蔡絛《西清诗话》说黄庭坚诗"一似参曹洞下禅"。而对黄庭坚、陈师道诗有精深研究的任渊,在《后山诗注目录序》中以为:"读后山诗,大似参曹洞禅,不犯正位,切忌死语,非冥搜旁引,莫窥其用意深处。"曹洞宗的创立人是洞山良价(807—869)及其弟子曹山本寂(840—901)。曹山本寂在对《洞山五位显诀》《洞山五位颂》的注释中对"偏正"、"兼带"作了明确的阐释。其说"或有正位中来者,是无语中有语"有云:"又有借事,正位中来者,此一位答家,须向偏位中。明其体物,不得入正位明也。"⑤本寂认为,所谓正位"即属空界,本来无物",是"朕兆未生"的本体世界;而偏位则是色界的"有万形象",是"森罗万象"的现象世界。⑥ 这用于诗歌就是要创造具

---

① 翁方纲:《石洲诗话》卷3,《谈龙录 石洲诗话》,第98页,人民文学出版社1981年版。
② 叶梦得:《石林诗话》卷上,何文焕辑《历代诗话》,第411页,中华书局1981年版。
③ 《王直方诗话》引,郭绍虞辑《宋诗话辑佚》,第14页,中华书局1980年版。
④ 王季思:《打诨、参禅与江西诗派》,《玉轮轩古典文学论集》,第337页,中华书局1982年版。
⑤ [日]玄契编次:《抚州曹山本寂禅师语录》卷下,《解释洞山五位显诀》,《禅宗语录辑要》,第47页,上海古籍出版社1992年版。
⑥ 参见智昭集《人天眼目》卷3《五位君臣》,同上书,第883页。

有一定张力的语言系统,让读者自证自悟。钱锺书先生注陈师道《别三子》中"夫妇死同穴"云:"陈师道的意思说,自己一对夫妇活生生的拆开,只有等死后埋在一起了。"①"死同穴"是偏位,"谷(朱熹注曰:生)则异室"才是正位,然而诗中不言生离别,而说"死同穴",就是不犯正位。陈师道的名作《春怀示邻里》除了"剩欲出门追语笑"、"屡失南邻春事约"闪烁其词地明说诗人自己外,都是说与诗人无关的物象,而钱锺书先生的阐释却字字句句关涉着诗人,这正是诗人自觉的艺术追求的结果。

宋人诗歌题材的选择和哲理诗的兴盛两方面也与佛教禅宗有一定的关联。唐以前的雅文学对题材有许多规定性而宋代似乎什么都可以入诗,梅尧臣甚至以粪蛆、喷嚏入诗。我们认为这也与禅宗思想有关,禅宗大德们认为,"青青翠竹,尽是法身;郁郁黄花,无非般若"。甚至狗也有佛性,关键在于以法眼观,所以,不管什么内容,只要生活中存在的,只要以诗的眼睛去看,都是诗,等无差别。连佛祖都可以"干屎橛"、"破瓦砾"指代之,在诗中言咏又何妨呢?梅尧臣《绍岩上人宁观》诗竟然劝绍岩"曷若冠带共甘浓"②,可见他的确是敢于蔑视规矩的诗人。而自梅尧臣以来,到南宋陆游等,几乎都是沿着生活中万物万事皆是诗的道路发展的。

关于哲理诗,钱锺书先生在《谈艺录》"说理诗与偈子"一条中已有详尽、精辟的论述。说理诗或词,往往与佛经或禅门偈子极有相关处。重显《祖英集》中多说理诗,有些就名之为"偈"。禅家主张舍筏登岸,不可为其先哲的语言障所蔽。重显《庭前柏树子》有云:"人问来指庭前树,却令天下动干戈。"说的是天下禅者纷纷阐释"庭前柏树子"这一公案的情况。诗中进而批评云:"赵州夺得连城璧,秦王相如总丧身。"③人们参赵州此话往往徒为言语之障所缚

---

① 钱锺书:《宋诗选注》,第118页,人民文学出版社1982年版。
② 朱东润校注:《梅尧臣集编年校注》,第224页,上海古籍出版社1982年版。
③ 重显:《庭前柏树子二首》,《祖英集》卷上,《四库全书》本。

而堕入恶道,丧失了自我。因此,要不丧失自我,就得用自己的头脑去思考、去领悟。元礼要普融参"倩女离魂话",倩女离魂本是一个爱情故事,普融却能于中参出修悟禅法的真谛,而且全不蹈袭他人。偈云:"二女合为一媳妇,机轮截断难回互。从来往返绝踪由,行人莫问来时路。"①目不识丁的净全禅师则由《摘椒颂》的创作开始大彻大悟,使"老师宿学所不能及"。颂云:"含烟带露已经秋,颗颗通红气味周。突出眼睛开口笑,这回不恋旧枝头。"②宋代禅师的这些偈颂都蕴含了很深的禅理,但这种具有依傍言语创作的形象,突出了语言之障的偈颂本身也可以看作哲理诗。宋代文学家的不少创作还直接借用了禅师的作品。黄庭坚的《诉衷情》"一波才动万波随"就是借钓鱼的意象,喻其修禅到顿悟的过程,与德诚禅师的偈语"千尺丝纶直下垂,一波才动万波随。夜静水寒鱼不食,满船空载明月归"③完全相似。宋代的诗人们也和禅师们一样,追求百尺竿头更进一步。秦观的"两情若是久长时,又岂在朝朝暮暮",将人们常用来表现离别之苦的牛郎、织女故事翻成考验爱情是否坚贞的试金石。苏轼的《琴诗》是用人们熟悉的东西说万物缘起之理,而他在《与彦正判官》的信中自言为偈④。这些充分说明了宋代诗与佛偈交融的状况。

第三节 佛教对文学观念和文学批评方法的影响

中国文学批评史上著名的《文心雕龙》的作者刘勰是在寺院文

---

① 明河:《补续高僧传》卷9《元礼首座普融知藏传》,《高僧传合集》,第668页,上海古籍出版社1991年版。
② 明河:《补续高僧传》卷10《净全传》,同上书,第675页。
③ 道原:《景德传灯录》,《四部丛刊》本卷14题为《拨棹歌》,实为偈语。
④ 《苏轼文集》,第1729页,中华书局1986年版。

化中成长起来的。唐代著名诗论《诗式》的作者则是僧人皎然。因此，佛教对文学批评的影响也是不可忽视的。

首先，宋代的僧人多爱批评诗文。天台宗智圆多读儒书，故极主儒家诗教之说。其《钱塘闻聪师诗集序》《松江重祐和李白姑熟十咏诗序》《联句照湖诗序》《崇福院寺讲院序》等文章中反复申述其观点。他认为诗之道在于"善善，恶恶"，在于"刺焉俾远，颂焉俾迁。乐仁而忧义，默回而崇见"，以实现厚人伦、移风俗、复王道。他反对当时华而不实的专门写山容水态、述游仙洞房的题材，主张言涉教化、谲谏，而状物色、叙别离仅是其中一类而已。他还反对拘四声、避八病、变其声、偶其字的形式主义倾向，要求辞与理和谐统一。他并不完全否定诗歌的审美功能，甚至认为适性情、叙闲逸、美太守的主题也属于刺焉、颂焉之道。他的诗美主张是格调清卓、气高语淡、辞近意远、志苦情深，这完全是僧人的审美心态。契嵩论文也多从"仁义礼智信"的人文着眼。其《文说》的结论云："我欲载之空言，不如见于行事之深切著明也，圣人岂特事其空文乎？"不过，他写这些文字的主要目的在于借宣扬人文以达到反击当时所谓古文家如石介等对于佛教的攻击。当然，有些僧人并不一定有文学批评的文章传世，但是他们对具体作家的批评也很值得注意。例如，法秀批评黄庭坚写作艳语云："翰墨之妙，甘施于此乎？"又曰："汝以艳语，动天下人淫心，不止（入）马腹，正恐生泥犁中耳！"①这颇能代表僧人对艳情词的一般看法。

但是，真正从文学本体着眼的诗僧们，不仅以诗词作佛事，也对诗词的创作理论有所丰富。惠洪有《冷斋夜话》《天厨禁脔》。《天厨禁脔》三卷，是专论诗格的著作。而《冷斋夜话》十卷，虽非论诗专著，但影响很大。他认为诗贵在于真，"文章以气为主，气以诚为主"，作诗应当"沛然从肺腑中流出"，"不见斧凿痕"。他又重意兴，

---

① 明河：《补续高僧传》卷8《法秀传》，《高僧传合集》，第662页，上海古籍出版社1991年版。

以为"古之人意有所至则见出情,诗句盖其寓也"。因此,意兴所到,即是好诗。他认为论诗"当论其意,不当泥其句","诗者妙观逸想之所寓也,岂可限于绳墨哉?"居简论诗宗祖晚唐,他说:"晚唐之作,《武》尽美矣,李杜韩柳际天涛澜,注于五字、七字,不渗涓滴,铿锵畏佳,尽掩众作。或曰:'晚唐日新,唐风日不竞。'莫不哗然咻之。"①他又赞扬葛天民的诗说:"如古画工投胶于丹碧,求痕于胶,空云鸟迹,虽离娄子莫得其朕。"②他还以禅宗自作宗祖的观点,主张"以自己为准的","事与境触,情与物感,发之于言,惟志之所之"③,反对转相剽剥。

其次,宋代禅学的普及与深入直接影响到宋代诗学,主要表现为诗话的产生和以禅论诗的兴盛。一般认为,诗话是在禅宗语录的直接或间接影响下产生的。首先,它在语言文字上平易通俗,与禅宗语言十分相似。其次,它摒弃了笔记小说博杂芜乱的内容,专门记录有关诗歌创作与欣赏的内容,也与禅宗语录中围绕禅师上堂示人参悟的门径一样。至于以禅论诗,我们认为有两层含义:一是从欣赏的角度,将阅读诗歌的审美愉悦类比为参禅入悟之境界;一是从写作的角度将学诗的过程类比为修禅的过程。林昉《题宋僧实存〈白云集〉》云:"诗有参,禅亦有参;禅有悟,诗亦有悟。"在人类的感性、知性、理性之上的悟性,实际上并不是什么神秘的东西,而是建立在感性、知性、理性基础上的人们所获得的真理的自我显现。这种自我显现当然适用于文学创作和文学欣赏。

苏轼《题李端叔诗后》有云:"暂借好诗消永夜,每逢佳处辄参禅。"就是说他欣赏到李端叔诗中的精妙处的感觉如参禅入悟一样。这些精妙之处究竟造成了他怎样的审美快感呢?诗中又拈出"愁侵砚滴初含冻,喜入灯花欲斗妍"④,用两种境界加以说明。曾幾《东

---

① 居简:《跋卧云楼诗》,《北磵集》卷7,《四库全书》本。
② 居简:《跋朴翁诗》,同上书,卷7。
③ 居简:《跋常熟钱竹岩诗集》,同上书,卷7。
④ 《苏轼诗集》卷30,第1563页,中华书局1982年版。

轩小室即事》自言"炷香玩诗编"、"参此如参禅",又说他此时的审美心境是在"闲无用心处"①。范温《潜溪诗眼》云:"识文章者,当如禅家有悟门。夫法门百千差别,要须自一转语悟入。如古人文章,直须先悟得一处,乃可通其他妙处。"②接着他又以柳宗元《晨诣超师院读禅经》诗一段,为人们解说参悟门径。不过,我们认为,范温虽是煞费苦心地解说,却破坏了人们对诗的参悟,而苏轼、曾几说得含含糊糊,不犯正位,反而倒真正能指示人对文章的艺术境界有所参悟。因为这实在是建立在读者对于禅学经验和诗学经验相互融通的基础之上的感悟,万不可落入言筌。

禅宗以具象显示抽象的表达方式,以非逻辑、反逻辑摆脱真俗二谛的思维方式,以渐修、遍参进入顿悟的修禅手段,都与读者体验诗歌意象、境界的方式与过程相似。因此,人们又常常以禅师上堂的话语表达对于文学鉴赏的感悟。张舜民说王安石的诗"如空中之音,相中之色,人皆见闻,难可捉摸"。③ 严羽《沧浪诗话·诗辨五》又以此语评说盛唐诸人的诗。诗之神韵,其言有尽而味无穷,很难以三段论式的逻辑语言加以评论,即使是现代西方诗学也时有捉襟见肘之感。禅理本身超绝于语言之外,而禅师的言语又同样超越了文字的所指。惠洪《冷斋夜话》卷4中记其弟超然论王维、王安石诗的一段文字就极有趣:

> 吾弟超然喜论诗,……尝曰:"……王维摩诘《山中》诗曰:'溪清白石出,天寒红叶稀。山路原无雨,空翠湿人衣。'舒王《百家夜休》曰:'相看不忍发,惨泊暮潮平。欲别更携手,月明洲渚生。'此皆得于天趣。"予问之曰:"句法固佳,然何以识其天趣?"超然曰:"能言萧何所以识韩信,则天趣可言。"

以"萧何所以识韩信"说"天趣",恰似禅师说禅。但是,如果视之为

---

① 曾几:《茶山集》卷2,《四库全书》本。
② 魏庆之编:《诗人玉屑》,第326页引,上海古籍出版社1978年版。
③ 赵与时:《宾退录》卷2引,《学海类编》本。

以直感论诗则是不妥的。因为论诗者借完整的禅学构架以论诗,虽是点评式的只言片语,却需还原到禅学理论和禅学经验中才能真正把握得住。

中国的文学批评,一贯注重知人论世。所以,除了将参禅和诗歌审美直接类比或借用其语言及思维方式加以批评之外,又有一种将人、禅、诗三者合论的模式。蔡絛《百衲诗评》:"黄太史诗,妙脱蹊径,言谋鬼神。唯胸中无一点尘,故能吐出世间语。所恨务高,一似参曹洞下禅,尚堕在玄妙窟里。"①评人论诗,或褒或贬,皆融入禅语之中。敖陶孙《臞翁诗评》则曰:"吕居仁如散圣安禅,自能奇逸。"②此虽偏于说诗,亦兼及于人。

唐代诗歌的盛极难继,迫使宋人开始对诗歌形式与技法理论进行自觉的研究,并努力以法示人。但是,由语言、文字、音律到诗歌的魔力是什么?方法、过程又如何?与诗歌审美一样,难以言传。下面说说宋人是怎样以禅说创作的。

第一,划宗立派,主张入门要正。禅宗南北宗之争后,北宗沉寂,南宗经唐五代形成了沩仰、法眼、临济、云门、曹洞五家。到宋代,除了沩仰、法眼不传外,其他三家各有其嗣,而临济又分为黄龙、杨岐二支。诸多宗派,虽不如南北二宗那么对立,但亦以各祖师门庭设施不同,宗旨有别,自以为正宗。这种作风影响到文学,出现了文学史上第一个自觉的诗歌宗派——江西诗派。范温《潜溪诗眼》云:"学者先以识为主,禅家所谓正法眼,直须具此眼目,方可入道。"③所以,吕本中作《江西诗社宗派图》,推尊杜甫、黄庭坚、陈师道为一祖二宗,特别张扬黄庭坚的诗法,以为"豫章(黄庭坚)始大出而力振之"④。周紫芝曾戏谑说:"吕舍人(吕本中)作《江西宗派

---

① 胡仔:《苕溪渔隐丛话》后集,第257页引,人民文学出版社1962年版。
② 魏庆之编:《诗人玉屑》卷2引,上海古籍出版社1978年版。
③ 胡仔:《苕溪渔隐丛话》,第27页。
④ 吕本中:《江西诗社宗派图序》,胡仔《苕溪渔隐丛话》前集,第327页。

图》,自是云门、临济始分矣。"①这虽是戏言,却道出了实情,南宋以宗祖江西入诗门者极盛,曾幾是吕本中的同龄人,但也曾问诗法于吕本中,其有诗云:"工部(杜甫)百世祖,涪翁(黄庭坚)一灯传。"(《东轩小室即事五首》之一)杨万里《送分宁主簿罗宏材秩满入京》则云:"要知诗客参江西,正似禅客参曹溪。"赵蕃《书紫微集后》曰:"诗家初祖杜少陵,涪翁再续江西灯。"到了刘克庄,又更为系统地论列江西派诗人。他认为黄庭坚"为本朝诗家祖宗,在禅学中比得达摩"②。在给学诗者作的《茶山(曾幾)、诚斋(杨万里)诗选序》中,他又进一步以禅宗传法线索比拟江西诗派的承传:"比之禅学,山谷,初祖也;吕(本中)、曾(幾),南北二宗也;诚斋稍后出,临济德山也。"③江西诗派一贯主张由杜甫开始参学,而刘克庄却主张从黄庭坚入手,不然就不免"失之拙易",可见江西诗派的理论家指示后学的苦心。

以叶适、四灵为前驱的江湖诗派,虽没有黄庭坚那样杰出的诗人支撑,也没有周详的宗派图,不过,它的出现却显然是在江西诗派的刺激下产生的。他们以贾岛、姚合之诗法为学诗门径,也产生了一定的影响。刘克庄《题蔡炷主簿诗卷》有云"旧止四人为律体,今通天下话头行",说的就是江湖诗人普遍以四灵参学诗歌的方法为"话头"的局面。江西派以杜甫、黄庭坚诗为入门参悟的起点,实在太高,并不适合于每一个学诗者,人们退而选择贾岛、姚合作为参学的第一步是可以理解的,并非生于乔木,迁于幽谷。

虽然江西、江湖各以其入门途径为是,但是南宋末年杰出的诗歌理论家严羽却旗帜鲜明地批评其入门不正:"禅家者流,乘有小大,宗有南北,道有邪正;学者须从最上乘,具正法眼,悟第一义。若小乘禅、声闻、辟支果,皆非正也。论诗如论禅:汉、魏、晋与盛唐之

---

① 周紫芝:《竹坡诗话》,何文焕辑《历代诗话》,第355页,中华书局1981年版。
② 刘克庄:《江西诗派小序》,《历代诗话续编》,第487页,中华书局1983年版。
③ 刘克庄:《后村先生大全集》卷97,《四部丛刊》本。

诗,则第一义也。大历以还之诗则小乘禅也,已落第二义矣。晚唐之诗,则声闻、辟支果也。学汉、魏、晋与盛唐诗者,临济下也。学大历以还之诗者,曹洞下也。"①所以,他主张:"夫学诗者以识为主:入门须正,立志须高。以汉、魏、晋、盛唐为师,不作开元、天宝以下人物。"②这正是针对江西派学黄庭坚、江湖派学晚唐而言的。其《诗辨五》更明确指出:"至东坡、山谷始自出己意以为诗,唐人之风变矣。山谷用工尤为深刻,其后法席盛行,海内称为江西宗派。近世赵紫芝(师秀)、翁灵舒(卷)辈,独喜贾岛、姚合之诗,稍稍复就清苦之风,江湖诗人多效其体,一时自谓之唐宗,不知止入声闻、辟支之果,岂盛唐诸公大乘正法眼者哉!"尽管宋末并未形成以严羽主张为宗派的诗歌流派——他周围的诗人也没有江西派与江湖派的创作实力,但其宗法汉、魏、晋、盛唐的理想仍然是美好的。

第二,参禅与学诗的悟入之前皆强调工夫。如何参学前贤的作品呢?韩驹《赠赵伯鱼》云:"一朝悟罢正法眼,信手拈出皆成章。""悟"是诱人的,但是如何悟入呢?吕本中《童蒙诗训》曰:"作文必要悟入处,悟入必自工夫中来,非侥幸可得也。"吴可《学诗诗》把这工夫说得很形象:"学诗浑似学参禅,竹榻蒲团不计年。"陆游《赠王伯长主簿》云:"学诗大略似学禅,且下工夫二十年。"《夜吟》其二云:"六十余年妄学诗,工夫深处独心知。"杨万里《和李天麟》之二亦云:"句法天难秘,工夫子但加。"这里表面看来只是谈参学的时间长短,仿佛时间与工夫是成正比的,实则不然,这是借可以言传的时间说"独心知"的参学、体悟程度。

怎样参学体悟呢?叶梦得《石林诗话》以参杜甫诗歌为例作了说明:

> 禅宗论云门有三种语:其一为随波逐浪句,谓随物应机,

---

① 严羽:《沧浪诗话·诗辨》,郭绍虞校释《沧浪诗话校释》,第11页,人民文学出版社1983年版。
② 同上书,第1页。

不主故常。其二为截断众流句,谓超出言外,非情识所到。其三为函盖乾坤句,谓泯然皆契,无间可伺。其浅深以是为序。余尝戏为学子言,老杜诗亦有此三种语,但先后不同。"波漂菰米沉云黑,露冷莲房坠粉红"为函盖乾坤句;以"落花游丝白日静,鸣鸠乳燕青春深"为随波逐浪句;以"百年地僻柴门迥,五月江深草阁寒"为截断众流句。若有解此,当与渠同参。①

《诗人玉屑》列此条于杜诗评论中,则"当与渠同参"的对象自是杜甫诗歌。云门三种语的顺序常常是:截断众流、随波逐浪、函盖乾坤(或者:随波逐浪、截断众流、函盖乾坤)。何以参学杜诗要"浅深""先后不同"呢?杜甫《秋兴八首》(之七)中"波漂"一联以"黑"、"红"二颜色统诸色相,正可谓"泯然皆契,无间可伺"。这在作者的创作来看,可以说是妙悟的极高境界,但对于以杜诗为参悟对象的学者来说,却是无法可窥的第一步的感觉。所以,叶梦得以此联比喻为参杜诗的第一阶段。杜甫《题省中壁》"落花"一联,则随眼前所见写春景,正在凡与圣、有法与无法之间,故以此喻参习的第二步。而杜甫《严公仲夏枉驾草堂兼携酒馔得寒字》中"百年"一联,可喻为不管时间多长、空间多远,佳境(五月正夏日也,故"寒"为佳境,且佛教亦多以寒、凉为清净法场)终可到也,正是第三阶段。参禅者由有法到无法而悟入,参诗者则由无法而有法,所以,叶梦得以三句杜诗喻参杜诗的三个阶段,虽为戏言,实乃学杜诗的心得。

除了对重要作家系统参学之外,人们又要求学者像禅师们那样"遍参"。宋代禅者往往不以一个老师为满足,而是常常要遍参当世大德,在未契于一家宗旨之前算不上某宗某派的法嗣。慧眼识慧根,慧根也有权寻觅适合于自己的参禅方式,"遍参"就成了一种时尚。诗家则以遍参比喻增广见闻、学习百家之长,促进悟入,以形成自己的风格。韩驹《赠赵伯鱼》云:"未悟且遍参诸方。"杨万里自述学诗经历曰:"受业初参且半山,终须投换晚唐间。《国风》此去无

---

① 叶梦得:《石林诗话》卷上,何文焕辑《历代诗话》,第406页,中华书局1981年版。

多子,关捩挑来只等闲。"①在《书王右丞诗后》又云其由韦应物、王维、柳宗元、陶渊明、杜甫到庾信、阴铿的学习过程。

不过,详细论述遍参诸家的还是严羽。他反对以书本为诗,但又强调所谓从上做下的参学方法,反对江西派、江湖派从下做上的参学方法。他说:"天下有可废之人,无可废之言。诗道如是也。若以为不然,则是见诗之不广,参诗之不熟耳。"所以,他要求从汉魏之诗直参到苏黄以下诸家之诗,这样"其真是非自有不能隐者"②。

第三,禅与诗相通的关键在于一个"悟"字,因此,"悟"也是习诗者追求的最终目标。什么是悟?悟就是特别颖慧的心机开发,是真理的自我显现。但是,这种文字诠释往往落入"意碍",不如以具体事例说明:世尊拈花是传法,迦叶微笑便是领悟。但诗人常常要凭借文字才能悟入,即使像《云卧纪谭》上说到的韩驹由《楞严》《圆觉》二经悟入而"词诣理达"的例子,也是借助了经书的语言。不过,谈到"悟",诗人们也常常只能像禅师那样以具象言之。陆游《夜吟》之二云:"夜来一笑寒灯下,始是金丹换骨时。"这"一笑"何尝不是大迦叶的微笑呢?而"金丹换骨"的刹那间的质变又怎能用抽象的逻辑语言描述呢?龚相《学诗诗》写悟入的感觉则曰:"高山流水自依然。"陆游的老师曾幾《读吕居仁旧诗有怀》看似评吕本中的诗,实际上也是写自己悟入后的作诗经验。诗曰:"其圆如金弹,所向若脱兔。风脱春空云,顷刻多态度。铿然奏琴筑,间以八珍具。"理论家严羽没有悟入的自我经验,在《沧浪诗话·诗辨》中虽然强调"大抵禅道惟在妙悟,诗道亦在妙悟",但"妙悟"是什么呢?严羽只能从文学史上拈出韩愈和孟浩然来,用求同法、求异法来说明。

"悟"虽不可言传,但既是指示后学总得有"入处"可以说。曾季狸《艇斋诗话》云:"后山(陈师道)论诗说换骨,东湖(徐俯)论诗

---

① 杨万里:《答徐子材谈绝句》,郭绍虞等编《万首论诗绝句》,第84页,人民文学出版社1991年版。

② 严羽:《沧浪诗话·诗辨》,郭绍虞校释《沧浪诗话校释》,第313页,人民文学出版社1983年版。

说中的,东莱(吕本中)论诗说活法,子苍(韩驹)论诗说饱参,入处虽不同,然其实皆一关捩,要知非悟入不可。"这就是说"悟入"的"入处"有换骨、中的、活法、饱参诸说。关于饱参,在论遍参时已有所及,而换骨、中的与活法则皆为异名同实,其中吕本中的活法说影响最大。

惠洪《林间录》上载"洞上初禅师云:语中有语名为死句,语中无语名为活句"。参活句就是活法。语中有语则句中必及于法,而执于法必不能开悟。若语中无语,则一片混沌,传者便于无法中示法,令人开悟,无所滞碍。刘克庄《江西诗派小序》中引吕本中《〈夏均父集〉序》云:"学诗当识活法,所谓活法,规矩备具而能出于规矩之外,变化不测,而亦不背于规矩。是道也,盖有定法而无定法,无定法而有定法,知是者,则可与语活法矣。"由此,我们便不难理解杨万里、陆游诸人虽由江西入,却不由江西出的因由了,这也就是吕本中活法指导的结果。吕本中是深受宗杲禅学影响的诗人和文艺理论家,他不仅在《大学解》中以悟说理,而且以悟说诗。但他对悟的解说,较之禅师们的空云鸟迹,甚至较之后来的理论家严羽所谓第一义之悟、透彻之悟的无法界定的范畴,要高明一些;因为他以活法为"入处",要学者在有定法与无定法的辩证关系中领略"悟"的真谛。

第三章

道教与宋代文学

"道教"这一概念少见于宋人文集中。南宋汪应辰《跋石洞霄传》曰:"刘歆叙《七略》以道家为诸子,神仙为方技。至道家者流有所谓黄帝力牧之书。盖非特不以道家为神仙,亦不以黄帝为道家也。自崔浩请颁寇谦之之说于天下,是后,道家、方技遂合为一。以黄帝为道家且不可,况又变而为方技乎?"①他坚持"道家"与"神仙、方技"有别,但也反映出同时人已有混用的现象。欧阳修《崇文总目叙释》有"道家类"曰:"道家者流,本清虚,去健羡,泊然自守。"②显然,这是汪应辰所谓未引入黄帝与方技的道家。但是,用什么来表示宋代那种已经掺和了方技等方面的"道家"呢?宋人一般仍用"道家"、"老氏之学"等,并没有进行清晰的概念区别。

今天,我们用"道教"来区别于作为诸子的"道家",道教的研究者们又将这一产生于东汉的宗教的巨大包容性作出了如下揭示:它在理论上吸取了老子、庄子的哲学思想,在斋醮仪式上吸取了远古原始宗教与巫术,在人神关系方面吸取了方技、传说,在卫生祛病

---

① 汪应辰:《文定集》卷12,《四库全书》本。
② 欧阳修:《欧阳文忠公集》卷124,《四部丛刊》本。

方面吸取了古代人体知识和医疗方法,在宇宙生成理论上吸取了阴阳五行之说。甚至,它在与儒释的斗争与共处中,吸收了儒家后期的谶纬之学和佛教完备的宗教仪式、组织形式、宣传手段。尽管道教有这样大的容量,但是,在研究其与文学的关系时,作为第一位的哲学思想却是无法忽略的。所以,本章在论述过程中并不回避道家美学思想,一方面是还宋人所谓"道教"的本来面目,另一方面也不与今人所讲"道教"中包容了道家思想相抵牾。

楼钥《望春山蓬莱观记》中说:"老(即道教)与佛之学行世尚矣,未知孰为轻重。然以吾乡一境计之,僧籍至八千八而道流不能以百,其居才十数,而佛庐至不可数,何耶?盖尝闻之欧阳公矣,大略以为'佛能箝人情而鼓以祸福,人之趋者众而炽,老氏独好言清净、灵仙之术,其事冥深不可质究,故凡佛氏之动摇兴作为力甚易,而道家非遭人主之好尚不能独兴'。"①这虽然是论说道教建筑之事的,实际上也反映了道教兴衰的契机在于"人主"的好尚与否。宋代的皇帝是重视道教的。有宋建国之初,太祖赵匡胤就采纳了镇阳龙兴观道士苏澄"无为无欲,凝神太和"②的治国之策。太宗因凤翔府道士张守真曾在他取得皇位继承权的问题上出过力,所以即位后,就在凤翔和汴京两处修建了上清太平宫;另外,太宗对陈抟也"待之甚厚"③。真宗则不仅在王钦若、丁谓的协助下制造了一次次降符箓的神话,而且,创造了一个叫做赵玄朗的赵氏始祖玉皇大帝。④ 徽宗经道士林灵素的导演把宋代皇帝崇道推到了高潮。⑤ 理宗为产生于北宋的道书《太上感应篇》题写"诸恶莫作,众善奉行",加以宣传。

当然,宋代的道教有其自身特点:即使上述在道教史上产生过

---

① 楼钥:《攻媿集》卷57,《四部丛刊》本。文中所引欧阳修文见《欧阳文忠公集》卷39《御书阁记》,《四部丛刊》本。
② 毕沅编著:《续资治通鉴》卷5,上海古籍出版社1987年影印世界书局本。
③ 《宋史》卷457,中华书局1976年版。
④ 参见毕沅编著《续资治通鉴》卷30、31。
⑤ 参见《宋史》卷21、467,中华书局1976年版。

重要影响的皇帝,也不再像前朝皇帝那样完全沉醉于长生不老及黄白之术。他们重道是出于风俗教化、政治宣传的考虑,其目的往往是为了"镇服四海,夸示戎狄"。而在这种风气之下的士大夫们学道要么是为寻求精神寄托,要么是借以点缀升平。这样,道教自身也必然自觉地顺着人们的需要发展:逐渐完整地建立了南宗内丹理论,摈弃了自葛洪以来的外丹学说,并将内丹理论与符箓相结合。特别是到了南宋,各教派趋向于相互融通。同时,还注意调整其与儒、释的关系,进一步吸取其有益因素,丰富和改造道教理论。

应该承认,道教对文学的影响有些是直接的。如:太宗时,负责校正道书的徐铉、王禹偁的作品中便有道教思想;从小受道教熏染的苏轼,在艺术风格上有庄周的汪洋恣肆特色;出身于崇道家族的陆游往往在作品中借助道教想象宣泄苦闷。有些是不直接的。例如:徽宗狂热地信奉道教,但除了他自己有关道教的文学创作之外,并没有给那个时代的文人创作打上烙印。而南宋时期统治者们的崇道狂热相对冷静之后,文学创作的道教色彩反而更加浓烈。这种不直接、不平衡的现象背后有着相当复杂的文化因素。

第一节　道教影响文学家的诸种不同途径

道教作为产生于中国本土的宗教,宋代文学家对之有着特别的亲切感,曾巩在反佛的同时,就主张不得已时可以道教来替代佛教在慰藉人们心灵上所起的作用。① 除了夷夏大防的原因之外,道士们往往"岩居而穴处,草衣而木食",在经济上也不会造成危害,所以,"君子亦有时取而言之"②。宋代的道教人物不单能用宗教医治人们的心灵,而且能医治人们肉体上的病痛,能够祈祷雨雪、消禳灾

---

① 参见《梁书目录序》《说非异》,《曾巩集》卷11、51,中华书局1984年版。
② 周紫芝:《书高道传后》,《太仓稊米集》卷67,《四库全书》本。

异;不少道士也是高明的相士,可以预卜吉凶前程。文学家在和他们的交往中自觉或不自觉地接受他们对道教的传播。上面说到道教几乎吸取了中国古代传统文化的各个方面,道教经典的知识性也是喜好夸博的宋代文学家摄取的对象之一,而道家哲学代表了中国文人灵魂的另一面,他们在居于山林、处江湖之远时,往往借以为重要的精神支柱。宋代的最高统治者利用道教进行政治宣传以实现其政治目的,所以,文学侍臣们必然作为其中的一分子厕身其间。中国古代的道教有极强的地域性。杜光庭《岳渎众山》记述的五岳、十大洞天、三十六靖庐、三十六洞天、七十二福地,①都是道教炽盛的地区。生长、学习、仕宦、游览这些洞天福地的文学家们也会或多或少受到熏染。家族文化是中国封建宗法制度下产生的基本文化细胞,家族的崇信道教对文学家的影响也是不可忽视的。为了便于论说,现从以下几个方面大致描述宋代文学家受道教影响的情况。

首先,政治的影响。一种政治手段对于文化、宗教的内在影响,往往不是立时便能看到的。五代后周的排佛造成了宋代北方文学家的崇道就是很好的说明。清人厉鹗辑出的宋初洛阳人李九龄诗,6首中就有4首写道教内容。② 宋初最杰出的北方文学家王禹偁,由于他对道教的崇尚,一度曾受命与南方学者徐铉共同整理《道藏》。他的诗、文、赋中常常寓载了道家的思想。王还在朝为官时,就有隐于道的愿望,其诗《送筇杖与刘湛然道士》云:"我年三十七,血气未全衰。况在紫微垣,动为簪笏羁。倚壁如长物,岁月无所施。"③或许有人说这不过是诗人在与刘道士对话中的矫情之语。那么,当他谪居时,道家的养性、全身之人生哲学在他诗中的表现应该可以肯定是真挚的。《谪居感事》云:"自此韬余刃,终当学钝锤。

---

① 参见《道藏·洞玄部》,本文所引道书皆本于文物出版社、天津古籍出版社、上海书店等1988年据上海涵芬楼影印本重印的《道藏》,所注册数亦本此书。
② 参见厉鹗《宋诗纪事》卷2。李九龄,宋太祖乾德五年进士第一,《宋史·艺文志》著录李九龄诗一卷。
③ 王禹偁:《小畜集》卷4,《四部丛刊》本。

穷通皆有数,得丧又奚悲?……兀兀拖肠鼠,悠悠曳尾龟。"①这决不是对庄周的重复,这里有王禹偁自己的人生经验在其中。当然,这毕竟还只是"知来者之可追"的话,似乎尚不足摆脱他忠而被谤的苦闷。《对雪感怀呈翟使君冯中允同年》一首中他又搬出庄子齐万物、等祸福的思想来自我安慰。他说:"梦中非蛱蝶,世上本蜉蝣。祸福如亡马,机关喻狎鸥。甘贫慕原宪,齐物学庄周。"②他甚至把《周易参同契》与他极其崇拜的杜诗并论曰:"子美集开诗世界,伯阳书见道精神。"③

政治的影响也是多方面的,所以,如果把宋初北方文学家重视道教完全归结为他们是在那种排佛重道土壤上成长起来的,那也不算全面、准确。还是以王禹偁为例,他的《小畜集》中的赋有不少是应制而作的,如《天道如张弓兮赋》宣扬"法天道",《卮言日出赋》鼓吹"君不言而黔首化,天不言而玉烛和",《复其见天地之心赋》赞颂"我后端冕凝旒,穷神知变,希夷之理斯极,清净之风克扇",这些都是在宋初皇帝提倡无为而治的政治主张笼罩之下的创作。

南宋末年许多爱国文学家在宋亡之后,作为遗民也纷纷皈依道教。他们不愿与异族统治者合作,保存了可贵的民族气节,同样可以视为一种政治的原因。刘辰翁序汪元量《湖山类稿》说汪氏"归江南,入名山,着黄冠,据槁梧以终"。郑思肖则自言"我自幼岁,世其儒;近中年,闯于仙;入晚境,游于禅"④。林景熙的传记材料中没有做过道士的经历,但他的《赠玉泉真士》诗云:"湛卢夜吼将安从,尔来长啸招葛洪。丹气不死横为虹,金胎十月还倥侗。三花自聚天无功,笑我双鬓垂秋蓬。十年白石煮不红,安得四方上下如云龙。"⑤这里不只有他对玉泉真人的崇拜,而且也表现了他对道教金

---

① 王禹偁:《小畜集》卷8,《四部丛刊》本。
② 同上。
③ 王禹偁:《日长简仲咸》,同上书,卷9。
④ 《三教记序》,《郑思肖集》,第277页,上海古籍出版社1991年版。
⑤ 林景熙:《霁山集》,第11—12页,中华书局上海编辑所1960年版。

丹之说的精通,想必他也有过学道炼丹的经验。

其次,家族传承渊源。西汉隐者梅福,在唐宋道教宣传中影响很大,《道藏·洞玄部》有《梅仙观记》一文可作佐证。诗人梅尧臣毫不犹豫地认了这个祖宗,并对道教产生了浓厚的兴趣。其《读〈汉书·梅子真(福)传〉》诗中赞扬道:"子真实吾祖,耿介仕炎汉。……危言识祸机,灭迹思汗漫。一朝弃妻子,龙性宁羁绊。九江传神仙,会稽隐廛闤。旧市越溪阴,家山镜湖畔。唯余千载名,抚卷一长叹。"①甚至,在另外的诗中他有用"吾祖"代道教的,如其《隐真亭》诗说乌程尉史某"作尉慕吾祖"②。这种认祖归宗的做法当然是建立在梅福的人格力量、生活态度对诗人产生了强烈影响的基础之上的,但是,同姓又不能不说是一个有效的契机。在梅尧臣《宛陵集》中又有为贫饿自缢而死的道士洒一掬同情之泪的③,有为"心存昆阆"、"夜瞻北斗"的刘道士唱一曲赞颂之歌的④。

南宋陆游的家族中,从高祖陆轸开始就虔诚地信奉道教。宋初文人陆轸"七岁犹不能语,一日,乳媪携往后园,俄而吟诗曰:'昔时家住海三山,日月宫中屡往还。无事引他天女笑,谪来为吏在人间。'"⑤这个有神奇色彩的故事或不可信,但陆轸好方外游是肯定的。正因为他好方外游,他的同僚们在他退隐时赠诗"多及神仙之事"⑥。陆游的《道室试笔》(六首之四)云:"吾家学道今四世,世佩施真《三住铭》。"⑦这个家族不单是给予了陆游对道教的信仰,而且留给了他家藏的 2 000 卷道书,其中就有陆轸自作的《修心鉴》。陆游的老师曾幾有诗作《陆务观读道书名其斋曰玉笈》,赞扬

---

① 朱东润:《梅尧臣集编年校注》,第 104 页,上海古籍出版社 1986 年版。
② 同上书,第 223 页。
③ 参见《修真观李道士年老贫饿无所依,忽缢死,因为诗以悼之》,同上书,第 100 页。
④ 参见《题刘道士奉真亭》,同上书,第 216 页。
⑤ 陈鹄:《西塘集耆旧续闻》卷 1,《知不足斋丛书》本。
⑥ 同上。
⑦ 钱仲联:《剑南诗稿校注》,第 3466 页,上海古籍出版社 1985 年版。

陆游"慨然发琅函"①的举动。当时,陆游才18岁。

宋末著名爱国诗人文天祥,在人们心目中,是个完全恪守儒家思想的文学家、政治家,事实上不然。文天祥《敬书先人题洞岩观遗墨后》曰:"……维先君子天韵冲逸,神情简旷。使一日脱人事之累,黄冠野服,逍遥林下,真所甘心焉。为子不德,使先志不获遂,捧轴却立,为之泫然。"②因为"黄冠野服,逍遥林下"乃其父之志,尽管他终究要为"山河破碎风飘絮"的祖国而献身,不能遂此志,但从他的诗文看,他也未曾忘却过。他曾经为道教的语怪开脱,他认为:"圣贤不语怪,而教人先内后外,未尝非神之意。神虽游于太虚,而考德问业,初无戾于圣贤之言。"③他又曾借用道士的道冠④,还曾和丹士一起"共谈弘景秘"⑤。

此外,我们还常常能在一些小作家的作品中读到他们对道教的信仰与其家族文化之间的联系。例如,南宋馆阁文臣周麟《送台道人》一诗就历述先辈学道经历,并强调"我生本是林泉人,失脚尘中困羁束","他年愿结白云朝,与君同看金峰鹄"。

其三,道士的直接传播。宋代的道士是知识阶层的重要组成部分。他们不仅有宗教知识,而且也往往具有科学、文学、医学知识,所以,道士们既是宗教的传播者,又是知识的传播者。陈抟就是这样一位道士。张咏布衣时从陈抟游,导致了他颇具道者性格:"喜任侠,学击剑,尤乐闻神仙事。"后来他出为蜀尹,乘车经过陈抟隐居的西岳华山时,寄诗云:"性愚不肯住山林,刚要清流拟致君。今日星驰剑南去,回头惭愧华山云。"⑥既不能完全背弃老师的教导,却又孜孜于功名,用"惭愧"二字来形容此时的心情是再恰当不过的了。

---

① 曾幾:《茶山集》卷1,《四库全书》本。
② 文天祥:《文山先生文集》卷14,《四部丛刊》本。
③ 文天祥:《龙泉县太霄观梓潼祠记》,同上书,卷9。
④ 文天祥:《借道冠有赋》,同上书,卷2。
⑤ 文天祥:《赠适庵丹士》,同上书,卷1。
⑥ 以上引文、引诗参见郭绍虞辑《蔡宽夫诗话》,《宋诗话辑佚》下册,第414页,中华书局1980年版。

不过,张咏即使是为政也不忘其学之所源,他以道家思想因西蜀之民情而治之,终于使经受了一次次浩劫之后的西蜀恢复了生机;他在道士们面前有时也不忘提一下"曾是嵩阳旧掩扉"①的学道资格。

陈抟对宋代文学家的影响远远不止一个张咏,他的《无极图》《先天图》的传授,几乎影响了整个宋代的学术。相传以提倡古文而闻名于世的穆修受学于陈抟的弟子种放。穆修以《先天图》授李元才,李元才授邵雍;又以《太极图》传周敦颐。② 穆修的传人邵雍的《击壤集》收于《道藏》太玄部"贱"字"礼"字2号中。然朱国桢《涌幢小品》以为"佛语衍为《寒山诗》,儒语衍为《击壤集》"。统观全书,我们认为,以《击壤集》归于道书一类固属不类,而以为它完全是"儒语"亦是不妥。既然其先天之学出之于道,而其人又恬淡自怡,迹似黄老,故其书实乃北宋儒道交融的代表作品。其集中《内丹诗》有云:"天心复处是无心,心到无时无处寻。若谓无心便无事,水中何故却生金?"③水中生金,即坎中生阳,所谓"产药"是也,由"无心"到自然成丹,正是陈抟钟吕丹法先性后命之道。又有云:"天根月窟闲来往,三十六宫都是春。"④此则明显是在描述其真气运行于上丹田"天根"和下丹田"月窟"时的感受,是其内丹实践的记录。再如,《三十年吟》(卷3)言处于有用无用之间的处世态度,《秋怀三十六首》之一(卷3)言"虚鉴自有光"、"虚心自有常"的生存哲学,而其《击壤吟》(卷7)不仅可以看出他全部创作的主旨和全部的人生态度的理论概括,而且也揭示其代表新道教放弃神仙之说、外丹之学,唯以修心为乐的端倪。

正因为初期理学家们和道教有着一定的亲缘关系,所以,将先天学、太极说合二而一的理学的集大成者朱熹对道教也很感兴趣。南宋熊禾云:"文公(朱熹)讲道武夷,力卫正学,独神仙一事不深

---

① 张咏:《送魏道士》,《乖崖集》卷5,《四库全书》本。
② 参见《宋元学案》卷12及《宋史·朱震传》。
③ 邵雍:《击壤集》卷8,《四库全书》本。
④ 同上书,卷16。

诋。《谷神》一章,久视之要,而《参同契》十三篇,立命之秘也。"①朱熹《武夷图序》虽批评"旧记相传诡妄不经,不足考信",而又为其"版图迫迮,澷漫亦难辨识"感到可惜,所以,对道士高文举"更定此本于其乡背隐显之间,为能有以尽发其秘"②予以表扬。朱熹又是理学家中比较优秀的文学家,他的作品有时也有超然物外之追求。南宋末徐元杰《跋朱文公秋夜叹》云:"晦庵(朱熹)先生《秋夜叹》之'叹'与《感兴篇》之'感',异辞同旨。神仙之事固诞,而翛然物外意则几矣。"③徐元杰是对朱熹崇拜备至的理学家真德秀的弟子,他对朱熹诗的理解应该是可靠的。

其四,地域文化的影响。中国文学研究中很早就有所谓"江山之助"④的说法。道教盛炽的名山大川,往往又是风景秀丽、钟灵毓秀而文人辈出的地方。如信州贵溪县的龙虎山、台州天台南部的天姥山、越州的若耶溪都是著名的福地。这些地方总是有道教色彩浓烈的名人传说,如鉴湖有贺知章、张志和的传说,其附近又有葛洪炼丹的三井。所以,在这些地方出生、居住、仕宦的文学家往往面对这些文化遗迹,产生皈依道教、逍遥世外的愿望。这种愿望在宋人作品中举不胜举,在《道藏》的记传类中亦有集中体现——各种仙都、仙宫记中往往有宋人的题诗、志铭等。

武夷山是道教的第六洞天,相传始皇二年(前245),有神仙武夷真君降世于此。宋初著名文学家杨亿就出生、成长在这里。关于杨亿的出生、为官等就有不少道教色彩的传说:"杨文公亿其初生也,母章氏梦羽衣人自言武夷仙托化,既而生,则一鹤雏也。"⑤"大年(杨亿)祖文逸,伪唐玉山令。大年将生,一道士展刺来谒,自称怀玉山人,冠褐秀爽,斯须遽失,公遂生。后至三十七,为学士,昼寐

---

① 熊禾:《昇真观记》,《勿轩集》卷3,《四库全书》本。
② 《晦庵朱文公先生文集》卷76,《四部丛刊》本。
③ 徐元杰:《梅野集》卷10,《四库全书》本。
④ 刘勰:《文心雕龙·物色》,《四部丛刊》本。
⑤ 《古今图书集成》,《方舆汇编·山川典》第184卷,《武夷山部》,中华书局1985年版。

于玉堂，忽自梦一道士来谒，亦称怀玉山人。坐定，袖中出一诰谍曰：'内翰加官。'取阅之，其榜上草写'三十七'字。大年梦中颇惊曰：'得非数乎？'道士微笑。又曰：'许添乎？'道士点头。梦中命笔，止添一点为'四十七'。至其数，果卒。"①这种传说当然不可信，但是，亦可据此推知杨亿学佛较晚，以及其《武夷新集》中咏武夷的篇什未尝不带有道气的原因。

演山是武夷洞天的一部分，黄裳曾长期生活在这里。《四库全书总目·〈演山集〉提要》云："同时庄念祖《述方外志》乃谓裳为紫微天官九真人之一，因误校籍堕人间云云，说殊诞妄。盖以裳素喜道家玄秘之书，又自称紫玄翁，往往爱作尘外语，故从而附会之耳。"然而，不可忽视的是这位延平（福建南平）诗人迷恋道教与其生活的地域是相关的。黄裳自云："演峰延平之北山，晋人演客寓焉。传者以为演客避晋炼丹于其上，丹成飞举而去，莫知其所自。……余宅在焉。"那里的风景是："朝云既断，万仞横空；夕照方收，千岩凝碧。神深气爽，果致高真发育，谁知遗丹常在？鸾鹤之踪，烟霞之景，牛斗之光，风雷之信，有时变现，南北相照。"这里不单有遗留态的演客飞升的文化信息，而且有自然态的人间仙境。因此，他"独游乎其间，或曳杖以穿云，或拏舟而泛月，对景无系，触类有感。道德之乡，义理之境，乘兴而言，惟意所在"②。庄子心中的"无何有之乡"衍化为黄裳逍遥于演山的真实之境，这虽是心灵投射于对象物的结果，也是自然环境、文化环境召唤人类心灵的结果。

茅山相传是三茅真君修炼之所。瓣香王安石的南宋诗人许纶有诗云："三茅观里仙为宅，七宝山头玉作堆。"③而楼钥"少年曾上三茅山"的经历对他一生的好道不能说没有影响，因为他五十余年之后追忆起来尚且曰"至今梦境犹班班"。那里有千岩万壑的自然

---

① 文莹：《玉壶清话》卷4，第37页，中华书局1984年版。
② 黄裳：《演山集·原序》，《四库全书》本。
③ 许纶：《游三茅忽得佳处留赠乡黄冠师》，《涉斋集》卷16，《四库全书》本。

景观,又有"元符玉晨纷幢幡,草庵精舍不知数"、"蓑衣相见黑虎谷,苍然白发犹朱颜",更有无数神仙传说:"人言春日羽衣会,胎禽终日来飞翻。玄帝大鼎秦皇璧,丹砂六千在流泉。"①这样强烈的宗教氛围深深摄进了一个少年的心。

  西蜀是道教的重要发源地,青城山、峨眉山都是洞天福地,道教许多传奇人物曾在这里活动。因此,宋代文学史上的西蜀作家三苏、文同、唐庚等皆与道教有着一定的联系。文同曾为刻于家乡邛州天庆观希夷先生陈抟的诗写跋语,对陈抟的道法、为人、文学等各方面皆予以充分的肯定。②离开故乡而仕宦之后,还与来自蜀、得异人传授的袁惟正等道士往来。③他笔下的青城山丈人观是这样的:"群峰垂碧光,下拥岷仙家。神皇被金巾,坐领五帝衙。威灵摄真境,俗语不敢哗。"这里的道士们"精心叩殊庭,俯首仰紫华。愿言凤罗盟,毕世驱尘邪。循奉蕊珠戒,期之飞太霞"④。法国史学家兼批评家丹纳曾经强调过环境对艺术产生的意义,认为艺术品的内容地域文化因子决定了同一地区诗人有着相近的宗教精神。⑤唐庚是苏轼的同乡和崇拜者,在苏轼贬惠州时,唐庚曾担心苏轼"局促应难耐",私下里希望苏轼"何当与道俱,逍遥天地外"⑥。这种"希望"不一定真的传达了苏轼,但苏轼后期作品中却自然而然地灌注了这种精神。而唐庚自己的确是一位受道教精神影响很深的诗人。他在逢遇一位"两鬓墨黑无斑毛,鹿胎冠子青纱袍"的80岁老道姑时歌唱道:"愿仙乞我瓢里一丸药,武陵溪上抖擞世俗腥与臊。不然教我蝉蜕羽化秘诀之一二,海山深处摘取王母千岁不熟之蟠桃。"⑦或许这种神仙精神就是历代西蜀文人不同凡响的本质之所在。

---

① 楼钥:《赠黄真护道人游茅山》,《攻媿集》卷6,《四部丛刊》本。
② 参见文同《书邛州天庆观希夷先生诗后》,《丹渊集·拾遗》卷下,《四库全书》本。
③ 参见文同《道士袁惟正字行之序》,《丹渊集》卷26。
④ 参见文同《青城山丈人观》,《丹渊集》卷3,《四库全书》本。
⑤ 参见丹纳《艺术哲学》第二章《艺术品的产生》,人民文学出版社1963年版。
⑥ 唐庚:《闻东坡贬惠州》,《眉山唐先生文集》卷17,《四部丛刊》本。
⑦ 唐庚:《走笔赠仙姑》,同上书。

以上只是为了论说方便而作的大致划分。应该承认,一种宗教对人所形成影响的方式是多样的,更多情况下是综合地发生作用,宋代文学家受道教影响即是如此。苏轼、苏辙兄弟与道教的关系就是典型的综合影响的结果:从家族文化方面看,他们从小学承其父苏洵,以儒学之外旁参老庄之学;从地域上看,西蜀是道教繁盛之邦;从师承上看,苏轼又曾在天庆观从道士张易简学习。这些必然是驱动他们后来系统地阅读《道藏》,学习炼丹、导引等的原因。同时,一个时代优秀的文学家由于其当时所造成的影响,常常能与那个时代道教名流发生交往。南宋刘克庄说:"近世丹家,如邹子益、曾景建(极)、黄天谷(春伯)皆余所善,惟白玉蟾不及识。"①在交往中,文学家们多少会获得神仙、炼丹等知识。从文学家的内部原因看,宋代文学家有夸博之风,缺少了道教知识往往无法阅读别人关于这种题材的作品,而那些非道教题材的诗词中用了道教语汇则更令人们无法阐释。南宋舒岳祥《新建委羽洞天大有宫记》云:"余每爱苏子瞻(轼)'空明流光'语为清绝,及观道家言委羽山为'空明洞天',则知子瞻语本此。"②杜光庭《洞天福地岳渎名山记》"十大洞天"曰:"第二委羽洞太有虚明天。""虚明"又作"空明"。北宋王安石是以读书广博为后世小说家所乐道的,当他读到苏轼《雪后书北台壁二首》(其二)中的"冻合玉楼寒起粟,光摇银海眩生花"时,便断定:"此出道书也!"可是他的女婿蔡卞只能理解为"咏雪之状,妆楼台如玉楼,弥漫万象若银海耳",故而遭到了王安石无情的一"哂"。③当诗人们在对道教知识接受并资以作为诗料的时候,总是同时接受了道教的思想,这是宗教语言、文化魔力作用的结果。

　　南宋陈著云:"道家者流自老庄氏,儒而托以自逸,今之世为多。"④在朝言儒,在野言老庄,是中国文人一贯的做法,而宋人往往

---

① 刘克庄:《王隐君六学九书序》,《后村集》卷24,《四部丛刊》本。
② 舒岳祥:《阆风集》卷Ⅱ,《四库全书》本。
③ 参见《苏轼诗集》,第605页,中华书局1982年版。
④ 陈著:《奉化县洞真观记》,《本堂集》卷49,《四库全书》本。

在贵为卿相时亦喜言道家学说。不过,有时为了某种因素,他们也可能贬抑老氏之学、神仙之说,但在看待这种作品时必须顾及全篇乃至作家的全部经历和全部文学创作,这样才能作出全面公允的判断。一般认为,欧阳修《感兴四首》是反神仙之说的,这实在是一个误会。《感兴四首》所感的并非是神仙之事,而是以神仙之事作为所感的垫衬而已:第一首,感叹长生无药;第二首,认为成仙、尸解同为化去,不如超出生死之外;第三首,怀疑神仙之说的可靠。如果单凭这三首诗或许也可以认为他是反神仙之说的,但是,首先诗人这里用的乃是卒章见志的方法,第四首将现世尘嚣中"朱门客"与避世山中的"学仙人"作对比,诗云:"莫笑学仙人,山中苦岑寂。试看青松鹤,何似朱门客。朱门炙手热,来者无时息。何尝问寒暑,岂暇谋寝食?强颜悦憎怨,择语防仇敌。众欲苦无厌,有求期必获。敢辞一身劳,岂塞天下责?风波卒然起,祸患藏不测。神仙虽杳茫,富贵竟何得?"①在这段诗中,我们看到诗人之所感是对富贵的竞逐和名利的追求,相比之下,诗人更倾向于学仙。其次,虽然欧阳修对尸解之说持怀疑态度——其《升天桥》诗中亦有此论,但这是宋人的一般看法,是历史的结论。当时不是有不少道士也同样批判神仙外丹之说吗?与欧阳修的情况差不多,辛弃疾《柳梢青》词序曰:"辛酉生日前两日,梦一道士话长年之术,梦中痛以理折之,觉而赋八难之辞。"②事实上,这里的词序名为"折之",实际上内心里是极其向往的,只是因为其"八难"而无可奈何罢了。辛弃疾在他的另一首词《感皇恩》中则说自己"案上数编书,非《庄》即《老》"③,可见他对老庄之学的特殊爱好。他的《哨遍·秋水观》"蜗角斗争"等完全化用《庄子》,可以说是《庄子》增添了辛词的豪气。

---

① 欧阳修:《欧阳文忠公集》卷9,《四部丛刊》本。
② 邓广铭:《稼轩词编年笺注》(增订本),第517页,上海古籍出版社1993年版。
③ 同上书,第470页。

第二节　道教文化对文学创作各方面的渗透

道教的宫观建筑、斋醮礼仪、道士生活等往往是文学题材的一部分,受到宋人的喜爱。道教的步虚词、青词等有时也可作为文学作品来阅读。而道士们由于本身也属于那个时代的知识阶层,所以,他们也以其创作丰富了宋代文学。

一、宫观题材的文学创作

方回《瀛奎律髓》卷48为仙逸类,其小序云:"神仙之说始于燕齐怪诞,而极于秦皇、汉武方士,不经甚矣。其徒又自附于《老子》之书,上推于黄帝而曰黄老清净,是以无为而治,后世益加附会,自成一教。赋命有修短,我得以操其权;秉质有厚薄,我得以变其本。举凡书符、受箓、烧丹、辟谷、缩地、升天、治鬼、伐病,其说不一。愚而失身,奸而惑众者多矣!间有隐逸诡异之徒,或毛人木客,出于山谷,或羽衣星冠巢于林涧而眩于都市。则世之好奇者悦之,而诗人尤喜谈焉。"方回此《序》唯论道教之源头以及道士之所作为而不及道教的宫观环境,而其所选则不然,如宋祁《予昔游天台观,谒希夷先生陈抟祠堂,缅想其人,今追作此诗》,乃是因游观而及其人和事。陈襄《金华山人》一首也是先说"山居倚翠峦,尘事不相干"。赵师秀《桐柏观》云:

> 山深地忽平,缥缈见殊庭。瀑近春风湿,松多晓日青。石坛遗鹤羽,粉壁剥龙形。道士王灵宝,轻强满百龄。[①]

又其《延禧观》云:

[①] 赵师秀:《永嘉四灵诗集·清苑斋诗集》,第225页,浙江古籍出版社1985年版。

寂寞古仙宫,松林常有风。鹤毛兼叶下,井气与云同。背日苔砖紫,多年粉壁红。相传陶县令,曾住此山中。①

除了写宫观远离尘嚣之外,诗人们往往又特别注意道士在宫观中的活动。翁卷《题玉隆宫周道士足轩》写到"炉中姹女药,案上老君书"②。这类句子几乎是宫观题材的套语,甚至陆游这样的大诗人咏宫观亦是常常要提到炼丹、老子、神之类的话语,翁卷又有《书岳麓宫道房》诗云:

　　借问今行处,群仙第几家?晴檐鸣雪滴,虚砌影梅花。香爇何年柏?芽煎未社茶。道人三四辈,相对诵《南华》。③

相对而言,这首诗所写道士生活更全面,写道院环境也更真切。"四灵"长期生活于社会底层,其"诗情诗意都枯窘贫薄"④,的确很适合于宫观题材。

　　宫观题材的诗质量不一定高,但数量极多,以北宋苏轼为例,南宋王十朋《集注分类东坡先生诗》卷4、卷5中的仙道类、释老类中有不少篇什是以道教宫观文化为题材的。从宫观看,如《茅山志》《梅仙观记》《天台山志》等就记载了不少宋人的题咏之作。元初人编辑的以杭州洞霄宫为题材的《洞霄诗集》就收录了北宋陈尧佐、王钦若、林逋、赵抃、苏轼、蔡准、刘攽以及南宋叶绍翁、戴复古、周密等文学家的诗作。收录之富前所未见,清厉鹗编《宋诗纪事》时有采择。

　　除了诗歌创作之外,宋代的道教名山志、宫观碑志等散文创作也颇为值得注意。宋初西昆派文章往往骈俪藻饰,华而不实,而《西昆酬唱集》的重要作者之一李宗谔撰写的《龙瑞观禹穴阳明洞天图经》则文字质实,全无台阁气。当然,此《图经》多为引书,又经北宋

---

① 赵师秀:《永嘉四灵诗集·清苑斋诗集》,第228页,浙江古籍出版社1985年版。
② 翁卷:《永嘉四灵诗集·苇碧轩诗集补遗》,第210页,浙江古籍出版社1985年版。
③ 同上书,第212页。
④ 钱锺书:《宋诗选注》,第248页,人民文学出版社1982年版。

末越州进士叶枢加工、增补过,不能完全用此来证明李宗谔的文学成就(《道藏》中所收文章的作者有不少是值得推敲的)。但是,这并不妨碍我们对此《图经》中某些文字的文学价值的肯定,如关于射的山的一段云:

> 射的山在县南一十五里。孔晔《会稽志》云:射的山畔有石室,乃仙人射堂。东峰有射的,遥望山壁,有白点如射的。土人常以占谷贵贱,故语云:"射的白,米斛百;射的玄,米斛千。"西有石壁室,深可二丈,遥望类师子口,人谓之师子岩,即仙人射堂也。①

文字洗炼,空间层次分明,颇有郦道元《水经注》的风格。神仙传说与民俗风情的介绍也独具特色,将自然现象神话化乃是道教传说的特质,而此处在叙述传说时,又通过民谣表达了劳动人民对风调雨顺、国泰民安的祈求。

与此文风不同,南宋陈亮应主观事刘居靖之托而作的《重建紫霄观记》则以议论为主。其云:"道家有所谓洞天福地者,其说不知所从起,往往所在而有。然余观世人之奔驰于耳目口腹之欲,而颠倒于是非、得丧、利害、荣辱之途。大之为天下,浅至于锱铢,率若蚁斗于穴中,生死而不自觉,宜其必有超世而绝去者。当于何所居之?则洞天福地,亦理之所宜有。大较清邃窈深,与人异趣,非可骤至而卒究,故君子常置而弗论。"②全文以议论洞天福地理所宜有为主干,而以紫霄观的重建过程为线索,虽与陈亮喜纵横议论的文风有关,然其清逸俊发亦自具一格。

二、道教文学

宋代产生的不少道教经典为了便于记诵、传播,也采用了诗词的语言形式,这些一般都是道士们的创作。道士们由于独特的宗教

---

① 《龙瑞观禹穴阳明洞天图经》,《道藏》第 11 册。
② 《陈亮集》,第 189 页,中华书局 1974 年版。

思维,在对文学形式的运用过程中也就造成了不同于一般文学家的效果,对宋代文学的多样化发展是有贡献的。同时,在道士运用文学形式时,宋代的文士乃至于皇帝也运用道教的步虚词、青词等创作了一些具有文学性的作品。

作为道教南宗之祖的张伯端(987—1082),其代表作是《悟真篇》。《悟真篇》成书于神宗熙宁八年(1075),全书采用诗词形式,演说内丹功法。上卷共16首七律为丹功之总论。中卷以64首绝句引导读者按图索骥,领悟真诠。下卷先以1首五律承上启下,然后以12首《西江月》将丹功描述逐步加深,突出重点,画龙点睛,最后又以5首七绝批判各种旁门左道。虽然长期以来人们认为其缺乏形象性,没有耐人赏玩的艺术境界,但仔细想一下,这样一组规模宏大、结构完整、逻辑严密、语言精练、颇富哲理的作品,即使在整个中国文学史上也是不多见的。有些诗也可当作哲理诗来读,例如,卷中其八云:"竹破须将竹补宜,抱鸡当用卵为之。万般非类徒劳力,争似真铅合圣机?"此诗本意在于阐明补亏功夫必须运用先天精气,要在自身内部打好基础,不可一味外求。但是我们如果撇开这个层面的理解,则不仅会叹服地欣赏到两个精巧的比喻,而且可从这首小诗中领略到哲学层面上的普遍真理。

张伯端的弟子石泰(1022—1158)有《还源篇》81章,旨在进一步阐述其师修炼丹道的思想实质。道士讲述丹学理论的著作在语言上往往自成系统,有时是世俗语言系统中的意指所无法理解的,甚至是非逻辑的。张伯端《西江月》其四有云:"相吞相啖却相亲,始觉男儿有孕。""男儿有孕"本是不可理解的,但只要知道"男"是"阳"的喻指,"孕"是结丹的喻指(《悟真篇》中还用婴儿、圣胎指结丹),那么就不会费解了。石泰《还源篇》中则有:"骤雨纸蝴蝶,洪炉玉牡丹。三更红日赫,六月素霜寒。"[①]显然,这里是对约定俗成的语言运用的一定程度的背弃,而用比喻构成其丹道

---

① 《修真十书·杂著指玄篇》卷2,《道藏》第4册。

语言系统的能指,学者可以通过阐释获取其所指,以期领悟修道真诠。然而,即使我们对这些特殊的语码不很精通,仅仅在文本的字面形态上去阅读,也可享受到其形象栩然、色彩纷然的文本快乐。

南宋白玉蟾(1194—?)原名葛长庚,自幼异于常人,诗书画兼善,有《玉隆集》《上清集》《武夷集》等。其《必竟恁地歌》云:

> 我生不信有神仙,亦不知有大罗天。那堪见人说蓬莱,掩面却笑渠风颠。七返还丹多不实,往往将谓人虚传。世传神仙能飞升,又道不死延万年。肉既无翅必坠地,人无百岁安可延?满眼且见生死俱,死生生死相循旋。①

从内容上看,此诗完全继承了前辈内丹大师们否定外丹、神仙之说的理论,而从形式上看,语言活泼通俗,与张伯端、石泰、薛道光、陈楠等创作的拘谨、呆板文风迥然不同。这种从反世俗到趋近世俗的语言转型,正是适应了白玉蟾建立广大教区、广泛传播其理论的需要。白玉蟾的再传弟子萧廷芝也像白玉蟾一样,舍弃了外化的非理性喻体,以极其平淡、质实的文字劝人悟道。如其《西江月》(十二首之十一)下阕云:"了一万般皆毕,休分南北西东。执文泥象岂能通,恰似哑人谈梦。"②虽是说理,但比喻极易明晓,正可避免世人"执文泥象"、误落言筌的恶道。

要之,内丹派以文学样式宣传丹道理论,基本上是沿着从背弃日常语言的言语功能,用象征、借喻的非理性语码,建构陌生化的意指系统——这对今天的文学语言研究亦不无启示——进而再在此基础上重新回到日常语言的否定之否定的过程进行的。同时,他们借以说理的比喻,或平易睿智,或曲折巧妙,在我们这样一个哲理诗并不丰富的国度,视之为哲理诗,亦不算勉强。

文人们创作的道教文学以步虚词和青词影响最大、数量最多。

---

① 《修真十书·上清集》卷38,《道藏》第4册。
② 《修真十书·金丹大成集》卷12,《道藏》第4册。

《乐府解题》云:"步虚词,道家曲也,备言众仙缥缈轻举之美。"①这一般是指举行斋醮仪式时在道教音乐伴奏下的唱词,由道士在步虚绕经阶段所唱,内容无非是自述绕经礼尊,存神游空及凡人对神仙的赞颂和祈祷。北宋太宗、真宗、徽宗皆有《步虚词》传世,有张商英编集《金箓斋三洞赞咏仪》可参。现录太宗《步虚词》一首如下:

> 七宝琉璃宫,飞符排绛节。玉京镇十方,众真颂真诀。天地杳冥中,景云浮不绝。太仙跨鹤游,斋醮清严洁。……下察向黎民,灵官为等列。香华从辇时,扬教动喉舌。②

这里有一般道教《步虚词》中祥云飘动、瑞雾弥漫、香烟缭绕和轻歌曼舞的悠闲、逍遥的幻境,但是又不同于他人之作。这里对想象中天宫的描写和对上帝崇信依赖的心情,在这个宋初有所作为的最高统治者的诗中得到了和谐、完美的统一。按中国人传统的逻辑,皇帝乃天子,是天的代言人,所以,他们在斋醮中理所当然能直接见到群仙乃至于伟大的天神玉皇大帝。从《金箓斋三洞赞咏仪》所收北宋三位皇帝的《步虚词》看,他们与上帝的对话虽不可言传,但皇帝对天帝的单向祈求则时时可见。宋真宗《步虚词》第一首(以张商英所编为序)有曰:"克布烝民祐,应谐百福宜。"徽宗《白鹤词》则祈求"来瑞升平亿万年"。应该承认,他们赋予政治色彩的虔诚的词曲创作,为南宋陆游等诗作上的爱国主义与浪漫主义相结合埋下了伏笔。

需要注意的是,北宋皇帝的《步虚词》对道教音乐文学造成了一定的影响。陈国符先生《北宋玉音法事吟(线)谱考稿(一)》引成化刊本《玉音法事》云:

> "政和年间,道君皇帝御制长吟《玉音法事》并短吟《步虚词》及《玉虚殿格范》,促吟隐字《步虚词》。"隐字《步虚词》之

---

① 郭茂倩:《乐府诗集》卷78引,第1099页,中华书局1979年版。
② 《金箓斋三洞赞咏仪》卷上,《道藏》第5册。

隐字,其义当按《灵宝叹经》(叹,赞叹也)云:"是诸天之隐韵,非世上之常辞。"谓隐字《步虚词》乃诸天之隐韵,宋代降于人间。①

今观《道藏·洞玄部》"赞颂类"所收《玉音法事》三卷,卷上、中载道词及其曲谱,如徽宗《白鹤词》《玉清乐》《上清乐》《太清乐》《散花词》,既有长吟,又有短吟(即促吟)。卷下载斋醮法事及道词,有真宗、徽宗的御制。这些道词皆是行金箓斋时所唱的赞美、祈求之词,往往在诵经完毕之后咏唱。

但是,南宋文人的《步虚词》有时并非为了严肃的宗教活动,而是进行一种文字游戏。范成大《步虚词》的创作动机仅仅是由于观看了一幅道教画,而其创作目的则是为了让"羽人有不俗者,使歌之于清风明月之下,虽未得仙,亦足以豪矣"②。陆游的《剑南诗稿》中亦有《步虚词》③,只是当作乐府旧题来写。而翁卷的《步虚词》末四句云:"欻往宴十洲,飞客成相亲。茫茫尘中区,荒秽何足邻?"④其中表达的是憎恶尘世恶浊,不与俗人相共于一区域之中的强烈愿望,乃是高蹈派诗人的常谈。

"青词"亦称绿章,是斋醮奏章表文中的一种文体。南宋道士吕元素编《道门定制·青词》云:"唐天宝四载敕太清宫行事官皆具冕服,停祝版改为清词书于纸上。逮及宋朝,真宗皇帝更以青纸,谓之青词。"⑤吕元素还以宋代大文学家欧阳修的《皇帝本命道场青词》作为范文而收录,阐明了词文止欲简要的精神。《道门定制·议词意》又云:"青词止上三清玉帝或专上玉帝为善。或有自九皇而下至于十极诸天三界真灵皆列于词中,岂有请命于上帝就以递告

---

① 吴廷璆等编:《郑天挺纪念论文集》,第213页,中华书局1990年版。
② 范成大:《白玉楼步虚词六首序》,《范石湖诗集》,第436页,中华书局上海编辑所1962年版。
③ 参见钱仲联《剑南诗稿校注》,上海古籍出版社1985年版。
④ 翁卷:《永嘉四灵诗集·苇碧轩诗集》,第159页,浙江古籍出版社1985年版。
⑤ 《道门定制》卷6,《道藏》第31册。

众真欤？又朝廷所修词文不过六七十字，不用'中谢'、'伏念'字（此乃表中格式），诚为谨严。且词先入愿意，欲直具事，因不可以对偶联属，虽云宣读之便，不知词文又有对偶，事意重复，不严简尔。愿意既已详备于词文，则直下精核数语以伸激切之诚。又旧有逐时行道状景作词从虚文也。今于黄箓则以九时诵经所为事各奏一词，庶几行道诵经意旨相合，亦以见斋主愿力之普也，亦雅合为国为家、为存为亡、为龙神土地、为沙界含情之本意焉。……盖青纸朱书以代披肝沥血之谓也。"①

宋人集中青词甚多，往往编入"杂文"。后人或以道教为异端，将青词摈而不录。《四库全书》别集部南宋王质《雪山集》前有乾隆帝诏谕曰："青词一体乃道流祈祷之章，非斯文正轨"，"亦涉异端"。所以责令将胡宿的《道院青词》、刘跂的《因己身服药交年琐事用青词致告》、王质《雪山集》中的全部青词，刊刻时一律从删。"青词"在宋代只是一种公文而已，并不见得作者都是道教的崇奉者。并且文人又常常不愿按规定格式来写，往往喜欢用对偶联属，于中一逞翰墨。杨万里《祷疾青词》就是这样的，词曰：

> 疾痛呼天，人以穷而反本；高明覆物，民所欲而必从。敢渎告于再三，庶徼福于万一。伏念臣某，发身空乏，窃禄满盈。上不切于王家，下无补于民政。不肖老而后止，乃于既止而进官。君子居无求安，果以偷安而属疾。繄天赐之过分，致身灾之自招。岁将一周，病尚未去。不堪极痛，屡祈死以载号；仰止盖高，何壅闻而未彻。深省愆尤之积，曷逃星曜之临？敬介黄冠，荐于丹幅。愿回哀眷耄，虽罪而不刑；俾有夷瘳，疾无妄而勿药。②

杨万里《诚斋集》中还有《淋疾祈祷青词》，都是抒写病痛之折磨引起的感情波澜。虽文字颇工，而缺少文艺审美价值，与原始文学中

---

① 《道门定制》卷1，《道藏》第31册。
② 杨万里：《诚斋集》卷97，《四部丛刊》本。

人类呼天抢地的真率与朴质相比,显得矫饰过度而苍白无力。杨万里又曾在为地方官时写过《玄潭观度道士青词》,更是官样文字,无详说之必要。统观杨万里诗文,其中极少表现他对道教的崇拜,愈加可见宋代创作"青词"一体的动机。

三、道士的文学创作

宋代普通道士的生活状况一般不够理想。梅尧臣有诗题为《修真观李道士年老,贫饿无所依,忽缢死,因为诗以悼之》①。陆游《夜泛西湖示桑甥世昌》诗云:"黄冠更可憎,状与屠沽邻。齁齁酒肉气,吾辈何由亲?"②物质生活状况决定了他们不能摆脱对生存的基本利益的追逐,因此,道士的文化素质大大下降了。南宋孙觌说:"今世道士能读醮仪一卷中字,歌步虚词二三章,便有供醮祭衣食,足了一生矣,然犹有不能者。"③这样的文化水平决定了道士们的文学创作在平均质量和数量上都不堪与僧人相比。不过,个别道士的诗词创作也是可观的,如《全宋词》收录张继先词56首,白玉蟾词134首。张词虽多玄谈,但其中《望江南》(次元规"西源好"韵)12首,风致幽秀,置之姜夔、张炎的词集中亦未见逊色。白玉蟾的词总体水平颇高,杨慎评其《酹江月·武昌怀古》曰:"此调雄壮,有意效坡仙乎?"又曰:"玉蟾词,他如'一叶飞何处,天地起西风。鳞鳞波上烟寒,水冷剪丹枫',皆佳句。咏燕子有'秋千节后初相见,袯禊人归有所思',亦有思致,不愧词人云。"④同时,道教的神秘色彩,使道士们的创作在朝野都造成了一定的影响。他们那些造成影响的作品,往往与普通文人的创作风格有着明显的不同。

首先,道士创作深具超凡脱俗与神秘之美。文同《书邛州天庆

---

① 参见朱东润《梅尧臣集编年校注》,第100页,上海古籍出版社1980年版。
② 钱仲联:《剑南诗稿校注》,第1352页,上海古籍出版社1985年版。
③ 孙觌:《跋陈道士〈群仙蒙求〉》,《鸿庆居士集》卷32,《四库全书》本。
④ 杨慎:《词品》,见唐圭璋编《词话丛编》,第453页,中华书局1986年版。

观希夷先生诗后》评陈抟诗曰:"先生本儒人,既由虚无,凡作歌诗皆摆落世故,披聋剧盲,蹊穴易知。每一篇坠尘中,虽市人亦讽诵不休,谓真关秘区,若可自到。"①这本是就陈抟学了睡功之后赠老师何昌一的那首诗而论的,但也可用于评论其具有政治预言色彩的诗作。相传陈抟曾经在自唐末、五代到宋朝建立前的几十年里"每闻一朝革命,颦蹙数日"②。为了避乱,他遁迹方外,"紫陌纵荣争及睡,朱门富贵不如贫"③。而一旦闻知宋太祖"革命"便写下了"鞠鞠四十年来睡,不觉东方日已明"④的诗句,其欢欣之态应该是真实情感的流露,决不是虚伪的谀辞。同时,这种神秘的预见性也不是凡俗之人可及的。

泰州道士徐神翁"为人书字示以其人平生祸福,言无不验"⑤。相传他有《上康王诗》(康王南渡后为帝,即高宗)云:"牡蛎滩头轻艇横,夕阳西去待潮生。与君不负登临约,同上金鳌背上行。"⑥预言了赵构乃至整个宋王朝的命运。

在宋人诗集中我们还可读到很多间接反映道士创作的审美特质的诗句,如潘阆《赠道士王介》云:"箧有化金方,诗无入俗章。举步云霞轻,出语芝术香。"道士生活的超越与高蹈本身就具有诗意了,而一经道士诗人的诗化则更加迷人。范仲淹在《范文正公集》卷4《赠钟道士》中云:"惟有诗家风味在,一坛松月伴秋吟。"刘子翚在《屏山集》卷17《赠詹道人》中云:"语妙初疑简,神藏久亦清。"楼钥在《攻愧集》卷11《赠熊道人》中云:"笔底烟云妙,人间势利轻。"要之,道士的出尘之语往往也是世俗诗人所追求的,但由于红尘之纷扰,许多诗人无法实现这种审美期待。而道士创作的神秘之美则

---

① 文同:《丹渊集·拾遗》卷下,《四库全书》本。
② 魏庆之:《诗人玉屑》,上海古籍出版社1978年版。
③ 《全宋诗》第2册,北京大学出版社1991年版。
④ 同上。
⑤ 《徐神翁语录序》,《虚静冲和先生徐神翁语录》,《道藏》第32册。
⑥ 陶宗仪:《南村辍耕录》卷4,《四部丛刊》本。

主要表现为对未知事物或世界的窥测和预言,这是道教的特殊地位和道士的职业所决定了的,也非普通诗人之所能。

其次,道士创作极具奇崛怪异之美。由于政治需要,符箓派道教在宋代得到最高统治者的特别青睐。从二十四代天师张正随到三十五代天师张大可,每代皆有"先生"之号,其中最为杰出的是三十代天师张继先。符箓派的根本特征就是以符咒征服自然,驱除各种社会邪恶势力,并时常传达上帝的旨意,所以,他们的文学创作往往想象丰富、奇异,颇具奇崛怪异的浪漫色彩。张继先《金光召雷》诗云:"金光灼灼照雷城,百万雷兵禀令行。不用符图并咒诀,旱天能雨雨能晴。"①一方面,诗人借助道教想象给人们展示了天上雷城的世界,即使是"光"、"兵"这些现实生活中的实体概念,也因其处在特殊的语境而陌生化了。另一方面,诗人对超自然的召唤能激起读者作为人的主体的优越感、自豪感。因此,其宗教色彩不仅没有削弱诗性,反而促进了诗化过程。读其《沁园春·降魔立治》亦会有同感。

事实上,不仅诗歌的想象过程与符箓派的想象过程有一定程度的相似,而且在消解人类主体对社会自然客体之情绪方面有时也极为相似。唐李白以"谪仙人"、"东海钓鳌客"的姿态为当时和后世凡尘中的读者所景仰。但是,张继先《野轩歌》却说:"四海鲸鱼不足钓,纵使上钩吾不要。三岛神仙不足夸,长生不死数如麻。惊人名誉不足恃,万古英雄一场戏。些些富贵不足欣,何如野轩卧闲云。洞然劫火纤介尽,此时睡着都不闻。"②这很像托马斯·哈代的抒情诗《你不要羡慕任何人》,然而,哈代最后并未找到什么自我慰藉的凭依,表现出人生的虚无感,而张继先因栖止于道德之野轩,逍遥于广漠之大野,而皈依了宗教。

内丹派著名道士白玉蟾的《祈雨歌》云:

---

① 《明真破妄章颂》,《道藏》第19册。
② 《三十代天师虚靖真君语录》卷3,《道藏》第32册。

天地聋,日月瞽,人间亢旱不为雨。山河憔悴草木枯,天上快活人诉苦。待吾骑鹤下扶桑,叱起倦龙与一斧。奎星以下亢阳神,缚以铁扎送酆府。驱雷公,役电母,须臾天地间,风云自吞吐,燉火老将擅神武。一滴天上金瓶水,满空飞线若机杼。化作四天凉,扫却天下暑。有人饶舌告人主,未几寻问行雨仙,人在长江一声橹。①

从人间到天上,又从天上到人间,仿佛天上、人间只是宇宙间不同层次的楼阁而已,而倦龙、轻鹤、雷公、电母也不过是徒供驱遣的仆役。从这首诗里我们不难看到南宋内丹道派学符箓派的痕迹。白玉蟾的《题紫芝院》云:"杖弄银蟾搅天地,夜烹金鼎煮星辰。"②疯狂的自我张扬,正是对人类长期在无限宇宙中感到自卑与无奈的反拨。他的再传弟子萧廷芝曾明确指出过"丹道"与"剑法"的关系,其《剑歌》曰:"两枝慧剑埋真土,出匣哮吼惊风雨。修丹若无此器械,学者千人万人误。"③"剑法"的"剑"当然不是常人所言之形而下的所谓"剑",而是一种精神驱动力。内丹派学剑法是南宋不少丹道之徒的诗作也具有奇崛怪异之风格的重要原因。

第三节　道教对文学创作方法和文学观念的影响

　　道教对于宋代文学创作方法的影响大致可分为三个方面:一、道教的哲学源头道家思想对文学精神和文学意境的影响;二、道教的宇宙观及神仙说对文学想象力的影响;三、道教的修炼

---

① 《修页十书·上清集》卷39,《道藏》第4册。
② 同上书,卷40。
③ 《修页十书·金丹大成集》卷12,《道藏》第4册。

之说对诗法、文法理论的影响。

南宋汪莘认为:"瞿昙黄老之道,是皆诗之散在太虚间者。"①宗教哲学乃是人类智者心灵的诗。在中国哲学史上,道教的根本哲学源头——道家思想是其本土产生的唯一可与儒家哲学思想抗衡的思想。然而,儒家更多表现为世俗的、伦理的、外骛的,道家更多表现为高蹈的、审美的、内倾的。所以,中国艺术之灵魂乃是道家哲学。由于人们在朝讲孔孟,在野言老庄,便形成了诗在山林、穷而后工的中国特色的文学现象。我们认为道家艺术精神在宋代文学中主要表现为以下几个方面。

首先,崇尚自然。《老子》二十五章云:"人法地,地法天,天法道,道法自然。"王弼注曰:"法自然者,在方而法方,在圆而法圆,于自然无所违也。自然者,无称之言,穷极之辞也。"②"自然"乃是老子哲学中最高的哲学范畴,是先天地而生的一切。庄子继承了老子的学说,他解释"道"时,也沿用了老子的说法,其曰:"莫之为而常自然。"③但他又进一步重视了人与自然的直接关系,将"自然"变成一个审美的范畴:自然就是无所矫饰。文学是人类主体认识世界的手段之一,是主体与客体的一种特殊形态的结合,所以,文学的崇尚自然就包含了对于文学表现对象的自然显现和作家个体风格的自然流露。

宋初西蜀文学家田锡说:"禀于天而工拙者,性也;感于物而驰骛者,情也。研《系辞》之大旨,极《中庸》之微言:道者,任运用而自然者也。"显然,这里的"自然"包含了主体和客体两个方面。接着,田锡又谈到进入自然之境的操作程序:"若使援笔之际,属思之时,以情合于性,以性合于道,如天地生于道也,万物生于天地也,随其运用而得性,任其方圆而寓理。亦犹微风动水,了无定文;太虚浮云,莫有常态。则文章之有生气也,不亦宜哉?"因此,要使物象不能

---

① 汪莘:《说诸家诗》,《方壶诗稿》卷1。
② 王弼:《老子道德经注》卷上,私立北泉图书馆丛书本。
③ 《缮性》,见王先谦《庄子集解》卷4,《诸子集成》本。

桎梏于我性，文彩不能拘限于天真，以进入"不知文有我欤，我有文欤"①的自然浑成境界。尽管田锡说他这个理论是从《系辞》和《中庸》中得出来的，但事实上此理论与上引《老子》及王弼注极为相似，唯"微风动水"云云出自《易·系辞》。所以，我们说宋代初期文学家对"自然"的理解是在道家思想影响下形成的。宋初创作实践中真正体现了这种审美精神的是王禹偁，他的散文和诗赋，写景状物、摹声拟态，绝对不矫饰，不杂一丝尘滓，不掺半点俗情。

此后西昆派极尽华藻彩饰之能事，而太学派又蹇涩无文，皆为世人所憎。唯诗文革新派欧阳修虽以恢复儒家道统自命，而其文学精神亦以道家之自然为本。曾巩《与王介甫第一书》转述欧阳修的话说："孟韩文虽高，不必似之也，取其自然耳。"②标举"自然"二字正是承认了作家个体的相对独立性，所以才有了北宋六大家散文的多样风格：欧阳修、苏辙纡徐委备，温醇厚重；苏洵、苏轼汪洋恣肆，妥帖排奡；曾巩严谨平实，峻洁细密；王安石逆折拗劲，斩截有力。在诗歌创作方法上，欧阳修又备极推崇梅尧臣所谓"必能状难写之景，如在目前，含不尽之意，见于言外"③。这就是要以有限的文字再现直觉中的无限之造化，将物我合一，造就诗的自然之境。苏轼作为北宋诗文革新运动中创最高成就的代表，论文则主张"如行云流水，初无定质，但常行于所当行，常止于所不可不止，文理自然，姿态横生"④，论诗则自诩"衡口出常言"⑤。其《南行前集叙》⑥更谓其创作似"山川之有云雾，草木之有华实"，故"非能为之为工，乃不能不为之为工"。天地不容伪，正是这种自然的本真才使苏轼成为中国文学史上最有魅力的作家之一。

---

① 田锡：《贻宋小著书》，《咸平集》卷2，《四库全书》本。
② 《曾巩集》，第255页，中华书局1984年版。
③ 欧阳修：《六一诗话》，《历代诗话》，第267页，中华书局1981年版。
④ 《与谢民师推官书》，《苏轼文集》，第1418页，中华书局1986年版。
⑤ 周紫芝：《竹坡诗话》，《历代诗话》，第348页，中华书局1981年版。
⑥ 《苏轼文集》，第323页，中华书局1986年版。

北宋后期至南宋的优秀文学家基本上是遵行着诗文革新派崇尚自然的文学精神向前走。黄庭坚在给初学者指导作诗门径时总是言"法"，但是，对于那些已经比较成熟的诗人却极力赞扬陶渊明、李白和夔州以后的杜甫等人诗歌"不烦绳削而自合"，"非墨工椠之所可拟议"①。可是，有些诗人把黄庭坚"止小儿啼"的所谓"法"当成金科玉律，不敢越雷池半步，而吕本中起而拯之，以"活法"说给人们灌注了生机。正是在活法理论的作用下，才出现了杨万里、陆游这样的大诗人。杨万里以平易自然的诗歌语言，陆游以不假雕琢、造妙圆转的诗歌技法，冲击了以记诵夸博为能事的南宋诗坛，实现了自然的复归。受到杨万里奖掖的姜夔自述其创作经验时说："诗本无体，《三百篇》皆天籁自鸣。"因此，"学即病，顾不如无所学之为得"②。在这种时代风气之下，杨万里、陆游、张镃等皆有焚却早年一味学习、模仿的作品的故事。

　　江湖派是激烈反对江西诗派中那些以剽剥为能事的反自然作风的，而刘克庄乃是江湖派最重要的诗人。他主张恢复"古诗出于性情"的传统，为此他甚至从宋代诗人普遍推崇的杜甫批判起，其用心正在于矫枉，从回归主体之自然状态入手。宋末刘辰翁是中国文学史上重要的文学史研究者，他更为全面地论述了他对自然的理解。他说："诗无改法，生于其心，出于其口，如童谣，如天籁、歌哭耳。虽极疏戆朴野至理碍词袭，而识者常有以得其情焉。"③除了强调艺术上的真率、不作伪之外，他又重申诗歌当以自然世界为追摹对象。他认为："诗在灞桥风雪中、驴子上？非也！鸟啼花落，篱根小落，斜阳牛笛，鸡声茅店，时时处处，妙意皆可拾得。……随事纪实，足称名家。"④刘辰翁十分推崇道家思想，其《须溪集》中有《老子

---

① 参见黄庭坚《题意可诗后》《题李白诗草后》《与王观复书》（之一、二），《豫章黄先生文集》，《四部丛刊》本。
② 姜夔：《白石道人诗集·自序》，《四部丛刊》本。
③ 刘辰翁：《欧氏甥植诗序》，《须溪集》卷6，《四库全书》本。
④ 刘辰翁：《陈生诗序》，《须溪集》卷6，《四库全书》本。

像赞》《庄子像赞》等。《四库全书总目·〈须溪集〉提要》说其创作"蹊径本是蒙庄"。刘辰翁崇尚自然的道家文学精神,在宋末亦堪称代表。

以柳永为代表的宋初词人的创作抒情叙事,明白晓畅,绝无雕饰。苏轼词作体现了他一贯的文学精神,如行云流水,肆口而成。被李清照评为"贫家美女"的秦观的词如含苞之花,乃是生命中承受不住的真美体现。南宋大家辛弃疾、姜夔虽一为豪杰、一为才子,然"其真处有自然流出者"①。甚至史达祖、吴文英之词,佳者亦"雕组而不失天然"。②

其次,追求平淡拙质。老子认为:"道之出言,淡兮其无味"(《老子》35章),"大成若缺"、"大巧若拙"(《老子》42章),"五色令人目盲,五音令人耳聋"(《老子》12章)。庄子也说:"至乐无乐"(《庄子·至乐》),"淡然无极而众美从之"(《庄子·刻意》),"朴素而天下莫能与之争美"(《庄子·天道》)。在《应帝王》中他以混沌凿七窍而死,赞扬原初拙质的生命之美。宋以前,中国文学史上最能体现道家追求平淡古拙之艺术风格的是陶渊明。朱熹就曾明确说过:"渊明所说者为老庄。"③这种说法因为没有将政治思想、人生理想和艺术上的审美追求区别开来,所以,后人往往不肯认同。但是,若是仅仅就其审美理想而言,则想必无人会有异议。陆游《读陶渊明诗》云:"一床宽有余,虚室自生白。要当弃百事,言从老聃役。"由读陶诗而悟到"虚室生白"④的命题,以至于要弃绝俗务,以老子之"无为"为归宿,不正是其道家思想指导下的艺术魅力感召的结果吗?

可以说作为道家艺术精神具体体现的陶渊明,是联系老庄的审美理想与宋代文学家的创作的中介;宋代文学家几乎都十分推崇陶

---

① 沈祥龙:《论词随笔》,见唐圭璋编《词话丛编》,第4043页,中华书局1986年版。
② 王士禛:《花草蒙拾》,同上书,第683页。
③ 朱熹:《朱子语类》,《四库全书》本。
④ 钱仲联:《剑南诗稿校注》,第2746页,上海古籍出版社1985年版。

渊明。钱锺书先生指出："渊明文名,至宋而极。永叔推《归去来辞》为晋文独一;东坡和陶,称为曹、刘、鲍、谢、李、杜所不及。自是厥后,说诗者几于万口同声,翕然无间。"①苏轼把陶诗的艺术精髓概括为"质而实绮,癯而实腴"②,而梅尧臣则在此前已将这种精神贯彻到了创作之中。张舜民评梅尧臣的诗说:"梅舜(圣)俞之诗如深山道人,草衣木食,王公见之,不觉屈膝。"③苏轼《书黄子思诗集后》则云:"发纤秾于简古,寄至味于淡泊。"梅诗平淡朴质、枯拙简澹,却并不流于浅俗卑下,所以,华丽藻饰的富贵之气乃远远不能及之。梅尧臣在谈"平淡"对诗歌的审美意义时指出:"作诗无古今,唯造平淡难。譬身有两目,瞭然瞻视端。"④"平淡"犹如人身之有双目,乃其精神、神气的外现。要之,宋代诗坛上的欧、梅、苏是以学陶而实现其平淡拙质的道家艺术精神的追求的。

一般认为江西诗派的宗师黄庭坚是以用典和奇险出名的,但王庭珪却颇不以为然。王庭珪认为:"鲁直之诗虽间出险绝句,而法度森严,卒造平淡,学者罕能到。"⑤朱熹的《朱子语类》卷140评说黄诗曰:"但只是古诗较自在,山谷则刻意为之。"黄庭坚极赞杜甫夔州以后的古律诗曰:"句法简易而大巧出焉,平淡而山高水深,似欲不可企及。"⑥可知黄庭坚所追求的是一种人为的、在自觉用力之后的古拙与平淡,他将自然的、原始的审美境界提高到自觉的审美追求。黄庭坚对枯木、古藤的意象特别感兴趣:《山谷诗内集》卷9有《题子瞻寺壁小山枯木》(二首)、《题子瞻枯木》,卷18有《寄贺方回》等,备极推崇"醉卧古藤下"的词句。而其《外集》卷2《次韵谢子高读渊明传》云:"枯木嵌空微暗淡,古器虽在无古弦。袖中政有

---

① 钱锺书:《谈艺录》(补订本),第88页,中华书局1984年版。
② 《苏轼文集·佚文汇编》,第2515页。
③ 魏庆之:《诗人玉屑》,第260页,上海古籍出版社1978年版。
④ 朱东润:《读邵不疑学士诗卷》,《梅尧臣集编年校注》,第845页,上海古籍出版社1980年版。
⑤ 王庭珪:《跋刘伯山诗》,《庐溪文集》卷48,《四库全书》本。
⑥ 黄庭坚:《与王观复书》之二,《豫章黄先生文集》卷19,《四部丛刊》本。

南风手,谁为听之谁为传。"这明摆着是借他人说自己的艺术追求。除了在意境创造的追求方面,黄庭坚对诗歌的语言也颇重视。人们常提到的"石吾甚爱之"、"牛砺角尚可",故意造成佶屈聱牙的节奏、停顿,是对唐以来形成的诗歌音节的圆滑流易的反拨,实可视为宋人追求古拙质木的诗歌语言的有益尝试。

南宋四灵和江湖派的诗皆以巧熟争胜。刘克庄《竹溪诗序》以为"文人多诗人少"、"诗各为体,或尚理致,或负才力,或呈辨博"①,为宋代之诗厄。其《后村诗话》(下)又以为"欧公诗如昌黎,不当以诗论"。林希逸《竹溪鬳斋十稿续集》卷3亦载有这种看法。唯宋末刘辰翁指摘杨万里、戴复古之诗为俗。他的《赵仲仁诗序》极力张扬文人之诗,强调了诗中散语的审美价值。② 事实上,散语之朴拙可以造成简古淡泊的美学效应。陈师道所谓"宁拙毋巧,宁朴毋华,宁粗毋弱,宁僻毋俗"③,陆游以无人爱处为工,都说明了诗歌造境与语言方面的古拙追求是这两位大师的成功秘诀。

宋词有拙质之一派。詹安泰先生以为"盖惟拙质之语调,入人最易而感人最深也"④。从总体上看,宋词的审美趣味也恰在一个"拙"字:柳永、秦观、李清照浑然如未凿之璞,未斫之朴。南宋姜、张诸子"一洗华靡,独标清绮,如瘦石孤花,清笙幽磬。入其境者,疑有仙灵;闻其声者,人人自远"⑤。所以,王鹏运说:"宋人拙处不可及。"⑥

其三,追求神似。《庄子·养生主》中有"以神遇不以目视"的庖丁,《人间世》中有主张"无听以耳,而听以心;无听以心,而听以气"的仲尼,《达生》中有"忘吾有四枝形体"的梓庆。《庄子》的形神

---

① 刘克庄:《后村先生大全集》卷23,《四部丛刊》本。
② 参见刘辰翁《须溪集》卷6,《四库全书》本。
③ 魏庆之:《诗人玉屑》引《复斋漫录》,第136页,上海古籍出版社1978年版。
④ 汤擎民编:《詹安泰词学论稿》上编,第136页,广东人民出版社1984年版。
⑤ 郭麐:《灵芬馆词话》,见唐圭璋编《词话丛编》,第1503页,中华书局1986年版。
⑥ 况周颐:《蕙风词话》卷1引,同上书,第4406页。

之说可视为中国美学思想史上重神似、轻形似的审美标准的滥觞。宋代文学家特别重视这一美学范型。欧阳修认为绘画要忘形得意，其《盘车图》诗云："古画画意不画形，梅诗咏物无隐情。忘形得意知者寡，不如见诗如见画。"①苏轼也说："论画以形似，见与儿童邻。赋诗必此诗，定非知诗人。诗画本一律，天工与清新。"②苏轼在评文同画竹时最清楚地说明了他这种艺术主张："与可画竹时，见竹不见人。岂独不见人，嗒然遗其身。其身与竹化，无穷出清新。庄周世无有，谁知此凝神。"③欲追求神似，就必须将创作者的主观精神、人格力量灌注到艺术作品中去。林逋的咏梅诗中有诗人的灵魂，所以，"疏影横斜水清浅，暗香浮动月黄昏"成了宋人咏物诗的典范。而石延年《红梅》诗"认桃无绿叶，辨杏有青枝"只是从外在的东西落笔，苏轼以为"此至陋语，盖村学中体也"④。

欧、苏的这些论艺术的见解影响到整个宋代，特别是后来的咏物词。姜夔和苏轼一样推崇林逋的咏梅诗，他甚至为之填写了《暗香》《疏影》两词。他评牛峤的咏物词《望江南》曰"咏物而不滞于物"⑤，就是追求神似而反对执着于形似的理论总结。王沂孙的咏物词如《眉妩》《齐天乐》三首、《水龙吟》等皆以其舍弃了琐碎的摹写而挈入身世之感、家国之恨，受到人们的喜爱。

宋代的散文创作也有重意、重神而轻形的审美倾向。刘勰《文心雕龙·神思》云："思理为妙，神与物游。"又曰："意授于思，言授于意。"这和《庄子·外物》中所谓得意忘言、得鱼忘筌是一致的。中国散文的形散而神凝显然也是这种美学原则的具体化。王禹偁《待漏院记》不写院而写人；范仲淹《岳阳楼记》略写楼而详写楼外

---

① 欧阳修：《欧阳文忠公集》卷2，《四部丛刊》本。
② 《书鄢陵王主簿所画折枝二首》之一，《苏轼诗集》，第1525页，中华书局1982年版。
③ 《书晁补之所藏与可画竹三首》之一，《苏轼诗集》，第1522页，中华书局1982年版。
④ 《评诗人写物》，《苏轼文集》卷68，第2143页，中华书局1986年版。
⑤ 冯金伯：《词苑萃编》卷3引，见唐圭璋编《词话丛编》，第1820页，中华书局1986年版。

之景,抒发忧国忧民的志趣;司马光《谏院题名记》名为记而实为论;至苏轼前后《赤壁赋》则如九方皋之相马,并不去推究赤壁的真与假;而李清照《金石录后序》借言金石之事,痛陈失家之悲、亡国之苦。总之,这些优秀之作皆可视为散文重神似、轻形似的代表作品。

正如宋代炼丹之术由外丹金汞之说变为内丹自求之法一样,文学创作上的向内转的趋势不可阻遏,这样,外在的、形而下的显现就越来越次要,而道家一贯提倡的帮助人们自我实现和自我超越的内部世界的、精神的东西就越来越重要。这种内倾的审美取向当然与宋代的政治制度下的文人心态有着直接的关系,但其理论源头之一却在道家理论之中。

尽管神仙之说到宋代已趋于冷落,但是,正如人们不会因为现代文明而舍弃对神话的欣赏或模仿一样,宋代文学家没有抛弃道教羽化登仙、呼风唤雨的想象翅膀。唐代有神话诗人李白被称为谪仙,所以,宋代诗人评价具有超越现实时空之想象力的诗人也习惯上比之为仙人。王禹偁《酬安秘丞歌诗集》云:"陶丘忽见安秘书,星精仙骨真有余。月中曾折最高桂,趁出玉兔惊蟾蜍。示我歌诗百余首,笔锋闪闪摩星斗。乍似碧落长拖万丈虹,饮竭四海波澜空。又似赤晴乾撒一阵雹,打折琼林枝倒卓。""他年却入蓬莱宫,休使麻姑更爬背。"① 当然,神话、仙话的文学原型并非后于道教而产生,但是一旦被道教占为己有,并在此基础上创造了新的神话、仙话,乃至以此为生存手段和修炼目的,那么,我们按传统将神话、仙话母题的作品归到道教影响的名下想必是可以的。下面具体论述神话、仙话对宋代文学创作的影响。

由于政治题材的文学创作难以把握,人们往往借助于道教的想象世界以驰骋翰墨。宋初九州升平、寰海澄清的气象的确使不少文学家陶醉了,所以,苏易简应太宗之命作琴曲《越江吟》曰"神仙神

---

① 王禹偁:《小畜集》卷13,《四部丛刊》本。

仙瑶池宴"①,显然是以想象中的神仙瑶池宴来歌咏君臣燕游之乐。寇准《和御制降圣节内中道场睹瑞鹤神雀歌》联想到"郁葱兮卿云,仙鹤兮不群。肃清兮采席,神雀兮振翼",并祝愿"圣人功与天无极"。② 真宗狂热崇道,其亲信大臣夏竦也作了不少以道教想象歌功颂德的作品。与这些文学侍臣相比,柳永的此类作品要出色得多。黄裳说:"予观柳氏《乐章》,喜其能道嘉祐中太平气象,如观杜甫诗,典雅文华,无所不有。"③祝穆《方舆胜览》则引范镇语云:"仁宗四十二年太平,镇在翰苑十余载,不能出一语咏歌,乃于耆卿词见之。"柳词中《倾杯乐》"禁漏花深"、《迎新春》"嶰管变青律"都是写道教上元节的(陈元靓《岁时广记》十引吕原明《岁时杂记》曰:道家以正月十五日为上元),其中词句如"山呼鳌抃"、"十里然绛树,鳌山耸、喧天箫鼓"等,皆烙上了道教的色彩。而《破阵子》"露花倒影"用"蓬莱清浅"、"洞天日晚"写游乐的繁华景象,特别是五首《巫山一段云》,可以说完全是一组以神仙之事写帝京太平气象的词。其二云:

琪树罗三殿,金龙抱九关。上清真籍总群仙,朝拜五云间。
昨夜紫微诏下,急唤天书使者。令赍瑶检降彤霞,重到汉皇家。

全词乃是从上清境中为宋王朝急降天书的角度,赞扬赵宋建立是天命的结果,大宋的一切繁荣与昌盛都是天之所赐。

徽宗把宋代皇帝崇道推到了顶峰,然而,他的崇道不同于真宗,真宗的道教活动以文人为主,而徽宗则以道士为主,所以,当时文人的创作似乎并未受到什么影响。唯周邦彦《水调歌头》"今夕月华满"咏月而言神仙之事曰:"天陛玉楼宽,应是金华仙子,又喜今年药就,倾出月团团。"不过,这种粉饰起来的太平连词人自己也感到不大踏实,因此,他在词中又写道:"要令四海,遥望此轮安。"这只

---

① 文莹:《湘山野录·续录》,第68页,中华书局1984年版。
② 寇准:《忠愍公诗集》卷上,《四部丛刊》本。
③ 黄裳:《书〈乐章集〉后》,《演山集》卷35,《四库全书》本。

是危机四起之前的祈祷而已。

除了正面歌咏太平气象之外,借游仙之事也可表达爱君之情。苏轼的《水调歌头》"明月几时有"云:"我欲乘风归去,又恐琼楼玉宇,高处不胜寒。"神宗皇帝读之叹曰:"苏轼终是爱君。"①

因为以道教想象吟咏政治问题可以避实就虚、避俗就雅,所以,文学家们不仅用之粉饰太平、表达爱君之情,也以此抒发忧患之虑,反映爱国之思。范仲淹《上汉谣》写真人"冉冉去红尘,飘飘凌紫烟",但作为政治改革家的诗人并不以摹写想象中的仙人飞升之事为目的,他祝愿道:"愿天赐吾君,如天千万春。明与日月久,恩将雨露均。"②这里名为祝愿,实则进谏。王安石《文成》咏汉武帝与少翁文成将军的故事,诗人虽然承认"方丈蓬莱但可闻",又慨叹汉武帝"飘然空有凌云意"③,而不能体恤人民,为了求宝马而不惜万里征战,屠戮无辜,也是借咏神仙之事述忧患之怀。黄庭坚《玉京轩》诗有云:"上有千年来归之白鹤,下有万世不凋之瑶草。""北风卷沙过夜窗,枕底鲸波撼蓬岛。"但这些象征吉祥和瑞的道教色彩的意象,乃是在诗人祈求"雷驱不祥电挥扫"④之后才出现的,曲折地表达了诗人对时事的不满。

南宋皇帝不像北宋真宗、徽宗那样对道教活动极端地沉迷,但是,那实在是一个需要以道教神话拯救人们的时代。所以,楼钥奉敕撰《中兴显应观记》云:"建康中高宗由康邸再使金,磁(州)去金营不百里,既去,谒祠下,神马拥舆,胗蠁炳然。州人知神之意,劝帝还辕。孝宗诞育于嘉兴,先形绛服拥羊之梦,生有神光烛天之祥。"⑤这里一下子编造了高宗和孝宗两代君主的神话。既然最高统治者都自编神话来麻醉人民和自我陶醉,那么,诗人们借神话以

---

① 鲷阳居士:《复雅歌词》,见唐圭璋编《词话丛编》,第59页,中华书局1986年版。
② 范仲淹:《范文正公集》卷1,《四部丛刊》本。
③ 《王荆文公诗李壁注》卷44,上海古籍出版社1993年版。
④ 任渊:《山谷诗外集注》卷9,《四部备要》本。
⑤ 楼钥:《攻媿集》卷54,《四部丛刊》本。

驰骋杀敌复国的理想又有何不可呢？陆游是一位"位卑未敢忘忧国"的大诗人，其《中夜闻大雷雨》云："雷车驾雨龙尽起，电行半空如狂矢。中原腥臊五十年，上帝震怒初一洗。黄头女真褫魂魄，面缚军门争请死。"①《山海经》中有"龙身而人头鼓其腹"的雷神，而道教经典则进一步将最高雷神称为"九天应元雷声普化天尊"。因此，雷声就是天的震怒，代表了上帝的意旨。陆游《大将出师歌》又云："天声一震胡已亡，捷书奕奕如飞电。"②《闻虏政衰乱扫荡有期喜成口号》之一则有"风雷传号临春水"，之二有"雷动风行遍九州"③，《闻鼓角感怀》更为昂扬地唱道："雷霆愿复宽须臾，许臣指陈舆地图。……中原烟尘一扫除，龙舟溯汴还东都。"④要之，所有这些"雷"的意象都充满了道教的神异色彩，乃是诗人呼唤神力恢复中原、歼灭丑虏的吼声，豪迈中浸渍了悲哀。陆游这类诗的意象归属是多元的，例如，他的诗中出现的"剑"的意象、"虎"的意象，多是属于宗教的——道教有剑法可上治国家之轸虑，中治山泽之怪、飞走之雄（"虎"当属此类），下治魑魅之徒、夔魑之辈⑤——也是属于文学的，是文学想象与宗教想象的重叠，而不是属于可以考证的生活的！

　　宋末元初的遗民诗人郑思肖心中的愤怒常驱使他"直欲蓬莱去，因风问大钧"（《越州飞翼楼》）。要"问"出个什么结果来呢？其《绝句十首》（其十）云："子夜神游碧落间，群仙飞语下人寰。上天深念苍生苦，特敕三宫圣驾还。"岳飞之孙岳珂身处风雨飘摇、兵戈交接之世，其《设醮太平宫，竣事，呈偕行诸君二首》皆祈求天帝降福泽、销兵戈，其一云：

　　　　星坛仙簌韵琼瑶，仿佛神游下九霄。龙驾清都三境接，蜺

---

① 钱仲联：《剑南诗稿校注》，第 552 页，上海古籍出版社 1985 年版。
② 同上书，第 887 页。
③ 同上书，第 1285 页。
④ 同上书，第 1440—1441 页。
⑤ 《翊圣保德传》，《道藏》第 32 册。

旌绛节百灵朝。霜澄夜气俱明彻,云澹秋容想沉寥。耿耿寸衷天所鉴,忧时惟冀五兵销。①

对神仙的超自然力量的幻想成了他们恢复大宋江山、拯救大宋人民、实现天下太平的唯一希望之所在,这种绝望中的希望是宗教的表现与艺术表现的契合。

用神话、仙话来写爱情也是宋人常用的手法。中国道教一般总是不能忘怀现世的欢乐,所以,仙境不过是现世享乐生活的延续。由于宋词是中国文学史上以表现爱情题材为特色的,因此,宋词以神话、仙话写男女爱情也就颇为引人注目。文人们在仕途失意之后把温柔之乡、神仙之境当成自己的归宿,这是自然而然的事。

柳永《玉女摇仙佩》词云:"飞琼伴侣,偶别珠宫,未返神仙行缀。"晏殊的《鹊踏枝》其二云:"紫府群仙名籍秘。五色斑龙,暂降人间世。海变桑田都不记。蟠桃一熟三千岁。"两者皆以美女为谪仙,清人曹雪芹《红楼梦》正是继承并发展了这一模式。但这两首词的不同之处在于,后者又从有关仙人的两个典故进一步生发开去,颇有以假乱真之势。周邦彦《减字木兰花》则全篇皆拟其描写对象为仙人:

风鬟雾鬓,便觉蓬莱三岛近。水秀山明,缥缈仙姿画不成。广寒丹桂,岂是夭桃尘俗世。只恐乘风,飞上琼楼玉宇中。

将美女拟为仙人正是俄国形式主义之所谓"陌生化"的手法,这样不仅可以激发读者的兴趣,而且避实就虚,可以调动人们的许多想象。南宋末年的诗人乐雷发在其歌行体《九疑紫霞洞歌》中写到"抚我顶"的何侯、"赠我金条脱"的绿华,还写到了"或现姑射处子身,粉霞红绶藕丝裙"②。这些充满人情味的仙女是以生活中的美女为原型的。但是,想要溯其源头,则将女性之美神仙化的当推庄

---

① 岳珂:《玉楮集》卷5,《四库全书》本。
② 乐雷发著,萧艾校注:《雪矶丛稿》,第1页,岳麓书社1985年版。

周为祖为最。《庄子·逍遥游》云:"藐姑射之山,有神人居焉,肌肤若冰雪,绰约若处子,不食五谷,吸风饮露,乘云气,御飞龙,而游乎四海之外。"这个仙人当然是一个偶像化的人,也是一种精神现象的寓载体,实在是《庄子》中最完全最完美的一个形象了。另外,神话系统中的嫦娥、王母、麻姑等女性神仙,在宋词中也常常成了男子对女性审美过程中的参照系。

从宋代的现实生活寻绎中可以发现道姑们往往并不严格守戒,她们的形象也极容易使人们联想到神仙。《复斋漫录》载陈虚中《魏坛观》诗云:"夫人(魏夫人)在兮若冰雪,夫人去兮仙迹灭。可怕如今学道人,罗裙带上同心结。"又载僧人惠洪赠一女冠《西江月》词曰:"十指嫩抽春笋,纤纤玉软红柔。人前欲展强娇羞,微露云衣霓袖。最好洞天春晚,《黄庭》卷罢清幽。凡心无计奈闲愁,试捻花枝频嗅。"因为道姑们名为学道,而心存尘俗,她们对爱情生活的参与,使得不少文人有可能以她们为原型而创作游仙词。

从道教传说中的男女爱情故事看,无论是刘晨、阮肇入天台遇二仙女,还是牛郎与织女的遭际,这些美好的、充满了幻想的故事,都为宋代文人提供了极有魅力的表现原型。前者常用来暗示青楼妓馆的短暂欢乐,而后者则多写不幸而又坚贞的爱情。

宋代词人不仅继承传统将爱的对象和爱的故事披上一层神秘而美好的神仙面纱,而且也常常将道教的审美观念、人生观念熔铸到他们的词作之中,构成了这一类爱情词典雅、清丽的文学风格。

道教的想象除了用于表现政治题材和爱情题材外,更多用于宣泄个体内心的苦闷或纯粹的自我愉悦。宋代文人诗作的娱乐性是近年人们普遍重视的现象,而以道教升天飞仙的想象造成的娱乐效果也是不可忽视的。司马光《海仙歌》中描写了这样的场面:

……东方瞳眬景气清,庆云合沓吐赤精。蓬莱瀛州杳如萍。遥观五楼十二城,群仙剑佩朝玉京。祥风缥缈钧天声,彩幢翠盖烟霞生。鸾歌凤舞入帝乡,紫麟徐驱白鹤翔。餐芝茹术饮玉浆,千年万年乐未央。①

大约宋代文人把神仙之事当成生活中重要的谈资,谈论或争论的过程自身就是一种娱乐。司马光《〈游仙曲〉序》云:"友人楚孟德过余,纵言及神仙,余谓之无,孟德谓之有。伊人也,非诞妄者,盖有以知之矣。然余俗士,终疑之,故作《游仙曲》五章以佐戏笑之。"尽管《海仙歌》并没有这样的诗序,但我们从诗歌所用的色彩、节奏乃至意境创造上也可领悟到诗人的创作目的。我们再看苏轼词《戚氏》的创作过程:"东坡在中山,歌者欲试东坡仓卒之才,于其侧歌《戚氏》,坡笑而颔之,邂逅方论穆天子事,颇摘其虚诞,遂资以应之,随声随写,歌竟篇,才点定五六字。坐中随声击节,终席不间他辞,亦不容别进一语。"②这不过是将一个大家熟悉的神仙故事,按乐谱填而为词,但却起到了出人意料的娱宾之效应。

不仅诗词可以用道教想象娱悦读者或者自娱,文章的创作也能产生同样的效果。范成大的文章我们能读到的不多,然其为《白玉楼步虚词六首》所作的序实乃介绍《玉楼图》的一篇优秀散文。其精彩之处如:

……屋覆金瓦,屋山缀红牙垂珰,四檐黄帘皆卷。楼中帝座,依约可望。红云自东来,云中虚皇乘玉辂,驾两金龙。侍卫可见者:灵官法服骑而夹侍二人,力士黄麾前导二人,仪剑四人,金围子四人,夹辂黄幡二人,五色戟带二人,珠幢二人,金龙旗四人,负纳陛而后从二人。云头下垂,将至玉阶,楼前仙官冠帔出迎。方下阶,双舞鹤行前……③

作者说他读画之后的感受曰:"此画运思超绝,必梦游帝所者仿佛得之。"又曰:"明窗净几,尽卷展玩,恍然便觉身在九霄三景之上,奇

---

① 司马光:《传家集》卷5,《四库全书》本。
② 费衮:《梁溪漫志》,第105页,上海古籍出版社1985年版。
③ 范成大:《范石湖集》,第436页,中华书局上海编辑所1962年版。

事不可不识。"而范成大自己则又通过语言媒介把画由静态的转化为动态的,如其中那些极为传神的动词和与之配合的"将"、"方"等时态副词的运用,皆可视为对画的再创造。所以,读者同样能获得范成大"必梦游帝所"而得之的感受,也同样能产生"便觉身在九霄三景之上"的审美快感。

通过游仙或远游以宣泄、消解人生多艰的苦闷的宋人作品很多,但却不是宋代所独有,从屈原以楚巫文化为背景创作的上天入地的与神的对话,到汉赋、魏晋游仙诗中乃至唐李白、李贺的诗中皆可读到。而宋人的特点则是在描绘这一心灵的活动时更为自由、更为世俗化。陈与义的《北征》一诗甚至并没有冠以远游或游仙的标题,他只是因体力实在无法与世事的艰难相抗争,所以"愿传飞仙术,一洗局促悲。披襟阆风观,濯发扶桑池"①。一方面,诗人并不迷恋道教,他只是借这种文化符号为载体;另一方面,他在运用这些文化符号时并不是想象着其所指向的那些原初的意指,而是想象到这些符号在前代文学家如屈原、李白作品中的所指。朱熹的《远游篇》也是这样,他在"世路百险艰,出门始忧伤"的压抑状态下,也要"朝登南极道,暮宿临太行。睥睨即万里,超忽凌八荒"②。李清照的《渔家傲》"天接云涛连晓雾"可视为其代表作品。黄昇《花庵词选》题之为"记梦",我们认为这个"梦"的产生是由于她向"帝"报告的"路长"、"日暮"、"学诗谩有惊人句"而来的,所以,词人在天帝询问下,作出的抉择是去三山过神仙的生活。然而,"我"与"帝"的答与问不仅没有如屈原作品中那样进行渲染和铺垫,而且,也不再具有那种神秘而高贵的气氛,"帝"只是心中的另一个"自我"。这大约也与宋代文学的平民化有关,更与道教在宋代的平民化有关。

---

① 《陈与义集》卷4,第249页,中华书局1982年版。
② 朱熹:《晦庵先生朱文公文集》卷1,《四部丛刊》本。

题材体裁篇

◎ 第一章 从类编诗集看宋诗题材

◎ 第二章 词的题材演进轨迹与宋词题材的构成

◎ 第三章 宋文题材与体裁的继承、改造与开拓、创新从哲学上说，事物的存在形式是空间和时间。研究一部断代文学史的题材、体裁问题，亦不外乎从这两个角度去确立其存在的形式，将它的内容描述出来。在这里，所谓空间和时间的概念，将具体化为宋代诗、词、文诸创作领域内在题材、体裁方面呈现的共时结构和历史发展。也就是说，一方面要概括出宋代文学题材、体裁的总体风貌、内部构成，另一方面要密切关注它的发展线索，即将它置于整个文学史中，看它在什么地方有所拓展和创新，努力整理出清晰的源流，并尽可能予以解释。

　　无论在描述还是在解释时，古代文学批评史所提供的优秀成果都应当被充分地汲取。学术传统不仅是极可珍视的民族遗产，也是一切研究的前提和基础。古代批评家关于诗词分"类"与文章之"体"的深入研究，以及他们据此而进行的书籍编纂工作，对于我们观察题材(体裁)问题的帮助，今天还没有被足够地估量。

　　遵循以上原则，本篇将对宋代诗、词、文三大文学领域内的题材、体裁问题作些各有侧重的探索。

第一章

从类编诗集看宋诗题材

蒋士铨《忠雅堂诗集》卷13《辩诗》云:"宋人生唐后,开辟真难为。"提到宋诗,似乎总是相对着唐诗而言,除了美学风格上的差异外,诗歌题材的变化也应该被关注。袁宏道《雪涛阁集序》云:"有宋欧苏辈出,大变晚习,于物无所不收,于法无所不有,于情无所不畅,于境无所不取,滔滔莽莽,有若江河。"这里不仅指出了"变",而且将这种变描述为巨大的开拓。不过所谓"大变晚习",似仅就晚唐五代诗而言,如果与唐诗整体作比较,则近代学人更易看到的是宋诗的失落,如胡云翼《宋诗研究》第一章便云:"唐诗里面许多伟大的独具的特色,在宋诗里面却消失掉了。"第一,"宋诗消失唐代那种悲壮的边塞派的作风了";第二,"宋诗消失唐代那种感伤的社会派的作风了";第三,"宋诗消失唐代那种哀艳的闺怨诗的作风了";第四,"宋诗消失唐代那种缠绵活泼的情诗的作风了"。说的虽都是"作风",却告诉我们唐诗四种重要的题材在宋诗里式微了。确实,凡诗歌所能道的,如国计民生、仕宦隐逸、征戍乱离、山川胜迹、边塞风光、闺情旅况等,都已在唐诗里出现了大量优秀篇章,宋人在许多传统题材上因"开辟难为"而不能超越前人,显得失落,是可以理解的。笔者以为,就边塞、闺怨、爱情诸题材讲,胡先生的概括是基本正确的,但说宋诗失去了对于社会问题的关怀,则不合事实。此点留在下文再论。这里先跳出唐宋诗的对立,就整个中国诗歌史观察一下题材问题。

钱锺书《宋诗选注》王安石条下云:"从六朝到清代这个长时期里,诗歌愈来愈变成社交的必需品,贺喜吊丧,迎来送往,都用得着,所谓'牵率应酬'。应酬的对象非常多;作者的品质愈低,他应酬的范围愈广,该有点真情实话可说的题目都是他把五七言来写'八股'、讲些客套虚文的机会。他可以从朝上的皇帝一直应酬到家里的妻子——试看一部分'赠内'、'悼亡'的诗;从同时人一直应酬到古人——试看许多'怀古'、'吊古'的诗;从旁人一直应酬到自己——试看不少'生日感怀'、'自题小像'的诗;从人一直应酬到物——例如中秋玩月、重阳赏菊、登泰山、游西湖之类都是《儒林外史》里赵雪斋所谓'不可无诗'的。"这里固然只讲了诗歌题材日趋日常生活化后的一种现象,本非全局概括之论,却给人两点启发:第一,论宋诗题材的变化,可以将它置于整个中国诗歌史上题材的流变中来观察;第二,钱先生举出的"赠内"、"悼亡"、"怀古"之类,都是古人编纂诗集时所标明的类目,它们与我们今天所讲的"题材"在内涵上基本近似,这说明古人对题材问题早有自觉,在各种类编的诗歌总集、别集中反映出他们的思考与总结,都应该成为我们今天研究诗歌题材问题的重要资料。

在批评史上,"类"牵涉着一个"体"的概念。萧统《文选序》中,"体"凡四见,一曰"古诗之体,今则全取赋名";二曰"(诗)少则三字、多则九言,各体互兴";三曰"凡次文之体,各以汇聚";四曰"诗赋体既不一,又以类分"。由此总结,则"体"有三义:一为文章体裁,如赋、诗、诏、表之类;二为形式体制,如三字九字、五言七言之类;第三与"类"相关,按"类"大约指题材,如"京都"、"郊祀"、"畋猎"等,不同的"类"有各自的"体"。在一种严格的古典主义的观念中,题材是与主题密切相关的,什么样的题材必须写出什么样的主题,大致都有规定。如方回《瀛奎律髓》于"登览类"下注"登高能赋,于传识之",即凡登览类诗的标准主题是《毛诗传》说的"升高能赋",为大夫九能之一;"朝省类"下则云"进思尽忠,退思补过";"风土类"下云"亦不出户而知天下之意也";"宦情类"下云"其位高,取其忧畏明哲而知义焉,其位卑,取其情之不得已而知分焉",如此等等。凡合乎这种古典主义原则的,可以称许为"得体",古人贵"立言有体",故题材中预先隐含着主题,叫作"题中应有之义"。那自然也与儒家的"诗教"有着内在的联系,因为"诗教"可以被看作圣人对于一切言语活动的立法。虽然上古的诗歌,在今天的批评者看来,不一定像汉代以来许多说诗者标榜的那样完全符合这种原则,但出于对批评史所提供的某种文化理想的尊重,我们依然可以把它当作论述题材问题的起点。

实际上,要求所有的"类"都合于立言之"体",至少是十分勉强的做法,尽管这种勉强也确实规范了大量的诗作,从而成为中国诗史的传统之一,或甚而可说是"正统"。但宋诗所体现的创作实践,却表明这规范只属于某些选诗家。正如钱先生所指出,当诗歌成为"不可无诗"时的产品,即成为士人生活天地间随处生长着的小草时,"类"必然渐离"体"的规范,相对地自由发展。作如此观,并非着意要将诗歌史表述为一个"解放"的过程,而是说要对"类"与"体"之间的关系作进一步的探索,寻求更好的共生方式,因为所谓"体"也并非一成不变的,那些创作了"宋诗"的杰出人物,同时也创立了"宋学"。诗歌即使不是时代精神的传声筒,也必然与那个时代的文化理想达成深沉的内在的默契,文学的发展毕竟可以归结为文化发展的一个方面。就这个角度说,笔者以为过分地强调唐宋诗取材的对立,会在一定程度上掩盖这种发展的内在一贯性。当我们说"发展"时,它在逻辑上已经包容了某两代诗歌取材的差异甚或对立,而这种发展的过程,则可以从历代文献所提供的大量类编诗集中寻绎出来。本篇限于所论范围,故暂截止于元代以前。

第一节　元以前类编诗歌的集部书概况

在传统的编纂体系中，像诗集这样的文艺创作，一般存于集部书中，大致分总集、别集两类。其编次方式，则约有三种：一以创作先后，即"编年"的方式；一以诗体分编，如五言、七言、古体、近体、律诗、绝句之类，即"分体"的方式；其三便是以题材相缀，如"怀古"、"悼亡"、"风雪"、"节气"之属，即"分类"的方式。《四库全书总目·〈姚少监诗集〉提要》云："此本为毛晋所刻，分类编次。唐人从无此例，殆宋人所重编。"万曼《唐集叙录·韦苏州集》云："大抵唐人诗集率不分类，也不分体。宋人编定唐集，喜欢分类，等于明人刊行唐集，喜欢分体一样，都不是唐人文集的原来面目。"王国维跋《分门集注杜工部诗》云："杜诗须读编年本，分类本最可恨。"对于类编方式，或以为后出非真，或以为劣。但类编诗集自有其便于学习、寻检与考察题材的好处，并且也决不自宋始。

今存第一部含有类编诗歌的总集，即是萧统的《文选》，首以诗、赋、骚、七、诏、册、令、教等文体相次；于诗体之内，则分23类，曰补亡、述德、劝励、献诗、公宴、祖饯、咏史、百一、游仙、招隐、反招隐、游览、咏怀、哀伤、赠答、行旅、军戎、郊庙、乐府、挽歌、杂歌、杂诗、杂拟。必须说明的是，古人分类，难以今日所谓"科学性"求之，文艺题材要进行科学分类，在今天也是难乎其难、挂一漏万之事，我们只能大致上认定那是以题材来分的类别。

其次是唐编的集部书。别集有《李峤杂咏》（张庭芳注），有日本《佚存丛书》本，分乾象、坤仪、芳草、嘉树、灵禽、祥兽、居处、服玩、文物、武器、音乐、玉帛12部，每部10首诗。今敦煌遗书尚存S_{555}与P_{3738}两残片，共23行，却保存着"灵禽十首"一目，可见其分类为唐集的"原来面目"。《白氏长庆集》以"讽谕、闲适、感伤、律诗、格诗歌行杂体"编次，前三种为分类，后两种却属分体，固不纯粹，却仍不掩分类之意,显然白居易遵循着古典的原则,把"类"也看作一种"体"。总集则有唐顾陶大中丙子岁(856)所编《唐诗类选》20卷,为《宋史·艺文志》著录,据《能改斋漫录》卷11,宋吴曾家尝有其书,惜今已不存。另外,类书中有《艺文类聚》,于分类编辑故实外,每类后又列诗、赋、书、赞等文艺作品,也可看作对诗的分类。又"唱和"虽非严格意义上的题材,却是类目。唐人已有唱和专集,如皮、陆等的《松陵集》。据《四库全书总目·〈松陵集〉提要》云:"唐人唱和衷为集者凡三,《断金集》久佚,王士禛记湖广莫进士有《汉上题襟集》,求之不获,今亦未见,传本其存者惟此一集。"

再次是宋编唐集。总集有《唐文粹》《文苑英华》(按,此书又有唐以前作品)等,别集则有《韦苏州集》《孟东野诗集》《姚少监诗集》等。最著名的自是宋敏求编的《李太白文集》,以歌诗、古赋、表、序等分体,但主体部分是诗歌,可以看作一个典型的类编诗集;其分类有古风、乐府、歌吟、赠、寄、别、送、酬答、游宴、登览、行役、怀古、闲适、怀思、感遇、写怀、咏物、题咏、杂咏、闺情、哀伤等,大致亦以题材分。这个集子在宋代尚有杨齐贤的注本,曰《李翰林集》,元代萧士赟删补杨注而成《分类补注李太白集》。杜甫的集子,固以编年为优,但也有类编的系列,《集千家注分类杜工部诗》分为72类,文繁不赘。

宋人于诗用力甚勤,他们喜欢类编唐诗,就是为了便于学习。但宋人自己的诗集,却很少类编,大致皆以体编,只是偶尔有些"类"的踪迹出现。如祖无择《龙学文集》有"唱和诗"一类,陈傅良《止斋文集》专以"挽诗"为一卷,洪适《盘洲文集》卷8、9为"杂咏",卷10为"挽章",薛季宣《浪语集》卷13为"琴曲附哀挽",等等。不过,还有一些名家诗集,如三苏的集子,时人往往将原集打散,重新以类编次,其目的盖亦在便于学习。最著名的自是王注苏诗,在东坡集版本中自为一个系列,流传甚广。书称《王状元集百家注分类东坡先生诗》,宋元旧本大都分为78或79类(区别在于是否将"星河"类附在"月"类内,因"星河"类只有一首诗)。分得更细的是日本内阁文库藏宋麻沙本《类编增广颍滨先生大全文集》，即苏辙的集子，其前60卷为诗，分类至近百类，又其"四时"类下复分"春"、"夏"、"秋"三子类，"庶官"类下复分"省掖"、"奉使"、"将帅"等九子类，如此繁复，可见宋人于此道用心的精细。

值得注意的还有某门类诗的专集。别集如唐人胡曾《咏史诗》，凡七言绝句150首，皆咏史事，自共工之不周山迄隋之汴水，各以地名为题。宋人如阮阅《郴江百咏》、曾极《金陵百咏》、许尚《华亭百咏》，皆题咏一地名胜古迹，以绝句积为百首，宛成一种风尚。总集有孙绍远编《声画集》8卷，皆与图画有关之诗，中又分26门。又有《西昆酬唱集》《坡门酬唱集》等皆为唱和诗。宋绶《岁时杂咏》20卷，将古诗及魏晋迄唐人咏岁时节气的诗以岁时节气的自然次序编集。南宋时蒲积中又将北宋欧、苏等人的岁时诗编入，厘为46卷，称《古今岁时杂咏》。《四库提要》评为"古来时令之诗摘录编类，莫备于此"。

元方回《瀛奎律髓》则将唐宋两代诸家律诗编为一集，分49类，虽限于律体，却因编者合编两代诗并着眼于宋诗的缘故，可以看到唐、宋之间诗歌题材变化发展的一个侧面，故而有着特殊的意义。

第二节　分类中反映的宋诗题材的总体风貌

《文选》诗分23类，赋分15类，大致皆以题材分，但两类题材却有所不同，诗的题材是"劝励"、"公宴"、"咏史"、"游览"、"哀伤"、"行旅"之类，赋的题材虽也有"游览"、"志"、"哀伤"，主要却是"京都"、"宫殿"、"江海"、"物色"、"鸟兽"之类，大致地说来，诗的分类着眼于人的各种情感行为，赋的分类则从事物本身出发，可见在《文选》的时代，人们基本上是遵循着陆机《文赋》中讲的"诗缘情而绮靡，赋体物而浏亮"的原则。文艺创作被区别为"缘情"和"体物"两种，虽显得简单化，却是能够基本成立的。在这里，"劝百讽一"的赋首先以"溺于物"而突破了古典主义原则,诗则慢慢以"发乎情"却不"止乎礼"的方式完成了同样的突破。"缘情"和古代的"言志"之间虽具有渊源的关系,内涵却渐被偷换。并且诗、赋之间也有融合的倾向,六朝晚期出现了抒情小赋,诗也开始了"体物"的创作。

《艺文类聚》是以"天"、"地"、"人"、"山"、"水"、"服饰"、"食物"、"果"、"木"、"鸟"、"兽"等"物"分类的,因为每一类下都附有诗赋作品,所以它实际上是从"物"的角度第一次将诗分了类,但在"人"部里面,又细分出很多小类,其中便包括了"行旅"、"游览"、"别"、"愁"、"闺情"、"怀古"等被《文选》采用的"情"的类别。以这样巧妙的方式,《艺文类聚》第一次将诗赋的"体物"方面和"缘情"方面统一了起来。后来《李峤杂咏》的13个类别(详见上节),都是以"物"来分的,但"杂咏"本身却是"情"的类别之一。在分类中出现的这些现象,体现了诗歌题材的变化,即从情感生活的圈子里走出来,面向宽广的自然、社会诸领域。这恐怕也是唐代诗人区别于六朝贵族的一个重要方面。当然,后来由于复古运动的影响,"发乎情"至少在理论上又要求被限制,"溺于物"则被明确地反对。受了佛学对于人类精神现象的仔细剖析的启发,宋儒严格地区分了"志"、"理"、"欲"、"情"诸种精神概念,"情"和"理"被对立起来,而他们在解释古代的"言志"时,则显然偏向于用"理"来克制或净化"情"。

《文苑英华》和《唐文粹》的诗歌部分,也以题材分类,"情"类和"物"类已被并列在一起,不过编者依然希望将两者有所区分,在卷帙上使它们不显得混杂。但从诗的实际情况来考虑,甚至这种分类本身也是很勉强的,一首咏怀古迹的诗,可以被编入"游览"类,也可以编入"怀古"类、"古迹"类,甚至"山水"类或者"亭台楼阁"诸类,只要与所咏对象有关,不妨随编者己意自作安排,没有严格界限。所以,当我们考察王注苏诗与《类编增广颍滨先生大全文集》前60卷的类目时,会发现宋人对苏氏兄弟诗歌的分类,已不顾"情"与"物"的界限,不受什么诗学体系的影响,而从所存诗歌作品的实际情况出发,进行题材上的类编,并且不再像《英华》《文粹》那样通过卷帙的编排将两种性质的类别分开。就编纂次序而言,这两种苏氏兄弟的集子几不成"七宝楼台",只自成片断而已。不过为了论述方便,这里依然将两种集子的类目中有相关题材的,稍作整理,录之如下:

1. 自然景物:月、星河、雨雪(雷雨)、风雪、冰霜、山岳、山洞、奇石、江湖、泉石、溪潭、池沼(池潭)、井泉。

2. 自然生物:禽鸟、兽、虫、鱼、竹、木、菜(蔬笋)、花(牡丹、芍药)、菌蕈、果实。

3. 岁时节气:四时(春、夏、秋)、节序(元日、上元、寒食、端午、七夕、中秋、九日、冬至、除夜)、昼夜。

4. 人文景观:宫殿、省宇、陵庙(祠庙)、城廓(都邑)、壁坞(村坞)、舟楫、桥径(桥梁)、车驾、居处(居室)、堂宇(轩堂)、斋馆、楼阁、亭榭(亭台)、园林、田圃(园圃)、寺观、坟塔(坟茔、塔)、庙宇、碑文、佛像、古迹。

5. 社会政事:时事、农桑、渔猎(射猎)、技术、戎祀、社、扈驾、勤政、督役、祈雨、学校、贡举、试选、及第、迁谪、致仕。

6. 人际交往:宗族、妇女、外族、仙道、释老、卜相、医药、庖厨、庶官(省掖、奉使、将帅、宪漕、守倅、教授、掾属、令丞、监当,按,此类许多诗关于政治);投赠、戏赠、简寄、寻访、会遇、酬答、宴饮、惠赠、庆贺、送行(送别)、留别(饯别)、伤悼(吊慰、挽词)、嘲谑。

7. 士人日常生活:身体、记梦、生日、坐卧、咏归、修养、省亲、游赏、登览、题咏、读集、述怀、纪行、咏史、怀古、感怀、感旧、书画(图画)、笔墨、砚、琴剑、音乐、器用、灯烛、食物、酒醴、茶、药物。

这些当然只是大致加以概括,并且限于二苏集子所提供的现成类目,不是对宋诗整体的系统清理。在岁时节气方面,蒲积中的《古今岁时杂咏》更有立春、人日、晦日、中和节、春分、春社、清明、上巳、春尽日、夏至、伏日、立秋、中元、秋分、秋社、初冬、立冬等类,可以补充二苏集中节序类的不足。山水形胜与古迹的游览与题咏,可以被编入不同的类别,但宋代却有好几部"某地百咏"的专集。至于宋代非常盛行的题画诗,在苏轼集中本不少,却没有专门列出类目,大都归于"书画"类中。而孙绍远编的《声画集》取"有声画、无声诗"之意,却将这一类题材收为专集,细分为 26 门,这些细目当然很多与上述的类目重复,如"四时"、"山水"、"林木"、"竹"、"梅"、"虫鱼"等,但在《声画集》中,它们指的都是画上的内容。按照这样的思路,一重又一重的分类将是无有止境的,不过事实上不会发生如此不可收拾的情况,比如说"生日"类决不会再以不同的日期细分下去。所以,如果某一门类被分得过细,只能说明此类题材的诗作丰富繁复。

综合以上的统计情况,可以发现宋诗题材的总体风貌。第一,"缘情"和"体物"的界限消失。这并不是指"感怀"与"咏物"之类的题材不再独立存在,而是说它们之间在意义指向和写作技巧上趋向融合。这种融合对两种题材来说,都促进了各自作更大的开拓。如果按照《文赋》以来流行的观念,把"缘情"的叫作诗,那么"体物"诗的大量涌现,便使诗歌题材扩大而至于"无所不包"。在此意义上说,宋诗相对于唐诗来说在某些传统题材上显得失落,是一个完全相对的说法。边塞、闺怨、爱情题材在宋诗里决不至于绝迹,只要那个时代还有战争、有男女欢爱相悦之情,这些题材便是永恒的,不会消失。失落可能是指优秀作品的减少,这除了宋代诗人的趋异求僻所造成的事实外,全宋诗搜集、整理工作的落后、不足也是一个因素。当然,最主要的原因,恐怕是由于宋人的兴趣转移了,或更恰当地说,是扩大了。第二,政治和社会问题题材的诗决不是衰落了,而是极大地发展了。宋代文士匡教护道的责任感,进入政治决策阶层的机会,和诗人本身与时局、社会问题的紧密联系,各方面都超过了唐人,复古运动的成功也为他们提供了最佳的精神氛围,而这本身就是他们努力的结果。第三,诗歌创作成为士人风雅生活的不可或缺的内容,生活中随处而有的诗意都被发掘出来,非但名山大川,园囿楼观,甚至日常器具、坐卧行立都被表现在诗里,除了把对象硬拉来进行牵强的"言志"外,还把对象以某种不同流俗的语言写在诗里。这一活动本身成为一种"雅道",于是"诗料"的开发与"句法"的推敲本身成为艺术追求,作诗不但是千古事业,而且就是生活。第四,关心政事与风流自赏,"言志"与"雅道"也并不互相隔绝。它们可以统一在同一个诗人身上,并呈在他的诗集里。除苏氏兄弟外,甚至以爱国诗人闻名的陆游也是如此。钱锺书《宋诗选注》陆游条下云:"他的作品主要有两方面:一方面是悲愤激昂,要为国家报仇雪耻,恢复丧失的疆土,解放沦陷的人民;一方面是闲适细腻,咀嚼出日常生活的深永的滋味,熨帖出当前景物的曲折的情状。"在宋代,这种情况具有极大的普遍性。"缘情"的诗既可以被拔高为"言志",但又保留其抒写日常情感生活的功能;"体物"的诗既可以像理学家那样发展为"格物致知",或像政治家那样发挥出"因物成务"的抱负,却也可以保留"体物浏亮"的本色,欣赏山石之奇崛、洞穴之幽趣,叹天地之辽阔、由落英而牵情。因此,除了古典的诗教传统外,诗歌还另有一种审美方面的传统,自魏晋时候便发展起来;两者都被宋人继承、发展,并在他们的精神世界里融合起来。这种融合在很大程度上是因为宋代诗人都有学问,都各有一套比较成熟的天道人道观的缘故,因此他们对历史文化遗产的继承发展都很自觉。说学问妨碍了写诗,那是不学无术者的口实。

至于就题材的角度来考察唐宋两代诗之间的继承发展之概貌,也许《瀛奎律髓》是最现成的一个文本。其书选唐宋律诗三千首左右,以类编次。宋诗与唐诗在总数上大约是三比二的比例,宋诗多得超过这个比例的,有"升平"、"夏日"、"冬日"、"节序"、"晴雨"、"茶"、"梅花"、"雪"、"着题"、"陵庙"、"山岩"、"庭宇"、"论诗"、"技艺"、"寄赠"、"疾病"诸类;宋诗反少于唐诗的,有"登览"、"朝省"、"风土"、"宦情"、"月"、"旅况"、"边塞"、"宫阙"、"川泉"、"远外"、"迁谪"、"侠少"、"释梵"等。相比之下,宋诗显得"体物"多而"缘情"少,生活情味浓而政治进取心淡。对《瀛奎律髓》选诗中反映出来的这一情形,我们必须作出解释,一是选本的不尽合理,因为唐宋诗合选本在一般传统题材上总是优先唐诗而削落宋诗；二是"缘情"诗和政事诗显得少的原因，很大程度上是因为宋人几已泯灭了"缘情"与"体物"、"政治"与"生活"之间的界限，因为诗人们有一套学问和办法把它们融和在一起。另外，编者方回持"一祖三宗"之说，着眼点在宋代江西派诗，所以，一方面其所选唐诗倾向于能够认作宋诗先驱的那种，如杜甫、韩愈的诗，另一方面其所选宋诗带有局限性，并不能反映全貌。《瀛奎律髓》的价值在于它将唐宋律诗以题材分类合编，可以让我们逐一体会各种题材在两代诗之间的各自处理方式，寻绎其继承和变革的某些侧面。

第三节　关于宋诗题材总体风貌的初步解释

《全唐文》卷314李华《杨骑曹集序》云："开元天宝之间，海内和平，君子得从容于学，以是词人材硕者众，然将相屡非其人，化流于苟进成俗，故体道者寡矣。"这是一个目睹极盛一时的唐帝国如何一落千丈、转入衰落的作家对造成灾难的原因的反思，认为是在太平盛世的表象下失落了传统文化的价值核心即"道"的缘故。中唐以后，以韩愈为代表的以复古求中兴的士人，以恢复道统之传承为己任，却都因未能掌握政权而不能挽回颓势。复古运动一直到宋代欧阳修身上，才获得政治、文化诸领域的全面成功，使得北宋成为历史上最接近于儒学理想的社会。苏轼《六一居士集叙》曰："宋兴七十余年，民不知兵，富而教之，至天圣景祐极矣，而斯文终有愧于古。士亦因陋守旧，论卑而气弱。自欧阳子出，天下争自濯磨，以通经学古为高，以救时行道为贤，以犯颜纳说为忠，长育成就，至嘉祐末，号称多士。欧阳子之功为多。"《宋史·忠义传序》言欧阳修、范仲淹等"诸贤以直言谠论倡于朝，于是中外搢绅知以名节相高，廉耻相尚，尽去五季之陋矣。故靖康之变，志士投袂，起而勤王，临难不屈，所在有之。及宋之亡，忠节相望，班班可考。匡直辅翼之功，盖非一日之积也。"被欧公诸贤倡导起来的这种士风,是令天下后世向往不止的,应该也是当时诗风的主流。通经学古,以救时行道,犯颜直谏,以拯济斯民,这既是士人立身行事的准则,又是他们诗歌创作的重要内容。故宋诗题材,涉及社会政治的各个方面,并且高自标榜,鄙唐人不知"道",甚至不屑于李白那样多写醇酒妇人。其社会政治诗虽不像唐人写得积极昂扬,却能在辞句间体会出作者的强烈、深切的责任感,这方面明显要胜过唐人。王禹偁《吾志》以致君尧舜为人生信念,认为不这样就没有必要活着;梅尧臣《汝坟贫女》《田家语》《陶者》、欧阳修《食糟民》《边户》等皆深痛民间疾苦;苏轼诗多有不满政治,不能自默而间下怨刺的,为此还发生了一场危及生命的"乌台诗案";苏舜钦《庆州败》指斥朝廷用人不当以致军事失败;王安石《兼并》则揭示宋代社会最严重的经济问题。唐人写作此类诗,着眼多在怨刺,其"积极昂扬"处,多半是空口说大话,而宋代这些诗人,却都有经世之才,对社会政治的卓越见解,并且真正地以庙谟民生为己任。像王安石、苏轼等都在宋代最重要的政治家之列,他们的诗不但富于才情,并且长于学识,不但揭示现象,并能深探原委,痛下针砭,具有极重要的价值。

从题材上说,有几类诗比较突出。一是农事诗,自晚唐杜荀鹤、聂夷中等人发端,在赵宋一代蔚为大观,一直延伸至南宋后期的江湖派;二是有关变法和党争的诗,各家集子里都载有不少,如果辑录出来,当是一部很可观的"诗史";三是有关边事外交的诗,包括许多使辽诗在内,将它们与唐代边塞诗对比,可以作很多有益的探索。当然,最杰出的是南宋以"国患"为题材的爱国诗歌,相似的还有南宋遗民写亡国之痛的作品。

这当然只是宋诗的一个方面。从上节对苏氏兄弟的诗集和《瀛奎律髓》的类目、选诗的分析来看,宋诗中更多地被写到的题材,是因"缘情"和"体物"的界限消失而融合一体,并显得范围极度宽广的自然、人文景观及士人日常生活的内容。诗是生活本身,诗无所不在,诗的题材无所不包。文学史上经常被提到的是梅尧臣的以丑物入诗,那被认为是对唐诗的反动或开拓。其实,以诗为士人的"雅道",却是自魏晋以来绵延不断的传统,又在宋代文官政治和崇尚文化的社会风气里得到深厚的滋养,极茂盛地生长发展的结果。

《世说新语·简傲》曰:"王子猷作桓车骑参军。桓谓王曰:'卿在府久,比当相料理。'初不答,直高视,以手版拄颊云:'西山朝来,致有爽气。'"这一种脱略俗务、沉浸于艺术审美境界的人生,本是门阀士族制度在精神文化方面的产物,历史发展淘汰了极端不公平的贵族制度,但这一种精神遗产却被保存下来,成为文化人身上不可或缺的精神气质。六朝文人虽多身在官府曹司,却仍不废吟风弄月,梁代曾任水部员外郎的何逊便是一例,以至于后世常把这一职位当作诗人的专利。当唐代诗人张籍被任命为水部员外郎时,白居易便有诗道:"老何殁后吟声绝,虽有郎官不爱诗。无复篇章传道路,空留风月在曹司。"①曹司间亦有风月,对此风月若无篇章,那至少是不够"雅"的,所以苏轼竟感叹"诗人例作水曹郎"②了。不过虽说"诗穷而后工",但要时刻不失雅趣,毕竟需要优厚的条件才行。宋自太祖始,就确立以文教治国的方针,朝廷扩大科举取士,完备文官体制,加以帝王亲自倡导,整个社会都崇尚文化,士大夫学优则仕,生活条件优裕,虽有时宦海生波,却仍以文名高世。梅尧臣有诗羡王珪道:"金带系袍回禁署,翠娥持烛侍吟窗。人间荣贵无如此,谁爱区区拥节幢。"③在他看来,"学士"是官僚中最荣贵的,拥节幢的封疆大吏,远不如文学侍从合于人生理想。王珪以写得一手"至宝丹"的富贵诗,而能够不出国门,位至宰辅,这在一般爱吟诗作赋的文士大夫心中,是"致君尧舜"的责任感以外另一个作为人生极致的境界而艳羡期待着的。宋代士人没有不作诗的,他们日常生活里的一切,也就必然被写进诗里,不然这种生活便不"雅"。

---

① 《喜张十八博士除水部员外郎》,《白居易集》,第 420 页,中华书局 1979 年版。
② 《初到黄州》,《苏轼诗集》,第 1032 页,中华书局 1982 年版。
③ 《谢永叔答述旧之作和禹玉》,《梅尧臣集编年校注》,第 931 页,上海古籍出版社 1980 年版。

《瀛奎律髓》卷10姚合《游春》下方回评曰:"所用料,不过花、竹、鹤、僧、琴、药、茶、酒,于此几物,一步不可离。"这自然是六朝人开始养成的习性,后来成为晚唐诗的一个特征,并为宋初的九僧诗所继承。《六一诗话》记载:"当时有进士许洞者,善为词章,俊逸之士也。因会诸诗僧分题,出一纸,约曰:'不得犯此一字。'其字乃山、水、风、云、竹、石、花、草、雪、霜、星、月、禽、鸟之类,于是诸僧皆阁笔。"后来有所谓"禁体",也是从这里发展来的。但士大夫生活中确实少不了这些"诗料"。今存黄庭坚诗一千八百余首,约有一百余首写田园山水,一百四十多首写茶、酒、食物,一百五十多首写佛道,近一百首题书、画、砚、墨之类,还有下棋、读书、赠答、应和等不计其数。《六一诗话》所谓"资谈笑、助谐谑、叙人情、状物态,一寓于诗而曲尽其妙",故士人闲居野处、送往迎来、谈禅论道、唱和赠答、品茶饮酒、题画题墨、评诗论艺,都是最常见的诗歌题材。由此建立起一种诗化的生活,《曲洧旧闻》卷8曰:"东坡诗文,落笔则为人传诵……士大夫不能诵坡诗者,人或谓之不韵。"像黄庭坚那种"桃李春风一杯酒,江湖夜雨十年灯"①,才是书生、诗人的本色。与此俱来的便是诗歌题材的极度生活化、宽泛化。

黄庭坚《书王知载〈朐山杂咏〉后》曰:"诗者,人之情性也。"这是对诗歌"雅道"传统的复述,它与范仲淹那种"每感激论天下事,奋不顾身"②的救时行道之心,在宋人看来是可以并行不悖、统合于一体的。欧阳修《梅圣俞诗集序》曰:"凡士之蕴其所有而不得施于世者,多喜自放于山巅水涯之外,见虫鱼、草木、风云、鸟兽之状类,往往探其奇怪,内有忧思感愤之郁积,其兴于怨刺以道羁臣、寡妇之所叹,而写人情之难言,盖愈穷则愈工。"他认为写山川草木、日常生活的题材,与社会政治题材一样,是寓有"道"或"志"的。这当然也可以在一部分诗作中得到证明,如苏轼既写过"日啖荔支三百颗,不

---

① 黄庭坚:《寄黄几复》,《豫章黄先生文集》卷9,《四部丛刊》本。
② 《宋史·范仲淹传》,《宋史》,第10268页,中华书局1976年版。

辞长作岭南人"①,而其《荔支叹》又云:"我愿天公怜赤子,莫生尤物为疮痏。雨顺风调百谷登,民不饥寒为上瑞。"王令的《暑旱苦热》,本写欲去热就凉的日常情态,结尾却道"不能手提天下往,何忍身去游其间",正如韩琦《苦热诗》想飞到凉快的地方去,却又顾念芸芸众生,觉得"于义不独处","义"在这里横亘出来,颇有截断众流的力量。洛阳的牡丹,本是欧阳修笔下才子风情的留恋对象,而南宋人一写牡丹,便想到陷落的中原:"一自胡尘入汉关,十年伊洛路漫漫。青墩溪畔龙钟客,独立东风看牡丹。"②若到陆游手上,又是驱除胡虏、恢复故都的宣言。③ 同样,随节候南飞的鸿雁,也被杨万里写成了中原父老向往行在的意象寄托。④

在宋代,一切题材都可以写成两种诗。作为精神生活的必备内容,诗情向外投射,弄得"处处江山怕见君",向内体验,可以过"缓和陶诗紧闭门"的生活;作为对匡世扶道责任的自觉承担,当民族危难时,便一首首都可作"中兴露布"来读。宋儒认为,两者都是合于"道"的。"道"在韩愈笔下,主要是一种文化价值,在宋人却扩大为宇宙精神,无处不在。中唐以来,扶"道"者都显得脾气古怪,诗句也桀骜僻涩;自欧阳修论"道","其言简而明,信而通,引物连类,折之至理,以服人心"⑤,始倡为平易近人的风貌。所谓"折之于至理",即将"道"的伦理性、价值性,诉诸哲学世界观,把令人敬畏的"正"建立在自然明晰的"真"的基础上。因此,不仅写社会政治题材合于"道",一切自然山川、草木虫鱼、人文景观及日常生活中,无处不存其"道",在这里,呼之欲出的便是"一物一太极"的精义了。宋诗在题材上呈现出来的总体风貌,毕竟是与"宋学"或宋代思想文化的精神息息相通的。

---

① 《食荔支二首》之二,《苏轼诗集》,第2194页,中华书局1982年版。
② 《牡丹》,《陈与义集》,第479页,中华书局1982年版。
③ 参见《赏小园牡丹有感》,《陆游集》,第1896页,中华书局1976年版。
④ 参见杨万里《初入淮河四绝句》之四,《诚斋集》卷27,《四部丛刊》本。
⑤ 《六一居士集叙》,《苏轼文集》,第316页,中华书局1986年版。

另外，宋人还有一种"诗料"的观念，与我们所讲的"题材"有些相关的内容。所谓"诗料"，简单说就是用来作诗的材料，这方面最著名的当然就是苏轼、黄庭坚的所谓"以故为新，以俗为雅"。如果撇开用典、遣字造句等写作技巧上的内容，单就题材来讲，它也可以被解释为从古代文化遗产和世俗生活中攫取诗材，制成诗料。从这个角度来看，按照以生活为源、以传统为流的理论，"以故为新，以俗为雅"便显得源流俱在，不得谓之有流无源。可见，认为宋诗只有流没有源的讲法也是不太全面的，至少在题材上是如此。因此点牵涉过广，这里暂不详论了。

第二章

词的题材演进轨迹与宋词题材的构成

词的题材问题即是词写什么的问题。词写什么呢？况周颐认为："作词不拘说何物事，但能句中有意即佳。"①这就是说词的题材不应该有什么特别的规定性。但是，王国维则认为："词之为体，要眇宜修。能言诗之所不能言，而不能尽言诗之所能言。"②沈祥龙更为具体地说："如陈腐也，庄重也，事繁而词不能叙也，意奥而词不能达也。几见论学问、述功德而可施诸词乎？几见如少陵（杜甫）之赋《北征》、昌黎（韩愈）之咏石鼓而可以词行之乎？"③这样看，词的题材又是有一定的规定性的。我们认为这两种相互对立的看法都是从词史中抽取了一个截面进行研究的结果，前者强调了"意"从而否定了题材的特殊价值，后者注意了"体"，也忽视了词之处理各种不同题材的可能。不错，"意"与"体"对题材的影响或限制无法否定，但在单独考察词的题材问题时又不得不将其降到次要位置上去。事实上，题材的研究有其独立存在的意义。歌德说："还有什么比题材更重要呢？离开题材还有什么艺术学呢？如果题材不适合，

---

① 况周颐：《蕙风词话》卷1，《词话丛编》，第4416页，中华书局1986年版。
② 王国维：《人间词话删稿》12，同上书，第4258页。
③ 沈祥龙：《论词随笔》，同上书，第4050页。

一切才能都会浪费掉。"①词学研究中自南宋以来就有以写什么来划分流派和风格的做法,尽管用现代诗学理论来看,题材决定论是可笑的,风格流派研究的重点应该是在怎样写上,而不是在写什么上,但是,这也是引发我们对词的题材之演进轨迹和宋词题材构成作出逻辑和历史的描述的原因。通过这一研究,从而杜绝那种以题材决定词人风格流派的做法。

南宋黄昇评李白《忆秦娥》《菩萨蛮》为"百代词曲之祖"②。这两首产生于盛唐而被看作祖宗的词,其题材无非是别情、闺怨。的确,后来的文人词将这两种题材发挥得淋漓尽致,到了无以复加的程度。晚唐以李商隐、温庭筠、韩偓等为主而形成的縟丽诗风对别情和闺怨题材的词起到了推波助澜的作用。温庭筠的词数目远远超过了李白,但"类不出乎绮怨"③。"绮怨"就是美丽的感伤,就是闺房花草、离别相思。到了五代十国时期,西蜀和南唐两个小朝廷的君臣们沉湎于燕乐之中。"王衍浮薄而好轻艳之辞"④。欧阳炯《〈花间集〉序》中明确提出了花间之作乃是以李白、温庭筠为典范的。他说:"有唐以降,率土之滨,家家之香径春风,宁寻越艳;处处之红楼夜月,自锁嫦娥。"所以,花间词的以"绮筵公子"、"绣幌佳人"为主体的题材特色,不过是对唐代词作的继承。

温庭筠、韦庄是被列于花间作者之列的,但他们的词同样影响到南唐宫帏集团。举一个典型的例子来说,李煜的《破阵子》"四十年来家国"本是以破家失国为人所掳为题材的,但他处理这一题材时仍然要写教坊的别离歌、写"垂泪对宫娥"。将国破家亡的重大题材转换为男女离别,苏轼无法理解,故而批评道:"后主既为樊若水所卖,举国与人,故当恸哭于九庙之外,谢其民而后行,顾乃挥泪

---

① 《歌德谈话录》,第 11 页,人民文学出版社 1978 年版。
② 黄昇:《花庵词选》卷 1,《四部丛刊》本。
③ 刘熙载:《艺概》卷 4,第 107 页,上海古籍出版社 1978 年版。
④ 张唐英:《蜀梼杌》卷下,《四库全书》本。

宫娥、听教坊离曲哉!"①词作为文学创作并不是新闻报道或历史纪实,当然有权作出文学的想象,但这样的想象、这样的题材处理是有悖常情的;应该看到,这正是长期以来对李白、温庭筠等人词作的传统的认同的结果,是一种文学思维的惯性。南唐的另一重要词人冯延巳生活于"内外无事"的"金陵盛时",词作极"娱宾而遣兴"②之能事。冯煦《四印斋本〈阳春集〉序》以为其"类劳人思妇、羁臣屏子郁伊怆悦之所为"。因为屈原曾以香草美人写君臣之情,成为诗人的传统,所以,这里所谓"羁臣屏子"云云,但我们却实在无法从冯词中找到其本来面目,因为他的这类题材的词也一律以相思离别为外壳。

除了唐五代的文人词之外,宋词的另一个源头即是"饥者歌其食,劳者歌其事"的民间词。王重民《敦煌曲子词集·叙录》云:"唐末中原鼎沸,生灵涂炭,而词曲一科,反成熟于此时期,盖文人学士,颠沛流离者多,益以寄无聊生涯于文酒花妓,《花间》《尊前》已撷其菁英。"这就是说,《花间》《尊前》不过是以"文酒花妓"为题材而已。而与《花间》相先后的敦煌曲子词中,被文人"摈而不录"的则"有边客游子之呻吟,忠臣义士之壮语,隐君子之怡情悦志,少年学士之热望与失望,以及佛子之赞颂、医生之歌诀"。今天看来,民间词的题材如此广阔,实在使得专以闺情花柳为歌咏对象的文人词相形见绌。

宋代词人晏殊、欧阳修等基本上是沿着冯延巳的创作方向发展的,而柳永则以民间词为学习对象而走上词的创作道路。《古今词话》中记载柳永少年读书时,以无名氏《眉峰碧》词题壁,"后悟作词章法。一妓向人道之,永曰:'某于此,亦颇变化多方也。'然遂成屯田蹊径"③。尽管这里只提到"章法",而不及题材,后人也不甚重视

---

① 《书李主词》,《苏轼文集》卷68,第2151页,中华书局1986年版。
② 陈世修:《〈阳春集〉序》,《阳春集校注》,第140页,天津古籍出版社1993年版。
③ 《古今词话》,《御选历代诗余》卷114,杭州古籍书店1984年版。

柳词对文人词的题材开拓,但我们今天的研究却不能不由此探赜发微。王明清《玉照新志》卷2录无名氏"蹙破眉峰碧"一词,其题材乃是羁旅中的相思,而柳永《乐章集》中的主要题材又恰恰是羁旅行役和相思爱恋。特别是羁旅行役一类写景状物,纤毫毕现;抒情写意,凄楚动人。其长于铺叙,反复皴染而不露痕迹,层层铺排而细针密线,对慢词的发展有着重要的贡献。同时,我们还可进一步推测,柳永学民间词之"章法"决不可能只以一首《眉峰碧》为参悟对象,必然广泛加以采择,才选取了《眉峰碧》为其代表。正是由于他广泛学习了民间词,他的词才对以前文人词的题材有了很大的突破。《乐章集》有咏节令的、咏物的、咏史的、咏山水景物的、咏个人怀抱的、咏太平气象的。人们多注意到柳永多作慢词,殊不知其慢词的形式正是为其题材的需要而被选择的。柳永之后,王安石、苏轼以自身的为政者形象(不同于柳永之为"浪子")出现在词中,他们在柳永开拓的基础上,更多地以士大夫的生活与思想作为词的题材(柳永以"白衣卿相"的生活与思想为主)。至此,宋词的各种题材基本上都已出现。南宋辛派词人在王安石、苏轼的基础上彻底突破了传统题材。张炎曰:"辛稼轩(弃疾)、刘改之(过)作豪气词,非雅词也,于文章余暇,戏弄笔墨为长短句之诗耳。"[①]"文章余暇"之语颇可玩味,这里的"文章"是指词之外的散文与诗,就是说他们没有严格区分词的题材与诗文题材的差别。汪莘《方壶诗余·自序》指出了苏轼、朱敦儒、辛弃疾一脉的题材特色,特别强调辛弃疾的"写胸中事",而所谓"胸中事"实在是一个广阔的天地,永远是无法限定的。值得注意的还有周邦彦和南宋姜、张等诸大家,往往在某一类题材上特别加以发展,发人之未发,虽无开拓,但功亦不可没。并且,"南宋词人,系情旧京,凡言归路、言家山、言故国,皆恨中原隔绝"[②],国家的不幸即使在纯艺术派的词人作品中也不能忘却,这又

---

① 张炎:《词源》卷下,《词话丛编》,第267页,中华书局1986年版。
② 宋翔凤:《乐府余论》,同上书,第2502页。

是南宋词的题材的重要特色。

宋代最早给自己的词按题材分类的是万俟咏,王灼《碧鸡漫志》云:"雅言(万俟咏)初自集分两体,曰雅词、曰侧艳,目之曰《胜萱丽藻》。后召试入官,以侧艳体无赖太甚,削去之,再编成集,分五体,曰应制、曰风月脂粉、曰雪月风花、曰脂粉才情、曰杂类,周美成(邦彦)目之曰'大声'。"①可惜,这种分类法我们今天实在无法理解其标准何在。相传为南宋人编的《草堂诗余》是宋人最早的分类词选,将所选词分为 11 类:春景、夏景、秋景、冬景、节序、天文、地理、人物、人事、饮馔器用、花禽。每类下又有细目,如春景类分为:初春、早春、芳春、赏春、春思、春闺、送春等;饮馔器用类分为:茶、酒、筝、笛、渔舟、庆寿、吉席、赠送、感旧等。或许其划分未必完全合乎逻辑,但可谓用心良苦。我们今天已无法见到宋本《草堂诗余》,吴昌绶云:"日本狩野博士有元至正癸未庐陵泰宇书堂刊本,后集与洪武本同,惟前集每半叶十二行,注语、行款小异"。② 则今之能见者仅为元本。但南宋王楙《野客丛书》卷 24 已称引其注释之不妄,《野客丛书》成书于庆元年间(1195—1200),那么,《草堂诗余》当于 1200 年之前已在社会上流行。宋人分类注释的宋词别集则有陈元龙《分类集注周美成〈片玉集〉》,于嘉定辛未(1211)由刘肃序刊,将周邦彦词分为春景、夏景、秋景、冬景、单题(花、柳、怀古、节令)、杂赋(恋情、感伤、羁旅)。另外,宋人类选词有黄大舆选辑北宋至南北宋之交的词人咏梅词为《梅苑》,陈咏编《全芳备祖集》有《乐府祖》。明人周履靖集《唐宋元明酒词》2 卷,目自作和韵。这些都是按一定题材所作的类编词选。值得一提的还有明嘉靖十七年(1538)陈宗谟序刊的《类选名贤词话草堂诗余》,将宋坊间所刻春、夏、秋、冬四时合为时令,饮馔器用与花禽等合而为杂咏,将地理类改为怀古,书末附录范仲淹《渔家傲》、岳飞《满江红》、文天祥《沁园

---

① 王灼:《碧鸡漫志》卷 2,《词话丛编》,第 83 页,中华书局 1986 年版。
② 吴昌绶、陶湘辑:《景刊宋金元明本词》,第 456 页,上海古籍出版社 1989 年版。

春》等爱国词,究其实,与上面提到的洪武本当为同一系统。宋黄昇《花庵词选》成于淳祐九年(1249),虽未按题材分类,但其所选词每首皆拈出能标明题材的两字为标题。明顾从敬所编《草堂诗余》按小令、中调、长调编辑,但基本保留了《花庵》与《草堂》具有题材标志的标题。

我们认为词的题材划分是一项十分困难和勉强的工作。朱彝尊《〈词综〉发凡》云:"宋人词集大约无题,自《花庵》《草堂》增入闺情、闺思、四时景等题,深为可憎。"王国维进而从诗歌之历史与审美心理的角度对之进行了批判:"诗之《三百篇》《十九首》,词之五代、北宋,皆无题也。非无题也,诗词中之意,不能以题尽之也。自《花庵》《草堂》每调立题,并古人无题之词亦为之作题,如观一幅佳山水,而即曰此某山某河,可乎? 诗有题而诗亡,词有题而词亡。然中材之士鲜能知此而自振拔者矣。"[1]如上所述,《草堂》《花庵》基本是按词中所咏的具体题材为之拟出标题的,而词又往往以词人记忆中或眼前的人、事、物、景为起点,按词人捉摸不定的情感流向为经纬编织成篇的,其所歌咏的对象即题材不过是一鳞半爪的碎片,很难用两个字甚至几个字来说清楚。如人们熟悉的周邦彦《兰陵王》"柳阴直"在《草堂诗余》和《分类详注周美成〈片玉集〉》中皆标为"柳",但陈洵却认为此词乃"托柳起兴,非咏柳也"[2],细读此词发现其乃惜别而非咏柳。美国文学理论家雷·韦勒克和奥·沃伦在所撰《文学理论》一书中就批评那种"似乎仅根据题材的不同"的社会学分类法,且认为"循此方法去分类,我们必然会分出数不清的类型"[3]。无论是朱彝尊、王国维对《草堂》《花庵》以标题立出题材类型的批评,还是韦勒克和沃伦对按社会学的题材分类的批评,都是值得我们在宋词题材构成的研究中引起注意的。所以,我们努力突

---

① 王国维:《人间词话》,《词话丛编》,第 4252 页,中华书局 1986 年版。
② 陈洵:《海绡说词》,同上书,第 4866 页。
③ [美]韦勒克、沃伦:《文学理论》,第 265 页,生活·读书·新知三联书店 1984 年版。

破前人的分类范型,选取其外延比较适合的概念来充当类目,尽量摆脱这些分类中的困境。

这里我们试图将宋词题材分为五类加以研究:(一)记录享乐之风的美人与醇酒;(二)呼唤生命永恒的伤时与节序;(三)表现士大夫情怀的爱国与隐逸;(四)展示文人多层次审美结构的咏物;(五)走向文学误区的祝寿与谐谑。

从类选词的目录中我们不难发现词的题材有区别于诗的地方。如《全芳备祖·乐府祖》咏梅花的词(不包括红梅)有62首,咏海棠的词有30首,咏柳18首;而松、柏、枫、楸、榆总计才2首,且此二首乃为以豪放著称的辛派词人陈亮所作。① 可见,柔弱的花柳与挺拔伟岸、苍劲雄壮的树木两种不同题材在词中的待遇是多么不同。但是,我们又不能不注意到苏轼以诗为词的成功尝试,不能不注意到欧阳修《醉翁亭记》、苏轼前后《赤壁赋》皆被宋人演而为词以便入调的事实。要之,宋词的题材是受到一定的限制的,这和任何文体的题材都要受到一定的限制一样,但是,这种限制不是一成不变的,而是在历史的演进中不断发生着变化的。所以,上述五个方面的划分不是平面的切割,而是暗含了时间契机的类的大致判别。

第一节　美人与醇酒:享乐之风的记录

从文学继承性上看,唐五代文人词的主题材是"文酒花妓",民间词虽"其言闺情与花柳者尚不及半"②,但仅就王重民所辑《敦煌曲子词集》看,以妓女生活和男女私情为题材的亦有40%左右,宋词

---

① 参见陈咏编:《全芳备祖》卷1、7、17、14、15、18,《四库全书》本。
② 王重民:《敦煌曲子词集·叙录》,《敦煌曲子词集》,第16页,商务印书馆1956年修订版。

就是在此文学传统下起步的。从社会背景上看,宋太祖黄袍加身之后采取了杯酒释兵权的手段,软化武人,鼓励他们"多积金、市田宅以遗子孙,歌儿舞女以终天年"①。宋代对文人也极为优待,"当时侍从文馆士大夫各为燕集,以至市楼酒肆,往往皆供帐为游息之地"②。钱惟演"每宴客,命厅籍分行划袜,步于莎上,传唱《踏莎行》"③。晏殊"未尝一日不燕饮……亦必以歌乐相佐,谈笑杂出"④。宋代士大夫多蓄家伎,她们往往是年轻美貌、有一种或数种技艺的女子,常常要在酒席宴前奏技侑觞。陆友仁《砚北杂志》(卷下)载范成大赠青衣小红给姜夔之事,故姜夔有诗句曰:"自作新词韵最娇,小红低唱我吹箫。"宋代又有专门为官僚们佐酒的官伎。即使是沉寂无聊的文人也可出入于青楼妓馆,北宋的汴都、南宋的临安都有许多这种温柔之乡。⑤ 所以,美人醇酒成为宋词的重要题材是必然的。词是美人唱的,唱的目的是佐酒侑觞,这样,词、美人、酒就形成了三位一体、密不可分的关系。

美人题材的处理有以下几种方式:其一,工于摹绘,不将词人自我的爱恋掺入。苏轼的词在写营伎、家伎时尽管也工于摹写她们的美丽动人,但总是采取了一定的矜持态度。无论是赠王诜侍人的《殢人娇》"满院桃花",还是赠徐君猷家伎的三首《减字木兰花》都具有这样的特点。其《满庭芳》"香叆雕盘"写美人云:"腻玉圆搓素颈,藕丝嫩、新织仙裳。双歌罢,虚檐转月,余韵尚悠飏。"这是既写色又写艺。下片则更有"十指露,春笋纤长"的动人描写,又有"坐中狂客,恼乱愁肠"的侧面描写。但全部的描写归结到"主人情重"几个字上,则完全阻断了词人与美人的情感对流。

由于这类词不引入词人的情感,所以,其发展到极致则将人降

---

① 《宋史》,第 8810 页,中华书局 1977 年版。
② 胡道静:《梦溪笔谈校证》卷 9,第 389 页,上海古籍出版社 1987 年版。
③ 吴曾:《能改斋漫录》卷 11,中华书局 1960 年版。
④ 叶梦得:《避暑录话》卷 2,《津逮秘书》本。
⑤ 参见孟元老《东京梦华录》、吴自牧《梦粱录》。

而为人的某一部位或肢体。周邦彦《看花回》"秀色芳容明眸"专咏眼,而刘过的《沁园春》"销薄春冰"专咏美人的指甲,《沁园春》"洛浦凌波"专咏美人的足。咏指甲以"销薄春冰,碾轻寒玉"为喻,咏足则以"似一钩新月,浅碧笼云"为喻,有了这两个精妙的比喻,下面指甲和足的动态展示就有了依托,所咏之对象便了然在目。难怪张炎评其为"亦自工丽"①,陶宗仪赞之曰:"赡逸有思致,赋《沁园春》二首以咏美人之指甲与足者尤纤丽可爱。"②

其二,在词中直接写男女之恋情。张先《行香子》"舞雪歌云"中有曰"心中事、眼中泪、意中人",人皆称之"张三中",则无非言男女之情而已。欧阳修的《南歌子》"凤髻金泥带"亦是恋情词,词中女主人公一会儿"走来窗下笑相扶",一会儿又问"画眉深浅入时无",一会儿"弄笔偎人久",一会又"笑问双鸳鸯字、怎生书"。于飞之乐,尽在诸问答与行动中得到显现。甚至像司马光那样的"高才全德"者也写出了"相见争如不见,有情还似无情"(《西江月》)的词句。当然,写男女之爱有时也未必是生活的真实记录,这种词有时更耐人寻味:晏几道"梦魂惯得无拘检,又踏杨花过谢桥"(《鹧鸪天》),只是梦中的风流,苏轼"墙外行人"与"墙里佳人"的"多情"与"无情"更是莫名其妙的烦恼。最有趣的是姜夔的《鹧鸪天》"京洛风流绝代人",只是记其"所见"而已,却无端生出"与谁同度可怜春,鸳鸯独宿何曾惯"的发问,这还不够,又欲将自己"化作西楼一缕云"永相追随,真是意念中的一晌贪欢。

表现男女爱情题材的最杰出的代表是柳永,他的男女之间的泛爱之情在词中展示得特别突出,甚至他以倾诉这种普泛的爱情作为获得心灵宁静的手段。他总是在词中与英英、虫虫、秀香、瑶卿这些"名花"、"少年佳人"形成直接的情感对流。在这种对流中,他怀才不遇、愤世嫉俗的心灵之舟得以暂时停泊于温柔之乡的港湾。即使

---

① 张炎:《词源》卷下,《词话丛编》,第262页,中华书局1986年版。
② 陶宗仪:《辍耕录》卷15,《四部丛刊》本。

是别离,也是美丽的感伤;即使是在行役中,无言的追忆也是有所归宿的凄凉;即使是千里寄来的"小诗长简",也得似"频见千娇面",赛过那名题金榜。虽然,他终究还是要和生活在那个时代的普通读书人一样,身奔于喧竞之场,心系于名锁利缰,但是,到了心力交瘁的时候,他又能在追悔中咀嚼倚红偎翠的时光,在咀嚼中将痛苦消解和释放。他既是"奉旨填词"的职业词人,实际上也更是以倚红偎翠为事业的"白衣卿相"。

男女之恋情在词中的表现以离情别恨最为脍炙人口,张炎云:

"春草碧色,春水绿波,送君南浦,伤如之何。"矧情至于离,则哀怨必至。苟能调感怆于融会中,斯为得矣。白石(姜夔)《琵琶仙》云:"双桨来时,有人似旧曲,桃根桃叶。歌扇轻约飞花,蛾眉正愁绝。春渐远,汀洲自绿,更添了几声啼。十里扬州,三生杜牧,前事休说。又还是宫烛分烟,奈愁里匆匆换时节。都把一襟芳思,与空阶榆荚。千万缕、藏鸦细柳,为玉尊、起舞回雪。想见西出阳关,故人初别。"秦少游(观)《八六子》云:"倚危亭,恨如芳草,萋萋划尽还生。念柳外青骢别后,水边红袂分时,怆然暗惊。无端天与娉婷。夜月一帘幽梦,春风十里柔情。怎奈向、欢娱渐随流水,素弦声断,翠绡香减,那堪片片飞花弄晚,濛濛残雨笼晴。正销凝。黄鹂又啼数声。"离情当如此作,全在情景交炼,得言外意。有如"劝君更尽一杯酒,西出阳关无故人",乃为绝唱。①

我们认为王维《送元二使安西》之送别与秦观《八六子》、姜夔《琵琶仙》的不同之处在于前者乃是诗言男子与男子的别情,而后二首词言男女之别情。唯女性之情感细腻曲折,入人愈深,这也是宋词主要的魅力所在。

其三,借男女恋情托喻。男女私情是词的最主要的题材之一,

---

① 张炎:《词源》卷下,《词话丛编》,第264页,中华书局1986年版。

但是，情感的需要往往是多方面的，特别是封建士大夫，忠君爱国是他们政治生命中最重要的感情需求。屈原忠而被谤，创造了以男女私情喻君臣之义的最优秀的作品《离骚》，而宋代词人的政治苦痛也往往借艳情的外壳来承载。周济《宋四家词选》评秦观"将身世之感打并入艳情"，但是，从具体作品看，却看不到屈原那种清晰的政治悲剧的脉络，所以，实在没有办法说清楚他是怎样"打并"的。秦观的恋情词约占其全部作品的一半，其中如《南歌子·赠陶心儿》《一丛花》"年时今夜见师师"等都是与具体可考的妓女之间的交往有关的，很难说有多少寄托。陈廷焯评秦观《满庭芳》"山抹微云"等词说："少游《满庭芳》诸阕，大半被放后作，恋恋故国，不胜热中，其用心不逮东坡之忠厚。而寄情之远，措语之工，则各有千古。"①但这种推测与猜想迄今尚无更多的文本以资证明。我们认为所谓"将身世之感打并入艳情"，并不一定落实到个别作品甚至个别字句，而应从整体来看，秦观写艳情的痛苦所激发的崇高之美就是他政治生活中痛苦体验的美学显现。《河传》的一段艳遇，因可恶的"东风"而把美好的姻缘化为泡影；《梦扬州》的"佳会阻"、《品令》中的"人前强、不欲相沾识"，也都是外在的力量妨碍了两情的相洽。《减字木兰花》追忆那场"天涯旧恨"则"黛蛾长敛，任是东风吹不展，因倚危楼，过尽飞鸿字字愁"。无论是爱情方面，还是政治方面，痛苦都是相通的，它是产生于人类心灵并能感觉到的最强有力的情感，它是崇高的本源。

有一种说法说是词至南宋而深，艳情词到南宋也一样增加了更多的寄托。陆淞生当南宋之初，其《瑞鹤仙》"脸霞红印枕"一首借儿女私情写他对汴京盛时的无限思念，或以为乃"刺时之言"②。无论是姜夔还是吴文英，写的恋情词总是如雾里看花，隔着一层，耐人寻味不尽。辛弃疾《摸鱼儿》"更能消几番风雨"就是最明显的以男

---

① 陈廷焯：《白雨斋词话》卷1，《词话丛编》，第3785页，中华书局1986年版。
② 董毅：《续词选》卷2，张惠言《词选（附续词选）》，第161页，中华书局1957年版。

女之情言君臣际遇的例子。但由于意大于情,意淹没了情,所以情的层面反而疏淡了。

美人与酒,本是紧相联系着成为词的题材的。如晏幾道《鹧鸪天》,在《精选名贤词话草堂诗余》中题为"酒",周履靖《唐宋元明酒词》题为"咏酒",但此词的起句便是"彩袖殷勤捧玉钟",可见"彩袖"与"玉钟"是不可分的。而陈廷焯谓其下半阕"曲折深婉,自有艳词,更不得不让伊独步"①。如此看来,这首词是定为咏酒题材还是定为咏男女艳情题材也是颇可争议的。又如周邦彦《意难忘》,在《分类集注周美成〈片玉集〉》中题作"美咏",但词中"劝酒持觞"、"拚剧饮淋浪"等语又是有关饮酒的,所以,亦被收入周氏《酒词》之中。当然,美酒、宴饮作为一种独立的题材,自然又有不同于美人、艳情题材的地方。魏晋六朝的阮籍、刘伶、陶渊明皆以酒文学而为人所知,唐李白的诗更是酒神精神的形象展示。不过,词中以酒为题材的作品最初却缺少诗中的旷达精神和昂扬气概。韦庄《菩萨蛮》"劝君今夜须沉醉"就算比较旷达一些了,从文字上看,"遇酒且呵呵,人生能几何"颇似曹操《短歌行》,但其总的格调却是软媚的。而柳永"金蕉叶泛金波齐,未更阑、已尽狂醉"(《金蕉叶》),晏殊"有酒且醉瑶觥,更何妨、檀板新声"(《相思儿令》),欧阳修"杯深不觉琉璃滑,贪看六么花十八"(《玉楼春》),此等词中酒只纯粹是享乐的象征,不存在什么酒中的思考与精神狂放的张扬。乃至王琪在江南浓香的酒味中"醉卧春风深巷里"仍不满足,又要"晓寻香衪小桥东"(《望江南》),倒与陈后主君臣的诗颇为相类。

苏轼曾自言饮酒不如人,但词史上在酒中写出警世、感悟的主旨,或借酒力张扬词人个性的做法,到了苏轼才大量出现。苏轼《临江仙》"夜饮东坡醒复醉"并不满足于在反反复复的"醒"与"醉"中沉沦,而要去思考"此身"的真实价值之所在。南宋词人辛弃疾有词句曰"我醉狂吟"(《沁园春·答杨世表》),他的词正可用此句来

---

① 陈廷焯:《白雨斋词话》卷1,《词话丛编》,第3782页,中华书局1986年版。

概括,他是词中的李白。如果说苏轼"酒酣胸胆尚开张"(《江城子·密州出猎》)尚是偶尔为之的"聊发少年狂",而辛弃疾则时常与朋友、同道"把酒长亭说"(《贺新郎》),"醉里挑灯看剑"(《破阵子》)。他作于庆元二年(1196)的两首《沁园春》竟以词人与酒的对话组成。其一序曰:"将止酒,戒酒杯使勿近。"仿佛酒杯是施事者,自己反是受事者。词中且言"更凭歌舞为媒,算合作人间鸩毒猜",又仿佛酒真是罪不容赦。但是,有意思的是词的结句云:"杯再拜,道'麾之即去,招之亦来'。"酒与词人达成的默契简直匪夷所思。其二序云:"城中诸公载酒入山,余不得以止酒为解,遂破戒一醉。"词中赞羡"醉眠陶令,终全至乐",否定"独醒屈子",以为其"未免沉菑",是醉中的清醒之语,又是清醒中的醉语。辛弃疾词中的真气、奇气正是酒的精神的体现,而这两股"气"又是他在处理酒的题材时不同于他人之处。

也有一些酒词只是单纯咏酒,如黄庭坚《西江月》有云"断送一生唯有,破除万事无过",用韩愈两首诗的诗句,隐去句末二"酒"字,只是猜谜语一般,并无多少价值。

第二节 伤时与节序:生命永恒的呼唤

伤时题材实际上就是对人的有限生命的感伤的题材。《草堂诗余》将春、夏、秋、冬四时之景列为各自平行的四目,但是,入选的春景、秋景词远远多于夏景、冬景词。再以《片玉集》为例,其春秋景计55首,而夏冬景仅16首,三分之一还不到。究其原因,乃是伤春、悲秋是中国古典文学中诱人搦笔的题材。《淮南子·谬称训》云"春女思,秋士悲",而宋词男子常作闺音,所以,春思,思而哀怨,秋悲,悲而哀愁,都是宋词重要的题材。

如上节所论,宋人是重视现世的享乐的。张先《宴春台慢》写东都春日曰:"丽日千门,紫烟双阙,琼林又报春回。殿阁风微,当时

去燕还来。五侯池馆频开。探芳菲、走马天街。重帘人语,辚辚绣轩,远近轻雷。"孟元老《东京梦华录》中写得更为铺张:

> 收灯毕,都人争先出城探春。……(都城左右皆是园囿)百里之内,并无闲地。次第春容满野,暖律暄晴,万花争出。粉墙细柳斜笼,绮陌香轮暖辗。芳草如茵,骏骑骄嘶,香花如绣。莺啼芳树,燕舞晴空。红妆按乐于宝榭层楼,白面行歌近画桥流水。举目则秋千巧笑,触处则蹴鞠疏狂。寻芳选胜,花絮时坠金樽;折翠簪红,蜂蝶暗随归骑。①

春天是一年中最美的季节——有自然条件方面的,更有社会条件方面的,如京城周围园囿的开放,男女交游的相对自由等。所以,人们对春天也更加热爱,对春天的逝去也更加痛苦。春天是欢游和享乐的季节,而美好的欢游与享乐只是刹那的,刹那光华之后的黯淡,刹那燃烧之后的熄灭,都可作为伤春的最好解释。

因此,一切与春去有关的自然现象,都成了词人笔下最精彩的词句。黄庭坚《清平乐》问"春归何处"于"黄鹂",而黄鹂"因风飞过蔷薇";欧阳修《蝶恋花》因"无计留春住"而"泪眼问花",但其回答只是"乱红飞过秋千去"。晏殊曰:"无可奈何花落去,似曾相识燕归来。"(《浣溪沙》)苏轼曰:"花褪残红青杏小。燕子飞时,绿水人家绕。枝上柳绵吹又少。"(《蝶恋花》)陈亮曰:"水边台榭燕新归,一口香泥、湿带落花飞。"(《虞美人》)不仅黄庭坚与欧阳修问的内容相同,而且被问的对象、"回答"的方式也极相似。而晏殊、苏轼、陈亮词中的意象更是惊人地相似:落花、春燕。在这些意象的背后便是人们的"恨":石延年《燕归梁》曰"芳草年年惹恨幽",晁补之《水龙吟》曰"春恨十常八九"。恨什么呢? 宋祁《玉楼春》给予了清楚的回答:"浮生长恨欢娱少。"但这种直白的"欢娱少"的感叹在另一些词人笔下则以惨淡的景物表现出来:"春色将阑,莺声渐老,红

---

① 邓之诚:《东京梦华录注》卷6,第175页,中华书局1982年版。

英落尽青梅小。"(寇准《踏莎行》)"池边昨夜雨兼风,战红杏,余香乱坠。"(张元幹《兰陵王》)对"欢娱少"的恨,有时又可通过及时行乐的话语来表现:苏轼《望江南》云"诗酒趁年华",黄庭坚《鹧鸪天》则曰"身健在,且加餐,舞裙歌板尽清欢"。总之,是无可奈何的叹息的变相。

不过,伤春,对于士大夫来说,也并非完全是对"欢娱少"的"恨"。屈原《离骚》"恐鹈鴂之先鸣,使夫百草为之不芳"的"恐",就是因为"导夫先路"问题上的时不我待。贺铸《柳梢青》就在"子规啼血"、"春归时节"中自云:"自是休文(沈约)多情多感,不干风月。"或许这"不干风月"的东西可能包含了仕途的偃蹇、情场的失意、叹老嗟卑、羁旅思乡、送远恨别等多重的内容,但可以肯定,南宋词的伤春题材往往把个人的愁恨扩展为国家与民族的。如周济《宋四家词选》评辛弃疾的《汉宫春》词云:"'春幡'九字,情景已极不堪,燕子犹记年时好梦,'黄柑''青韭',极写晏安酖毒。换头又提动党祸,结用雁与燕激射,却捎带五国城旧恨,辛词之怨,未有甚于此者。"或许这种解读失之过分穿凿,但其词中有"生怕见花开花落","怕"的内蕴颇值玩味,定有难言之隐。张炎《清平乐》"采芳人杳"一词是他在国破亡、家抄没后的客里所作,由于心情的沉痛,失却了对春天作审美的心境,词曰:"客里看春多草草,总被诗愁分了。"但这里的"诗愁"却不是少年男女无端的闲愁与情愁,也不是人到暮年"逝者如斯"的哀愁,而是寓载了深刻的政治意蕴的对国家与民族的"愁"。所以,无论是三月的夜雨,还是无家的燕子,在词人悲恸的情感投射下,都成了一种象征,真可谓有"黍离"之悲。

士之悲秋在中国文学中源远流长,宋玉《九辨》中一声"悲哉,秋之为气也"引起了多少文人词客的共鸣。柳永《雪梅香》词云:"景萧索,危楼独立面晴空。动悲秋情绪,当时宋玉应同。"但是,在秋气作用下的"景萧索"也无非是:黄花、红叶、素月、梧桐、细雨、西风、落叶、蛩鸣、雁去。可以说悲秋题材往往少不了上述意象。自然景物是相同的,个人的际遇却并不一定相似。刘勰《文心雕龙·物色》云:"春秋代序,阴阳惨舒,物色之动心,心亦摇焉。""物色"虽同,心则各异。因此,宋人悲秋题材也常常表现为男女离别相思、人生短暂、有志难酬、羁旅思乡等四种情感,这些情感在秋色、秋声的形象寓载下自有其独特的艺术感染力。

张炎《清平乐》云:"暗教愁损兰成,可怜夜夜关情。"秋景关"情",此情恰是男女之情。周密《玉京秋》序曰:"长安独客,又见西风、素月、丹枫,凄然为秋也,因调夹钟羽为一解。""独客"与凄然之秋相契合,这样,心中的"一襟幽事"也不必自己说了,有"砌蛩能说"足矣,而这"幽事"只不过是"轻别"的老调头,若和盘托出便索然无味,而让"砌蛩"一说便又是全新的商调。李清照《声声慢》有"守着窗儿,独自怎生得黑"。只是一个"独"字,便与周密的"独客"走到了一起,但却不是周密的"轻别"的"幽事",而是失去丈夫、国破家亡的痛楚。所以,无论是旧时相识的过雁、满地堆积的黄花,还是黄昏时点点滴滴的梧桐雨,都成了悲剧的道具:过雁勾起对逝者的追忆,黄花则是生者生命飘零无主的个体的象征,梧桐雨恰是在泣诉词人的"愁"与"恨"。秋日之物色已为词人道出了心中的一切,她还要说什么呢?

悲秋也是人生短暂的无力之哀鸣。辛弃疾《丑奴儿》词云:"少年不识愁滋味,爱上层楼。爱上层楼,为赋新词强说愁。而今识尽愁滋味,欲说还休。欲说还休,却道'天凉好个秋'。"少年不识愁,少年也不会悲秋;老年已识愁,却只道"天凉好个秋"。由此可窥测到生命的枯萎与悲秋之间的秘密。欧阳修《渔家傲》云:"沈臂冒霜潘鬓减。愁黯黯,年年此夕多悲感。"如果说这是正面地写年貌衰惫与秋夕悲感的关系,那么,苏轼《十拍子》"强染霜髭扶翠袖"则是用曲笔道出"黄花已过重阳"之后触发的与有限的生命之规律抗争的意识,背后却隐含了更大的悲哀,因为这种"抗争"永远无法从必然走向自由。即使像汉武帝刘彻那样成为不可一世的天子,成就了千古的伟业,也同样有《秋风辞》的悲鸣。这就是宋词悲秋之情的第二种表现。

既然悲秋的实质是客体的、自然的"岁暮"与主体的、人类的"岁暮"之感通，而自然的春秋代序不过是一种周而复始的循环，人类却在一维的时间面前无力重铸一个青春的自我，所以，在悲秋中又努力追求自身之外能够永恒的东西：千秋功业。但是，中国古代文人又有几人能成就千秋功业呢？因此，悲秋更表现为有志不获逞的愤慨与苦闷。陆游《蝶恋花》在"桐叶晨飘蛩夜语"的秋光中"忽记横戈盘马处"，又叹息"一卷兵书"无人付，更奏出"早信此生终不遇，当年悔草《长杨赋》"的悲曲。或许这种书生意气，尚不足为凭，而大英雄李纲《永遇乐》则在"秋色方浓"、"夜永悄无寐"的时刻想着"五陵萧瑟，中原杳杳"，可是自己却由一个驰骋疆场的大将成了"江湖倦客"，只能眼看着"年来衰病，坐叹岁华空逝"。这就是真实可信的英雄的悲秋。

当一个人既无佳人可思，又无事业可念，而又身在异乡，便常常会产生落叶归根的故乡之思，吟唱那有形的家园，乡愁便是悲秋的又一种形态。柳永《倾杯》问曰："客馆更堪秋杪？"因此，不仅去问讯"穿云悲叫"的征鸿"知送谁家归信"，而且又"梦枕频惊，愁衾半拥，万里归心悄悄"。毛滂《相见欢》虽未言家园、故土，可是，从"十年湖海扁舟"的厌倦之情中，亦可猜出其秋思的命意。周邦彦《齐天乐》所发的秋思之全部深蕴也只在"殊乡又逢秋晚"几个字中。

节序词实际上不过是伤时题材的一种特殊表现：伤春，则春天的佳节为四季之首；悲秋，则中秋、重阳是宋代词人咏节令中最值得关注的题材。所以，我们在谈悲秋、伤春题材时，往往不回避引用节序词，同时，下面我们在论节序词时，又尽量回避与上文可能的重复，而专言咏节序的特殊之处。

张炎云："昔人咏节序，不惟不多，附之歌喉者，类是率俗，不过为应时纳祜之声耳。"① "应时纳祜"就是伤时之词中所没有的。我

---

① 张炎：《词源》卷下，《词话丛编》，第 262 页，中华书局 1986 年版。

们认为良辰美景是人们在长期紧张之后的放松时刻,它是一年中的休止符。刘勰《文心雕龙·物色》曰:"窥情风景之上。"每个节令都有其独特的风景,立春有"瑞日烘云,和风解冻"(胡浩然《喜迁莺》);元夜有"小桃枝上春来早"(王诜《人月圆》);寒食有"中庭月色正清明,无数杨花过无影"(张先《木兰花》);清明有"拆桐花烂漫,艳杏烧林,缃桃绣野,芳景如屏"(柳永《木兰花慢》);端午有"梅霖初歇,正绛色海榴争开"(吴礼之《喜迁莺》);七夕有"炎光敛,金钩侧倒天西面"(欧阳修《渔家傲》);中秋有"长空万里,云无留迹","江山如画,望中烟树历历"(苏轼《念奴娇》);重阳有"茱萸蕊绽菊方苞"(李纲《江城子》);除夕有"雪消春浅"(史浩《喜迁莺》)。如此等等的自然景物,周而复始,乃唤起人们吟咏节序的一个重要原因。

  节令更有许多特殊的风俗,这是人造的"风景":元宵节放灯,"花市灯如昼"(欧阳修《生查子》);寒食节杭州的涌金门外"红船满湖歌吹",有"恣嬉游"的"三千粉黛"(僧挥《诉衷情》);清明节的汴京"四野如市,往往就芳树之下,或园囿之间,罗列杯盘,互相劝酬。都城之歌儿舞女,遍满园亭"(孟元老《东京梦华录》)。柳永《木兰花慢》云:"倾城。尽寻胜去,骤雕鞍绀幰出郊坰。风暖繁弦脆管,万家竞奏新声。盈盈。斗草踏青。人艳冶、递逢迎。向路旁往往,遗簪堕珥,珠翠纵横。"端午节的风俗在周邦彦笔下曰:"角黍包金,香蒲泛玉。"(《齐天乐》)在晁补之的词中曰:"绿窗纤手,朱奁轻缕,争斗彩丝艾虎。"(《消息》)七夕是妇女的节日,她们"乞巧双蛾加意画"(晏幾道《蝶恋花》),除了精心妆扮自己,又有"运巧思穿针楼上女"(柳永《二郎神》)。《荆楚岁时记》云:"七夕妇人结彩楼穿七孔针,陈瓜果于庭中乞巧。"祈求心灵手巧是每个女子的良好心愿。重阳是秋天重要节日之一,京镗《木兰花慢》写蜀人的重九:"药市家家帘幕,酒楼处处丝簧。"除夕除旧布新,家家"荼垒安扉,灵馗挂户,神傩烈竹轰雷","向今夕,是处迎春送腊,罗绮筵开"(胡浩然《送入我门来》)。

除了特别的自然风景和民间习俗之外,节序词中又往往写到与节日有关的历史与传说。寒食写到不肯出山的介子推,端午写到怀沙沉江的屈原,七夕写到牛郎、织女的传说,中秋写到嫦娥奔月的神话。总之,节序词都具有一定的文化审美价值和民俗认知价值。这些词在技巧上也很值得借鉴。如胡浩然的《喜迁莺》"谯楼残月听画角""先记节序,次述宴赏,末归应时纳祜,尤有归宿"①。张炎又赞扬周邦彦赋元夕的《解语花》,史达祖赋立春的《东风第一枝》和赋元夕的《喜迁莺》,以为"不独措辞精粹,又且见时序风物之盛,人家宴乐之同"②。

不过,诚如张炎所批评的,有些应时纳祜之作不仅俗,而且千篇一律,并且,对当时的接受者来说,那些词也谈不上有什么民俗的认知价值——接受者与创作者之间并无历史距离,所以,要求节序词能够意趣高远是合理的。事实上,中国传统诗歌写节序往往并不以表现民俗为主要目的,像柳永那样铺写佳节狂欢的,如"列华灯、千门万户。遍九陌、罗绮香风微度。十里然绛树。鳌山耸、喧天箫鼓"(《迎新春》"嶰管变青律"),这样的作品在诗歌中不多。倒是在节日里思念亲人的,如王维《九月九日忆山东兄弟》;在节日里思念朋友的,如杜甫《九日寄岑参》;在节日里想着家国之恨的,如杜甫《九日五首》之四曰"佳辰对群盗,愁绝更堪论"等,颇为多见。宋词节序题材中的一部分继承了这个传统。苏轼中秋词问月曰:"何事长向别时圆?"(《水调歌头》)写思念其弟苏辙的强烈感情。向子諲元宵词追忆昔日京师的欢游之后曰:"到而今江上,愁山万叠,鬓丝千缕。"(《水龙吟》)李纲九日词问曰:"回首中原何处是?"(《江城子》)尤其是李清照晚年所作元宵词《永遇乐》"落日镕金"先将不同时间、空间的"中州盛日"和"如今憔悴"构成对比,然后又以同一时间、同一空间的人家的欢乐与自己的孤独悲凉作对比,二重的对比,

---

① 杨慎批《草堂诗余》卷下,引冯取洽语。
② 张炎:《词源》卷下,《词话丛编》,第263页,中华书局1986年版。

把节日里的悲痛表现得超乎寻常了。这首词引起了遗民词人刘辰翁强烈的共鸣。刘辰翁云:"予自乙亥上元诵李易安《永遇乐》,为之涕下。今三年矣,每闻此词,辄不自堪。"①南宋末的1275至1277年的情形又远不如临安南渡之日,所以,刘辰翁的和词又"悲苦过之",这是客观的反映。

第三节 爱国与隐逸:士大夫情怀的写照

中国古代士大夫有所谓"穷则独善其身,达则兼济天下"的生存哲学。穷则隐逸,达则兼济,这也是宋词表现士大夫情怀的两面。一者,宋代士大夫即使贵为卿相,也常常表现出心存山林的高雅之志,如王安石等,他们就是在达时也可能有隐逸之作;一者,天下兴亡,匹夫有责,宋代读书人对国家民族利益的关心远远胜于其他封建王朝的士大夫,太学生陈东的奋不顾身,南宋江湖文人群体的慷慨激昂,都是很好的证明,所以,"位卑未敢忘忧国",穷者亦会有爱国之作。

爱国题材常常具体为边塞词和咏史词两大类词所描写。边塞词在宋代地位不高,宋人所编词选,如《草堂诗余》《花庵词选》《乐府雅词》《绝妙好词》等皆不选边塞词。但事实上,边塞词在唐五代就已产生,文人词如戴叔伦《调笑令》,民间词如《生查子》"三尺龙泉剑"等皆可视为比较成熟的作品。北宋人的边塞词以范仲淹为最,其《渔家傲》一词写出了"燕然未勒"的悲愤与郁勃,为后代读者推许备至。明人于《草堂诗余》之末附录此词,且评之曰:"范文正公为宋名臣,忠在朝廷,功著边徼。读此词,隐然有忧国忘家之意,信非区区诗人可伦也。"但宋人的评价却不同,魏泰《东轩笔录》卷11云:

---

① 刘辰翁:《永遇乐》序,《须溪词》卷9,《四库全书》本。

范文正公守边日,作《渔家傲》乐歌数阕,皆以"塞下秋来"为首句,颇述边镇之劳苦,欧阳公尝呼为"穷塞主之词"。及王尚书素出守平凉,文忠亦作《渔家傲》一词以送之,其断章曰:"战胜归来飞捷奏,倾贺酒,玉阶遥献南山寿。"顾谓王曰:"此真元帅事也!"①

欧阳修批评范仲淹的一组边塞词——以首句皆为"塞下秋来"云云推之,根本只在"穷",即所谓"边镇之劳苦"。而欧阳修赠王素的词则捷奏、贺酒、献寿,仿佛功勋就在眼前,唾手可得似的,难怪沈际飞以"不左迁不知县令之苦"②讥之。然而,欧阳修主张边塞词也要表现升平气象,以为边塞士兵的痛苦非"元帅之事",又有其时代特点。《东轩笔录》又云:"庆历中,西师未解。"欧阳修在晏殊席上作《晏太尉西园贺雪歌》有云:"须怜铁甲冷彻骨,四十余万屯边兵。"晏殊深为不满,对人说:"昔日韩愈亦能作诗词,每赴裴度会,但云:'园林穷胜事,钟鼓乐清时。'却不曾如此作闹。"③这里晏殊关于欧阳修诗的批评与上述欧阳修对范仲淹词的批评有着惊人的共通之处,边塞兵士之苦仿佛是诗词中所忌言的,可想见其时代审美风尚。这种风尚导致了北宋真宗以来虽边事不断,而现存于《全宋词》中的能称为边塞词的不过12首(9位作者),只占《全宋词》中北宋词的千分之二三。并且,在这仅有的12首词中,如黄庭坚《水调歌头》云"戎虏和乐也,圣主永无忧",蔡挺《喜迁莺》云"太平也,且欢娱",皆与欧阳修《渔家傲》断章之主旨相近。晁端礼《望海潮》"高阳方面"仕令张地赞颂幽燕一带"粉堞万层,金城百雉,楼横一带长虹"之外,又津津乐道于军中佳人锦瑟、玉笋轻拢的享乐生活。如此习惯性的粉饰太平的作风,让词人和词的接受者完全沉醉于自己编造的童话之中,缺乏起码的现实主义精神。这种作风甚至影响到并不

---

① 魏泰:《东轩笔录》,第126页,中华书局1983年版。
② 顾从敬选,沈际飞评:《草堂诗余》。
③ 魏泰:《东轩笔录》,第126页,中华书局1983年版。

算边塞题材的苏轼的《江城子·密州出猎》上。

  北宋边塞词中堪与范仲淹的《渔家傲》媲美的是武职出身的词人贺铸的《六州歌头》"少年侠气"。词中真实地记录了"笳鼓动、渔阳弄"的西夏入侵事件,叹息自己志业不售,只能"恨登山临水,手寄七弦桐,目送飞鸿"。此词虽非在边塞上所作,但其言边塞之事,故视之为边塞之作也是可以的。

  不过,一旦"寰海清美"、"千岁乐昌辰"(赵构《满庭芳》)的童话被金人的铁蹄踏碎,昔日以塞下为边塞,此时却只能以江河为"边塞"了。此时,则边塞之作开始蔚为大观。首先,有爱国将领李纲自誓:"拥精兵十万,横行沙漠,奉迎天表。"(《苏武令》"塞上风高")岳飞浩歌:"驾长车踏破、贺兰山阙。壮士饥餐胡虏肉,笑谈渴饮匈奴血。待重头、收拾旧河山,朝天阙。"(《满江红》"怒发冲冠")而文学之士的边塞词更是呼天抢地——朱敦儒曰:"回首妖氛未扫,问人间、英雄何处?"(《水龙吟》"放船千里凌波去")向子諲则曰:"天可老,海能翻,消除此恨难。频闻遣使问平安。几时鸾辂还?"(《阮郎归》"江南江北雪漫漫")做过李纲行营属官的张元幹则既有文士"天意从来高难问"的悲怆(《贺新郎》"梦绕神州路"),又有武将"欲挽天河,一洗中原膏血"(《石州慢》"雨急云飞")的豪情。

  此后,则有张孝祥、辛弃疾、陆游,以及所谓辛派词人陈亮、刘过、刘克庄、刘辰翁,或高呼"休遣沙场虏骑,尚余匹马空还"的杀敌口号(张孝祥《木兰花慢》),或记载"燕兵夜娖银胡䩮,汉箭朝飞金仆姑"的战争经历(辛弃疾《鹧鸪天》),或传达"雪洗虏尘静,风约楚云留"的胜利捷报(张孝祥《水调歌头》),或为出使的大卿助威:"当场只手,毕竟还我万夫雄。""胡运何须问,赫日自当中!"(陈亮《水调歌头》)有为秋阅的儒将擂鼓:"拂拭腰间、吹毛剑在,不斩楼兰心不平!"(刘过《沁园春》)有对英雄的赞颂:"人虽死,气填膺,尚如生。"(刘过《六州歌头》)还有痛斥懦夫:"应笑书生心胆怯,向车中、闭置如新妇。"(刘克庄《贺新郎》)直到南宋覆亡前后,刘辰翁还在"甚边尘起,渔阳惨,《霓裳》断,广寒宫"的回顾中谴责贾似道"何面江东"(《六州歌头》)。陈人杰还在对边事的追忆与叹息中"剔残灯抽剑看"(《沁园春》)。

爱国词的另一大类是咏史题材。中国人总是生活在历史的阴影之中,甚至"六经皆史",所以往往用史实来推演新的生活,词人也不例外。但是,咏史作为词的题材之一种,并不完全表现爱国主题,它在走向以爱国为主的过程中先是以表现个人情怀而出现的。

北宋范仲淹《剔银灯》首句便云"昨日因为蜀志",交待作词的缘起与咏唱对象,他从曹操、孙权、刘备"用尽机关,徒劳心力,只得三分天地"的史实,推导出要像刘伶那样沉醉于酒中的结论。柳永《双声子》"晚天萧索"从夫差旧国的兴衰中,认同了范蠡江湖一扁舟的自由生活的价值。苏轼《念奴娇》自题为"赤壁怀古",从对赤壁之战中的英雄们随时间推移一去不复返的思考中,发出了"人生如梦"的叹息。秦观《望海潮》"秦峰苍翠"在对吴越之地历史的回顾中,获得了"最好金龟换酒,相与醉沧洲"的选择。只有王安石《桂枝香·金陵怀古》摆脱了这种"人生如梦"、及时行乐的主题。他从金陵旧事的追忆中,告诫人们吸取逸豫亡国的教训。不过,以上这些咏史词,包括王安石《桂枝香》在内,基本上都是景、史、情三段式(唯范仲淹词中无景语)。这种格局是周邦彦将其打破的,他的《西河》"佳丽地"乃以"金陵怀古"为主线,但又不搬弄六朝史实,完全把主体融入意象之中,疏密有致,浑然天成,感人处全在悲壮之气,而斜阳里说"兴亡"的燕子,则暗示出了忧虑国家的主题。

南北宋之交,李纲的一组在当时有政治讽喻意味的咏史词特别值得注意。《水龙吟》"汉家炎运中微"、《喜迁莺》"长江千里"、《念奴娇》"晚唐姑息"分别吟咏光武帝战昆阳、晋师战胜于淝水之上、唐宪宗平淮西等历史上以少胜多、以弱胜强、以奇袭取胜的战例,不仅表示自己主战的决心,而且鼓舞了士气。《念奴娇》"茂陵仙客"、《水龙吟》"古来夷狄难驯"、《喜迁莺》"边城塞草"分别咏汉武帝巡朔方、唐太宗临渭上、宋真宗幸澶渊,歌颂汉武的"雄才宏略"、唐太宗的"君王神武"、宋真宗的"亲行天讨",其劝谕高宗的主旨不言自明,并且,其中又寓有对金国侵略者的警告。另外,《雨霖铃》"蛾眉修绿"一首咏明皇幸蜀途中的马嵬坡事件,但又与传统的专言爱情悲剧的诗作不同,乃是为高宗树立一个下大决心抗敌的榜样。这七首词可以用其中一句来概括,即是:"早复收旧物,扫清氛祲,作中兴主。"(《水龙吟》"汉家炎运中微")显然,这是对高宗而言的。李纲的这七首词叙述历史上的战争场面痛快淋漓,如其光武战昆阳写敌人之强大曰:"想莽军百万,旌旗千里。"写汉军之勇猛曰:"提兵夹击,声喧天壤,风雷借助。"写敌人溃败又曰:"虎豹哀嗥,戈铤委地,一时休去。"从传统词学艺术上看,这组词或失之于过分质实,但其能将主体融于史诗般的叙事之中,实在是此时咏史词的新创获。

南宋之初的文人怀古之作有两种形态,一种是在对昔时繁华、今日衰败的古都的怀念中,慨叹历史的沧桑。康与之因其与秦桧的关系而为人所诋,但这种题材的怀古词不能不举他为代表。其《长安怀古》二首《诉衷情令》《菩萨蛮令》慷慨悲歌曰:"豪华尽成春梦,留下古今愁。"历史上的秦时宫殿"千门万户连云起",而今"毕竟是荒丘,荆榛满地愁","狐兔又群游"。又其《菩萨蛮令·金陵怀古》亦是吟咏由"古来六代豪华盛"到"可惜草连天,晴郊狐兔眠"的沧桑之变。要之,这些缅怀古都的作品之深旨在于对宋朝故都汴京的思念,对昔日繁华的都城沦陷于金人之手的痛悼。另一种形态是在怀古思念中呼唤英雄。南渡后,叶梦得的怀古词就喜欢提到孙权、周瑜、刘裕、谢安。他们呼唤英雄,但又常常因自己的英雄无用武之地而自叹。如张孝祥的好朋友王质有《八声甘州》三首:《读周公瑾传》《读诸葛武侯传》《读谢安石传》。辛弃疾的怀古词继承了这一传统。如《念奴娇·登建康赏心亭呈史留守致道》劈头便云"我来吊古,上危楼、赢得闲愁千斛",最后将自己与谢安绾结起来,交代其"愁"之所由来:"却忆安石风流,东山岁晚,泪落哀筝曲。儿辈功名都付与,长日惟消棋局。"

南宋之初有识之士曾建议建都金陵,但终于未被采纳。因此,金陵怀古词在遗民词人王奕《贺新郎》中有了新的精神。词云:"决眈斜阳里。品江山、洛阳第一,金陵第二。"他用血和泪抨击了那些"轻抛形胜地,把笙歌、恋定西湖水"的柄国者。南宋咏史怀古词,除了咏金陵、京口、长安、杭州的古迹之外,又有咏江都、会稽、天台等;除了呼唤英雄之外,又常常追忆范蠡、严子陵、王羲之等历史上的江南名士。词人们在对南方人文精神的审视中,亦能产生"无限兴亡意"(郑庶《水调歌头》"千古钓台下")。

南宋咏史词不仅题材的范围扩大了、数量增多了、主题加深了,在艺术上也更为成熟了。如辛弃疾《永遇乐·京口北固亭怀古》意境极为悲壮苍凉,它以京口一地的史迹为中心发散开去,写出了苏轼怀古词的意趣、周邦彦怀古词的景物、李纲怀古词的场面,是怀古词的代表作品,也是辛弃疾的代表作品之一。当然,也有一些作品,如文天祥《沁园春·题睢阳双庙》咏张巡、许远之忠节,虽艺术上并无多大特色,但其题材自身与文天祥创作此词的背景,就非徒有补于"立纲常、厚风教"①而已,其文字的确打动了后代许多爱国志士的心。

从逻辑上讲,咏史怀古作为一种独立的题材的划分法并不科学,因为历史、古迹、古代的人物可能包括了社会生活的各个方面,因此,那些被"咏"与"怀"的对象就不可避免地与其他的"类"相交叉。例如,上面提到的咏严陵钓台的作品就可以划归"隐逸"类。但是,作为社会学的题材分类研究并不能重新建构一个划分体系,而必须照顾到词史上一些传统的概念。这样,下文论述隐逸类便不再提及咏严陵钓台之类的作品了。

刘熙载云:"太白《菩萨蛮》《忆秦娥》,张志和《渔歌子》,两家一忧一乐,归趣难名,或灵均《思美人》《哀郢》,庄叟'濠上'近之耳。"②《庄子·秋水》是言其隐逸、观鱼之乐的。这就是说,其一,张志和的《渔歌子》这篇隐逸词的开山之作是可以和被称为词曲之祖

---

① 《精选名贤词话草堂诗余·附录》。
② 刘熙载:《艺概》卷4,第107页,上海古籍出版社1978年版。

的李白之《菩萨蛮》《忆秦娥》相提并论的;其二,张志和《渔歌子》的源头乃是《庄子》。刘氏这种评价是可信的,从其对后代的影响之深看,《渔歌子》的确堪与李白的二词并提。在唐代有顾况、船子和尚在其影响下的渔歌之作。到宋代,苏轼、黄庭坚等对其更为看重。"东坡云:'玄真(张志和)语极清丽,恨其曲度不传',加数语以《浣溪沙》歌之。"黄庭坚见苏轼《浣溪沙》"西塞山边白鹭飞"词,不仅"击节称赏",而且又杂合张志和、顾况的两首词也作了一首《浣溪沙》"新妇矶边眉黛愁",但是仍然不满足,又作《鹧鸪天》"西塞山边白鹭飞"。徐俯后来则"因坡、谷异同"而作《浣溪沙》各二阕。①

宋人有不少词虽并不以渔父生活为题材主干,只是表达一种归隐的愿望,但也常常爱道渔父语。柳永《凤归云》"向深秋"末句云:"幸有五湖烟浪,一船风月,会须归去老渔樵。"王安礼《潇湘忆故人慢》"薰风微动"上片末句云:"引多少,梦中归绪,洞庭两棹烟蓑。"周紫芝《渔家傲》"遇坎乘流随分"云:"唤取扁舟归去好,归去好,孤篷一枕秋江晓。"黄子行《小重山》"一点斜阳红欲滴"有云:"渔歌声断晚风急","江湖风月好休拾,故溪云,深处着蓑笠"。但是,我们认为最优秀的还是那些自成一家的、以渔父生活为主干的作品。《精选名贤词话草堂诗余》"人物"类下有"渔父"一目,选词除了上面介绍的黄庭坚的作品外,尚有两首:屡试不第而以诗词自娱的谢逸所作《渔家傲》"秋水无痕清见底",实不减张志和《渔歌子》的高妙;秦观《满庭芳》"红蓼花繁"②中"金钩细,丝纶慢卷,牵动一潭星"被评为"惊人语也","眠风醉月渔家乐,洵不可谖"③。

要之,张志和一曲《渔歌子》一石击起千重浪,这又不单表现在具体作家的具体创作上,也表现在不少词人的词集取名上。宋自逊词集曰《渔樵笛谱》,张辑词集曰《清江渔谱》,严仁词集曰《清江欸

---

① 以上引文皆见于吴曾《能改斋漫录》卷16,第473、474页,中华书局1960年版。
② 《精选名贤词话草堂诗余》误为张先词。
③ 《草堂诗余隽》卷4。

乃集》,陈允平词集曰《日湖渔唱》,周密词集曰《蘋洲渔笛谱》,如此等等。

但是,渔父题材说到底只是隐逸的一类。《精选名贤词话草堂诗余》"人物"类下选隐逸词五首(不包括上论之"渔父"类),如吕本中《满江红》"东里先生"、晁补之《摸鱼儿》"买陂塘"等,皆为宋词中隐逸题材的代表作品。宋人有隐于山林者,有隐于佛道者,甚而有隐于吏、隐于酒者。所以,全方位地描述宋词的隐逸之作亦是颇为可观的:欧阳修在东颖之西湖一口气唱出了十个"西湖好"(《采桑子》),乃是言隐于山水的快乐;苏轼在黄州东坡使僮子击牛角唱"为米折腰"(《哨遍》),乃是言归于田园的快乐;王安石在用《望江南》词牌所作的《归依三宝赞》中表现的是隐于佛的快乐;辛弃疾《最高楼》宣言"穆先生、陶县令,是吾师",又曰"闲饮酒、醉吟诗",乃是隐于诗酒的快乐。正如刘熙载所言,张志和《渔歌子》与李白的《菩萨蛮》《忆秦娥》不同,乃是以"乐"为情感基调的,所以,宋人隐逸词也以心灵的闲适、恬静与快乐为特色。

第四节 咏物:多层次的审美结构

咏物词在各种类词选中往往因其数量庞大而被分成树木花草、鸟兽鱼虫、星月风雨、饮馔器用等。但是,不管其数量如何繁多,内容如何驳杂,其审美形态盖不出乎以下几种:第一,以形容尽致为终极的审美目的;第二,融咏物与艳情为一体的;第三,政治寓言式的,将难言或不能言的事以咏物的形式表现出来。

钱惟演《玉楼春》咏笋、林逋《点绛唇》咏草皆以形容尽致而著名,特别是林逋的《点绛唇》"金谷年年"在北宋影响很大。张先《过和靖隐居》诗中提到其词句"满地和烟雨",杨绘《本事曲子》亦曾录林逋此词。吴曾《能改斋漫录》言"梅圣俞在欧阳公座,有以林逋草词'金谷年年,乱生春色谁为主'为美者,圣俞因别为《苏幕遮》一阕云:'露堤平,烟墅杳。……'欧公击节赏之"①,于是欧阳修自己也写作了《少年游》"阑干十二独凭春"。可见这种以工妙、准确的描摹为能事的咏物词在北宋是颇受重视的。《全芳备祖》中又说到欧阳修与梅尧臣同赋咏柳词②,二词用韵相同,只是无法断定哪一首是原作,哪一首是和作。这两首词也以刻画之工致取胜。但是,宋人咏花草最为人注意的是梅花一类。《四库全书·〈梅苑〉提要》云:"昔屈宋遍陈香草,独不及梅,六代及唐,篇什亦寥寥可数,自宋人绝重此花,人人吟咏……虽一时衰至数百阕或不免累臼相因,而刻画形容亦各出新意,因倚声者之所采择也。"获得"刻画形容亦各出新意"的评价,实在不是一件容易的事,是宋代咏梅词人群体共同追求的结果。《梅苑》卷6录李子正《减字木兰花》10首,将梅花分别置于风中、雨中、雪中、月光下、阳光下来摹写,又注意观察晓梅、晚梅、早梅、残梅之不同风韵。这一组词将梅花在不同时间、空间和不同的光线下加以审视,所以多侧面、多角度地展示了它"不似群花春正娇"的风采。

  咏物词的第二种形态是融咏物与艳情为一体的。沈义父曰:"作词与诗不同,纵是花卉之类,亦须略用情意,或要入闺房之意。然多流淫艳之语,当自斟酌。如只直咏花卉,而不着些艳语,又不似词家体例,所以为难。"③史达祖《双双燕》从成双作对的燕子的"栖香正稳"带出"愁损翠黛双蛾,日日画阑独凭"的闺怨,巧妙地着了艳语。其《东风第一枝》咏雪词,亦有"寒炉重熨,便放慢春衫针线"之语;《绮罗香》咏春雨,有"记当日门掩梨花,剪灯深夜语",亦皆是艳语。苏轼《水龙吟》咏杨花中有"寻郎"、"离人泪";姜夔《齐天乐》咏蟋蟀有"正思妇无眠"、"世间儿女,写入琴丝,一声声更苦"。这些情语的加入,并非是由外在力量作用的结果,而是词人由纯闲

---

① 吴曾:《能改斋漫录》,第495页,原文"乱生春色"为"乱生青草",据《全宋词》改,中华书局1960年版。
② 参见陈咏编《全芳备祖》卷17,《四库全书》本。
③ 沈义父:《乐府指迷》,《词话丛编》,第281页,中华书局1986年版。

适的审美状态进入情感召唤的结果。实际上,如苏轼《水龙吟》、史达祖《双双燕》中的"情语"本来并非男女之"情"。苏轼自言其创作动机曰:"思公(章楶)正柳花飞时出巡按,坐想四子,闭门愁断,故写其意。"①黄苏《蓼园词选》猜测史达祖词中"栖香"下至末"似指朋友间不能践言者"。

当然,并非只有咏花卉草木、禽鸟鱼虫、日月风雨时用情语,咏器物、咏茶的词也经常要投入情语。张先咏筝词《菩萨蛮》"哀筝一弄"、《生查子》"含羞整翠鬟"皆似艳情词。黄庭坚的咏茶词《满庭芳》中有"相如病酒"、"归来晚,文君未寝,相对小妆残"(此词一作秦观词);秦观咏茶词《满庭芳》中亦有"娇鬟,美宜盼","频相顾,余欢未尽,欲去留连"。应该承认,情语的加入,使咏物词的容量扩大了,审美层次加深了。

咏物词的第三种审美形态是政治寓言式的。鲖阳居士解说苏轼《卜算子》孤鸿词云:"缺月,刺明微也。漏断,暗时也。幽人,不得志也。独往来,无助也。惊鸿,贤人不安也。回头,爱君不忘也。无人省,君不察也。拣尽寒枝不肯栖,不偷安于高位也。寂寞吴江冷,非所安也。"②鲖阳居士的姓氏、生平不可详考,他对苏轼此词的阐释也未必完全正确,但仅以其作为南宋初的一个普通词人③和词的读者,也可由此看到南宋人已注意到咏物词也反映了闲适和爱情之外的东西。所以,张惠言、郑文焯、蔡嵩云皆以为姜夔《疏影》一词之咏梅乃吊北狩虏从之诸妃嫔④,也是有一定道理的。

但是,真正毫无争议地被读者理解为有政治寓意的咏物词是南宋末年的王沂孙、周密等人的结社唱和之作。蒋敦复云:

> 词源于诗,即小小咏物,亦贵得风人比兴之旨。唐、五代、

---

① 《与章质夫》三首之一,《苏轼文集》卷55,第1638页,中华书局1986年版。
② 赵万里辑鲖阳居士《复雅歌词》,《词话丛编》,第60页,中华书局1986年版。
③ 孔凡礼《全宋词辑补》录有鲖阳居士《满庭芳》词,中华书局1981年版。
④ 参见张惠言《词选》、郑文焯批《白石道人歌曲》、蔡嵩云《柯亭词论》。

> 北宋人词不甚咏物,南渡诸公有之,皆有寄托。白石、石湖咏梅,暗指南北议和事。及碧山(王沂孙)、草窗(周密)、玉潜(唐珏)、仁近(仇远)诸遗民,《乐府补题》中《龙涎香》《白莲》《莼》《蟹》《蝉》诸咏,皆寓其家国无穷之感,非区区赋物而已。①

相传为陈恕可编集的《乐府补题》收王沂孙、周密、王易简、张炎、仇远等14人的词作,其中咏龙涎香(《天香》8首)、咏白莲(《水龙吟》10首)、咏莼(《摸鱼儿》5首)、咏蝉(《齐天乐》10首)、咏蟹(《桂枝香》4首),计37首皆咏物词。夏承焘先生从考事、考人、考年三方面论证,认为:"王、唐诸子,丁桑海之会,国族沦胥之痛,为自来词家所未有;宋人咏物之词,至此编乃别有其深衷新义。"夏先生甚至更具体地指出其所咏之龙涎香、莼、蟹指宋帝,而蝉与白莲托喻后妃。这些词乃是隐指1278年杨琏真伽发会稽宋帝、宋后陵一事。②

要之,咏物题材的词作往往具有多层次的审美结构。从闲适的审美情趣到情感的审美召唤,甚至成为政治斗争的工具和抒发政治情绪的载体;这三个层次并无高下、深浅之分,各有其存在的历史依据,不必厚此薄彼。刘熙载评高观国咏轿《御街行》曰:"其设想之细腻曲折,何为也哉!"③这种否定闲适文学的审美价值的做法是不够宽容的。

第五节　祝寿与谐谑:走向文学的误区

钱锺书先生说宋诗中有不少是属于应用题材(或应用文学)的,而我们则认为词从一开始产生就是应用文学,只不过是自然形

---

① 蒋敦复:《芬陀利室词话》卷3,《词话丛编》,第3675页,中华书局1986年版。
② 参见夏承焘《乐府补题考》,《唐宋词人年谱》,第376页,上海古籍出版社1979年新版。
③ 刘熙载:《艺概》卷4,第111页,上海古籍出版社1978年版。

态的应用文学而已。所以,夏承焘先生认为令词最早就是酒令,是相当有见地的。在词从自然形态的娱乐文学向自觉形态的娱乐文学的发展进程中,出现了专门给人祝寿的寿词和专门以幽默滑稽取悦于人的谐谑词。这只是词的娱宾遣兴的功用的进一步具体化与对象化,也是其以媚娱宾向以谀(当然寿词非是皆为谀词)、以谑娱宾的一种转型。

冯延巳《寿山曲》:"侍臣舞蹈重拜,圣寿南山永同。"此乃为君王祝寿的真实场面,不过偶一为之,哪里可以重复再三地去写呢?但宋人偏偏极爱作寿词,其所作之数量相当可观。程大昌存词47首,寿词有23首;姚勉有词32首,而寿词占14首(皆以《全宋词》为依据)。陈允平词集《日湖渔唱》将寿词与慢、引令并列为三类。

宋人的祝寿词不仅数量多,而且内容丰富。有富贵宰相为内眷祝寿的,晏殊《少年游》词云:"榴花一盏浓香满","为寿百千春"。有白衣词人为皇帝祝寿的,柳永《醉蓬莱》云:"正值升平,万几多暇,夜色澄鲜,漏声迢递。南极星中,有老人呈瑞。"以一介布衣"惟务钩摘好语"去拉拢皇帝,非止辞采可以"天下皆称妙绝"①,即其事自身亦是美谈。又有为奸臣贼相秦桧祝寿而极尽歌功颂德之能事的,康与之《喜迁莺》曰:"尽总是文章孔孟,勋庸周召。"又曰:"玉带金鱼,朱颜绿鬓,占尽世间荣耀。篆刻鼎彝将遍,整顿乾坤方了。"沈际飞评曰:"佳亦不足齿","羞人"。又评曰:"令人去思德政碑样子。"②寿词中又有很多自寿的,如张纲《蓦山溪》42岁自寿,曰:"欢喜走儿童。"又曰:"深深发愿,只愿早休官,居颜巷,戏莱衣,岁岁长欢聚。"这里写出了处于两代人之间的中年人对天伦之乐的感受,也写出了他对官场与政治的困惑与迷茫。

由于寿词的应用性质比任何一种词都强,所以,除了自寿之外,往往说富贵、功名,说神仙、松椿、龟鹤,说寿酒、寿香、寿星(老人

---

① 陈元靓编:《岁时广记》卷17,《十万卷楼丛书》本。
② 顾从敬选,沈际飞评:《草堂诗余》卷5。

星)、千百岁之类,这些代表或象征了吉祥、长寿的话语的反复出现,使寿词不再是"文学"了,而成为一种文字的公式。为此,沈义父认为:"须打破旧曲规模,只形容当人事业才能,隐然有祝颂之意方好。"①明人秦士奇曰:"又难于寿辞,说富贵近俗、功名近谀、神仙迂阔虚诞。总此三意而无松、椿、龟、鹤字为佳。"②这样看来,苏轼《蝶恋花》寿内,以《金光明经》救鱼事起笔,写家庭的温馨,夫妻、子女的融融之乐,可谓别出心裁。辛弃疾《水龙吟》寿韩元吉、《千秋岁》寿史正志皆以"整顿乾坤"为主旨,亦是不落窠臼。而刘辰翁《金缕曲》一调多寿词,其中"寿朱氏老人七十三岁"一首,起句用"七十三年矣",尤为奇特;中间"老子平生何曾默?暮年诗,句句皆成史",亦自超脱俗境。

谐谑词,即是以幽默、滑稽为题材的词。既然词的功用在于娱宾遣兴,那么,以其"媚"与以其"谑"只不过是手段的不同而已。韩愈云:"昔者夫子犹有所戏,《诗》不云乎?'善戏谑兮,不为虐兮。'《记》曰:'张而不弛,文武不能也。'恶害于道哉?"③所以,戏谑是"弛",是一种紧张之后的放松,也是合乎文武之道的。钱锺书先生说:"韩昌黎在北宋,可谓千秋万岁,名不寂寞者矣。"④因此,如苏轼、刘攽等人的善谑,或者是韩愈幽默精神的一种继承。刘攽在野史笔记中尤以善谑而著名,他又有兴趣于词体的创新(他曾寄给苏轼回文词),可惜他的词作失传了,不然其中或许有谐谑之作。幸而苏轼则以其善雅谑,留下了如《减字木兰花》那样令"举坐皆绝倒"的贺人生子词,又有戏曹子方、李邦直、贾耘老诸人的词作。

不过,苏轼并不以专业的戏谑词作者名世,他不过是偶一为之而已。南宋王灼曾对宋代词坛上盛行一时的谐谑词作了如下论述:

---

① 沈义父:《乐府指迷》,《词话丛编》,第282页,中华书局1986年版。
② 顾从敬选,沈际飞评:《草堂诗余》,《〈草堂诗余〉叙》。
③ 韩愈:《重答张籍书》,《韩昌黎文集》卷2,《四部丛刊》本。
④ 钱锺书:《谈艺录》,第62页,中华书局1984年版。

> 长短句中,作滑稽无赖语,起于(仁宗)至和(1054—1055),嘉祐(1056—1063)之前犹未盛也。(神宗)熙、丰(熙宁1068—1077,元丰1078—1085)、元祐(1086—1094)间,兖州张山人以诙谐独步京师,时出一两解。泽州孔三传者,首创诸宫调古传,士大夫皆能诵之。(哲宗)元祐(1086—1094)间,王齐叟彦龄,(徽宗)政和(1111—1118)间,曹组元宠,皆能文,每出长短句,脍炙人口。彦龄以滑稽语噪河朔。组潦倒无成,作《红窗迥》及杂曲数百解,闻者绝倒,滑稽无赖之魁也。……同时有张衮臣者,组之流,亦供奉禁中,号曲子张观察。其后祖述者亦众,嫚戏污贱,古所未有。组之子,知阁门事勋,字公显,亦能文,尝以家集刻板,欲盖父之恶,近有旨下扬州毁其板云。①

这段文字既介绍了以谐谑词为家的主要作者:张山人、孔三传、王齐叟、曹组、张衮臣(王灼《碧鸡漫志》同上卷又云"赵德麟(令畤)、李方叔(廌)……晚年皆荒醉汝颍、京洛间,时时出滑稽语"),又介绍了谐谑词的起始、繁盛、衰落的时间。关于起始与繁盛,引文皆已正面言及,衰落则未具体言说。按王灼《碧鸡漫志·自序》,谓是书作于"乙丑冬"(1145),而序于"己巳三月"(1149)。此时已有鲖阳居士编《复雅歌词》于1142年,曾慥编《乐府雅词》于1146年。尤其是曾慥,自言选词之标准曰:"涉谐谑则去之。"所以,王灼评谐谑词言"嫚戏污贱",在当时并非少数人的观点。更值得注意的是,以谐谑词为魁首的曹组的儿子已把父辈之写谐谑词当成一大恶事,为了隐其父之"恶","近有旨下扬州毁其板",也就是说王灼写成《碧鸡漫志》之前后,曹组之子必有毁板之事。由以上分析,我们认为,高宗绍兴中期(1140—1149左右),可定为谐谑词的衰落期。

谐谑词之发展历程大约可确定为自仁宗至和到高宗绍兴中期。在近百年的发展中,当其盛时,作者能"独步京师"、"供奉禁中",作品被士大夫普遍接受而"皆能诵之","闻者绝倒"。我们认为,如果

---

① 王灼:《碧鸡漫志》卷2,《词话丛编》,第84页,中华书局1986年版。

从社会历史批评的角度看,这些作者往往是沉沦下僚者,即如曹组亦是"潦倒无成",张衮臣也只是一个名不见经传的文学弄臣而已。赵令畤、李廌也以其"荒醉"不为世用而"时时出滑稽语"。北宋中期,党争激烈,社会危机四伏,严肃文学往往有被人媒蘗构陷的可能;而诙谐滑稽之语既可舒解人们的心理重压,又可避免文字狱之灾祸。到了南宋,高宗虽忌于言北征迎二圣之事,但迫于人民强烈的抗金要求,亦不得不摆出努力实现"中兴"的姿态,故道德教化、恢复河山成了文人的中心议题,词人亦不再沉迷于无聊的戏谑与幽默之中。词的接受者也被崇高的民族悲剧气氛所影响,放弃了这种低层次的娱悦,滑稽终于被崇高所替代。至于后来辛弃疾诸作,不过是化崇高之情于滑稽,其幽默背后充满了痛苦,是含泪的微笑,不可与谐谑词等量齐观。

第三章

宋文题材与体裁的继承、改造与开拓、创新

　　宋代散文在题材与体裁的继承、改造和开拓、创新方面也取得了卓异的成绩,这是宋文繁荣的重要表现之一。

　　题材与体裁是作品构成的两大基本因素,文学的题材与体裁都是历史的产物,都是社会实践的产物,二者随时代的不同而变化,具有开放性的特征。但体裁又有相对的独立性,一种体裁一经形成,便成为一种历史文化的积淀而存在,其被运用的状况,则往往显示着艺术创造力的程度。宋代的散文家们正是在这方面表现出大胆的改革和开拓精神,把散文的发展推向了新的高峰。

　　散文体裁的孕育产生是和文字记载并起的,而在后来漫长的历史发展过程中,不断形成和出现新的样式,并随时代的演变而发展,所谓"其为体也屡迁"①。纵观古代散文的发展,体裁样式大体经历了五大发展阶段。先秦是散文体式的孕育期、滥觞期。这个时期尚无自觉的文体意识,散文乃是记事、记言、记人的纪实文字;但各体已在萌芽中,《易》《书》《春秋》与诸子百家之书中,诸多体式已初具

---

① 陆机:《文赋》,《陆机集》,第3页,中华书局1982年版。

大略,所谓"虽非为作文设,而千万世文章皆从是出焉"①,只是各体均依附于一书的整体系统内,尚未独立。秦汉时期为文章体式形成期。散文的多种体式已独立并定型化,正如章学诚所说,文章渐富而"辞章之学兴"②。逮至魏晋南北朝,曹丕《典论·论文》、陆机《文赋》、李充《翰林论》、挚虞《文章流别集》与《文章流别论》、萧统《文选》、刘勰《文心雕龙》诸书的出现,既说明了当时人们对体裁的自觉意识趋于理论化、系统化,又标志着文体进入了定型期,从而完成了文体发展的第一个大循环。隋唐两宋在前代的基础上努力发展与创造,成为文体的开拓期。而元明清时期,散文体制绝少新创,成为文体的承袭期。直到近代以后,散文的体式才开始进入又一个开创期。

宋代处于散文体裁的开拓期。它上承唐代古文运动的优良传统,而本代的政治、经济和文化等各方面的人文环境又为散文体裁的继续发展与开拓提供了优越的社会条件和历史条件,散文家们则自觉地适应了时代的要求与潮流的发展,在努力利用、革新和发展前代原有体裁的同时,积极创造新式样,以适应实践的需要,从而促进了宋文的繁荣。下面仅从继承发展与开拓创新两方面试作缕述。

第一节　记、序的长足发展与文赋的脱颖独立

在宋代散文中,"记"体散文、"序"体散文和文赋所创造的成就尤其引人注目。记、序、赋三体都是前代已有的体裁,经宋人的继承发展和改造创新而大放异彩。

---

① 李耆卿:《文章精义》,《四库全书》本。
② 章学诚:《文史通义·诗教(上)》,见叶瑛《文史通义校注》,第60页,中华书局1985年版。

一、"记"文勃兴

"记"产生于记事,本属应用文体,所谓"叙事识物"[1]、"记事之文也"[2]。《禹贡》《顾命》向被视作"记"体之祖,"而记之名,则昉于《戴记》《学记》诸篇"[3]。《文心雕龙》辟《书记》一篇,且称"书记广大,衣被事体,笔札杂名,古今多品",是将当时难以归入其他类型的所有文字都纳入其中,包括表奏、奏书、奏笺、谱、籍、簿、录等三十一类,与我们所论"记"体散文殊别。由此可知,单篇"记"体散文在汉魏以前是一种不很发达的文体,尚未独成一式,涉笔者颇少,更罕见名篇。至唐代始有改观,韩愈、柳宗元的创作,使"记"体开始成为散文家族中的旺支;宋代散文家们则使"记"体焕发出耀眼的光芒。这里,我们不妨首先考察一下唐宋名家创作"记"体散文的状况(据各家本集统计):

作家	韩愈	柳宗元	欧阳修	苏轼	王安石	曾巩	叶适	朱熹	陆游
作品(篇)	9	36	45	63	24	34	53	81	56

由上表可知,在创作数量上,宋代诸家都远过韩、柳。当然,这不仅仅是数量问题,其本身也显示着"记"体散文的发展态势。就内容看,唐代记体散文约有四端,此就韩、柳二人所作统计如下:

作家 \ 分类 作品数量	亭台堂阁记	山水游记	书画记	事物记
韩愈	6	0	2	1
柳宗元	18	11	0	4

---

[1] 陈懋仁:《〈文章缘起〉注》,《四库全书》本。
[2] 潘昂霄:《金石例》,《四库全书》本。
[3] 徐师曾:《文体明辨序说》,第145页,人民文学出版社1962年版。

其中，第一类包括厅壁记，如韩愈《蓝田县丞厅壁记》；第四类主要是记事或记物的散文，如柳宗元《铁炉步志》等。韩、柳为散文大家，其作品最具典型性，取之以为参照系当妥。据上表知记体散文在唐代是以亭台堂阁记与山水游记为主，兼有记述书、画艺术或杂事杂物者，作品数量不多，题材内容亦不丰富，表现出一种初起方兴的势头。到了宋代，记体散文才大展丰采，不仅前代已有的题材继续得到了充分发展，而且开辟出不少新领域，在作品的立意、格局、视角和语言诸方面，也大变于唐。从总体上讲，与唐代相比，宋代记体散文有四大特点：一是立意高远。唐人作记重视客体物象，多写事物本身，从元结《右溪记》《寒亭记》到韩柳诸作，无不如是；而宋人兼重意理，辅以议论，升华意识，所谓"必有一段万世不可磨灭之理"①；故陈师道说"退之作记，记其事耳，今之记，乃论也"②。二是题材丰广。三是格局善变。四是间用骈语。下面据类分述。

亭台堂阁记是记体散文最习见的题式，也是宋人最擅长的题式。唐人此类作品矩式，一般以"物"为主，多作客观、静态的记述，重在本事，如建构程期、地理位置、自然景色等，或稍予议论，以写实胜，韩愈《燕喜亭记》即属典型之作。宋人则发展变化为以"人"为主，将"人"的强烈的主观意识纳入其中，借以表现社会意识，或释放自我意识，或表现心态意绪，故虚、实参错，且多作动态的叙述而避开正面的描绘，造成"物为我用"而"不为物役"的境界，涵载着人与物、与自然的关系，表现出人既能认识自然又能改造自然，既能适应环境又能创造环境的特质。王禹偁《黄州新建小竹楼记》、范仲淹《岳阳楼记》、欧阳修《醉翁亭记》、苏舜钦《沧浪亭记》、苏轼《超然台记》、苏辙《黄州快哉亭记》、叶适《烟霏楼记》等，大要皆然。

《黄州新建小竹楼记》先以极省简的语言写黄冈以竹代瓦的社会习俗与主人公选址建竹楼，然后用大量笔墨铺写渲染竹楼中的生

---

① 谢枋得：《文章轨范》，《四库全书》本。
② 陈师道：《后山诗话》，《历代词话》，第309页，中华书局1981年版。

活情趣,末段通过议论昭示心态意绪。显然,文章突出的重点不是竹楼,而是生活在楼中的"人",由此表现了作者随缘自适、游于物外的思想。《岳阳楼记》开端写作记缘由,继之描绘楼外景色,而又以"前人之述备矣"掠过,却浓笔泼墨用骈语铺写登楼之"人"临景时的情感变化,最后提出了饱含强烈历史意识和社会意识的忧乐观"先天下之忧而忧,后天下之乐而乐",表现了作者博大的胸襟与崇高的思想境界。如果说上述两文分别表现个体意识和社会意识的话,那么,《醉翁亭记》则具有更为普遍的意义,作者表达的不是"亭"自身,而是"人"回归自然、融于自然的情趣,表现的是社会的"人"与大自然和谐统一的情形。文章不仅运用骈偶句式描绘优美的自然景色和各种劳作、游玩的人,而且还传达了作者既能与人"同其乐",又能"乐其乐"的意态,全文形成了一种雅俗共赏的艺术境界。

上述三记就整体格局而言,尚未脱离先叙事、次写景、后议论这种"三段论式"的唐人模式,但由于表现主体的转移和兼取骈偶的语言以及思想意识的升华,所创造的美学境界已与唐代大不相同,从而使此类散文获得了新的发展。《沧浪亭记》大体亦同此趣,而比王、范、欧更为直接地揭示出"人"与社会、与自然的关系,"人"与情、与物的关系。

对亭台堂阁记的发展作出了重要贡献的当推苏轼。《苏轼文集》中此类作品有 26 篇,数量之多可谓空前。苏轼不仅继续突出人的主观意识,寓理、寓情、寓识,不以记物为主,而且还彻底打破了"三段论式"格局,将叙述、描写、议论灵活变化,穿插并用,甚至吸收其他体裁的表现方式(如赋体、问答、七体、赞颂之类),从而使亭台楼阁记体式大变而显得丰富多姿。《超然台记》陡然以凌空之势发端于议论,讲"人"与"物"的关系,由物及人,由人及情,由情入理,提出了"游于物之内"与"游于物之外"两种情形的巨大差别;其后方叙述自钱塘移守胶西(密州)而治园葺台,"相与登览,放意肆志";篇末仅用两句点题归结,且说明作者"无所往而不乐者,盖游于物之外也"的内在原因。全文以理为主,议论过半,由理而入事,由事而及景,最后又以理收束全文,照应开头,虚实相生,收纵自如。《喜雨亭记》由破题开端,征古明意,接着叙述建亭与命名的经过,再用主客问答的形式,阐明以雨名亭的意义,而用歌诀的形式结尾,全文体式灵动圆活,语言流走如珠,表达了作者关心民瘼、与民同乐的主体意识。《放鹤亭记》先叙事释题,次由亭及人,以作者与山人的对话议论隐居之乐,纵横古今,而用骚体歌辞结尾。《醉白堂记》起笔破题后,以释疑的方式,剖析韩魏公的境遇与心态,最后点明作记缘由。综观上述,苏轼对台阁亭轩记体式的变化创新已略可概见。苏轼之后,此类体式基本上沿着欧、苏创变的路数发展,南宋诸人也未能越此规范。诸如杨方里《景延楼记》首以记游方式介绍其楼得天独厚的地理位置和优美迷人的自然景色,嗣后引出一番别有趣味的议论,将优美的画面和深邃的哲理巧妙地融为一体,显示出新颖独到的构思;陆游《筹边楼记》取主客对答式,重在介绍、评论建楼之人范成大的出色才能和忧国忧民的思想境界;叶适《烟霏楼记》写蕲州西楼,而着意于自然环境和人文状况,虽然在某一方面各呈特色,而整体格局和基本体式都没有大的突破与创新。

　　山水游记也是记体散文中的重镇,宋人对这种体式的发展同样作出了积极的贡献。

　　优雅的山水自古以来即甚受人们的钟爱。中国古代早期的典籍如《尚书·禹贡》《山海经》等书已有对自然山水的叙写,只是不是游记。东汉马第伯的《封禅仪记》记叙光武帝封禅泰山的活动,其中描述登泰山时的所见所感,已与后世游记无异。魏晋南北朝时期,"庄老告退,而山水方滋"[①],描写山水的文字渐多。北魏郦道元《水经注》中的部分篇章、东晋慧远《庐山集》中的《庐山诸道人游石门诗序》、梁代陶弘景的《答谢中书书》和吴均的《与宋元思书》等,都有生动精彩的描绘,只是这些作品或是学术著作,或是诗序、书

---

① 刘勰:《文心雕龙·明诗》,《文心雕龙注》,第67页,人民文学出版社1958年版。

信,纵有山水游记之实,而非游记之体,尚不属游记范畴,未能独成一体;但对后世山水游记的形成,无疑有着直接影响。

山水游记形成于唐代。古文家元结的《右溪记》虽为刻石而作,而题目与内容已具游记规模。至柳宗元则首创其体,他的"永州八记"一直被视为山水游记散文的奠基之作,游记散文体式由此确立并脱颖而出,成为独立的体裁。唐人游记的特点是重趣、尚实而寓情,作者往往在对自然景物的客观细致而凝练简洁的精心描写中,传达出游人对大自然的欣赏与沟通,表现人对自然的认识与审美,而游人借优美的自然景色释放潜在的意识与情感,达到心态的平衡,创造出一种融于自然的境界。

宋人在此基础上又加以改造和拓展,在内容、体式和手法诸方面都有所创新。宋代游记在题材内容方面由前代单一式写景记游,变而为兼以议论说理,从而增加了理性思辨的色彩,由单纯的自然审美型转向兼有传道垂教的重合型,在一定程度上提高了游记散文的信息涵纳量和社会教化功能。这显然与宋文尚理、宋人善议的时代潮流相一致。内容的变化也就意味着体式的变化。王安石的《游褒禅山记》、苏轼的《石钟山记》最为典型,也最为著名。王氏之作以议论为主,记叙与议论结合,起笔破题即从释名考证入手,接着顺次记叙与山名有关的慧空禅院、华山洞、仆碑;其后重点记叙游洞情形,并由此生发出颇具启迪性的议论,如"世之奇伟、瑰怪、非常之观,常在于险远,而人之所罕至焉,故非有志者不能至也",而由仆碑引发出"学者不可以不深思而慎取"。全文显然是以议论说理取胜。苏轼《石钟山记》史是别具匠心,将普通游记发展变化为一篇学术考证式的记游散文。全文以实地探察石钟山命名缘由为主干,而以驳论前人发端,中间记游,复以议论收尾,记游部分实际上成为考察论证的过程,体制变化不可谓不大。然而其对孤舟月夜临泊绝壁诸端景象的生动描绘,依然给读者身临其境的感觉;而结尾"事不目见耳闻而臆断其有无"的反问,又是那么顺理成章,水到渠成,使人直有一种无此一笔则不尽意的感觉。这种自然巧妙的构思,无疑令游记本身的意义和价值倍增。至北宋后期,苏门学士黄庭坚又创为日记体游记,其《宜州家乘》记正月二十日游南山集真洞,文字生动凝练,优美动人。南宋时期日记体游记大行于世,陆游的《入蜀记》、范成大的《吴船录》尤为著名,专书刊行。另外,晁补之《新城游北山记》、朱熹《百丈山记》、王质《游东林山水记》、邓牧《雪窦游志》等,皆体宗韩、柳,注重景物的客观描绘,而在造境、取材、意象、手法诸方面各有特色。

总之,游记散文至宋代经过众多作家的努力,蔚成大宗,题材丰富,体式多变。

伴随着宋代书法、绘画艺术的繁荣兴盛,宋代的书画记也有新的发展。书画记与书画题跋不同,后者与书画作品共成一体,依附于书画作品之上,而前者则独立于书画作品之外,两者不容混淆。书画记始于唐而盛于宋,大约首创于韩愈。韩愈集中今有《画记》《科斗书后记》二文。《画记》详细描述了一卷古今人物小画的全部画面内容,并交代了作记缘由与目的,画归原主,"而记其人物之形状与数,而时观之,以自释焉"[①]。此为画记正体。《科斗书后记》先叙述与此有关的人事,然后言得科斗书始末与作记因由,其后遂为常式。可知唐代书画记是以书画作品为重心,兼及与作品有直接关联的人或事,体现出鲜明的记事性和客观性。宋代则不株守此式而多变化,往往借题发挥,纵横议论,自由灵活,贯穿己意,表现出强烈的写意性和抒情性。王禹偁《画记》[②]乃为其父画像而作,而起笔于古代家庙祭祀风俗和近代"图其神影以事之"的变化,又推评其画技高超,所谓"神采尽妙"、"宛然如生",最后交待作记原因。欧阳修《王彦章画像记》先叙王氏功业事迹与品格,次论其生活时代,进而驳正史书之误,又由五代之乱转论宋代现实之用兵,最后写其得画像并作记。全文由人及事,出入古今,无一语记叙画像本身的内

[①] 韩愈:《昌黎先生文集》卷13,《四部丛刊》本。
[②] 王禹偁:《小畜集》卷14,《四部丛刊》本。

容,而又全部从画像引出。欧阳修有两篇书记文字:《御书阁记》与《仁宗御飞白记》。前者主要叙述宋太祖为醴陵县登真宫"赐御书飞白字"(汉字字体的一种),其字历劫犹存。而在交代作记原因之后,忽泼墨议论释、老之于儒家的关系,诧异儒排释、老,而释、老不共同抗衡儒家,反自相攻讦。后者首言于友人处得观此字,次借友人之口叙述得字始末,兼及求记,然后议论作字之人。两文虽未对书法作正面评论,而紧紧围绕作品叙事、议论,视野开阔且生动有趣。苏轼书法、绘画皆为一代名家,自创一体,故所作书画记更是自出机杼,别具格局,非他人所能比。脍炙人口的《文与可画筼筜谷偃竹记》实质上乃是一篇长歌当哭、悼念画者的祭文,充满浓厚的抒情意味。记文写于画者逝世半年之后,画在而人已作古,苏轼睹画,"废卷而哭失声"①,遂记"畴昔戏笑之言"②,追忆他与画者平素知音期许、诗书往还、相教相戏、亲密无间的情形。这就一改前人撰写书画记只作为局外人记叙、议论的情形,变为积极的参与者。《净因院画记》则起笔于自己精到的"常形"与"常理"之画论,条分缕析之后,仅以数语记画。《传神记》乃为自己的画像作记,却挥洒自如,谈论如何传神。《画水记》是为蒲永升所画寿宁院水作,而纵论画水衍变高下,充分肯定了蒲氏的艺术腕力。由这些画记,既可看到苏轼对绘画艺术的造诣,又可见到他对画记体式的发展。苏轼之后,书画记体式几乎没有什么发展变化,此类题材内容大量涌入题跋之中。

学记和藏书记是宋人于记体散文中开辟出的两大题材。宋代大兴学校,"虽荒服郡县必有学"③,而私人藏书风炽,正是在这样的基础上,学记和藏书记应运而生。考韩愈、柳宗元集中尚无此体,可推知它大约盛于宋代。

---

① 《苏轼文集》卷11,第365页,中华书局1986年版。
② 同上。
③ 《南安军学记》,《苏轼文集》卷11,第374页,中华书局1986年版。

学记现存较早的是王禹偁的《潭州岳麓山书院记》，其文首述古代重学，指出学校乃"政之本"；次叙书院始建与兴衰；再写重修与作记，是以记叙为主体。欧阳修撰有《吉州学记》，叙述朝廷诏令立学校、置学官，"海隅徼塞四方万里之外，莫不皆有学"[1]；然后言及吉州学校的兴办经过与规模，而以议论教学方法、想象日后教育效果作结，纪实之外，议论成分转多。其后，曾巩《宜黄县县学记》《筠州学记》，王安石《虔州学记》《太平州新学记》《繁昌县学记》《慈溪县学记》，大都不出王、欧体式。至苏轼《南安军学记》则以议论为主，叙事为辅。南宋时期，学记几可与亭台记抗衡，《叶适集》中学记九篇、朱熹文集中的学记多达十几篇，都超过了亭台记的篇数。

　　藏书记以苏轼的《李氏山房藏书记》最著名，该文首言书籍普遍而巨大的社会作用，次谈"学必始于观书"[2]，复讲书籍发展与学人态度；在这样广阔的背景下，介绍李氏山房始末，表彰藏书者"以遗来者"[3]的仁人之心；末尾记其作记缘由与目的。文章不拘于记叙藏书本身，而是始终将书与人的关系作为表现的中心，纵横议论，谈古说今，正反对比，劝戒启迪，强调了认真读书的必要性，视野开阔，立意高远。苏辙有《藏书室记》叙其父苏洵当年"有书数千卷，手缉而校之，以遗子孙"[4]。作者广征博引，反复谈论读书的重要性，所谓读书"内以治身，外以治人"，"古之知道者必由学，学者必由读书"，意在劝读。由此，二苏之作遂为体式。南宋朱熹有《徽州婺源县学藏书记》《建宁府建阳县学藏书记》《福州州学经史阁记》等篇，皆取夹叙夹议，体类二苏。陆游《婺州稽古阁记》围绕阁名先讲阁名来历、建阁始末、规模大小，然后议论"稽古必以书"[5]；《吴氏

---

[1] 欧阳修：《欧阳文忠公集》卷39，《四部丛刊》本。
[2] 《苏轼文集》卷11，第359页，中华书局1986年版。
[3] 同上。
[4] 《苏辙集》，第1238页，中华书局1985年版。
[5] 陆游：《渭南文集》卷20，《陆游集》，第2162页，中华书局1976年版。

书楼记》肇于说理,继写吴氏兄弟"以钱百万创为大楼,储书数千卷"①,兼及书楼格局设计;《万卷楼记》则发端于"学必本于书"②,接着从校勘、通经、博学诸方面强调了藏书的重要性,最后申述近代藏书之盛,视角、格局已略有变化。叶适《栎斋藏书记》首叙斋主其人,次以谈论学术流变的形式,描述藏书内容之丰富,虽有出新的趋势,而终未脱北宋范式。

二、书序突起

序是古代散文中可与记体抗衡媲美的又一独立文体。向来记、序并称,其实,二者在叙事方面虽有相近处,但各有自己的体例和要求,不能混为一谈。至于序、跋并论,仅就针对的客体对象而言,如为一书而写的序、跋;序、跋有共同点,但其内容、体例亦相悬殊。总之,序是一种有别于其他体裁样式的独立文体,虽然体式形态乃至表现的内容随时代的变化而发展,但依然保持着它固有的个性特征。

序(或作"叙"、"绪")作为一种文体,发轫于两汉,发展于魏晋,兴盛于李唐,而变化于赵宋。传孔安国《尚书序》称"序所以为作者之意",大体昭示了序之为体的功能。大约成于汉代的《毛诗序》、孔安国的《尚书序》《史记·太史公自序》《汉书·叙传》、扬雄《法言序》等,大都立足于全书作宏观式的阐释申述,或者兼及作者自身,是为常式。其后又有作品序如皇甫士安《三都赋序》、陆士衡《豪士赋序》、颜延年《三月三日曲水诗序》,文集序如任彦升《王文宪集序》,赠送序如傅玄《赠扶风马钧序》等。唐宋时期,序作繁富,按其题材内容和不同功用可分为赠序、书序(文集序)、字序(解释人的名字)、杂序(事、物序)、燕集序等五大类,此选唐宋八家全集分作统计并列表如下:

---

① 陆游:《渭南文集》卷21,《陆游集》,第2175页,中华书局1976年版。
② 同上书,第2179页。

篇数\类别\作家	赠序	书序	字序	杂序	燕集序	总计
韩　愈	34	0	0	0	1	35
柳宗元	46	4	0	2	2	54
欧阳修	16	25	5	0	0	46
曾　巩	10	24	2	2	0	38
苏　轼	7	11	2	3	1	24
陆　游	3	28	2	0	1	34
朱　熹	12	47	9	1	0	69
叶　适	5	29	0	1	0	35

　　由上表可知：赠序和书序是序体散文中最为繁盛的两类，唐代赠序最为发达，宋代书序突起而大盛，宋人对序体散文的发展主要表现在书序方面。

　　如上所述，序滥觞于两汉，书序本来就是序体散文的正宗，汉代以后虽不绝如缕，时有所作，但由于多方面的原因始终没有大的发展变化，大家如韩愈，集中竟无一篇书序。只是到了宋代，文人创作热潮勃起不衰，个人撰述普遍丰富，典籍整理蔚成风气，加之书籍制度的改进和印刷技术的提高，使文集的刊行流传相对容易，凡此种种，才为书序的长足发展提供了丰饶的社会土壤和各种优越的条件。总的说来，宋人对书序体裁写作的发展，主要是加强了形象性、文学性、可读性和理论性色彩。具体可从以下几个方面说明：

　　一是表现主体和表现重心的转移——由"书"到"人"。序的正体是申述作者之意，故书是表现的主体和重心。入宋之后情形大变。曾巩《先大夫集后序》以五分之四的篇幅叙述著者事迹；黄庭坚《小山集序》几全篇介绍晏幾道的性格和为人；魏伯恭《朱淑真诗集序》由朱氏作品的广泛传播与强烈的艺术感染力入手，介绍了作者不幸的身世：都可以看到序者将"人"作为表现的主体。在这方面,陆游《师伯浑文集序》、陈亮《中兴遗传序》、叶适《龙川集序》就更为典型。陆《序》首言"识隐士师伯浑于眉山"时的情景,然后边叙边议师氏生平境遇,以其行事和性情突出了人物的一生。陈《序》实际上是龙伯康与赵次张两人的小传,文章起笔于龙、赵京师初遇,继写比射技艺的情形,又详述赵次张志不得申的遭遇,最后方略述书的内容体例。龙氏豪放的性格与精湛的射技、赵氏的聪明机智和善于应变,给读者留下了深刻印象。叶《序》则以凝练简洁的语言,叙述了陈亮由际遇天子到遭诋入狱几至于死的大起大落的境况和学术上的杰出成就。文天祥《指南录后序》虽系自序而以事见人,叙述了自己在抗元斗争中的亲身经历。其他如杨万里《欧阳伯威脞辞集序》、陆游《范待制诗集序》《晁伯咎诗集序》、叶适《谢景思集序》等,无不以表现著书人为重心,充分体现了我国古代"知人论世"的传统。

二是文学色彩的强化——抒情性与描写性的骤增。欧阳修《归田录序》、秦观《精骑集序》、晏幾道《小山词自序》、李清照《金石录后序》、孟元老《梦华录序》、陆游《吕居仁集序》诸篇堪为典型。欧《序》以主客答问的形式(这是对书序体制样式的一种革新),既生动地描绘了官场那种"惊风骇浪,卒然起于不测之渊,而蛟鳄鼋鼍之怪,方骈首而闯伺,乃措身其间以蹈必死之祸"[①]的险恶情景,又抒发了"不能因时奋身,遇事发愤,有所建明"而被迫"乞身于朝"、"优游田亩"的矛盾心情。秦《序》以短小精悍的篇幅抒发了"少而不勤"、"长而善忘"的追悔莫及的心情。晏《序》叙其所怀,追忆往事,"记悲欢离合之事,如幻如电,如昨梦前尘","感光阴之易迁,叹境缘之无实",所抒发的凄伤之情不亚于其词作。李《序》是脍炙人口的名篇而为历代文人所称道,其重要原因首先就在于序文浓重的抒情性和生动的描写。孟《序》以浅易骈体成文,用精彩生动的语言描绘了北宋汴京太平时节的繁华景象:"举目则青楼画阁,绣户朱

---

① 欧阳修:《归田录·自序》,中华书局1981年版。

帘,雕车竞驻于天衢,宝马争驰于御路,金翠耀目,罗绮飘香。新声巧笑于柳陌花街,按管调弦于茶坊酒肆。八荒争凑,万国咸通。集四海之珍奇,皆归市易。会寰区之异味,悉在庖厨。花光满路,何限春游!箫鼓喧空,几家夜宴!"然而,"一旦兵火","但成怅恨",作者由此抒发了对和平的怀恋和对战乱的痛绝。陆《序》发端描述江河源头情状,以喻学者,表达对吕氏家学渊源深厚而造诣精深的钦佩之情,在序文中颇见新意。

三是视野开阔,注重宏观审视和发展规律的探寻。徐铉《重修〈说文解字〉序》缕述华夏文字自"八卦即画"至"皇宋膺运"长达数千年间的发展衍变简史,博雅雄赡,融知识性、趣味性、学术性于一体。苏轼《六一居士集叙》更以雄视百代、省察万古的气魄,从人类生存和文明发展的角度,将欧阳修作文与禹抑洪水、孔子作《春秋》、孟子拒杨墨、韩愈作古文相提并论,高度评价欧阳修对于培育人才、发展宋学所作的巨大贡献。孙觌为汪藻《浮溪集》作序,不仅从"由汉迄唐,千有余岁"这样悠久的历史角度审视,而且还从作家性格、嗜好、学养、构思特点、时代环境诸方面深入考察其艺术个性形成的多层原因。陆游《陈长翁文集序》先谈两汉文章的发展变化,再及两宋,而以北宋盛时为参照,析述南渡以后的文章利弊,最后突出陈长翁"居今行古,卓然杰立于颓波之外"的创作特点。周必大序《宋文鉴》则论述了北宋散文由"文博"到"辞古"再及"辞达"的发展变化轨迹。刘辰翁《简斋诗集序》肇端于作诗常理"忌矜持",次由《诗经》及晚唐,再到当代江湖诗派,大笔勾勒诗歌的发展,并溯源于李白、杜甫、王安石、黄庭坚、陈师道,在对比中突出了陈与义(号简斋)诗歌的特征。上所例示,无不体现出序者开阔的眼界和深刻的见解。

四是向议论化、理论化延伸。宋人好议论、宋文好说理,这在书序中同样表现得很突出。欧阳修《伶官传序》发端与收尾均为议论,其"忧劳可以兴国,逸豫可以亡身"、"祸患常积于忽微,而智勇多困于所溺"已被视为至理名言。至其《梅圣俞诗集序》则重点讨论"诗穷而后工"的问题,从诗的流传、诗的创作诸方面,探讨了这种说法的真实含义,指出"非诗之能穷人,殆穷者而后工也"①,然后在此基础上介绍、评论梅尧臣其人其诗。曾巩《战国策目录序》《新序目录序》等书序,无不是以议论为主。赵夐《苏轼文集序》是从论述"成一代之文章"与"立天下之大节"的关系入手的,接着又探讨"节"、"气"之与"道"、与"文"的联系,然后才议论苏轼其人其文。朱熹的《诗集传序》则完全以问答的方式(此与欧阳修《归田录序》同一体式)阐明有关《诗经》的诸多理论:《诗经》产生的渊源与基础、诗的教化功能与作用、不同诗体的区分与原因、学诗读诗的方法等。叶适《播芳集序》、姜夔《白石道人诗集自序》也都分别从不同的角度讨论作文之不易。可以说,宋代书序几乎无一篇不议论,无一篇不说理,这显然与宋代文人习惯于理性思考有着密切关系。

三、赋体新变

宋人对赋也有拓域变化之功,形成文赋一体。

赋滥觞于周末,荀卿草创其体,宋玉推扬发展,至汉大盛于世,作者继起,名家迭出;魏晋南北朝"变而为俳,唐人又再变而为律,宋人又再变而为文"②。文赋乃是古文运动影响的产物,它在唐代已显示出古文向赋渗透的迹象,韩愈的名篇《进学解》即采用了古赋答问的体式,只是尚未以赋题篇。其后古文呈中落之势,文赋也未能脱颖。直到宋代古文大盛以后,文赋才有了新的发展,出现了大批的作家和作品,终于成为独立的一体而与古赋、俳赋、律赋并列为四。

论及文赋,人们总爱提及欧阳修的《秋声赋》、苏轼的《赤壁赋》。的确,欧、苏对文赋的形成贡献最大,其作品也最具典型性和代表性,这是毋庸置疑的。其实,文赋的创作情形在北宋中叶是相

---

① 欧阳修:《梅圣俞诗集序》,《欧阳文忠公集》卷42,《四部丛刊》本。
② 徐师曾:《文体明辨序说》,第101页,人民文学出版社1962年版。

当热闹的。欧、苏之外,黄庭坚、苏辙、张耒等,都有数量可观的文赋作品。这些作品有两大特点:一是程度不同地保留并采用了古赋的部分形式与手法,如设问模式、铺张手法等,同时大量吸取散文笔法与气势,多虚字,少对偶,句式长短错落,变整饬为参差;二是将事、景、情、理熔于一炉,扩大和增强了叙事与抒情的成分,而以言理为旨归,议论纵横。《秋声赋》以主客问答方式来叙事、写景和议论,描摹秋声情状,训释物象物理,再由自然界现象推及人类社会,探讨自然与人生的联系。《赤壁赋》起笔于叙事写景,而继之以答问,由事及景、及情、及理,将叙事、写景、议论、抒情、说理融为一体,纵笔于自然、宇宙、历史、现实,议论时空的无限与人生的有限,既传达了作者贬谪时期内心的矛盾和解脱的过程,又寓含着深邃的哲理。苏轼《后赤壁赋》《黠鼠赋》也都是文赋名篇。另外,其《滟滪堆赋》发端即是"天下之至信者,唯水而已。江河之大与海之深,而可以意揣。唯其不自为形,而因物以赋形,是故千变万化而有必然之理"①,其下顺势议论滟滪堆,全文皆为议论。《后杞菊赋》取客主问答,其中"人生一世,如屈伸肘。何者为贫?何者为富?何者为美?何者为陋?"②虽用对偶,而创意出奇,连续反诘。所有这些都可看到苏轼对发展文赋所作出的努力。

  苏辙也是努力写作文赋的重要作家。他的《黄楼赋》开头云"子瞻与客游于黄楼之上",然后叙黄楼构筑始末,描述洪水情状,再议论宇宙人生,结尾云:"于是众客释然而笑,颓然就醉,河倾月坠,携扶而出。"③全文的格局、起结仿佛《前赤壁赋》。苏辙的《缸砚赋》《服茯苓赋》《墨竹赋》也都是叙事、议论结合一体的成功之作。黄庭坚的《刘明仲墨竹赋》首先叙述和介绍作者其人,然后精心描述画面情状,最后评论此画技艺,全以古文方法结构布局,层次清晰

---

① 《苏轼文集》卷1,第1页,中华书局1986年版。
② 同上书,第4页。
③ 苏辙:《栾城集》卷17,《苏辙集》,第335页,中华书局1990年版。

分明。其《休亭赋》《江西道院赋》均用古文先叙本事,而次用骈、散相间的句式议论。如前者云"众人休乎得所欲,士休乎成名,君子休乎命,圣人休乎物"①,议论人之与"休"的不同境界;后者云"吾闻风行于上而水波,此天下之至文;仁形于心而民服,此天下之善化"②,以自然与人事相比而颂扬政绩:全用古文笔势。至于《苏李画枯木道士赋》全篇议论评价苏轼其人其画,《对青竹赋》以竹喻人格品操,《煎茶赋》与《苦笋赋》饱含情趣,也全都以古文格局、笔法、句式和气势见长。张耒的《斋居赋》释说自然界阴阳变化与人体相应的反应,以及"养生而善身"的方法,议论"推此以尽道,考此以察物"③;《卯饮赋》叙写晨饮之趣;《秋风赋》描摹和议论秋风:全用赋体答问而取古文句法。北宋末因党争而殃及文坛,古文创作一度受抑,文赋中落,这种状况一直延续到南渡以后。不过仍有部分作家继续创作文赋,如陆游《焚香赋》叙述"起玉局、牧新定",至郡以后的心态与境况,描写焚香消忧的种种境界,诉说隐居山林的愿望,即以古文为赋。

明代徐师曾《文体明辨序说》谓"文赋尚理而失于辞,故读之者无咏歌之遗音,不可以言丽矣",尚理而不尚辞,这正是宋人以古文为赋的重要特征之一。

第二节　拓展新领域与创造新体式

宋代散文家们在努力继承和改造已有体裁的同时,也积极地开辟新领域,创造新体式。文艺散文的诞生、日记范式的确立、诗话与随笔的创造以及题跋的开拓与创新,都是这方面的具体表现。

---

① 黄庭坚:《豫章黄先生文集》卷1,《四部丛刊》本。
② 同上。
③ 《张耒集》卷2,第18页,中华书局1990年版。

一、文艺散文的诞生

在宋代散文作品中,柳开的《代王昭君谢汉帝疏》、王禹偁的《录海人书》一向被视为名作而为人乐道。历代读者都似乎感觉到了其中饱含的浓烈的艺术气息,但又往往只着眼于题材内容,充分肯定作品的现实意义和深刻的思想性,而忽略了文章体式方面的创新。其实,这两篇散文之所以具有持久的艺术生命力,受到历代读者的欢迎,关键还在于其自身的形式。

宋代之前的散文,从文章功能角度看,大体可分为应用散文、记事散文、抒情散文、议论散文四大类。实用性是它们最突出的特点,这同散文体裁都直接源于社会实践、源于人们社会生活的需要有关,从表、奏、书、启到记、序、论、策,无不如是。中国传统的思维方式又是直觉经验型,宋代之前的散文也以写实性为多,极少虚拟性的成分。部分寓言性作品又大都囿于自然界的题材。柳宗元的《设渔者对智伯》虽有一定虚拟性的特点,实质上乃是对史事的演义,且作者也不参与其事。柳开和王禹偁的两篇作品,就体裁的外在形态而言,都是袭用了前代的应用文体。但关键在于,两文都不是真正的应用文,均不具有实际"上疏"、"上书"的功能。柳开是替王昭君给皇帝写"疏",王禹偁则是为秦末海岛夷人作"书"给秦始皇。这种超现实的虚拟性,造成了与传统的实际应用型的"奏疏"、"上书"的巨大差别,文学的色彩和属性得到了空前的加强。于是,在前代体裁的基础上,一种新的散文体式——文艺散文诞生了。

柳、王之作的特点,除了其虚拟性之外,还将读者由现实带到千余年前的历史空间中,而历史与现实又有着惊人的相似之处,作者正是借用这种历史与现实的叠合,以古讽今,造成一种深沉委婉的艺术效果。这样,文章虽然失去了体裁原有的应用功能,却获得了更为广泛、更为普遍、更为深刻、更为有益的社会功能,让人深思,耐人寻味,赋予文章强烈的艺术生命力。

从现存资料看,柳开是宋代较早写作文艺散文的作家之一。他于宋初首倡古文,强调作文"古其理,高其意,随言短长,应变作制,同古人之行事"①,可知甚重体裁的变化而不拘泥。他的《代王昭君谢汉帝疏》或许并非自觉而有意识地创作文艺散文,却获得了成功。其后,王禹偁写出了相当数量的文艺散文作品,除《录海人书》外,《小畜集》《小畜外集》中尚有十数篇这样的作品,如《乌先生传》《代伯益上夏启书》《拟留侯与四皓书》等。欧阳修作有《代曾参答弟子书》,苏轼也有《代侯公说项羽辞》《拟孙权答曹操书》,王令有《代韩退之答柳子厚示浩初序书》,可见文艺散文在北宋中期的盛行。应当指出,宋人文集中尚有大量具有实际应用功能的代拟之作,则不属文艺散文的范围。文艺散文是散文艺术化进程中绽开的一朵新花,它对于古代戏剧、小说创作有着不能低估的影响。

二、日记体裁的确立

日记是宋人开创的又一种新的文体,且至今流行。

"日记"体裁,源远流长。前代史籍,多系时日,当为后世日记所祖。考汉代刘向已有"司君之过而书之,日有记也"②的说法;历代官府,"日有所记"乃是史官、椽吏的职事之一。但这些都不具备文体意义。东汉马第伯的《封禅仪记》、唐代元和三年(808)李翱写的《来南录》虽然也是记每日之事,却与官府的"日有所记"不同,其中已包含着日记体式的萌芽。至宋代才出现了真正的日记文体。现存较早的日记是北宋赵抃的《御试备官日记》,写于宋仁宗嘉祐六年(1061),时间起自二月十六日,止于三月九日,共24天,其中间断14日,故仅立目10篇。内容则是记本年进士考试事,诸如仁宗皇帝的旨谕行端、各科考官姓名、工作程序等,虽然仍带有官方事务性质,但体式粗备。欧阳修《于役志》则是他景祐三年(1036)贬往夷陵途中的私人日记,时间更早,文颇简略。周煇《清波杂志》称

---

① 柳开:《应责》,《河东先生集》卷1,《四部丛刊》本。
② 刘向:《新序》卷1《杂事》,《四部丛刊》本。

"元祐诸公皆有日记",司马光有《温公日录》、王安石有《荆公日录》,可见周氏所言不差。黄庭坚晚年撰写的《宜州乙酉家乘》,可算是我国古代流传下来的较早的一部成熟、定型的私人日记,是日记文体成熟、定型的重要标志。这部日记实录了作者"乙酉"之年,即徽宗崇宁四年(1105)在宜州的私人交游,是研究黄庭坚晚年行实、思想及著述的珍贵资料,也是研究日记文体发展的重要依据。该书记事从正月一日开始,到八月二十九日终止,共计九月(本年有闰二月),其中除六月未记,五月所记文字在流传中脱落36行而短缺6天外,余皆每天立目,日有所记,且所书均为当日之事,确乎有"日记"之实。全书229篇,通观其文字,篇幅不等,短至一字,长者逾百,充分体现出"有话则长,无话则短"的特点。尤其值得注意的是其日记的格式:先书时日,次记阴晴,后写事实,始终如一,固定不变。这里,不妨连续全录数篇,以窥全豹:

五月初一日丁酉:雨。普义邵彦明寄木瓜及蜜;郭子仁送荷苞鲊。

初二日戊戌:雨。夏至。郭全甫、管时当、李元朴、范信中会于南楼。

初三日己亥:雨。得元明长沙三月书;南丰三月书;转附到睦三月书。

初四日庚子:雨。晚晴;夜见星月。

初五日辛丑:晴。郡中以令为安化蛮置酒。

其日日有记与格式的定型,由此可见。这种体式,成为后世日记的通式。而其语言文笔,洗练优美,生动形象,也为后世模范。如正月二十日是文字最长的一篇,计有137字,其记游云:

借马从元明游南山,及沙子岭,要叔时同行。入集真洞,蛇行一里余,秉烛上下,处处钟乳蟠结,皆成物象,时有润壑,行步差危耳。出洞。

从出游方式到陪同人物,乃至到达的地方、中途的邀请、游洞的情形、所见的景象等,都记述得十分清晰,依次写来,娓娓而谈,生动优美,其运意措辞,准确凝练,极见腕力。南宋时期,陆游的《入蜀记》、范成大的《吴船录》也都是杰出的日记体游记散文。

三、诗话与随笔的创造

诗话与随笔是宋人开创并给后世以巨大影响的两种新文体,前者重在议论诗歌,后者重在存实写事,两者均用随笔散记的形式,以自由灵活、内容广博见长,其中不乏具有一定文学价值的作品,故予分述如下。

诗话(包括词话)乃是中国古代诗歌理论批评形式的一种。汉魏时期即有萌芽,《西京杂记》《世说新语》《颜氏家训》等书中,都有关于说诗论赋的片段;唐代诗歌大盛,如杜甫、李白、韩愈、白居易等,直以诗论诗,且出现了《诗式》《诗格》之类的著作。这都为宋代诗话的产生提供了借鉴。

唐人以诗论诗,宋人以文论诗,于是有了诗话。诗话产生于宋代古文运动极盛时期,可见也是古文运动影响下的产物。诗话的创始人就是古文运动的领袖人物欧阳修。他的《六一诗话》是宋代乃至整个中国古代文学史上第一部以"诗话"命名的著述,是诗话的开山之作。《六一诗话》计有 28 则,内容涉及本事考辨、诗歌理论、创作方法、作品鉴赏、流派群体、作家个性、风格区别、字句锤炼、诗作流传、诗病、记疑等十多个方面。作者以诗作为贯穿全书议论的主线,28 则全是议论诗歌,侧重当世,只有 5 则论唐诗。每则集中谈论一点,篇幅短小,生动有趣,往往能在轻松愉悦的气氛中,不知不觉地将读者带入诗歌艺术的境界,使其受到启发、感染和熏陶,既可开阔眼界,又能增长知识,因此深得人们的喜爱。欧阳修开创了"诗话"这一形式,适应了时风好议的需要,而给宋代文人提供了一片谈诗说诗的新天地,用以交流诗歌技艺和心得,传播诗教理论与信息,故人们响应风从,作者继踵而起,蔚成大观。司马光《温公续诗话》、刘攽《中山诗话》、释惠洪《冷斋夜话》、陈师道《后山诗话》……不胜枚举。据郭绍虞《宋诗话考》,宋人诗话著作可考者达一百三十多种,流传到现在的完整诗话著作尚有四十余种,可见当时诗话盛行的状况。南宋诗话呈广博化、系统化、理论化趋势,内容兼及词、赋、散文,又往往据类分章,自成体系,如严羽《沧浪诗话》分为诗辨、诗体、诗法、诗评、考证五章,内容广泛,体系严密,是一部比较系统的诗歌理论和诗歌批评著作;而宋末张炎《词源》、沈义父《乐府指迷》所分就更为细密全面。宋代以后,诗话盛行不衰,出现了很多颇有影响的诗话著作,诸如王若虚《滹南诗话》、王世贞《艺苑卮言》、叶燮《原诗》、袁枚《随园诗话》、王国维《人间词话》等,可见宋代诗话体式的深远影响。

随笔又称笔记文,是一种随笔杂录式的散文,以记录或议论当代事、物为主,或者谈道说艺、考辨学术,内容驳杂,故又称杂记、散记、琐记,往往由许多形式自由灵活、篇幅短小精悍而又互不联属的单篇文字集合为一书。这种文体滥觞于魏晋,发展于隋唐,而大盛于两宋。但宋代之前,笔记文与笔记小说往往混而为一,且不以"笔记"名书,宋人始有改观,将两者区分开来。宋祁首以"笔记"名其书,南宋陆游的《老学庵笔记》尤为人知。

宋人笔记流传于世者多达几十种,大都是记录作者亲历、亲见、亲闻的事、物,具有一定史料价值;其学术考辨、论艺心得也多所发明;文风质实,简洁醇朴,趣味丰饶,具有相当的文学性。欧阳修的《归田录》多记朝廷轶事及士大夫谈谐之语,内容涉及北宋前期的人物事迹、职官制度和官场轶闻,很多片段相当精彩:

> 陈康肃公善射,当世无双,公亦以此自矜。尝射于家圃,有卖油翁释担而立,睨之久而不去,见其发矢十中八九,但微颔之,康肃问曰:"汝亦知射乎?吾射不亦精乎?"翁曰:"无他,但手熟尔。"康肃忿然曰:"尔安敢轻吾射!"翁曰:"以我酌油知之。"乃取一葫芦置于地,以钱覆其口,徐以勺酌油沥之,自钱孔

入而钱不湿。因曰:"我亦无他,惟手熟尔。"康肃笑而遣之。①

　　杨大年每欲作文,则与门人宾客饮博、投壶、奕棋,语笑喧哗而不妨构思。以小方纸细书,挥翰如飞,文不加点,每盈一幅,则命门人传录,门人疲于应命。顷刻之际,成数千言,真一代之文豪也。②

上录二则情节具体、生动,人物个性突出,形象鲜明,不仅给人以栩栩如生、呼之欲出之感,而且文笔简洁洗练。王闢之《渑水燕谈录》据著者自序,乃"闲接贤士大夫谈议,有可取者,辄记之",久而成书。其卷4《才识》评述苏轼云:"子瞻文章议论,独出当世,风格高迈,真谪仙人也;至于书画,亦皆精绝。故其简笔才落手,即为人藏去,有得真迹者,重于珠玉。子瞻虽才行高世而遇人温厚,有片善可取者,辄与之倾尽城府,论辨唱酬,间以谈谑。以是尤为士大夫所爱。"文章以简占朴实的语言,介绍了苏轼的学养、人品和人们对他的爱戴。范镇《东斋记事》"追忆馆阁中及在侍从时交游语言与夫里俗传说","其蜀之人士与其风物为最详者"③;宋敏求《春明退朝录》"多述宋代典制,而杂说杂事亦错出其间"④:都是史料性极强的时事见闻笔记。其他如司马光《涑水纪闻》杂录北宋前期朝政故事、李廌《师友谈记》记苏门交游与谈论、范公偁《过庭录》辑北宋士大夫轶闻趣事,等等,都是为人称道的笔记。

　　宋人笔记兴盛于北宋中叶,其后一直持续不衰。南宋初期朱弁的《曲洧旧闻》、邵伯温的《邵氏闻见录》、孟元老的《东京梦华录》都以追述北宋旧闻为特色;南宋中后期,耐得翁的《都城纪胜》、吴自牧的《梦粱录》、周密的《武林旧事》等均以记述都市生活与风俗习惯著称;王明清的《挥麈录》、叶绍翁的《四朝闻见录》、岳珂的《桯

---

① 欧阳修:《归田录》,第9页,中华书局1981年版。
② 同上书,第16页。
③ 范镇:《东斋记事·自序》,《守山阁丛书》本。
④ 《四库全书总目·〈春明退朝录〉提要》,中华书局1965年版。

史》等，又以记述南宋朝政得失和士大夫言行而闻名；洪迈的《容斋随笔》、王应麟的《困学纪闻》、王观国的《学林》等，则以学术考辨见长。由此可见南宋笔记的繁荣状况。

四、题跋的开拓与创新

明代徐师曾《文体明辨序说》指出："题跋者，简编之后语也。凡经、传、子、史、诗、文、图、书（字也）之类，前有序引，后有后序，可谓尽矣。其后览者，或因人之请求，或因感而有得，则复撰词以缀于末简，而总谓之题跋。至综其实则有四焉：一曰题，二曰跋，三曰书某，四曰读某……题、读始于唐，跋、书起于宋。曰题跋者，举类以该之也。其词考古证今，释疑订谬，褒善贬恶，立法垂戒，各有所为，而专以简劲为主，故与序引不同。"说明了题跋的性质、产生的缘由以及分类、内容、功用和风格。

题跋在唐代仅限于著述，故大都以《读××》名篇，偶有《题××》者。检韩愈、柳宗元集，韩有《读荀子》等四篇，柳有《读韩愈所著〈毛颖传〉后题》一篇，皆就作品本身议论生发。数量少，而形式、内容颇狭促，这就为宋人的开拓发展留下了广阔的余地。宋代题跋，不仅创作数量惊人，而且形式灵活变化，不拘一格，多种多样，内容也丰富多彩。诸如《欧阳文忠公集》有题跋454篇，《苏轼文集》中多达721篇，黄庭坚《山谷题跋》收入400多篇，陆游《渭南文集》也有270篇。

宋人对题跋这一体裁的发展创新，首先反映在对表现题材的开拓上，诸如由唐代单纯的议论著述性文字扩展到绘画、书法等艺术、文化领域；其次反映在体式要求上，即无常格、无定式，灵活变化；第三反映在对题跋功能的扩大提高上，由原来单一的议论发展到说理、抒情、记事、写人和学术研讨等；第四是提高了题跋文字的文学性、可读性和趣味性。这些发展变化完全可以从宋代题跋总的特点中表现出来，而宋代题跋最突出的特点就是题材广泛，体式多样，内容丰富，立意新颖，寓理、寓识、寓性情，文笔挥洒自如，活泼有趣，生动形象。

欧阳修《题薛公期画》对绘画以"形似为难"、"鬼神易为工"的说法提出了不同意见:"然至其阴威惨淡,变化超腾,而穷奇极怪,使人见辄惊绝,及徐而定视,则千状万态,笔简而意足,是不亦为难哉?"①由作品本身引发开来,重在表达个人的见解。其《跋永康县学记》是一篇评论书法的题跋文字,而作者放开眼界,立足于古代书法史,从魏晋书法谈起,延及唐、五代的发展变化,再叙述入宋情形,最后才落笔到该《记》的书写者蔡襄身上,给予了高度的评价。欧阳修《集古录》中的"跋尾"均以严谨的学术性著称,如《隋太平寺碑跋》《范文度模本兰亭序》等,或论其文字与笔画,或议论宋代的文化与字学,都富有见解。

苏轼题跋尤以理趣、情趣胜,使人读了既心悦诚服,又忍俊不禁。其《书孟德传后》议论老虎畏人,讲述了"婴儿、醉人与其未及知之时"三种人遇虎不惧的故事,认为"虎畏之,无足怪者"②,据事推理,生动有趣,而又入情入理。《书南史卢度传》首写题跋者"不喜杀生","自去年得罪下狱,始意不免,既而得脱,遂自此不复杀一物。有见饷蟹蛤者,皆放之江中。虽知蛤在江水无活理,然犹庶几万一,便使不活,亦愈于煎烹也。非有所求觊,但以亲经患难,不异鸡鸭之在庖厨,不忍复以口腹之故,使有生之类,受无量怖苦尔"③,最后点出"偶读此书,与余事粗相类",而写此跋语。这里以自己的心态感受行文,既体现了题跋者的仁慈本性,又有别于释家戒杀,情浓而入理。《书东皋子传后》讲述"人之至乐,莫若身无病而心无忧,我则无是二者",然"常蓄善药,有求者必与之,而尤喜酿酒以饮客","病者得药,我为之体轻,饮者困于酒,吾为之酣适",体现了题跋者崇高的人格境界和性情。《书柳子厚牛赋后》讲述海南"地产

---

① 欧阳修:《题薛公期画》,《欧阳文忠公集》卷73,《四部丛刊》本。
② 《苏轼文集》卷66,第2045页,中华书局1986年版。
③ 同上书,第2048页。

沉水香,香必以牛易之黎。黎人得牛,皆以祭鬼,无脱者。中国人以沉水香供佛,燎帝求福;此皆烧牛肉也,何福之能得,哀哉!"而跋者因"莫能救"而书跋以"晓喻其乡人"①,希有改变。《跋石钟山记后》将叙述、描写、议论融为一体,意境优美动人:"钱塘、东阳皆有水乐洞,泉流空岩中,自然宫商。又自灵隐下天竺而上至上天竺,溪行两山间,巨石磊磊如牛羊,其声空磬然,真若钟声,乃知庄生所谓天籁者,盖无所不在也。"②其《跋王晋卿所藏莲花经》论"世之所贵,必贵其难"的常理,《题张乖崖书后》讲宽、爱、严、威辩证关系之人情,《跋欧阳文忠公书》议外放与致仕的心态感受,无不生动有趣。苏轼画跋更是别具匠心:

> 智者创物,能者述焉,非一人而成也。君子之于学,百工之于技,自三代历汉至唐而备矣。故诗至于杜子美,文至于韩退之,书至于颜鲁公,画至于吴道子,而古今之变,天下之能事毕矣。道子画人物,如以灯取影,逆来顺往,旁见侧出,横斜平直,各相乘除,得自然之数,不差毫末,出新意于法度之中,寄妙理于豪放之外,所谓游刃余地,运斤成风,盖古今一人而已。……③

> 画以人物为神,花、竹、禽、鱼为妙,宫室、器用为巧,山水为胜。而山水以清雄奇富、变态无穷为难。燕公之笔,浑然天成,灿然日新,已离画工之度数而得诗人之清丽也。④

前者从文化发展的宏观角度立论,渐及吴氏之画;后者由各类绘画而渐及山水,再及燕公技艺:视野开阔,境界高远,体现了一位通才大家的眼光与识见。其他如《书陈怀立传神》征古论今,纵论"传神";《跋南唐挑耳图》因画而记其为王晋卿用心理疗法治耳疾;《书

---

① 《苏轼文集》卷66,第2058页,中华书局1986年版。
② 同上书,第2074页。
③ 《书吴道子画后》,同上书,卷70,第2210页。
④ 《跋蒲传正燕公山水》,同上书,卷70,第2212页。

《海南风土》谈人与自然环境的适应:无不充满理趣与情趣,使人百读不厌。

与欧、苏不同,黄庭坚题跋往往带有浓郁的抒情色彩,且间有叙事,篇幅转长,形象鲜明生动。如《题东坡字后》:

> 东坡居士极不惜书,然不可乞。有乞书者,正色诘责之,或终不与一字。元祐中锁试礼部,每来见过,案上纸不择精粗,书遍乃已。性喜酒,然不能四五龠已烂醉。不辞谢而就卧,鼻鼾如雷。少焉苏醒,落笔如风雨,虽谑弄皆有意味,真神仙中人。此岂与今世翰墨之士争衡哉!①

题跋者不是就书法作品推评议论,而是以此为媒介,回忆和叙述了有关苏轼作书写字的几件小事,从而将苏轼豪放的个性风采展现在读者面前,由衷地抒发了题跋者钦仰敬佩的心情。又如:

> 崇宁三年(原为"二年",误)十一月,余谪处宜州半岁矣。官司谓余不当居关城中,乃以是月甲戌抱被入宿于城南。予所僦舍喧寂斋,虽上雨傍风,无有盖障,市声喧愦,人以为不堪其忧,余以为家本农耕,使不从进士,则田中庐舍如是,又可不堪其忧邪?既设卧榻焚香而坐,与西邻屠牛之机相直为资深。书此卷实用三钱买鸡毛笔书。②

此跋描述了晚年贬谪宜州、备受其苦的艰难困境和不以为意、随遇而安、超然物外的心态,读了既叫人心酸不平,又让人敬仰佩服。《书家弟幼安作草后》自谓其书无法,"但观世间万缘如蚊蚋聚散,未尝一事横于胸中,故不择笔墨,遇纸则书,纸尽则已,亦不计校工拙与人之品藻讥弹,譬如木人舞中节拍,人叹其工,舞罢则又萧然矣"③,传达于名利之外习字作书的境界,生动形象。其他如《跋王

---

① 黄庭坚:《山谷题跋》卷5,《津逮秘书》本。
② 黄庭坚:《题自书卷后》,《山谷题跋》卷1,《津逮秘书》本。
③ 黄庭坚:《山谷题跋》卷5,《津逮秘书》本。

荆公禅简》谓"余尝熟观其风度,真视富贵如浮云,不溺于财利酒色,一世之伟人也"①,《跋范文正公诗》谓范仲淹"在当时诸公间第一品人也"②,都直接评述前贤,表现出由衷的敬仰之情。

黄庭坚题跋明理寓识,境界阔大,思致深邃,且常常妙语连珠,趣味丰饶。《跋秦氏所置法帖》着眼于地域文化发展衍变的历史,指出两汉至宋"不闻蜀人有善书者",然后突出眉山苏轼"震辉中州,蔚为翰墨之冠"③,给人以视野开阔感。《书生以扇乞书》谓"治心欲不欺而安静,治身欲不污而方正;择师而行其言,如闻父母之命;择胜己者友,而闻其切磋琢磨,有兄之爱,有弟之敬。不能悦亲则无本,不求益友则无乐;常傲狠则无救,多睡眠则无觉"④,则完全是朴实而又深邃的至理格言。其《书缯卷后》指出"学书要须胸中有道义,又广之以圣哲之学,书乃可贵"、"士大夫处世可以百为,唯不可俗"⑤,都是深有所得的名言。至如《书草老杜诗后与黄斌老》自称"今来年老懒作此书,如老病人扶杖,随意倾倒,不复能工"⑥;《跋湘帖群公书》谓"李西台出群拔萃,肥而不剩肉,如世间美女,丰肌而神气清秀"⑦;《李致尧乞书书卷后》说"凡书要拙多于巧,近世少年作字,如新归子妆梳,百种点缀,终无烈妇态也"⑧:无不善评妙喻,令人回味无穷。

宋室南渡后,题跋基本上沿着欧、苏、黄开拓的路子走,体式虽无新创,而多抚时感事,忧国伤怀,涵载着时代的社会思潮,悲惋国势,深切沉痛。辛弃疾《跋绍兴辛巳亲征诏草》云:"使此诏出于绍兴之初,可以无事仇之大耻。使此诏行于隆兴之后,可以卒不世之

---

① 黄庭坚:《山谷题跋》卷6,《津逮秘书》本。
② 同上。
③ 同上书,卷1。
④ 同上书,卷7。
⑤ 同上书,卷5。
⑥ 同上书,卷7。
⑦ 同上书,卷5。
⑧ 同上书,卷7。

大功。今此诏与此虏犹俱存也。悲夫！"①该跋乃是一篇凝练精警、深沉感人的议论抒情文字，字字句句都熔铸着强烈执着的爱国情感和尖锐而含蓄的批判精神，悲愤、感慨、惋惜、遗憾等种种复杂的心态情绪与丰厚深广的社会内容交融在一起，耐人寻味。陆游《跋周侍郎奏稿》《跋傅给事帖》《跋李庄简公家书》诸篇也很典型：

> 一时贤公卿与先君游者，每言及高庙盗环之寇，乾陵斧柏之忧，未尝不相与流涕哀恸，虽设食，率不下咽引去。②

> 绍兴初，某甫成童，亲见当时士大夫相与言及国事，或裂眦嚼齿，或流涕痛哭。人人自期以杀身翊戴王室，虽丑裔方张，视之蔑如也。③

> 李丈参政罢政归乡里时，某年二十矣。时时来访先君，剧谈终日。每言秦氏，必曰"咸阳"，愤切慨慷，形于色辞。……方言此时，目如炬，声如钟，其英伟刚毅之气，使人兴起。④

前两篇回忆南宋初期渡江诸公怀恋北宋、悲哀国事的沉痛情景，后一篇描述因坚决反对向金人称臣纳贡而被罢官的主战派李光痛恨秦桧的情景和英伟刚毅的形象，由此表达了作跋者强烈的爱国思想。另外，黄震的《跋宗忠简行实后》⑤对宗泽抗金救国的爱国行动给予高度评价，并谴责了黄潜善之流投降误国，悲惋北宋倾覆与南宋偏安，格调深沉，与陆游诸跋同趣。

刘勰曾提出"因情立体"、"随事立体"说。⑥《文心雕龙》自《辨骚》至《书记》21 篇全是因体立篇，体现了作者对文章体裁样式的重视。宋人继承和发展了这种思想，体裁意识尤为强烈。王安石评论

---

① 邓广铭：《辛稼轩诗文笺注》上卷，第 129 页，上海古籍出版社 1995 年版。
② 陆游：《渭南文集》卷 30，《陆游集》，第 2281 页，中华书局 1976 年版。
③ 同上书，第 2291 页。
④ 同上书，第 2241 页。
⑤ 庄仲方：《南宋文范》卷 62，光绪戊子（1888）江苏书局刊本。
⑥ 刘勰：《文心雕龙》之《定势》《书记》，《文心雕龙注》，第 52、455 页，人民文学出版社 1958 年版。

文章"常先体制而后文之工拙"①。倪思更明确指出："文章以体制为先，精工次之。失其体制，虽浮声切响，抽黄对白，极其精工，不可谓之文矣。"②北宋前期各派的骈、散争衡，实际上其焦点乃在于对体式的认识。宋人编辑文选亦极重体式。姚铉《唐文粹》虽弃骈就散而鉴裁精审，去取谨严；吕祖谦撰《古文关键》"于体格源流具有心解"③，且编《宋文鉴》"以类编次"；真得秀《文章正宗》、谢枋得《文章轨范》俱重体式，其"格制法律，或详其体，或举其要，可为学者准则"④。诸如此类，均见出宋人的文体观念。正是这种观念，促使他们对散文的题材与体裁进行了多方面的发展、开拓与创新，并取得了可喜的成就，它不仅促进了宋文的繁荣，而且给后世以巨大影响。

---

① 黄庭坚：《书王元之竹楼记后》，《山谷题跋》卷2，《津逮秘书》本。
② 倪思：《经鉏堂杂志》，见吴讷《文章辨体序说》，第14页，人民文学出版社1962年版。
③ 《四库全书总目·〈东莱集〉提要》，中华书局1965年版。
④ 吕祖谦：《重刻古文关键·序》，《金华丛书》本。

学术史篇

◎ 第一章 重大历史公案的叙述和梳理

◎ 第二章 宋代文学文献叙录

◎ 结束语 宋代文学与"汉文化圈"

文学作品一旦从作家笔下脱稿，对于作家来说，这一艺术创作已告完成；但对于作品本身而言，还不能算是最后的终结。文学作品只有在读者的阅读中才获得存在，它还要进入一个不断被传播、被接受的无尽过程。一切作品不仅与同时代读者建立起施受和接纳的"共时性"联系，而且继续与后代读者进行"历时性"的长远对话。在不断被解读的过程中，作品的内涵被不断丰富。作品的内涵实际上是作家和解读者所共同赋予的，也反映出解读者自身的人生经历、禀赋才器、文化修养、审美趋向和时代风尚。因而一部宋代文学史的任务，不仅应该叙述有宋三百年间文学发展的历程，评述其作家作品和文学现象，而且也应反映同代人和后代人对宋代文学的接纳、解读和传播的历史。当然，要达到这种理想的学术境地是十分不易的，有待于深入艰苦的研究和长期的学术积累。本书所设立的"学术史篇"，只是就宋代文学评价中的几个重大论题作初步的叙述和梳理，并尽力探求其中所包含的意义；同时对宋代文学的文献资料予以简略的介绍，以窥见其传播面貌之一斑。

第一章

重大历史公案的叙述和梳理

这里所要介绍的,是有关宋诗、宋词和宋代散文在学术史上的一系列有意义的争论问题。笔者力图以时代发展为序,归纳出数种有代表性的意见,从而勾勒出一条明晰的线索,为研究者提供便利。

第一节 关于宋诗的争论:宗唐与尊宋

作为一代诗歌,宋诗在艺术特征、审美情趣与创作方式等方面形成了有别于唐诗的新诗体,历代诗家对此褒贬不一。故而唐宋诗之争,成为自南宋以迄近代历时八百年之久的文学批评史上的一大公案。

关于唐宋诗所各自具备的面貌特征,实际上自南宋以降,论诗者已经形成了一种颇为明确的共识。正如钱锺书先生在《谈艺录》中所指出的唐宋诗的差别:"非仅朝代之别,乃体格性分之殊。"一般说来,宋诗是指欧阳修倡导、以苏轼和黄庭坚为代表、注重议论、具有散文化倾向的诗歌体式,其中江西诗派是集中体现宋诗创作风格和艺术特征的诗歌流派。相比较而言,唐诗的情况稍稍复杂了一些。有一部分诗家推重晚唐诗,并且将这种浓艳、纤巧的诗风视为唐诗的主体风格,如南宋的永嘉四灵,清代的冯班、贺裳与吴乔等人。然而更为普遍的一种意见,是将崇尚意兴、气象浑厚的盛唐诗作为整个唐诗的代表。要而言之,唐诗以情韵见长,贵蕴藉空灵;宋诗以意趣争胜,贵深折透辟。唐诗偏丰腴,美在情辞;宋诗偏瘦劲,秀在气骨。这是唐宋诗风格的基本差异。

在宋代诗史上,最先开启唐宋诗轩轾之争的,当数魏泰、陈岩肖、叶梦得诸人。而从诗歌发展史以及创作规律的角度来区分唐宋诗界限的,首推张戒。其著作《岁寒堂诗话》颇有理论建树,对当时占诗坛统治地位的江西诗派给予了当头棒喝,具有振聋发聩之功效。他打出诗"以言志为本"的旗号,要求恢复曹刘、李杜的传统,并大力抨击苏轼、黄庭坚及江西诗派的创作倾向:

> 自汉魏以来,诗妙于子建,成于李杜,而坏于苏黄。……子瞻以议论为诗,鲁直又专以补缀奇字,学者未得其所长而先得其所短,诗人之意扫地矣。……苏、黄之习气净尽,始可以论唐人诗。①
>
> 苏、黄用事押韵之工,至矣尽矣,然究其实,乃诗人中一害,使后生只知用事押韵之为诗,而不知咏物之为工,言志之为本也,风雅自此扫地矣。②

他又把古今之诗分为五等,并将唐宋诗分别列入不同的等级:"国初诸人诗为一等,唐人诗为一等。"③其扬唐抑宋的倾向如此鲜明,揭开了诗史上关于唐宋诗之争这一理论问题探讨的序幕,对于后人论诗产生了深远的影响。

南宋时期的唐宋诗之争,主要表现在永嘉诗派与江西诗派的对峙。永嘉诗派作诗,以晚唐的姚合、贾岛为宗,力图以其幽深精巧来

---

① 张戒:《岁寒堂诗话》卷上,见丁福保辑《历代诗话续编》,第 455 页,中华书局 1983 年版。
② 同上书,第 452 页。
③ 同上书,第 451 页。

矫江西诗派的粗硬鄙陋之弊。四灵专事创作,并无理论著作,浙东学派的领袖叶适代表他们阐明诗论观点。叶适论诗痛诋江西诗派,而倡导唐诗以与之相颉颃。他在为永嘉四灵之一徐玑写墓志铭时,提到了四灵诗派的论诗主张:

> 初,唐诗废久,君(指徐玑)与其友徐照、翁卷、赵师秀议曰:"昔人以浮声切响,单字只句计巧拙,盖《风》《骚》之至精也。近世乃连篇累牍,汗漫而无禁,岂能名家哉?"四人之语遂极其二,而唐诗由此复行矣。①

叶氏所谓"汗漫无禁",是指宋诗虽卷帙浩繁却粗鄙拙劣。他盛誉四灵之诗精巧深微,深得唐人之旨,而贬斥江西派诗的音节不谐、绸缪缛绣。从中可看出永嘉诗派的诗学旨趣乃承续了晚唐诗的诗学精神,而与江西诗派针锋相对,正可谓水火不可相容。

继四灵诗派之后,又有江湖派崛起于南宋诗坛。江湖派的代表人物,当推刘克庄。刘氏论诗,虽不专主一家,然而永嘉四灵对他也颇有影响。他虽曾作过《江西诗派小序》,对吕本中《江西诗社宗派图》中所列诗人,逐一加以评论,并推许黄庭坚"会萃百家句律之长,究极历代体制之变","自成一家,遂为本朝诗家宗祖"②。然而他的论诗见解,却多与江西诗派相悖,表现出扬唐抑宋的倾向:

> 迨本朝则文人多,诗人少,三百年间,虽人各有集,集各有诗,诗各自为体,或尚理致,或负材力,或逞辩博,少者千言,多者万首。要皆经义、策论之有韵者尔,非诗也。③

对于宋诗以学为本、以文为诗的创作方式,他予以尖锐的抨击。在他看来,宋诗只不过是一堆带有韵脚的经义和策论而已,绝非风人之诗,而有悖于风人吟咏性情之义。后村论诗,标举"不用故事、自

---

① 叶适:《徐文渊墓志铭》,《水心集》卷21,《四部备要》本。
② 丁福保辑:《历代诗话续编》,第478页,中华书局1983年版。
③ 刘克庄:《竹溪诗序》,《后村大全集》卷94,《四部丛刊》本。

然高妙"①,"皆流出肝肺,无斧凿痕","意在言外","无穷回味"②。显然这与宋诗的特点相悖。另外,他曾把诗分为风人、文人两种:"余尝谓以礼义性情为本,以鸟兽草木为料,风人之诗也。以书为本,以事为料,文人之诗也。"③所谓诗有风人、文人之别,实际上也就是区分唐宋诗的重要标准。大抵唐诗多为风人之诗,而宋诗则近乎文人之诗。与刘克庄对宋诗的批评相应,严羽"说江西诗病",提出"以盛唐为法"之说的先河。

正当宗晚唐与宗江西这两家诗派相互攻讦之际,严羽著于淳祐年间的《沧浪诗话》一书,揭起"盛唐诗"这面大纛,铲除上述两家诗派所各自具有的流弊,为唐宋诗之争这一诗学理论问题的探讨开辟了新局面。南宋以还,宗唐派诗人多以中晚唐诗为归,而严羽则不然。他在《沧浪诗话·诗辨》中明确提出作诗必须奉盛唐为圭臬,其论盛唐之诗道:

> 盛唐诸人,惟在兴趣;羚羊挂角,无迹可求。故其妙处,透彻玲珑,不可凑泊。如空中之音,相中之色,水中之月,镜中之象,言有尽而意无穷。

严羽有感于当时诗坛徒以中晚唐为宗,相袭成风,而未能进盛唐一步,故慨然振臂高呼,欲为盛唐诗正名:

> 嗟乎!正法眼之无传久矣。唐诗之说未唱,唐诗之道或有时而明也。今既唱其体曰唐诗矣,则学者谓唐诗诚止于是耳,得非诗道之重不幸耶!故余不自量度,辄定诗之宗旨,且借禅以为喻,推原汉魏以来,而截然谓当以盛唐为法。

他从理论的高度总结了盛唐诗的创作风格和审美趣味,在此基础上,为诗的体性作了明确的界定,并根据诗以"不涉理路,不落言

---

① 刘克庄:《后村诗话》新集卷2,第178页,中华书局1983年版。
② 同上书,后集卷2,第62页。
③ 刘克庄:《题何谦诗》,《后村大全集》卷136,《四部丛刊》本。

筌"为尚这一准则,以及诗的"吟咏性情"的体性,痛贬以苏、黄及江西诗派为代表的宋诗:

> 近代诸公……遂以文字为诗,以才学为诗,以议论为诗;夫岂不工,终非古人之诗也。盖于一唱三叹之音,有所歉焉。且其作多务使事,不问兴致,用字必有来历,押韵必有出处,读之反复终篇,不知着到何处。其末流甚者,叫噪怒张,殊乖忠厚之风,殆以骂詈为诗。诗而至此,可谓一厄也。

"兴趣"说是严羽诗歌理论的核心。所谓兴趣,便是指一种含蓄深蕴、余味隽永、可意会而不可言传的艺术境界。而宋诗却是以文字、才学、议论为诗,令人读之,味同嚼蜡,了无意趣。这种倾向与"兴趣"说截然相反。接着他从"兴趣"这一诗学准则出发,在《诗评》中对盛唐诗与宋诗作了轩轾之论:

> 唐人与本朝人诗,未论工拙,直是气象不同。……诗有词理意兴。……本朝人尚理而病于意兴,唐人尚意兴而理在其中。

又在《答吴景仙书》中指出:

> 坡、谷诸公之诗,如米元章之字,虽笔力劲健,终有子路未事夫子时气象。盛唐诸公之诗,如颜鲁公书,既笔力雄壮,又气象浑厚,其不同如此。

在他看来,与盛唐诗相比,宋诗不重气象,不尚意兴,仅求义理,结果乖违唐人之风,堕入旁门左道,误入歧途,即《诗辨》中所谓"路头一差,愈骛愈远,由入门之不正也"。这是他对于宋诗总的评价,而这种评价本身对于后来诗歌理论的发展,尤其是唐宋诗之争这桩公案,产生了极为深远的影响。从明代前后七子的"格调"说和"诗必盛唐"的主张,直到清代王士禛的"神韵"说和袁枚的"性灵"说,都无一不受其沾溉。作者自己对此书也甚为自负,在《答吴景仙书》中认为是"乃断千百年公案,诚惊世绝俗之谈,至当归一之论"。

南宋中晚期以来,四灵、江湖诗派皆倡导晚唐,力图与先前盛行的江西诗派分庭抗礼,使得江西诗派原先在诗坛上所占据的统治地位,已逐渐被宗法晚唐的诗派所取代。而作为江西诗派的后学宗徒自然不能旁观其日渐衰微的趋势,于是重振江西派旗鼓,便成了他们的首要任务。由宋入元的方回编选《瀛奎律髓》一书,其宗旨也就是维护、发扬江西诗派的创作主张和美学准则,以改革四灵派、江湖派所造成的颓俗卑弱的诗风。

　　为了彰明其诗学理论,方回在《瀛奎律髓》中首倡"一祖三宗"之说,重新整理了江西派的组织体系:"呜乎!古今诗人,当以老杜、山谷、后山、简斋为一祖三宗,余可豫配飨者有数焉。"①方回推尊杜甫为初祖,又将与江西派诗风有一定差异的陈与义并列为三宗之一,其目的就在于扩大江西诗派的阵营,壮大其声势。他高度赞扬了江西诗派的代表作家,对他们推崇备至。如评黄庭坚、陈师道云:"黄、陈特以诗格高为宋第一。"②评陈与义云:"简斋诗独是格高,可及子美。"③这些都是着眼于格调高远这一艺术准则,而针对四灵、江湖派所贬斥的江西派作品流于粗硬枯涩之弊,方回都一一作了辩护;并且从"格高"的要求出发,批判了诗格卑弱的永嘉、江湖诗派及其崇尚的晚唐诗风:

　　　　江西诗,晚唐家甚恶之,然粗则有之,无一俗也;晚唐家吟不着,卑而又俗,浅而又陋,无江西之骨之律。④

永嘉四灵、江湖诗派论诗标举晚唐,以贾岛、姚合、许浑等晚唐诗人为宗,又将晚唐诗奉为唐诗之正宗,并借着振兴"唐诗"的旗号排斥以江西派为代表的宋诗,这本身就不免犯了以偏概全的错误。方回便以此为借口,指责其论诗"盛唐一步不能少进"的疵瑕,然而方回

---

① 方回:《瀛奎律髓》卷26,《四库全书》本。
② 同上书,卷22。
③ 同上书,卷13。
④ 同上书,卷20。

又编织了一套所谓"一祖三宗"的谱系,企图将江西诗派列为盛唐诗的正宗嫡传,并借着"盛唐诗"的旗帜,对日渐隆兴的永嘉、江湖诗派反戈一击,这也同样犯了以偏概全的错误,与永嘉、江湖诗派的做法同出一辙。

金与南宋,不但在政权上相对峙,而且在诗风上也互唱反调。总的说来,金元诗坛多偏重于复古,不同程度地存在着扬唐抑宋的倾向,其中最具有代表性的,便要数王若虚了。他在《文辨》卷4中便表明了鄙薄宋诗的态度:

> 扬雄之经,宋祁之史,江西诸子之诗,皆斯文之蠹也。散文至宋人始是真文字,诗则反是矣。

他对于江西诗派所谓"夺胎换骨"、"点铁成金"的作法,追求"无一字无来处"的摹拟倾向,尤其是黄庭坚的诗作,给予了不遗余力的批评:

> 山谷之诗,有奇而无妙,有斩绝而无横放,铺张学问以为富,点化陈腐以为新,而浑然天成如肺肝中流出者不足也。①
>
> 鲁直论诗,有"夺胎换骨"、"点铁成金"之喻,世以为名言,以予观之,特剽窃之黠耳。②

与黄庭坚相比,王若虚对苏轼倒颇为推许,但也并非一味褒扬,特别是对于其"集中次韵者几三分之一",便颇有微词,以为"次韵实作者之大病","虽穷极技巧,倾动一时,而害于天全多矣"③。可见王若虚对宋诗的苛评主要是基于它过于重视形式技巧的倾向,而这种倾向本身与他所谓"哀乐之真发乎性情,此诗之正理也"的一贯主张,是背道而驰的。

元代诗坛,也普遍存在着宗唐抑或宗宋之争。宗宋者以号称元

---

① 王若虚:《滹南诗话》卷2,见丁福保辑《历代诗话续编》,第518页,中华书局1983年版。
② 同上书,卷3,第523页。
③ 同上书,卷2,第515页。

代四大家之一的揭傒斯为代表。他在《诗法正宗》中对于唐宋各大家作了品评,从中可以看出他推尊宋诗的倾向。他指摘了韩、白、晚唐诸家及东坡等各自的疵瑕,尤其鄙薄师法晚唐的江湖派,而尊奉杜甫为正宗,推崇梅尧臣、王安石、黄庭坚、陈师道、陈与义等宋代诗人,可见他受江西诗派的影响之深,与方回的"一祖三宗"之说倒颇有暗合之处。

相对于揭傒斯而言,元代诗坛另两位大家杨载、范梈则偏向宗唐。杨载的《诗法家数》几乎完全承袭了严羽的论诗旨趣,对于盛唐诗颇为推许:"余于诗之一事,用工凡二十余年,乃能会诸法,而得其一二,然于盛唐大家数,抑亦未敢望其有所似焉。"此外,他还劝告学诗者"须先将汉魏盛唐诸诗,日夕沉潜讽咏,熟其词,究其旨"①。《诗法家数》一书虽然不像严羽《沧浪诗话》那样直接批评宋诗,但其扬唐抑宋的倾向还是十分明显的。与杨载齐名的范梈,在《木天禁语》中几乎全用唐诗作例证,并以唐诗相标榜。他的弟子傅若金又曾在《诗法正论》中将唐宋诗作了比较,从中不难看出其轩轾之意:

> 宋诗比唐,气象复别。……大概唐人以诗为诗,宋人以文为诗。唐诗主于达情性,故于《三百篇》为近;宋诗主于立议论,故于《三百篇》为远。达情性者,《国风》之余;立议论者,《雅》《颂》之变,固未易以优劣也。②

而元末诗人崇唐黜宋的倾向,又对明初诗坛产生了直接的影响。如元末明初的刘绩的《霏雪录》就秉承了这种尊唐抑宋的论调:

> 唐人诗纯,宋人诗驳;唐人诗活,宋人诗滞;唐诗自在,宋诗费力;唐诗浑成,宋诗饾饤;唐诗缜密,宋诗漏逗;唐诗温润,宋

---

① 何文焕辑:《历代诗话》,第726页,中华书局1981年版。
② 傅若金:《诗法正论》,《格致丛书》本。

诗枯燥;唐诗铿锵,宋诗散缓;唐人诗如贵介公子,举止风流,宋诗如三家村乍富人,盛服揖人,辞容鄙俗。①

这种论调显然已开前后七子"诗必盛唐"的先声。

茶陵诗派直接开启了明代前后七子的复古思潮。其领袖人物李东阳,则成了由"台阁体"向前后七子过渡的承上启下的代表人物。他所著的《怀麓堂文集》,内有《诗话》一卷,其中关于唐宋诗轩轾之争这一理论问题的见解,多本于严羽的《沧浪诗话》:

> 唐人不言诗法,诗法多出于宋而宋人于诗无所得。所谓法者,不过一字一句对偶雕琢之功,而天真兴致则未可与道。其高者失之捕风捉影,而卑者坐于粘皮滞骨,至于江西诗派极矣。惟严沧浪所论,超离尘俗,真若有所自得,反复譬说,未尝有失。
>
> 六朝、宋、元诗,就其佳者亦各有兴致,但其本色,只是禅家所谓小乘,道家所谓尸解仙耳。②

李东阳的扬唐抑宋之论,虽与严羽的诗学观点多有一脉相承之处,但严羽论诗主"兴趣",而李东阳则标举"格调",注重诗歌的声韵、字句及结构,在理论上要比"兴趣"说实在得多。故而他论诗还颇为通达,对于苏轼等宋代诗人继杜、韩之后在诗境上的开拓,也给予了肯定。这毕竟有别于后来前后七子的拟古主义思潮。

自明代弘治年间以降,一个由"前后七子"倡导的文学复古运动,席卷了整个文坛诗苑。这对于明清两代的唐宋诗之争这一诗学问题的探讨,产生了极为深远的影响。前后七子以崇古自命,将扬唐抑宋之论推向了极端,并以所谓"文必秦汉,诗必盛唐"的旗号相标榜,使拟古风气甚嚣尘上。他们在尊奉盛唐之际,沆瀣一气,贬抑宋诗,宣称"宋无诗":

---

① 陶宗仪:《说郛》续弓十七。见《说郛三种》第九册,第825页,上海古籍出版社1988年版。
② 李东阳:《怀麓堂文集·诗话》,《知不足斋丛书》本。

> 夫诗有七难：格古、调逸、气舒、句浑、音圆、思冲。……七者备而后诗昌也。……宋人遗兹，故曰无诗。①
>
> 经亡而骚作，骚亡而赋作，赋亡而诗作。秦无经，汉无骚，唐无赋，宋无诗。②

另外，李攀龙曾编《诗删》一集，选录历代诗作。然而选录唐诗后便接以明诗，宋诗则无一首刊入。这种选诗体例，不言而喻地表明了编纂者所谓"宋无诗"的诗学宗旨。

较为完整地体现前后七子论诗精神的著作，当推谢榛的《四溟诗话》，它从理论的角度阐明了前后七子所谓"诗必盛唐"、"宋无诗"的观点：

> 诗有辞前意，辞后意，唐人兼之，婉而有味，浑而无迹。宋人必先命意，涉于理路，殊无思致。
>
> 作者当以盛唐为法，盛唐人突然而起，以韵为主，意到辞工，不假雕饰，或命意得句，以韵发端，浑成无迹，此所以为盛唐也。宋人专重转合，刻意精炼，或难于起句，借用旁韵，牵强成章，此所以为宋也。③

虽然他的观点与前后七子的论调如出一辙，但其论述却不停留在几个空洞浮泛的口号上，而是将唐宋诗的特点作了比较，并且提出了崇唐黜宋的理由：唐诗不假雕饰而浑化无迹，而宋诗虽刻意求工，牵强成章，却缺乏意兴。

此外，值得一提的是，王世贞作为后七子之一，虽也坚持以盛唐为法则，排斥晚唐和宋诗，但他晚年的持论，却不同于他人将宋诗一概抹杀那样褊狭。他在为慎蒙所编的《宋诗选》作序时说："余所以抑宋者，为惜格也，然而代不能废人，人不能废篇，篇不能废句，盖不

---

① 李梦阳：《潜虬山人记》，《空同集》卷48，《四库全书》本。
② 何景明：《杂言》，《大复集》卷38，《四库全书》本。
③ 谢榛：《四溟诗话》卷1，见丁福保辑《历代诗话续编》，第1149、1143页，中华书局1983年版。

止前数公(按：指欧、梅、苏、黄等宋诗大家)而已。"他不仅不全盘废黜宋人之诗,而且还提出了以宋诗为用的论点：

> 虽然,以彼为宋则可,以我为彼则不可。子非求伸宋者也,将善用宋者也。①
>
> 骨骼既定,宋诗亦不妨看。②

可见他晚年已察觉到复古、拟古的流弊,以至持论也有了某些改变。他的"用宋"之说,对于后来末五子诗论观的形成,具有一定的启发和指导意义。

继前后七子偃旗息鼓之后,它的一个支派末五子逐渐崛起,并取得了诗坛的盟主地位。末五子论诗,均能着眼于文学的流变。胡应麟始倡"诗之体以代变"之说,表明他对拟古主义思潮的流弊已有相当程度的反省。然而一旦论及宋诗,却依旧未脱前后七子"宋无诗"之说的窠臼：

> 诗至于唐而格备,至于绝而体穷,故宋人不得不变而之词,元人不得不变而之曲。词胜而诗亡矣,曲盛而词亡矣。③

尽管如此,他也并不全盘抹煞宋诗的成就,针对王世贞的"用宋"之说,胡氏亦作了进一步的推阐,他认为宋诗毕竟也有"可参六代、三唐者",不容尽废：

> (宋)二百年间声名文物,其人才往往有瑰玮绝特者错列其中,今以习诗故,概捐高阁,则又诗学之大病也。矧诸人制作,亦往往有可参六代、三唐者,博观而慎取之,合者足以法,而悖者足以惩,即习诗之士讵容尽废乎!④

---

① 王世贞：《〈宋诗选〉序》,《弇州山人四部稿续稿》卷41,《四库全书》本。
② 王世贞：《艺苑卮言》卷4,见丁福保辑《历代诗话续编》,第1021页,中华书局1983年版。
③ 胡应麟：《诗薮》内编卷1,《少室山房四集》本。
④ 胡应麟：《诗薮》杂编卷5,《少室山房四集》本。

但他对宋诗的局部肯定,仅仅是基于它是否合乎"唐风"标准这一点上。如他评宋人诗句为"自然有唐味"、"皆去盛唐不远"、"往往有可参唐集者"、"掩姓名读之,未必皆别为宋也"①,都是着眼于称赏有唐音、合唐格的宋诗。

末五子之中另一成员屠隆也颇为赞同"体以代变,格以代降"之说,曾作《论诗文》一篇,具体阐发了这一观点:

> 诗之变随世递迁。……善论诗者,政不必区区以古绳今,各求其至可也。论汉魏者,当就汉魏求其至处,不必责其不如《三百篇》。……论唐人者,当就唐人求其至处,不必责其不如六朝。②

从表面上看,屠隆持论似乎颇为通达,已突破了七子的崇古思想。然而文中一旦涉及宋诗,其论调便立刻来了一个大转弯:"宋诗河汉,不入品裁,非谓其不如唐,谓其不至也。"他在《论文》一篇中,又严厉谴责了宋诗以文字、议论为诗的倾向。可见末五子所谓代降代变之说,范围仅限于盛唐以前的各代诗体;至于对宋诗的态度,则依旧未能摆脱七子"宋无诗"之说的藩篱。

明代中叶以后,一股反复古主义的思潮正在形成,而以"三袁"为代表的公安派的崛起,一扫模拟剽窃之风,彻底改变了拟古主义统治诗坛的格局。而公安派对唐宋诗的轩轾之论,则更是精义纷呈,波澜迭出。它是继宋代江西诗派之后,首次从理论的高度对于宋诗的成就作了全面、公正的评价,把关于唐宋诗轩轾的争论推向了一个新的高潮。

公安派向前后七子盲目崇古的思潮作了反击。七子标榜"诗必盛唐",而袁宏道则作了针锋相对的辩驳。七子称"宋无诗",而袁氏却反而说"唐无诗":"世人喜唐,仆则曰:'唐无诗。'世人喜秦汉,

---

① 胡应麟:《诗薮》外编卷5,《少室山房四集》本。
② 屠隆:《鸿苞集》卷17,明万历刻本。

仆则曰:'秦汉无文。'世人卑宋黜元,仆则曰:'诗文在宋元诸大家。'"①虽然持论不免有矫枉过正之嫌,然而对于历来崇唐黜宋的倾向,却给予了痛快淋漓的回击。他进一步发挥了末五子"体以代变"的理论,并以此为依据,驳斥了当时诗坛盲目迷古的迂腐倾向,从而肯定了宋诗自身的独特价值:

> 唐自有诗也,不必《选》体也;初盛中晚自有诗也,不必初盛也。……赵宋亦然,陈、欧、苏、黄诸人有一字袭唐者乎?又有一字相袭者乎?今之君子,乃欲概天下而唐之,又且以不唐病宋。夫既以不唐病宋矣,何不以不《选》病唐,不汉魏病《选》,不《三百篇》病汉?②

七子论诗,鼓吹李杜等盛唐诸家,而袁宏道则独具慧眼,推尊宋诗,尤服膺欧、苏等宋代诗人:

> 近日最得意,无如批点欧、苏二公文集。……韩、柳、元、白、欧,诗之圣也;苏,诗之神也。彼谓宋不如唐者,观场之见耳。岂真知诗为何物哉?③

> 有宋欧、苏辈出,大变晚习,于物无所不收,于法无所不有,于情无所不畅,于境无所不取,滔滔莽莽,有若江河,今人徒见宋之不唐法,而不知宋因唐而有法也。④

袁宏道之弟中道,也同样标举宋诗,并着眼于文学通变的观念,其论诗宗旨与他兄长大抵相近。他认识到宋诗的成就正是它能在继承唐诗丰富遗产的基础上有所拓展,并锐意创新,从而形成了它自身的独立价值:

> 宋元承三唐之后,殚工极巧,天地之英华,几泄尽无余,为

---

① 袁宏道:《袁中郎集》卷22,《有不为斋丛书》本。
② 同上书,卷21。
③ 同上书,卷23。
④ 同上书,卷10。

诗者处穷而必变之地,宁各自出手眼,各为机局,以达其意所欲言,终不肯雷同剿袭,拾他人残唾,死前人语下。于是乎情穷遂无所不写,景穷遂无所不收。①

公安派对宋诗的揄扬,发前人之所未发,在拟古风气盛行的明代诗坛上,实属石破天惊之论,具有振聋发聩的功效,为清人对宋诗展开系统的理论研究奠定了基础。

有清一代,诗坛仍有宗唐与宗宋的纷争,但已初步摆脱了明代唐宋诗之争那种攻讦门户之风的羁绊,开始走上了一条融通唐宋的新路。无论是祖唐者抑或是祧宋者,他们都注重探求两种不同诗风的艺术美及其创作规律,这是清代唐宋诗之争的总趋势。

清初的宗唐派,多承前后七子之绪余,它以吴伟业开其端,施闰章、朱彝尊等相互唱和,一时蔚为风气。吴伟业乃崇祯进士,中年仕清,因而深受明代文学思潮的影响。他作诗宗奉王世贞,曾撰文自述其师承渊源:"弇州先生专主盛唐,力还大雅,其诗学之雄乎?云间诸子,继弇州而作者也。……风雅一道,舍开元、大历,其将谁归?"②他又推崇王世贞诗"盛年用意之作,雄词环响"③,可见其扬唐抑宋的倾向。

吴氏一生致力于创作,鲜有理论述评;而论诗力主唐音,抨击宋诗不遗余力的,则要推朱彝尊了。他的诗学观点受七子的影响较深,曾自述其学诗经历道:"予少而学诗,非汉魏六朝、三唐人语勿道,选材也良以精,稍不中绳墨,则屏而远之。"④可见其尊唐论调,俨然是七子"诗必盛唐"之说的翻版。他严守分唐界宋的门户,尤其厌恶宋诗,痛陈其流弊之重,并批评了当时诗坛流行的崇宋习气:

今之言诗者,每厌弃唐音,转入宋人之流派,高者师法苏、

---

① 袁中道:《珂雪斋集选》卷9,明天启二年刻本。
② 吴伟业:《致孚社诸子书》,《梅村家藏稿》卷54,《四部丛刊》本。
③ 吴伟业:《太仓十字诗序》,同上书,卷30。
④ 朱彝尊:《鹊华山人诗序》,《曝书亭集》卷39,《四部丛刊》本。

黄,下乃效及杨廷秀之体,叫嚣以为奇,俚鄙以为正,譬之于乐,其变而不成方者欤!①

迩者诗人多舍唐学宋,予嫌务观太熟,鲁直太生,生者流为萧东夫,熟者降为杨廷秀,萧不传而杨传,效之者何异海畔逐臭之夫耶?②

然而从他一味诋诃宋诗、屡言今之言诗者"厌弃唐音"这一论调中,我们也不难看出当时宗宋派在诗坛上的崛起之势以及唐宋诗轩轾之争的激烈程度了。

除了上述吴、施、朱诸家以外,清初诗坛上亦有不满七子模拟、剽窃之风但又不好宋诗的,于是转宗晚唐,其代表人物为冯班、贺裳与吴乔。冯班论诗主唐音但排击盛唐,曾著《严氏纠缪》一卷,专论严羽《沧浪诗话》中理论的弊端,他推尊温庭筠、李商隐等晚唐诗人而对以黄庭坚为代表的宋代诗人则肆意贬斥。在《钝吟杂录》一书中,他极力排击宋诗:

读书不可先读宋人文字。

夺胎换骨,宋人谬说,只是向古人集中作贼耳!

大约唐人诗工夫细,宋人不如也。

可见他对宋诗的批评,与前人的扬唐抑宋之论,殊无二致,亦了无新意。相比起来,与他齐名的贺裳对于宋诗的研究批判虽多有偏激失实之词,其论述却颇为详赡。在《载酒园诗话》一书中,他对诸如欧、梅、王、苏、黄、韩、曾、陆等宋诗各大家一一作了品评。其中个别沾染唐风的大家,仍得到他的褒扬。如他称西昆体诗人"经营位置,备极苦心",尤其是诗体深婉有唐人风味的王安石,更是被他捧为"能令人寻绎于语言之外","实自可兴可观,特为宋人第一"。相反,那些变唐人之风而别开宋诗面目的诸家,便遭到了他的诋斥。

---

① 朱彝尊:《叶李二使君合刻诗序》,《曝书亭集》卷38,《四部丛刊》本。
② 朱彝尊:《书剑南集后》,《曝书亭集》卷52,《四部丛刊》本。

如他称欧阳修"有罪于诗"、"害于深"及"诗至庐陵,真是一厄",贬黄庭坚诗"矫揉诘屈,不能自然",骂曾幾诗"天性粗劣"、"皆啴噪之音",排击至极。在品评宋诗各家之后,他又历数宋诗之缺失道:"大率宋诗三变:一变为伧父,二变为魑魅,三变为群丐乞食之声。"最终他将宋诗的特点归结为生硬、鄙俚、酸陋、蠢拙。可见贺裳虽不取明七子全盘黜宋的立场,但还是囿于门户之见,以晚唐诗为准绳来评判宋诗得失。

吴乔的《围炉诗话》以其说理缜密、透彻而称誉当时,自立于清代诗坛。在这部诗话中,他提出诗道的"复变"观和尊崇"比兴"的理论。关于复变观,他具体阐述道:"诗道不出乎变复。变,谓变古;复,谓复古;变乃能复,复乃能变,非二道也。"①并以此为依据,盛誉唐诗能变汉魏六朝之风,且复其高雅挺秀,而贬抑宋人"惟变不复,唐人之诗意尽亡"。至于"比兴"观,则更是《围炉诗话》中贯串始终的一个中心论点。他评判历代诗歌成就的标准,主要就是看它有无比兴。重视比兴而忽略赋的功用,是他论诗的一个重要特点。他说:"比兴是虚句活句,赋是实句。有比兴则虚句变为活句,无比兴则实句变为死句。"②他又根据重比兴轻赋的原则来判别唐宋诗的优劣:

> 唐诗有意,而托比兴以杂出之,其词婉而微,如人而衣冠。宋诗亦有意,惟赋而少比兴,其词径以直,如人而赤体。③

又称唐诗多虚做,所以"灵妙";宋诗多实做,故而"率直"。吴乔在比兴与赋这两种不同艺术手法之间强分轩轾,并据此褒贬唐宋诗,其取舍未免过于绝对化,以致招来后人的批评。宋诗多用赋体,这正是它自身的特点,是对唐诗的突破与发展,而非疵瑕。吴氏的观

---

① 吴乔:《围炉诗话》卷1,郭绍虞辑《清诗话续编》,第471页,上海古籍出版社1983年版。
② 同上书,第481页。
③ 同上书,第472页。

点显然失之偏颇。

与宗唐派相对垒,清初诗坛的宗宋派亦颇具规模。它以钱谦益发其端,吴之振、吕留良等人步其后尘,一时蔚为风气。钱谦益由明入清,其文学思想受公安派的影响较深。他主张转益多师,不为某一时代和某种风格所囿,反对明七子造成的模拟涂泽之风。不过钱氏专事创作,鲜有理论。提倡宋诗最得力的,便数吴之振了。

吴之振所编选的《宋诗钞》,对于宋诗的整理和研究,有筚路蓝缕之功,影响可谓深远。他在为《宋诗钞》所作的序文中,批驳了明七子以降的尊唐黜宋之论,力图澄清诗坛上所盛行的关于宋诗的种种谬见。针对所谓宋诗腐陋之说,他作了针锋相对的辩驳:"宋人之诗变化于唐,而出其所自得,皮毛落尽,精神独存,不知者或以为'腐'。后人无知,倦于讲求,喜其说之省事而地位高也,则群奉'腐'之一字以废全宋之诗,故今之黜宋者,皆未见宋诗者也。"他有感于扬唐抑宋之说的欺世惑众,使人不察唐宋诗的真面目,故而在文中阐明了自己编选这部宋诗集的宗旨:

> 尽宋人之长,使各极其致,故门户甚博,不以一说蔽古人,非尊宋于唐也。欲天下黜宋者得见宋之为宋如此,其为腐与不腐未知何如,而后徐议其合黜与否。①

吴之振为宋诗所作的维护,对于后人客观公正地评价宋诗的成就和地位,是有积极意义的。

除了吴之振以外,为宋诗张目最得力的,莫过于田雯。他论诗以"诗教"为宗,对扬唐抑宋之习十分反感:

> 今之谈风雅者,率分唐宋而二之。不知唐之杜韩,海内俎豆之矣。宋梅、欧、王、苏、黄、陆诸家,亦无不登少陵之堂,入昌黎之室,惟其生于宋也。②

---

① 吴之振:《宋诗钞·序》,中华书局1986年版。
② 田雯:《古欢堂集杂著》卷1,见郭绍虞辑《清诗话续编》,第695页。

他认为宋代诸家的诗也各有其成就,可与唐代杜、韩等大家的诗相媲美,而绝无逊色之处。由此看来,田雯的眼光颇有见地。

另外,清初诗坛的宗宋派还有查慎行、宋荦和杭世骏等人,并由此逐渐形成势力。不过宗宋风气要到乾嘉后期,经翁方纲等人的理论倡导,才能与尊唐风气相抗衡。

自康熙、雍正以降,清代诗论不再囿于宗唐、宗宋的门户圈子,两派之间已开始跨越那条人为的鸿沟,走上融通的道路。这一时期的论诗者以叶燮和王士禛为代表,虽然两人在对待唐宋诗之争的问题上持论颇为公允,但依旧各有偏向,大抵叶燮近宋,王士禛近唐。

叶燮著有《原诗》内外篇,在理论上颇有建树,能以文学进化演变的眼光论诗,不黜唐而主于申宋。他曾以树木生长为喻说明历代诗体的进化、演变轨迹:

> 《三百篇》则其根,苏、李诗则其萌芽由蘖,建安则生长至于拱把,六朝诗则有枝叶,唐诗则枝叶垂荫,宋诗则能开花,而木之能事方毕。

此外,他还以建筑和绘画为喻,说明宋诗的"能事益精"、"制度益精",在唐诗的基础上有所拓展、进化,而更趋完美。他称赞宋人之诗"日益以启,纵横钩致,发挥无余蕴,非故好为穿凿",并大力抨击"诗必盛唐"之说,阐明了这种谬说流传的危害性:

> 自不读唐以后书之论出,于是称诗者必曰唐诗,苟称其人之诗为宋诗,无异于唾骂,谓唐无古诗,并谓唐中、晚且无诗也。噫!亦可怪矣。今之人岂无有能知其非者,然建安、盛唐之说,锢习沁入于中心,而时发于口吻,弊流而不可挽,则其说之为害,烈也。

他还反驳了诗坛流行的所谓宋人专以议论为诗的说法,指出以议论为诗的倾向并不肇始于宋代,事实上唐代的杜甫便有意识地运用了这种手法。在他看来,唐诗固然"尽美尽善",而宋诗则"美之变而仍美,善之变而仍善"。实际上叶燮是在为宋诗的地位和价值作辩解、维护。

王士禛作为清代神韵派大诗人,诗风不主一格。他自述曾经历过早年宗唐、中年事宋、晚年复归于唐的三阶段。故其论诗,不存门户之见:

> 近人言诗辄好立门户,某者为唐,某者为宋,李杜、苏黄,强分畛域,如蛮、触氏之斗于蜗角而不自知其陋也。①

王士禛神韵说的理论渊源,是严羽的《沧浪诗话》和徐祯卿的《谈艺录》,他曾不止一次申言"严沧浪以禅喻诗,余深契其说"。严、徐二人都力主盛唐,而贬抑宋诗,他们的诗学崇尚自然也会对王士禛产生潜移默化的影响。王士禛生平最服膺的王、孟、韦、柳都是唐人,可见其主要理论倾向则在于宗唐。不过王氏并不黜宋,他特别赞赏宋人"以俗为雅,以旧为新"的创作方式,但这也仅仅是王世贞"用宋"之意的翻版。唐诗为体,宋诗为用,是他论诗的基本倾向。

康熙、乾隆以降,由格调、性灵、肌理三派主盟诗坛。大致说来,格调派主唐音,肌理派重宋调,而性灵派则出入于唐宋之间。

格调派代表人物为沈德潜,他注重形式音律之美,提出"诗贵寄意",追求"蕴藉微远之致",这便是格调说的基本精神。他以此为根据来分唐界宋:

> 唐诗蕴蓄,宋诗发露。蕴蓄则韵流言外,发露则意尽言中,愚未尝贬斥宋诗,而趋向旧在唐诗。②

他在《唐诗别裁集序》中自述其偏嗜唐诗的口味,并对当时诗坛风气作出评估:"德潜于束发后,即喜钞唐人诗集,时竞尚宋、元,适相笑也,迄今几三十年,风气骎上,学者知唐为正轨矣。"尽管他自称"未尝贬斥宋诗",然论及宋诗时,虽未加诋诃,却总是露出不满的

---

① 王士禛:《黄湄诗选序》,《渔洋山人文略》卷2,《王渔洋遗书》本。
② 沈德潜:《清诗别裁集》凡例,上海古籍出版社1984年版。

口吻。如他认为"宋诗近腐"①,称梅、苏之诗"渊涵淳滀之趣,无复存矣",又说"西江派黄鲁直太生,陈无己太直"②,从中都可看出他尊唐贬宋的倾向。

性灵诗派以反拟古、重个性、求创新为旨归,标举诗人的真情、个性与诗才,故其论诗,卓然自立,不倚门户。对于当时诗坛上分唐界宋的倾向,也不盲目附和。袁枚便提倡以性情之真伪评判诗作之优劣,不分朝代畛域。针对某些诗论者扬唐抑宋的论调,他在《答沈大宗伯论诗书》中作了辩驳:"先生许唐人之变汉魏,而独不许宋人之变唐,惑也。"又说:"变唐诗者宋元也,然学唐诗者莫善于宋元,莫不善于明七子,何也?当变而变,其相传者,心也。"③可见他竭力为宋诗的地位作维护。然而他在《答施兰坨论诗书》中又抨击了另一种尊宋卑唐的倾向:"宋人之法,本于三唐,终宋之世,无斥唐人者,子忽欲尊宋而斥唐,是率其子弟攻其父兄也。"在《答兰坨第二书》中他又历数了宋诗的种种弊端。从表面上看,这两种截然对立的论调同出一人之口,似乎前后抵牾,相互矛盾,但实际上却表明了他对唐宋诗不亲佞、不拘执一端的态度,能以清醒冷静的眼光,来看待诗坛上的这桩公案。

乾嘉以还,朴学考据之风盛行,注重学问、义理的所谓"学人之诗"盛行一时,于是以翁方纲为代表的肌理诗派应运而生。翁氏论诗倡肌理,强调质实,以补救"神韵"说的空疏。他以肌理为标准来褒贬唐宋诗,并指出宋诗的优点正在于它的质实处:

> 唐诗妙境在虚处,宋诗妙境在实处。
>
> 宋人之学全在研理日精,观书日富,因而论事日密。④

研理精和观书富,与翁方纲强调学问和义理的论诗精神相契合。针

---

① 沈德潜:《明诗别裁集》序,上海古籍出版社 1979 年版。
② 沈德潜:《说诗晬语》卷下,见《清诗话》,第 544、545 页,上海古籍出版社 1978 年版。
③ 袁枚:《小仓山房诗文集》,第 1502 页,上海古籍出版社 1988 年版。
④ 翁方纲:《石洲诗话》卷 4,见郭绍虞辑《清诗话续编》,第 1428 页。

对前人所谓宋人以文字为诗的指责,他不但为之辩护,而且还大加倡导:

> 宋人精诣,全在刻抉入里,而皆从各自读书学古中来,所以不蹈袭唐人也。①

自吴之振编选《宋诗钞》以来,宗宋诗派已逐渐形成一股势力,但终究不能与宗唐思潮分庭抗礼。翁方纲欲为宗宋风气推波助澜,欲为宋诗张目,首先就必须对《宋诗钞》本身的价值作一番考察,在弘扬其诗学精神的同时,还需指出这套选集本身的局限性,并消除其中的不良影响:

> 吴孟举之《宋诗钞》,舍其知人论世,阐幽表微之处,略不加省,而惟是早起晚坐,风花雪月,怀人对景之作,陈陈相因,如是以为读宋贤之诗,宋贤之精神其有存焉者乎?②
>
> 《宋诗钞》之选,意在别裁众说,独存真际,而实有过于偏枯处,转失古人之真。③

在他看来,《宋诗钞》这一选本有不少疏失之处,许多能真正体现宋人精神的诗都未能被选录。他的态度似乎是苛刻了一点,但其弘扬宋诗成就的用心,诚为良苦。事实上,宋诗经由他大力倡导以后,其精髓已为越来越多的人所认识,宗宋思潮蔚为风气,在诗坛上开始与宗唐势力相抗衡。

乾隆、嘉庆以还,宗宋思潮的影响已遍及整个诗坛。道光年间,又有魏源和曾国藩等人以宋诗传承者自命,提倡宋诗运动,宗宋派占据了统治地位。到了同治、光绪年间,发展为"同光体",其理论代表为陈衍。他论诗以兼师二代、弥合唐宋为宗,但实际上是在为宋诗争地位,并提出宋诗的"变本加厉"和"力破余地"之说:

---

① 翁方纲:《石洲诗话》卷4,见郭绍虞辑《清诗话续编》,第1427页。
② 同上书,卷4,第1429页。
③ 同上书,卷3,第1420页。

>　　今人强分唐诗、宋诗,宋人皆推本唐人诗法,力破余地耳。①
>　　自咸、同以来,言诗者喜分唐宋,每谓某也学唐诗,某也学宋诗。余谓唐诗至杜、韩而下,现诸变相,苏、王、黄、陈、杨、陆诸家,沿其波而参互错综,变本加厉耳。②

此外,陈衍还提出著名的"三元说":

>　　余谓诗莫盛于三元:上元,开元;中元,元和;下元,元祐也。③

他打破旧说,将"元祐"之诗与"开元"、"元和"之诗相提并论,提倡学唐以"开元"、"元和"为宗,学宋则以"元祐"为尚,意欲泯灭唐宋界限,并为宋诗张目,借以抬高"同光体"的文学地位。故而自同治、光绪以迄清末,宗宋思潮日益高涨,终于为一千年来这场有关唐宋诗轩轾的争论奏响了尾声。

综上所述,通过对聚讼纷纭、历时近千年的这场公案的理论探讨,人们对唐宋诗的认识不断得到深化,宋代诗歌有别于唐诗的风格与特色的真实面目日渐昭彰,这十分有益于后代学者对宋诗在中国古代诗歌史上的地位及其价值作出全面、客观的评价。

第二节　关于宋词的争论:婉约与豪放

以苏轼和辛弃疾为代表的宋代词人,对传统词的形式和内容作了改革,开创了词的新境地,使词具备了一种刚健豪放的新气象。然而他们这种探索和尝试,究竟是拓宽了词境、为词的发展开辟了一种新局面,还是对词的本色的悖离,历代词论家对此却聚讼纷纷。

---

① 　陈衍:《石遗室诗话》卷1,商务印书馆1935年石印本。
② 　同上书,卷14。
③ 　同上书,卷1。

尤其是明代张綖提出所谓"婉约"、"豪放"的词体二分法,更是把这一悬而未解的理论问题的探讨引向深入,故而"婉约"、"豪放"之争,诚可谓词学界最大的一桩公案。

虽然早在苏轼对词的发展作出全面革新的初期,在他的宗徒中已经产生了两种相异的观点,然而真正对苏轼的豪放词作出全面的理论反省,给予重新认识和评估,则是在南宋时期。北宋的沦亡,时代的巨变,是促成当时词学观念发生嬗变的重要契机。在词的创作方面,辛弃疾、陈亮、刘过等人,传承了苏轼以诗为词的创作方法,突破了传统词的题材方面的束缚,创作了大量雄壮豪放的词作。而在词论方面,则表现为对于以苏、辛为代表的豪放词派的揄扬:

> 东坡先生非心醉于音律者,偶尔作歌,指出向上一路,新天下耳目,弄笔者始知自振。①

> 及眉山苏氏,一洗绮罗香泽之态,摆脱绸缪宛转之度,使人登高望远,举首高歌,而逸怀浩气,超然乎尘垢之外,于是《花间》为皂隶,柳氏为舆台矣。②

> 词至东坡,倾荡磊落,如诗,如文,如天地奇观,岂与群儿雌声学语较工拙?③

当然,南宋一朝也并非没有与苏辛词派相抗衡的词学派别,而且其影响亦不可谓不深远。尤其是到了南宋中晚期,以姜夔、吴文英和张炎为代表的格律词派占据了词坛的主导地位,他们主张作词应严守律吕,并以雅正作为评词的重要标准,追求婉曲蕴藉的词风,对于以苏、辛为代表的豪放词派尤其是豪放派的末流,则抱以鄙夷不屑的态度:

> 近世作词者多不晓音律,乃故为豪放不羁之词,遂借东坡、

---

① 王灼:《碧鸡漫志》卷2,见唐圭璋辑《词话丛编》,第85页,中华书局1986年版。
② 胡寅:《题酒边词》,见汲古阁本《酒边词》。
③ 刘辰翁:《辛稼轩词序》,《须溪集》卷6,《豫章丛书》本。

稼轩以自诿。①

辛稼轩、刘改之作豪气词,非雅词也,于文章余暇,戏弄笔墨为长短句之诗耳。②

可见,格律词派多讥贬苏辛等豪放词人的作品不协音律,成为长短不葺之诗。然而他们多沉湎于自身的创作与音律的探讨之中,对于豪放词的不满,仅表现在片言只语的闲谈之中,并未形成系统的理论。

金元时期的词坛,由于受地域的影响,崇尚雄健清刚之气,轻视柔婉靡丽之风,故而他们的论词倾向与南宋词坛颇有相通之处,即推崇以苏辛为首的豪放词风,对于他们的词作给予了高度的评价。如元好问在为自己的词集《遗山乐府》作序时,便推许道:"乐府以来,东坡为第一,以后便到辛稼轩。"他还嘲笑了秦观、晁补之、贺铸及晏幾道等词家的婉娈柔靡之风。另一位金代著名文学家王若虚,早于元好问而推崇苏词,他对于陈师道所谓东坡词"要非本色"之论作了辩驳,并对苏词为"古今第一"之说表示赞同:

陈后山谓子瞻以诗为词,大是妄论,而世皆信之,独茅荆产辨其不然,谓公词古今第一。……盖诗词只是一理,不容异观。③

而元代的词论者,也颇多附和王若虚、元好问的意见:

(词)逮宋而大盛,其最擅名者东坡苏氏,辛稼轩次之,近世元遗山又次之。④

秦、晁、贺、晏虽得其体,然哇淫靡曼之声胜。东坡、稼轩矫之以雄词英气,天下趋向始明。近时元遗山每游戏于此,掇古

---

① 沈义父:《乐府指迷》,见唐圭璋编《词话丛编》,第282页,中华书局1986年版。
② 张炎:《词源·杂论》,见唐圭璋编《词话丛编》,第267页。
③ 王若虚:《滹南诗话》卷2,见丁福保辑《历代诗话续编》,第517页,中华书局1983年版。
④ 刘敏中:《长短句乐府引》,《中庵集》卷9,《四库全书》本。

诗之精英,备诸家之体制,而以林下风度消融其脂粉之气。①

可见,在金元时期,以苏辛为代表的豪放词受到了普遍的尊重,甚至被奉为词的正宗,这与南宋的格律派将它视为别格的观点,形成了鲜明的对照。

然而,与金元词坛追求劲爽雄犷的风格相反,明代词坛上空却弥漫着一股淫薄浮靡之气,明代词论者多奉《花间集》《草堂诗余》为圭臬,将婉娈柔靡当作了词的本色,而他们又将词是否合乎本色作为评判词作优劣得失的第一要义。在这种思潮的影响下,于是便产生了张綖的所谓"婉约"、"豪放"的词体二分法:

> 按词体大略有二:一体婉约,一体豪放。婉约者欲其辞情蕴藉,豪放者欲其气象恢弘。然亦存乎其人,如秦少游之作,多是婉约,苏子瞻之作,多是豪放。②

他又以本色论作为理论基础,对"婉约"、"豪放"两体进行了一番褒贬:

> 大约词体以婉约为正,故东坡称少游为(今)之词手,后山评东坡词虽极天下之工,要非本色。③

词分婉约、豪放二体,早在两宋时期便已是词坛上客观存在的事实,然而将它作为一种理论命题提出,则肇始于张綖。而明代文学批评的风气崇尚本色,论词者也多附和张綖的崇婉抑豪之说,如徐师曾在《文体明辨序论》中所说:

> 至论其词,则有婉约者,有豪放者,婉约者欲其词情蕴藉,豪放者欲其气象恢弘,盖虽各因其质,而词贵感人,要当以婉约为正。否则虽极精工,终乖本色,非有识者所取也。

---

① 王博文:《天籁集》序,四印斋刻本。
② 张綖:《诗余图谱·凡例》按语,明万历二十九年游元泾校刊《增正诗余图谱》本。
③ 同上。

明代后七子之一王世贞,也从本色论的角度出发,将词分为正变二体:

> 之诗而词,非词也;之词而诗,非诗也。言其业,李氏、晏氏父子、耆卿、美成、少游、易安,至也,词之正宗也。温韦艳而促,黄九精而险,长公丽而壮,幼安辨而奇,又其次也,词之变体也。
>
> 词至辛稼轩而变,其源实自苏长公,至刘改之诸公极矣。①

可见,明人论词,视婉约词为词之正途,将以苏辛为代表的豪放词看作词之变体。这种倾向,与这一时期词的创作流于淫猥鄙亵的风气,趋于一致。不过,在举世推尊婉约词为词之正宗的风气中,也有人对此不妄苟同,如明末的孟称舜便对尊婉黜豪的观点提出了质疑:

> 乐府以嫩径扬厉为工,诗余以婉丽流畅为美。故作词者率取柔音曼声,……遂为后世填词者定律矣。予窃以为不然,盖词与诗曲,体格虽异,而同本乎作者之情。……作者极尽情态,而听者洞心耸耳。如是者皆为当行,皆为本色,宁必为姝姝媛媛学儿女语而后为词哉!……两家各有其美,亦各有其病,然达其情而不以词掩,则皆填词之所宗,不可以优劣言也。②

他突破了先前词坛上盛行的"本色"说的藩篱,不为其说之褊狭所拘。在他看来,只要是本乎作者之情,是真情的自然流露,不管是低徊缠绵,还是嘲笑愤恨,抑或是婉转悽怆、淋漓痛快,皆属"当行",都是"本色";婉约之风固然是本色,豪放之气也未必就属变体,婉约、豪放各具特色,各有优劣,不可以是否近乎本色而妄为轩轾。他的这种观点能着眼于词体的演进与通变,其见识显然要高于自南宋

---

① 王世贞:《艺苑卮言》,见唐圭璋编《词话丛编》,第385、391页,中华书局1986年版。
② 孟称舜:《古今词统序》,《古今词统》卷首,康熙三十二年刻本。

以迄于明的那些拘执一端的主张。而这种婉约、豪放不可偏废的观点,对于清人有关这一公案的争论,影响不可谓不深远。

有清一代,词学中兴,词学理论也在继承前代的基础上有了更进一步的发展,其价值与成就也超越于前人之上。清代的词论家,已然形成独树一帜的词学宗旨,并建构起一套全面、完整的理论体系,且能够着眼于词史的演变,从而把握宋词的发展脉络。即以婉约、豪放之争这场公案而言,清代词论家大都持论允达,主张兼收并采,不可偏废。

清初的词坛,由阳羡词派和浙西词派占据主导地位。它们一扫明词中的纤靡淫哇之音,济之以清新、雅健的词风,尤其是阳羡词派,论词则推重苏轼和辛弃疾。陈维崧在《词选序》中称誉苏、辛道:

> 而东坡、稼轩诸长调,又骎骎乎如杜甫之歌行与西京之乐府也。

针对词坛上流行的以香艳婉媚之体为词之本色而排斥苏、辛豪放词为外道的观念,陈维崧表示强烈不满。他尊奉苏、辛之词,以为它们可上攀汉魏乐府及杜甫诗歌。而他本人在创作实践中,也是秉承了这一词风,写下了大量豪气纵横的词作。

至于浙西词派,虽然论词并不宗奉苏、辛,然而却主张兼收并蓄,反对扬婉抑豪的片面倾向。如郭麐和田同之都表达了同样的看法:

> 宋立乐府,用于庆赏饮宴,于是周、秦以绮靡为宗,史、柳以华靡相尚,而体一变。苏、辛以高世之才,横绝一时,而奋末广愤之音作。姜、张祖骚人之遗,尽洗秾艳,而清空婉约之旨深。……然体虽异而其所以为词者,无不同也。……进么弦而笑铁板,执微旨而訾豪言,岂通论乎![1]

---

[1] 郭麐:《无声诗馆词序》,《灵芬馆杂著》卷2,见《灵芬馆集》,清嘉庆刻本。

词亦有壮士,苏、辛也;亦有秋实,黄、陆也;亦有劲松贞柏,岳鹏举、文文山也。选词者兼收并采,斯为大观,若专尚柔媚,岂劲松贞柏反不如夭桃繁杏!①

浙西词派推尊词体,崇尚清空醇雅的词风,对苏辛一派的豪放词虽然偶有"言情者或失之俚,使事者或失之伉"②之类的讥贬,但总的来说还是给予了肯定,至少与周、秦、史、柳等人婉丽华靡的词风相比,他们认为各有千秋。此观点基本上承袭了孟称舜的论词精神,主张词之体性近于诗,只要是本乎性情,婉约、豪放均不可偏废。

继浙西词派之后,常州词派矫浙西派浮薄空疏之弊,尊词体,崇比兴,尚寄托,尤其是后期大词论家陈廷焯,崇尚沉郁顿挫的艺术风格,注重深厚的思想感情,即所谓"缠绵忠厚之旨"。他能超然于婉约、豪放的争论之上,对这场公案作出客观公正的评价,从而在《白雨斋词话》中批评了自明代张綖以来词坛上流行的崇婉抑豪的倾向:

> 张綖云:"少游多婉约,子瞻多豪放,当以婉约为主。"此亦似是而非,不关痛痒语也。诚能本乎忠厚,而出以沉郁,豪放亦可,婉约亦可;否则豪放嫌其粗鲁,婉约又病其纤弱矣。

在他看来,词不应以婉约、豪放分工拙,而当以是否具有深厚的思想感情、是否符合风骚比兴之义为圭臬,来判定词作之优劣。他对于视苏辛词为变体的观点,抱着嗤之以鼻的态度:

> 东坡词寓意高远,运笔空灵,措语忠厚,其独至处,美成、白石亦不能到。昔人谓东坡非正声,此特拘于音调言之,而不究本原之所在,眼光如豆,不足与辩也。③

---

① 田同之:《西圃词说》,见唐圭璋编《词话丛编》,第1450页,中华书局1986年版。
② 汪森:《词综序》,《词综》卷首,上海古籍出版社1978年版。
③ 陈廷焯:《白雨斋词话》卷1,见唐圭璋编《词话丛编》,第3785、3783页,中华书局1986年版。

他批评前人评论苏轼的豪放词多着眼于词的合律与否,而未能探本究原,认识到词中所含的深刻的寓意,故而多落入皮相之见。

清代词坛,流派迭起,然而也有非以词名家者,其词论虽不倚傍门户,却也不乏真知灼见,这便是著名的文学批评家刘熙载。他在《艺概·词概》中提出了许多新颖独到的见解,特别是关于词的正变一说,一反前人的正变观,发前人之所未发,实属骇世之论。前人的正变说,多奉西蜀南唐之词为正途,而斥苏辛一派为外道。刘熙载却反其道而行之,他认为从词的起源看,晚唐五代婉丽华靡的词风应属变调,而苏辛之词却是返入正途:

> 太白《忆秦娥》,声情悲壮,晚唐、五代惟趋婉丽,至东坡始能复古。后世论词者,或转以东坡为变调,不知晚唐、五代乃变调也。①

前人多持正变之说,作为崇婉抑豪的依据。而刘熙载非但破除了这一观念,还与崇婉抑豪的倾向唱反调,提出了崇豪黜婉的观点:

> 苏辛皆至情至性人,故其词潇洒卓荦,悉出于温柔敦厚。世或以粗犷托苏辛,固宜有视苏、辛为别调者哉!②

刘熙载论词重人品。他对于苏辛词的肯定,主要还是基于他们的人品和襟抱;相反,他对于温、韦、冯、柳、周等人的婉约词却颇有微词,原因则在于他们的词作多有淫靡之语。

对于婉约、豪放之争这场公案作出较为通达的理论考察的,要数沈祥龙。他从题材内容的多样性出发,提出了"词之体各有攸宜"的观点,阐明了婉约、豪放两者不可偏废的必然性:

> 词有婉约,有豪放,二者不可偏废,在施之各当耳。房中之奏出以豪放,则情致绝少缠绵;塞下之曲行以婉约,则气象何能恢拓。苏辛与秦柳贵集其长也。

---

① 刘熙载:《词概》,见唐圭璋编《词话丛编》,第3690页,中华书局1986年版。
② 同上书,第3693页。

> 词之体各有攸宜,如吊古宜悲慨苍凉,纪事宜条畅混漾,言愁宜呜咽悠扬,述乐宜淋漓和畅,赋闺房宜旖旎妩媚,咏关河宜豪放雄壮。得其宜则声情合矣,若琴瑟合一,便非作家。①

至于近代词学家陈匪石对于婉约、豪放轩轾之争的看法,更具有理论深度:

> 婉约之与豪放,温厚之与苍凉,貌乃相反,从而别之曰"阳刚",曰"阴柔"。周济且准诸风雅,分为正变,则就表著于外者言之,而仍只舒敛之别尔。苏辛集中固有被称为摧刚为柔者,即观龙川何尝无和婉之作,玉田何尝无悲壮之音?忠爱缠绵,同源异委;沉郁顿挫,殊途同归。……但观柳、贺、秦、周、姜、吴诸家,所以涵育其气,运行其气者即知。东坡、稼轩音响虽殊,本原则一,倘能合参,益明运用,随地而见舒敛,一身而备刚柔。②

他的观点虽然承袭了周济、陈廷焯等常州词派的论词观点,重视词的比兴寄托,崇尚沉郁顿挫的词风,但他却能认识到:婉约与豪放作为两种完全相对立的风格,它们之间也有互补的一面,往往豪放中能流露出和婉之音,婉约中也能透出悲壮之声,即所谓刚中见柔,柔中带刚,刚柔相济;婉约与豪放都是本乎性情,虽风格不同,气质殊异,然而本原则一,可谓殊途同归。因此他不但主张婉约、豪放不可偏废,而且还指出"倘能合参,益明运用"的大胆假设,认为只有刚柔兼备,才能臻于炉火纯青的艺术境界。陈匪石的这些见解,诚可谓鞭辟入里,精义纷呈。它突破了词学史上有关婉约、豪放之争的旧说,把着眼点定位于文学创作风格论的角度,来把握这一问题,从而提供了十分深刻的理论阐述,并为这一理论问题的争论作了一个完满的结案。

---

① 沈祥龙:《论词随笔》,见唐圭璋编《词话丛编》,第4049页,中华书局1986年版。
② 陈匪石:《声执》卷上,见唐圭璋编《词话丛编》,第4950页,中华书局1986年版。

第三节　关于宋文的争论：宗秦汉与宗唐宋

中唐时代，韩愈、柳宗元领导的古文运动在反对骈体、建立散体这方面，取得了很大的成就，但后继乏人。到了北宋初年，文坛上又承袭了晚唐五代以来浮艳之气，一味追求声律的和谐与词藻的华美，于是欧阳修主盟文坛，发起了宋代古文革新运动，终于奠定了一代代文风。这场古文运动是唐朝韩愈、柳宗元所倡导的古文运动的继续，对于宋代以至明清散文的发展，无疑都具有深远的影响。

然而明代中叶以降，复古主义文学思潮开始占据文坛的主导地位，其中最具有代表性的便是前后七子。他们以"文必秦汉，诗必盛唐"的旗号相标榜，企图否定唐宋古文运动的成就，全盘抹杀唐宋时期散文的价值。但是，就是在他们的拟古风气弥漫文坛的时候，也有一些作者对此表示不满。他们反对模仿剽窃、盲目崇古的倾向，并围绕着唐宋散文的价值和地位，与宗法秦汉文的拟古主义思潮展开了一场争论，从而形成了他们自身的散文理论，并对清代的桐城派古文家产生了深刻的影响。

明代的前后七子虽然倡言"文必秦汉，诗必盛唐，非是者弗道"[1]，宣扬"文自西京、诗自天宝而下，俱无足观"[2]，也说过"西京以后，作者无论矣"[3]、"秦汉以后无文矣"[4]之类的话，但实际上李梦阳只"劝人勿读唐以后文"[5]，却未曾废弃唐文。相反，王世贞对于唐代韩愈、柳宗元之文还是持肯定态度的。他曾奉劝后学者"日取

---

[1]　《明史》卷286，第7348页，中华书局1974年版。
[2]　同上书，卷287，第7378页。
[3]　李梦阳：《论学篇》，《空同集》卷66，《四库全书》本。
[4]　李攀龙：《答冯通甫》，《沧溟集》卷28，《四库全书》本。
[5]　王世贞：《艺苑卮言》卷1引，见丁福保辑《历代诗话续编》，第964页，中华书局1983年版。

六经、《周礼》《孟子》《老》《庄》《列》《荀》《国语》《左传》……两京以还至六朝及韩、柳,便须铨择佳者,熟读涵咏之"①。在他看来,韩柳之文虽不及群经诸子之文,但亦有其佳作,也不妨"熟读涵咏"。他们所完全抹杀的只是宋以后散文的价值,李梦阳在《论学》一文中宣扬"宋儒兴而古之文废"的观点:

> 宋儒兴而古之文废矣。非宋儒废之也,文者自废之也。古之文文其人,如其人便了,如画焉,似而已矣。是故贤者不讳过,愚者不窃美。而今之文文其人,无美恶皆欲合道,传、志其甚矣。是故考实则无人,抽华则无文,故曰宋儒兴而古之文废。②

他把宋以后的载道之文,看成是道学家的伪文,从而彻底否定了宋文的成就。可见明七子倡导"文必秦汉",正是针对宋元以来文风渐趋空洞虚伪而言的。然而明七子一味标榜秦汉之文,不读唐以后书,甚至以句拟字模自缚,这就不免会陷入复古主义思潮的泥潭中去。

为了驱除拟古思潮所带来的不良风气,拓展散文创作的新领域,王慎中、唐顺之、茅坤及归有光等人提倡师法唐宋古文,与前后七子的观点相抗衡。归有光在《项思尧文集序》中便痛斥了前后七子贬抑唐宋文的倾向:

> 盖今世之所谓文者,难言矣!未始为古人之学,而苟得一二妄庸人为之巨子,争附和之,以诋诽前人。……文章至于宋元诸名家,其力足以追数千载之上,而与之颉颃。而世直以蚍蜉撼之,可悲也。无乃一二妄庸人为之巨子以倡道之欤?③

---

① 王世贞:《艺苑卮言》卷1引,见丁福保辑《历代诗话续编》,第964页,中华书局1983年版。
② 李梦阳:《空同集》卷66,《四库全书》本。
③ 归有光:《震川先生全集》卷3,《四部丛刊》本。

此外,茅坤还编集了《唐宋八大家文钞》,其用意无非是弘扬唐宋文的成就,溯其源流以昭文统。在为这部选集所作的总序中,他指出评论文章不应拘泥于时代的前后,反对唯古是尚的倾向:

> 世之操觚者,往往谓文章与时相高下,而唐以后且薄不足为。噫!抑不知文特以道相盛衰,时非所论也。①

针对前人言必称先秦、两汉之文的观点,他们提出了完全相对的艺术主张。王慎中在《寄道原弟书八》中称欧阳修、曾巩为司马迁、班固的最佳继承者:

> 方洲尝述交游中语云:"总是学人,与其学欧、曾,不若学马迁、班固。"不知学马迁莫如欧,学班固莫如曾,今我此文,正是学马、班,岂谓学欧、曾哉!②

在他看来,欧阳修和曾巩正是传承了司马迁、班固以来的文统,而且在成就上还有所超越。因此,远绍秦汉,就不如近祖唐宋了。由此可知,王慎中最为心仪的大文豪首推欧阳修和曾巩。无独有偶,归有光也最推重欧阳修和曾巩。后来的评论家,干脆就以"肩随欧、曾"③、"学欧曾而有得,卓乎可传"④、"比于欧、曾"⑤以及"欧、曾支派"⑥来评价他。其实,欧阳修和曾巩可以说是明代唐宋派各家所共同尊奉的对象。

正如历代的评论家所公认的那样,唐宋古文运动是一脉相承的。但这也并不能否认,唐宋文之间的风格还是有明显差异的。一般说来,唐文重于纵横开阖,波澜起伏,在转接之间又不可测识,而宋文则贵在曲折舒缓,不露锋芒,洋洋洒洒而少突兀奇峰。其中韩

---

① 茅坤:《八大家文钞》,明崇祯刻本。
② 王慎中:《遵岩集》卷24,《四库全书》本。
③ 钱谦益:《列朝诗集小传·震川先生归有光》,见《震川先生全集》,《四部丛刊》本。
④ 刘开:《与阮芸台宫保论文书》,《刘孟涂文集》卷4,檗山草堂本。
⑤ 归庄:《书先太仆全集后》,见《震川先生文集》,《四部丛刊》本。
⑥ 蒋湘南:《与田叔子论古文第二书》,《七经楼文钞》卷4,同治九年重刻本。

愈和欧阳修可以称得上是集中体现这两种不同风格的典范,也就是刘熙载所说的"昌黎文意思来得硬直,欧、曾来得柔婉"①。明代的唐宋派散文家揭橥唐宋文用以反对七子"文必秦汉"的拟古倾向,从而形成他们自身的散文理论。然而他们在实际创作过程中,似更偏向于师法宋文,尤其是欧、曾之文,故而他们创作的散文,多偏向于阴柔之美,趋于平易婉转的风格。

综上所述,明七子标榜"文必秦汉",然而他们真正的用意是在鼓吹"勿读唐人以后书",是在贬抑宋代散文的价值。相反,唐宋派表面上是在倡导师法唐宋时期的散文,但实际上却更注重师法宋文。由此可以看出,前后七子和唐宋派之间的根本冲突以及他们的争论焦点,是集中在对待宋代散文应持何种态度这个问题上。

至于清代的桐城派,在散文方面主要是继承和发展了明代唐宋派的古文理论,桐城派并非径直继承韩欧以来的唐宋古文传统,而是由清初诸家上溯,通过以归有光、唐顺之、王慎中为代表的明代唐宋派古文家而接续以韩愈、欧阳修为代表的唐宋八大家的文统。可以说,明代唐宋派的文章法度是形成桐城派文风的又一重要因素。关于桐城派的师承渊源关系,吴曾祺在《涵芬楼文谈》中曾有详细的阐述:

> 至明李梦阳倡为汉魏之学,谓唐宋以下之文不足读,王何之徒从而和之,海内之士,靡然向风,独归震川伏处闾巷之内,谨守欧、曾义法,起而与之抗。于是虽无派之名,而有派之迹。迨国朝姚惜抱出,用其师刘才甫之说,始崇奉震川,而上溯欧、曾,为入室弟子,学者翕然宗之,衣钵相承,递相校衍,俨然为文中家法。以惜抱为桐城人,号为桐城派。

而桐城派的代表人物如刘大櫆、姚鼐等人,他们的师法对象也无非

---

① 《艺概》卷1,见《刘熙载论艺六种》,第34页,巴蜀书社1990年版。

是欧、曾等宋代文人。关于这一点,前人也曾注意到:

> 海峰(刘大櫆)之文有学《庄子》《史记》,为之者弗至也;学欧阳、王介甫,为之者时至焉;学归熙甫,辄至焉。①
>
> 为文高简深古,尤近欧阳修、曾巩。②

试观桐城派的古文风格,也颇多承袭了宋文的精神。即以姚鼐的《述庵文钞序》《复鲁絜非书》《丹徒王君墓志铭》及《吴塘别墅记》诸文而言,语气舒荡回环,神情摇曳起伏,声调抑扬顿挫,深得欧阳修文章的风神。另外,姚鼐曾在总结前人古文理论的基础上,提出"阳刚"、"阴柔"之说,并且颇为推崇"阳刚"之美。然而在实际的创作过程中,他的文风却是偏向阴柔一面的。这与他有意识地取法以欧、曾为代表的宋人散文,不能说没有内在的联系。当然,姚鼐也并未被唐宋派的门径所拘囿,他曾编选过《古文辞类纂》一书,所选作品,上溯先秦两汉,下迄明清两代,以唐宋八大家为主,于明取归有光,于清则取方苞、刘大櫆,以继八大家之绪。马其昶曾在《桐城古文集略序》中对《古文辞类纂》这部书所揭示的文统观作了说明:

> 唐宋以来,作者众矣。而世之治古文者,独取韩、柳、欧、曾、王、苏之作;一二深识之士,又谓明归氏及我朝方侍郎足以继之,岂故隘其途哉!……(姚鼐)为《古文辞类纂》一书,刊伪砭俗,启示途径,然后学者知由唐、宋、秦、汉以上溯《六经》,盖蔚乎大雅之林矣!③

在他看来,姚鼐的文统论已超出了明代唐宋派与桐城派先驱者方苞的主张,对先秦、两汉之文,以及六朝后的辞赋都能兼收并蓄。他似乎意欲调停宗秦汉派与宗唐宋派之间的争执,以示自身门径之宽。

---

① 张惠言:《书海峰文集后》,《茗柯文补编》卷上,《四部丛刊》本。
② 《清史稿》卷485,第13396页,中华书局1977年版。
③ 《马通伯文钞》卷1,《当代八家文钞》本,中国图书公司1916年版。

虽然他的文统要上溯到先秦、两汉之文,群经诸子之籍,但桐城派的文统观依旧是建立在传承明代唐宋派古文理论的基础之上的。宋代散文风格的影响,依旧在桐城派自身的文学理论上,打下了深刻的烙印。因而在宗秦汉与宗唐宋这场争论中,桐城派无疑是站在了宗宋派的立场上的。

第二章

宋代文学文献叙录

宋代流传至今的文献典籍极为丰富,给我们研究宋代文学提供了大量的、丰富的资料。究其原因,大致如下:

宋王朝的建立,结束了五代地方政权割据、战乱纷争的局面。宋代君主针对唐末五代的种种积弊,采取了一系列举措:在经济上发展了契约形式的租佃关系,奖励垦荒,满足部分农民的土地要求,这使农业生产在一定程度上得到发展;在政治上加强中央集权,防止割据势力的膨胀;在思想文化方面,采取了优待文人,广设学校,扩大科举,增设官职,提高文臣的地位及俸给,并大规模地编纂整理文献典籍等政策,因而出现了国家统一和相对安定的局面,宋代农业、手工业发展迅速,社会经济逐步繁荣。这些都给宋代文学的发展繁荣创造了客观条件。

宋代编纂印刷的文献典籍,规模之大,版刻之多,印刷之精,流通之广,在历史上可谓空前,亦堪为后世楷模。下面着重谈谈宋代文献典籍的编纂出版事业。

首先是宋代帝王出于文治的需要,对编纂印刷古代典籍的倡导。如宋太宗从太平兴国二年(971)起,令李昉等开馆纂修了三部大书——《太平御览》《太平广记》和《文苑英华》。宋真宗于景德二年(1005)敕令王钦若、杨亿等编纂了一部1 000卷的大书《册府元龟》。司马光在宋英宗时设局主编了294卷的历史巨著《资治通鉴》。这些文献典籍编纂整理工作的完成，无疑在社会上产生了巨大的影响。于是上行下效，除中央政府外，国子监、地方各州县、各路茶盐司、安抚司、转运司，以至各州学、府学、各地书院和各级机构，亦纷纷用公款刻书。由于用公帑投资刻印，所以要求较高，雕工用料不惜工本，刊印精美大方。这些刻本统称"官刻本"。

当时刻书之风也流行于民间，社会上出现了许多书坊、书铺、书棚。一些书商以刻印图书为业，谋取利润。宋代书坊最著名的要算南宋初建安余仁仲的万卷堂，所刻以经部为主，其名刻于今传世者有绍熙二年(1191)余氏所刻何休《春秋公羊传解诂》。余氏万卷堂并以经营刻书递传子孙为事业。南宋时的书商陈起开设经籍铺于临安府棚北睦亲坊南，陈氏刻书以精丽工整著称，其名刻传世者有唐代周贺所撰《周贺诗集》。陈氏又善诗，与江湖派诗人交好，编刻有《江湖集》，使得南宋时一些名声不甚显著的诗人的作品赖陈氏刻本以传。这类刻本通称"坊刻本"。宋代书坊数量很多，但书坊主人因不被社会重视，故多不见于史传记载。其刻本情况，只能从传本、各家书目记载及藏书家的题识中有所了解。

宋代不仅各地大小官衙、机关盛行雕板刻书，而且不少私家、个人也筹资刻书。这些刻本通称为"家刻本"或"家塾本"。宋代私家刻书最著名的有：陆子遹所刻其父陆游的《渭南文集》50卷，于嘉定十三年(1220)陆子遹官建康府溧阳县时作序并刻印。刻印极精，"游"字缺末笔，以避父讳。庆元二年(1196)，吉安周必大刻印欧阳修《欧阳文忠公集》153卷。其中《居士集》50卷，每卷末有"熙宁五年秋七月男发等编定，绍熙二年三月郡人孙谦益校正"字样。"家刻本"在校勘方面仔细认真，文献价值很高。

由于宋代刻书事业盛行，整个宋代，书籍的生产方式改为以雕版印刷为正宗。经过三百多年的实践，雕印技术提高到了精益求精的程度，还发明了"活字印刷术"。有宋一代在书籍的数量和质量上都达到了高峰。凡流传至今的宋版书,不论是官刻、坊刻或家刻,都已成为"国宝",弥足珍贵。即使明代翻刻的宋版书,也被学术界奉为"善本"。

宋代大量编纂的文献典籍和辉煌的书籍出版事业,为后人保留了研究宋代文学所需的宝贵文献资料。

第一节　总集·别集

一、总集

所谓总集,是指汇总或选录众人的多种体裁作品编成一书。我国历史上总集的编纂始于晋代。"总集者,以建安之后,辞赋转繁,众家之集,日以滋广。晋代挚虞苦览者之劳倦,于是采摘孔翠,芟剪繁芜,自诗赋下,各为条贯,合而编之,谓为《流别》(按:即《文章流别集》)。是后文集总抄,作者继轨。属辞之士,以为覃奥而取则焉。"①到了六朝萧梁时,阮孝绪编撰目录书《七录》,在集部单列总集部为一个门类,此后《隋书·经籍志》又将《七录》中的杂文并入总集部。后世目录书相继沿用,"总集"的名称遂固定下来。从历代流传下来的总集的结构上来看,或依体裁,或依时代,或依地域而汇编成书,也有将数人别集编为合集的。其汇编原则为:"一则网罗放佚,使零章残什,并有所归;一则删汰繁芜,使莠稗咸除,精华毕出。"②这段话扼要说明了总集的两大特点:一曰全,二曰精。

由于宋人的著述极为丰富,且传播手段较前代更为优越,宋代诗、词、文总集的编纂工作呈现出规模宏大、搜罗丰富的特点。下面对宋诗、宋词、宋文的总集分别作一综述。

(一) 宋诗总集

宋人自编的宋诗总集,流传至今的约有十余种。从编集成书的

---

① 《隋书·经籍志·总集》,《隋书》,第1089页,中华书局1973年版。
② 《四库全书总目·总集类序》,中华书局1965年版。

年代和内容来看,大致有以下几类:

1. 唱和诗总集

由于宋初统治者在政治上提倡偃武修文,徐铉、李昉等一批由五代入宋的文人兼重臣,将唱和应酬诗风带入宋朝宫廷。这恰恰迎合了统治者颂扬圣明和粉饰太平的需要,以至连宋太宗也时常与文臣一起舞文弄墨。这种始于宫廷的唱和风气,也影响了当时的诗坛,因此出现一批唱和诗总集。以成集的时间为序,计有:《翰林酬唱集》《禁林宴会集》《商於唱和集》《二李唱和集》《西昆酬唱集》《坡门酬唱集》等。

徐铉、李昉、王琪、汤悦等人的《翰林酬唱集》,李昉、苏易简等人的《禁林宴会集》均系馆阁唱和之作。《禁林宴会集》后赖南宋洪遵《翰苑群书》的辑集而获流传,《翰林酬唱集》则已久佚。

《商於唱和集》是王禹偁谪居商州时所编。淳化二年(991),王禹偁因抗疏论尼道安诬告徐铉事得罪于太宗,被革去知制诰职务,贬为商州团练副使。在谪居近两年的时间里,王禹偁与友人唱酬往来,曾写诗上百篇,纂为《商於唱和集》一册。后自编《小畜集》时舍弃了绝大部分,其曾孙王汾搜集编订的《小畜外集》今存残本,诗仅卷6和卷7的一部分,所收的主要为王禹偁与同年进士商州知州冯伉的往还诗。

《二李唱和集》是李昉与李至的唱和诗。集中多为律诗,诗的体格接近白居易。原书久佚,直到清光绪年间才由贵阳陈氏将日本所藏之北宋本影印带回国内。

《西昆酬唱集》,杨亿编。共2卷,收诗人17家,诗248首,全为近体。宋真宗景德元年(1005),杨亿、刘筠、钱惟演等13人奉命于内廷藏书秘阁编纂《册府元龟》,于编书之暇,连同未参加编书的张咏、舒雅、丁谓、钱惟济等人作诗唱和酬对。杨亿将秘阁比为神话《穆天子传》所云西方昆仑山上先王藏书的秘府,故名之为《西昆酬唱集》。该集现存版本有明嘉靖时张绎玩珠堂刊本(即商务印书馆《四部丛刊》所据之底本),中华书局1980年出版王仲荦注本,上海古籍出版社1985年又影印出版了清周桢、王图炜校注的《西昆酬唱集》。

成书于南宋绍熙年间,由邵浩编集的《坡门酬唱集》,收录了苏轼、苏辙兄弟与其门下六君子(黄庭坚、秦观、张耒、晁补之、李廌、陈师道)的唱和诗,凡23卷,660篇。所编诗作大多为同题共韵,编者的用意在于"比而观之,可以知其才力之强弱与意旨之异同。较之散见诸集,易于互勘,谈艺者亦深有裨也"①。这部诗集保存了有关苏门六君子诗歌唱酬的重要资料,为后人的研究提供了便利条件。有影宋本、八千卷楼抄本。后收入《四库全书》。

此外,同属唱和类的宋诗总集还有:

邓忠臣等所撰《同文馆唱和诗》10卷。这是元祐二年(1087)撰者与同事13人,于同文馆(本高丽使臣所居)试院锁闱中所作唱和诗,集为一编。该集为宋代仅存的试院唱和诗集,编者不详。《四库全书》本系据抄本收入。

《南岳倡酬集》1卷。乾道二年(1166)十一月朱熹与张栻、林用中等同游南岳时所作纪游诗57题,编者不详。有八千卷楼抄本。后收入《四库全书》。

值得一提的还有宋末元初人吴渭编辑的《月泉吟社诗》。该集是从其诗社所征集的二千余首五七言律体的春日田园杂兴诗中,精选出60位诗人的74首诗歌评品汇编而成。作者多为宋之遗民,王士禛称其诗"清新尖刻,别自一家"②。有汲古阁刊《诗词杂俎》本、《粤雅堂丛书》本。

2. 书商刻印的总集

南宋诗人兼书商陈起,曾先后刻印了当代诗人的集子,计有《江湖集》《江湖前集》《江湖后集》《江湖续集》《中兴江湖集》和《中兴群公吟稿》等。陈起编刻的诗集,主要不是从已刻印的诗集中选录,

---

① 《四库全书总目·〈坡门酬唱集〉提要》,中华书局1965年版。
② 王士禛:《池北偶谈》,第461页,中华书局1982年版。

而是直接向某些诗人索稿,其中大部分是尚未面世的作品,使南宋中后期一些诗人的诗作得以传世。宋理宗时,由于陈起所刻诗集中的某些作品忤犯了当时权贵,陈起因此被黜流放,《江湖集》亦被列为禁书毁版。今存《江湖小集》《江湖后集》均为后人辑本。由于这部丛刊所收作者较多,且刊行时间跨度很大,他把初刻的《江湖集》称为《前集》,诗禁解除后重新辑刻的称为《后集》,第三次辑刻的则称为《续集》。原书已于明末失传,只有部分诗集的多种传抄本流散民间。① 该集的遭禁毁版,使当时由于书商的穿针引线,将某些作家的作品汇集在一起,而形成的宋代文学史上的一个特殊的诗歌流派——江湖诗派的本来面目,变得模糊不清,给后人的研究造成了很大困难。明代崇祯年间,毛晋汲古阁影抄《南宋群贤六十家小集》,重新刊刻了《江湖集》。清嘉庆六年(1801),顾修读画斋辑刻了《南宋群贤小集》,亦收入《江湖集》。清代修《四库全书》时,收录了两淮盐政采进本《江湖小集》95卷,后四库馆臣又从《永乐大典》中辑得《江湖后集》24卷、47家,使现存可考的作者达到109人。《江湖小集》《江湖后集》均有清嘉庆时顾氏重刊本、八千卷楼抄本。

3. 按内容分类的总集

《声画集》8卷,孙绍远编辑。该集所收均为唐宋人题画诗之名作,分为26门。编者卷首自序谓"名之曰声画,用有声画无声诗之意也"②。集中收录的某些诗,由于作者的诗集不传于世,仅赖《声画集》中所存诗作以传。有莫友芝藏朱彝尊旧写本。后收入《四库全书》。

《古今岁时杂咏》,蒲积中编辑。据晁公武《郡斋读书志》记载,宋绶(宣献)曾手编古诗及魏晋迄唐人岁时章什集为18卷,后益为20卷。在此基础上,蒲积中于宋高宗绍兴年间续成此书,共46卷。宋绶原本收诗1 506首,蒲积中增至2 749首,所增宋人诗作已占古人诗的五分之四。此书的价值在于将宋以前叙写时令的诗歌分类

---

① 参见胡念贻《南宋〈江湖前、后、续集〉的编纂和流传》,载《文史》第十六辑。
② 孙绍远:《声画集序》,《声画集》卷首,《四库全书》本。

摘录,为后人提供了丰富的资料。有天一阁、汲古阁旧抄本。1993年上海古籍出版社据《四库全书》本影印出版。

宋以后,元明两朝文人不重宋诗,元代编纂的宋诗总集,仅有《谷音》和《瀛奎律髓》,明代仅有李蓘编辑的《宋艺圃集》。

《谷音》2卷,元杜本编。收录宋末遗民诗101首,作者30人,其中无名氏5人。张槃《谷音跋》云:此集乃"宋亡元初节士悲愤幽人清咏之辞","谷音若曰山谷之音,如野史之类也",说明了该集的内容和书名的由来。清王士禛《论诗绝句》评曰:"谁嗣箧中冰雪句,《谷音》一卷独铮铮。"有明汲古阁本、《四部丛刊》影印旧抄本。

方回编选的《瀛奎律髓》,是一部唐宋律诗总集,编者意谓所选均为律诗精粹之作,故名律髓。共49卷,收诗人385家、诗3040首。宋诗入选1765首,诗人221家,所占比重超过唐代。该书分类编排,有评语,有圈点。以杜甫为一祖,黄庭坚、陈师道、陈与义为三宗的江西诗派入选作品较多,是一部体现江西诗派诗论的集子。但方回并未囿于一己之见,也兼选了宋代西昆体、江湖派、四灵体诗中的佳作。有清康熙五十二年(1713)吴之振黄叶山庄刻本和清嘉庆五年(1800)李光垣校刻本。1986年上海古籍出版社出版了由李庆甲集评校点的《瀛奎律髓汇评》。

明代李蓘编辑的《宋艺圃集》,成书于隆庆丁卯年(1567)。共计22卷,选录宋诗人237人,末卷附释衲33人,宫闱6人,灵怪3人,妓流5人,不知名4人,共288人。该书积13年之功搜采成编,网罗颇富,收录了大量宋诗的优秀作品。惜其编次不以时代先后为序,《四库提要》谓其"君臣淆列,尤属不伦"[1]。清王士禛曾称赞李蓘不为明代崇尚唐诗的时代风气所囿编选此书的勇气:"隆庆初元,海内尊尚李、王之派,讳言宋诗,而于田独阐幽抉异,撰为此书,其学识有过人者。"[2]有明万历刊本。后收入《四库全书》。

---

[1] 《四库全书总目·〈宋艺圃集〉提要》,中华书局1965年版。
[2] 王士禛:《香祖笔记》,第47页,上海古籍出版社1982年版。

清代康熙年间,一些诗人学者不满明代前后七子一味推尊唐诗而贬抑宋诗的片面倾向,亦有感于宋元以后宋诗向无总集,亦无专选的情况,开始了广泛搜罗宋代诗人专集的工作。由于他们的努力,宋诗总集的编纂一时间蔚为大观,形成了清代的"宋诗学"。其中颇具代表性且影响较大的有:

《宋诗钞》,是清代吴之振、吕留良、吴自牧编选的《宋诗钞初集》和管廷芬、蒋光煦编辑的《宋诗钞补》两书的合集。共收宋诗2780首,诗人100家。入选作家名下多附小传,略述其生平,简评其诗作。《宋诗钞初集》初时拟选刻100家诗,至康熙十年(1671)刊印时尚有16家有目无书。为逃避文字狱之祸,刻本多有残缺。后吕留良因受文字狱株连,毁墓戮尸,故清刻本不署其名。商务印书馆1914年据康熙十年刻本影印时,由李宣龚校补缺文计58家728字,尚不及全。1915年李氏从吴兴刘承幹处得别下斋旧藏本《宋诗钞补》,交商务印书馆排印,使《宋诗钞初集》原缺16家得以补全,其他各家之诗亦多有增益。1986年中华书局将两书合成一部,精装4册,统称《宋诗钞》,并删除重复,统一异名,改正错讹,校点出版。

清康熙五十六年(1717),陈讦编刻了《宋十五家诗选》。此集《自序》云:编纂此书的目的,意在矫正学宋诗易造成的"空疏率易"的弊病,进一步提倡宋诗。所选15家:梅尧臣、欧阳修、曾巩、王安石、苏轼、苏辙、黄庭坚、陆游、杨万里、范成大、王十朋、朱熹、方岳、高翥、文天祥等,"皆宋之圣于诗,神于诗者"。此集不分卷,有清康熙五十六年(1717)原刻本。

《宋诗钞》和《宋十五家诗选》相继刊刻行世后,清乾隆年间曹廷栋认为其书漏略尚多,且刊刻未竟,因此搜采遗佚,编选了28卷的《宋百家诗存》。此集入选者100家,每家1集,集前冠以小传,已见《宋诗钞》者不收,存诗10首以下者不收。北宋收魏野、贺铸等10余家,南宋收吕本中等80余家。所采诗集,在当时已属罕见。《宋百家诗存》的面世,标志着有宋一代诗从分散到集中的过程中又前进了一步。有清乾隆六年(1741)原刻本。

厉鹗辑撰的《宋诗纪事》100 卷,收录宋代诗人 3 212 家,可说是清代最大的一部宋诗总集。此集仿效宋计有功《唐诗纪事》的体裁而有所发展,诗人名下大多先附以小传,引录总论性质的文献资料,后列举诗作,缀以本事和评论。该集的特点之一是编辑者的"访求积卷"(《自序》),所收诗作及所引文献资料大量采自宋人文集、别集、诗话、笔记、类书、史书、方志、金石、碑帖,搜罗宏富,且大多注明出处,其中有些书籍于今已不易见。特点之二是编辑者的"博稽深订"(《自序》),对于作者有疑问的诗篇,亦分别于诗后间加按语予以说明。此书历时 20 年方才编成,它保存了大量宋诗及其宝贵资料,具有较高的文献价值。有清乾隆十一年(1746)厉氏樊榭山房刊本,上海古籍出版社 1983 年据以标点整理出版。清陆心源著有《宋诗纪事补遗》100 卷、《小传补正》4 卷,增补宋诗人约 3 000 家,有光绪十九年(1893)刊本。

随着清代"宋诗学"的兴起,编辑宋诗总集的工作,除了尽可能注意收集的数量,也已开始显露出批评的眼光。清张景星、姚培谦编选的《宋诗别裁集》,就是一部意在"尝鼎一脔,窥豹一斑",以见宋诗宗派(傅王露《序》)的宋诗总集。此书收宋诗 645 首,作家 137 人。按五言排律……五言绝句、七言绝句为序排列,力求收入西昆体、江西诗派、江湖派诸家以及苏轼、陆游等宋诗大家的代表诗作。原名为《宋诗百一钞》,后人将其与《元诗百一钞》《唐诗别裁集》《明诗别裁集》《清诗别裁集》合刻,称为《五朝诗别裁》。有清乾隆二十六年(1761)诵芬楼初刻本,扫叶山房石印本,1975、1981 年中华书局据此缩印为平装本。1978 年上海古籍出版社出版据诵芬楼本校点的排印本。

近代人编选的宋诗总集,较为重要的有陈衍的《宋诗精华录》和高步瀛的《唐宋诗举要》。

《宋诗精华录》将入选宋诗按初宋、盛宋、中宋、晚宋分为 4 卷,从历史的纵向角度反映出宋诗的面貌。它以元丰、元祐以前西昆诸人及苏、梅、欧阳等为初宋,入选 39 家;元丰、元祐以后至北宋末王、苏、黄、陈、秦、晁、张等为盛宋,入选 18 家;南渡后曾幾、陈与义、尤、萧、范、陆、杨等为中宋,入选 32 家;四灵以后及谢翱、郑思肖等为晚宋,入选 40 家。此集共收宋诗近 700 首,多为众口传诵、风格各异的佳作,入选作家 120 余人。另列有"句"栏目,摘选作者名句,在体例上独创一格,其利在突显菁华,弊在割裂原诗。有 1937 年商务印书馆铅印本、1984 年江西人民出版社《百花洲文库》点校本、1992 年巴蜀书社曹中孚校注本。

高步瀛编选的《唐宋诗举要》,由于编选者的目的在便于读者诵习而不在反映唐宋诗全貌,因此入选者均为大家。宋诗部分计有 17 家(附金元好问),197 首。该书采用集注方式,有总评夹评,引用材料丰富翔实,对旧注的讹误之处亦有所订正。有 1959 年中华书局上海编辑所排印本。

《全宋诗》是全国高校古籍整理研究工作委员会重点项目之一,由北京大学古文献研究所编辑,傅璇琮等任主编。编委会成员历经十二年的艰辛工作,编成古往今来篇幅最大的古代诗歌断代总集,于 1998 年完成出版。《全宋诗》共 72 册,3 785 卷,计收诗人9 000 多家,诗 25 万余首,共 4 000 余万字。《全宋诗》的编纂,采录宋诗别集多达 600 余种,每种别集汇集不同版本,择善而从,在底本的选择和校勘上颇见功力。这部《全宋诗》"搜采广博,涵容繁富,名家钜制,散篇佚作,全部荟萃于斯。而考订之精审,比勘之是当,亦远非《全唐诗》之所可比拟。不唯两宋诗坛之各流派、各家数均可借此而探索其源流,而三百余年之社会风貌,学士文人之思想感情,亦均借此而得所反映"[①]。

(二) 宋词总集

宋词总集的编纂,始于南宋中期。现存最早的宋人编选的宋词总集,是南宋曾慥(字端伯)于宋高宗绍兴十六年(1146)编成的《乐府雅词》。此书有上、中、下 3 卷及《拾遗》上、下 2 卷。正集选录欧

[①] 邓广铭:《全宋诗》第 1 册卷首题辞,北京大学出版社 1991 年版。

阳修等 34 家，《拾遗》选录 16 家，共收作者 50 人。它所特有的价值，在于收录了别处未见的宋代曲乐作品，如由内廷传出的无名氏《九张机》和董颖的《道宫薄媚》等，为词体、词乐的研究保存了重要资料。此书编选者的选词标准是崇尚典雅，故不选被时人称为"软媚"的柳永、晏殊、晏几道、秦观诸家词。对欧阳修的某些艳词，也视为"当时小人或作艳曲，谬为公词，今悉删除"（《自序》）。曾慥另外又编刻了《东坡词》2 卷，拾遗 1 卷，故《乐府雅词》不再收苏轼词。关于《乐府雅词》的版本，陈振孙《直斋书录解题》作 3 卷，《文献通考·经籍考》作 12 卷。《四库全书》本辑自《永乐大典》，作 3 卷，拾遗 2 卷。《四部丛刊》本据涵芬楼所藏旧抄本影印，亦为正集 3 卷，拾遗 2 卷。清时另一旧抄本作正集 6 卷，拾遗 2 卷，嘉庆时秦恩复据此本编刻入《词学丛书》。

南宋时期编辑的较为重要的宋词总集还有：宋理宗淳祐年间黄昇编辑的《唐宋诸贤绝妙词选》和《中兴以来绝妙词选》，两者合称《花庵词选》；赵闻礼编辑的《阳春白雪》、周密编辑的《绝妙好词》和南宋佚名遗民编辑的《乐府补题》。

《唐宋诸贤绝妙词选》共 10 卷，1 至 8 卷收唐李白至南宋王昂的词，第 9 卷收禅林，第 10 卷收闺秀，共 134 家。《中兴以来绝妙词选》亦 10 卷，选录南宋词，自康与之至洪瑹，末附黄昇己作，共 89 家。这两部词集明显优于《乐府雅词》之处，在于每个词人名下各注字号、里贯；所选词间附评语，有些评语对后人产生了一定影响。选唐词时，标目下面有一条概括性的评论："凡看唐人词曲，当看其命意造语工致处，盖语简而意深，所以为奇作也。"[①]后来的选词家受其启发，往往也在选词之前先来一个理论性的概说，探本溯源，起到开宗明义的作用，如周济的《宋四家词选》的《目录序论》，冯煦《宋六十一家词选》的《例言》。

《唐宋诸贤绝妙词选》选录苏轼词 31 首，列名仅次于欧阳修，数

[①] 黄昇：《唐宋诸贤绝妙词选》卷 1，《四部丛刊》本。

量居全书第一。由此可见苏词在当时的地位,已与曾慥编《乐府雅词》时有所不同(两集相隔100年左右)。《中兴以来绝妙词选》选录"中兴以来"(南宋自公元1127年赵构即位南京改元建炎始,宋人称"中兴")词人的作品,其中选辛弃疾和刘克庄词均达42首,数量位居第一。从中既可看出黄昇的选词倾向,也从一个侧面反映出苏、辛一派词人在当时词坛的主流地位。《唐宋诸贤绝妙词选》有明翻宋刻本。《中兴以来绝妙词选》有原刻本。吴昌绶据此刻入《景印宋元本词》。中华书局上海编辑所1958年据《四部丛刊》影印明翻宋本断句排印。

赵闻礼编辑的《阳春白雪》,《直斋书录解题》著录为5卷,今传本为8卷,外集1卷。所选二百余家,共收词六百多首,依调编次。卷1至卷3多北宋词,卷4以下皆南宋词。每卷中先慢词,后小令。北宋所录词作以周邦彦最多,南宋以辛弃疾、姜夔、史达祖、吴文英4家居多。宋末江湖派词人之作,多荟萃于此。由于此集元明时传本甚罕,直至清代嘉庆年间,始为秦恩复刻入《词学丛书》。另有《粤雅堂丛书》本和影印《宛委别藏》本。

周密编辑的《绝妙好词》,选录了南宋初期张孝祥至宋末仇远共132人的作品。全书分7卷,共385首。其选录标准偏重于格律,推重清丽婉约而轻视雄壮激昂的作品。如辛弃疾词仅选录3首,刘克庄词仅4首,姜夔、吴文英词分别为13首和16首。与周密同时的张炎,就认为《绝妙好词》比《阳春白雪》更为"精粹"①。到了清代,厉鹗也认为它是"词家之准的"②。《绝妙好词》在词学研究领域的贡献,还在于它选录了许多名不见史传的词人作品,其中一部分是编者声应气求的交游好友。他们结为词社,互相唱和,从他们的词作中可以窥见当时词坛不同风格作品的流行情况,为研究宋词风格、流派的演变发展提供了参考资料。元、明两代,此集曾湮没

---

① 张炎:《词源》下,夏承焘《词源注》,第28页,人民文学出版社1963年版。
② 厉鹗:《绝妙好词笺序》,《绝妙好词笺》卷首,上海古籍出版社1984年版。

不彰。直到清康熙二十三年(1684),始于常熟钱谦益家发现秘藏抄本,得以刻印行世。有明代汲古阁抄本。清查为仁、厉鹗作《绝妙好词笺》,刻于乾隆十五年(1750),收入《四库全书》。又有《四部备要》本,内附《绝妙词选续钞》1卷,为仁和余集从周密《浩然斋雅谈》等书中辑出,由钱塘姚煌作注。1984年上海古籍出版社据清道光八年(1828)徐懋爱日轩刻本影印出版《绝妙好词笺》。

《乐府补题》是一部收录南宋遗民词作的总集。从词作的内容来看,编者当是宋室遗民。所录有王沂孙、周密、王易简、冯应瑞、唐艺孙、吕同老、李彭老、李居仁、赵汝钠、张炎、陈恕可、唐珏、仇远等14家词,其中佚名1家。有的作者在当时知名度不高,生平亦不详,他们的词作仅赖此集以传。《乐府补题》前后无序跋亦无目录,词作内容多为抒发对元僧杨琏真伽发掘宋帝六陵之愤懑,分咏莲、蝉、龙涎香等物,以志其家国沦亡之悲。此合集内的14家词人的作品,不仅遥寄了深沉的故国哀思,为一代宋词谱就了殿末之章;而且以其运曲隐寄托之笔,抒别有怀抱之情的艺术造诣,将咏物词的水平推向了又一高度。有明吴讷《唐宋名贤百家词》本,另有《知不足斋丛书》本和《彊村丛书》本。

宋词总集的编纂,经历了三百余年的沉寂,到了明代后期,又开始呈现出一定程度的繁荣。其标志就是一部大型宋词总集丛刻的问世,即毛晋于嘉靖年间刊刻的《宋六十名家词》。

这部词集收入宋代词集自晏殊《珠玉词》至卢炳《烘堂词》,共61种,91卷,分为6集。不论是入选词人的范围还是词作的数量,都超过了宋人所编辑的宋词总集。该集在体例上的特点,是每家之后附有编者跋语,或为作者小传,或为其佚事、版刻,或为编者对于词作的见解,拥有相当丰富的学术信息量。各家词集以付刻先后为序,不依时代编排。编者原拟先刻6集,再续刻其他各集,后终因财力不足而作罢。遗憾的是,当时已经收集到的张先、贺铸、范成大、杨万里、王沂孙等约40家的词集未及续刻。在编辑此书时,随意合并了原集之卷数,增补之词作亦未可尽信,校勘也较粗疏。其后毛晋之子毛扆与陆贻典、黄仪等人就原刻详加校勘,纠正了许多讹误。这个校勘本,现藏北京图书馆。该集流传颇广,有明崇祯毛氏汲古阁刊本,还有《四部备要》排印本。1985年中国书店曾重印出版。上海古籍出版社1985年据民国年间上海博古斋影印明毛氏汲古阁刊本缩印出版,书后附有索引。

到了清代,宋词总集的编纂呈现出蔚为大观的气象。在大型选集方面,有康熙年间朱彝尊与汪森编成的36卷本《词综》,共收录宋代词人650多家,词作2 250多首,其规模较前代的宋词总集更为宏富。《词综》在体例上吸取了前代词集之长,以时代先后为序,各家下有词人姓氏、籍贯及其著作介绍,"其词名、句读为他选所淆舛,及姓氏爵里之误,皆详考而订正之"①。所搜集的原始材料亦极为丰富,"计览观宋元词集一百七十家,传记、小说、地志共三百余家,历岁八稔,然后成书"②。在所选词作中还间附宋、元人评语,对于研究者颇有启示。书前汪森所撰的序中,指出不应把词视为"诗之余",推尊姜夔为词家正宗,以张辑、卢祖皋、史达祖、吴文英、蒋捷、王沂孙、张炎、周密为羽翼,与朱彝尊在《凡例》中"词至南宋始极其工,至宋季而始极其变,姜尧章氏最为杰出"的观点互为呼应。《词综》的选录标准,是"以醇雅为宗",意在纠正当时词坛的俗艳之弊,同时也反映了浙西词派注重格律的倾向。《词综》收入了许多有代表性的词人和作品,显示了宋词的丰富内容。有康熙三十年(1691)经汪森等增订的刊本和《四部备要》本,1978年上海古籍出版社据此出版了校点排印本。

清嘉庆二年(1797),常州词派的开创者张惠言编辑了《词选》,选录唐、宋词人55家,词作116首。编者认为,自清初浙派词人推崇姜、张以来,清代词作偏重格律,题材狭窄,内容渐趋空虚。为纠正浙派词风之流弊,张惠言强调词要通过比兴、寄托,来体现"温柔

---

① 《四库全书总目·〈词综〉提要》,中华书局1965年版。
② 汪森:《词综序》,《词综》卷首,上海古籍出版社1978年版。

敦厚"的诗教,并认为词的地位应"与诗赋之流同类而风诵"①。因此,所选词作主要是苏轼、秦观、周邦彦、辛弃疾、张孝祥、王沂孙等人的作品。《词选》的面世,对于当时词坛和以后清词的词风转变,曾经产生了一定影响。集中所附解说,不乏见解独到之处。由于过分强调比兴寄托在词中的作用,有时不免失于穿凿附会。后其外孙董毅复编成《续词选》3卷,又续选52家、词作132首,其中姜夔7首,张炎23首,又走入了偏重格律一途。《词选》有清道光重刊本,《续词选》有道光间刊本、《四部备要》本。

清道光十二年(1832),常州词派的重要理论家周济编选了《宋四家词选》。该集不分卷,选录宋代词人51家、词作230首,以周邦彦、辛弃疾、吴文英、王沂孙4家词分领一代,其他各家词附属于4家之后,入选作品多加有详笺。编者撰写的《序论》,进一步发挥了张惠言《词选》序的论点,提出词"非寄托不入,非寄托不出"的主张,要求作品应含蓄地表现"忠爱"之思,对近代词的创作与研究影响很大。然而编者极力推尊周邦彦为词之集大成者,着眼点仍在于艺术技巧,表现出与其论词主张的自相矛盾。至于对辛弃疾词的贬抑之论,更属不当。有清光绪刻本,亦有《滂喜斋丛书》1卷本,1958年上海古典文学出版社据此本排印出版。

由明末至清的刊刻词集之风,一直持续到了晚清和近代。清光绪十四年(1888),王鹏运编刻了《四印斋所刻词》,选录了宋代苏轼、贺铸、李清照、周邦彦、辛弃疾、姜夔、张炎、王沂孙、朱淑真等16家词,另附刻宋代沈义父的《乐府指迷》。光绪十九年(1893),王鹏运又汇刻《宋元三十一家词》,收录宋代潘阆、朱敦儒等24家词,亦附入《四印斋所刻词》中。之后,又有江标刻印《宋元名家词》,吴重熹刻印《山左人词》,吴昌绶刻《双照楼景刊宋元本词》,陶湘刻《续刊景宋金元明本词》,朱孝臧刻《彊村丛书》。赵万里又补诸家丛刻之遗,编成《校辑宋金元人词》。嗣后,周泳先又有《唐宋金元词

---

① 张惠言:《词选·目录叙》,《四部备要》本。

钩沉》。

在词集丛刻方面,1917年朱孝臧编辑的《彊村丛书》,是近代辑刻的词学丛书中规模最大的唐宋金元词总集。因其祖居埭溪在上彊山麓,故以"彊村"为丛书名。其中宋词的总集和别集占了很大的比重,除宋词总集《乐府补题》和《中州乐府》外,还收辑了宋词别集112家。该集的特点,是以网罗稀见善本为主,且每种都注明版本来源,并加校订。对于原本中的错误,则分别予以纠正。凡过去已有较好刻本的,即不再收入。有1917年刻本,江苏广陵古籍刻印社1980年据民国十一年(1922)归安朱氏刊本影印,线装60册。

本世纪在宋词总集辑佚领域的一个重要成果,是赵万里所辑《校辑宋金元人词》,1931年2月由中央研究院历史语言研究所印行。该集计收入宋金元词人共70家,得词1 500余首。其中宋人56家,词作1 035首。除一小部分(如《稼轩词》丁集、《静春词》)之外,所辑词作均为毛晋、王鹏运、江标、朱孝臧、吴昌绶诸家汇刻词集时所未收录的。胡适在为该集所作的序言里,对它的特点作出了高度评价:首先,它是一部采用大规模的辑佚方法搜辑已散佚作品的词集;其次,每首词下尽可能多地注明词作的来源,有时多至十二三种,且将词中各本的异文一一注出;再次是以往词集诸刻本往往不加句读,此书略循前人词谱之例,点表逗顿,圈表韵脚。正如赵万里在《自序》中所言:"汇刻宋人乐章,以长沙《百家词》始,至余此编乃告一段落。"

1940年由商务印书馆出版的线装本三百卷《全宋词》,是唐圭璋在综合诸家辑刻的基础上,广采博搜产生的集大成之作。凡宋人文集、词选、笔记中所载词作,俱一并采录;更旁求类书、方志、金石、题跋、花木谱诸书中所载之词,汇编而成,是一部开创性的断代词总集。建国以后,编者又对此书重加整理,并由王仲闻修订加工,1965年由中华书局出版,共五册。新版《全宋词》在材料和体例方面,较旧本有很大提高;以善本代替以前的底本,增补词人240余家、词作1 400余首。在体例上改变了旧版按"帝王"、"宗室"等分类的排列,改为按词人生活年代先后排列。全书共计辑两宋词人1 330余家,词作近20 000首,并重考词人行实,改写小传,引用书目达五百三十余种。出版以后,编者又续作修订补正,写成《订补续记》,附于1979年重印本卷末。此书新版问世后,今人孔凡礼又从明抄本《诗渊》及其他书中辑录遗佚,编为《全宋词补辑》,收录作家140余人(其中41人已见《全宋词》),词作400余首,1981年由中华书局出版。

(三) 宋文总集

宋代的文章卷帙浩繁,在中国文学史上曾产生过极大的影响。从宋代始,就不断有大型宋文总集面世。

现存最早的一部由宋人编辑的宋文总集,也是唯一由北宋人选编的北宋文章总集,是不著编者姓名的《宋文选》,又名《圣宋文选》。该集收录北宋欧阳修、司马光、范仲淹、王禹偁、孙复、王安石、余元度、曾巩、石介、李邦直、唐子西、张耒、黄庭坚、陈莹中等14家文章,共32卷,380余篇。编者用意严慎,所选文章大都有关于经术政治,北宋政论文中的宏文名篇,悉荟萃于此。曾巩的《南丰外集续稿》,后世不传,其佚篇惟赖此集以存。此集未选苏轼文章,当与宋徽宗崇宁年间的"苏文之禁"有关,由此可推知它大约编刻于北宋末年。有士礼居所藏宋刊本。《四库全书》本系据浙江采进本收入。

宋代最大的一部诗文总集,是南宋吕祖谦奉宋孝宗之命编辑的《皇朝文鉴》。编书之初即传谕"令专取有益治道者"①,及书成奏进,即赐名《皇朝文鉴》,显然是有意仿效《资治通鉴》的命名,由此亦可知该书的编写目的。《宋文鉴》之名,是由明代商辂作序时更改的。该集搜罗广博,"所得文集凡八百家"②,编为61类,150卷。1—11卷收赋80余篇,12—30卷收各体诗(包括"骚")约1 020篇,

---

① 齐治平:《〈宋文鉴〉前言》,点校本《宋文鉴》,第2117页,中华书局1992年版。
② 同上。

31—150卷收文1 400余篇,作者200余人,这也是《宋文鉴》中所占比重最大的部分。该集所选入的文章,除文学作品外,举凡有关政治、经济、文化、军事以及科学技术,无所不包,而以论政文为主。特别是以较大篇幅选入古文名家柳开、穆修、石介、孙复、尹洙、欧阳修的文章,体现了宋代古文运动的实绩。由于该集保存了丰富的文献资料,是历代研究宋文的重要参考书。1992年中华书局出版以《四部丛刊》影宋本《皇朝文鉴》为底本,由齐治平点校的《宋文鉴》排印本。

吕祖谦还编有《古文关键》2卷,选录了唐代韩愈、柳宗元,宋代欧阳修、曾巩、苏洵、苏轼、张耒的文章60余篇。编者对每家文章分别"标举其命意布局之处,示学者以门径,故谓之关键"①。又于卷首冠以总论,讲授欣赏与写作古文的法则。由此可知编辑此书的目的,在于标举古文大师之名文典范,指示后人学习作文之门径。有明嘉靖刊本。后收入《四库全书》。

宋人编辑的容量最大的一部宋文总集,是南宋魏齐贤、叶棻编辑的《五百家播芳大全文粹》。全书110卷,题曰五百家,据卷首所列姓氏实为520家。作者姓名仿照《文选》之例,只书其字,有的因年代久远难以考见,给后人造成了一定困难。该集中骈体文约占全集比例的十分之六七,大多为当时社会的应用文章,分为启、书、叠幅、尺牍、朱表、疏、赋、颂、记、序、碑铭等类,保存了宋代社会政治、经济、军事、文化和对外往来的大量珍贵资料。《四库提要》云:"朱彝尊尝跋此书,惜无人为之删繁举要,则亦病其冗杂矣。然渣滓虽多,精华亦寓。宋人专集不传于今者,实赖是书略存梗概,亦钟嵘所谓披沙拣金,往往见宝者矣。"②有瞿氏铁琴铜剑楼所藏抄本,后收入《四库全书》。

南宋较大的文章总集还有:

---

① 《四库全书总目·〈古文关键〉提要》,中华书局1965年版。
② 《四库全书总目·〈五百家播芳大全文粹〉提要》,中华书局1965年版。

楼昉编辑的《崇古文诀》35卷,收秦汉至宋代古文200余篇。《四库全书》本系据宋刊本收入。

《苏门六君子文粹》70卷,收黄庭坚、张耒、晁补之、秦观、陈师道、李廌等6人的文集,编者不详。此书是书肆编刻以指导举子程试之书,时间大约在苏文盛行的南宋初年。陆游的《老学庵笔记》记有"建炎以来,尚苏氏文章。……亦有语曰:苏文熟,吃羊肉;苏文生,吃菜羹"①的时尚。这部总集的特点之一,是收集了苏门六君子议论文章的精粹部分;其二是所收入的李廌集,由于后世无其他传本,恰可与从《永乐大典》中辑出的一部分互补缺佚。有明汲古阁旧藏刊本、《四库全书》本。

《三苏先生文粹》70卷,编者不详。收录苏洵文11卷,苏轼文32卷,苏辙文27卷。该书的体例与刻版,与《苏门六君子文粹》相同之处甚多。有明翻宋刻本及清《四库全书》本。

《十先生奥论》40卷,编者不详。从书的版式等方面可考定为南宋建阳麻沙坊本。书中收张耒、杨时、朱熹、张栻、吕祖谦、杨万里、胡寅、方恬、陈傅良、叶适、刘穆元、戴溪、张震、陈武、郑湜等人的论文,分类编排,并加以注释。这些文章的作者,大多为南北宋时的学者、名臣,其中11人宋史有传,其文"议论往往可观,词采亦一一足取"②。《四库全书》本系据天一阁所藏宋麻沙刊本收入。

值得一提的还有南宋扈仲荣等8人编辑的诗文总集《成都文类》和郑虎臣编辑的《吴都文粹》,这两部书都体现出鲜明的地方特色。《成都文类》共收诗、文、赋1 000余篇,上起西汉扬雄,下至宋孝宗淳熙年间,内容多为历代骚人墨客歌咏蜀地山川之灵秀、文物古迹之繁盛的作品。因作者多为蜀人,编者又身为蜀地官吏,故名。《四库全书》本系据曝书亭所藏刊本收入。《吴都文粹》9卷,收集了大量吴郡(今苏州)遗文,宋代人的名作亦在其中,如范成大《吴郡

---

① 陆游:《老学庵笔记》,第100页,中华书局1979年版。
② 《四库全书总目·〈十先生奥论〉提要》,中华书局1965年版。

志》《常熟县题名记》等。此书"虽称文粹,实与地志相表里。东南文献,藉是有征"①。其中的文章,多有关吴郡历代建置沿革及国计民生之利病,为研治文史者提供了有价值的资料。有曝书亭抄本。《四库全书》本系据浙江鲍士恭家藏本收入。

南宋最后的一部文章总集,是谢枋得编辑的《文章轨范》,共7卷,收录汉、晋、唐、宋文章69篇。其中韩愈31篇,柳宗元、欧阳修各5篇,苏洵4篇,苏轼12篇,余者为诸葛亮、陶潜、杜牧、范仲淹、王安石、李觏、李格非、辛弃疾各1篇。前2卷题曰放胆文,后5卷题为小心文,各有批注圈点,"其《前出师表》《归去来辞》,乃并圈点亦无之,则似有所寓意"②。有元刊本、明刊评点本、《四库全书》本。

宋代以后,较有影响的宋文总集有:明茅坤编辑的《唐宋八大家文钞》,明王志坚编辑的《四六法海》,清庄仲方编选的《南宋文范》和近人高步瀛编选的《唐宋文举要》。

《唐宋八大家文钞》的编者茅坤,《明史·文苑传》称其最善古文,这部书即体现了他推尊古文大家的倾向。集中录韩愈文16卷,柳宗元文12卷,欧阳修文32卷,附《五代史钞》20卷,王安石文16卷,曾巩文10卷,苏洵文10卷,苏轼文28卷,苏辙文20卷,共164卷。每家前各有引说,集中评语亦足为初学之门径。有明万历中坤孙著重刊本、《四库全书》本。

王志坚编选的《四六法海》,是一部专选骈文的总集。所选之文,依据《文选》《艺文类聚》《文苑英华》《唐文粹》《宋文鉴》《元文类》等书,参以诸家文集及正史、野史所载,自魏晋至元,共702篇,依体分为40类,以唐以前作品居多。卷首有自序,论述四六文之源流正变,亦颇具识见。"每篇之末,或笺注其本事,或考证其异同,或胪列其始末"③,体现了编者知人论世的态度。由于编选此书的目

---

① 《四库全书总目·〈吴都文粹〉提要》,中华书局1965年版。
② 《四库全书总目·〈文章轨范〉提要》,中华书局1965年版。
③ 《四库全书总目·〈四六法海〉提要》,中华书局1965年版。

的是"大抵为举业",故不选骚赋。有明代天启刊本、《四库全书》本。

清代庄仲方编选的《南宋文范》,共 70 卷。是书因吕祖谦《宋文鉴》所采皆北宋作品,故继为续编。卷1、卷2 收赋 40 余篇,卷3、卷 4 收骚、乐章、乐歌、四言诗、乐府歌行共 110 余篇,其余皆五、七言诗与各体文。另有外编 4 卷,收文 40 余篇。卷首《作者考》所列作者超过 300 人,引书 260 余种。所选文章,体现出鲜明的时代特点和南宋文人高尚的爱国情操。如选入宗泽、赵鼎、李纲的奏疏,胡铨《戊午上高宗封事》、辛弃疾《美芹十论》之二、陈亮《上孝宗皇帝书》及《中兴论》、叶适《论纪纲疏》、华岳《平戎十策再上皇帝书》等,还选入了文天祥、谢枋得、家铉翁、邓牧、谢翱、王炎午的文章,反映了宋、元之际散文创作呈放异彩的实际面貌。由于此书旨在"有益于世道人心"①,故朱熹之文所选甚多,有的也并非佳作。有道光十七年(1837)活字版本、光绪十四年(1888)江苏书局刊本。

近人高步瀛编选的《唐宋文举要》,分甲乙两编,是《唐宋诗举要》之姊妹篇。甲编 8 卷为散文,前 5 卷选唐文 100 篇,计 26 家;后 3 卷选宋文 78 篇,计 14 家,其中唐宋八大家为 133 篇。乙编 4 卷为骈文,前 3 卷选唐文 46 篇,计 29 家;后 1 卷选宋文 24 篇,计 20 家。编者秉承清代桐城派论文之旨,推崇唐宋八大家。编选此书意在"备学者习肄"②,每编之前有总序,简述唐宋散文和骈文发展的基本情况。注释多引用原文,详博谨严。有 1963 年中华书局排印本、1982 年上海古籍出版社排印本。

《全宋文》100 册,曾枣庄、刘琳主编。收录宋代文章 17 万余篇,作者 1 万余人,逾 1 亿字。文章以作者生年或相对生年为序排列,每位作者的文章按文体分类排列,并附有作者小传。所录文章均注明出处,间有校记。集中各册均附作者目录与篇名目录,书末

---

① 吴德旋:《南宋文范序》,《南宋文范》,光绪十四年江苏书局本。
② 高步瀛:《唐宋文举要》甲编《序》,上海古籍出版社 1982 年版。

附有全书总目、作者索引、疑伪互见作品对照表、宋人文集版本目录、别集以外引用书目等。自1988年起前50册由巴蜀书社出版。2003年,上海辞书出版社和安徽教育出版社合作出版后300余册。分为15大类,共360册。95%的作家之前未编入专集。《全宋文》是迄今为止篇幅最大、文字最多的断代文章总集。

二、别集

所谓别集,指的是古代作家个人著作的汇集,内容以收录个人的诗文创作为主。我国古代别集的编纂始于汉代,到了六朝时期,已有了区分部帙、编次完整的别集。唐宋时代的别集,发展成为刊版印行的形式,不仅提高了别集的质量,也使它的流传渠道更为广泛。"文章公论,历久乃明。天地英华所聚,卓然不可磨灭者,一代不过数十人。其余可传可不传者,则系乎有幸有不幸。"① 由此可知,只有质量精良的别集才能经受得起时间的检验而流传后世,而历史上的某些客观因素,也会给别集的流传带来一定的影响。

宋代作家的别集,多为其诗、赋、文作品的合集(也有将其长短句一并收入的。《四库全书》中从《永乐大典》中辑出宋人别集凡130部,附词者有44部。以《文集》为名的,也包括此类别集,如《温国文正司马公文集》《渭南文集》等)。宋人别集的编纂过程,也有其自身的特点。

印刷术的发明和广泛运用,为宋人文集的刊刻提供了便利条件,开始改变了唐人文集仅靠抄本传世的局面。宋代重视学问才学风气的盛行,又促使了一批宋人注宋诗、宋文、宋词的著作问世。宋人注宋诗,有李壁的《王荆文公诗笺注》;宋人注宋文,有《东莱标注老泉先生文集》和郎晔《经进东坡文集事略》;宋人注宋词,有《增修笺注妙选群英草堂诗余》和傅幹的《注坡词》等。宋代的注家几乎

---

① 《四库全书总目·集部·别集类序》,中华书局1965年版。

都具有很高的学术水平。如注王安石诗的李壁,是南宋卓越的史学家李焘(《续资治通鉴长编》作者)的儿子,在宁宗朝曾官礼部尚书、参知政事,熟稔当代史事、人际交流的情况,故有能力对王安石诗的内容,作出知人论世的解释。又如给苏轼诗作注的施元之、顾禧、施宿三人,施元之以文章著名,曾做过秘书省著作佐郎、国史院编修;顾禧博学有名,著述甚富;施宿长于金石、史学,据以校释苏诗。再如给黄庭坚、陈师道诗作注的任渊,博览群书,曾"以文艺类试有司,为四川第一"①。这些宋人注释宋人作品的著作,流传下来的只有少数大家的几个集子,它们的本来面貌也有所改变,但最初的宋人注本,仍然是后人编纂宋人别集时最值得信赖的文献资料。

下面以陈与义《简斋集》的编纂与流传为例,来说明这个问题。在陈与义去世后的第四年,即绍兴十二年(1142),他的学生周葵得其家藏诗500余首,厘为十卷,刻于湖州,葛胜仲为之序,这便是《陈与义集》的最早刊本,惜早已失传,葛序仅存于《丹阳集》中。宋光宗绍熙元年(1190),胡穉笺注的《简斋诗集三十卷附无住词一卷》脱稿付梓。宋本原刻旧藏常熟瞿氏铁琴铜剑楼,后与元刊《陈简斋诗外集》一同影印,收入《四部丛刊》初编。由于胡穉生活的年代距陈与义较近,故对诗人的生平事迹与交游,均能考其始末。对诗中的典故出处,亦有较详注释。所附年谱,虽然简略,却已勾勒出诗人的生平概况。胡笺《无住词》,是现存宋人注宋词之一,亦弥足珍贵。陈与义《简斋集》,宋代除胡笺30卷本外,还有《须溪先生评点简斋诗集》15卷本。据《皕宋楼藏书志》载,此书有元、明两种刻本,国内久已失传,现藏北京图书馆的善本,是李盛铎昔年从东京购得的日本翻刻的明嘉靖朝鲜本,据李氏题跋,此本"源出宋刊"。这个本子除比胡笺本多出一些篇目外,还有以下几个特点:一是有刘辰翁的评语一百多条,散见于一些诗词句后或篇末;二是删节胡笺,增

---

① 许尹:《黄陈诗注序》,任渊《山谷内集诗注》卷首,《四部备要》本。

添新注。新注出自何人之手,尚难以考订,其价值在于:它或补充胡笺,或订其讹误,或评品诗词,都有一定见地。尤其值得注意的是增注引用了胡笺本、武冈本、闽本及简斋手定本的校勘文字,后三种刊本早已亡佚,幸有这些增注,使后人能据此粗知各本的异文。因此,须溪评点本是胡笺本外的又一重要刊本。故李盛铎言:"瞿氏所藏乃宋刊孤本,得此亦仿佛虎贲中郎矣!"[①]1982年中华书局出版的由吴书荫、金德厚点校的《陈与义集》排印本,即以这三种珍贵版本为主要依据。

从《陈与义集》的刊刻和流传过程中可以得知,宋人的别集,从最初的编集刊刻到流传至今,经过后人的整理和增删,有的已与本来的面目有了一些距离;也有的由于各种有利因素的汇集,得以日益完善。学界最为重视的,仍然是宋人的刻本和注文,并在此基础上校注刊刻,使之精益求精。以下,择出几十种较为重要的宋人别集,略作介绍。

《小畜集》,王禹偁作。因《易》"小畜"卦而取名。前30卷系作者自编,凡赋2卷,诗11卷,文17卷。《外集》7卷为其曾孙王汾搜辑遗文而成。今有影印宋刻本配旧抄本,附张元济撰校勘札记1卷。通行有《四部丛刊》第二次印本,据常熟瞿氏铁琴铜剑楼藏宋刊配吕无党抄本影印。今人徐规所著《王禹偁事迹著作编年》,又收集了佚诗佚文多篇。

《范文正公文集》,范仲淹作。29卷,凡文集20卷,别集4卷,奏议2卷,尺牍3卷。今有宋乾道年间刻本,现藏日本静嘉堂文库。通行有《四部丛刊》影明刊本,附有《年谱》及《言行拾遗事录》等。

《河南先生文集》,尹洙作。因其为河南人,故名。28卷,凡诗1卷,文26卷,附录1卷。通行有《四部丛刊》据上海涵芬楼藏春岑阁抄本影印本。

《宛陵先生文集》,梅尧臣作。因其为宣城(今属安徽)人,宣城

[①] 李盛铎:《日本翻刻朝鲜本简斋诗集》,《陈与义集》,第560页,中华书局1982年版。

旧称宛陵,故名。60卷。宋刻本今仅存残卷,有影印本。通行有《四部丛刊》影印明万历本《宛陵先生集》60卷,另拾遗1卷,附录1卷。1979年上海古籍出版社出版朱东润《梅尧臣集编年校注》。

《欧阳文忠公集》,欧阳修作。因谥文忠,故名。153卷,附录5卷。凡《居士集》《外集》《易童子问》《外制集》《内制集》《表奏书启四六集》《奏议集》等114卷,《归田录》《诗话》《长短句》等19卷,《集古录跋尾》10卷,书简10卷。前附年谱,后附行状、墓志、传文等5卷。其中《居士集》为作者自定,余系后人编刻。今有《四部丛刊》影印元刊本、《四库全书》本。

《苏学士文集》,苏舜钦作。因曾官集贤校理,故称学士。凡诗、文各8卷。有清康熙宋荦校定、徐惇复白华书屋刻本,《四部丛刊》据此本影印,并附有校语。1961年中华书局上海编辑所出版由沈文倬校点的排印本《苏舜钦集》,以白华书屋刻本为底本,并参阅他本校勘,附新编拾遗1卷及年谱、序跋、题识、传记、诗话。

《嘉祐集》,苏洵作。嘉祐系仁宗年号。清道光间眉州刻《三苏全集》本20卷。又影印影宋抄本为15卷,凡文14卷,诗1卷。近人罗振常辑《经进三苏文集事略》本《老泉先生文集》,为12卷,有宋郎晔注,并附考异1卷,补遗1卷。上海古籍出版社1993年出版曾枣庄、金成礼《嘉祐集笺注》。

《临川先生文集》,王安石作。因其为临川(今属江西)人,封荆国公,谥文,故名。100卷。薛昂始编于宋徽宗时,惜此本早佚。传世的一为南宋龙舒本《王文公文集》,凡文56卷,诗44卷;一为明嘉靖抚州刊本,即临川本,凡诗38卷,文62卷。1959年中华书局整理出版的《临川先生文集》以临川本为底本,参校其他各善本,集末附日本岛田翰从残本《王文公文集》中辑得的47篇佚诗、佚文为《补遗》,成为王安石的全集。1961年,中华书局上海编辑所又将所得龙舒本的两个残本合刻,去其重复,配成完整的《王文公文集》。1994年上海古籍出版社影印出版了王水照先生从日本名古屋市蓬左文库影印回国的《王荆文公诗李壁注》(朝鲜活字本),与清嘉庆间沈钦韩所撰《王荆公诗集李壁注勘误补正》4卷本(中华书局上海编辑所1962年版)互为参补,相得益彰,为研究者提供了更为便利的条件。2017年,复旦大学出版社出版了王水照先生主编的《王安石全集》。

《元丰类稿》,曾巩作。因编于神宗元丰年间,故名。50卷,凡诗8卷,文42卷,续附1卷。今有影印元大德刊本。清康熙间顾崧龄刊本附有集外文2卷。清陆心源辑有《元丰类稿补》2卷,收入《群书校补》。1984年中华书局出版由陈杏珍、晁继周校点的排印本《曾巩集》,以清刻本为底本,以元刊本为主校以他本辑成,又辑佚诗33首、词1首、文78篇。

《广陵先生文集》,王令作。因其为广陵(今属江苏扬州)人,故名。始编于其外孙吴说,惜未曾刊行,只有传抄本。《四库全书》著录《广陵集》作30卷,凡诗、赋18卷,文12卷;又拾遗1卷。近代《嘉业堂丛书》本《广陵先生文集》作20卷,凡诗、赋11卷,文9卷;另拾遗1卷,补遗1卷,附录1卷。1980年上海古籍出版社出版由沈文倬校点的排印本《王令集》,即以《嘉业堂丛书》本为底本,校以他本。

《东坡七集》,苏轼作。因号东坡居士,故名。110卷。凡《东坡集》40卷、《后集》20卷、《奏议》15卷、《外制集》3卷、《内制集》10卷、《应诏集》10卷、《续集》12卷等,共7种。这一诗文合刻本,是清末端方据明成化本校印,称为善本,附有缪荃孙所撰校记。苏轼的诗,仅在宋代注本就有十余种。较为重要的,一为分类注本:有题为王十朋所编的《集注分类东坡先生诗》(亦称百家注)25卷,有黄善夫刊本、《四部丛刊》影元刊本。一为编年注本:有施元之、顾禧《注东坡先生诗》42卷,有宋嘉定刊本、景定补刊本、清康熙间刻本,均已残。清代有查慎行《补注东坡编年诗》50卷,冯应榴《苏文忠诗合注》50卷,王文诰《苏文忠公诗编注集成》46卷,均有嘉庆间刻本。1982年中华书局出版的由孔凡礼点校的排印本《苏轼诗集》,其卷1至卷46即以王文诰本为底本;卷47至卷48为补编诗,卷 49 至卷 50 为他集互见诗,以冯应榴本为底本;书末附有新发现的佚诗。80 年代末,王水照先生将分藏于中国北京、台湾以及美国的几个残卷裒为一集,又据其他罕见材料,编为《校注足本施顾注东坡先生诗》,将该书基本复原,即将出版,为苏诗研究者提供了又一重要版本。苏轼的文,较早有南宋郎晔编注的《经进东坡文集事略》60 卷,乃选本,有《四部丛刊》影宋刊本;明末茅维的《东坡先生全集》75 卷,前 73 卷为文,后 2 卷为词。1986 年中华书局出版的孔凡礼点校的排印本《苏轼文集》73 卷,即以茅本为底本,附录其辑录的《苏轼佚文汇编》7 卷。

《栾城集》,苏辙作。栾城旧属赵郡,而赵郡乃作者族望,故名。50 卷。又《栾城后集》24 卷,《栾城三集》10 卷,《栾城应诏集》12 卷。四集均辙自编,前三集今有影印明活字本,后一集今有影印影宋抄本,均可称善本。1987 年上海古籍出版社出版由曾枣庄、马德富校点的排印本《栾城集》,以明清梦轩刻本为底本,校以宋本及《四部丛刊》本、《三苏全集》本,又从《五百家播芳大全文粹》《永乐大典》等书中辑出诗、词、文 37 篇。

《豫章黄先生文集》,黄庭坚作。30 卷。《四部丛刊》本,诗文兼收。另有《山谷全集》39 卷,《四部备要》本,只收诗赋,宋任渊、史容等笺注。

《后山先生集》,陈师道(号后山)作。24 卷。原为其门人魏衍编。集中诗、词 9 卷,文 10 卷,谈丛 4 卷,诗话 1 卷。有清雍正间赵鸿烈刻本,《四部备要》排印本。宋任渊编年《后山诗注》12 卷,有清《武英殿聚珍版丛书》本。

《张右史文集》,张耒作。因号柯山,曾官起居舍人,故名。此集旧有 100 卷,已佚。今有《四部丛刊》影印旧抄本 60 卷,凡赋 3 卷、诗 39 卷、文 18 卷。《四库全书》本名《宛丘集》,凡 76 卷,以其晚年居陈州,宛丘为陈州邑名,因以名集。《武英殿聚珍版丛书》本名《柯山集》,凡 50 卷。清陆心源辑有《柯山集补》12 卷,收入《群书校补》。又有清佚名所辑续拾遗 1 卷。中华书局 1990 年出版了李逸安等点校的《张耒集》。

《淮海集》，秦观(号淮海居士)作。40卷。凡辞、赋1卷,诗10卷,文29卷。又《后集》6卷,凡诗4卷、文2卷;又《长短句》3卷。今有《四部丛刊》影印明嘉靖刊小字本、《四部备要》本。1994年上海古籍出版社出版的徐培均《淮海集笺注》,系采用从日本内阁文库摄来的宋乾道癸巳(1173)年高邮军学刻印《淮海集》为底本。

《周邦彦集》,周邦彦作。有1983年江西人民出版社排印本,蒋哲伦编校。其诗文部分,编者吸取近人辑佚成果,据《永乐大典》《圣宋文海》及宋人笔记、杂史和近年新出土资料辑录而成;词据郑文焯校刊的《清真集》本校点。

《李清照集》,李清照作。有1962年中华书局上海编辑所排印本,据王延梯辑稿、丁锡根和胡文楷辑稿整理编成,是李清照诗、词、文的合集,末附《赵明诚李清照年谱》等参考资料。1979年人民文学出版社出版王学初《李清照集校注》,末附《李清照事迹编年》《李清照著作考》和《误题李清照撰之作品》等资料。1981年齐鲁书社出版黄墨谷的《重辑李清照集》。

《朱文公文集》,全名为《晦庵先生朱文公文集》,亦称《朱子大全》,朱熹(号晦庵,谥文)作,100卷。续集11卷,别集10卷。今有明嘉靖间胡岳刻本,亦有《四部丛刊》本。

《陆游集》,陆游作。有1976年中华书局排印本,包括陆游的诗与文。其中《剑南诗稿》(陆游长子子遹所编,以纪念作者的蜀中生活,故名)以汲古阁刊本为底本,校以宋刻《新刊剑南诗稿》残本和《放翁先生剑南诗稿》残本;《渭南文集》(陆游曾封渭南县伯)以宋嘉定溧阳刻本为底本,据明活字本和汲古阁本校补。1985年上海古籍出版社出版钱仲联《剑南诗稿校注》。

《范石湖集》,范成大(号石湖居士)作。有1962年中华书局上海编辑所出版校点本。诗集以清顾氏刻本为底本,用黄昌衢刻本及《宋诗钞》中的《石湖诗钞》校勘。词集以《知不足斋丛书》本作底本,用《彊村丛书》本校勘。计诗集34卷、词集1卷、补遗1卷并附录 4 卷。1974 年中华书局香港分局又出版校点本《范石湖集》。1981 年上海古籍出版社出版新版《范石湖集》，由富寿荪据 1962 年校点本重作校勘。

《诚斋集》，杨万里（号诚斋）作，其子长孺编。共 133 卷，凡诗 42 卷，赋 3 卷，文 87 卷，附录 1 卷。今有《四部丛刊》影印覆宋抄本，明毛氏汲古阁抄本。

《龙川文集》，陈亮（世称龙川先生）作。30 卷。另卷首 1 卷，补遗 1 卷，附录 1 卷。今有明嘉靖史朝富刻本。1974 年中华书局出版排印本《陈亮集》，以清同治退补斋刊本为底本，校以明成化本、清同治应氏刊本和清光绪湖北崇文书局刊本。1978 年中华书局出版邓广铭点校的增订本《陈亮集》。

《后村先生大全集》，刘克庄（号后村）作。196 卷。凡诗 48 卷，赋 1 卷，文 125 卷，诗话 14 卷，长短句 5 卷，附录 3 卷，南宋林希逸刻。今有《四部丛刊》影印赐砚堂抄本。

《文山先生文集》，文天祥（号文山）作。共 20 卷。凡文集 12 卷，其中诗、词 2 卷，文 10 卷；《指南录》1 卷，《指南后录》1 卷，《吟啸集》1 卷，《集杜诗》1 卷，《纪年录》1 卷，拾遗 1 卷，附录 2 卷为传记、祭文等。有影印明景泰刻本。1985 年中国书店据 1936 年世界书局版影印出版《文天祥全集》30 卷。

宋人词除一部分附见别集以外，大部分还是见之于丛刻而单独成集。宋人词集的名称有下列几类：有称"乐章"的，如柳永《乐章集》；有称"诗余"的，如刘克庄《后村居士诗余》；有称"长短句"的，如秦观《淮海居士长短句》；有称"乐府"的，如贺铸《东山寓声乐府》；有称"琴趣"的，如黄庭坚《山谷琴趣外篇》；有称"歌曲"的，如姜夔《白石道人歌曲》；有称"遗音"的，如石孝友《金谷遗音》；有称"语业"的，如陈师道词集本名《语业》；有称"雅词"的，如张孝祥《紫微雅词》；此外如朱希真《樵歌》，陈允平《日湖渔唱》，周密《蘋洲渔笛谱》等，都从其名称显示它们属于词集。以下介绍一些著名宋人词集。

《子野词》,张先(字子野)作。宋本久佚。清康熙时侯文灿始刻《安陆集》1卷,收入《十名家词集》。其后鲍廷博得绿斐轩抄本《张子野词》2卷,区分宫调,犹存宋本面目,另辑补遗2卷,刻入《知不足斋丛书》第十三集。朱孝臧据鲍本刻入《彊村丛书》,后附朱氏所撰校记1卷。

《乐章集》,柳永作。明毛晋汲古阁《宋六十名家词》本作1卷。朱孝臧据毛康所据宋本校补本刻入《彊村丛书》,为《乐章集》3卷,续添曲子1卷,附朱氏所撰校记1卷。《乐章集》多存北宋故谱,为词学研究提供了重要资料。①

《六一词》,欧阳修(号六一居士)作。今存欧词,有南宋庆元二年(1196)吉州本《欧阳文忠公集》中《近体乐府》3卷,南宋闽刻本《醉翁琴趣外篇》6卷,明毛晋汲古阁本、朱孝臧《彊村丛书》本《六一词》1卷。

《珠玉词》,晏殊作。今有明吴讷《唐宋名贤百家词》本、毛晋汲古阁《宋六十名家词》1卷本、朱孝臧《彊村丛书》1卷本。

《小山词》,晏幾道(号小山)作。原名《乐府补亡》。今有明吴讷《唐宋名贤百家词》本、毛晋汲古阁《宋六十名家词》本,朱孝臧《彊村丛书》中《小山词》,系据赵氏星凤阁藏明抄本校刻收入。

《东坡词》《东坡乐府》,苏轼作。现存最早的《东坡词》宋代抄本,是仙溪傅幹的《注坡词》12卷(今藏北图)。现存最早的苏轼词刻本,是元延祐七年(1320)叶曾云间南阜草堂本《东坡乐府》2卷;清末王鹏运曾据此刻入《四印斋所刻词》,1957年古典文学出版社又以元本影印行世。明毛晋汲古阁《宋六十名家词》亦收入《东坡词》1卷。《东坡乐府》本分调编次,1910年朱孝臧刊入《彊村丛书》时始为之编年2卷,无从编年者别为1卷。1925年,龙沐勋得傅幹《注坡词》,又依朱本之编年,别作笺注为《东坡乐府笺》。1990年,

---

① 参见郑文焯《与夏昀庵书二十四则》之六,《词学季刊》第2卷第4号,上海书店1985年影印本。

石声淮、唐玲玲所著《东坡乐府编年笺注》由华中师大出版社出版。1993年,刘尚荣校证《傅幹注坡词》由巴蜀书社出版。

《淮海居士长短句》又名《淮海词》,秦观(号淮海居士)作。现存最早的为宋乾道刻绍熙修本《淮海居士长短句》3卷残本(今藏北图),明毛晋汲古阁本《淮海词》即源出于此。朱孝臧《彊村丛书》本《淮海词》,附朱氏所撰校记1卷。1957年中华书局出版龙榆生校点《淮海居士长短句》排印本,依两个残宋本和明张绠刻本、毛氏汲古阁刻本、清王敬之刻本等校勘而成,末附参考资料。

《山谷词》,又名《山谷琴趣外篇》,黄庭坚(号山谷道人)作。今有影印宋刻本《山谷琴趣外篇》3卷,收入陶湘《续刊景宋金元明本词》和《四部丛刊续编》。明毛晋汲古阁《宋六十名家词》刻入《山谷词》1卷。朱孝臧《彊村丛书》刊入《山谷琴趣外篇》,附有朱氏所撰校记,又据明嘉靖刻宁州祠堂本《豫章黄先生词》(1卷)校补。1957年,中华书局出版龙榆生校点《豫章黄先生词》排印本,以明嘉靖刻本为底本,参用他本校勘而成,末附参考资料。

《东山词》,又名《东山寓声乐府》,贺铸(字方回)作。贺铸晚年寓居吴县莫厘峰(即东洞庭山),省称东山,疑为其自编《东山乐府》命名之缘由。① 至于"寓声","以旧谱填新词而别为名以易之,故曰'寓声'"②。朱孝臧《彊村丛书》收有:《东山词上》1卷,系据今存残宋本;《贺方回词》2卷,系据鲍廷博抄本;《东山词补》1卷,系据吴伯宛辑本,共计200余首。1991年上海古籍出版社出版钟振振点校本《东山词》。

《片玉词》,又名《清真集》,周邦彦(号清真居士)作。南宋陈元龙曾著《片玉集注》10卷,今有陶湘《续刊景宋金元明本词》和朱孝臧《彊村丛书》本。明毛晋《宋六十名家词》及清王鹏运《四印斋所刻词》本《片玉词》均作2卷。1981年中华书局出版由吴则虞校点

---

① 参见夏承焘:《贺方回年谱》,收入《唐宋词人年谱》,上海古籍出版社1979年版。
② 陈振孙:《直斋书录解题》,第618页,上海古籍出版社1987年版。

《清真集》排印本,汇校了宋以来诸本并附录版本考辨。1985年三联书店香港分店出版由罗忼烈笺注的《周邦彦清真集笺》,上编辞笺,中编诗文笺,下编参考资料,搜集完备,考订细密。

《芦川词》,张元幹(号芦川居士)作。今有明毛晋《宋六十名家词》1卷本;吴昌绶《景刊宋元本词》2卷本,据瞿氏铁琴铜剑楼旧藏宋本影印。1991年上海古籍出版社出版《芦川词》,由曹济平点校。

《漱玉词》,李清照作。南宋黄昇《花庵词选》曾著录《漱玉词》3卷,宋本久佚。明毛晋得洪武三年(1370)抄本,仅存词17首,多取自宋本,刻入《诗词杂俎》,题《漱玉词》。1881年,王鹏运以曾慥《乐府雅词》所录李清照词23首为主,旁采宋人选本、说部所载,共辑得词50首,刻入《四印斋所刻词》。1889年,又以况周颐所辑8首为补遗。赵万里《校辑宋金元人词》亦有《漱玉词》辑本1卷。1979年人民文学出版社出版王学初《李清照集校注》,辑李清照词43首,存疑之作14首,并以误题李清照词29首附后。

《放翁词》,陆游作。最初为陆游晚年自定编次。《渭南文集》卷49、50为词2卷,收词130首。吴昌绶《景刊宋元本词》本《渭南词》2卷,即据宋本《渭南文集》摹刻。明毛晋《宋六十名家词》本《放翁词》并为1卷,依调分列,与原集目次略有差异。今有夏承焘、吴熊和编年笺注本。

《断肠词》,朱淑真作。因自伤身世,故以"断肠"名其词集。明毛晋汲古阁曾将《断肠词》刻入《诗词杂俎》,清王鹏运《四印斋所刻词》亦收《断肠词》。1986年上海古籍出版社出版由张璋、黄畲校注的《朱淑真集》排印本,其中词集部分,以汲古阁本为底本,校以他本。

《于湖词》,又名《于湖先生长短句》,张孝祥(号于湖居士)作。今有明毛晋《宋六十名家词》本《于湖词》1卷。另有据宋本影刊的《于湖先生长短句五卷拾遗一卷》,刊于陶湘《续刊景宋金元明本词》。1980年上海古籍出版社出版由徐鹏校点的《于湖居士文集》。

《稼轩词》《稼轩长短句》,辛弃疾(号稼轩)作。据陈振孙《直斋书录解题》著录辛弃疾词在宋代的通行版本,一为 4 卷本《稼轩词》(即长沙本);一为 12 卷本《稼轩长短句》(即信州本)。后来传世的辛弃疾词集,其源亦皆出于此二者。4 卷本《稼轩词》分甲、乙、丙、丁 4 集。甲、乙、丙 3 集由陶湘《续刊景宋金元明本词》刊出。1939 年张元济得明毛晋汲古阁精抄本丁集,遂合涵芬楼所藏汲古阁精抄之前 3 集,由商务印书馆一并影印,共收辛词 439 首。12 卷本《稼轩长短句》今有元大德三年(1299)广信书院刊本(原为聊城杨氏海源阁藏书,今归北图),明王昭校刊,李濂批点。亦有清王鹏运《四印斋所刻词》本,依词调长短为序,沈曾植批校。今人邓广铭先生依据上述各本汇合比勘,益以法式善、辛启泰所辑《辛词补遗》以及自《永乐大典》《清波别志》《草堂诗余》等书中补辑的词作,共得辛词 626 首,撰为《稼轩词编年笺注》,1962 年由中华书局出版,1994 年又修订再版。1975 年,上海人民出版社以元大德本为底本,与涵芬楼影印汲古阁 4 卷抄本《稼轩词》进行对校,整理出版了标点本《稼轩长短句》,由陈允吉校点。

《龙川词》,陈亮(号龙川)作。明毛晋《宋六十名家词》本《龙川词》2 卷。清王鹏运《宋元三十一家词》据影汲古阁抄本《典雅词》内《龙川词》28 首,辑为《龙川词补》1 卷。今本《全宋词》据毛本并明抄本校勘,又从《永乐大典》《全芳备祖》辑得 16 首,传世陈亮词共计 75 首。1980 年人民文学出版社出版排印本《龙川词笺注》,由姜书阁笺注。

《白石道人歌曲》,姜夔(号白石道人)作。宋人词集版本之繁,当首推姜夔。① 宋本尚可考者凡四种:南宋钱希武刻《白石道人歌曲》6 卷本,黄昇《花庵词选》本(载姜夔词 34 首,为毛晋《宋六十名家词》本所据),南宋刊《六十家词》本,《直斋书录解题》著录之《白石词》5 卷本。今传元陶宗仪抄本系统的姜夔词集,皆源出钱希武

---

① 参见夏承焘:《白石词集版本考》,收入《姜白石词编年笺校》,上海古籍出版社 1981 年版。

本。清代三种重要的姜夔词集,即乾隆二年(1737)江炳炎传抄本、乾隆八年(1743)陆钟辉刻本和乾隆十四年(1749)张奕枢刻本,亦均出自陶抄本。清王鹏运《四印斋所刻词》本名《白石道人词集》3卷,别集1卷,所据为陆钟辉刻本。朱孝臧《彊村丛书》本所据为江炳炎抄本。1981年上海古籍出版社出版由夏承焘笺校补辑的《姜白石词编年笺校》以江炳炎抄本为底本,校以陆钟辉、张奕枢刻本。

《梅溪词》,史达祖(号梅溪)作。今有明毛晋《宋六十名家词》1卷本、清王鹏运《四印斋所刻词》本。上海古籍出版社1988年出版雷履平、罗焕章校注的《梅溪词》。

《后村别调》,又名《后村长短句》,刘克庄(号后村)作。今有明毛晋《宋六十名家词》1卷本,明吴讷《唐宋名贤百家词》2卷本,称《后村居士诗余》。陶湘《续刊景宋金元明本词》收影宋本《后村居士诗余》3卷,朱孝臧《彊村丛书》收《后村长短句》5卷,并附朱氏所撰校记1卷。近人王国维著有《后村别调补遗》1卷。1980年上海古籍出版社出版《后村词笺校》,由钱仲联笺校。

《梦窗词》,吴文英(号梦窗)作。宋本俱佚。明毛晋《宋六十名家词》有《梦窗词》甲、乙、丙、丁四稿,共收词423首。清王鹏运与朱孝臧同校《梦窗词》,建立了著名的正误、校异、补脱、存疑、删复等"校词五例",亦使《四印斋所刻词》本《梦窗词》较毛本精密。1908年朱孝臧又重校刊行《梦窗词》。1913年,朱孝臧得明万历二十六年(1598)太原张廷璋旧藏抄本《梦窗词》1卷本,刊入《彊村丛书》。此后朱孝臧又有四校定本《梦窗词集》,刊于《彊村遗书》。1936年无锡民生印书馆印行了由杨铁夫所著《梦窗词全集笺释》。夏承焘著有《梦窗词集后笺》,见《唐宋词论丛》。

《蘋州渔笛谱》,又名《草窗词》,周密(号草窗)作。今有朱孝臧《彊村丛书》2卷本,收有江昱所辑《集外词》1卷及考证,附朱氏所撰校记1卷。亦有清鲍廷博《知不足斋丛书》本。今人夏承焘著有《周草窗年谱》,见《唐宋词人年谱》。

《山中白云词》,又名《玉田词》,张炎(号玉田)作。今本《山中白云词》源出元陶宗仪抄本。清初朱彝尊录自钱庸亭,分为8卷。康熙、雍正年间亦曾重刻。乾隆十八年(1757),江昱作《山中白云词疏证》。朱孝臧《彊村丛书》所收,即江昱疏证本。王鹏运《四印斋所刻词》本,有补录2卷,续补1卷,与姜夔《白石道人歌曲》合编为《双白词》。1983年中华书局出版由吴则虞校点的《山中白云词》排印本。

《花外集》,又名《碧山乐府》,王沂孙(号碧山)作。今有清鲍廷博《知不足斋丛书》本,收词65首。王鹏运《四印斋所刻词》本《花外集》即以鲍本重加校订而成。1988年上海古籍出版社出版由吴则虞笺注、孙人和校勘的《花外集》。

宋人的别集在流传过程中,还曾有一个特殊的情况,就是来自最高统治者的文禁。宋徽宗崇宁二年(1103),曾下诏禁毁苏洵、苏轼、苏辙、黄庭坚、张耒、晁补之、秦观等人的著作,当时的所有印版都被禁毁。宣和五年(1123),又下诏重申严禁苏、黄文集。这种因压制政见不同者造成的文化专制,不仅给一批文学史上著名的宋代文人别集的流传带来了厄运,也给后人的研究造成了不可弥补的损失。

现存宋人别集多达600余家,为唐以前别集存世总数的两倍以上。由于近代一些致力于宋代文献整理的人们的贡献,宋代诗文总集和别集的整理,又有了进一步的发展与完善。

在20世纪的前30年,有三部大型的宋人别集汇编相继问世。一部是宣统二年(1910)坐春书塾选编、北京龙门阁石印的《宋代五十六家诗集》,选录了宋代56家诗人的57种别集,共计选诗947首。此书的编选旨在"裒集众长,搜罗富有","以餍阅者之心目"[①],但每集前无品题与评介,校勘亦不甚精当。

另一部是李之鼎完成于1924年的《宋人集》甲、乙、丙、丁四编。甲编收寇准、陈舜俞等20人别集21种;乙编收晏殊、贺铸等15人

---

① 《宋代五十六家诗集序》。

别集 15 种;丙编收李廌、祖无择等 16 人别集 17 种,总集 1 种(即无名氏辑《圣宋九僧诗》);丁编收田锡、邵雍、黄庶等 8 人别集 8 种。此书的价值在于:所据版本多为宋抄本、明影宋抄本或明刻精本等善本;对于有些四库馆臣已辑自《永乐大典》的宋诗别集,编者仍据私家所藏抄本刊刻,这样既保存了善本,又为后人校勘提供了便利。于别集前收录《四库全书》中有关提要、别集原序、作者生平资料以及部分考证资料,每集卷末还附有编者所撰跋语,对作者生平、创作和版本源流等作了简明扼要的评述,并附校误表。尤为值得注意的是,对于《四库全书》未予收录的孤本别集,该书也有收入,如潘音的《待清轩遗稿》。

稍后胡思敬刊刻了《豫章丛书》,收有王安礼、曾肇等共计 20 种宋人别集。其编辑体例与李之鼎《宋人集》相似,所用底本亦多精良抄本。

20 世纪的后 20 年,伴随着加强宋代文学研究呼声的不断提高,宋代诗文别集的整理不断出现新的成果。80 年代以来,几十部经当代学者整理编辑的宋人文集先后问世。它们经过专家学者的研究,编年、辑佚和钩沉均达到了很高的学术水平。较为著名的有:朱东润编著的《梅尧臣集编年校注》(上海古籍出版社 1980 年版),徐规编著的《王禹偁事迹著作编年》(中国社会科学出版社 1984 年版)。一批较为重要的宋人文集亦出版了点校本,如中华书局的《张载集》《曾巩集》《苏轼诗集》《苏轼文集》《陈与义集》《陆游集》《栾城集》《芦川归来集》《于湖集》等。另外还有王安石、苏洵、秦观、李清照、汪元量等人的文集校注本出版。80 年代初上海古籍出版社计划出版的《宋词别集丛刊》,已先后出版了《梅溪词》《东山词》等几十种宋词别集的点校本。

进入新世纪以来,一批现代学者所著宋人别集的编年校笺成果相继问世,共 30 余种,标志着宋代文学研究的文献基础上了一个学术台阶。较为优秀的成果,编年类有刘德清等著《欧阳修诗编年笺注》(2012,中华书局),邹同庆《苏轼词编年校注》(2012,中华书局),李之亮《司马温公集编年》(2009,巴蜀书社),辛更儒《辛弃疾编年笺注》(2015,中华书局)等。校笺类有辛更儒《杨万里集笺校》(2007,中华书局),魏仲恭《朱淑真集注》(2008,中华书局),陈书良《姜白石词笺注》(2009,中华书局),杨景龙《蒋捷词校注》(2010,中华书局),宛敏灏《张孝祥词校笺》(2010,中华书局),黄任轲《苏轼诗集合注》(2001,上海古籍出版社),钱仲联《陆游全集校注》(2007,浙江古籍出版社),胡可先《欧阳修词校注》(2015,上海古籍出版社),徐培均《淮海居士长短句笺注》(2008,上海古籍出版社)等。

1990年,巴蜀书社出版的由四川大学古籍所编纂的《现存宋人别集版本目录》,是迄今为止收录宋人文集资料较为完整的一部工具书。共计收录宋代739人的诗词文集,其中诗集、文集、诗文(词)合集的作者632人,仅有词集的作者107人。所录宋人别集中,有些是鲜为人知的。如钱时《蜀阜集》18卷,除清初《千顷堂书目》曾予著录,其后公私藏书录均不见。该书广采博收,引用丛书321种,其中有54种为《中国丛书综录》所未收。所著录的现存宋人别集,版式有稿本、抄本、刻本、木活字本、铜活字本、影印本、石印本,还有大量印行的铅字本,既有宋元善本,也有近年出版的精校本。该书全部条目按作者生年或大约生年编排,书后附作者索引以便检索。

2004年,中华书局出版祝尚书主编《宋人总集叙录》。著者广泛汲取前人研究成果,著录并考述现存80多种宋人总集的版本及源流,评述其优劣得失,且将重要传本的序跋附于其后。附录《散佚宋人总集考》和《宋人总集馆藏目录》,为考察部分亡佚总集提供了文献线索。这部优秀的学术著作,标志着宋代文学文献研究上升到了新的学术台阶。

第二节　诗话·词话

宋代的文学批评比之前代,呈现出学术性、理论性明显增强的特点,内容更为丰富,形式也更加活泼多样。其重要标志,就是一批诗话、词话著作的出现,为宋代文学研究提供了多个侧面的丰富资料。

宋代的诗话,最初是以"记事"为主,其特征是文笔生动活泼,品评诗作持平公允,一语破的。宋代第一部诗话著作是欧阳修的《六一诗话》,书前自题:"居士退居汝阴而集,以资闲谈也。"稍后司马光的《续诗话》和刘攽的《中山诗话》也都属于这类随笔而记的诗话,还不能说是自觉的文学批评。到了南宋许颛的《彦周诗话》,在《自序》中提出了"诗话者,辨句法,备古今,记盛德,录异事,正讹误也"的主张,足见在诗话功能的认识方面,许颛比欧阳修向前推进了一步。继之而起的是张戒《岁寒堂诗话》,它标志着诗话开始以自觉的态度对当代诗风发表独立的批评意见,并且试图通过一些具有针对意义的分析评论,对一代诗风的总体走向产生影响。南宋姜夔的《白石道人诗说》和严羽的《沧浪诗话》,标志着宋代诗话的最高成就。它们已经不再局限于对掌故的记述和寻章摘句的批评,而是自觉地以美学理论的观点来论诗,在保持了诗话原有的生动活泼的可读性的同时,又增加了严肃系统的学术性,对于当时和后世诗歌的发展亦产生了广泛而深刻的影响。

从宋代诗话所反映的内容来看,大致可以分为两类:一类着重在"评论",即品评诗人诗作,考订字句名物,诠释名篇佳句,探讨诗歌源流和作法,是较为纯粹的论诗理论著作;另一类着重在"记述",记载的范围包括诗坛掌故、诗歌本事和诗人轶闻。也有一些诗话著作是两者兼具。下面介绍几部较为重要的诗话专著。

张戒的《岁寒堂诗话》2卷。在苏轼、黄庭坚诗风笼罩当时诗坛的背景下,张戒以批评家的眼光,指出了他们诗歌艺术上的弊病。他还指出诗歌的艺术风格应含蓄蕴藉,即所谓"其词婉,其意微,不迫不露"[1],这无疑是极具胆识的见解。惜原本久佚,清乾隆年间,四库馆臣自《永乐大典》辑出,仍作2卷。有《武英殿聚珍版丛书》

---

[1] 张戒:《岁寒堂诗话》卷上,《历代诗话续编》,第454页,中华书局1983年版。

本、《四库全书》本和《历代诗话续编》本。

姜夔的《白石道人诗说》,是一部主要谈创作体会的诗话。这里既有前人的成功经验,又有自己"于甘苦备尝之后,发为体会有得之言"①。作者在不长的篇幅里,集中讲述了诗歌创作的理论和技巧,强调诗歌的独特功能在于"吟咏情性",标举"自然高妙",以"知其妙而不知其所以妙"为诗歌的最高境界,开严羽"妙悟"说之先声,颇受后来研究者的重视。《白石道人诗说》附刻于《四部丛刊》本《白石道人诗集》之后,亦有《历代诗话》本。

严羽的《沧浪诗话》,在宋代诗话中最负盛名。其论诗主旨以盛唐为宗,主于妙悟。《四库全书总目提要》云:"明胡应麟比之达摩西来,独阐禅宗。"郭绍虞的评价较为公允:"盖沧浪所论,开后世神韵、格调二派。其长处在能包涵此二者之论点而自成系统,以为诗学建一门庭;而短处则在依违于此二者之间,转有抵牾之迹。"②该书的注释本有四种:胡鉴《沧浪诗话注》、王玮庆《沧浪诗话补注》、胡才甫《沧浪诗话笺注》和郭绍虞《沧浪诗话校释》。《沧浪诗话》最初曾附刻于《沧浪先生吟卷》之后,后有《四库全书》本和《历代诗话》本。

较为大型的三部诗话总集汇编是北宋阮阅的《诗话总龟》、南宋胡仔的《苕溪渔隐丛话》和魏庆之的《诗人玉屑》。

《诗话总龟》,原名《诗总》,又名《百家诗话总龟》,北宋阮阅编辑。阮阅是元丰八年(1085)进士,此书成于宣和五年(1123),分46门,依类编录诗话、笔记。先以抄本流传,绍兴年间(1131—1162)始有刊本,经后人增改重编,称为《诗话总龟》。宋刻本已不可见。今流传本一为明刊本,一为明抄本。前集48卷,所引之书皆出北宋或北宋稍前,可视为阮阅自编;后集50卷,取材于《碧溪诗话》《韵语阳秋》《苕溪渔隐丛话》者居大半,有研究者认为是南宋光宗时的书

---

① 郭绍虞:《宋诗话考》,第94页,中华书局1979年版。
② 同上。

贾杂抄而成。① 此书将诗话、笔记、小说分类编纂,并注明出处以便检索,还保存了大量宋代和宋以前的诗歌资料,可供辑佚。通行本有《四部丛刊初编》影印明月窗道人刊本、1987年人民文学出版社出版的由周本淳校点的排印本。

《苕溪渔隐丛话》,南宋胡仔撰。因父母之丧,胡仔赋闲卜居苕溪20年,以渔钓自适,因自号"苕溪渔隐"。此书分《前集》60卷,《后集》40卷,为继阮阅《诗话总龟》而作。但阮书以内容性质分类,此书则以人为纲,按其年代先后排列,且诗词分辑,使事有所归。引录资料颇为繁富,品藻特多,评论对象上起国风,下至南宋初,共列宋代作者100余人。阮阅编《诗话总龟》时因党禁而未采元祐诸人的文章,此书则广为搜集,有关欧阳修、王安石、苏轼、黄庭坚的材料很多,尤以苏轼为详,历来为后人所称引。书中所载三山老人语录,即其父舜陟之说,间有作者所加按语。通行本有清乾隆杨佑启耘经楼依宋版重刊本,《海山仙馆丛书》《四部备要》均收入。1962年人民文学出版社据此为底本,校勘排印出版。

魏庆之编辑的《诗人玉屑》20卷,成书于淳祐年间。该书分类辑录宋人诗论。卷1至11分为诗辨、诗法、诗体等门类;卷12以下品评历代诗人诗作,大体以时代为序。《苕溪渔隐丛话》多录北宋人语,该书多录南宋人语,"二书相辅,宋人论诗之概亦略具矣"。古典文学出版社1958年出版的王仲闻校点本,以清道光古松堂重刻宋本为据,校以日本宽永刻本,并全部过录王国维校语。1978年上海古籍出版社校订重印。

宋代较为著名的诗话著作还有:陈师道的《后山诗话》、惠洪的《冷斋夜话》、吴聿的《观林诗话》、葛立方的《韵语阳秋》、吴可的《藏海诗话》、杨万里的《诚斋诗话》、黄彻的《䂬溪诗话》、范晞文的《对床夜语》、曾季狸的《艇斋诗话》、赵与虤的《娱书堂诗话》、刘克庄的

---

① 参见缪荃孙:《诗话总龟跋》,《艺风堂文漫存》卷5;周本淳:《〈诗话总龟〉版本源流考略》,《艺谭》1982年第3期。

《江西诗派小序》、叶梦得的《石林诗话》、陈岩肖的《庚溪诗话》、周紫芝的《竹坡诗话》、吕本中的《紫微诗话》和魏泰的《临汉隐居诗话》等。这些诗话,或联系史实和作者生平论诗,或记述宋代诗坛文学流派的轶事趣闻,或评论诗作工拙、意旨是非与人物行事之高下,或征引史籍以考证名物,或兼记帝王好尚、文坛轶事和时尚风俗,亦兼及书画、音乐、舞蹈、花木、鸟兽等。总之,围绕着诗歌与政治、诗歌与生活、诗品与人品,以及诗歌的形象、意境、韵律、趣味等理论问题,发表了许多卓有见地的看法,从而丰富了我国古典诗歌的美学理论,也为后人的研究提供了宝贵的资料。以上诸书均收入中华书局1981年版《历代诗话》和1983年版《历代诗话续编》。

在宋代一些记载史实、史料的书籍中,也杂录了一部分诗话和文坛轶闻。如江少虞所撰的《宋朝事实类苑》78卷,记录了北宋太祖至神宗一百二十多年间的史实,分24门。其中以诗文为内容的,有"诗歌赋咏"、"文章四六"2门。引用的诸家记录约50种,其中半数以上已经失传或残缺。失传的书中属于诗话的,有《名贤诗话》和《三山居士诗话》两种。宋人笔记中与诗文关系密切的,有记载杨亿生平与见闻的《杨文公谈苑》和张师正《倦游杂录》二书。此书通行本有上海古籍出版社1981年排印本。

据郭绍虞先生考证,宋代诗话约有139部,即:今尚流传者42部;今部分流传或由他人纂辑成书者46部;已佚而仅知其名者51部。作为文学批评的一种形式,诗话在宋代的繁荣,为后人的研究提供了宝贵的文献资料。

宋代词话出现的时间较诗话稍晚,且数量较少。虽然词在宋代的艺术成就令人瞩目,但"词为艳科"的传统观念,在一定程度上影响了批评家对它的关注程度。故近代词学大师吴梅先生在《词话丛编序》里,曾深为慨叹两宋词话寂寥的状况:"北宋诸贤,多精律吕,依声下字,井然有法,而词论之书,寂寞无闻。""南渡以还,音律之学日渐陵夷。作者既无准绳,歌者益乖矩矱。知音之士,乃详考声律,细究文辞。玉田《词源》、晦叔《漫志》、伯时《指迷》,一时并作,三者之外,犹罕专篇。"《四库提要》词曲类亦仅录宋人词话《碧鸡漫志》《词源》《乐府指迷》三种。

宋代词话的实际情况是,从北宋中期,已经有人开始注意到词的理论工作,既有单篇文章,也有少数专著面世。女词人李清照的《词论》,即是一篇论词专文,最早收录在胡仔的《苕溪渔隐丛话》后集卷33。她对于词的看法可以概括为:对淫靡浮艳的晚唐五代词风和伤感低沉的南唐词,持批评态度;针对北宋词坛苏轼等"以诗为词"的风气,提出"词别是一家"的主张,进而严格区分了诗与词的艺术界限。由《词论》强调词的艺术特点的基调所决定,李清照在强调词的铺叙、典重、故实和富贵气象的同时,又对当时词坛一些颇有名气的词人,如柳永、晏殊、贺铸、秦观、黄庭坚等人,纷纷加以批评指责,表现出超凡脱俗的审美趣味和艺术追求。又因李清照本人是一位成就斐然的词作家,她对于词的独特见解又可视为创作的经验之谈,在当时和后代都产生了很大影响。

南宋时期,又相继出现了一批词论专著。较为著名的有沈义父的《乐府指迷》、张炎的《词源》和王灼的《碧鸡漫志》,它们从不同方面填补了宋代词话的空白。在此之前,受诗话影响而产生的词话著作,有鮦阳居士的《复雅歌词》、杨绘的《时贤本事曲子词》和杨湜的《古今词话》,其体例均为词选、词话合一,惜均已失传。今有赵万里《校辑唐宋金元人词》辑本,见《词话丛编》第一册。

《乐府指迷》的论词主张,见于总论《论词四标准》:其一,音律欲其协,不协则成长短句之诗;其二,下字欲其雅,不雅则近乎缠令之体;其三,用字不可太露,露则直突而无深长之味;其四,发意不可太高,高则狂怪而失柔婉之意。他以周邦彦为宗,推其为当时词坛典范。今传《乐府指迷》附刻于明陈耀文编《花草粹编》(明万历刊本)。近人蔡桢有《乐府指迷笺释》,中华书局1948年出版。1963年,人民文学出版社重新整理出版蔡氏《笺释》,并与《词源注》合印。

张炎的《词源》,上卷为音乐论,下卷为创作论。上卷论词乐律与唱曲法,末附《讴曲旨要》,似为歌诀;下卷专论音谱、拍眼、制曲、句法、字面、虚字、清空、意趣、用事、咏物、节序、赋情、离情、令曲等词的艺术形式问题。他主张好词要有意趣高远、意境清空、雅正合律的特点。张炎的词论既包含对个人创作经验的总结,又有对当时著名词人姜夔、周邦彦、吴文英、史达祖的精辟点评,对于词学研究有着重要的借鉴意义。此书现存的最早刻本,是清嘉庆庚午年(1810)秦恩复依元人旧抄刊行的本子。之后秦氏又得吴县戈载校定本,知前刻谬讹尚多,遂于道光戊子年(1828)重刻,收入《词学丛书》。1930年,蔡桢著《词源疏证》(北京中国书店1985年据原金陵大学排印本影印)。还有《词话丛编》本和1963年人民文学出版社版夏承焘校注本。

王灼的《碧鸡漫志》,成书于南宋绍兴年间,是一部侧重于音乐方面的词学专著。共有5卷,大致可分为三个部分:第一部分论述上古至唐代歌曲的源流和演变;第二部分考证唐代乐曲得名的原因及其与宋词的关系;第三部分品评唐五代与北宋词人的风格与流派,并介绍了民间艺人。值得注意的是,王灼高度评价了苏轼以诗为词的意义在于"指出向上一路,新天下耳目,弄笔者始知自振",表现出与格律派传统观念的大胆对立。《四库全书》《学海类编》《说郛》所收此书均作1卷本。清鲍廷博得述古堂主人钱曾手校5卷足本,刊入《知不足斋丛书》。还有《词话丛编》本,1957年古典文学出版社校点本。

宋人著述中的论词之说,小可视为零星的词话。见于文献者录的,有陈振孙《直斋书录解题》的"歌词解题",除著录自《花间集》至《阳春白雪》共120种词集,还间附评论,以论北宋词人居多,《四库总目提要》称其"极其精详"。也有见于词集序跋与单篇题跋的,如胡寅的《题酒边词》、范开的《稼轩词序》、刘辰翁的《辛稼轩词序》、陆游的《跋东坡七夕词后》等。还有见于笔记小说的,如陆游的《老学庵笔记》、吴曾的《能改斋漫录》等。它们分别从不同侧面发表出精辟的论词见解,也保存了宝贵的词学史料。

南宋的词话著作还有:魏庆之《诗人玉屑》附论诗余部分,黄昇的《玉林词话》和《中兴词话补遗》,周密《浩然斋雅谈》中论词部分和《草窗词评》,均收入《词话丛编》。

宋代以后,较为重要的宋词研究著作有:

清戈载所著的《词林正韵》,3卷,是一部词韵专著。此书据《广韵》206部,以平声统摄上、去,立为14部;列入声为5部,共19部。参酌古人名家词,以宋代词人居多,并总结了前人词谱诸书之利弊。初刻于清道光元年(1821)翠薇花馆。今有《啸园丛书》本、《四印斋所刻词》本。上海古籍出版社1981年据翠薇花馆本影印。

清张宗橚编辑的纪事体词话《词林纪事》,收唐至元词人422家,其中宋296家,居半数以上。词人名下先系以小传,然后选列词作,附以纪事材料或前人评语。引用书近400种,历时十年,三易其稿。卷末附张炎《词源》下卷、陆辅之《词旨》和许昂霄《词韵考略》。有乾隆四十四年(1779)原刻本、1957年古典文学出版社校点本、中华书局上海编辑所1959年新版(附有人名索引)本。

《词苑丛谈》12卷,清徐釚撰。该书成于康熙十八年(1679),是一部专录历代词人故实及词作评论的词话性质著作。分为体制、音韵、品藻、纪事、辨证、谐谑、外编七门,与朱彝尊《词综》相辅行世。有康熙蛾术斋原刊本,《四库全书》本即出此本。亦有《海山仙馆丛书》本,《丛书集成》本即据此本排印。上海古籍出版社1981年出版唐圭璋校注本。

今人唐圭璋的《宋词纪事》,收宋代词家278人,词作410首,编排以时间顺序为次。除名家外,间录妇女词作与本事。该书采取以宋证宋的方法,凡无关词的本事及非宋人论词材料,一概弃之不录。所有词的本事,均引用原文,并注明出处。该书1982年由上海古籍出版社出版。

第三节　话本·志怪·传奇·笔记

宋代话本主要分小说、讲史、说经等类。关于小说家的话本,据罗烨所编撰的《醉翁谈录·小说开辟》的记载,从题材上分为灵怪、烟粉、传奇、公案、朴刀、杆棒、神仙、妖术等八类,并举出《红蜘蛛》《卓文君》《三现身》《十条龙》《拦路虎》《赵正激恼京师》等100多种话本篇目为例。可惜其中绝大部分已失传,仅有存目。根据当代一些学者研究,确定现存宋代短篇话本小说约有40篇,主要从《京本通俗小说》和明人编刊的话本小说集中考查钩稽而成。① 但近来中外学者已证明其年代均不可靠。②

见于《京本通俗小说》者7种:

1.《碾玉观音》(第十卷)

2.《菩萨蛮》(第十一卷)

3.《西山一窟鬼》(第十二卷)

4.《志诚张主管》(第十三卷)

5.《拗相公》(第十四卷)

6.《错斩崔宁》(第十五卷)

7.《冯玉梅团圆》(第十六卷)

见于《清平山堂话本》者11种:

8.《西湖二塔记》

9.《合同文字记》

10.《风月瑞仙亭》

11.《蓝桥记》

---

① 参见胡士莹:《话本小说概论》第七章第一节和第四节,中华书局1980年版。
② 参见章培恒、骆玉明:《中国文学史》(下),第135—140页,复旦大学出版社1996年版。

12.《洛阳三怪记》
13.《陈巡检梅岭失妻记》
14.《五戒禅师私红莲记》
15.《刎颈鸳鸯会》
16.《杨温拦路虎传》
17.《花灯轿莲女成佛记》(《雨窗集》)
18.《董永遇仙传》(《雨窗集》)

疑为《清平山堂话本》之佚篇者1种：
19.《梅杏争春》

见于明刊本《熊龙峰刊小说四种》者2种：
20.《苏长公章台柳传》
21.《张生彩鸾灯传》

见于《古今小说》者4种：
22.《赵伯昇茶肆遇仁宗》(第十一卷)
23.《史弘肇龙虎君臣会》(第十五卷)
24.《杨思温燕山逢故人》(第二十四卷)
25.《张古老种瓜娶文女》(第二十三卷)

见于《警世通言》者11种，附录1种：
26.《钱舍人题诗燕子楼》(第十卷)
27.《三现身包龙图断冤》(第十三卷)
28.《崔衙内白鹞招妖》(第十九卷)
29.《计押番金鳗产祸》(第二十卷)
30.《乐小舍拼生觅偶》(第二十三卷)
31.《白娘子永镇雷峰塔》(第二十八卷)
32.《宿香亭张浩遇莺莺》(第二十九卷)
33.《金明池吴清逢爱爱》附《崔护觅水》(第三十卷)
34.《皂角林大王假形》(第三十六卷)
35.《万秀娘仇报山亭儿》(第三十七卷)
36.《福禄寿三星度世》(第三十九卷)

见于《醒世恒言》者 2 种：

37.《闹樊楼多情周胜仙》(第十四卷)

38.《郑节使立功神臂弓》(第三十一卷)

见于《小说传奇》合刊本者 1 种：

39.《王魁》

见于《新刊大字魁本全相参增奇妙注释西厢记》及《题评西厢记》附录者 1 种：

40.《钱塘梦》

宋代讲史的话本大体可分为两类，即"新话说张、韩、刘、岳，史书讲晋、宋、齐、梁"①。讲史书的话本是指讲说宋以前历史的话本，其代表作有《新编五代史平话》和《全相平话五种》。《新编五代史平话》据曹元忠跋说是宋刻巾箱本，但书中"每于宋讳不能尽避"的事实，透露出不一定是宋代刻本。此书断代成书，体例与《旧五代史》相似，于梁、唐、晋、汉、周五代各自独立，每朝分上、下两卷。《梁史》《汉史》都缺下卷。开卷从伏羲、黄帝讲到黄巢起义，随后讲朱温篡唐，形成五代更替局面。此书内容不少采自正史，情节简洁平实，文言语汇较多，也有不少说话人的用语，有研究者认为也许是说话人粗加编纂而未经修饰的底本，或为书坊根据话本稍加修订而成的通俗读物。通行有董康诵芬室翻刻本、中国古典文学出版社排印本。

《全相平话五种》有元代至治年间新安(今福建建瓯)虞氏刻本，版刻较精，有确切的年代记载，是标准的宋元讲史话本，在中国小说史上有重要的史料价值。现存五种平话——《武王伐纣平话》《七国春秋平话》后集(又名《乐毅图齐》)、《秦并六国平话》、《前汉书平话》续集(又名《吕后斩韩信》)和《三国志平话》，版式一致，都分三卷，每页上面约三分之一版面为插图，所以称为"新刊全相平话"。通行本有文学古籍刊行社影印本、古典文学出版社排

---

① 参见罗烨：《醉翁谈录》"小说开辟"条，古典文学出版社 1957 年版。

印本。

另一类专讲"士马金鼓之事"的讲史话本,主要是讲述当代史实,其中包括讲述农民起义和抗辽抗金的具有强烈现实性的英雄传说故事。可惜其中如《狄青》《杨家将》和《中兴名将传》等均已失传。较为重要的一种是《大宋宣和遗事》。原书卷首列有293回的回目,前集149回,后集144回。内容大多叙徽宗、钦宗时事,中有宋江等36人聚义始末,最后还说到张浚、韩世忠和岳飞抗金之事。《大宋宣和遗事》有两种版本:一为清代藏书家黄丕烈《士礼居丛书》本,分2集,书前有300多条分节目录;另一种版本分4集,内容相同。通行的有古典文学出版社排印本。

说经的宋代话本,一方面直接受到唐代俗讲变文的影响,另一方面为了迎合市民听众的欣赏趣味,进一步发展为说参请、说诨经的形式。除了散见于笔记的点滴记载外,尚无完整的说经话本流传下来。现存说经家的宋代话本,是一部有残缺的《大唐三藏取经诗话》,另一版本题作《大唐三藏法师取经记》。所讲述的佛教故事,即《西游记》雏形。因每卷有诗,故又名曰《诗话》。卷末记明"中瓦子张家印",似为南宋临安刻本。原书在日本,已残。通行本有文学古籍刊行社影印本、古典文学出版社排印本。

志怪与传奇,指的是宋代的文言小说。它所包含的内容极为丰富。对于研究宋代文学的文献价值在于:从中可以见到当时的时代风气和政坛风波;可考知诗人的生平与交游;有些遗佚诗篇亦可从中访见。

现存3种著名志怪传奇总集为:《太平广记》《夷坚志》和《绿窗新话》。

《太平广记》全书500卷,由李昉、徐铉、吴淑等12人奉太宗之命编撰,于太平兴国三年(978)完成。全书按题材分为神仙、道术等92大类,又分150余细目,收录了上起先秦两汉,下至北宋初年的短篇文言小说,其搜罗古来轶闻琐事、僻籍遗文甚富。引用书籍多达526种,其中大半早已散佚,多凭此书校勘辑佚。现存最早刻本为明嘉靖四十五年(1566)无锡谈恺刻本(今藏北京图书馆,有1925年傅增湘影印本)。1959年,人民文学出版社据此出版校点本,精装5册。1961年中华书局出版平装本,共10册,1981年重印。

《夷坚志》是南宋洪迈个人的志怪小说集,书名取自《列子·汤问》"夷坚闻而志之"。全书原为420卷,分初志、支志、三志、四志,每志又分甲、乙、丙、丁、戊、己、庚、辛、壬、癸10集,数量仅次于《太平广记》。此书取材繁杂,内容多记神仙鬼怪、异闻杂录,也兼记当时社会的风尚习俗和掌故轶闻。此书在南宋流传极广,曾有多种刻本,至元明两朝已渐散佚。清代修《四库全书》时所收,只是《夷坚支志》的甲集至戊集50卷。1927年商务印书馆出版涵芬楼《新校辑补夷坚志》,计有初志、支志、三志加补遗,共得206卷,约为原书之半数。1981年中华书局出版的何卓校点本,又增入从《永乐大典》等书中辑录的佚文28则。

南宋皇都风月主人所撰的《绿窗新话》2卷,内有154篇故事,大多节录六朝至唐宋文言小说的旧文(如《幽明录》《云溪友议》《本事诗》等),以供说话人采择参考。通行本有1957年古典文学出版社校补本。

还有两部以辑录艳情传奇而著名的笔记小说集:《青琐高议》和《醉翁谈录》。

北宋刘斧编辑的《青琐高议》,现存前集10卷,后集10卷,别集7卷,共计146篇。其中署作者姓名的仅13篇,余系辑录前人著作,或经刘斧略加改写而成。所收入的传奇,以描写男女情爱、婚姻问题占多数,既有现实生活中的题材,又有一部分写鬼狐神女与凡人的爱情。故事的主人公大多是才貌双全、身世悲惨的妇女。通行本有武进董氏诵芬室刻本,上海古籍出版社1983年据此本出版校订本,并附有补遗。

宋末罗烨编撰的《醉翁谈录》,共10集,每集2卷,分13类。所收作品多系节录或转述唐宋文言小说而成,分"私情公案"、"烟粉欢合"、"神仙嘉会"、"负约"和"不负心"等20类,载录小说名目

100多种,其中有许多故事对于宋元话本、戏曲有可资考证的作用。此书国内久佚,后在日本发现,1941年从日本影印回国。有1957年古典文学出版社排印本。

另有一种《醉翁谈录》,宋金盈之著,分为5卷本与8卷本,记述唐代遗事、宋人诗文和汴京风俗。有1958年古典文学出版社排印本。

"笔记"之"笔",为文笔之分的"笔",意为散记、随笔和琐记。在唐代,笔记这种文体已很发达;到了宋代,笔记的作者范围更为扩大,形式也更加自由活泼,不拘一格。尤其值得重视的,是作者以"亲见"、"亲历"和"亲闻"来记叙本朝轶事和掌故的笔记。这类笔记有较为切实的内容,有的甚至是第一手资料。如由五代入宋的郑文宝的《南唐近事》和《江南余载》、张泊的《贾氏谈录》、钱易的《南部新书》,都以保存了唐末宋初的珍贵史料而著称。又如司马光的《涑水纪闻》16卷,原为编写《资治通鉴后纪》的资料,收录了自宋太祖到宋神宗时的各类故事,并以有关国家大政的叙述为多,且详其始末。再如欧阳修的《归田录》2卷,记述了北宋朝廷轶闻和士大夫轶事,间杂一些戏谑诙谐的记载,亦大都为亲身见闻。由于这些笔记的作者或为朝廷重臣,或为文坛领袖,他们所记述的史事,自有其不可忽略的文献价值。

随着宋代商业的发达和都市的繁荣,也出现了一批专门记叙都市生活的风俗习尚的笔记。如南宋孟元老的《东京梦华录》10卷,追叙了北宋都城东京的繁华盛况和风土人情,保存了北宋中后期丰富的社会、经济、文化资料。又如灌园耐得翁所著的《都城纪胜》、西湖老人所著的《西湖老人繁胜录》、吴自牧所著的《梦粱录》和周密所著的《武林旧事》,都有关于南宋首都临安的各种民间娱乐活动(如诸宫调、杂剧、傀儡戏和讲唱文学)的详细记载,是研究宋代文学艺术不可缺少的宝贵资料。以上5种书,1956年由上海古典文学出版社收辑在一起,出版了《东京梦华录》(外四种)。

宋代的文人常时来兴至,信笔写下了一些记录文坛掌故、文人轶事和反映文坛风气的笔记。李廌的《师友谈记》详记其与苏轼、秦观、黄庭坚、张耒等人的交游情况,材料皆言之有据,其中亦不乏精辟博赡而又妙趣横生的议论,可读性很强。彭乘的《墨客挥犀》和罗大经的《鹤林玉露》辑录了宋代文人的各种轶事以及诗论、文评,从侧面透露出当时文坛的审美标准和价值取向。在赵令畤的《侯鲭录》和何薳的《春渚纪闻》里,有关苏轼的轶闻趣事记载颇详。周密的《齐东野语》着重记南宋朝廷大事,亦兼谈书画艺文。陆游的《老学庵笔记》记叙当时的民间习俗、科场风气和文人趣事的部分,颇富文采。专门编辑旧文,偏重人事、注重情致的,有王谠的《唐语林》、孔平仲的《续世说》;以谈典制、故实见长的,有宋敏求的《春明退朝录》、叶梦得的《石林燕语》等。还有父子两代人共同致力于笔记的撰著,如邵伯温的《邵氏闻见录》和其子邵博的《邵氏闻见后录》,记载了北宋一批著名文人——王禹偁、柳开、穆修、尹洙、梅尧臣、欧阳修、苏洵、苏轼、苏辙、王安石、曾巩的轶事和交往,保存了有关北宋古文运动的珍贵资料,对于宋代诗文的评论,亦多具真知灼见。

　　随着考据与辨证之学的兴盛,宋人笔记中又有一部分呈现出偏重学术性的倾向。这类笔记的特点是:重点突出,各显所长,内容渐趋专门化。沈括的《梦溪笔谈》,是一部综合性的随笔杂记,分为17门,考辨精审,保存了许多有价值的文史资料,特别是详细记载了宋代和宋代以前中国历史上自然科学的成就,被称为"中国科学史上的坐标"(英李约瑟语)。又如洪迈的《容斋随笔》74卷,内容多论诸子百家、诗文词语和经史典故,以考证历朝经典史实、词章典故为长,对宋代朝章典制的记述尤为详赡。还有王应麟的《困学纪闻》、王观国的《学林》、黄朝英的《靖康缃素杂记》、吴曾的《能改斋漫录》、王楙的《野客丛书》、姚宽的《西溪丛语》等书,也都具有不同的考证特长,为后人的研究提供了许多有价值的信息和资料。以上宋人笔记,已经近人整理,刊入中华书局出版的《唐宋史料笔记丛刊》和上海古籍出版社出版的《宋元笔记丛书》。

傅璇琮、朱易安主编的《全宋笔记》，由大象出版社从 2003 年 10 月开始出版。全书共十编，至 2016 年 2 月，已出版至第七编。《全宋笔记》是一部收罗宏富的宋人笔记总汇。每部笔记均由整理者撰写一篇有学术价值的点校说明，内容包括作者小传、内容评价、版本源流及校勘概况等。

结束语

宋代文学与"汉文化圈"

宋代为中国古典文化发展之极盛时期,已成今日学术界的公论,不过,相对于汉唐大帝国而言,宋朝却只是"中国"的一个最重要的部分。在当时的中国境内,与两宋先后并峙而独立的政权,尚有北方的辽、金,西北的西夏,西南的大理段氏国;不仅如此,军事上孱弱的赵宋王朝,再也无力像李唐一样,以东南亚的越南为其治下属郡,以东北的朝鲜为其藩国,而濡染唐文明甚深的日本,在政治上也不再受宋的影响。大唐帝国周边的不掉之尾,纷纷独立为治,从历史上说,是有利于各地区的积极开发的;就文化上而言,它们都在秉承大唐遗风的基础上,继续接受宋代汉族文化的影响,直到今天,或已融入统一的中华民族,或发展而为中国以外"汉文化圈"的重要成员。

10世纪,对于"汉文化圈"来说,是一个具有重大历史意义的世纪。在这个世纪里,昌盛一时的唐帝国分崩离析,经过五代的乱世后,于960年重新建立起赵宋王朝;在此之前,契丹于907年建国,统一了北方,至947年改国号为辽;蒙氏南诏国被推翻,经郑氏大长和国、赵氏天兴国、杨氏义宁国政权之后,于937年建立段氏大理国;越南脱离中国独立,939年成立吴朝,经"十二使君"之乱与短暂的丁朝、前黎朝后,到下一个世纪初,即1009年建立李朝;朝鲜的新罗王朝崩溃后,也经过了史称"后三国"的分裂时期,于936年由王建统一,建立高丽朝;西北的党项族于唐末五季已割据一方,与后周、北宋几番冲突后,在1038年由元昊建立夏国,史称西夏;此期的日本,已进入平安朝中后期,藤原氏独掌大权,天皇徒拥虚位,按一般的说法,969—1068年被称为"藤原时期",接着是一番战乱,此后为镰仓幕府即武家政治之开始。其中辽于1125年被女真所灭,耶律大石西迁,至新疆、中亚一带建立西辽,中国北方由金继续统治。这些政权,除日本外,皆与两宋相始终,而在13世纪蒙古高原刮来的席卷欧亚的狂飙中,摧枯拉朽地逐一倒台,重新划入元代的版图。在此300年间,汉族完成了不同于前的宋文化,其同时和以后很长的时期内,宋文化源源不绝地灌溉着整个"汉文化圈",而"圈"内诸族亦努力汲取,竞相传习仿效,蔚为壮观。宋代文学也随此文化交往传播之势,流风四被,影响深远。

本篇拟先概述诸族接受汉族文化尤其是宋文化的情形,然后考论宋代文学与诸族的关系,分文学书籍的传播、文学活动上的交往与文学创作及观念上的影响三端,叙之如次。

一、诸族接受汉(宋)文化概况

自唐末始,帝国的周边民族便因中央政权统治无力和自身军事壮大,而纷纷自治独立。当其建国立教之时,无论在政治制度还是意识形态方面,都无法由其本族的原始文化来担此重任,故袭用汉族礼制与儒佛思想,乃势所必然。政治制度中与汉化最攸关者,即是科举取士,而科举必然要求学习儒家经典,从而又带来经义训释的标准问题,于是中国学术史上的"宋学",尤其是后来逐步确立起正统地位的理学,便作为当时最成熟的思想体系,在其建立的同时或稍后阶段,得到积极的传播。这样,以"宋学"或后来的理学为标志的宋文化,就取代了唐文化,成为诸族汉化的真正内容。汉化在其初期,是承袭唐制,到了后期,实际上便可称之为"宋化"了。

据《辽史》本纪载,契丹建国之始,便承袭唐制三教并崇,《太祖纪》载：

>神册三年五月乙亥,诏建孔子庙、佛寺、道观。①

这道诏令可能只是实际社会存在的官方认可,还算不上有意倡导。但《义宗耶律倍传》又载：

>太祖问侍臣曰:"受命之君,当事天敬神,有大功德者,朕欲祀之,何先?"皆以佛对。太祖曰:"佛非中国教。"倍曰:"孔子大圣,万世所尊,宜先。"太祖大悦。即建孔子庙,诏皇太子春秋释奠。②

按,自隋唐以来,三教次序实为一重大政治问题,非仅关祭祀而已。观耶律父子对答之语,颇以"中国"自居,其后诸帝,一律以"北朝"自称,而以宋为"南朝",可见在他们的意识中还有与宋争汉文化正统之志,其汉化之自觉程度,即可了然。太宗耶律德光得后晋"儿皇帝"石敬瑭所献燕云十六州,乃改元会同（事在938年）,创南北官制,北官为契丹旧制,南衙用汉制以抚中华,由此遵燕地华风,以科举取士,如《宋史·宋琪传》所云:"晋祖割燕地以奉契丹,契丹岁开贡部。"③可见科举初遵唐制一年一试,科目有法律、词赋,后来便改成了宋制,三年一试,大幅度扩大取士名额,科目亦改为"诗赋经义"。据《辽史·耶律蒲鲁传》云,蒲鲁在重熙中举进士第,却受到了惩罚,因为科举是只为汉人设的,契丹贵族进身不由此道④；但《天祚纪》却载耶律大石登天庆五年（1115）进士第擢翰林应奉⑤。可见辽朝后期,契丹人已与汉人同应科举。《辽史》所载诸帝皆好儒术读五经,习汉字作诗赋,而宗族也多"通蕃汉文字"。宋朝许亢

---

① 《辽史》,第13页,中华书局1974年版。
② 同上书,第1209页。按,耶律倍为太祖阿保机长子。以太子主释奠,亦是唐以前旧制,义见《礼记·文王世子》。
③ 《宋史》,第9121页,中华书局1976年版。
④ 《辽史》,第1351页,中华书局1974年版。
⑤ 同上书,第355页。

宗曾于宣和六年(1124)使金,其《奉使行程录》载黄龙府一带,为原"契丹东寨":

> ……当契丹强盛时,擒获异国人,则迁徙散处于此。南有渤海,北有铁离(骊)、吐浑,东南有高丽、靺鞨,东有女真、室韦,北有乌舍,西北有契丹、回纥、党项,西南有奚。故此地杂诸国俗。凡聚会处,诸国人言语不通,则各为汉语以证,方能辨之。①

故契丹人学汉字,亦势所不能不然。其创立契丹文字,也不过以此译汉籍,帮助推广汉文化而已。辽圣宗尤倾慕汉文化,留心翰墨,提倡吟诗,校雠儒家经典,成为一时风尚。故辽道宗尝言:"吾修文物,彬彬不异中华。"②《金史·卢彦伦传》曰"契丹、汉人久为一家"③,可谓实录。观金代以辽地人为汉人,宋地人为南人,元代又以金地人为汉人,南宋人为南人,可见中国北方汉化趋势之一端。13世纪罗马天主教方济各会(Franciscan)修道士 Pian di Carpino 东游,所撰《蒙古史》(*Ystoria Mongalorum*)中即将南宋与金俱称为 Kitai 人④,Kitai 即为"契丹"对音。辽灭于金后,耶律大石西迁,建西辽,元代耶律楚材尝谓其"传数主,凡百余年,颇尚文教,西域至今思之"⑤。由于两辽持续不断的汉化进程,故从来中亚及亚欧不少民族皆以"契丹"称"中国",至今俄语犹然。

辽金相承,金朝却将辽朝之汉化推进到宋化的阶段。《辽史·礼志一》载:"太宗克晋,稍用汉礼。"⑥按,辽太宗曾攻入石晋汴都,

---

① 宇文懋昭:《大金国志》卷40录,崔文印《大金国志校证》,第568页,中华书局1986年版。
② 叶隆礼:《契丹国志》,第95页,上海古籍出版社1985年版。
③ 《金史》,第1715页,中华书局1975年版。
④ Sinica Franciscana Ⅰ.转引自 J. W. de Jong: *A Brief History of Buddhist Studies in Europe and America*. 有香港佛教法住学会出版汉译本,名《欧美佛学研究小史》。
⑤ 耶律楚材:《怀古一百韵寄张敏之》诗自注,《湛然居士文集》卷12,中华书局1986年点校本。
⑥ 《辽史》,第833页,中华书局1974年版。

掳其文物北归,故辽礼实承汉礼。此后金灭辽,又破汴,乃兼得唐五代之遗物及辽宋南北两方之积累,而北宋九帝近二百年间之创造,实非晋辽所可比,女真族入汴而得之,后来又迁都汴京,且兵力所及远至江浙,因此濡染宋文化远甚于辽。实际上金代继赵氏统治北宋政治中心一带,其文化实与南宋同为北宋之继续。金代科举,于金太宗时已设立,《金史·文艺传序》载:

> 太宗继统,乃行选举之法。及伐宋,取汴经籍图,宋士多归之。熙宗款谒先圣,北面如弟子礼。世宗、章宗之世,儒风丕变,庠序日盛,士由科第位至宰辅者接踵。当时儒者虽无专门名家之学,然而朝廷典策、邻国书命,粲然有可观者矣。金用武得国,无以异于辽,而一代制作,能自树立唐宋之间,有非辽世所及,以文而不以武也。①

按"文治"与"武功"自汉代起便成为政治上重要的命题,以武得国者于既得国后转而推行"文治",古人谓之"逆取顺守",而用来"顺守"的"文治"无一例外地以"先王之道"相标榜,实则推扬传统中国文化而已。金代"文治"成绩,确实远胜于辽。金熙宗读书讲学,至以女真族开国贵族为"无知夷狄",而他们则感觉熙宗"宛然一汉户少年子也"②;金世宗令以女真文字译出五经,"欲女直(真)人知仁义道德所在耳"③;自金海陵王起,在都中置国子监,世宗又置太学;至章宗时,增太学博士助教员,更定赡养学士法,"京府节镇,各处设学,定额数千,虽至衰世,不废廪给"④。与此同时,宋代理学亦流传北国,赵翼《瓯北诗话》卷12云:

> 赵秉文诗有"忠言唐介初还阙,道学东莱不假年",是北人已有知吕东莱也;元遗山作《张良佐墓铭》,谓良佐得新安朱氏

---

① 《金史》,第2713页,中华书局1975年版。
② 崔文印:《大金国志校证》,第179页,中华书局1986年版。
③ 《金史》,第185页,中华书局1975年版。
④ 柳诒徵:《中国文化史》,第540页,中国大百科全书出版社1988年版。

《小学》,以为治心之要,又李屏山尝取道学书就伊川、横渠、晦庵诸人所得而商略之,是北人已有知朱子也。①

按李屏山(纯甫)《鸣道集说序》,以为圣人之道在老孔庄孟,1500年不绝如缕,浮屠之书虽自西来,却与古圣人之心暗合,这明显是三教合一论。他又说:

> 自李翱始至于近代,王介甫父子倡之于前,苏子瞻兄弟和之于后,大易、诗、书、论、孟、老、庄,皆有所解;濂溪、涑水、横渠、伊川之学,踵而兴焉,上蔡、龟山、元城、横浦之徒,又从而翼之,东莱、南轩、晦庵之书,蔓衍四出,其言遂大。②

由此可见李屏山心目中已有一"宋学"之观念,承中唐复古运动而来,与今日学界之所理解,已极相近。其自觉担当道统传承之意识,也颇强烈,刘祁《归潜志》卷9言赵秉文:

> 欲得扶教传道之名,晚年自择其文,凡主张佛老二家者皆削去,号《滏水集》,首以中和诚诸说冠之,以拟退之原道性。杨礼部之美为《序》,直推其继韩欧。③

鉴于此,则所谓"汉化"者,实仅针对金代女真族而言,在金所统治的地区内,汉族知识分子则在继承北宋文化的基础上,一面关注着南宋学术的进展,一面推动着北中国文化的发达,创造着北宋文化在南宋之外的另一种流变分支,然后将这个文化带入下一个统一王朝元代,而重新与南宋学术汇合。此即我们对于金代文化在中国历史上之意义与价值定位的大略表述。

当唐朝强盛之时,堪与唐朝抗衡,而自具其文化的特色,东亚一带唯有吐蕃。10世纪以来,唐与吐蕃几乎同时衰落,使党项族得以崛起于唐、蕃之间,建立西夏国,200年间宋、藏联系,必以之为中

---

① 郭绍虞编选:《清诗话续编》,第1347页,上海古籍出版社1983年版。
② 张金吾辑:《金文最》卷21,光绪乙未九月江苏书局重刻本。
③ 刘祁:《归潜志》,第106页,中华书局1983年版。

介。党项本是古羌族的支裔,但他们却以"羌"称西藏,以"汉"称宋,而自称为"弥"或"弥药"。西夏文诗歌《颂师典》①即云:

> 羌汉弥人同母亲,地域相隔语始异。羌地高高遥西隅,边陲羌区有羌字;中国地处极东地,中国地区用汉字。各有语言各珍爱,双方培养尊己字。吾邦亦有圣贤师,伟大名师数伊利。……太空之下读己书,礼仪道德吾自立。为何不跟西羌走?西羌已向我俯首;……未曾听任中国管,中国向我来低头。我处皇族不间断,弥药皇储代代传。

在另一首诗中②,又云:

> 弥药勇健走,契丹缓步行,西羌敬佛僧,中国爱俗文。

按其立意,盖欲于宋辽吐蕃("羌")间自养成一独特之文化,并凌跨诸族而为最优越者。于其民族崛起之时,固有此雄心壮志,不可不为之激赏。但揆以西夏一代史事,则实不见其于摭拾唐蕃遗制与引进宋辽文化之外,别有所新创。虽有西夏文字,但于制度文物、意识形态方面,则并不足以称"西夏文化",元昊之辈世代所经营创设,论其性质,要之不出"汉化"一途而已。李继迁初袭灵州时,即云"其人习华风,尚礼好学,我将借此为进取之资,成霸王之业"③;其子李德明继位后"大辇方舆,卤簿仪卫,一如中国帝制"④;至元昊建国,一面对宋朝声称"蕃汉各异,国土迥殊"⑤,下秃发令,"制小蕃文

---

① 俄国探险家柯智洛夫20世纪初从我国盗走的"黑城"文物中,有一批西夏文文献,其中即有诗文集。苏联学者聂历山曾于其遗著《西夏文字及其文献》中略作介绍,陈炳应先生将聂文介绍的六首诗歌从俄文转译成中文,《颂师典》即六首之第二首。见陈氏《西夏的诗歌、谚语所反映的社会历史问题》一文,收于《西夏史论文集》,宁夏人民出版社1984年版。
② 同上所介绍六首之第三首。
③ 吴广成:《西夏书事》卷7,有道光五年小岘山房刻本,1935年北平文奎堂影印本。
④ 同上书,卷9。
⑤ 李焘:《续资治通鉴长编》卷125,宝元二年闰十二月条,上海古籍出版社1986年影印本。

字,改大汉衣冠"①,然亦不过袭用吐蕃赞普之服饰而已,另一面却又继续其先代"潜设中官,全异羌夷之体;曲延儒士,渐行中国之风"②的做法,其建位称天子,尤其是推行科举取士,皆模仿中国。吴广成《西夏书事》卷13言:

> 夏州自五代不列职方,其官属非世族相传,即幕府迁擢,尚无科目取士之法。元昊思以胡礼蕃书抗衡中国,特建蕃学,以野利荣仁主之,译《孝经》《尔雅》《四字杂言》为蕃语,写以蕃书,于蕃汉官僚子弟内选俊秀者入学教之,俟习学成效,出题试问,观其所对精通,所书端正,量授官职,并令诸州各署蕃学,设教授训之。③

按元昊之用意,在自立教化,用心良苦,但那结果却也仅仅使蕃书成为传播汉文化之工具而已。故宋朝大臣富弼说西夏"得中国土地,役中国人力,称中国位号,仿中国官属,任中国贤才,读中国书籍,用中国车服,行中国法令"④,完全离不开汉文化。"蕃学"之设,本为配合科举之制,但科举制本身却淘汰了"蕃学",到元昊后代乾顺时,不得不另设"国学",即"汉学"。自此蕃学日衰,汉学日兴,后来又设立"大汉太学",尊孔子为文宣帝,州郡悉立庙宇祀之,而向北宋上表乞赐《九经》《唐史》乃至《册府元龟》之事,亦每见于史册。⑤儒学之盛,追踪中原。元代虞集《道园全集》卷18《西夏相斡公画像赞》即云斡道冲曾作《论语小义》20卷与《周易卜筮断》⑥。其既从宋朝引进儒学,则不能与"宋学"无关涉,今存西夏文文献中

---

① 李焘:《续资治通鉴长编》卷123,宝元元年正月条。
② 同上书,卷50,咸平四年十二月条。
③ 吴广成:《西夏书事》卷13。
④ 李焘:《续资治通鉴长编》卷150,庆历四年六月条。
⑤ 参见《西夏书事》卷20、36;《宋会要辑稿·礼六二》之40、41;《涑水纪闻》卷9等。《金史·交聘表》又尝载西夏至金购买儒籍,因此时西夏与南宋已断绝来往。
⑥ 参见王仁俊《西夏艺文志》,中华书局1955年重印开明书店《二十五史补编》第6册,其所谓《道园全集》,不知所据何本。

有草书《孝经》译本手稿并吕惠卿序①,可见一斑。按吕序汉文已佚,今乃得一西夏文译本,于"宋学"研究也不无小补。

朝鲜高丽朝初建时,犹"弘佛抑儒"。10世纪中叶,后周人双翼入高丽,光宗始接受其建议,以科举取士,至成宗(981—997在位)时,"有意兴儒术,尊孔教,置国子监……自宋画文庙图、祭器图及七十二贤、赞记诸册,始置太学奖励儒学"②。成宗还从国子监选拔人才,送往汴京留学。③ 11世纪初穆宗时,崔冲首创私学,有"海东孔子"之称,一时学者群起仿效。元代统一后,朝鲜为其"征东行省",朝鲜人安珦(1243—1306)于1286年任元征东行省的左右司郎中兼高丽儒学提学,赴燕京,读朱子之书,手自抄录,成为高丽朝第一位朱子学的传播者。李成桂摆脱蒙古统治建立李朝(1392—1910)后,则进一步采用"抑佛扬儒"的政策,使宋学大兴,有"李朝儒学"之称,其代表者便是16世纪李滉的"退溪之学",至今犹为东亚儒学的一面旗帜。

日本接受汉文化,开始时本以朝鲜为中介,据《古事记》载,百济曾派王仁携《论语》至日,为儒学之首传。④ 从飞鸟时代起,日本开始接受隋唐文化,至奈良朝和平安朝前期,达到第一次高潮。这次高潮的内容是学习唐文化,它的衰落是在平安中期至镰仓时期。吉川幸次郎《宋诗概说》序章云:

---

① 参见史金波、白滨《西夏文及其文献》,《民族语文》1979年第3期。
② [朝鲜]金富轼:《二国史记》,转引自《朝鲜文论文集》第一辑,第117页,北京大学出版社1992年版。
③ 《四库全书》收佚名《朝鲜史略》高丽成宗条。按《宋史》卷487《高丽传》,载高丽人金行成前来就学于国子监,并于太平兴国二年(977)擢进士第,则成宗之前,已有派遣留学生之事。《高丽传》又载雍熙三年(986)"遣本国学生崔罕、王彬诣国子监肄业",则在成宗时。其时并有派留学生到辽朝学习契丹语的,见《辽史》卷13《圣宗纪四》统和十三年(995)十一月、十四年(996)三月条。关于高丽朝科举制度,请参看[韩]李成茂《高丽朝鲜两朝的科举制度》,有北京大学出版社1993年译本。
④ 参见程千帆、孙望《日本汉诗选评》之吴锦"前言",江苏古籍出版社1988年版。又见[日]木宫泰彦《日中文化交流史》第一篇第二章第三节,商务印书馆1980年译本。

虽然南宋先是与金为敌,后来又与成吉思汗的蒙古对峙,但与北宋一样,却能长期地保持了国内的和平。那个时期的日本,先后有保元、平治、源平等战乱,内战频仍,真是不可同日而语。①

中日之间密切的交往被战乱打断。正当中国努力发展着宋文化时,日本正处于极不安定的时期,在此期间,担负着传播宋文化之使命的,是一些入宋的僧人。1199年俊芿西渡,于1217年东归时即带回大批典籍,除禅宗著述外,尚有儒籍256卷;1247年"陋巷子"覆刻宋刊《论语集注》10卷,为日本刻宋籍之始,可能就是据俊芿带回的宋本覆刻的。故宋儒之学,实际是与禅宗一道东传的。对日本影响较大的入宋僧人还有荣西、道元、圆尔辨圆(圣一国师)等人。同时,为避元祸而东渡的中国僧人兰溪道隆、子元祖元、一山一宁等,也受到了日本政府的厚遇。这是13世纪下半叶的事了,搜集中国书籍的著名文库——武藏的金泽文库,也在那个时候开创起来。至14世纪,玄惠法印在京都宫廷里依朱子的注释来讲解经书,为日本宋学之开端。宋文化的接受在江户时代达到高潮,这是日本汉化的第二次高潮。《宋诗概说》第二章第一节云:

> 要之,北宋中期在中国历史上是一个很重要的时代,其影响并不限于以后的中国,也波及日本的历史。江户时代所祖述的中国文化,特别是儒家学说,多半是这个时期的产物。朱熹等所撰的《名臣言行录》,直到不久以前还是日本人必读之书。

可见,宋学,尤其是朱子学,作为江户时代武家政权所扶植与倡导的意识形态,它的繁荣一直持续到明治维新的前夕。

处在中国西南的段氏大理国,与宋朝的交往虽没有其前代南诏与唐之间那么频繁,但仍未间断汉化过程。《南诏野史·段正淳

---

① 《吉川幸次郎全集》第十三册,筑摩书房1969年版。译文采用郑清茂中译本,台湾联经出版事业公司1977年版。

传》载:"崇宁二年(1103),使高泰运奉表入宋求经籍,得六十九家药书六十二部。"①宋儒之学想亦随之传入。后来元初郭松年作《大理行记》即谓:

> 大理之民,数百年之间,五姓(按:蒙、郑、赵、杨、段)固守。值唐末五季衰乱之世,尝与中国抗衡。宋兴,北有大敌,不暇远略,相与使臣往来,通于中国,故其官室、楼观、言语、书数,以至冠婚丧祭之礼,干戈战阵之法,虽不尽善尽美,其规模、服色、动作、云为,略本于汉,自今观之,犹有故国之遗风焉。②

按此处所云,为离宋及段氏政权不久之人的总印象,当甚可靠。

历史上与南诏、大理关系密切的东南亚,素受印度与中国两种文化的影响,比较而论,以受印度小乘佛教之影响为主要,然唐宋以来中国与东南亚的陆海交往,也渐呈繁荣之势。《新唐书》卷222下曾载骠国(今缅甸)王子舒难陀携歌舞团于802年访唐,其表演轰动了长安,白居易与元稹皆有诗述之。③《宋史》卷489又载1082年,三佛齐国(今印度尼西亚)公主用唐字书寄龙脑与布匹给广东提举市舶孙迥,可见汉文化已渐在东南亚生根。其中越南一国,由于种种历史的因素,在普遍印度化的东南亚中例外地属于受中国影响极深的"汉文化圈"的成员。元代黎崱《安南志略》卷14言:

> 赵佗王南越,稍以诗礼化其民。西汉末锡光治交阯,任延治九真④,建立学校,遵仁以义。汉唐时尝贡进士明经者李

---

① 方国瑜:《云南史料目录概说》,第169页,"《桂海虞衡志》大理事"条引,中华书局1984年版。
② 明万历四年刻本《云南通志》卷14,又有1934年昭通龙氏灵源别墅铅印本。据方国瑜《云南史料目录概说》第245页言,景泰《云南志》卷8、正德《云南志》卷29亦载其文。
③ 参见《骠国乐》,《白居易集》,第71页,中华书局1979年版;《骠国乐》,《元稹集》,第285页,中华书局1982年版。
④ 按,《后汉书》卷116《南蛮传》:"光武中兴,锡光为交阯,任延守九真……"是则在东汉初,不在西汉末。

琴、张重、姜公辅是也。至宋安南立国,李氏设科举法,三岁一选。①

按越南在历史上长期为中国南方之郡(交趾、九真、日南等),濡染汉文化甚深,自秦汉以来,历代郡守长官为此地区的开发和促成其汉化,都不同程度地作出过贡献。到唐代时,越南人姜公辅北上应进士,曾名重长安。② 宋代越南独立之初,佛教几为国教,到11世纪中期,孔教便与佛教并重,且很快压倒佛教而为国教。1070年河内建立孔庙,祭祀周公、孔子和七十二贤;1075年李仁宗始设科举,三年一比,此乃模仿宋制;次年建国子监,不久后朱子学便成为训释儒典之标准,随科举的发达而确立为正统学术。观胡季犛尝质《论语》四疑,以韩愈、周敦颐、二程、杨时等为学博才疏,务为剽窃,被胡士连斥责曰"不自量",即可知其探讨宋学之盛。③

总之,中国文化历史发展的积累和特点,决定了"汉文化圈"诸族在汉化进程中,必然以"宋化"为最重要阶段,即文化成熟定型的阶段。在"宋文化"的内在结构中占有着重要地位的宋代文学,也由此得以广泛流布,泽被四裔,并在文化比较发达的地区(如金、日本)获得独特的发展,而在其发展的过程中,也曾获得多方面的双向交流。对于这一历史现象的考察研究,应该成为今天编写宋代文学史的一个组成部分。在这方面,吉川幸次郎的名著《宋诗概说》时时附及日宋文学之关系,是一个良好的典范,应该被推广而运用于整个"汉文化圈"内文学关系之探求。以下即粗述梗概,略作考辨,以为尝试。

---

① 黎崱:《安南志略》卷14,《四库全书》本。
② 姜公辅,唐德宗时位至宰相,而《旧唐书》卷138本传竟谓"不知何许人"。《新唐书》卷152本传谓"爱州日南人",是为唐岭南道爱州九真郡治下日南县人,参见《新唐书》卷43上《地理志七上》。
③ 参见[越]阮维馨《李朝的思想体系》《陈朝的思想体系》,林明华译,载暨南大学东南亚研究所编《东南亚研究》1987年第1、2期合刊与第4期。

二、文学典籍的传播

"宋化"过程必然是宋代书籍的引进和研究、学习过程。鉴于两宋文化人多兼具哲学家、政治家、文学艺术家的身份,则在其流布之典籍中必有大量文学书籍、作家别集或某些文艺作品,便可推想而知。另外,典籍传播中某些特殊的现象,如一批书籍在中国久已失传,却在异域发现早先传去的本子,这种情形在日本尤其多见。有关这方面的考察对于宋代文学的研究极有意义。我们今天应该把这些典籍看作"汉文化圈"的共同遗产来加以珍视。

在宋以前的文学书籍里,于周边民族中传播最广的大约要算白居易的诗集。在日本,现存古本白氏文集的调查研治,已成专门学问。据《契丹国志》卷7载,辽圣宗曾以契丹文字译出《白居易讽谏集》,令臣僚阅读学习,并写诗自云"乐天诗集是吾师"。北宋建立不久,诗人魏野的诗集就传到了北国,《续资治通鉴长编》卷75记大中祥符四年(1011)祀汾阴事云:

> 三月甲戌朔,次陕州,召草野魏野,辞疾不至。野居州之东郊,不求闻达……为诗精苦,有唐人风。契丹使者尝言本国得其《草堂集》半帙,愿求全部,诏与之。

按魏野以一介草民,"不求闻达",其诗集尚为辽使所求,则后来名冠天下如欧阳修、苏轼者,其著作之流传北方,自可想见。《辽史·刘辉传》即叙刘辉对欧阳修《新五代史》深表不满,因为欧公将契丹写在《四夷附录》里面去了。苏辙《奉使契丹二十八首·神水馆寄子瞻兄四绝》之三云:

> 谁将家集过幽都,逢着胡人问大苏;莫把文章动蛮貊,恐妨谈笑卧江湖。①

按东坡集,于东坡在世时已多有编辑,三苏父子曾自编《南行集》,

---

① 《苏辙集》,第321页,中华书局1990年版。

后来陈师道替他编过《超然集》《黄楼集》,苏辙撰《亡兄子瞻端明墓志铭》①中也记录了好几种。此处所云"家集",不知为何种。然王闢之《渑水燕谈录》卷 7 谓:

> 闻范阳书肆亦刻子瞻诗数十篇,谓《大苏小集》。子瞻才名重当代,外至夷虏亦爱服如此。②

传闻之辞,或者未必准确,但真正优秀的文学作品,其感人至深,为人所爱,竞相传阅,必非朝廷疆域所可限制,亦是自然之理。虽然据沈括《梦溪笔谈》卷 15 所说,"契丹书禁甚严,传入中国者法皆死"③,也确实造成了耶律氏一代著述的毁佚殆尽,不过辽廷似乎只禁止北籍南传,并不限止南籍北传,相反,辽对于宋集还采购甚勤,这一情形曾引起宋朝君臣的关注。《宋会要辑稿·食货三八之三〇》载天圣五年(1027)二月中书门下言:

> 北戎和好以来,发遣人使不绝,及雄州榷场商旅互市往来,因兹将带皇朝以来臣寮著撰文集印本传布往彼,其中多有论说朝廷边鄙机宜事,望行止绝。④

检《辑稿·刑法二之四七》大观二年(1108)三月十三日诏、欧阳修《论雕印文字札子》⑤、苏辙《北使还论北边事札子》⑥等,皆论及宋人文集流入契丹事。而双方所谓"书禁"的真实目的,乃在其中有关"边鄙机宜事",即文集不仅仅为文学作品专集的缘故。可见国家的分裂确实损害了文学的繁荣。

但宋朝臣僚的文集也确实传到了辽朝,并且也进入了朝鲜。《四库全书》收佚名《朝鲜史略》卷 6,有金富仪(即金富辙)引文彦

---

① 《苏辙集》,第 1127 页,中华书局 1990 年版。
② 王闢之:《渑水燕谈录》,第 89 页,中华书局 1981 年版。
③ 胡道静:《梦溪笔谈校证》,第 513 页,上海古籍出版社 1987 年版。
④ 1936 年北平图书馆影印本。
⑤ 欧阳修:《欧阳文忠公集》卷 108,《四部丛刊》本。
⑥ 《苏辙集》,第 747 页,中华书局 1990 年版。

博语对其王问边关事,是文彦博之文集必已传入朝鲜而为彼邦人士勤心研读的佐证。这是 12 世纪的情形。今存任渊《后山诗注》有高丽活字本①,系据明代弘治本排印,可视为宋代以后朝鲜引进宋籍的继续。另外值得一提的是,宋朝还曾为朝鲜的文人刊行集子,《朝鲜史略》卷 6 云朴寅亮"文词雅丽,宋熙宁中与金觐使宋,其所著述,宋人称之,至刊二公诗文号《小华集》";《郡斋读书志》卷 20 有《高丽诗》3 卷,题下注"使人金梯、朴寅亮、裴某、李绛孙、卢柳、金花珍等,途中酬唱七十余篇,自编之,为《西上杂咏》,绛孙为之序"②。由此亦可见宋与朝鲜之间文字书籍往返流播之一斑。

金灭辽、北宋,占有北宋旧地,北宋人文集不假传播而尽为金所有,金廷对此亦曾稍作整理,《金史·章宗纪》明昌二年(1191)四月载:

> 学士院新进唐杜甫、韩愈、刘禹锡、杜牧、贾岛、王建,宋王禹偁、欧阳修、王安石、苏轼、张耒、秦观等集二十六部。

按金源一代,尤其是大定、明昌间文艺之繁荣,实承传北宋文艺遗产之结果,而金人亦尝由其所得研读之北宋文学典籍,总结反思前代文学之发展,大定二十六年(1186)冯翼所作《问山堂记》云:

> 唐末五代文章气格卑弱,宋初王元之、穆伯长、杨大年始新其体。景祐庆历间,欧阳永叔、尹师鲁、曾子固、石曼卿、梅圣俞、苏子美③前唱后和,斟酌古今,文风丕变。熙宁之际,异人辈出,东坡、山谷、王荆公方并驾并驱,独老坡雄文大笔……④

在此以前,南宋周必大已于淳熙六年(1179)(当金大定十九年)作《皇朝文鉴序》,从"垂世立教"的角度总结北宋文学,谓其"大者固

---

① 高丽活字本《后山诗注》,有《四部丛刊》初编影印本。关于后山集版本情况,请参看徐小蛮《陈后山集版本源流考》,见《文献》19 辑,书目文献出版社 1985 年版。
② 孙猛:《郡斋读书志校证》,第 1075 页,上海古籍出版社 1990 年版。
③ 原作"苏子瞻",据文意校改。
④ 张金吾辑:《金文最》卷 13 引《无极县志》,光绪乙未(1895)江苏书局重刻本。

已羽翼六经,藻饰治具;而小者犹足以吟咏情性,自名一家"①。冯翼此论,则不关心"垂世立教"、"羽翼六经"之道统观念,纯从文学本身来勾勒发展的线索,其间透露出金代意识形态中正统观念之淡化,这当然与统治者的种族是"夷"非"夏"有关,此容后再论。总之,对北宋文学的研究总结,金人确已开始做这个工作。元好问曾作《东坡诗雅》3卷②,是金代已有苏轼专门研究的例证;观金人诗作诗论,至元好问《论诗绝句》③,对江西诗派或毁或誉,或取舍别裁,反正都必须面对而未尝回避;至于魏道明注蔡松年词多引东坡、山谷语为出处④,说明金人早就把自己的文学看作北宋文学的发展,以北宋文学来阐释金代文学的渊源。

赵翼《瓯北诗话》卷12有"南宋人著述未入金源"条,但此条下仍引金人诗文中语,谓吕东莱、朱子等理学家的著述已流传北方,又引刘祁《归潜志》谓李纯甫甚爱杨万里诗,曰"活泼刺底,人难及也"⑤,可见赵翼也承认南宋书籍有少数入金。今人孔凡礼有《南宋著述入金考略》一文⑥,辑出南宋人著述传于金统治区的达56种,而民间尚有一种人专门以买卖书籍为业,来往于两方之间,突破了官方对文化交流的禁戒。可见杨万里诗的北传,并非孤立的现象。

宋代文学典籍外传而保存最多最好者为日本。对日本来说,宋籍传播之事实已不必赘述,其贡献于宋代文学文献更大者,为至今尚保存有不少国内已佚或残缺不全的宋刊本,兹择要辑录于下⑦:

---

① 吕祖谦编:《宋文鉴》卷首,中华书局1992年版。
② 《金史》,第2742页,中华书局1975年版。
③ 元好问:《论诗三十首》,施国祁《元遗山诗集笺注》,第523—534页,人民文学出版社1958年版。
④ 参见《萧闲老人明秀集注》,有石莲庵汇刻《九金人集》本。
⑤ 郭绍虞编:《清诗话续编》,第1348页,上海古籍出版社1983年版。按,此语见《归潜志》卷8。
⑥ 见《国际宋代文学研讨会论文集》,四川大学出版社1991年版。
⑦ 关于日存古本汉籍的调查,自清末杨守敬作《日本访书志》以来,罗振玉、黎庶昌等学者多加关注,今人严绍璗用功甚勤,所著《汉籍在日本的流布研究》(江苏古籍出版社1992年版)为这里辑录的主要依据。

1.《太平御览》。日本静嘉堂文库藏南宋闽刻本351卷,宫内厅书陵部汉籍"御藏"与京都东福寺藏南宋庆元五年(1199)蜀刻本二残卷,合945卷目录15卷。又有日本安政二年(1855)喜多村直宽据明人影宋抄本排印本。1935年商务印书馆《四部丛刊》三编,据日藏蜀刻本,补以闽刻本29卷、安政本26卷,合印为1 000卷目录15卷,为通行善本。

2.《太平寰宇记》。原本200卷,至清初已佚8卷,杨守敬从日本枫山官府发现宋刊残本,从中补辑得5卷半,刻入《古逸丛书》,至今仍缺两卷半。

3.《诗人玉屑》。通行有20卷本,唯日本宽永十六年(1639)刻本为21卷,王国维曾以日本石林书屋所藏宋本校宽永本,发现宽永本有一些内容为他本所无。

4. 周必大编《欧阳文忠公集》153卷,《附录》5卷。北京图书馆存最早宋本残卷三种,而唯一完整的宋刻本则保留于日本天理图书馆。

5. 宋祁《景文宋公集》宋刻残本。在宫内厅书陵部汉籍"御藏"中,为海内外孤本。

6.《东坡集》40卷。为东坡生前编定,宋刊今存三本,一本在北京图书馆,一本在日本宫内厅书陵部,一本在日本内阁文库,皆残本,然三种相校,可得一完整《东坡集》。

7. 黄庭坚《豫章先生文集》。内阁文库有宋刻残本12卷及《外集》6卷;天理图书馆有《豫章黄先生文集》宋本16卷、《外集》6卷。①

8. 秦观《淮海词》。日本内阁文库藏宋乾道军学本。

9. 崔敦诗(南宋初人)《崔舍人玉堂类稿》20卷。在宫内厅书陵部汉籍"御藏"中,其书在中国久已失传,此本并附有《崔舍人附

---

① 按,山谷集《内集》30卷为生前手定,《外集》14卷李彤编。《四部丛刊》影印宋刊《豫章黄先生文集》30卷,即内集。台北"中央图书馆"藏宋乾道间刻本。

录》1卷、《崔舍人西垣类稿》2卷,据其讳字阙笔,知为南宋后期刊本,极可珍视。

10. 端平间宋刊杨万里《诚斋集》133卷,《目录》4卷及《诚斋先生南海集》8卷。俱在宫内厅书陵部汉籍"御藏"。

11. 罗烨《新编醉翁谈录》。在天理图书馆,此本为研究中国俗文学、白话小说史极重要之资料,久已失传,近始发现。

……

按日本对汉籍之保存,素有贡献,983年日僧奝然入宋,赠郑玄注《孝经》1卷,即为当时的中国所已佚的经部重要典籍。① 宋太宗以新刊《大藏经》回赠,乃宋刻传入日本之始。而日本对传入的宋人文学典籍不仅妥为保缮,亦且勤心研究,"五山"诗僧中岩圆月《东海一沤集》卷3《与虎关和尚》即称道虎关师炼所研治有"欧阳、三苏、司马光、黄、陈、晁、张,江西之宗,伊洛之学"等。② 对于唐、宋诗之别,日本也与中国一样自觉,历来崇唐与崇宋主张此起彼落,影响于彼邦之创作与思想甚巨,容后再叙。

---

① 《孝经》古注,有孔安国注古文《孝经》及郑玄注。至唐玄宗御注出,而二本皆亡。现代出版社1987年版《中国历代书目丛刊第一辑(上)》钱东垣等辑《崇文总目》卷1,有《孝经》1卷,"原释:郑康成注,先儒多疑其书,唯晋孙晁《集解》以此注为优,请与孔注并行,诏可。今太学所注陆德明释文与此相应。五代兵兴,中原久逸其书,咸平中日本僧以此书来献,议藏秘府。见《文献通考》"。按,此条辑自《文献通考》卷185《经籍考十二》,以谢承等所撰《后汉书》俱不言郑玄注《孝经》,唯范晔《后汉书》言之,故"先儒多疑其书"。《直斋书录解题》卷3《孝经注》一卷下:"按《三朝志》:五代以来孔郑注皆亡,周显德中新罗献别序《孝经》即郑注者。而《崇文总目》以为咸平中日本国僧奝然所献。未详孰是。"按此条《通考》亦引录,唯"显德中"作"显德末"。陈汉年《崇文总目辑释补正》卷1此条下引《玉海》卷41,"后周显德六年八月高丽遣使进别叙《孝经》一卷,别叙者,记孔子所生及弟子从学之事",以为"《三朝志》未可信,宜《崇文目》不取此说"。按《三朝志》即《三朝国史艺文志》,与《玉海》所载高丽献书事,当为宋之前朝鲜保存我国古籍并回传之一例,《玉海》言"显德六年八月",则《通考》作"显德末"是。郑注《孝经》可确定为奝然所献,《宋史·日本传》亦载此事,唯言语不甚明了。日本学校通行《孝经》孔、郑二注,故得以保存,见木宫泰彦《日中文化交流史》第三章第二章第八节。此本在中国后复失传,故《四库全书》无之,清代有臧庸、严可均辑本,近代有皮锡瑞疏,见范希曾《书目答问补正》卷1,上海古籍出版社1983年版。

② 参见严绍璗《汉籍在日本的流布研究》,第40页,江苏古籍出版社1992年版。

段氏大理僻居西南一隅，交往颇不易，但其地人士攻读汉籍亦甚勤，除官方交聘求赐经籍外，民间亦有随市易商人至汉地求购者。《文献通考》①卷 329《四裔六》"南诏"条下引范成大《桂海虞衡志》②曰：

> 乾道癸巳(1173)冬，忽有大理人李观音得、董六斤黑、张般若师等，率以三字为名，凡二十三人，至横山议市马，出一文书，字画略有法，大略所需《文选》五臣注、《五经广注》《春秋后语》、三史加注、《都大本草广注》《五藏论》《大般若十六会序》及《初学记》、张孟《押韵》《切韵》《玉篇》《集圣历》、百家书之类……

按此皆宋以前书籍，可见直至南宋孝宗时代，北宋一代著述尚鲜被大理人传读。但汉文书籍流于其境者，也有少数后来失传于内地而犹存于大理的，方国瑜先生《云南史料目录概说》卷 2"《桂海虞衡志》大理事"条引《四库全书总目提要》子部儒家类著录《帝范》云：

> "有元吴莱跋，谓征云南僰夷(大理白族)时始见完书。"考其事在泰定二年(1325)，盖此书在南宋后已佚其半，元初得全书于大理也。

方先生又引《杨升庵全集》卷 2《群公四六序》云：

> "壬辰(嘉靖十一年，公元 1532)之春，于叶榆(大理)书肆，以海贝二百索购得《群公四六》古刻。"按此南宋人刻本传至大理，此本后失传，仅有续集，盖杨慎所得为孤本也。

今按，《帝范》为唐太宗所著，当早已流传南诏、大理，内地于南宋后

---

① 马端临：《文献通考》，《万有文库》本。
② 《郡斋读书志·地理类》："《桂海虞衡志》三卷，范文穆公成大帅静江日志其风物土宜也。"按范成大以乾道二年(1166)出任广西静江府(今桂林地)知府，改广南西路安抚使，至淳熙二年(1175)调四川制置使，其书当于此期间所作，今有《知不足斋丛书》本，然《通考》所引段不见其中，盖今本有残阙耳。《云南史料丛刊》25 辑录林超民氏辑文，可参考。

佚其半,元初得其书于大理,由此明以来乃复有全书,实得益于大理及元代之一统。然此犹为宋以前书,至《群公四六》古刻(宋刻?)的保存,则实为云南对宋代文学文献之保存所作的一大贡献。检《四库》所收《升庵集》卷2《群公四六序》谓:

> ……古刻,乃宋人所集,不知名氏,自甲至癸凡十卷,其人则首王初寮,至蒋子礼,五十五人,启凡四百六十五首……此集所载,若王梅溪、胡邦衡、王民瞻、任元受、赵庄叔、张安国、胡仲仁、陈正斋,皆一时忠节道学之臣,鸿藻景铄之士。

《四库总目》集部总集类存目又有《群公四六续集》10卷,惜四库馆臣以为其书不堪存,只列入存目;至其正集,四库馆臣亦未见,今唯于傅增湘《藏园群书经眼录》中著录有涵芬楼所藏明写本[①],不知后来下落如何。从杨升庵序推想,盖为宋人四六文之选集,大概在元朝统一后传入云南,至内地失传后其地犹存孤本,而偶为杨氏所得。

除书籍流布外,文学作品之传播尚有另外的形式,如口耳相传之类,其性质实与书籍流布同,故一并附及于此。叶梦得《避暑录话》卷下曰:

> 余仕丹徒,尝见一西夏归明官云:"凡有井水饮处,即能歌柳词。"言其传之广也。[②]

此条早为论宋词者所熟悉并经常引用,却往往忽略这里讲的是西夏的情形,可见柳词之广为人歌,决非朝廷疆域所能限。又《江南通志·人物志·文苑二》载:

> 沈初,字子深,无锡人。熙宁癸丑(1073)进士,元祐中尚词赋,朝廷以初赋颁为天下格,传至西夏,夏人织以为文锦。[③]

可见宋人的优秀作品对西夏人民具有很大的吸引力。千百年来,虽

---

① 傅增湘:《藏园群书经眼录》,第1527页,中华书局1983年版。
② 叶梦得:《避暑录话》卷下,《津逮秘书》本。
③ 尹继善等续修:《江南通志》卷166,《四库全书》本。

然历经政治上的改朝换代与军事上的战和交替,这种文化的向心力,一直是将中华民族诸成员团结凝聚为一体的基本力量。

至于宋诗之流入越南,却是以一种比较奇特的方式。越南禅宗"竹林派"三代祖玄光和尚(1254—1334)曾有一首传世的名作,曰《春日即事》:

> 二八佳人刺绣迟,紫荆花下啭黄鹂。可怜无限伤春意,尽在停针不语时。

按此诗固为境界优美且富有禅机之佳作,但一查《五灯会元》卷19,则可知其原为宋代禅师中仁(?—1203)所作,早已收在《嘉泰普灯录》内。[①] 不仅如此,据越南学者黎孟挞先生指出:"在被黎贵惇收入《见闻小录》,归为香海禅师的四十首诗中,就有三十二首是中国宋代诗人的作品。"[②]历史上的误传固应更正,但一部分宋诗被认为是彼邦先贤创作之珍品,也许能获得更为深远的影响。

无论是以书籍,还是以别的任何一种形式,都达到了使宋代文学在"汉文化圈"内广泛传播的实际效果。生活在亚洲东部这一片广袤大地上的人们,共同拥有着天风海月、山川烟云,也共同拥有着儒家文明及其重要内容之一的宋代文学遗产。

三、文学的交往活动

在不同政权的统治下,士人间文学活动上的交往颇受限制,作为古代文学交流活动之最重要形式的诗歌唱和,便不能经常而自由地在分属不同政权统治下的诗人们之间进行。这自然也是国家的分裂给文学事业带来的损害。不过,"汉文化圈"内对周汉儒家文化传统的共同秉承,也保证了另一种文学交往活动的必然存在,即异国间聘使往来,习惯上(或毋宁说在制度上)都必须伴随有赋诗

---

① 参见普济编《五灯会元》,第1291页,中华书局1984年版。
② [越]黎孟挞:《关于〈春日即事〉一诗的作者问题》,译文见《东南亚研究》1988年第3期。

的活动,于是成为那时文学交往的一种主要形式。

"赋诗言志"作为外交活动的重要内容,是自《左传》所记载的那个时代以来儒家礼乐文明所形成的人文传统。不过,先秦列国间使节与东道主的相互赋诗,只是从古代典籍《诗经》中选取某些篇段以附会当时情形,所谓"断章取义"而已。到了宋代,在派出的使节团中,必须随有擅长作诗的人,而接待的一方,也尽量选择文化水平较高、才思敏捷的文臣来担当"馆伴",在这中间,诗词唱和或对答都必须即兴自作,而颇具竞赛之意,那关系到国家的体面,要努力做到"不辱使命"、"维护国体",双方便得在此种特殊的文学交往活动中争长斗智,表现各自的修养、才学与灵感。宋代官僚大多出身科举,兼长文艺,像苏辙、范成大这样的文学大家,都曾被派作使节,出访辽朝和金朝,而欧阳修、王安石、苏轼、杨万里等,也曾担任迎来伴送的官员,接待辽、金、朝鲜等地的使者,他们都能在这方面代表宋朝的最高水平。从周边诸族政权那方面来说,自然也不甘落后,因为谁都不愿意被对方看作蛮貊之邦。

宋辽之间,自澶渊之盟以后,基本保持和平的局面,几乎每年的节庆之日,双方都要派使节往来,而同时便伴随有使节与接待官之间的诗歌唱酬,如《辽史》卷89《杨佶传》云:

> 宋遣梅询贺千龄节,诏佶迎送,多唱酬,询每见称赏。

按杨佶为北朝著名文士,本传谓其"字正叔,南京人",辽之南京即石敬瑭所献之幽州(今北京一带),原为汉地,故杨佶必为受汉文化熏陶甚深之人物,辽圣宗统和二十四年(1006)举进士第一,累迁翰林学士,后致身相位,有《登瀛集》5卷传世,今佚。这位北国状元的唱和诗受到了宋朝文臣梅询的赞扬。梅询是梅尧臣的叔父,《宋史》卷301有传,"字昌言,宣州宣城人,少好学,有辞辩",却不载其北使事。今检《续资治通鉴长编》卷109仁宗天圣八年(1030)八月戊申条:

> 工部郎中、龙图阁待制梅询为契丹生辰使。

盖即《辽使·杨佶传》所谓"宋遣梅询贺千龄节"。两人唱酬内容,今已不可考见,但双方之互相钦佩文才,却是有案可查的。

宋、辽两朝君主在时代风气的影响下,也多爱好文艺,敬重文士。皇帝本人亦有参与使节酬唱活动的,辽兴宗耶律宗真即是其一,《辽史·本纪》二十《兴宗三》谓:

> (重熙)二十四年(1055)春正月癸亥,如混同江……二月己丑朔,召宋使钓鱼,赋诗。

考此"宋使"为宋名臣王拱辰,《续资治通鉴长编》卷177仁宗至和元年(1054)九月载:

> 辛巳,三司使、吏部侍郎王拱辰为回谢契丹使,德州刺史李珣副之。拱辰见契丹主于混同江。其国每岁春涨,于水上置宴钓鱼,唯贵族近臣得与,一岁盛礼在此。每得鱼,必亲酌劝拱辰,又亲鼓琵琶侑之。谓其相刘六符曰:"南朝少年状元,入翰林十五年矣,吾故厚待之。"

按至和元年九月,当为拱辰出发之期,《长编》据《王拱辰别录》记钓鱼事于此,为其体例如此。其实辽兴宗如混同江,邀拱辰钓鱼赋诗,当依《辽史》在次年二月(辽重熙二十四年,即宋至和二年,1055)。《宋史》卷318《王拱辰传》记此事于至和三年,实误。考拱辰于仁宗天圣八年(1030)中进士第一,年方十九,真可谓"少年状元",史载其才气横溢,应对敏捷,深为彼邦皇帝、太后所敬爱,而当时所赋之诗,今却无从考见了。

辽主如此,宋帝亦然。《郡斋读书志》卷20录"《高丽诗》三卷"下云:

> 右元丰中,高丽遣崔思齐、李子威、高琥、康寿平、李穗入贡,上元,宴之于东阙下,神宗制诗,赐馆伴毕仲衍,仲衍与五人者及两府皆和进。

孙猛《郡斋读书志校证》于此条下,引《宋史》卷281《毕仲衍传》所

载同一事,正"仲行"为"仲衍"之误,甚是。又《朝鲜史略》卷6高丽睿宗十二年(1117):

> 李资谅使宋至汴京,帝亲赐宴,内殿制诗示之,命和进,资谅即应制,帝大加称赏。

卷7又载:

> 宋使徐兢来,(金)富轼为接伴,兢见轼善属文,通古今,乃著图经,载富轼世家,又图形归奏。天子镂板以传,名振天下。

按金富轼为朝鲜古代文史大家,他的名重中国,也颇得力于聘使唱和者不少。

除宋辽、宋朝鲜之间外,辽与朝鲜之间使节往返,也要以诗唱酬。吴梅先生《辽金元文学史》引《文昌杂录》云,元丰三年(1080)十二月一日,高丽正徽生辰,元遣起居郎知制诰马尧俊充使,留仙宾馆,献诗,徽以锦绅800匹为谢;又引《东国史略》云,高丽肃宗七年,辽遣中书舍人孟初贺生辰,兵部员外郎金缘为馆伴,并辔出郊,雷始霁,初唱"马蹄踏雪乾雷动",缘即对"旗尾翻风烈火飞",初赞为天才,常相唱和。①

至于宋与越南之间,亦有类似事。吴士连《大越史记全书》本纪卷一《黎纪》②谓:

> 丁亥,(天福)八年(987)……宋复遣李觉来,至州市,帝遣法师名顺,假为江令迎之。觉甚善文谈,时会有两鹅浮水面中,觉喜吟云:"鹅鹅两鹅鹅,迎面向天涯。"法师于把棹次韵示之曰:"白毛铺绿水,红棹摆青波。"觉益奇之……

按顺法师所示,实为唐骆宾王咏鹅名句,改易一两字而已。果如此,李觉当笑其剽窃,不见得反会"奇之"。越南陈朝典籍《禅苑集英语

---

① 参见吴梅《辽金元文学史》,第24—25页,商务印书馆1934年版。
② 转引自林明华《汉文化对越南影响琐谈》,《东南亚研究资料》1985年第4期。

录》载此事，即无对诗一节，只言李觉赠顺法师诗有"天外有天应远照"云云，可见对诗的内容，乃出于彼邦后人的附会，却又公然窃唐诗为己有，与上节中所云以宋诗为其先贤创作同出一途，其中缘故盖有不可解者。然李觉与顺法师当另有佳作相唱酬，两国史籍却未见详录，实至为可惜。

总之，聘使往来的赋诗节目，为当时最重要的文学交往活动。此外，还有些特殊情况下发生的双方关系，也伴有文学活动，如《辽金元文学史》所云：

> 刘三嘏，河间人，慎行子也。第进士，尚主为驸马都尉，尝献《一矢毙双鹿赋》，圣宗嘉其赡丽。与公主不谐，奔宋，归，杀之。刘埙《儒林公议》①云三嘏携嬖妾，挈一子，投宋广信军，情词悲泣，自言主凶狠，必欲杀其妾与子，故归。朝廷颇询其国中机事，复为诗自陈云："虽惭涔勺赴沧溟，仰诉丹衷不为名。寅分星辰将降割，兑方疆寓即交兵。春秋大义惟观衅，王者雄师但有征。救得燕民归旧主，免于通问自称兄。"辽屡移文求索，宋恐开边衅，乃遣人拘送还辽……②

此类事在宋金之间亦有发生。施宜生，宣和末为颍州教授，建炎年间进士，后入金官至翰林侍讲学士，正隆四年（1159）为金正旦使赴南宋，《金史》卷79载他对宋臣说隐语道"今日北风甚劲"，又取几间笔扣之曰"笔来笔来"，于是南宋始警惕金人南侵。陈鹄《西塘集耆旧续闻》卷6录其奉使日曾作诗道：

> 梅花摘索未全开，老倦无心上将台。人在江南望江北，征鸿时送客愁来。③

按此诗名《题将台》，"将台"即宜生使宋之日所馆之都亭驿，题此诗

---

① 《儒林公议》作者为田况，此盖吴先生记忆偶误。书有《四库全书》本，所引刘诗词句颇有异同，待校。
② 吴梅：《辽金元文学史》，第24页，商务印书馆1934年版。
③ 陈鹄：《西塘集耆旧续闻》，第49页，上海古籍出版社1993年版。

于其壁上,亦属聘使赋诗之例,但其中含有隐语,则颇特殊。宜生在颍州时曾与东坡僚属赵令畤交游,书法诗文均追步东坡,元好问《中州集》录其诗四首,称其"颇得苏门沾丐"①。

元灭南宋,忠于南宋的臣子不愿处于元的统治之下,乃有窜身异邦,奔入越南者。时越南正值陈朝时期,三世陈圣王对这些人颇为优待。黎崱《安南志略》卷10录"历代羁臣"有:

> 陈仲微……宋亡,仲微入安南,陈圣王尤加礼遇。尝作诗云:"死为越国归乡鬼,生作南朝拒谏臣。"数年卒,葬于安南。

此书卷19还录有《三世陈圣王挽宋臣陈仲微》诗一首:

> 痛哭江南老钜卿,春风收泪为伤情。无端天上编年月,不管人间有死生。万叠白云遮故国,一堆黄壤盖香名。回天乃量随流水,流水滩头共太平。

此诗触事感伤,对南宋羁臣之志深怀同情,悼死生言人天,寄太平于流水,实为难得之佳作。仲微得此异邦君主为知己,诗歌流连,洵为中越文学交流史上一桩值得纪念之事。

中日之间,隔海相望,但世间偶然因缘,也会给两地人士聚处唱和的机会。《宋史》卷491《日本传》载:

> 咸平五年(1002)建州海贾周世昌,遭风飘至日本,凡七年得还,与其国人滕木吉至,上皆召见之。世昌以其国人唱和诗来上,词意雕刻,肤浅无所取。

按宋与日本很少官方交往,当时来回于其间者,多为日本僧人与中国商贾。宋代崇尚文化,诗歌已深入士民日常生活,故商贾中也颇有能诗者,如此所载周世昌,不幸而遭风滞留异国七年始得归来,却又有幸而为中日文学交流史留下一个美谈。日本《邻交征书》初篇卷2引《活所备忘录》有:

---

① 元好问:《中州集》,第70页,中华书局上海编辑所1959年版。

和藤原为时。

为时诗曰:"去国三年孤馆月,归程万里片帆风。"姜世昌曰:"昼鼓雷奋天不雨,彩旗云耸地生风。"注云:"按《宋史·日本传》……姜世昌、周世昌盖同人。当时,为时为越前守,盖世昌飘至越前敦贺,而从游乎?"①

按周世昌、姜世昌异姓同名,遭际相同,天下恐无此等巧事,判断为一人,当属可信。藤原为时是日本著名女作家紫式部的父亲,擅长作汉诗,世昌与他唱和,确是一大可记之事。有的学者又认为这里的"从游"一词,暗示着藤原为时即《宋史》中的"滕木吉",但揆其文意,当是指世昌从为时游于日本,非指为时从世昌游中国,故此点证据不足,未可遽断。但世昌确携有"其国人唱和诗"以归,《宋史》以"词意雕刻,肤浅无所取"而不录一字,颇为可恨。虽然如此,此事犹有可论者,因为它与国家聘使活动无关,而纯为两国诗人之民间交流(藤原为时虽是地方官,但诗歌唱和几乎无涉于官方),所以很值得一提。

这样的民间交流,完全符合仰慕汉文化的各族人士的期待心理,上节中已据《文献通考》引范成大《桂海虞衡志》述大理国人至汉地购书事,这条材料的后半部分说:

……出一文书……称利正二年十二月(按此为大理段智兴利贞二年,即南宋乾道癸巳,1173),其后云:"古人有云,察实者不留声,观行者不识词,知己之人,幸逢相谒,言音未同,情虑相契。吾闻夫子云:君子和而不同,小人同而不和。今两国之人不期而会者,岂不习夫子之言哉!续继短章,伏乞斧伐。"短章有"言音未会意相和,远隔江山万里多"之语,其人皆有礼仪……

按此文书之作者,必为一习读夫子之书,而衷心归依于汉文化者,观其言辞,当怜其情。

---

① 转引自严绍璗《中日古代文学关系史稿》,第291页,湖南文艺出版社1987年版。

以上所叙交往活动,皆以唱酬为基本形式,这是在雅文学范围内,主要就诗歌方面而言。至于通俗文学如戏曲、平话之交流,则要采取别一种形式,即艺人与道具的直接引进。如戴锡章《西夏纪》卷13便云,西夏政府中设有蕃、汉乐人院的专门机构,西夏毅宗谅祚曾派使臣向宋朝请要伶官,购买戏曲服装和化妆品之类。《三朝北盟会编》卷77也载:金兵占领汴京后,向宋索求诸色艺人,包括当时的小说家即"说话人"。① 卷243还记有金西京留守完颜衮听刘敏讲《五代史平话》的事。② 又史载金代说话人有贾耐儿、张仲轲等颇著名,可见北宋"说话"继续在金获得发展,今存《武王伐纣平话》开头有诗云"隋唐五代宋金收"③,颇似金人口气。王国维《宋元戏曲考》尝谓"宋金之间戏剧之交通颇易","不以国土限也"④,作为民间通俗文学,自然比出自士大夫之手的正统诗文更少受国界的限制。故宋之官本杂剧,乃得发展为金之院本杂剧,而相传为北宋孔三传所创之诸宫调,至金代则产生了《刘知远》《西厢记》这样重要的作品。值得注意的是,西夏文文献中也发现了《刘知远传》⑤,很可能也属于当时流传的刘知远故事。果然如此,则"汉文化圈"内俗文学的交往,实际情况还可能比雅文学的交往更为自由活跃。

制度性的聘使酬对,特殊情况下的文士际会,不为国界所限的民间唱和,以及可能更为繁盛的俗文学方面的交流,这些便是有宋一代"汉文化圈"内文学交往的大致内容。

四、文学创作及观念上的影响

在中国宋朝时代,"汉文化圈"内大部分国家和民族都已经创造并使用了自己的文字。如西夏自制"蕃字",今称西夏文;辽有契

---

① 参见徐梦莘《三朝北盟会编》,第583页,上海古籍出版社1987年版。
② 同上书,第1748页。
③ 《武王伐纣平话》卷上,《宋元平话集》,第405页,上海古籍出版社1990年版。
④ 《宋元戏曲考六》,《王国维戏曲论文集》,第64页,中国戏剧出版社1984年版。
⑤ 见罗福苌《俄人黑水访古所得记》,《北平图书馆馆刊》第4卷第3期,1930年6月。

丹字,包括大、小两种;金有女真字,也分大、小两种;日本则早由留唐僧人据汉字偏旁制出"假名"。到13世纪初,越南开始以汉字记录其民族语言,称为"字喃",它的系统化要到陈朝时期,大约相当于中国的元代。文字的出现是各民族文化发展的标志,如西夏元昊就曾极力推行"蕃字"以与宋朝抗衡,不过在当时的"汉文化圈"内汉字仍是最广泛被使用的文字,它实际上也是"汉文化圈"得以成立的基础,故我们又常有"汉字文化圈"的说法。就文学而言,汉文文学创作是主导部分,如辽朝各代君主皆兼通辽汉文字,用汉文写作诗歌;越南的陈圣王能与宋朝遗臣唱和,大理也曾有文人寄诗到中原地区请求"斧伐",俱见上述;《梦溪笔谈》卷5录沈括元丰间任职鄜延(宋与西夏之边境)时所作《凯歌》中有"万里羌人尽汉歌"之句,可知汉文亦流行于西夏。然而据今天所能获得的材料来看,在宋朝以外能熟练地使用汉字创作而发展到很高水平的,则要算朝鲜、日本二国和北方的金朝。

朝鲜高丽朝以诗赋取士,鼓励士人学习汉文典籍,写作汉文诗,有的皇帝如成宗还要求臣子们每月作诗赋上交御览,这就为汉文文学的流行提供了国家政策方面的基础和保证,随着官僚队伍文化水准的提高,上行下效,使汉文文学获得了极大发展,这同时也表现出朝鲜士民在文化上争取与宋朝看齐的努力。对高丽朝文学影响最大的,是北宋最杰出的诗人苏轼。《三国史记》的作者金富轼(1075—1151)是高丽朝最重要的文人,他的弟弟名金富辙,兄弟二人之名显然是模仿苏轼、苏辙兄弟,而他们生活的时代相去不到半个世纪,各自又都成为"汉文化圈"内成就卓著、影响深远的大家,这实在是古代东方文化史上的一段佳话。高丽朝崔滋所作《补闲集》中云:

> 今观眉叟(按,即李仁老,"海左七贤"之首,曾入宋)诗,或有七字五字从东坡集中来,观文顺公(按,即高丽杰出诗人李奎报)诗,无四、五字夺东坡语,其豪迈之气、富赡之体,直与东坡吻合。

由此可见高丽诗人学东坡有一个发展的过程,从"夺东坡语"到师其"气"、"体",正体现出从形似到神似,或从模仿到创造的进步。苏东坡是当时和此后"汉文化圈"内影响最大的诗人,他的成就的多方面性,也造成了其影响的多方面性,高丽诗人注重学习的,则是他的"豪迈之气"和"富赡之体"。这当然也是东坡诗的优点,但并没有抓住东坡诗中最具"宋诗"特色的东西。另一个明显的标志是没有同时出现对黄山谷的浓厚兴趣,而学习"宋诗"程度较深的,总是将"苏黄"看作一体,因为在某种意义上讲,黄山谷比东坡更能代表"宋诗"。从学习东坡到学习山谷或"苏黄",可以被看作是"宋化"的发展,这在金朝的文学中表现得最为清楚。而在日本,似乎一开始便"苏黄"并提,因为对唐诗的学习已臻较发达境界的缘故,日本文人很容易地形成了"宋诗"概念,并且将"唐宋诗之争"一直贯穿在汉诗的发展史中。

日本与宋朝间没有唐代时那样频繁的官方交流,学习宋代文学的任务就自然落在一批入宋的禅宗僧人身上,他们不仅仅求佛访道,也要学着中国的禅僧去与文人交往,写许多诗偈,并且还兼带着关心新兴的程朱理学。这个时期稍后一点,即镰仓(1192—1333)、室町(1334—1602)时期,便有所谓"五山文学"的兴起。"五山"之名源起南宋,将五座禅宗山寺定为"敕建"的庙宇,日本加以模仿,而有镰仓五山、京都五山之类,"五山文学"指的便是该时期内的僧侣作品。对佛理的研究,终于转为诗文创作的兴趣,而他们学习的样板,则是以苏、黄为代表的"宋诗"。吉川幸次郎《宋诗概说》第三章第三节中说:

> 苏轼与黄庭坚的诗,在日本,特别是室町时代的五山禅僧之间,已经大为风行。两人的诗集都传有日本覆刻本多种,又有不少附有假名以供讲义用的所谓"抄"本。其影响及于日本最伟大的俳人芭蕉(1644—1694),在他的《笈之小文》及《蓑虫说跋》里,就有"苏新黄奇"一语。

吉川先生又以"苏新黄奇"出自《诗人玉屑》卷12所引陈师道语:

"王介甫以工,苏子瞻以新,黄鲁直以奇。"按目苏黄为新奇,是宋人的总体印象,连东坡本人也这样评论山谷。这是把苏黄诗真正当宋诗来学的。另外还有王安石,也是学习的典范。五山诗僧的代表虎关师炼,就在他的《游山》①一诗中写了"溪幽一鸟鸣"的句子,显然是从王安石改"鸟鸣山更幽"为"一鸟不鸣山更幽"一事中受了启发,而独著一鸟,正是禅家之语。

五山禅林文学随着室町幕府的灭亡而失去了庇护,走向衰落。接着兴起的是德川幕府统治的江户时代,这个时代绵延了17—19三个世纪,至明治维新(1868)才结束。第一个世纪是五山诗风余绪尚存的世纪,第二个世纪则充满了唐宋诗之争,首先是荻生徂徕(1666—1728)排斥宋学,提倡复古,倡导明七子"文必秦汉、诗必盛唐"的主张,使李攀龙的《唐诗选》风行一时,诗风由宋转唐;然后是山本北山(1752—1812)反抗徂徕,一意鼓吹宋诗,这在《宋诗概说》序章里也有介绍。19世纪流行唐宋兼取的主张,但两者之间门户未泯,故直到明治以后,还有大沼厚(1818—1891)等人的下谷吟社专学宋诗,以陆游为主,辅以苏黄范杨诸家。到甲午以后,日本的汉文文学才趋衰落。可以发现,唐宋诗之争在日本走过的历程基本与中国的情形相似并相通。

至于宋代某些大家、名家对日本的影响,也已由吉川幸次郎一一阐述过,《宋诗概说》论及每一个重要作家,几乎都要附及他对日本的影响,如第二章第一节论欧阳修:

> 江户时代日本人学习汉文时,常以欧阳修的散文为模范。

第三章第三节论苏黄已见上引,第五章第二节论范成大云:

> 在范成大的诗中,日本人最熟悉的要算《四时田园杂兴六十首》了……这些田园诗,与日本与谢芜村(1716—1783)的

---

① 虎关师炼有《济北集》,此诗见程千帆、孙望《日本汉诗选评》,江苏古籍出版社1988年版。

"俳谐",颇有类似的地方。范成大的诗在江户末期的日本,流行于诗人俳人之间,对于日本文学可能发生过影响。

又此章第三节论南宋中期诸作家云:

> 这时期的宋诗,在日本的江户时代末期,由于山本北山等人的提倡,曾经风行一时。如《陆放翁诗钞》于享和元年(1801),《范石湖诗钞》于文化元年(1804),以及《杨诚斋诗钞》于文化五年(1808),都出过附有北山序文的日本刻本。这在一方面,固然是对一世纪前荻生徂徕所倡唐诗尊重的反动,但在另一方面,陆游、范成大、杨万里等人的诗,与芜村的"俳谐"风格情趣,颇有不谋而合的地方,恐怕也是个重要的因素。

将《宋诗概说》中此类文字串联起来,我们大致已可获知宋诗影响日本诗风之大概,这也是此书的特色之一。在所有关于宋诗的概论性著作中,吉川先生是做得最好的一位。从他的介绍来看,当日本诗歌成熟的时候,最易被认同的似乎是范成大、杨万里的风格,由此也可看出中日汉文文学在创作和观念上的同中有异。

当宋室南迁时,女真族的金朝入主中原,北宋文学于是发展为南宋和金代文学两条支流。一般认为辽金文坛不过是宋文学的一翼而已,这里暂不论辽(因资料缺乏),但金的文学却实在是自有特色的,不能简单地对待。金源一代文学,可以被划分为三个阶段,清庄仲方《金文雅·序》云:

> 金初无文字也,自太祖得辽人韩昉而始言文;太宗入宋汴州,取经籍图书,宋宇文虚中、张斛、蔡松年、高士谈辈先后归之,而文字煨兴,然犹借才异代也。①

这是金代文学的第一个阶段,即"借才异代"的阶段,所有重要作家都是由宋入金而来,或是随父兄北降的,或是宋朝使臣被扣留的,或

---

① 庄仲方编:《金文雅》卷首,清道光二十一年刻本。

是宋人仕金而不得返的,诸种情形不一,但其为"南朝词客北朝臣"则相同,代表者有宇文虚中、吴激、蔡松年、高士谈等人,俱怀去国思乡之情,而在诗歌上直接继承着与生俱来的宋文化传统。从积极的方面说,因为有感于时事的变故、家国的沧桑,其诗风颇有与陆游等南宋初年的诗人相似的地方;从消极的那一面看,则为有意无意地回避政治,另去追求雅致高洁、自然潇洒的艺术趣味,而苏轼依然是最佳的学习对象,如《中州集》卷1收高士谈诗30首中即有《次韵东坡定州立春日诗》《集东坡诗赠程大本》《晓起戏集东坡句》这样的一些诗题,其步趋东坡之痕迹甚明。黄山谷作为与东坡并称"苏黄"的诗人,也常被一道提及,如蔡松年词,据魏道明注,便多学自苏黄。但相较之下,学山谷多在词法、句法结构上,诗歌的精神风貌则总在追慕着"坡仙"。

第二个阶段处于金代大定、明昌之盛世,宋金和议达成,朝廷开科取士,承平闲适,故文彩靡曼。《中州集》卷1蔡珪小传中云:

> 国初文士,如宇文大学(虚中)、蔡丞相(松年)、吴深州(激)之等,不可不谓之豪杰之士,然皆宋儒,难以国朝文派论之,故断自正甫(蔡珪)为正传之宗,党竹溪(怀英)次之,礼部赵闲闲(秉文)公又次之……①

按元好问之编《中州集》,目的在于保存金源一代文献,在文艺上则强调与宋有别的"中州文派",也称"国朝文派",即真正属于而且只属于金朝的诗文风格,以蔡珪为开端,党怀英、王庭筠等人为代表。元人郝经曾评蔡珪"不肯蹈袭扺自作,建瓴一派雄燕都"②,其意识盖与元好问相同,即强调宋金间的区别。但观其创作与理论,却仍不能摆脱东坡的影响。赵秉文《翰林学士承旨文献党公碑》③评党怀英:

---

① 元好问编:《中州集》,第33页,中华书局上海编辑所1959年版。
② 郝经:《书蔡正甫集后》,《陵川集》卷9,《四库全书》本。
③ 庄仲方编:《金文雅》卷15,清道光二十一年刻本。

> 文章非能为之为工,乃不能不为之为工也;非要之必奇,要之不得不然之为奇也。譬如山水之状,烟云之姿,风鼓石激,然后千变万化,不可端倪。此先生之文与先生之诗也。

按此段议论,一见即觉眼熟,首两句直接引自东坡的《南行集叙》。像这种追求自然畅达的文风诗风,赵秉文又以为出自欧阳修,故其《竹溪先生文集序》①云"为文法以欧阳公之文为得其正",而党公之文"有似乎欧阳公之文也"。元人袁桷《书汤西楼诗后》谓"梅欧诸公发为自然之声,穷极幽隐"②。可见汉族宋明以降学术传统中所谓"诗文复古运动"或"诗文革新运动"的巨子,在金元人看来实为"自然"的文风与诗风之倡导者,而他们要从北宋文学中汲取和发挥的,正是这种"自然"或"真",而不是"复古"或者"为往圣继绝学"式的对"斯文"传统的自觉承担,后者却实为北宋文学的真正主导精神。这也正是金代文学继承了宋代文学却又有离异之处。求"真"和求"自然"的创作,在稍后的王若虚那里得到了理论表述,其论诗有谓:

> 文章自得方为贵,衣钵相传岂是真。③

由此他反对黄山谷的"点铁成金",斥为"剽窃之黠者",而要求诗歌必须抒写"发乎性情"的"哀乐之真"。其《文辨》又谓:

> 夫文章唯求真是而已,须存古意何为哉?④

后来元好问也接着讲"真",见于《论诗绝句三十首》:

> 一语天然万古新,豪华落尽见真淳。
> 眼处心生句自神,暗中摸索总非真。

---

① 张金吾辑:《金文最》卷20,清光绪乙未江苏书局重刻本。
② 袁桷:《书汤西楼诗后》,《清容居士集》卷48,《四库全书》本。
③ 王若虚:《山谷于诗每与东坡相抗,门人亲党遂谓过之,而今作者亦多以为然,予尝戏作四绝云》之四,《滹南集》卷45,《四库全书》本。
④ 王若虚:《文辨》,《滹南集》卷34,《四库全书》本。

>　　心画心声总失真,文章宁复见为人?

从这个角度,金代理论家对唐宋以来的文学史给予重新构建,刘祁《归潜志》卷13云:

>　　夫诗者,本发其喜怒哀乐之情,如使人读之无所感动,非诗也。予观后世诗人之诗,皆穷极辞藻,牵引学问,诚美矣,然读之不能动人,则亦何贵哉! 故尝与亡友王飞伯言:唐以前诗在诗,至宋则多在长短句,今之诗在俗间俚曲也,如所谓源土令之类。①

这一段议论,是对"宋诗"的批判,而为明人论"真诗在民间"开了先声。"真"的重新提出,实际上是对文化的重新思考。文化是从传统得到力量,还是直接从自然中来,这是宋人与辽金人的观念的最大区别。天水一朝为我国古代最接近儒学理想的社会,一切文化形态,在这个社会里都要体现出一种努力:即有助于将儒学理想实践于社会现实,故而都带有强烈的复兴"斯文"的自觉意识,此种精神品格在仁宗朝满朝君子的身上体现得最为突出,因为这种意识太强烈了,所以开始时不免显得怪异奇崛,如石介之类。至欧阳修、苏轼对"道"作出比较宽泛的阐释,才使得诗风文风走向自然畅达。但"存古"的目的,多少要使风格显得奇崛些,才显得有"古意",所以在这个角度上看,黄山谷比东坡更显得"宋"味强一些。然而即使是被金人标榜为"自然"之代表的东坡,于一方面追求"随物赋形"之外,另一方面也念念不忘"承斯文"的意识。他评价欧阳修的文化功绩为使"斯文有传,学者有师"②,又尝回忆欧公生前曾嘱他:"我老将休,付子斯文。"③东坡终于成为欧公付任"斯文"之人选,自是他的莫大荣幸,也是他的生存责任,故东坡直至晚年亦不敢忘却,

---

① 刘祁:《归潜志》,第145页,中华书局1983年版。
② 《祭欧阳文忠公文》,《苏轼文集》,第1937页,中华书局1986年版。
③ 《祭欧阳文忠公夫人文》,《苏轼文集》,第1956页,中华书局1986年版。

并以此勉励他的学生辈。① "承斯文"与追求"自然",这两方面在东坡原是缺一不可的,但前者因为和"夷夏之辨"一类的正统观念密切相关,它必然使女真统治下的金代文人陷入尴尬的境地,所以无法为其所祖述,而只能片面发展东坡的"自然"一面。这是社会存在对意识形态的决定作用,它给这时期的金诗带来一种天然的缺陷:即无论如何追求豪放、清峻,也无法真正达到像文天祥那样具有"浩然正气"的境界——那是数千年文明史赋予诗人的特有的伟大,所以胡应麟在《诗薮·杂编》卷6中批评道:

> 大抵金人诗纤碎浅弱,无沉逸伟丽之观。②

他追思其原因为:"或以诸子赵宋遗黎,漠然于宗国之感,而从事诗歌者。"③此语一针见血,深中要害。将辛弃疾与党怀英相对比,就能显示这一点。刘祁《归潜志》卷8云:

> 党承旨怀英,辛尚书弃疾,俱山东人,少同舍。属金国初遭乱,俱在兵间。辛一旦率数千骑南渡,显于宋;党在北方擢第,入翰林,有名,为一时文字宗主。二公虽所趋不同,皆有功业。④

按党、辛二人幼为同学,师事刘岩老、蔡松年。辛弃疾毅然自拔南渡,故其词能得华夏正气,内容充实,成为古代最伟大的词人;而党怀英虽同有才华,也同为"一时文字宗主",但读其诗总觉内容空洞,观其《徐茂宗蜗舍》诗内"触蛮血战良虚名"⑤一句,便可知其崇尚老庄"自然"乃为不得不然,因为既不能效辛弃疾所为,又不忍为金之侵宋唱赞歌,唯一的出路便只能是引用了庄子的话,将一切战

---

① 参见李廌《师友谈记》,《学津讨源》本。
② 胡应麟:《诗薮》,第316页,上海古籍出版社1958年版。
③ 同上。
④ 刘祁:《归潜志》,第84页,中华书局1983年版。
⑤ 元好问编:《中州集》,第145页,中华书局上海编辑所1959年版。按此集编党氏诗,略按作诗年月次序,据《徐茂宗蜗舍》诗前后篇目,可知此诗作于壬辰一、二月间,即金世宗大定十二年(1172),为完颜亮背盟侵宋后十一年,《隆兴和议》签订后七年。前此二年,辛弃疾在宋上《九议》陈恢复大计。

争都视为触蛮之战了。

虽然如此,"中州文派"在语言风格和情感强度上却是崇尚质朴刚强、清峻雄豪的,这当然与一个国家处在上升时期有关,也与金人以南人为懦弱、自视为刚强的观念相一致,而元好问等人后来为"中州文派"所概括和强调的,也正是这一方面,即《论诗绝句》中的"中州万古英雄气"。但这种雄强的风格既已失去在"浩然正气"方面的内容,便只好在词句上作得奇崛一些,而这便使得黄山谷的句法、词法在理论上被批判之余,在实际创作中却又被竭力地模仿、学习。大量的诗歌在追求"雄豪"时都成了尖新、奇崛一类的山谷式诗风。学山谷最有名的是王庭筠,《归潜志》卷10云:

> 李屏山于前辈中止推王子端庭筠,尝曰:东坡变而山谷,山谷变而黄华(按,即王庭筠),人难及也。①

从学习东坡转向学习山谷,也可以被看作金人学习宋诗走向深入的过程,它暗示着金代文学第三个阶段的到来。

第三个阶段,即在金廷因迫于蒙古的威胁而于贞祐年间迁都汴京之后。金人把这次迁都称为"南渡",自此以后,传统的"道"似乎已被呼唤回来,因此时的金人已以华夏传统继承人自居而视蒙古为"夷"。《归潜志》卷8云:

> 南渡后文风一变。文多学奇古,诗多学风雅,由赵闲闲(秉文)、李屏山(纯甫)倡之。屏山幼无师传,为文下笔便喜左氏、庄周,故能一扫辽宋余习,而雷希颜、宋飞卿诸人皆作古文,故复往往相法效,不作浅弱语。赵闲闲晚年诗多法唐人李杜诸公,然未尝语于人。已而麻知幾、李长源、元裕之辈鼎出,故后进作诗者争以唐人为法也。②

这几乎与北宋初的复古运动如出一辙,实可视为金代"宋化"过程

---

① 刘祁:《归潜志》,第119页,中华书局1983年版。
② 刘祁:《归潜志》,第85页,中华书局1983年版。

的完成,但在理论表述上却以"法唐人"、"扫辽宋余习"为辞。辽可不论,宋似被指为"浅弱"的,这当然不是对宋代文学的公正评价。实际上此期的金代诗文却受唐宋复古运动之诸家影响最深。《归潜志》卷1称雷渊"博学有雄气,为文章专法韩昌黎……诗杂坡谷,喜新奇",卷8载李纯甫评赵秉文"学东坡而不成者",而集金代文学之大成的元好问也未离此途,徐世隆序其集云:

> 诗祖李杜,律切精深,而有豪放迈往之气;文宗韩欧,正大明达而无奇纤晦涩之语……又能用俗为雅,变故作新,得前辈不传之妙。①

按此实与宋代文学的主导倾向相合若契,而"用俗为雅、变故作新"亦苏黄诗法之常谈,乃以为"前辈不传之妙",意在放弃对宋人的模仿而学宋人之所学,得其真精神——这便是"以唐人为法"的真实内涵。它使得中华民族传统文化在政治上重新统一(元)之际,再次得以生存和传承。而金代士人如元好问等把传统汉文化带入元代所作的贡献,远大于南宋入元的士人。

总之,从"借才异代",到片面发展东坡的"自然"一面,再到"南渡"后的复古,既是金代文学建立它自身独特内涵("中州文派")的过程,也是宋代文学对之不断加深影响的过程,亦即文学上"宋化"的过程。

---

① 施国祁:《元遗山诗集笺注》卷首"徐序",人民文学出版社1958年版。

参考文献

1. (宋)吕祖谦编:《宋文鉴》,中华书局1992年版。
2. (清)庄仲方编:《南宋文范》,清光绪十四年(1888)江苏书局本。
3. 曾枣庄、刘琳主编:《全宋文》,上海辞书出版社、安徽教育出版社2006年版。
4. (明)茅坤编:《唐宋八大家文钞》,《四库全书》本。
5. 高步瀛选注:《唐宋文举要》,上海古籍出版社1982年版。
6. (清)厉鹗编:《宋诗纪事》,上海古籍出版社1983年版。
7. (清)吴之振等编:《宋诗钞》,中华书局1986年版。
8. 傅璇琮等主编:《全宋诗》,北京大学出版社1998年版。
9. (元)方回编,李庆甲集评校点:《瀛奎律髓》,上海古籍出版社1986年版。
10. 陈衍评点,曹中孚校注:《宋诗精华录》,巴蜀书社1992年版。
11. 钱锺书选注:《宋诗选注》,人民文学出版社1958年版。
12. 陈述编:《全辽文》,中华书局1982年版。
13. (清)张金吾编:《金文最》,清光绪二十一年(1895)江苏书局本。
14. (明)毛晋编:《宋六十名家词》,汲古阁本。

15.（清）王鹏运编：《四印斋所刻词》，上海古籍出版社 1989 年影印清光绪刊本。

16. 朱祖谋编，夏敬观评点：《彊村丛书》，上海古籍出版社 1989 年版。

17. 唐圭璋编：《全宋词》，中华书局 1979 年重版。

18. 孔凡礼编：《全宋词补辑》，中华书局 1981 年版。

19. 唐圭璋编：《全金元词》，中华书局 1979 年版。

20. 上彊村民编，唐圭璋注：《宋词三百首》，中华书局 1958 年版。

21. 龙榆生编：《唐宋名家词选》，上海古籍出版社 1980 年版。

22.（宋）柳开：《河东先生文集》，《四部丛刊》本。

23.（宋）王禹偁：《小畜集》，《四部丛刊》本。

24.（宋）王禹偁：《小畜外集》，《四部丛刊》本。

25.（宋）杨亿：《武夷新集》，《四库全书》本。

26.（宋）穆修：《河南穆公集》，《四部丛刊》本。

27.（宋）梅尧臣撰，朱东润编注：《梅尧臣集编年校注》，上海古籍出版社 1980 年版。

28.（宋）苏舜钦：《苏舜钦集》，上海古籍出版社 1981 年版。

29.（宋）欧阳修：《欧阳文忠公集》，《四部丛刊》本。

30.（宋）欧阳修撰，陈新、杜维沫选注：《欧阳修选集》，上海古籍出版社 1986 年版。

31.（宋）范仲淹：《范文正公集》，《四部丛刊》本。

32.（宋）尹洙：《河南先生集》，《四部丛刊》本。

33.（宋）石介：《徂徕石先生文集》，中华书局 1984 年版。

34.（宋）苏洵撰，曾枣庄等笺注：《嘉祐集笺注》，上海古籍出版社 1993 年版。

35.（宋）曾巩：《曾巩集》，中华书局 1984 年版。

36.（宋）王令：《王令集》，上海古籍出版社 1980 年版。

37.（宋）王安石：《王文公文集》，上海人民出版社 1974 年版。

38.（宋）王安石撰，（宋）李壁注：《王荆文公诗李壁注》，上海古籍出版社1993年影印朝鲜活字本。

39.（宋）王安石撰，（清）沈钦韩注：《王荆公诗文沈氏注》，中华书局上海编辑所1959年版。

40.（宋）苏轼：《苏轼文集》，中华书局1986年版。

41.（宋）苏轼：《苏轼诗集》，中华书局1982年版。

42.（宋）苏轼撰，王水照选注：《苏轼选集》，上海古籍出版社1984年版。

43.（宋）苏辙：《苏辙集》，中华书局1990年版。

44.（宋）黄庭坚：《豫章黄先生文集》，《四部丛刊》本。

45.（宋）黄庭坚撰，（宋）任渊等注：《山谷诗集注》，《四部备要》本。

46.（宋）黄庭坚撰，黄宝华选注：《黄庭坚选集》，上海古籍出版社1991年版。

47.（宋）秦观撰，徐培均笺注：《淮海集笺注》，上海古籍出版社1994年版。

48.（宋）张耒：《张耒集》，中华书局1993年版。

49.（宋）陈师道：《后山居士文集》，上海古籍出版社1984年影印宋刻本。

50.（宋）陈师道撰，（宋）任渊注，冒广生补笺：《后山诗注补笺》，中华书局1995年版。

51.（宋）晁补之：《鸡肋集》，《四部丛刊》本。

52.（宋）贺铸：《庆湖遗老集》，《四库全书》本。

53.（宋）汪藻：《浮溪集》，《四部丛刊》本。

54.（宋）陈与义撰，白敦仁校笺：《陈与义集校笺》，上海古籍出版社1990年版。

55.（宋）张孝祥：《于湖居士文集》，上海古籍出版社1980年版。

56.（宋）曾几：《茶山集》，《聚珍版丛书》本。

57.（宋）王十朋：《梅溪前集、后集》，《四部丛刊》本。

58.（宋）朱熹：《晦庵先生朱文公文集》，《四部丛刊》本。

59.（宋）周必大：《文忠集》，《四库全书》本。

60.（宋）楼钥：《攻媿集》，《四部丛刊》本。

61.（宋）尤袤：《梁溪遗稿》，《四库全书》本。

62.（宋）范成大：《范石湖集》，中华书局上海编辑所1962年版。

63.（宋）范成大撰，孔凡礼编：《范成大佚著集存》，中华书局1983年版。

64.（宋）杨万里：《诚斋集》，《四部丛刊》本。

65.（宋）杨万里撰，周汝昌选注：《杨万里选集》，中华书局上海编辑所1962年版。

66.（宋）陆游：《陆游集》，中华书局1976年版。

67.（宋）陆游撰，钱仲联校注：《剑南诗稿校注》，上海古籍出版社1985年版。

68.（宋）叶适：《叶适集》，中华书局1977年版。

69.（宋）陈亮：《陈亮集》，中华书局1974年版。

70.（宋）刘过：《龙洲集》，上海古籍出版社1978年版。

71.（宋）魏了翁：《鹤山先生大全集》，《四部丛刊》本。

72.（宋）真德秀：《西山文集》，《四库全书》本。

73.（宋）刘克庄：《后村先生大全集》，《四部丛刊》本。

74.（宋）姜夔撰，夏承焘校辑：《白石诗词集》，人民文学出版社1959年版。

75.（宋）文天祥：《文山先生文集》，《四部丛刊》本。

76.（宋）戴复古：《石屏诗集》，《四部丛刊》本。

77.（宋）汪元量撰，孔凡礼校辑：《增订湖山类稿》，中华书局1984年版。

78.（宋）林景熙：《霁山集》，中华书局上海编辑所1960年版。

79.（宋）郑思肖：《郑思肖集》，上海古籍出版社1991年版。

80.（宋）谢翱：《晞发集》，明万历四十六年（1618）刊本。

81.（金）元好问：《元好问全集》，山西人民出版社1991年版。

82.（金）元好问撰，施国祁笺注：《元遗山诗集笺注》，人民文学出版社1958年版。

83.（宋）刘辰翁：《须溪集》，《四库全书》本。

84.（元）方回：《桐江续集》，《四库全书》本。

85.（宋）柳永撰，薛瑞生校注：《乐章集校注》，中华书局1994年版。

86.（宋）张先：《张子野词》，上海古籍出版社1989年版。

87.（宋）晏殊：《珠玉词》，上海古籍出版社1989年版。

88.（宋）欧阳修撰，黄畬笺注：《欧阳修词笺注》，中华书局1986年版。

89.（宋）晏殊、晏幾道撰，夏敬观选注：《二晏词》，上海商务印书馆1933年版。

90.（宋）晏幾道撰，王焕猷笺：《小山词笺》，上海商务印书馆1947年版。

91.（宋）苏轼撰，龙榆生笺：《东坡乐府笺》，上海商务印书馆1958年重版。

92.（宋）苏轼撰，（宋）傅幹注，刘尚荣校证：《傅幹注坡词》，巴蜀书社1993年版。

93.（宋）晁补之撰，刘乃昌、杨庆存笺：《晁氏琴趣外篇》，上海古籍出版社1991年版。

94.（宋）晁冲之撰，刘乃昌、杨庆存笺：《晁叔用词》，上海古籍出版社1991年版。

（以上两种合一册）

95.（宋）贺铸撰，钟振振校注：《东山词》，上海古籍出版社1989年版。

96.（宋）周邦彦：《清真集》，中华书局1981年版。

97.（宋）周邦彦撰，罗忼烈笺注：《周邦彦清真集笺》，三联书店香港分店1985年版。

98.（宋）李清照撰，王学初校注：《李清照集校注》，人民文学出版社1979年版。

99.（宋）张元幹撰，曹济平校注：《芦川词》，上海古籍出版社1991年版。

100.（宋）张孝祥撰，宛敏灏笺校：《张孝祥词笺校》，黄山书社1993年版。

101.（宋）辛弃疾撰，邓广铭笺注：《稼轩词编年笺注》（增订本），上海古籍出版社1993年版。

102.（宋）陈亮撰，夏承焘校笺，牟家宽注：《龙川词校笺》，上海古籍出版社1982年版。

103.（宋）姜夔撰，夏承焘笺校：《姜白石词编年笺校》，中华书局上海编辑所1961年版。

104.（宋）刘克庄撰，钱仲联笺注：《后村词笺注》，上海古籍出版社1980年版。

105.（宋）吴文英撰，杨铁夫笺释：《吴梦窗词笺释》，广东人民出版社1992年版。

106.（宋）周密撰，史克振校注：《草窗词校注》，齐鲁书社1993年版。

107.（宋）王沂孙撰，吴则虞笺注：《花外集》，上海古籍出版社1987年版。

108.（宋）张炎撰，黄畲校笺：《山中白云词笺》，浙江古籍出版社1994年版。

109.（清）何文焕辑：《历代诗话》，中华书局1981年版。

110.（清）丁福保辑：《历代诗话续编》，中华书局1983年版。

111.（清）王夫之等：《清诗话》，上海古籍出版社1978年版。

112.郭绍虞编：《清诗话续编》，上海古籍出版社1983年版。

113.郭绍虞：《宋诗话考》，中华书局1979年版。

114.郭绍虞辑：《宋诗话辑佚》，中华书局1980年版。

115. 陶秋英编:《宋金元文论选》,人民文学出版社 1984 年版。

116. (宋)胡仔辑:《苕溪渔隐丛话》,人民文学出版社 1962 年版。

117. (宋)魏庆之编:《诗人玉屑》,上海古籍出版社 1978 年版。

118. (宋)蔡正孙辑:《诗林广记》,中华书局 1982 年版。

119. (宋)阮阅辑:《诗话总龟》,人民文学出版社 1987 年版。

120. (宋)严羽撰,郭绍虞校释:《沧浪诗话校释》,人民文学出版社 1983 年版。

121. (宋)陈模撰,郑必俊校注:《怀古录校注》,中华书局 1993 年版。

122. (宋)陈骙:《文则》,人民文学出版社 1960 年版。

123. (宋)李耆卿:《文章精义》,人民文学出版社 1960 年版。
(以上两种合一册)

124. 唐圭璋编:《词话丛编》,中华书局 1986 年版。

125. 龙沐勋主编:《词学季刊》,上海书店 1985 年影印合订本。

126. 施蛰存、马兴荣主编:《词学》,华东师范大学出版社 1981 年起陆续出版(已出 1—11 辑)。

127. 刘庆云编著:《词话十论》,岳麓书社 1990 年版。

128. 秦惠民编:《宋代词学资料汇编》,汕头大学出版社 1993 年版。

129. 施蛰存编:《词籍序跋萃编》,中国社会科学出版社 1994 年版。

130. 唐圭璋编:《宋词纪事》,上海古籍出版社 1982 年版。

131. (宋)李焘:《续资治通鉴长编》,上海古籍出版社 1986 年影印本;中华书局 2004 年校点本。

132. (元)脱脱等:《宋史》,中华书局 1976 年版。

133. (元)脱脱等:《辽史》,中华书局 1974 年版。

134. (元)脱脱等:《金史》,中华书局 1975 年版。

135.（清）徐松辑：《宋会要辑稿》，中华书局 1957 年版。

136.（清）陆心源：《宋史翼》，中华书局 1991 年版。

137.（宋）王偁：《东都事略》，《四库全书》本。

138.（宋）叶隆礼：《契丹国志》，上海古籍出版社 1985 年版。

139.（宋）宇文懋昭撰，崔文印校证：《大金国志》，中华书局 1986 年版。

140.（宋）徐梦莘：《三朝北盟汇编》，上海古籍出版社 1987 年版。

141.（宋）李心传：《建炎以来系年要录》，中华书局 1956 年版。

142.（宋）王应麟：《玉海》，江苏古籍出版社 1987 年版。

143.（宋）郑樵：《通志》，《万有文库》本。

144.（元）马端临：《文献通考》，《万有文库》本。

145.（宋）朱熹编：《五朝名臣言行录》，《四部丛刊》本。

146.（宋）朱熹编：《三朝名臣言行录》，《四部丛刊》本。

147.（宋）徐自明编，王瑞来校补：《宋宰辅编年录》，中华书局 1986 年版。

148.（宋）陈振孙：《直斋书录解题》，上海古籍出版社 1987 年版。

149.（宋）晁公武撰，孙猛校证：《郡斋读书志校证》，上海古籍出版社 1990 年版。

150.（清）永瑢等：《四库全书总目提要》，中华书局 1965 年版。

151. 刘琳、沈治宏编：《现存宋人著述总录》，巴蜀书社 1995 年版。

152. 饶宗颐：《词集考》（唐五代宋元编），中华书局 1992 年版。

153. 严杰：《欧阳修年谱》，南京出版社 1993 年版。

154.（清）蔡上翔：《王荆公年谱考略》，上海人民出版社 1959 年版。

155. （宋）何抡、施宿等撰，王水照编：《宋人所撰三苏年谱汇刊》，上海古籍出版社1989年版。

156. 白敦仁：《陈与义年谱》，中华书局1983年版。

157. 欧小牧：《陆游年谱》，人民文学出版社1981年版。

158. 于北山：《陆游年谱》，上海古籍出版社1985年版。

159. 于北山：《范成大年谱》，上海古籍出版社1987年版。

160. 蔡义江、蔡国黄：《辛弃疾年谱》，齐鲁书社1987年版。

161. 程章灿：《刘克庄年谱》，贵州人民出版社1993年版。

162. 夏承焘：《唐宋词人年谱》，上海古籍出版社1978年版。

163. 王兆鹏：《两宋词人年谱》，台湾文津出版社1994年版。

164. 王德毅等编：《宋人传记资料索引》，台湾鼎文书局1977年版。

165. ［日］佐伯富编：《苏东坡全集索引》，京都汇文堂1958年版。

166. 高喜田、寇琪编：《全宋词作者词调索引》，中华书局1992年版。

167. 李复波编：《词话丛编索引》，中华书局1991年版。

168. 丁传靖编：《宋人轶事汇编》，中华书局1958年版。

169. （宋）田况：《儒林公议》，《四库全书》本。

170. （宋）欧阳修：《归田录》，中华书局1981年版。

171. （宋）王闢之：《渑水燕谈录》，中华书局1981年版。
（以上两种合一册）

172. （宋）文莹：《湘山野录》《续录》《玉壶清话》，中华书局1984年版。

173. （宋）陈师道：《后山谈丛》，上海古籍出版社1989年版。

174. （宋）李廌：《师友谈记》，《百川学海》本。

175. （宋）魏泰：《东轩笔录》，中华书局1983年版。

176. （宋）邵伯温：《邵氏闻见录》，中华书局1983年版。

177. （宋）邵博：《邵氏闻见后录》，中华书局1983年版。

178. （宋）方勺：《泊宅编》，中华书局1983年版。

179. （宋）赵令畤：《侯鲭录》，《知不足斋丛书》本。

180. （宋）何薳：《春渚纪闻》，中华书局1983年版。

181. （宋）蔡絛：《铁围山丛谈》，中华书局1983年版。

182. （宋）王铚：《默记》，中华书局1981年版。

183. （宋）江少虞：《宋朝事实类苑》，上海古籍出版社1981年版。

184. （宋）叶梦得：《石林燕语》，中华书局1984年版。

185. （宋）叶梦得：《避暑录话》，《津逮秘书》本。

186. （宋）张邦基：《墨庄漫录》，《四部丛刊》本。

187. （宋）朱弁：《曲洧旧闻》，《知不足斋丛书》本。

188. （宋）曾慥：《类说》，文学古籍刊行社1955年影印本。

189. （宋）朱翌：《猗觉寮杂记》，《四库全书》本。

190. （宋）姚宽：《西溪丛语》，中华书局1993年版。

191. （宋）陆游：《家世旧闻》，中华书局1993年版。

（以上两种合一册）

192. （宋）周煇撰，刘永翔校注：《清波杂志校注》，中华书局1994年版。

193. （宋）吴曾：《能改斋漫录》，上海古籍出版社1979年版。

194. （宋）曾敏行：《独醒杂志》，上海古籍出版社1986年版。

195. （宋）费衮：《梁溪漫志》，上海古籍出版社1985年版。

196. （宋）洪迈：《容斋随笔》，上海古籍出版社1978年版。

197. （宋）陆游：《老学庵笔记》，中华书局1979年版。

198. （宋）张淏：《云谷杂记》，中华书局1958年版。

199. （宋）岳珂：《桯史》，中华书局1981年版。

200. （宋）俞文豹：《吹剑录全编》，古典文学出版社1958年版。

201. （宋）罗大经：《鹤林玉露》，中华书局1983年版。

202. （金）刘祁：《归潜志》，中华书局1983年版。

203. （宋）周密：《齐东野语》，中华书局1983年版。

204. （宋）周密：《癸辛杂识》，《津逮秘书》本。

205. （宋）周密：《武林旧事》，古典文学出版社1956年版。

206. （宋）孟元老：《东京梦华录》，古典文学出版社1956年版。

207. 佚名：《西湖老人繁胜录》，古典文学出版社1956年版。

208. （宋）吴自牧：《梦粱录》，古典文学出版社1956年版。

209. （宋）耐得翁：《都城纪胜》，古典文学出版社1956年版。
（以上五种合一册）

210. （宋）张载：《张载集》，中华书局1978年版。

211. （宋）程颢、程颐：《二程集》，中华书局1981年版。

212. （宋）陆九渊：《陆九渊集》，中华书局1980年版。

213. （宋）黎靖德编：《朱子语类》，中华书局1986年版。

214. （宋）朱熹、吕祖谦编：《近思录》，《丛书集成》本。

215. 石训等：《中国宋代哲学》，河南人民出版社1992年版。

216. （宋）普济：《五灯会元》，中华书局1984年版。

217. （宋）赜藏主编：《古尊宿语录》，中华书局1994年版。

218. （宋）志磐编：《佛祖统纪》，江苏广陵古籍刻印社1991年影印本。

219. （宋）契嵩：《镡津文集》，《四部丛刊》本。

220. （宋）智圆：《闲居编》，《续藏经》本。

221. 郭朋：《宋元佛教》，福建人民出版社1981年版。

222. （宋）张伯端：《悟真篇》，《四库全书》本。

223. （宋）张君房：《云笈七签》，《四库全书》本。

224. 卿希泰主编：《中国道教史》（二）（三），四川人民出版社1992、1993年版。

225. 钱锺书：《谈艺录》（补订本），中华书局1984年版。

226. 钱锺书：《管锥编》，中华书局1986年版。

227. 陈植锷：《北宋文化史述论》，中国社会科学出版社1992

年版。

228. 吕思勉：《宋代文学》，商务印书馆 1929 年版。

229. 吴梅：《辽金元文学史》，商务印书馆 1934 年版。

230. 陈子展：《宋代文学史》，重庆作家书屋 1945 年版。

231. 程千帆、吴新雷：《两宋文学史》，上海古籍出版社 1991 年版。

232. 吴组缃等：《宋元文学史稿》，北京大学出版社 1989 年版。

233. 顾易生等：《宋金元文学批评史》，上海古籍出版社 1996 年版。

234. 张毅：《宋代文学思想史》，中华书局 1995 年版。

235. 周惠泉：《金代文学学发凡》，东北师范大学出版社 1993 年版。

236. 王水照：《唐宋文学论集》，齐鲁书社 1984 年版。

237. 徐规：《王禹偁事迹著作编年》，中国社会科学出版社 1984 年版。

238. 王水照：《苏轼论稿》，台湾万卷楼出版公司 1995 年版。

239. 梁昆：《宋诗派别论》，商务印书馆 1938 年版。

240. 齐治平：《唐宋诗之争概述》，岳麓书社 1984 年版。

241. 莫砺锋：《江西诗派研究》，齐鲁书社 1986 年版。

242. 张宏生：《江湖诗派研究》，中华书局 1995 年版。

243. 张晶：《辽金诗史》，东北师范大学出版社 1994 年版。

244. 许总：《宋诗史》，重庆出版社 1992 年版。

245. 张高评：《宋诗之传承与开拓》，台湾文史哲出版社 1990 年版。

246. 张高评：《宋诗之新变与代雄》，台湾洪叶文化事业有限公司 1995 年版。

247. ［日］吉川幸次郎撰，郑清茂译：《宋诗概说》，台湾联经出版事业公司 1977 年版。

248. 郭预衡：《中国散文史》（中），上海古籍出版社 1993 年版。

249. 祝尚书:《北宋古文运动发展史》,巴蜀书社 1995 年版。

250. 何寄澎:《唐宋古文新探》,台湾大安出版社 1990 年版。

251. 王国维:《王国维戏曲论文集》,中国戏剧出版社 1984 年版。

252. 胡忌:《宋金杂剧考》,中华书局 1959 年版。

253. 程毅中:《宋元话本》,中华书局 1980 年版。

254. 吴梅:《词学通论》,商务印书馆 1932 年版。

255. 夏承焘:《唐宋词论丛》,上海古典文学出版社 1956 年版。

256. 唐圭璋:《词学论丛》,上海古籍出版社 1986 年版。

257. 刘永济:《词论》,上海古籍出版社 1981 年版。

258. 缪钺:《诗词散论》,上海古籍出版社 1982 年版。

259. 俞平伯:《论诗词曲杂著》,上海古籍出版社 1983 年版。

260. 詹安泰撰,汤擎民整理:《詹安泰词学论稿》,广东人民出版社 1984 年版。

261. 冒广生撰,冒怀幸整理:《冒鹤亭词曲论文集》,上海古籍出版社 1992 年版。

262. 缪钺、叶嘉莹:《灵溪词说》,上海古籍出版社 1987 年版。

263. 叶嘉莹:《迦陵论词丛稿》,上海古籍出版社 1980 年版。

264. 吴熊和:《唐宋词通论》,浙江古籍出版社 1985 年版。

265. 杨海明:《唐宋词史》,江苏古籍出版社 1987 年版。

266. 黄文吉:《宋南渡词人》,台湾学生书局 1985 年版。

267. 王兆鹏:《宋南渡词人群体研究》,台湾文津出版社 1992 年版。

268. 林玫仪:《词学考诠》,台湾联经出版事业公司 1987 年版。

269. 刘少雄:《南宋姜吴典雅词派相关词学论题之探讨》,台湾大学出版委员会 1995 年版。

270. [日] 村上哲见撰,杨铁婴译:《唐五代北宋词研究》,陕西人民出版社 1987 年版。

271. [日] 青山宏撰,程郁缀译:《唐宋词研究》,北京大学出版社 1995 年版。

272. 王水照、[日] 保苅佳昭编选:《日本学者中国词学论文集》,上海古籍出版社 1991 年版。

273. 华东师范大学中文系编:《词学研究论文集》(1911—1949),上海古籍出版社 1988 年版。

274. 华东师范大学中文系编:《词学研究论文集》(1949—1979),上海古籍出版社 1982 年版。

275. 刘尧民:《词与音乐》,云南人民出版社 1982 年版。

276. 施议对:《词与音乐关系研究》,中国社会科学出版社 1985 年版。

277. 王奕清等编:《钦定词谱》,中国书店 1983 年影印本。

278. 万树编:《词律》,上海古籍出版社 1984 年版。

279. 孔凡礼、齐治平编:《古典文学研究资料汇编》(陆游卷),中华书局 1962 年版。

280. 湛之编:《古典文学研究资料汇编》(杨万里、范成大卷),中华书局上海编辑所 1964 年版。

281. 傅璇琮编:《古典文学研究资料汇编》(黄庭坚和江西诗派卷),中华书局 1978 年版。

282. 褚斌杰等编:《李清照资料汇编》,中华书局 1984 年版。

283. 四川大学中文系唐宋文学研究室编:《苏轼资料汇编》,中华书局 1994 年版。

284. 洪本健编:《欧阳修资料汇编》,中华书局 1995 年版。

后 记

作为中国古代文学研究的一个分支,宋代文学研究近年来取得了不少成绩和进展,但从总体水平来看,似乎仍显薄弱。与邻近的唐代文学研究相比,所得成果较少,投入人力不多,研究力量颇弱;与宋史研究相比,在专题的开拓、理论的探讨乃至基础文献的整理等方面,也难望其项背。从宋代文学自身的研究格局而言,也有一些不平衡或学术空白之处,如时代上的重北宋轻南宋,文体上的重词轻诗、文,课题上的重大作家、轻中小作家,以及对文学现象、文学事实的研究上也存在一些不足和空缺。这些情况,对宋代文学研究者是一种巨大的鞭策。

改变这种不尽如人意的现状的办法之一,是调整研究观念,更新视角,开拓思路,以期有新的突破。我们的写作即是就此作些力所能及的努力。本书以专题的方式组织整体框架,用以较为全面系统地论述两宋文学的概貌、特点、发展进程、历史地位和影响。这一条块明晰、各部分相对独立而又互为参证的有序结构,或可在现有通常流行的"以时代为序、以作家为中心"的教科书体例之外,更便于集中探讨一些文学现象的底蕴,便于从理论上总结某些规律性的问题,也便于表达我们学习宋代文学的一些基本认识和体会。探讨文学史的发展结构和历史脉络,是一个头绪繁多、包涵庞杂的任务。任何一部文学史,即便是最理想的文学史,都不可能代替文学史的全部研究工作,这就决定了文学史的编写体例和方式必然是多种多样的,各种编写方法总是各有长处和优点,也都不可避免地各有其局限和盲点(如分体合编、上论下史以及最流行的以时代为序的编写体例等),我们需要各种体例的文学史,以收互补交参、相得益彰之效。本书还不是一部宋代文学的断代史,但也希望能在用各种方式编写文学史方面积累一些经验。

我们的写作集体是个师生结合体。除我本人外,参加者都是复旦大学中文系的研究生,从我攻读唐宋文学的博士或硕士学位。虽然全书的宗旨要求、设计构思是我拟定的,并由我统稿、定稿,但本书也是教学相长的产物。这一二年来,他们每每来到我的堆放杂乱、色调沉重的书房,倾心畅谈,切磋琢磨,似乎忘掉外面商业浪潮的烦躁,重新体验一下读书人作为学术文化传承者的社会角色,总觉得有无穷的乐趣。愿此书的出版,当作这段共同笔耕读写生活的温馨纪念。兹记各人分工执笔的情况如下(以章节先后为序):

王水照:绪论,文体篇;

吕肖奂:体派篇第一章;

聂安福:体派篇第二章,思想篇第一章;

杨庆存:体派篇第三章,题材体裁篇第三章;

蒋安全:思想篇第二章、第三章,题材体裁篇第二章;

朱　刚:题材体裁篇第一章,结束语;

陈　磊:学术史篇第一章;

吴河清:学术史篇第二章。

时至今日,同学们有的已毕业离校,有的仍在继续攻读,但我们的研究工作还远未结束,毋庸说正刚刚开始——这个"开始",对于已逾花甲之年的我来说,为时已晚,因而寄予年轻学人的期望,其殷切是不用言说的了。

王水照

1995年6月于复旦大学

增订本出版说明

王水照先生主编的《宋代文学通论》于1997年由河南大学出版社出版后,在学界引起了较大的反响,获得了广泛的好评。今在初版的基础上,对其文字及内容进行了若干修正、删补和完善,并增加了以下章节:

文体篇第二章增补了第三节"宋代的通俗文学"(史伟执笔);

体派篇第一章第四节增补了"理学诗"(常德荣执笔,替代原"道学体"部分)、"禅僧诗"(王汝娟执笔)两部分。

祈各位读者不吝批评指正。

复旦大学出版社
2022年6月

图书在版编目(CIP)数据

宋代文学通论/王水照主编.—增订本.—上海:复旦大学出版社,2022.7(2024.12重印)
ISBN 978-7-309-16120-5

Ⅰ.①宋… Ⅱ.①王… Ⅲ.①中国文学—古代文学史—文学史研究—宋代 Ⅳ.①I209.44

中国版本图书馆 CIP 数据核字(2022)第 027137 号

宋代文学通论(增订本)
王水照　主编
责任编辑/王汝娟

复旦大学出版社有限公司出版发行
上海市国权路 579 号　邮编:200433
网址:fupnet@fudanpress.com　http://www.fudanpress.com
门市零售:86-21-65102580　团体订购:86-21-65104505
出版部电话:86-21-65642845
上海丽佳制版印刷有限公司

开本 890 毫米×1240 毫米　1/32　印张 18.625　字数 501 千字
2024 年 12 月第 1 版第 2 次印刷

ISBN 978-7-309-16120-5/I・1310
定价:80.00 元

如有印装质量问题,请向复旦大学出版社有限公司出版部调换。
版权所有　侵权必究